Reader's Digest
Auswahlbücher

Reader's Digest
Auswahlbücher

Verlag DAS BESTE
Stuttgart · Zürich · Wien

Inhalt

Deutsche Buchausgabe:
„Die Bankiers"
(The Moneychangers)
Verlag Ullstein GmbH,
Berlin · Frankfurt/M · Wien
© 1975 by Arthur Hailey

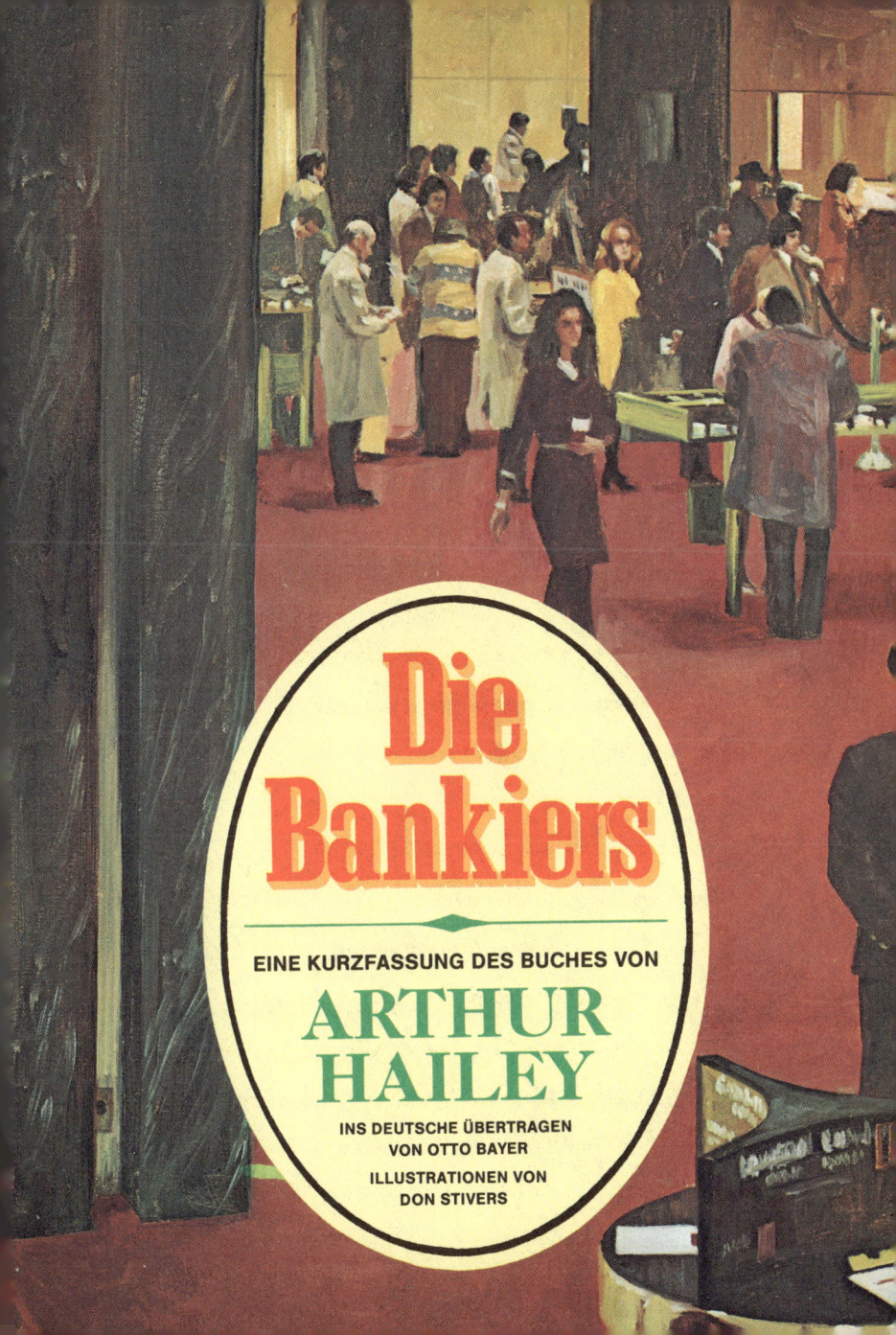

Die Bankiers

EINE KURZFASSUNG DES BUCHES VON

ARTHUR HAILEY

INS DEUTSCHE ÜBERTRAGEN
VON OTTO BAYER

ILLUSTRATIONEN VON
DON STIVERS

Arthur Hailey schließt uns die Tür der First Mercantile American Bank in dem Augenblick auf, als der nahe Tod des Generaldirektors einen Machtkampf um die Präsidentschaft des Unternehmens auslöst. Doch während die Großen der Bank ihre Hörner wetzen, geschehen aufregende Dinge: Einer sensiblen Kassiererin fehlt plötzlich Geld, und die Ermittlungen führen in den grausigen Abgründen der Verbrecherwelt zu einem Fälscherring für Kreditkarten; ängstliche Kunden veranstalten einen Run auf eine Vorortzweigstelle ... Geld. Menschen. Bankgeschäfte. Diese rasante, aufregende Geschichte blickt allen dreien hinter die Fassade.

Wie schon in Hotel und Airport führt Arthur Hailey uns hinter die Kulissen einer Institution, die uns alle angeht. Das packende Schicksal der Menschen im Bankgewerbe macht Die Bankiers zum engagiertesten Roman, der je in dieser Branche angesiedelt wurde.

1. KAPITEL

LANGE noch würde sich manch einer lebhaft und mit Entsetzen an diese beiden Tage in der ersten Oktoberwoche erinnern.

Am Dienstag machte der alte Ben Rosselli, Präsident der First Mercantile American Bank und Enkel ihres Gründers, eine ebenso überraschende wie traurige Ankündigung, deren Widerhall weit über die Bank hinausreichte. Und am Mittwoch, dem Tag darauf, mußte die Hauptzweigstelle in der City, das „Flaggschiff" der Bank, feststellen, daß sich unter ihrem Personal ein Dieb befand. Damit begann eine Serie von Ereignissen, die nur wenige hätten vorhersehen können und an deren Ende finanzieller Ruin und menschliche Tragödie standen.

Die Erklärung des Bankpräsidenten erfolgte ohne jede Vorwarnung; erstaunlicherweise hatte auch niemand etwas läuten hören. Frühmorgens hatte Ben Rosselli mehrere seiner leitenden Angestellten zu Hause angerufen und jedem das gleiche gesagt: „Bitte kommen Sie heute früh um elf ins Sitzungszimmer im Hochhaus der Zentrale."

Nun waren alle außer Ben im Sitzungszimmer des „FMA-Turms" versammelt, zusammen etwas über zwanzig Leute, die sich in kleinen Grüppchen leise unterhielten und warteten. Alle standen; keiner wollte als erster einen Stuhl von dem spiegelblanken Konferenztisch wegziehen, der mit seinen zehn Metern Länge Platz für vierzig bot.

Eine Stimme tönte schneidend durch den Raum: „Wer hat das veranlaßt?"

Köpfe flogen herum. Roscoe Heyward, geschäftsführender Vizepräsident und Finanzdirektor, hatte einen Kellner im weißen Jackett angesprochen, der dabei war, Sherry in Gläser zu füllen.

Heyward war ein verbissener Abstinenzler. Er schaute demonstrativ auf seine Armbanduhr – eine Geste, die deutlich sagen sollte: Nicht nur Alkohol, nein, auch noch so früh am Tag. Ein paar, die sich schon ein Glas hatten nehmen wollen, zogen rasch die Hand zurück.

„Mr. Rosselli hat das angeordnet, Sir", erklärte der Kellner. „Und er hat ausdrücklich den besten Sherry verlangt."

Ein untersetzter Mann in modischem, hellgrauem Anzug meinte gelassen: „Ob früh oder spät, das Beste vom Besten sollte man nie stehenlassen."

Alex Vandervoort, blauäugig und blond, mit einem Anflug von Grau an den Schläfen, war ebenfalls geschäftsführender Vizepräsident. Seine herzliche, unkonventionelle und zwanglose Art strafte die Härte und Entschiedenheit unter der Oberfläche Lügen. Die beiden, Heyward und Vandervoort, bildeten die zweite Reihe in der Hierarchie. Sie kamen gleich hinter dem Präsidenten, und bei aller Umgänglichkeit und Kooperationsbereitschaft waren sie in vielem doch Rivalen. Ihre teils gegensätzlichen Ansichten teilten auf den unteren Ebenen die ganze Bank in zwei Lager.

Jetzt nahm Alex zwei Gläser und reichte eines an Edwina D'Orsey weiter, eine junonische Brünette und die ranghöchste Frau bei der FMA.

Edwina sah Heywards mißbilligenden Blick. Aber was machte das schon. Roscoe wußte, daß sie zu Vandervoorts Gefolgschaft gehörte. „Danke, Alex", sagte sie und nahm das Glas.

Einen Augenblick herrschte gespannte Unsicherheit, dann folgten andere dem Beispiel. Roscoe Heywards Miene wurde eisig.

Am Eingang zum Konferenzraum erhob der Sicherheitsdirektor die Stimme. Nolan Wainwright war ein hochgewachsener Othello und einer der beiden anwesenden farbigen Direktoren der Bank. „Mrs. D'Orsey, meine Herren – Mr. Rosselli."

Das Unterhaltungsgemurmel verstummte.

Ben Rosselli stand da, ein leichtes Lächeln auf den Lippen. Wie immer bildete seine Erscheinung ein Mittelding zwischen wohlwollender Vaterfigur und jener festen Stütze der Macht, der abertausend Menschen ihr Geld zu treuen Händen anvertrauten. Er stellte beides dar, auch in der Kleidung: staatsmännisches Bankiersschwarz mit der unumgänglichen Weste, ein dünnes goldenes Kettchen an der Uhrtasche. Verblüffend, wie sehr er Giovanni – dem ersten Rosselli – ähnelte, der die Bank vor hundert Jahren im Keller eines Warenhauses gegründet hatte. Giovannis Patrizierhaupt mit dem fülligen Silberhaar und dicken Schnurrbart zierte die Kontobücher und Reiseschecks der Bank als Symbol der Redlichkeit.

Der jetzige Rosselli hatte das gleiche Silberhaar und einen fast so vollen Schnurrbart. Was aber keine Reproduktion so richtig wiedergab, waren der Schwung, die Genialität und nahezu unerschöpfliche Energie, womit die Rossellis ihre First Mercantile American auf den gegenwärtigen Stand gebracht hatten. Heute jedoch ließ Ben Rosselli die gewohnte Lebhaftigkeit irgendwie vermissen. Er kam auf einen Stock gestützt. Das hatte noch keiner der Anwesenden je gesehen.

Jetzt streckte er die Hand aus, wie um sich einen der schweren Stühle vom Konferenztisch heranzuziehen, aber Nolan Wainwright, der Sicherheitsdirektor, war schneller und rückte den Stuhl für ihn zurecht. Mit einem gemurmelten Dankeschön setzte sich der Präsident und gab den andern ein Zeichen. „Das ist ganz zwanglos heute. Wer will, kann sich einen Stuhl holen. Ach ja, danke." Damit nahm er ein Glas von dem Kellner entgegen, der jetzt den Raum verließ und die Tür schloß.

Ein paar andere setzten sich noch, die meisten aber blieben stehen. Alex Vandervoort ergriff als erster das Wort und meinte: „Es sieht so aus, als ob wir hier etwas feiern sollten." Er hielt sein Glas hoch. „Darf man nach dem Anlaß fragen?"

Ben Rosselli lächelte flüchtig. „Ich wollte, es gäbe etwas zu feiern, Alex. Aber es ist nur ein Anlaß, den man, glaube ich, mit einem Schlückchen besser übersteht." Er schwieg, und plötzlich machte sich im Sitzungszimmer Spannung breit.

„Ich sterbe", sagte Ben Rosselli. „Die Ärzte sagen, ich mach's nicht mehr lange. Ich dachte, das sollten Sie alle erfahren." Er hob sein Glas, betrachtete es kurz und nippte an dem Sherry.

Wenn es zuvor schon still im Raum gewesen war, jetzt war die Stille fast zu greifen. Niemand rührte sich oder sprach. Ben beugte sich, auf seinen Stock gestützt, ein wenig vor. „Nun wollen wir doch nicht solche Leichenbittermienen machen. Wir sind alle alte Freunde; deshalb habe ich Sie ja hergerufen. Und, ach ja, damit erst niemand fragen muß: Was ich Ihnen gesagt habe, ist endgültig; wenn ich noch eine Chance sähe, hätte ich noch etwas gewartet. Ich habe Lungenkrebs – weit fortgeschritten, wie man mir sagt. Wahrscheinlich erlebe ich nicht mal mehr Weihnachten." Er machte eine Pause, und jetzt spürten alle seine ganze Schwäche und Müdigkeit. Ganz leise fuhr er fort: „So, und wenn Sie wollen, dürfen Sie diese Nachricht auch weitergeben."

Edwina D'Orsey dachte: Da wird's nicht viel Wenn und Wollen geben. Sobald wir den Raum hier verlassen haben, wird sich die Neuigkeit wie ein Präriebrand in der Bank verbreiten – und auch nach draußen. Edwina war ganz benommen und spürte, daß es den andern allen nicht besser erging.

„Mr. Ben", sagte der betagte Pop Monroe, altgedienter Leiter der Treuhandabteilung, „jetzt haben Sie uns aber gehörig auf die Bretter geschickt." Seine Stimme schwankte. „Ich glaube, wir wissen alle nicht, was wir sagen sollen." Das zustimmende, mitfühlende Gemurmel klang fast wie Stöhnen.

Roscoe Heyward übertönte es mit fester Stimme. „Was wir sagen können – und müssen, ist dies" – ein leiser Vorwurf schwang in seinen Worten mit, als ob die andern gefälligst hätten warten sollen, bis er als erster sprach –, „daß wir, sosehr uns diese furchtbare Nachricht erschreckt und betrübt, doch darum beten, daß es noch eine Hoffnung geben möge. Was die Ärzte sagen, ist selten endgültig. Die medizinische Wissenschaft vermag vieles aufzuhalten, ja zu heilen –"

„Roscoe, ich sage doch, das hab ich alles schon hinter mir", unterbrach ihn Ben Rosselli und verriet zum erstenmal einen Anflug von Gereiztheit. „Und was die Ärzte angeht, ich hatte die besten. Oder hatten Sie etwas anderes erwartet?"

„Nein", sagte Heyward. „Aber wir sollten daran denken, daß es noch eine höhere Macht gibt, und es sollte unser aller Pflicht sein" – er sah sich im Konferenzraum um –, „zu Gott zu beten, wenigstens um mehr Zeit."

Der Ältere sagte trocken: „Ich habe den Eindruck, für Gott ist der Fall schon entschieden."

Alex Vandervoort warf jetzt ein: „Ben, wir sind alle wie vor den Kopf geschlagen. Und ich besonders bedaure, was ich vorhin gesagt habe."

„Das mit dem Feiern? Schon gut. Das konnten Sie ja nicht wissen." Der Alte lachte leise in sich hinein. „Und warum übrigens nicht? Ich habe ein schönes Leben hinter mir; das ist doch Grund genug zum Feiern." Er klopfte seine Taschen ab, dann blickte er in die Runde. „Hat mal einer 'ne Zigarette? Die Ärzte haben mir den Nachschub gesperrt."

Mehrere Päckchen kamen zum Vorschein. Roscoe Heyward erkundigte sich: „Sollten Sie das wirklich?" Ben Rosselli sah ihn ironisch an. Es war kein Geheimnis, daß die beiden sich persönlich niemals nähergekommen waren.

Alex Vandervoort zündete die Zigarette an, die der Bankpräsident nahm. Wie die meisten Anwesenden hatte auch Alex feuchte Augen.

„In einem Augenblick wie diesem gibt es sogar Dinge, über die man froh sein sollte", sagte Ben. „Zum Beispiel, daß man eine kleine Vorwarnung bekommen hat, die Gelegenheit, Dinge ins reine zu bringen." Der Rauch der Zigarette kräuselte sich um ihn. „Natürlich gibt es auf der anderen Seite das Bedauern darüber, wie die eine oder andere Sache gelaufen ist. Dann sitzt man da und denkt auch darüber nach."

Über einen dieser bedauerlichen Umstände brauchte niemand belehrt zu werden – Ben Rosselli hatte keinen Erben. Sein einziger Sohn war im Zweiten Weltkrieg gefallen; später hatte dann ein vielversprechender Enkel in Vietnam sein Leben gelassen.

Ein Hustenanfall schüttelte den alten Mann. Nolan Wainwright nahm ihm die Zigarette aus den zitternden Fingern und drückte sie aus. Man sah nun deutlich, wie geschwächt Ben Rosselli in Wahrheit war, wie sehr die heutige Anstrengung ihn mitgenommen hatte. Wenngleich es noch niemand wußte, es war das letzte Mal, daß er die Bank betreten hatte.

Alle gingen nun einzeln zu ihm und drückten ihm teilnahmsvoll die Hand, suchten nach Worten. Als Edwina D'Orsey an der Reihe war, küßte sie ihn sanft auf die Wange, und er zwinkerte ihr zu.

Roscoe Heyward verließ als einer der ersten den Konferenzraum. Der geschäftsführende Vizepräsident und Finanzdirektor hatte zwei dringende Anliegen: für einen reibungslosen Machtwechsel nach Ben Rossellis Tod zu sorgen und sicherzustellen, daß er selbst zum Präsidenten gewählt wurde.

Als alter Hase in der Bankpolitik hatte Heyward seinen Feldzug bereits zu planen begonnen, als die morgendliche Sitzung noch im Gange war. Jetzt eilte er in seinen Bürotrakt, getäfelte Räume mit einem atemberaubenden Blick auf die tief darunterliegende City. Kaum an seinem Schreibtisch, rief er die ältere seiner beiden Sekretärinnen, Mrs. Dora Callaghan, zu sich und trug ihr auf, alle nicht zum Hause gehörigen Mitglieder des Aufsichtsrats anzurufen. Er

hatte auf den ersten Blick gesehen, daß nur zwei Aufsichtsratsmitglieder der First Mercantile American, sofern sie nicht zum Mana-
gement der Bank selbst gehörten, zugegen gewesen waren – beides
alte Freunde von Ben. Das hieß, daß fünfzehn andere noch nichts
vom nahen Tod des Präsidenten wußten. Heyward würde dafür
sorgen, daß alle fünfzehn es von ihm erfuhren. Die Nachricht war
so erschütternd, daß sie ein instinktives Einvernehmen zwischen dem
Empfänger und dem Überbringer herstellen würde. Außerdem mochten einige Aufsichtsratsmitglieder es übelnehmen, daß sie nicht im
voraus informiert worden waren. Roscoe Heyward gedachte aus dieser Verstimmung Kapital zu schlagen.

Eine halbe Stunde, nachdem er mit der Telefoniererei begonnen
hatte, erklärte er gerade dem Ehrenwerten Harold Austin ernst:
„Wir sind natürlich über alle Maßen bestürzt. Was Ben uns da gesagt
hat, kann einfach nicht wahr sein."

„Unfaßbar!" Die andere Stimme in der Leitung hatte noch etwas
von der kurz zuvor geäußerten Betroffenheit an sich. „Und es auch
noch persönlich bekanntzugeben!" Harold Austin entstammte einer
der ältesten Familien der Stadt und hatte vor langer Zeit einmal
dem Kongreß angehört – daher der Titel „Ehrenwert", den er sich
gern gefallen ließ. Jetzt gehörten ihm die größte Werbeagentur des
Bundesstaates und ein Stammplatz im Aufsichtsrat der Bank, der
mit starkem Einfluß verbunden war.

Die Bemerkung über die persönliche Bekanntgabe war Heywards
Stichwort. „Ich verstehe sehr wohl, wie Sie das mit der Form der
Bekanntgabe meinen. Sie erscheint einem ungewöhnlich. Aber am
meisten hat mich befremdet, daß der Aufsichtsrat nicht als erstes informiert wurde. Daher empfinde ich es als meine Pflicht, Ihnen und
den andern unverzüglich Bescheid zu geben." Heywards strenges
Adlergesicht zeigte äußerste Konzentration; die grauen Augen hinter
der randlosen Brille waren kalt.

„Das ist lobenswert, Roscoe. Wir hätten informiert werden
müssen."

„Danke, Harold. In so einem Augenblick ist man ja nie ganz
sicher, was das beste ist. Man weiß nur, daß jemand die Sache in
die Hand nehmen muß."

Der Vorname ging Heyward leicht über die Lippen. Er selbst
entstammte einer alteingesessenen Familie, und seine persönlichen

Beziehungen reichten weit über die Grenzen des Bundesstaates hinaus bis nach Washington und anderswohin. Heyward war stolz auf seine gesellschaftliche Stellung und die freundschaftlichen Verbindungen zu höchsten Stellen. Ebenfalls erinnerte er gern an seine direkte Abstammung von einem der Unterzeichner der Unabhängigkeitserklärung.

Jetzt meinte er: „Noch ein Grund für die Information des Aufsichtsrates sind die unabsehbaren Auswirkungen, die Bens traurige Nachricht haben wird. Und sie wird sich sehr schnell verbreiten."

„Zweifellos", pflichtete Austin ihm bei. „Es steht zu befürchten, daß ab morgen schon die Presse Fragen stellen wird."

„Sehr richtig. Und jede falsche Publicity könnte Unruhe unter die Einleger bringen und den Wert unserer Aktien sinken lassen." Roscoe Heyward fühlte förmlich, wie sich im Kopf seines Aufsichtsratskollegen die Rädchen drehten. Zum Treuhandvermögen der Familie Austin, das der Ehrenwerte Harold vertrat, gehörte ein dickes Paket FMA-Aktien.

„Wenn natürlich der Aufsichtsrat jetzt energische Maßnahmen ergriffe", soufflierte Heyward, „um Aktionäre, Einleger und die Öffentlichkeit schlechthin zu beruhigen, brauchte man die Auswirkungen kaum zu fürchten."

„Woran denken Sie, Roscoe?"

„An Kontinuität in der Führung. Wir dürfen uns keine Vakanz auf dem Stuhl des Hauptverantwortlichen erlauben, nicht einen Tag. Mit dem größten Respekt vor Ben, diese Bank hat zu lange als Einmannunternehmen gegolten. Aber keine von den zwanzig größten Banken dieses Landes wird oder könnte von einer Einzelperson geleitet werden. So traurig der Anlaß, aber jetzt hat der Aufsichtsrat die Gelegenheit, mit dieser Legende aufzuräumen."

Heyward konnte sich Austin vorstellen – einen gutaussehenden, alternden Playboy, auffällig gekleidet, mit üppigem, stahlgrauem Haar und wahrscheinlich – wie üblich – einer dicken Zigarre im Mund. Aber so leicht ließ sich der Ehrenwerte Harold auch wieder nichts vormachen. Schließlich meinte er: „Da ist etwas Wahres dran. Über Bens Nachfolger muß entschieden, wahrscheinlich auch sein Name noch vor Bens Tod bekanntgegeben werden. Zufällig halte ich Sie für diesen Mann, Roscoe. Sie haben die Qualifikation, die Erfahrung, auch die Härte. Ich bin also gern bereit, Ihnen meine Unterstützung

zu versprechen, und es gibt andere im Aufsichtsrat, die ich auf dieselbe Marschroute einschwören kann."

„Da wäre ich Ihnen jedenfalls zu großem Dank verpflichtet . . ."

„Natürlich müßte bei Gelegenheit eine Hand die andere waschen."

„Das versteht sich."

„Gut! Dann sind wir uns also einig."

Das Gespräch, fand Heyward beim Auflegen, war über die Maßen
zufriedenstellend verlaufen. Austin war ein Mann, der Wort hielt.

Der nächste Anruf galt Philip Johannsen, dem Präsidenten der
MidContinent Rubber, und auch hier bot sich Heyward wieder eine
Möglichkeit. Johannsen rückte von sich aus damit heraus, daß Alex
Vandervoort, ehrlich gesagt, nicht sein Mann sei, weil er dessen Ideen
für unorthodox halte.

„Alex *ist* unorthodox", sagte Heyward. „Gewiß, er hat private
Probleme. Ich weiß nicht recht, ob da Zusammenhänge sind."

„Was für Probleme?"

„Frauen, genauer gesagt. Natürlich will man nicht . . ."

„Das ist aber wichtig, Roscoe. Und vertraulich. Also fahren Sie
nur fort."

„Nun, also, Alex hat Schwierigkeiten in der Ehe. Und er ist mit
einer anderen Frau liiert. So eine linke Agitatorin, dauernd in den
Nachrichten, und zwar in Zusammenhängen, die für die Bank nicht
eben von Vorteil wären. Manchmal frage ich mich, wie groß ihr
Einfluß auf Alex ist."

„Wie recht Sie hatten, mir das zu sagen, Roscoe", sagte Johannsen. „So etwas muß der Aufsichtsrat einfach wissen. Eine Linke, ja?"

„Ja. Ihr Name ist Margot Bracken."

„Ich glaube, von der habe ich schon gehört. Und wenig Erfreu-
liches."

Heyward lächelte. Allerdings hatte er zwei Telefongespräche später
schon weniger Grund zur Freude, als er mit Leonard L. Kingswood,
dem Vorstandsvorsitzenden der Northam Steel, einen der auswärti-
gen Aufsichtsratsmitglieder am Apparat hatte.

Kingswood hatte seine berufliche Laufbahn als Schmelzer im Stahl-
werk begonnen. „Kommen Sie mir nicht mit so was, Roscoe", sagte
er, als Heyward andeutete, daß die Aufsichtsratsmitglieder der Bank
vorweg hätten informiert werden müssen. „Ich hätte es selbst genauso gemacht. Erst den Leuten Bescheid sagen, die einem am näch-

sten stehen; Aufsichtsräte und andere Großkopfete können warten."

Auf die angedeutete Möglichkeit eines Kurssturzes der FMA-Aktien reagierte Len Kingswood nur mit einem: „Na und? Dann wird FMA, wenn das bekannt wird, eben auf der großen Tafel um einen Punkt oder zwei sinken, weil die meisten Börsengeschäfte im Auftrag von zittrigen alten Tanten getätigt werden, die zwischen Hysterie und Wirklichkeit nicht unterscheiden können. Aber eine Woche später sind wir wieder oben, weil die Bank gesund ist, und das wissen alle, die was davon verstehen."

Und im weiteren Verlauf der Unterredung: „Roscoe, Ihre Eigenreklame ist so durchsichtig wie ein frisch geputztes Fenster, also will ich mal ebenso deutlich werden. Sie sind ein hervorragender Finanzdirektor, überhaupt der beste Finanzmann, den ich weit und breit kenne. Wenn Sie jemals Lust verspüren, nach Northam zu ziehen, mit höherem Gehalt und Aktienbezugsrecht, setze ich Sie jederzeit ganz oben auf unsere Geldschatulle. Das ist ein Angebot. Aber so gut Sie auch sind, Roscoe, eine Führernatur sind Sie nicht. Und das werde ich auch sagen, wenn der Aufsichtsrat zusammentritt und darüber entscheidet, wer Bens Nachfolge antreten soll. Mein Mann ist Vandervoort. Ich finde, das mußte ich Ihnen sagen."

Heyward meinte ungerührt: „Ich danke Ihnen für Ihre Aufrichtigkeit, Leonard."

„Und wenn Sie je über mein Angebot sprechen wollen, rufen Sie mich an."

Roscoe Heyward hatte nicht die Absicht, für Northam Steel zu arbeiten. Nach Leonard Kingswoods bissigem Urteil von vorhin ließ sein Stolz das nicht zu. Außerdem war er noch immer fest davon überzeugt, daß er erster Mann bei der FMA werden würde.

Wieder summte das Telefon. Dora Callaghan meldete das nächste Aufsichtsratsmitglied. „Mr. Floyd LeBerre."

„Floyd", begann Heyward, die Stimme ernst und tief, „es tut mir leid, daß ausgerechnet ich Ihnen die schmerzliche Nachricht übermitteln muß."

NICHT alle, die an der denkwürdigen Direktionssitzung teilgenommen hatten, waren so schnell verschwunden wie Roscoe Heyward. Ein paar hielten sich noch vor dem Konferenzraum auf, vom Schrecken ganz benommen, und sprachen leise miteinander. Pop Monroe

sagte zu Edwina D'Orsey: „Das ist ein sehr, sehr trauriger Tag."
Edwina nickte.

Ben Rosselli hatte ihr als Freund viel bedeutet, und er hatte ihren
Aufstieg in der Bank mit Stolz verfolgt.

Alex blieb neben Edwina stehen, dann deutete er auf sein Büro
ein paar Türen weiter. „Möchtest du nicht ein paar Minuten ver-
schnaufen?"

„O ja, gern", erwiderte sie dankbar.

Die Räume des oberen Managements lagen auf demselben Flur
wie der Konferenzraum – im sechsunddreißigsten Stock, hoch oben
im FMA-Turm. Alex Vandervoorts Büroflucht hatte, wie die andern
hier, eine zwanglose Konferenzatmosphäre. Edwina schenkte sich
einen Kaffee ein; Vandervoort kramte eine Pfeife hervor und zündete sie an.

Das herzliche Verhältnis zwischen den beiden reichte weit in die
Vergangenheit zurück. Edwina stand als Direktorin der Hauptzweigstelle in der City zwar einige Stufen unter Alex, was die Hierarchie
der First Mercantile American Bank anging, aber er hatte sie stets
als gleichrangig behandelt und oft in Angelegenheiten, die ihre Zweigstelle betrafen, unmittelbar und unter Umgehung der verschiedenen
Zwischenebenen mit ihr verkehrt. In stillschweigendem Einverständ-
nis mieden beide für den Augenblick das Thema, das sie am meisten
beschäftigte.

Alex fragte: „Wie laufen die Geschäfte diesen Monat bei euch?"

„Ausgezeichnet. Und fürs nächste Jahr bin ich optimistisch."

„Da wir vom nächsten Jahr sprechen, was meint Lewis dazu?"
Lewis D'Orsey, Edwinas Mann, war Besitzer und Herausgeber
eines vielgelesenen Informationsblatts für Geldanleger.

„Er sieht schwarz, prophezeit einen weiteren Kursverlust des
Dollars."

„Das ist auch meine Meinung." Alex überlegte laut: „Weißt du,
ein Fehler der amerikanischen Banken ist, daß wir unsere Kunden
nie ermuntern, Fremdwährungskonten zu unterhalten – Schweizer
Franken, D-Mark und andere –, wie es europäische Banken tun.
Sicher, den großen Unternehmen geben wir die Möglichkeit dazu,
denn die wissen gut genug Bescheid, um von sich aus darauf zu bestehen. Aber wenn wir noch vor fünf Jahren für Konten in europäi-
scher Währung geworben hätten, wären die verschiedenen Dollar-

abwertungen für viele unserer kleineren Kunden ein Gewinn und kein
Verlustgeschäft gewesen."

„Hätte das Finanzministerium da nicht Krach geschlagen?"

„Schon. Aber es hätte unter dem Druck der Öffentlichkeit nach-
gegeben."

„Hast du die Idee mal vorgetragen?"

„Einmal hab ich's versucht. Das war eine Bauchlandung. Für
amerikanische Bankiers ist der Dollar heilig, und wenn er noch so
wackelt. Das ist eine Vogel-Strauß-Politik, die wir der Allgemeinheit aufgezwungen haben und die sie Geld gekostet hat." Alex
schwieg. Eine ganze Weile saßen beide da, ohne zu sprechen.

Vor der Fensterwand an der Ostseite von Alex' Büroflucht breitete sich die typische aufstrebende amerikanische Stadt aus. Im Vor-
dergrund sahen sie die Häuserschluchten der City mit ihren Büro-
und Geschäftsgebäuden, von denen die größten kaum niedriger waren
als der FMA-Turm. Jenseits dieses Zentrums schlängelte sich der
breite, verkehrsreiche Fluß. Ein Netz von Brücken, Eisenbahnlinien
und Autobahnen führte hinüber in Industriegebiete und Vororte, die
dunstig in der Ferne zu sehen waren. Näher als die Vororte, aber
doch schon hinter dem Fluß, lag auch die innere Wohnstadt, die von
manchen als Schandfleck der City bezeichnet wurde.

Genau dort erhoben sich ein großes neues Gebäude und der Stahl-
rahmen eines zweiten vor dem Horizont. Auf diese Gebäude zeigte
Edwina. „Wenn ich Ben wäre und wegen etwas in Erinnerung bleiben möchte, würde ich mich für Forum East entscheiden."

„Anzunehmen." Alex' Blick folgte Edwinas. „Ohne ihn wäre
das Ganze nur eine Idee geblieben."

Forum East war der ehrgeizige Versuch, die Innenstadt zu sanie-
ren. Ben Rosselli hatte die First Mercantile American für das Projekt verpflichtet, und die Abwicklung lag in Alex Vandervoorts
Händen. Die Baudarlehen und Hypotheken liefen über Edwinas
Hauptzweigstelle.

„Ich habe über die Veränderungen nachgedacht, die es hier geben
wird", sagte Edwina. „Hoffentlich betrifft keine von ihnen Forum
East." Sie seufzte. „Jetzt ist es noch keine Stunde her, seit Ben uns
gesagt hat . . ."

„Und wir sprechen schon über die Zukunft der Bank, noch ehe
sein Grab geschaufelt ist. Aber das müssen wir, Edwina. Ben würde

auch nichts anderes von uns erwarten. Und bald müssen ein paar wichtige Entscheidungen fallen."

„Darunter die über den nächsten Präsidenten. Es gibt viele unter uns, die hoffen, daß du es wirst."

„Offen gestanden, das hoffe ich auch."

Beide ließen unausgesprochen, daß Alex Vandervoort bis zum heutigen Tage als Ben Rossellis Kronprinz gegolten hatte. Alex war erst zwei Jahre bei der First Mercantile American. Ben Rosselli hatte ihn überredet, von der Bundesreservebank herüberzuwechseln, und ihm dabei den Aufstieg an die Spitze in Aussicht gestellt. Aber noch nicht so bald.

„In fünf Jahren oder so", hatte Ben zu Alex gesagt, „möchte ich das Steuer jemandem übergeben, der mit großen Zahlen umgehen und unterm Strich einen Gewinn vorweisen kann. Aber ich will einen Mann, der nie vergißt, daß kleine Einleger – Privatpersonen – immer unser starkes Fundament gewesen sind. Der Fehler der heutigen Bankiers ist, daß sie zu gern in höheren Regionen schweben." Ben Rosselli hatte klar gesagt, daß dies kein festes Versprechen war, aber er hatte hinzugefügt: „Nach meinem Eindruck, Alex, sind Sie der Mann, den wir brauchen. Arbeiten wir doch einfach mal eine Weile zusammen und sehen, was draus wird."

So war Alex übergewechselt und hatte seine Erfahrung und seine Vorliebe für technische Neuerungen mitgebracht, und mit beidem war er sehr bald eingeschlagen. In Grundsatzfragen teilte er überdies viele von Bens Ansichten.

Vor langer Zeit schon hatte Alex über seinen Vater die ersten Einblicke ins Bankgewerbe gewonnen. Pieter Vandervoort, ein holländischer Einwanderer, hatte sich als Farmer in Minnesota niedergelassen und sich einen Bankkredit aufgebürdet, woraufhin er, um die Zinsen zahlen zu können, sieben Tage die Woche vom frühesten Morgengrauen bis in die Nacht hinein hatte schuften müssen. Er war verarmt an Überarbeitung gestorben. Die Bank hatte sein Land verkauft und somit nicht nur die rückständigen Zinsen kassiert, sondern auch ihr Kapital wieder hereingebracht. Das Schicksal seines Vaters hatte Alex gezeigt, daß der bessere Platz auf der anderen Seite des Bankschalters war. Sein Weg ins Bankgewerbe führte über ein Harvard-Stipendium und einen hervorragenden Abschluß in Volkswirtschaft.

„Es könnte trotzdem gehen", sagte Edwina D'Orsey. „Dienstalter ist nicht alles."

„Aber es zählt."

Im Geiste wägte Alex seine Chancen ab. Er wußte, daß er das Können und die Erfahrung besaß, um die Bank zu führen, aber es stand zu befürchten, daß der Aufsichtsrat jemandem den Vorzug gab, der schon länger im Hause war – Heyward zum Beispiel, der seit zwanzig Jahren in der Bank arbeitete.

Gestern hatten alle Sterne noch günstig für Alex gestanden. Heute hatte sich das Blatt gewendet. Er klopfte seine Pfeife aus. „Ich muß wieder an die Arbeit."

„Ich auch."

Doch als Alex allein war, blieb er schweigend sitzen und dachte nach.

Edwina nahm den Expreßfahrstuhl von der Direktionsetage hinunter in die Haupteingangshalle des FMA-Turms, ein Mittelding zwischen Lincoln-Center und Sixtinischer Kapelle. Im Foyer wimmelte es von Leuten – eiligem Personal, Besuchern, Schaulustigen. Durch die geschwungene Glasfront blickte Edwina auf die Rosselli Plaza mit ihren Bäumen, den Bänken, der Skulptur und dem sprudelnden Springbrunnen. Im Sommer nahmen die Büroangestellten dort gern ihren Lunch ein, aber jetzt war es da öde und ungastlich. Ein rauher Herbstwind wirbelte die Blätter auf und jagte die wärmesuchenden Fußgänger ins Gebäude. Das war die Jahreszeit, die Edwina am wenigsten liebte. Sie kündete von Melancholie, baldigem Winter und Tod.

Edwina erschauerte unwillkürlich, dann eilte sie auf den Tunnel zu, den mit Teppich ausgelegten, sanft beleuchteten Verbindungsgang zwischen der Zentralverwaltung und der Hauptzweigstelle, ihrem Reich.

2. KAPITEL

DER Mittwoch begann in der Hauptzweigstelle der City wie gewöhnlich.

Edwina D'Orsey war in dieser Woche Beamtin vom Dienst und kam pünktlich um halb neun, eine halbe Stunde, bevor sich die gewichtige Bronzetür der Bank fürs Publikum öffnen würde. Als Leiterin des FMA-Flaggschiffs und obendrein Vizepräsidentin im Gesamtunternehmen hätte sie sich an diesem turnusmäßigen Dienst nicht zu beteiligen brauchen, aber Edwina war lieber mit von der Partie; außerdem kam man ja nur alle zehn Wochen einmal dran.

Am Seiteneingang griff sie in die Handtasche nach dem Schlüssel. Dann hielt sie, bevor sie ihn ins Schloß steckte, kurz Ausschau nach dem Zeichen, daß alles in Ordnung war. Dieses „Alles-klar"-Zeichen steckte, wo es hingehörte – eine kleine, gelbe Karte, unauffällig an einem Fenster angebracht. Die Karte hatte Minuten vorher der Portier aufgestellt, der täglich als erster da sein mußte. War drinnen alles in Ordnung, so stellte er das Zeichen so auf, daß ankommendes Bankpersonal es sehen konnte. Sollten aber Bankräuber in der Nacht eingestiegen sein und gewartet haben, um Geiseln zu nehmen – zuerst natürlich den Portier –, so wurde kein Zeichen aufgestellt, und sein Fehlen diente als Warnung. Später eintreffende Mitarbeiter würden unverzüglich Hilfe herbeirufen. Wegen der wachsenden Zahl von Überfällen benutzten die meisten Banken solche Zeichen, deren Art und Aufstellungsort häufig wechselten.

Edwina trat ein und ging sofort zu einem bestimmten Brett in der Wandtäfelung, das mit Scharnieren versehen war. Sie klappte es auf. Dahinter kam ein Knopf zum Vorschein, auf dem sie ihren Code drückte – zweimal lang, dreimal kurz, einmal lang. Jetzt wußte die Sicherheitsabteilung im FMA-Turm, daß der Alarm, den Edwinas Eintreten Sekunden zuvor ausgelöst hatte, unbeachtet bleiben konnte, weil ein befugter Mitarbeiter in der Bank war. Auch der Portier hatte, als er kam, auf den Knopf gedrückt, in seinem Code. Wenn entweder Edwina als Beamtin vom Dienst oder der Portier ihren richtigen Code nicht durchgegeben hätten, wäre vom Sicherheitsdienst sofort die Polizei alarmiert worden. Minuten später wäre das Gebäude umstellt gewesen. Wie alle andern Systeme wurden auch die Codes häufig gewechselt.

Überall gingen die Banken aus Sicherheitsgründen dazu über, mit positiven Signalen anzuzeigen, daß alles in Ordnung war, während das Fehlen eines Signals auf Unstimmigkeiten hinwies. Auf diese Weise konnte ein als Geisel genommener Bankbediensteter Alarm schlagen, indem er einfach nichts tat.

Inzwischen trafen weitere Bankbedienstete ein, kontrolliert von dem uniformierten Portier, der an der Seitentür Posten bezogen hatte.

„Guten Morgen, Mrs. D'Orsey." Ein weißhaariger Bankveteran namens Tottenhoe kam zu Edwina. Er war Abteilungsleiter für Personalfragen und für den normalen Betriebsablauf zuständig. Mit seinem langen, traurigen Gesicht sah er aus wie ein uraltes Känguruh. Edwina und Tottenhoe gingen zusammen durch die Schalterhalle, dann eine breite, mit Läufern belegte Treppe hinunter zum Tresor. Zu den Aufgaben des Beamten vom Dienst gehörte es, das Öffnen und Schließen des Tresors zu überwachen.

Während sie vor der Tresortür warteten, bis sich das Zeitschloß ausschaltete, meinte Tottenhoe mit Leichenbittermiene: „Es geht ein Gerücht um, daß Mr. Rosselli im Sterben liegt. Stimmt das?"

„Leider ja." Edwina berichtete ihm kurz über die gestrige Zusammenkunft. Gestern abend zu Hause hatte sie kaum an etwas anderes denken können, aber heute morgen war sie fest entschlossen, sich ganz aufs Bankgeschäft zu konzentrieren. Ben würde das von ihr erwarten.

Sie sah auf ihre Armbanduhr. Acht Uhr vierzig. Sekunden später meldete ein Klicken in der massiven Stahltür, daß sich das Zeitschloß, gestern bei Schließung der Bank eingestellt, von selbst wieder ausgeschaltet hatte. Erst jetzt waren die Kombinationsschlösser funktionsbereit.

Mit einem Druck auf einen weiteren versteckten Knopf teilte Edwina dem Sicherheitsdienst in der Zentrale mit, daß jetzt der Tresor geöffnet werden sollte.

Edwina und Tottenhoe stellten nebeneinander ihre Kombinationen ein. Keiner kannte die Kombination des anderen, also konnte auch keiner von ihnen den Tresor allein öffnen.

Eben war Miles Eastin eingetroffen, ein Unterabteilungsleiter. Es war ein gutaussehender junger Mann und im wohltuenden Gegensatz zu Tottenhoes Verdrießlichkeit meist guter Dinge. Mit ihm kam der Tresorkassierer, ein langjähriger Angestellter, der bis zum Feierabend den Geldverkehr in und aus dem Tresor überwachen würde. Für die nächsten sechs Stunden war er der Herr über fast eine Million Dollar Bargeld. Weitere zwanzig Millionen würden an Schecks diese große Zweigstelle durchlaufen.

Edwina trat zurück, und der Tresorkassierer zog zusammen mit

Miles Eastin die große, schwere Präzisionstür auf. Sie würde jetzt offenbleiben, bis die Bank wieder schloß.

„Hab eben einen Anruf bekommen", informierte Eastin den Personalmann. „Noch zwei Kassierer für heute ausgefallen. Grippe."

Tottenhoes trauriges Gesicht wurde noch trostloser. „Dann werden wir den einen oder anderen Bürostuhl räumen müssen. Und Sie sind schon mal der erste", sagte er zu Miles Eastin. „Holen Sie sich einen Kassenwagen, und bereiten Sie sich auf den Ansturm vor. Können Sie überhaupt noch zählen?"

„Bis zwanzig", sagte Eastin, „aber dann darf ich keine Socken anhaben."

Edwina lächelte. Was der junge Eastin anpackte, das klappte. Wenn Tottenhoe nächstes Jahr in Pension ging, stand er als Nachfolger an.

Eastin erwiderte das Lächeln. „Keine Angst, Mrs. D'Orsey. Ich hab gestern abend Handball gespielt und ganz allein die Tore gezählt."

Edwina kannte auch Eastins anderes Hobby, das der Bank sehr nützlich war – das Studieren und Sammeln von Banknoten und Münzen. Miles Eastin war derjenige, der neuen Angestellten die Einführungsvorträge hielt, und er streute dabei gern historische Bonbons ein, wie etwa die Tatsache, daß sowohl Papiergeld als auch die Inflation in China erfunden worden seien. Der erste belegte Fall von Inflation, erklärte er, ereignete sich im dreizehnten Jahrhundert, als der Mongolenkaiser Kublai Khan seine Soldaten nicht mehr bezahlen konnte. Daraufhin produzierte er mit einem hölzernen Druckstock wertloses Papiergeld. Wegen seiner Kenntnisse war Eastin auch der hauseigene Experte für Falschgeld, und wenn irgendwo ein zweifelhafter Schein auftauchte, wurde er ihm zur Begutachtung vorgelegt.

Die drei – Edwina, Eastin, Tottenhoe – stiegen jetzt wieder die Treppe vom Tresorgewölbe zum Schalterraum der Bank hinauf. Soeben wurden von einem Panzerwagen, der vor der Tür stand, Leinensäcke mit Bargeld angeliefert. Zwei bewaffnete Wächter begleiteten das Geld.

Bargeld in großen Mengen pflegte immer am frühen Morgen zu kommen, nachdem es zuvor von der Bundesreservebank in den Haupttresor der FMA-Zentrale überführt worden war. Von dort wurde es an die Zweigstellen verteilt. Daß dies immer noch am selben Tag geschah, hatte einen einfachen Grund: Geld, das im Tresor herumlag, brachte nichts ein; und schließlich bestand auch die Gefahr, daß etwas verlorenging oder gestohlen wurde. Es ist ein Balanceakt für jeden Bankmanager, nie zuwenig Bargeld zu haben, aber auch nie zuviel.

Eine große Bank wie die City-Filiale der FMA hatte gewöhnlich einen Grundbestand an Bargeld in Höhe von einer halben Million Dollar im Tresor. Was im Augenblick eintraf – noch eine viertel Million –, wurde zusätzlich an einem durchschnittlichen Banktag benötigt.

Tottenhoe knurrte die Wachtposten an: „Hoffentlich habt ihr uns diesmal sauberere Scheine gebracht als in letzter Zeit."

„Hab denen drüben in der Zentrale Ihren Kummer mitgeteilt, Mr. Tottenhoe", sagte der eine. „Ich für meinen Teil", fuhr er fort, „ich nehme alles Geld, ob sauber oder dreckig."

„Leider denken da manche Kunden anders", sagte Tottenhoe.

Neues Geld, das über die Bundesreservebank direkt von der staatlichen Druck- und Prägeanstalt kam, war bei allen Banken heiß begehrt. Erstaunlich viele Kunden, vor allem exklusivere Geschäfte, wiesen schmutzige Scheine zurück und verlangten neue oder zumindest saubere Banknoten, die von den Banken „fit" genannt wurden. Zum Glück gab es andere, denen das gleichgültig war, und die Kassierer hatten Anweisung, ihre frischen Banknoten für solche Kunden aufzuheben, die ausdrücklich danach fragten.

„Wie man hört, sind jede Menge ausgezeichnete Blüten unterwegs. Vielleicht können wir auch einen Packen besorgen." Der zweite Wachtposten zwinkerte seinem Kollegen zu.

„Auf diese Hilfe können wir verzichten", antwortete Edwina. „Davon kriegen wir selbst schon viel zuviel rein."

Erst letzte Woche hatte die Bank Blüten aus unbekannter Quelle entdeckt, deren Wert fast tausend Dollar ausmachte. Höchstwahrscheinlich stammten sie von Einzahlern, die ihrerseits hereingelegt worden waren und ihren Verlust – meist ohne die leiseste Ahnung, daß die Scheine falsch waren – auf die Bank abwälzten. Beamte des amerikanischen Geheimdienstes, die das Thema mit Edwina und Miles besprochen hatten, waren ehrlich bestürzt gewesen. „Wir haben noch nie so gutes Falschgeld gesehen, und es war auch noch nie soviel im Umlauf." Nach ihrer Schätzung waren im vergangenen Jahr rund dreißig Millionen Dollar an Blüten produziert worden. „Und eine noch viel größere Menge wird nie entdeckt werden."

England und Kanada waren die Hauptquellen für gefälschte US-Währung. Die Beamten berichteten aber auch, daß unglaubliche Mengen davon auf dem europäischen Kontinent zirkulierten. „Dort werden die Blüten nicht so leicht erkannt, also warnen Sie Ihre Freunde, wenn sie nach Europa reisen, dort nur ja kein amerikanisches Geld anzunehmen. Die Chance ist groß, daß es nichts wert ist."

Der erste Wachtposten rückte sich die Säcke auf den Schultern zurecht. „Keine Bange, Leute, das hier sind echte Grüne." Beide stiegen die Treppe zum Tresor hinunter.

Edwina ging zu ihrem Schreibtisch auf dem Podium. Überall in der Bank wurde es jetzt lebendig. Der Haupteingang war auf, und die ersten Kunden kamen. Das Podium, auf dem traditionsgemäß die höheren Chargen ihre Arbeitsplätze hatten, lag etwas höher als die Schalterhalle und war von einem karmesinroten Teppich bedeckt. Edwinas Schreibtisch, den größten und imposantesten, flankierten zwei Flaggen – rechts hinter ihr das Sternenbanner, links die Fahne des Bundesstaates. Manchmal hatte Edwina auf ihrem Platz das Gefühl, vor einer Fernsehkamera zu posieren.

Die Bank war von großzügiger Modernität; erst vor einem Jahr renoviert, als nebenan der FMA-Turm errichtet wurde. Karmesinrot und Mahagoni herrschten vor, hier und da ein passender Tupfer Gold dazwischen. Das Resultat der sachkundigen Planung war eine Kombination von Bequemlichkeit für die Kunden, ausgezeichneten Arbeitsbedingungen und einer von Wohlstand zeugenden Atmosphäre.

Edwina nahm in ihrem hochlehnigen Drehsessel Platz und griff nach den Kreditanträgen, deren Summen über das hinausgingen, was andere Angestellte dieser Bank selbständig genehmigen durften.

Sie selbst war befugt, bis zu einer Million Dollar im Einzelfall zu gewähren, sofern noch zwei Abteilungsleiter ihrer Filiale zustimmten. Das war immer der Fall. Darüber hinausgehende Anträge wurden an die Abteilung Kreditpolitik in der Zentrale weitergegeben. Bei der First Mercantile American war es wie bei andern Banken ein Statussymbol, wie hoch die Kreditsumme war, die einer vergeben durfte. Man sprach vom Initialenwert, da ein Kreditantrag dadurch endgültig genehmigt wurde, daß der Bearbeiter ihn mit seinen Initialen abzeichnete.

Edwinas Initialenwert war selbst für einen Zweigstellenleiter ungewöhnlich hoch und drückte ihre besondere Verantwortung als Direktorin der City-Filiale aus. Der Leiter einer kleineren Zweigstelle durfte je nach Tüchtigkeit und Rang zwischen zehntausend und einer halben Million Dollar genehmigen. Der Initialenwert schuf in der FMA eine Art Kastensystem, das auch bestimmte Privilegien regelte. So arbeitete ein Kreditunterinspektor, dessen Initialenwert ganze fünfzigtausend Dollar betrug, in der Abteilung Kreditpolitik der FMA-Zentrale an einem schlichten Schreibtisch, der neben andern in einem großen offenen Bürosaal stand. Ein Kreditinspektor, der für eine Viertelmillion Dollar gut war, hatte Anspruch auf einen größeren Schreibtisch in einer verglasten Zelle.

Ein wahrhaftiges Büro mit Tür und Fenster war das persönliche Vorrecht eines Kreditoberinspektors, dessen Initialenwert immerhin schon eine halbe Million betrug. Obendrein standen ihm ein großer Schreibtisch, ein Ölgemälde an der Wand und Notizblocks mit aufgedrucktem Namen zu, außerdem ein tägliches *Wall Street Journal* und einmal morgens Schuheputzen. Er teilte sich mit einem anderen Kreditoberinspektor eine Sekretärin.

Der Leiter der Abteilung Kreditpolitik endlich, der im Rang eines Vizepräsidenten stand und einen Initialenwert von einer Million Dollar hatte, arbeitete in einem Eckbüro mit *zwei* Fenstern, *zwei* Ölgemälden und einer eigenen Sekretärin. Seine Notizblocks waren graviert. Auch er hatte Anrecht auf seinen Schuhputz, die Zeitung und sogar noch Zeitschriften, ferner einen Firmenwagen für Dienstfahrten und Zutritt zum Speisesaal für die leitenden Angestellten.

Als Zweigstellenleiterin hatte Edwina kein Büro, aber ansonsten war sie für fast alle andern Vergünstigungen ihres Initialenwerts gut. Von ihrem Recht auf einen Schuhputz machte sie nie Gebrauch.

Heute morgen befaßte sie sich mit zwei Kreditanträgen, genehmigte einen und schrieb ein paar Fragen auf den andern. Ein dritter Antrag machte sie stutzen. Verdutzt las sie ihn noch einmal durch.

Der Sachbearbeiter, der den Antrag geprüft hatte, meldete sich an der Gegensprechanlage. „Castleman.“

„Cliff, kommen Sie doch mal rüber.“

„Gewiß.“ Der Kreditsachbearbeiter, der nur ein halbes Dutzend

Schreibtische weiter arbeitete, sah zu Edwina hinüber. „Wetten, daß ich weiß, warum ich kommen soll?"

Während er neben ihrem Schreibtisch Platz nahm, warf er einen Blick auf die offene Akte.

„Hab ich doch recht gehabt. Wir haben ein Härchen in der Suppe gefunden, wie?"

Cliff Castleman hatte ein rundes, rosiges Gesicht und ein sanftes Lächeln. Kreditnehmer mochten ihn, weil er ein guter Zuhörer war und Anteil nahm. Aber er war auch ein erfahrener Mann auf seinem Gebiet und verfügte über gute Menschenkenntnis.

„Ist das Ihr Ernst, daß Sie soviel Geld für *solch* einen Zweck genehmigen wollen?" fragte Edwina ihn.

„Mein Todernst –" Castleman unterbrach sich abrupt. „Verzeihung, das sollte kein makabrer Witz sein. Aber ich meine wirklich, Sie sollten den Antrag genehmigen."

Es stand alles schwarz auf weiß da. Ein dreiundvierzigjähriger Arzneimittelvertreter namens Gosburne suchte um einen Kredit in Höhe von fünfundzwanzigtausend Dollar nach. Er war seit siebzehn Jahren verheiratet, und bis auf eine kleine Hypothek gehörte sein Haus ihm. Die Gosburnes hatten seit acht Jahren ein gemeinsames Konto bei der FMA – keinerlei Probleme. Ein früherer, kleinerer Kredit war zurückgezahlt worden. Die beruflichen und finanziellen Verhältnisse waren geordnet.

Verwendungszweck des beantragten Kredits war der Ankauf einer großen Edelstahlkapsel, worin die Gosburnes die Leiche ihrer Tochter Andrea aufbewahren wollten. Andrea war vor sechs Tagen – fünfzehnjährig – an einem Nierentumor gestorben. Zur Zeit lag ihre sterbliche Hülle in einem Bestattungsinstitut auf Trockeneis. Man hatte ihr nach dem Tod sofort alles Blut aus dem Körper gespült und durch eine blutähnliche „Frostschutzlösung" ersetzt. Die Edelstahlkapsel war zur Aufnahme von flüssigem Stickstoff bei tiefen Temperaturen geeignet. Der in Aluminiumfolie gepackte Leichnam sollte darin eingetaucht werden.

Eine derartige Kapsel mit dem Namen Kryokrypt war in Los Angeles zu haben und sollte, wenn der Kredit genehmigt wurde, eingeflogen werden. Etwa ein Drittel der beantragten Summe war als Vorauszahlung für die Einlagerungsmiete der Kapsel und den viermonatlichen Austausch des flüssigen Stickstoffs vorgesehen.

Castleman fragte Edwina: „Haben Sie schon einmal von den kryonischen Gesellschaften gehört?"

„Am Rande."

„Die kryonischen Gruppen haben eine große Anhängerschaft, und nun haben sie den Gosburnes eingeredet, wenn die Medizin erst weiter fortgeschritten sei – vielleicht in fünfzig oder hundert Jahren –, könne Andrea aufgetaut, wieder zum Leben erweckt und geheilt werden. Das Motto der Kryoniker lautet: „Einfrieren – warten – wiederbeleben."

„Entsetzlich", sagte Edwina.

Der Kreditsachbearbeiter pflichtete ihr bei. „Im wesentlichen bin ich Ihrer Meinung. Aber sehen Sie es mal mit deren Augen. Die glauben daran. Außerdem sind sie erwachsen, einigermaßen intelligent und tief religiös. Wer sind wir also, daß wir hier urteilen und richten? Aus meiner Sicht ist nur eine Frage wichtig: Können die Gosburnes den Kredit zurückzahlen? Ich habe alles durchgerechnet und sage, sie können und werden. Der Mann ist vielleicht irre, aber er ist ein Irrer, der seine Rechnungen bezahlt."

Widerstrebend studierte Edwina die Gegenüberstellung von Einnahmen und Ausgaben. „Das wird eine arge finanzielle Belastung."

„Er behauptet, er kommt zurecht. Er will noch nebenher arbeiten, und seine Frau sucht auch schon eine Stelle."

„Da gibt es noch vier jüngere Geschwister", sagte Edwina. „Hat den Leuten mal jemand gesagt, daß die fünfundzwanzigtausend Dollar für die Lebenden besser angelegt wären?"

„Ja, ich", sagte Castleman. „Aber wie Mr. Gosburne sagt, hat die ganze Familie darüber gesprochen und den Beschluß gemeinsam gefaßt. Sie meinen, daß die Chance, Andrea eines Tages wieder lebendig machen zu können, das Opfer wert sei. Die Kinder sagen auch, wenn sie erst älter wären, würden sie die Verantwortung für den Leichnam übernehmen."

„Wie fürchterlich!" Edwinas Gedanken kehrten zum gestrigen Tag zurück.

Ben Rosselli starb würdevoll, wenn sein Tag kam. Das hier machte den Tod häßlich, zum Possenspiel. Sollte das Geld von Bens Bank für so etwas verwendet werden?

„Mrs. D'Orsey", sagte der Sachbearbeiter, „ich habe diesen Antrag zwei Tage auf dem Tisch liegen gehabt. Meine erste Reaktion war genau wie Ihre. Aber ich habe darüber nachgedacht, und in meinen Augen ist es ein vertretbares Risiko."

Vertretbares Risiko. Aber Cliff hatte recht. Das ganze Kreditgewerbe drehte sich um vertretbare Risiken. Und recht hatte er ebenfalls damit, daß eine Bank normalerweise nicht den Richter in privaten Dingen spielen sollte.

Allerdings konnte gerade dieser Fall schiefgehen, aber selbst dann wäre Castleman kein Vorwurf zu machen. Seine Leistungsbilanz war gut, seine Erfolge überstiegen bei weitem seine Mißerfolge. Im Grunde wurde eine völlig makellose Erfolgsbilanz sogar mit Argwohn betrachtet; ein vielbeschäftigter Kreditbearbeiter war geradezu verpflichtet, mit einem Kredit auch einmal baden zu gehen. Wenn nicht, konnte es ihm passieren, daß der Computer die Geschäftsleitung darauf aufmerksam machte, hier sei ein übervorsichtiger Angestellter am Werk, durch den der Bank womöglich Geschäfte entgehen konnten.

„Na schön", sagte Edwina. „Aber schrecklich finde ich es trotzdem."

Sie setzte ihre Initialen auf den Antrag. Castleman kehrte an seinen Schreibtisch zurück.

So hatte der Tag – abgesehen von einem Kredit für eine eingefrorene Tochter – begonnen wie jeder andere. Und so blieb es auch bis zum frühen Nachmittag.

Edwina hatte gerade mit einem Kunden im Direktionskasino hoch oben im FMA-Turm zu Mittag gegessen, als die Kellnerin an ihren Tisch kam. „Mrs. D'Orsey, Sie werden von Mr. Tottenhoe verlangt. Er sagt, es sei dringend."

Edwina entschuldigte sich und ging zum Telefon.

„Wir haben einen bösen Fehlbetrag", sagte Tottenhoe. Dann erklärte er. Eine Kassiererin hatte den Verlust in ihrer Kasse vor einer halben Stunde gemeldet. Seitdem wurde ununterbrochen nachgerechnet. Edwina fragte, um wieviel Geld es sich handle.

Sie hörte Tottenhoe schlucken. „Sechstausend Dollar."

„Ich bin gleich unten."

Kaum eine Minute später hatte sie sich bei ihrem Gast entschuldigt und war im Expreßaufzug unterwegs zur Haupteingangshalle.

„Soweit ich sehen kann", sagte Tottenhoe finster, „wissen wir alle nur eines mit Sicherheit, nämlich daß sechstausend Dollar in bar nicht da sind, wo sie sein müßten."

Der Abteilungsleiter war einer von vier Leuten, die um Edwina D'Orseys Tisch saßen; die andern waren Edwina selbst, der junge Unterabteilungsleiter Miles Eastin und eine Kassiererin namens Juanita Nuñez. In Juanita Nuñez' Kassenwagen fehlten die sechstausend Dollar.

Eine halbe Stunde war vergangen, seit Edwina vom Essen wiedergekommen war. Eben fragte sie Tottenhoe, während die andern sie über den Tisch hinweg ansahen: „Was Sie da sagen, ist zwar richtig, aber das sollte uns nicht reichen. Lassen Sie uns alles noch einmal langsam und sorgfältig durchgehen."

Es war kurz nach drei Uhr, die Kunden waren fort, die Eingangstüren verschlossen. Edwina wußte, daß sie Ruhe bewahren mußte und auch die kleinste Information nicht außer acht lassen durfte. Sie wollte genau auf jedes Wort, auf jeden Tonfall lauschen – besonders bei Juanita Nuñez.

Edwina war sich auch darüber im klaren, daß sie sehr bald die Abteilung Geldverluste in der Zentrale verständigen mußte. Dann würde der Sicherheitsdienst eingeschaltet werden und wahrscheinlich auch das FBI. Doch solange noch eine Möglichkeit bestand, die Lösung zu finden, ohne gleich schwere Artillerie aufzufahren, wollte sie es versuchen.

„Wenn es Ihnen recht ist", sagte Miles Eastin, „fange ich an, denn mir hat Juanita den Verlust zuerst gemeldet." Eastin hatte seine gewohnte Forschheit diesmal abgelegt.

Edwina nickte.

Ein paar Minuten vor zwei, berichtete Eastin, sei Juanita Nuñez zu ihm gekommen und habe ihm gemeldet, in ihrer Kasse fehlten wahrscheinlich sechstausend Dollar. Wegen der Knappheit an Kassierern arbeitete Eastin nur zwei Schalter weiter, und dorthin war Juanita mit der Nachricht gekommen, nachdem sie zuvor ihre Kasse abgeschlossen hatte. Eastin hatte dann seine eigene Kasse verschlossen und war zu Tottenhoe gegangen.

Tottenhoe, noch verdrießlicher als sonst, berichtete von hier an weiter. Er habe sofort mit Mrs. Nuñez gesprochen. Zuerst habe er nicht geglaubt, daß soviel Geld fehlen könne, denn selbst wenn sie den Verdacht gehabt habe, daß Geld fehle, habe sie doch praktisch zu diesem Zeitpunkt unmöglich wissen können, wieviel. Juanita Nuñez hatte den ganzen Tag gearbeitet. Morgens hatte sie mit etwas über zehntausend Dollar aus dem Tresor angefangen, und dann, abgesehen von der dreiviertelstündigen Mittagspause, fast fünf Stunden lang Geld angenommen und ausgezahlt. Woher wollte sie nicht nur so sicher wissen, daß überhaupt Geld fehlte, sondern auch noch die genaue Summe?

Dieselbe Frage hatte Edwina auch schon beschäftigt. Sie musterte die junge Frau. Juanita Nuñez war klein, dunkel, auf eine elfenhafte Art aufreizend, und sprach mit deutlichem puertoricanischem Akzent. Ihre augenblickliche Haltung war schwer zu definieren. Hilfreich war sie jedenfalls nicht. Von sich aus hatte sie bisher lediglich ihre ursprüngliche Aussage wiederholt: das Geld sei eben weg. Seit Beginn dieser Unterredung war Juanitas Gesicht entweder mürrisch oder feindselig gewesen. Nervös war sie auch, denn sie drehte ständig an dem dünnen goldenen Ehering an ihrem Finger.

Edwina D'Orsey wußte aus der Personalakte, die auf ihrem Schreibtisch lag, daß Juanita Nuñez fünfundzwanzig Jahre alt und verheiratet war, aber mit einem dreijährigen Kind von ihrem Mann getrennt lebte. Sie arbeitete seit fast zwei Jahren bei der First Mercantile American. Was nicht in der Akte stand, Edwina aber gehört zu haben glaubte, war, daß die Nuñez allein für ihr Kind sorgte und aufgrund von Schulden, die ihr Mann bei seinem Verschwinden hinterlassen hatte, in finanziellen Schwierigkeiten gesteckt hatte, vielleicht noch immer steckte.

Trotz seiner Zweifel, daß Mrs. Nuñez überhaupt wissen könne, wieviel Geld ihr fehle, fuhr Tottenhoe fort, habe er sie sofort vom Schalterdienst suspendiert und mitsamt ihrem Kassenwagen eingeschlossen, wie es bei derartigen Vorfällen üblich war. Das bedeutete nur, daß man den Kassierer allein in einen kleinen, geschlossenen Raum setzte, mitsamt der Kasse und einer Rechenmaschine, damit er in Ruhe alle Transaktionen des Tages nachrechnen konnte.

Tottenhoe hatte draußen gewartet.

Kurz darauf hatte sie ihn hereingerufen. In ihrer Kasse, meldete sie, fehlten sechstausend Dollar.

Tottenhoe hatte Miles Eastin gerufen, und zusammen hatten sie vor Juanita Nuñez' Augen alles noch einmal nachgerechnet. Es fehlte genau die Summe, die sie von Anfang an genannt hatte. Daraufhin hatte Tottenhoe dann Edwina angerufen.

„Ist inzwischen jemandem etwas eingefallen?" fragte Edwina nun.

Miles Eastin meldete sich. „Ich würde Juanita gern noch ein paar Fragen stellen, wenn es ihr recht ist."

Edwina nickte.

„Juanita, haben Sie irgendwann im Laufe des Tages einem anderen Kassierer mit Geld ausgeholfen?" begann Eastin.

Es kam ziemlich häufig vor, daß einem Kassierer bestimmte Scheine oder Münzen ausgingen, und anstatt dann jedesmal in den Tresor zu gehen, halfen sie einander aus, indem sie Bargeld „kauften" oder „verkauften", was auf einem Formblatt genau festgehalten wurde. Manchmal passierten dennoch Irrtümer, so daß bei der Endabrechnung einem Kassierer Geld fehlte, während ein anderer zuviel hatte. Aber es war unwahrscheinlich, daß die Differenz gleich sechstausend Dollar ausmachte.

„Nein", sagte die junge Frau. „Heute nicht."

„Ist Ihnen vielleicht aufgefallen, daß sich irgendwann ein Kollege in der Nähe Ihrer Kasse aufgehalten hat, der das Geld hätte entnehmen können?"

„Nein."

„Als Sie mir sagten, daß Sie glaubten, in Ihrer Kasse fehle Geld", fragte Eastin weiter, „wie lange wußten Sie es da schon?"

„Ein paar Minuten."

Edwina fragte dazwischen: „Wie lange nach Ihrer Mittagspause war das?"

Das Mädchen zögerte, diesmal offenbar nicht ganz sicher. „Vielleicht zwanzig Minuten."

„Sprechen wir von der Zeit *vor* Ihrer Mittagspause", sagte Edwina. „Glauben Sie, daß das Geld auch da schon fehlte?"

Juanita Nuñez schüttelte energisch verneinend den Kopf.

„Woher wollen Sie das so sicher wissen?"

„Ich weiß es."

Die einsilbigen Antworten begannen Edwina zu ärgern. Die Feindseligkeit, die sie schon vorhin bei dem Mädchen bemerkt hatte, zeigte sich noch eindeutiger. Tottenhoe wiederholte die entscheidende Frage. „Warum waren Sie nach der Mittagspause so sicher, daß Geld fehlte, und sogar noch, wieviel?"

Trotz erschien in dem kleinen Gesicht der jungen Frau. „Ich hab's gewußt."

Ungläubiges Schweigen.

„Glauben Sie, daß Sie einem Kunden aus Versehen sechstausend Dollar zuviel ausgezahlt haben könnten?"

„Nein."

Miles Eastin fragte: „Juanita, als Sie Ihren Schalter vor der Mittagspause verließen, haben Sie doch Ihre Kasse in den Tresorraum zurückgebracht und das Kombinationsschloß versperrt. Richtig?"

„Ja."

„Wissen Sie genau, daß Sie abgeschlossen haben?"

Die junge Frau nickte entschieden.

Miles Eastin hatte von der tragbaren Panzerkassette auf einem Gestell mit Rädern gesprochen, leicht genug, um beliebig umhergeschoben zu werden. Diese fahrbare Kasse nannte man auch den Geldtransporter. Jeder Kassierer bekam so einen Geldwagen, und normalerweise wurde jeder dieser auffällig numerierten Behälter nur von ein und demselben Kassierer benutzt. Es waren auch noch ein paar zusätzliche Wagen vorhanden, und von denen hatte Miles Eastin heute einen gehabt.

Alle diese Kassenwagen wurden jeweils beim Herausholen und beim Zurückbringen in den Tresorraum vom Tresorkassierer kontrolliert, so daß es unmöglich war, absichtlich oder irrtümlich den Wagen eines Kollegen zu nehmen. Jeder hatte zwei absolut sichere Kombinationsschlösser, von denen eines der Kassierer selbst, das andere der Abteilungsleiter bediente. So wurde eine Kassette also immer in Gegenwart zweier Leute geöffnet – des Kassierers und des Abteilungsleiters.

Von den Kassierern wurde erwartet, daß sie ihre Zahlenkombinationen im Kopf hatten und sie niemand anderem anvertrauten. Die einzige schriftliche Aufzeichnung der Zahlenkombination befand sich in einem versiegelten und doppelt gegengezeichneten Umschlag in einem Schließfach. Das Siegel dieses Umschlags durfte nur erbrochen werden, wenn der Kassierer starb, krank war oder aus dem Dienstverhältnis der Bank ausschied.

Ein weiteres Merkmal dieser technisch ausgeklügelten Geldbehälter war das eingebaute Alarmsystem. Wenn der Kassierer seinen Wagen an den Schalter gerollt hatte, schloß er ihn über ein Kabel an ein bankeigenes Alarmsystem an. In der Kassette befand sich unter einem Packen Geldscheine, Ködergeld genannt, ein versteckter Alarmschalter. Bei einem Überfall wurde dieses Geld zuerst ausgehändigt. Durch einfaches Wegnehmen des Geldbündels wurde ein stummer Alarm gleichzeitig bei der Sicherheitsabteilung der Bank und der Polizei ausgelöst. Im selben Augenblick trat auch eine versteckte Kamera in Aktion. Die Seriennummern des Ködergeldes waren zur späteren Verwendung als Beweismaterial notiert.

„Als Sie vom Mittagessen zurückkamen, war da Ihre Kassette noch im Tresor und noch immer verschlossen?" fragte Miles Juanita.

„Ja."

„Kennt jemand außer Ihnen Ihre Zahlenkombination?"

„Nein."

Edwina fragte Tottenhoe: „Befand sich das Ködergeld unter den verschwundenen sechstausend Dollar?"

„Nein", sagte der Abteilungsleiter. „Das war unberührt."

Wieder wandte sich Miles Eastin an die Kassiererin. „Juanita, können Sie sich eine Möglichkeit vorstellen, wie auch nur *irgend jemand* das Geld aus Ihrer Kasse genommen haben könnte?"

„Nein", antwortete Juanita Nuñez.

Edwina hatte die junge Frau bei ihren Antworten genau beobachtet. Jetzt glaubte sie Angst zu entdecken, und es stand für sie inzwischen außer Zweifel, was aus dem fehlenden Geld geworden war. Die Nuñez hatte es gestohlen. Eine andere Erklärung war nicht möglich. Sie konnte es einem Komplizen über den Schalter gereicht oder selbst versteckt und in der Mittagspause aus der Bank getragen haben.

Juanita mußte gewußt haben, daß sie ihren Posten verlieren würde, ganz gleich, ob ihr der Diebstahl nachgewiesen wurde oder nicht. Bankkassierer durften sich hin und wieder eine kleine Unstimmigkeit in der Kasse erlauben. Irrtümer galten als natürlich und waren zu erwarten. Im Laufe eines Jahres waren acht „Über" oder „Unter" die Regel, und solange die Differenz nicht größer als fünfundzwanzig Dollar war, wurde gewöhnlich nichts gesagt. Aber niemand, der einmal einen größeren Fehlbetrag hatte, behielt seinen Posten; das wußten die Kassierer.

Natürlich konnte Juanita Nuñez der Meinung gewesen sein, sechstausend Dollar auf der Stelle seien den Verlust des Arbeitsplatzes wert, auch wenn es schwierig für sie wäre, einen neuen zu bekommen. So oder so tat sie Edwina leid. Sie mußte sich in einer verzweifelten Lage befunden haben.

„Ich glaube nicht, daß wir im Moment noch etwas tun können", sagte Edwina zu den Anwesenden. Als die drei sich erhoben, fügte sie hinzu: „Mrs. Nuñez, Sie bleiben bitte." Die junge Frau nahm wieder Platz.

Edwina sah die dunklen Augen des Mädchens fest auf ihre eigenen gerichtet. „Juanita, Ihnen muß doch zweierlei klargeworden sein. Zum einen, daß es eine gründliche Untersuchung geben wird, in die sich wohl auch das FBI einschaltet, weil wir eine staatlich versicherte Bank sind. Zum zweiten, daß der Verdacht geradezu auf Sie fallen *muß*."

Edwina wählte ihre Worte sorgfältig, um jede direkte Beschuldigung zu vermeiden, die zu rechtlichen Komplikationen hätte führen können.

Die junge Frau wurde heftig: „Ich habe kein Geld genommen."

„Das habe ich auch nicht gesagt. Aber falls Sie mehr wissen sollten, als Sie uns bisher gesagt haben, sollten Sie mir lieber jetzt einen Hinweis geben, solange wir hier unter uns sind. Hinterher wird es zu spät sein. Ich will Ihnen ein Versprechen geben. Sollte das Geld, sagen wir, spätestens morgen der Bank zurückgegeben werden, gibt es keine gerichtliche Verfolgung. Wer das Geld genommen hat, kann natürlich nicht länger hier arbeiten. Aber weiter würde nichts geschehen. Dafür garantiere ich. Juanita, haben Sie mir *irgend etwas* zu sagen?"

„Nein, nein, nein!" Juanitas Augen funkelten, ihr Gesicht wurde im Zorn lebendig. „Ich sage Ihnen, daß ich kein Geld genommen habe, weder jetzt noch irgendwann sonst."

Edwina seufzte. „Gut, das wäre dann für den Augenblick alles. Aber verlassen Sie bitte nicht die Bank, ohne sich vorher bei mir abzumelden."

Mit einem Achselzucken stand Juanita Nuñez auf und wandte sich zum Gehen.

Von ihrem erhöhten Arbeitsplatz aus beobachtete Edwina die Betriebsamkeit um sie herum; das war ihre Welt, hier lag ihre persönliche Verantwortung. Noch wurden die Transaktionen des Tages saldiert.

Eine vorläufige Überprüfung hatte ergeben, daß kein Kassierer sechstausend Dollar zuviel hatte. Edwina nahm den Hörer vom Telefon und wählte eine interne Nummer: die Sicherheitsabteilung. „Mr. Wainwright, bitte", sagte sie.

3. KAPITEL

NOLAN WAINWRIGHT fiel es seit dem gestrigen Tag recht schwer, sich auf die normale Arbeit in der Bank zu konzentrieren. Die Besprechung im Sitzungssaal am Dienstag hatte ihn sehr mitgenommen. Seit über zehn Jahren waren er und Ben Rosselli in Freundschaft und gegenseitiger Hochachtung verbunden.

So war es nicht immer gewesen. Als er gestern in sein bescheidenes Büro zurückgekehrt war, hatte Nolan seine Sekretärin angewiesen, ihn nicht zu stören. Dann hatte er sich an seinen Schreibtisch gesetzt, traurig, grübelnd, und sich noch einmal seinen ersten Zusammenstoß mit Ben Rossellis Dickschädel ins Gedächtnis zurückgerufen.

Das war zehn Jahre her. Nolan Wainwright war gerade zum Polizeichef einer Kleinstadt im Norden ernannt worden. Kurz nach seinem Amtsantritt war Ben Rosselli durch einen Randbezirk ebendieser Stadt gefahren und mit einer Geschwindigkeit von hundertdreißig Stundenkilometern gestoppt worden. Ein Streifenpolizist hatte ihm eine Vorladung vor den Verkehrsrichter überreicht.

Vielleicht wegen seines sonst so konservativen Lebensstils, liebte Ben Rosselli schnelle Autos und fuhr sie mit Bleifuß. Strafzettel für zu schnelles Fahren waren an der Tagesordnung. Wieder in der FMA-Zentrale, schickte der mächtigste Finanzmann des Bundesstaates die Vorladung wie üblich an seine Sicherheitsabteilung mit der Anweisung, die Sache in Ordnung zu bringen. Am nächsten Tag wurde der Vorgang per Kurier dem FMA-Zweigstellenleiter in der Kleinstadt überbracht, wo die Sache passiert war. Zufällig saß dieser Zweigstellenleiter auch im Gemeinderat und hatte bei Nolan Wainwrights Ernennung zum Polizeichef maßgeblichen Einfluß gehabt.

Der Bankdirektor-Gemeinderat schaute mal eben bei der Polizei rein und bat liebenswürdig um Rücknahme der Anzeige. Nolan Wainwright lehnte ab.

Der Lokalpolitiker machte jetzt ganz auf Bankier und erinnerte den Polizeichef daran, daß er bei der FMA eine Hypothek beantragt habe, um Frau und Kinder in die Stadt nachholen zu können. Nolan Wainwright erwiderte, er vermöchte keinen Zusammenhang zwischen einem Kreditantrag und einer Vorladung vor den Verkehrsrichter zu sehen.

So ging alles seinen Weg, und Mr. Rosselli, der sich vor Gericht durch einen Anwalt vertreten ließ, bekam eine hohe Geldstrafe nebst drei Strafpunkten als Verkehrssünder – die ersten im Leben. Er schäumte vor Wut. Auch die andern Dinge gingen ihren Weg, und Nolan Wainwrights Kreditantrag wurde von der First Mercantile American abgelehnt. Kaum eine Woche später erschien Wainwright in Rossellis Büro. Das war nicht schwer, denn der Bankpräsident hielt sich etwas darauf zugute, daß er für jedermann zu sprechen sei.

Als Rosselli erfuhr, wer sein Besucher war, staunte er zunächst einmal, einen Schwarzen vor sich zu sehen, denn das hatte ihm bisher niemand gesagt. Wainwright sprach in ruhigem Ton. Es muß Ben Rosselli zugute gehalten werden, daß er weder von dem Kreditantrag des Polizeichefs noch von dessen Ablehnung etwas wußte. Aber er roch, daß etwas faul war, ließ die Akte kommen und prüfte sie in Nolan Wainwrights Gegenwart.

„Nur mal interessehalber", sagte Ben Rosselli, „was haben Sie vor, wenn wir Ihnen den Kredit nicht geben?"

„Zu kämpfen. Ich nehme mir einen Anwalt und gehe als erstes mal vor die Bürgerrechtskommission. Wenn wir da nicht durchkommen, werde ich mich erkundigen, womit ich Ihnen sonst noch Schwierigkeiten machen kann, und das werde ich dann tun."

„Auf Drohungen gehe ich nicht ein!" Der Bankier wurde böse.

„Ich drohe nicht. Sie haben mich etwas gefragt, und ich habe geantwortet."

Ben Rosselli kritzelte eine Unterschrift in die Akte. Dann sagte er, ohne zu lächeln: „Der Antrag ist genehmigt."

Ehe Wainwright ging, fragte der Bankier: „Was passiert von jetzt an, wenn ich in Ihrer Stadt zu schnell fahre?"

„Wir schnappen Sie. Wenn's wieder mit Verkehrsgefährdung ist, landen Sie wahrscheinlich im Kittchen."

Als die Bank zwei Jahre später einen Sicherheitschef suchte, der – wie der Personalchef es ausdrückte – „energisch und völlig unbestechlich" war, sagte Ben Rosselli: „So einen kenne ich."

Seit Nolan Wainwright bei der FMA arbeitete, waren er und Rosselli nie mehr aneinandergeraten. Der Sicherheitschef war tüchtig bei seiner Arbeit und bildete sich in Abendkursen weiter, wo er alles Nötige über das Bankwesen erfuhr. Rosselli seinerseits ließ seine Strafzettelgeschichten jetzt über eine andere Abteilung regeln. Die Freundschaft zwischen den Männern vertiefte sich, und nach dem Tod von Ben Rossellis Frau aß Wainwright häufig mit dem alten Herrn zu Abend und spielte anschließend bis in die Nacht mit ihm Schach. Auch Wainwright selbst fand darin Trost, denn kurz nachdem er bei der FMA angefangen hatte, war seine Ehe geschieden worden. Seine neue Aufgabe und die Abende mit dem alten Ben halfen ihm die Lücke füllen.

Die beiden sprachen bei solchen Gelegenheiten auch über ihre persönlichen Ansichten, und es war Wainwright – was aber außer den zweien niemand wußte –, der dem Bankpräsidenten nahegelegt hatte, in die Entwicklung von Forum East zu investieren, mitten in dem verwahrlosten Stadtviertel, wo Wainwright aufgewachsen war. So hatte also Nolan Wainwright seine persönlichen Erinnerungen an Ben Rosselli, und auch seinen persönlichen Kummer.

Auch heute hatte ihn seine Niedergeschlagenheit nicht verlassen. Er war an seinem Schreibtisch geblieben und jedem aus dem Weg gegangen, mit dem er nicht unbedingt reden mußte. Nur eine Verabredung mit Alex Vandervoort am Nachmittag hatte er eingehalten.

Die Besprechung hatte in der Keycharge-Kreditkartenabteilung der Zentrale stattgefunden. Keycharge – mit einem Jahresumsatz von drei Milliarden Dollar – war von der FMA ins Leben gerufen worden und wurde jetzt von einer starken Gruppe von Banken in Amerika, Kanada und in Übersee gemeinsam betrieben. Der Größe nach rangierte Keycharge unter den vergleichbaren Organisationen auf Platz drei. Alex Vandervoort trug die Gesamtverantwortung für diesen Geschäftszweig.

Der Sicherheitsdirektor traf Vandervoort im Prüfzentrum von Keycharge. „Ich sehe das immer wieder gern", sagte Alex. „Der beste Zirkus der ganzen Stadt, und gratis."

In einem großen Raum mit gedämpfter Beleuchtung und schallschluckenden Decken und Wänden saßen an die fünfzig Leute – hauptsächlich Frauen – vor einer Batterie von fernsehähnlichen Bildschirmen mit je einer Tastatur darunter. Hier wurden den Besitzern der blau-grün-goldenen Kreditkarten die Kredite genehmigt oder abgelehnt.

Wenn irgendwo eine solche Karte beim Bezahlen von Waren oder Dienstleistungen vorgelegt wurde, akzeptierte die jeweilige Firma sie ohne weiteres, sofern ein bestimmter Höchstbetrag, meist zwischen fünfundzwanzig und fünfzig Dollar, nicht überschritten wurde. Bei größeren Einkäufen war eine Rückfrage erforderlich, die aber nur Sekunden dauerte.

Die Anrufe kamen im Prüfzentrum rund um die Uhr an, sonntags wie werktags, und aus allen Ecken der Vereinigten Staaten und Kanadas. Schnatternde Fernschreiber übermittelten währenddessen die Anfragen aus dreißig anderen Ländern, darunter sogar einigen im kommunistischen Machtbereich.

Das Bewilligungsverfahren lief mit Düsengeschwindigkeit ab. Wo auch immer sie sich befanden, riefen Geschäftsleute und andere direkt im Keycharge-Zentrum der FMA-Zentrale an. Der Anruf wurde automatisch an einen gerade freien Platz geleitet, und das Mädchen auf diesem Platz meldete sich mit der Frage: „Wie lautet Ihre Händlernummer?" Wenn die Antwort gegeben war, wurden die entsprechenden Zahlen getippt, die gleichzeitig auf dem Bildschirm erschienen. Als nächstes folgte die Frage nach der Kreditkartennummer und der Höhe des gewünschten Kredits; beide wurden ebenfalls über die Tastatur eingegeben und erschienen auf dem Bildschirm.

Ein Knopfdruck fütterte diese Informationen dann in den Computer, der unverzüglich BEWILLIGT oder ABGELEHNT signalisierte. Das hieß, daß der Kredit in Ordnung ging und der Einkauf genehmigt wurde oder daß der Kunde faul und der Kredit gesperrt worden war. Der Anrufer bekam die entsprechende Mitteilung, und der Computer vermerkte die Transaktion. An einem gewöhnlichen Tag kamen fünfzehntausend solcher Anrufe.

Alex Vandervoort und Nolan Wainwright hatten beide ein Paar Kopfhörer bekommen, so daß sie die Telefongespräche mithören konnten. Der Sicherheitsdirektor tupfte Alex auf den Arm und zeigte auf einen Bildschirm, wo der Computer soeben KARTE GESTOHLEN signalisierte.

Die Angestellte sprach mit ruhiger Stimme, wie sie es gelernt hatte: „Die Ihnen vorgelegte Karte ist uns als gestohlen gemeldet worden. Versuchen Sie, wenn möglich, den Kunden aufzuhalten, und rufen Sie die Polizei. Behalten Sie die Karte ein. Bei Rückgabe bezahlt Keycharge Ihnen dreißig Dollar Belohnung."

Dann war ein geflüsterter Wortwechsel zu hören, und eine Stimme sagte: „Der Bursche ist uns eben aus dem Laden gerannt. Aber die Karte hab ich. Ich schicke sie Ihnen." Die Stimme des Geschäftsmanns klang erfreut ob der Aussicht auf leichtverdiente dreißig Dollar. Aber auch für Keycharge war es ein gutes Geschäft, denn wenn die Karte im Umlauf geblieben wäre, hätte damit ein wesentlich höherer Gesamtschaden angerichtet werden können.

Wainwright und Vandervoort nahmen ihre Kopfhörer ab. „Das funktioniert ganz gut", sagte Wainwright, „wenn wir den Computer rechtzeitig programmieren können. Leider passieren die meisten Betrügereien, bevor die Karte als verloren gemeldet wird."

„Aber bei auffallendem Kaufverhalten bekommen wir doch eine Warnung?"

„Ganz recht. Bei zehn Einkäufen am Tag schlägt der Computer Alarm."

Es kam kaum vor, daß ein Kreditkartenbesitzer mehr als sechs oder höchstens acht Einkäufe an einem einzigen Tag tätigte. Folglich konnte eine unnormal häufig vorgelegte Karte als VERDÄCHTIG registriert werden, noch ehe der rechtmäßige Besitzer ihren Verlust bemerkt hatte.

Aber trotz aller Warnsysteme blieben verlorene oder gestohlene Karten bei vorsichtigem Gebrauch gut für zwanzigtausend Dollar an betrügerischen Einkäufen in der einen Woche, die eine abhanden gekommene Kreditkarte im Durchschnitt ungemeldet blieb.

Wie sowohl Vandervoort als auch Wainwright wußten, gab es für Betrüger Mittel und Wege, um festzustellen, ob eine gestohlene Kreditkarte weiterbenutzt werden konnte oder ob sie heiß war. Am häufigsten wurden irgendeinem Oberkellner fünfundzwanzig Dollar gezahlt, damit er nachsah. Das konnte er leicht, denn brauchte dazu nur in der vertraulichen Warnliste nachzuschlagen, die von der Organisation wöchentlich an alle Restaurants und Einzelhandelsgeschäfte ausgegeben wurde.

„Wir verlieren in letzter Zeit weit mehr als üblich durch Kreditkartenmißbrauch", sagte Wainwright. „Darüber wollte ich mit Ihnen sprechen."

Sie gingen in ein Büro und schlossen die Tür. Die Männer bilde-

ten äußerlich einen krassen Gegensatz – Vandervoort blond, wohl-
beleibt und unsportlich, Wainwright schwarz, groß, durchtrainiert
und muskulös. Auch ihre Charaktere gingen auseinander, doch die
beiden verstanden sich dabei recht gut.

„Hier ist eine Preisfrage ohne Preis", sagte Nolan Wainwright zu
dem geschäftsführenden Vizepräsidenten. Er legte acht Plastikkärt-
chen auf den Tisch, Keycharge-Kreditkarten; schnippte sie vor Alex
hin wie ein Pokerspieler. „Vier davon sind gefälscht", sagte der
Sicherheitsdirektor. „Können Sie die guten von den schlechten unterscheiden?"

„Natürlich. Die Fälscher benutzen immer verschiedene Schriftty-
pen zum Einstanzen des Namens und –" Alex Vandervoort stockte.
„Aber hier nicht! Die Typen sind auf jeder Karte die gleichen."

„Fast die gleichen. Mit dem Vergrößerungsglas entdeckt man mini-
male Abweichungen." Wainwright gab ihm eins. Er wies auf die
Unterschiede zwischen dem Schriftbild auf den vier echten und den
falschen Karten hin.

„Wie sehen die Fälschungen unter der UV-Lampe aus?"

„Genau wie die echten."

„Das ist schlecht."

Dem Beispiel der American Express Bank folgend, waren auf alle
Keycharge-Kreditkarten geheime Zeichen aufgedruckt worden, die nur
unter Ultraviolettlicht zu sehen waren. Jetzt war auch diese Sicherung
geknackt worden.

„Das ist allerdings schlecht", pflichtete Nolan Wainwright bei.
„Ich habe noch vier Dutzend davon, alle erst abgefangen, *nachdem*
damit Waren, Restaurantrechnungen, Flugtickets, Alkoholika und
anderes bezahlt worden sind. Und alles die besten Fälschungen, die
uns je untergekommen sind."

„Schon jemand geschnappt worden?"

„Bisher nicht. Wenn die merken, daß so eine gefälschte Karte
angezweifelt wird, sind sie schon weg. Außerdem, selbst wenn wir
ein paar von den Benutzern schnappen, sind wir damit noch lange
nicht bei der Quelle. Meist werden die Dinger so vorsichtig verkauft
und weiterverkauft, daß die Spur verwischt wird."

Alex Vandervoort nahm eine der blau-grün-goldenen Karten in die
Hand. „Auch das Plastikmaterial scheint genau zu stimmen."

„Die sind genau aus den richtigen Plastikfolien gemacht, wahrscheinlich gestohlen." Wainwright deutete über die Fälschungen auf dem Schreibtisch hin. „Das ist die Spitze eines Eisbergs. Allein die nachgemachten Karten, von denen wir wissen, können einen Zehnmillionendollarverlust bedeuten. Aber was ist mit den andern, von denen wir überhaupt noch nichts gehört haben? Womöglich gibt es zehnmal so viele davon."

„Ist anzunehmen, daß da so eine Art Fälscherring dahintersteckt?"

„Nicht nur anzunehmen. Das steht fest. Bei solch vorzüglicher Qualität muß einfach eine Organisation dahinterstecken. Und Geld, Maschinen, Spezialisten, ein Verteilersystem. Es gibt außerdem noch andere Anzeichen. In letzter Zeit sind im Mittelwesten Unmengen an Falschgeld, falschen Reiseschecks, Kreditkarten anderer Banken, gestohlenen und gefälschten Wertpapieren und gefälschten Schecks aufgetaucht."

„Und Sie glauben, alle diese Fälschungen haben mit unseren Verlusten etwas zu tun?"

„Sagen wir, es ist möglich. Wir tun, was wir können; wir versuchen jeder verlorenen oder sonstwie abhanden gekommenen Keycharge-Karte auf die Spur zu kommen. Aber so etwas bedarf einer Fahndung mit allem Drum und Dran, und dafür habe ich weder Personal noch Geld."

Alex Vandervoort lächelte wehmütig. „Hab ich mir doch gedacht, daß wir noch aufs Geld zu sprechen kommen. Ich nehme an, Sie haben Vorschläge und können Zahlen nennen."

Wainwright nahm eine Mappe in die Hand. „Alles hier drin. Am dringendsten sind zwei weitere Fahnder für die Kreditkartenabteilung. Außerdem hätte ich gern Geld für einen Untergrundagenten, um an die Quelle dieser gefälschten Karten heranzukommen."

Vandervoort machte ein überraschtes Gesicht. „Glauben Sie, Sie bekommen einen?"

Wainwright lächelte. „So was kriegt man nicht per Zeitungsinserat. Aber ich will's mal versuchen."

Alex nahm die Mappe. „Mal sehen, was ich machen kann."

„Wenn ich nichts von Ihnen höre, komme ich und haue auf den Tisch."

Alex ging, aber Wainwright wurde noch von einem Anruf zurückgehalten. Der Sicherheitsdirektor solle sich sofort mit Mrs. D'Orsey in Verbindung setzen.

„ICH habe schon mit dem FBI gesprochen", teilte Wainwright Edwina mit. „Sie schicken morgen zwei Spezialisten."

„Dann kann ich die Leute jetzt nach Hause gehen lassen?" fragte Miles Eastin.

„Bis auf die Kassiererin. Mit der möchte ich noch einmal sprechen."

Es war am frühen Abend, zwei Stunden, nachdem Wainwright mit Edwina gesprochen und die Leitung der Untersuchungen übernommen hatte. Er hatte sich auch mit Juanita Nuñez, Tottenhoe und Eastin unterhalten. Und er hatte mit den anderen Kassierern gesprochen, die an den Nachbarschaltern gearbeitet hatten.

Der Ungestörtheit halber hatte Wainwright ein kleines Konferenzzimmer im rückwärtigen Teil der Bank mit Beschlag belegt. Dort saß er jetzt zusammen mit Edwina und Miles Eastin. Es hatte sich noch nichts Neues ergeben, und da offenbar Diebstahl vorlag, mußte nach dem Gesetz das FBI eingeschaltet werden. Nicht immer wurden bei solchen Gelegenheiten die Vorschriften peinlich genau befolgt. Die First Mercantile und andere Banken schrieben Diebstähle oft als „ungeklärte Verluste" ab. So konnte man den Vorfall intern bereinigen und ein gerichtliches Verfahren mit dem damit verbundenen Aufsehen vermeiden. Aber dieser Verlust heute war zu hoch, um ihn irgendwie zu tarnen.

Edwina und Miles Eastin verließen das Zimmer, und Augenblicke später stand Juanita Nuñez' schmächtige Gestalt in der Tür. „Kommen Sie näher", sagte Nolan Wainwright. „Schließen Sie die Tür, und setzen Sie sich." Er sprach in amtlichem, sachlichem Ton. Ein Instinkt sagte ihm, daß falsche Freundlichkeit diese Frau nicht täuschen würde. „Ich möchte Ihre ganze Geschichte noch einmal hören. Von Anfang bis Ende."

In einer plötzlichen Zornesanwandlung begehrte Juanita auf: „Ich habe sie doch schon dreimal erzählt!"

„Dann ist es eben jetzt das vierte Mal, und wenn das FBI erst hier ist, das fünfte Mal." Er sprach streng, aber nicht laut. Wäre er noch bei der Polizei gewesen, so hätte er Mrs. Nuñez jetzt über ihre Rechte belehren müssen. Aber da er kein Polizist mehr war, brauchte er das nicht. In einer solchen Situation hatten private Sicherheitsdienste Vorteile gegenüber amtlichen Stellen.

„Sie glauben, ich könnte vielleicht diesmal was anderes sagen", meinte die junge Kassiererin, „damit Sie beweisen können, daß ich lüge."

„Lügen Sie denn?"

„Nein!"

Er las Verachtung in ihrem Blick. Bei den vorangegangenen Verhören hatte er den Eindruck gehabt, daß die Frau ihm gegenüber gelöster war als bei den andern. Sicher nahm sie an, er als Schwarzer und sie als Puertoricanerin könnten Verbündete sein. Sie konnte ja nicht wissen, daß er bei Ermittlungsarbeiten grundsätzlich farbenblind war.

Natürlich hatte die Nuñez durchaus recht gehabt, daß er sie bei einem Widerspruch in ihrer Aussage ertappen wollte. Aber nach einer Stunde war ihre letzte Version noch immer mit der ersten identisch. Schließlich meinte Wainwright: „Also gut, das wäre für heute alles. Morgen können Sie einen Test am Lügendetektor machen. Die Bank wird das arrangieren."

Er sagte das so obenhin und paßte dabei auf, wie sie wohl reagieren würde. Allerdings hatte er nicht mit einem so heftigen Ausbruch gerechnet. Das Mädchen schoß förmlich von seinem Stuhl hoch.

„Nein! So einen Test mache ich nicht!"

„Warum nicht?"

„Weil das eine Beleidigung ist!"

„Ganz und gar nicht. Wenn Sie unschuldig sind, wird der Apparat es beweisen."

„Ich traue keinem Apparat. Und Ihnen auch nicht!"

„Sie haben keinen Grund, mir nicht zu trauen. Ich bin einzig und allein an der Wahrheit interessiert."

„Sie haben die Wahrheit gehört! Sie erkennen sie nur nicht! Sie alle glauben, ich hätte das Geld genommen. Es ist sinnlos, Ihnen zu sagen, daß ich es nicht gewesen bin."

Wainwright erhob sich. Er hielt Juanita die Tür auf. „Bis morgen sollten Sie sich das noch einmal überlegen. Wenn Sie den Test ablehnen, sieht es schlimm für Sie aus."

Sie sah ihm voll ins Gesicht. „Ich bin nicht verpflichtet, so einen Test zu machen, oder?"

„Nein."

„Dann mache ich ihn auch nicht."

Sie verließ das Zimmer mit kurzen, schnellen Schritten. Eastin ließ sie auf die Straße hinaus. „Juanita", sagte er, „kann ich irgend etwas für Sie tun? Soll ich Sie nach Hause fahren?"

Sie schüttelte wortlos den Kopf und ging. Nolan Wainwright blickte ihr aus dem Fenster nach und sah sie zu einer Bushaltestelle auf der anderen Straßenseite gehen. Er war sicher, daß sie das Geld nicht bei sich hatte. Es wäre zu dick gewesen zum Verstecken. Es mußte einen Komplizen geben. An Juanita Nuñez' Schuld zweifelte er kaum. Daß sie sich dem Lügendetektortest nicht stellen wollte, hatte ihn vollends überzeugt.

Miles Eastin hatte die Tür zur Straße wieder verschlossen und war zurückgekehrt. „So, und jetzt nichts wie unter die Dusche", sagte er. Es schien, als habe er noch etwas sagen wollen, es sich dann aber offenbar anders überlegt.

„Haben Sie noch was auf dem Herzen?" fragte ihn Wainwright.

Wieder zögerte Eastin, dann gab er zu: „Hm – ja. Ich habe bisher nichts davon gesagt, weil es völlig aus der Luft gegriffen sein könnte."

„Hat es irgendwie mit dem fehlenden Geld zu tun?"

„Könnte sein. Sie wissen doch – ich glaube, Mrs. D'Orsey hat es Ihnen gesagt –, daß Juanita Nuñez von ihrem Mann verlassen worden ist."

„Ich erinnere mich."

„Als Juanitas Mann noch bei ihr war, ist er manchmal hierhergekommen. Ich habe ein paarmal mit ihm gesprochen. Wenn mich nicht alles täuscht, heißt er Carlos. Ich glaube, er war heute in der Bank."

Wainwright fragte scharf: „Sind Sie sicher?"

„Ziemlich. Aber vor Gericht beschwören könnte ich es nicht. Ich habe nur jemanden gesehen und geglaubt, daß es dieser Carlos war; dann habe ich alles wieder vergessen. Ich hatte zu tun. Und es gab ja keinen Grund, dem Ganzen besondere Beachtung zu schenken – bis später."

„Um welche Zeit haben Sie den Mann gesehen?"

„Um die Vormittagsmitte."

„Haben Sie ihn zu dem Schalter von Mrs. Nuñez gehen sehen?"

„Nein, das nicht." Eastins hübsches junges Gesicht bekam einen bekümmerten Ausdruck. „Es ist nur – wenn ich ihn wirklich gesehen habe, kann er gar nicht weit von Juanita entfernt gewesen sein."

„Und das ist alles?"

„Mehr weiß ich nicht. Bedaure."

„Danke, daß Sie mir das gesagt haben. Es könnte noch wichtig werden." Wenn Eastin recht hatte, überlegte Wainwright, konnte die Anwesenheit des Mannes durchaus in seine Theorie von einem Komplizen außerhalb der Bank passen. Jedenfalls sollte das FBI sich mit dieser Frage etwas näher befassen.

AUF der anderen Straßenseite stand immer noch Juanita Nuñez – ein winziges Persönchen vor dem gewaltigen Komplex der First Mercantile American Bank und der Rosselli Plaza – und wartete auf den Bus. Sie hatte gesehen, daß Wainwright sie durchs Fenster beobachtete. Ein kalter Wind pfiff ihr durch den dünnen Mantel, und sie bibberte. Aber das Bibbern, das wußte Juanita, kam auch von ihrer Angst, denn in diesem Augenblick hatte sie mehr Angst als je zuvor in ihrem Leben. Panische Angst. Und sie war völlig durcheinander.

Durcheinander, weil sie keine Ahnung hatte, wie das Geld hatte fortkommen können. Juanita wußte, daß sie es weder gestohlen noch irrtümlich ausgezahlt, noch sonst etwas damit gemacht hatte. Das Schlimme war nur, niemand würde ihr glauben.

Unter anderen Umständen hätte sie die Geschichte wohl selbst nicht geglaubt, das war ihr klar. Wie konnten sechstausend Dollar denn einfach verschwinden? Es war unmöglich, unmöglich. Und trotzdem war es so.

Wieder und wieder hatte sie an diesem Nachmittag in ihrem Gedächtnis gekramt und nach irgendeiner Erklärung gesucht. Es gab keine. Sie wußte, was für ein erstaunliches Erinnerungsvermögen sie hatte, und sie hatte sich angestrengt und sich noch einmal jede Bargeldtransaktion durch den Kopf gehen lassen; aber ihr war keine Lösung eingefallen. Sie war ebenfalls sicher, daß sie ihren Geldwagen vor dem Mittagessen abgeschlossen und bei ihrer Rückkehr noch verschlossen vorgefunden hatte. Die Zahlenkombination, die sie selbst gewählt und eingestellt hatte, hatte sie niemals jemandem genannt oder für sich selbst irgendwo aufgeschrieben, denn wie immer hatte sie sich auch hier auf ihr Gedächtnis verlassen. Und nun hatte dieses Gedächtnis sie erst recht hineingerissen. Sie wußte, daß ihr niemand geglaubt hatte – nicht einmal Miles Eastin, der wenigstens freundlich geblieben war –, als sie behauptet hatte, die genaue Höhe der verschwundenen Summe zu kennen. Alle hatten gesagt, das sei unmöglich.

Aber sie *hatte* die Summe gewußt. Sie wußte *immer,* wieviel Geld in der Kasse war, wenn sie am Schalter arbeitete. Wie sie das machte, wußte sie selbst nicht; sie hatte ganz einfach diese Rechenmaschine im Kopf. So lange Juanita zurückdenken konnte, waren Addieren, Subtrahieren, Multiplizieren und Dividieren bei ihr so automatisch gegangen wie das Atmen. Das ging ohne jede Anstrengung, wenn sie am Bankschalter stand und Geld annahm und auszahlte. Und mit einem Blick in die Geldfächer sah sie sofort, ob das vorhandene Bargeld mit dem Sollbestand übereinstimmte. Selbst bei den Münzen konnte sie den ungefähren Bestand jederzeit schätzen. Manchmal wich nach einem besonders anstrengenden Tag, wenn sie abends ihre Kasse abrechnete, die Zahl in ihrem Kopf um ein paar Dollar von der tatsächlichen Summe ab, aber nie um mehr.

Woher hatte sie diese Gabe? Sie wußte es nicht. In der Schule hatte sie sich nie sonderlich hervorgetan. Sie besaß auch keine eigentliche Begabung für Mathematik, nur die Fähigkeit, blitzschnell zu rechnen und sich Zahlen zu merken.

Endlich hielt ein überfüllter Bus, und Juanita stieg ein. Sie kriegte einen Haltegriff zu fassen und konnte weiter ihren Gedanken nachhängen, während der Bus durch die Straßen der City schaukelte. Morgen kamen also die Leute vom FBI. Der Gedanke machte ihr angst, und ihr Gesicht bekam einen gespannten Ausdruck – denselben Ausdruck, den Edwina D'Orsey und Nolan Wainwright als Feindseligkeit mißdeutet hatten. Sie würde sowenig wie möglich sagen, genau wie heute, nachdem sie gemerkt hatte, daß keiner ihr glaubte. Was den Lügendetektor betraf, da hatte sie überhaupt keine Ahnung, wie so ein Ding funktionierte, aber wenn ihr doch sonst schon niemand glaubte, wieso sollte eine Maschine – eine Maschine der Bank – da anders sein?

Es war drei Häuserblöcke weit zu Fuß von der Bushaltestelle bis zu dem Kindergarten, wo sie Estela heute auf dem Weg zur Arbeit abgegeben hatte. Juanita beeilte sich; sie wußte, daß sie spät dran war.

Die Kleine kam auf sie zugerannt, als Juanita in das Spielzimmerchen des Kindergartens im Keller eines Privathauses trat. Das Haus war alt und verwahrlost, aber die Innenräume waren sauber und fröhlich – der Grund, warum Juanita diesen Kindergarten ausgesucht hatte, obwohl er teuer war.

Estela war ganz aufgeregt und voller Freude wie immer. „Mami! Mami! Sieh mal, was ich gemalt habe. Das ist ein Zug." Sie zeigte mit farbverschmierten Fingern auf ihr Gemälde. „Das ist die Mokolotive, und da ist ein Mann drin."

Juanita nahm sie in die Arme. „Lokomotive, *amorcito*."

Miß Ferroe, die Leiterin des Kindergartens, sah stirnrunzelnd auf die Uhr. „Mrs. Nuñez, es ist ein besonderes Entgegenkommen von mir, daß ich Estela länger hierbleiben lasse als die andern, aber das ist denn doch zu spät."

„Es tut mir wirklich leid, Miß Ferroe. Bei der Bank ist etwas dazwischengekommen. Es soll nicht wieder passieren. Das verspreche ich."

„Mrs. Nuñez, Estela ist ein reizendes Kind, und wir haben sie alle gern hier, aber ich muß Sie daran erinnern, daß der letzte Monat noch nicht bezahlt ist."

„Am Freitag bezahle ich. Da bekomme ich mein Gehalt. Das verspreche ich."

„Jetzt haben Sie schon zwei Versprechen gegeben, Mrs. Nuñez."

„Ja, ich weiß."

„Dann gute Nacht. Gute Nacht, Estela, mein Liebes."

Bei all ihrer Steifheit war Miß Ferroe eine ausgezeichnete Kindergärtnerin, und Estela fühlte sich bei ihr wohl. Das Geld, beschloß Juanita, mußte von diesem Wochengehalt abgezweigt werden, obwohl sie nicht wußte, wie sie dann bis zum nächsten Zahltag zurechtkommen sollte. Nach allen Abzügen brachte sie dreiundachtzig Dollar netto nach Hause. Davon mußte sie Essen kaufen, Estelas Kindergarten und die Miete für ihre winzige Wohnung im Forum East bezahlen; auch würde die Finanzierungsgesellschaft ihr eine Zahlungsaufforderung schicken, denn sie hatte die letzte Rate übersprungen.

Bevor ihr Mann sie vor einem Jahr verließ, war Juanita so naiv gewesen, gemeinsam mit ihm einen Kreditantrag zu unterschreiben. Carlos hatte von dem Geld Anzüge gekauft, einen Gebrauchtwagen, einen Farbfernseher – und das alles hatte er mitgenommen. Juanita aber zahlte und zahlte, und die Zahlungen schienen nie mehr enden zu wollen. Ich werde zur Finanzierungsgesellschaft gehen müssen, dachte sie, und um kleinere Raten bitten. Die würden ihr mit Sicherheit eklig kommen, wie voriges Mal auch, aber das mußte durchgestanden werden.

Auf dem Heimweg hüpfte Estela fröhlich übers Pflaster, ihr kleines Händchen in Juanitas. Bald würden sie zu Hause sein und zu Abend essen. Nach dem Abendessen spielten und lachten sie meist zusammen. Aber heute abend würde Juanita das Lachen schwerfallen. Ihre Angst war noch größer geworden, als sie sich jetzt zum erstenmal ausmalte, was wäre, wenn sie ihren Posten verlor. Diese Gefahr bestand – bestand sogar sehr, wie sie sich klarmachte. Keine andere Bank würde sie mehr einstellen, und sonstige Arbeitgeber könnten ebenfalls von dem vermißten Geld erfahren und sie abweisen. Wie sollte sie ohne Arbeit weiter für Estela sorgen?

Plötzlich blieb sie mitten auf der Straße stehen und riß Estela an sich. Sie betete, daß ihr morgen jemand glauben, daß jemand die Wahrheit erkennen möge.

Irgend jemand. Aber wer?

4. Kapitel

Nach seiner Besprechung mit Nolan Wainwright ging Alex Vandervoort in seinem Büro auf und ab. Ein paarmal blieb er stehen und betrachtete von neuem die gefälschten Kreditkarten. Doch auch die echten gingen ihm im Kopf herum.

An die echten Karten erinnerte ihn ein Satz Probeabzüge von Anzeigen, die auf seinem Schreibtisch ausgebreitet waren. Sie stammten aus der Werbeagentur Austin und sollten die Kunden von Keycharge zu einem stärkeren Gebrauch ihrer Kreditkarten ermuntern.

WARUM WARTEN?
LEISTEN SIE SICH IHREN TRAUM
VON MORGEN DOCH SCHON
HEUTE!
MIT IHRER KEYCHARGE-KARTE

Es gab ein halbes Dutzend Variationen dieses Themas. Alex war bei keiner wohl in seiner Haut. Der Grundtenor war vom Direkto-

rium der Bank so beschlossen worden. Aber hatte das Direktorium
dabei eine so unverhüllt aggressive Werbung im Auge gehabt?

Er packte die Abzüge zusammen und legte sie in eine Mappe.
Heute abend würde er sich zu Hause noch einmal damit befassen,
und dabei würde er auch eine andere Meinung zu hören bekommen,
eine sehr entschiedene wahrscheinlich – von Margot Bracken.

Margot. Der Gedanke an sie verschmolz mit der Erinnerung an
Ben Rossellis gestrige Eröffnung. Was da gesagt worden war, erinnerte
Alex an die Kürze eines Menschenlebens, die Unvermeidbarkeit des
Endes. Er war bewegt und traurig um Bens willen gewesen, aber
der alte Mann hatte mit seinen Worten auch an eine immer wieder-
kehrende persönliche Frage Alex Vandervoorts gerührt: Sollte er
mit Margot Bracken ein neues Leben anfangen? Oder warten? Und
warten worauf? Auf Celia? Auch das hatte er sich schon tausendmal
gefragt.

Er setzte sich und wählte eine Nummer, die er auswendig kannte.
Eine Frauenstimme meldete sich: „Heilzentrum."

Alex nannte seinen Namen und sagte: „Ich möchte bitte Dr.
McCartney sprechen."

Sekunden später fragte eine ruhige, feste Männerstimme: „Alex?
Ich wollte Sie heute schon anrufen und vorschlagen, Sie sollten doch
Celia wieder einmal besuchen."

„Letztes Mal haben Sie mich gebeten, lieber nicht zu kommen. Ist
eine Veränderung eingetreten?"

„Ja. Ich wünschte, ich könnte sagen, zum Besseren; aber Ihre Frau
ist jetzt noch mehr in sich zurückgezogen. Ein Besuch von Ihnen
würde ihr vielleicht guttun."

„Ist gut, Tim. Ich komme heute abend."

„Jederzeit, Alex. Und schauen Sie bei der Gelegenheit mal bei
mir rein."

Diese zwanglose Atmosphäre, erinnerte Alex sich, als er den Hörer
auflegte, war vor vier Jahren der Grund gewesen, weshalb er sich
bei seiner schweren Entscheidung gerade für das „Heilzentrum" entschieden hatte. Man hatte überhaupt nicht das Gefühl, in einer Anstalt zu sein. Ein zweiter Grund war Dr. Timothy McCartney gewesen, dieser junge, hochintelligente, für Neuerungen aufgeschlossene
Psychiater, der mit seinem Spezialistenteam schon Geisteskrankheiten
geheilt hatte, vor denen konventionelle Behandlungsmethoden ver-

sagten. Die Klinik war privat und sündhaft teuer, aber für Celia war die beste Pflege gut genug. Das war, fand er, das mindeste, was er für sie tun konnte.

Kurz nach sechs Uhr abends verließ er die FMA-Zentrale und nannte dem Chauffeur die Adresse der Klinik. Dienstlimousine und Chauffeur waren Statussymbole eines geschäftsführenden Vizepräsidenten, und Alex genoß dieses Privileg.

Die Klinik glich äußerlich einem privaten Wohnhaus und war nur anhand der Hausnummer auszumachen. Eine hübsche Blondine im buntbedruckten Kleid öffnete Alex. Sie war nur an der kleinen Anstecknadel als Krankenschwester zu erkennen. Sonst unterschied sich das Personal in der Kleidung nicht von den Patienten.

Alex ging mit ihr einen freundlichen Korridor entlang. In den Nischen an den Wänden standen frische Blumen. Die Schwester öffnete die Tür zu einem netten Privatzimmer mit Bettcouch, einem tiefen Sessel, einem Tischchen und Büroregalen. „Mrs. Vandervoort", sagte die Schwester liebenswürdig, „Ihr Gatte ist zu Besuch gekommen."

Von der Frau im Zimmer kam keinerlei Reaktion. Es war anderthalb Monate her, seit Alex Celia zuletzt gesehen hatte, doch obwohl er gewarnt worden war, jagte ihm die Verschlechterung ihres Zustands einen Schauer über den Rücken.

Celia saß, das Gesicht von der Tür abgewandt, auf der Bettcouch. Sie hatte die Schultern hochgezogen, den Kopf gesenkt, die Unterarme vor der Brust gekreuzt und die Hände auf den Schultern. Ihr ganzer Körper war in sich zusammengekrümmt, die Beine mit geschlossenen Knien angezogen. Vollkommen still saß sie so da.

Er legte ihr sanft eine Hand auf die Schulter. „Hallo, Celia. Ich bin's – Alex. Ich hab an dich gedacht, da bin ich zu dir gekommen." Er verstärkte den Druck seiner Hand. „Willst du mich nicht ansehen? Wir könnten ein bißchen zusammensitzen und plaudern."

Sie erstarrte nur noch mehr in ihrer zusammengekrümmten Haltung. Alex bemerkte ihre fleckige Haut und das nur nachlässig gekämmte blonde Haar. Auch jetzt war Celias zarte Schönheit noch nicht ganz dahin, aber das konnte nicht mehr lange dauern.

„Ist sie schon länger so?" fragte er die Schwester leise.

„Heute den ganzen Tag und zum Teil auch schon gestern. Am besten nehmen Sie es gar nicht zur Kenntnis; Sie sollten nur bei ihr sitzen und reden."

Alex nickte. Die Schwester ging auf Zehenspitzen hinaus und schloß die Tür.

„Ich war vorige Woche im Ballett, Celia", sagte Alex. „Weißt du noch, wie wir beide kurz nach unserer Hochzeit ..."

Von welch ätherischer Schönheit sie gewesen war in ihrem blaß-grünen Chiffonkleid, als könnte ein Windhauch sie davontragen. Sie waren ein halbes Jahr verheiratet, und immer noch war Celia seinen Freunden gegenüber so zurückhaltend. Da sie zehn Jahre jünger war als er, hatte ihn das nicht gestört. Celias Schüchternheit war einer der Gründe gewesen, warum er sich in sie verliebt hatte, und er war stolz darauf, daß sie sich so vollständig auf ihn stützte. Erst lange später, als sie immer noch so scheu war – albern, fand er –, war seine Ungeduld durchgebrochen, und schließlich die Wut.

Wie tragisch wenig hatte er begriffen! Mit etwas mehr Verständnis hätte er sehen müssen, daß nichts in ihrer Jugend sie auf das aktive gesellige Leben vorbereitet hatte, das ihm so selbstverständlich war. Ihre Eltern lebten zurückgezogen mit bescheidenen Mitteln, und Celia, das einzige Kind, hatte nur abgeschirmte Klosterschulen besucht. Ihre gesellschaftliche Erfahrung und Verantwortung bis dahin waren gleich Null gewesen. Selbstzweifel und Spannung wuchsen, bis – wie die Psychiater es erklärten – die Last aus Schuld und Versagen etwas in ihr zerrissen hatte. Alex machte sich Vorwürfe. Er war zu beschäftigt gewesen, zu ehrgeizig. Vielleicht hätte mehr Verständnis von seiner Seite auch nicht geholfen, aber das würde er nie erfahren. Er würde sich nie in der Gewißheit wiegen können, sein Bestes getan zu haben, und darum konnte er auch nie die Schuldgefühle abschütteln, die ihn verfolgten.

„Es war *Coppélia,* und ich hab so daran denken müssen, wie sehr du das geliebt hast. Ich war richtig traurig, Celia, weil wir es nicht zusammen sehen konnten ..."

Dabei war er mit Margot dort gewesen, die Alex jetzt seit einein-halb Jahren kannte und die hingebungsvoll die Lücke in seinem Leben ausgefüllt hatte, in der so lange nichts als Leere gewesen war.

„Gestern ist in der Bank etwas Trauriges passiert, Celia. Ben Ros-selli, unser Präsident, hat uns gesagt, daß er sterben wird." Alex schilderte weiter die Szene im Konferenzsaal, doch plötzlich stockte er.

Celia hatte zu zittern begonnen. Ihr Körper wippte vor und zurück. Ein Wimmern, ein halbes Stöhnen, entrang sich ihr. Etwa weil er von der Bank gesprochen hatte? Oder vom Tod? *Wie viele Jahre noch, bis Celia starb? Vielleicht noch viele.* Sie konnte ihn mit Leichtigkeit überleben, so weiterleben, als Schranke zwischen ihm und einem vollgültigen Leben. Sein Mitleid verflog. Die wütende Ungeduld, die ihre Ehe ruiniert hatte, packte ihn wieder. „Um Himmels willen, Celia, reiß dich doch zusammen!"

Das Zittern und Wimmern ging weiter. *Sie war kein menschliches Wesen mehr.* Celia, die er geliebt hatte. Von Reue gepackt, kniete er neben ihr nieder, als die plötzliche Wut sich verflüchtigt hatte. „Verzeih mir, Celia! O Gott, vergib mir!"

Er fühlte eine sanfte Hand auf der Schulter und hörte die Stimme der jungen Schwester. „Mr. Vandervoort, ich glaube, Sie sollten jetzt gehen."

In Dr. McCartneys Arbeitszimmer hörte Alex, immer noch erschüttert, den Erklärungen des Psychiaters zu: „Die allgemeine Diagnose ist nach wie vor dieselbe – Schizophrenie, katatonischer Typ. Es fällt Ihnen vielleicht schwer zu glauben, aber trotz des äußeren Anscheins ist Ihre Frau relativ glücklich."

„Ja", sagte Alex. „Das fällt mir schwer zu glauben."

Der Arzt ließ sich nicht beirren. „Glück ist ein relativer Begriff, für jeden von uns. Was Celia hat, ist eine gewisse Sicherheit, das Fehlen jeglicher Verantwortung oder Verpflichtung, sich mit andern Menschen zu befassen."

Alex sah den andern voll an. „Besteht eine vernünftige Chance, daß sie wieder zu sich kommt und ein normales oder fast normales Leben führen kann?"

Dr. McCartney seufzte und schüttelte den Kopf. „Nein."

„Danke für die ehrliche Antwort." Alex schwieg kurz, dann fuhr er fort: „Wenn ich es richtig sehe, ist Celia jetzt endgültig – der Fachausdruck dafür ist wohl ‚hospitalisiert'. Sie hat sich von der Menschheit völlig abgesondert, weiß nichts und will von allem nichts wissen, was um sie vorgeht."

„Hospitalisiert ist richtig", sagte der Psychiater, „aber abgesondert stimmt nicht. Sie weiß, daß sie einen Mann hat, und wir haben über Sie gesprochen. Aber sie glaubt, daß Sie voll und ganz mit sich allein zurechtkommen und ihre Hilfe nicht brauchen."

„Sie macht sich also um mich keine Sorgen?"

„Im großen und ganzen nein."

„Wie würde sie es aufnehmen, wenn ich mich von ihr scheiden ließe und wieder heiratete?"

Dr. McCartney zögerte, dann sagte er: „Das wäre der endgültige Bruch mit dem bißchen Verbindung nach draußen, das sie noch hat. Es könnte ihr den Rest geben, sie in völlige geistige Umnachtung stoßen."

In der Stille, die darauf folgte, saß Alex vornübergebeugt, das Gesicht in die Hände vergraben. Als er den Kopf wieder hob, meinte er: „Wenn man eine ehrliche Antwort haben will, kriegt man sie wohl auch. Tim, *was soll man da in drei Teufels Namen tun?*"

Dr. McCartney überlegte. „Nun, wer so ein Problem hat, erkundigt sich so eingehend wie möglich – wie Sie es getan haben. Dann fällt er eine Entscheidung, die seiner Meinung nach für alle die beste ist, ihn selbst eingeschlossen. Er sollte zweierlei bedenken: Wenn er ein anständiger Mensch ist, sind seine Schuldgefühle wahrscheinlich übertrieben, denn ein wohlentwickeltes Gewissen hat die Angewohnheit, immer etwas härter zu strafen, als nötig wäre. Das zweite ist, daß nur wenige Menschen zu Heiligen geboren sind."

„Und Sie möchten nicht weitergehen? Sich genauer ausdrücken?"

Dr. McCartney schüttelte den Kopf. „Nur Sie können die Entscheidung treffen. Diese letzten paar Schritte muß jeder allein tun."

„Jedenfalls", erklärte Margot Bracken, „ist das ein einziger Wust von Verdrehungen und Lügen."

Gegenstand von Margots Verdikt war die auf dem Wohnzimmerteppich von Alex' Wohnung ausgebreitete Sammlung von Anzeigenfahnen für Keycharge-Kreditkarten. Margot warf mit einer vertrauten Gebärde ihr kastanienbraunes, langes Haar zurück. Vor einer Stunde hatte sie die Schuhe abgestreift, und nun stand sie mit ihren ganzen einssiebenundfünfzig in Strümpfen vor ihm.

„Sieh dir das doch an!" Sie zeigte auf die Anzeige mit dem Text: Warum warten? Leisten Sie sich Ihren Traum von morgen doch schon heute! „Ein verlogener, aggressiver Verkauf von Schulden ist das – ganz auf Dummenfang angelegt. Der Traum von morgen ist allemal teuer. Sonst wäre er kein Traum. Und *keiner* kann ihn sich leisten, solange er das Geld nicht hat oder weiß, daß er es bald kriegt."

„Sollten die Leute das nicht selbst beurteilen?"

„Nein! Die Leute, die ihr da zu beeinflussen versucht, sind ja gerade die unkritischen, die alles glauben, was sie gedruckt sehen. Das weiß ich. Ich bekomme reichlich genug von ihnen als Klienten in meine wenig einträgliche Anwaltspraxis."

„Vielleicht sind das aber gar nicht die Leute, die unsere Keycharge-Kreditkarten haben."

„Herrgott noch mal, Alex, du weißt doch, daß das nicht stimmt! Die unwahrscheinlichsten Leute haben heutzutage Kreditkarten, weil ihr sie so lange bearbeitet habt. Nur an den Straßenecken habt ihr sie bisher noch nicht verteilt, das ist das einzige, und mich würde es nicht wundern, wenn ihr das demnächst auch noch tätet."

Alex grinste. Er genoß diese Diskussionen mit Margot und heizte sie gern ein bißchen an. „Ich werde unsern Burschen sagen, sie sollen sich das mal durch den Kopf gehen lassen, Bracken."

„Ich wollte, die andern würden sich mal diese achtzehn Prozent Zinsen durch den Kopf gehen lassen, die alle Banken bei Kreditkarten verlangen."

Er holte tief Luft, entschlossen, sich diese Diskussion nicht aus den Händen gleiten zu lassen. Sosehr er manche von Margots Ansichten in Frage stellte, halfen doch ihre Direktheit und ihr scharfer Juristenverstand oft seinem eigenen Denken auf die Sprünge. Außerdem brachte ihr die Praxis Kontakte ein, die ihm fehlten – mit den Unterprivilegierten der Stadt, mit denen sie beruflich am meisten zu tun hatte.

„Noch einen Kognak?" fragte er.

„Ja, bitte."

Es ging auf Mitternacht zu. Das Holzfeuer im Kamin der kleinen, aber luxuriösen Junggesellenwohnung war heruntergebrannt. Anderthalb Stunden zuvor hatten sie ein spätes Dinner zu sich genommen, das sie aus dem Restaurant im Erdgeschoß des Wohnblocks hatten heraufbringen lassen. Alex füllte die Kognakgläser nach und nahm den Faden der Diskussion wieder auf. „Wenn die Leute ihre Kreditkartenrechnung gleich nach Erhalt voll bezahlen, werden überhaupt keine Zinsen berechnet."

„Aber zahlen nicht die meisten Kreditkartenbenutzer das bequeme Minimum, das auf ihren Auszügen angegeben ist?"

„Doch. Ziemlich viele zahlen nur das Minimum."

„Und schieben den Rest als Schulden vor sich her – genau wie ihr Bankleute es eigentlich am liebsten seht. Ist das nicht so?"

„Doch. Aber irgendwo müssen Banken nun mal einen Profit machen."

„Ich liege nachts wach", sagte Margot, „und sorge mich, ob die Banken auch genug Profite machen."

Alex lachte, aber sie fuhr völlig ernst fort: „Sieh mal, Alex, da türmen Tausende von Menschen, die das lieber nicht tun sollten, langfristige Schulden auf, indem sie mit Kreditkarten kaufen. Alle die kleinen Summen, die eigentlich bar bezahlt gehörten, addieren sich zu einer bedrückenden Schuldenlast, an der diese unvorsichtigen Leute jahrelang zu kauen haben."

Alex warf ein neues Scheit aufs Feuer. Manches, was Margot da sagte, war gar nicht so verkehrt, das mußte er insgeheim zugeben. Die Kreditkarte hatte den Kleinkredit weitgehend abgelöst. Wo man einem Kunden früher von zu großem Schuldenmachen abriet, traf er diese Entscheidung heute selbst, oft zum eigenen Schaden.

Natürlich steigerte das Kreditkartensystem die Gewinne einer Bank ganz erheblich, trotz der Einbußen durch Betrug. Und noch etwas war den Bankleuten klar, nämlich daß die Kreditkarte eine notwendige Zwischenstation auf dem Wege zum EZV war – zum elektronischen Zahlungsverkehr –, der in nicht allzu ferner Zukunft an die Stelle der heutigen Papierlawine treten und Schecks und Konto-bücher so veraltet erscheinen lassen würde wie eine Dampflok.

„Jetzt reicht's", sagte Margot. „Man sollte meinen, wir hielten Reden auf einer Aktionärsversammlung." Sie kam zu Alex hinüber und küßte ihn.

Nach einer Weile flüsterte er: „Ich erkläre die Jahreshauptver-sammlung für geschlossen."

„Na ja . . ." Margot sah ihn spitzbübisch an. „Es stehen aber noch ein paar unerledigte Punkte an – diese Anzeigen, mein Schatz. Die willst du doch nicht wirklich so, wie sie sind, auf die Öffentlichkeit loslassen?"

„Nein", sagte er, „ich glaube nicht."

Die Keycharge-Anzeigen waren zu starker Tobak, und er wollte morgen sein ganzes Gewicht in die Waagschale werfen und ein Veto einlegen. In diesem Punkt hatte Margot seine eigene Ansicht nur bestätigt.

Das frische Scheit, das er aufs Feuer geworfen hatte, loderte und knisterte. Sie saßen davor auf dem Teppich und sahen den emporzüngelnden Flammen zu. Margot lehnte den Kopf an Alex' Schulter. „Für einen muffigen alten Geldwechsler bist du gar nicht so schlecht."

Er legte den Arm um sie. „Ich liebe dich ja auch, Bracken."

„Wirklich und wahrhaftig? Auf Bankiers Ehrenwort?"

„Ich schwöre bei der ersten Hypothek."

„Dann beweis es, jetzt."

Sie hielten einander umschlungen, teilten die Wärme ihrer Körper und des Feuers. Ein Gefühl der Befreiung und Freude durchströmte ihn – was für ein Gegensatz zu den Belastungen des Tages. Schließlich regte Margot sich wieder.

„Viel länger kann ich nicht bleiben. Ich habe morgen früh einen Gerichtstermin."

Margot mußte häufig zum Gericht, und sie und Alex hatten sich beim Nachspiel zu einer Gerichtsverhandlung kennengelernt.

Sie hatte ein halbes Dutzend Demonstranten verteidigt, die bei der Kundgebung für eine Amnestie für Vietnam-Kriegsdienstverweigerer mit der Polizei aneinandergeraten waren. Margots engagierte Verteidigung hatte weites Aufsehen erregt. Desgleichen ihr Sieg – Freispruch in allen Anklagepunkten. Ein paar Tage später, auf einer Cocktailparty bei Edwina und Lewis D'Orsey, wurde Margot von Bewunderern und Kritikern gleichermaßen umringt. Sie war allein auf die Party gekommen. Ebenso Alex, der nicht wußte, daß sie Edwinas Kusine war. Er hatte der Debatte eine Weile gelauscht und sich dann auf die Seite der Kritiker geschlagen.

Sie diskutierten immer noch heftig miteinander, als die Party zu Ende ging, und Alex fuhr Margot nach Hause. Dort entdeckten sie plötzlich, daß körperliche Anziehung stärker sein konnte als die Verschiedenheit von Ansichten und daß etwas Neues, etwas Bedeutendes in ihrer beider Leben getreten war.

Jetzt saßen sie in gemütlicher Vertrautheit am Feuer. Margot sagte: „Du hast heute Celia besucht, nicht wahr?"

„Woher weißt du das?"

„Das merkt man dir immer an. Du machst dir noch Vorwürfe, nicht?"

„Ja." Er erzählte ihr von der Begegnung und von Dr. McCartneys

Ansicht über die mögliche Wirkung, die eine Scheidung auf Celia haben könnte.

Margot sagte mit Nachdruck: „Dann darfst du dich nicht von ihr scheiden lassen."

„Wenn ich mich nicht scheiden lasse, kann es zwischen dir und mir auf die Dauer nicht halten."

„Und ob es das kann! Es kann so lange halten, wie wir beide wollen. Jedenfalls will ich mein Gewissen nicht damit belasten, daß ich den letzten Rest von Celias Verstand zerstört hätte. Und auch du sollst dir so etwas nicht aufladen."

„Es ist ja was Wahres dran", sagte Alex, aber in seiner Stimme fehlte die Überzeugung.

Margot beruhigte ihn sanft: „Ich bin mit dem, was wir haben, glücklicher als je zuvor im Leben."

An diesem Abend war Roscoe Heyward daheim in seinem weit-räumigen Vorstadthaus geblieben. Er saß an einem lederbezogenen Schreibtisch in dem Raum, den er sein Arbeitszimmer nannte.

Beatrice, seine Frau, hatte sich bald nach dem Dinner zurückgezo-gen und ihre Schlafzimmertür geschlossen, wie immer in den letzten zwölf Jahren, seit beide – in gegenseitigem Einvernehmen – getrennte Schlafquartiere bezogen hatten. Schon lange vor diesem Trennungs-beschluß hatte sich ihr Interesse aneinander im Nichts verlaufen. Selbst in den ersten Jahren der Ehe hatte Beatrice ihren Widerwillen gegen die körperliche Seite ihres Zusammenlebens deutlich zum Aus-druck gebracht. Heyward hatte die Trennung klaglos hingenommen. Beruflicher Ehrgeiz war inzwischen bei ihm zur treibenden Kraft ge-worden. Nur hin und wieder empfand er eine gewisse Trauer über den Teil seines Lebens, über den der Vorhang allzufrüh gefallen war.

In anderer Hinsicht aber war Beatrice die Richtige für ihn gewe-sen. Sie entstammte einer untadeligen Bostoner Familie und teilte Roscoes Ansichten über gesellschaftliche Stellung voll und ganz. Nur eines hatte in ihrer illustren Familie gefehlt – Geld. In diesem Augen-blick, wie er so vor seinen Rechnungen saß, wünschte Roscoe Hey-ward sich von Herzen, seine Frau wäre eine reiche Erbin gewesen.

Roscoes und Beatrices größtes Problem nämlich war, jetzt wie schon immer, daß sie mit seinem Gehalt nicht auskamen. Manch einer hätte nur hohnlachen können bei der Vorstellung, daß 65 000 Dollar im Jahr nicht mehr als reichlich sein sollten. Für die Heywards reichten sie nicht. Die Einkommensteuer verringerte die Summe schon um ein Drittel. Erste und zweite Hypotheken aufs Haus fraßen weitere 16 000 Dollar im Jahr, die Gemeindeabgaben noch einmal 2500 Dollar. Blieben gut 23 000 Dollar – rund 450 Dollar die Woche – für Essen, Kleidung, Versicherung, einen Wagen für Beatrice, eine Haushaltshilfe und einen unvorstellbaren Wust kleinerer Dinge.

Das Haus war ausgesprochener Luxus, Roscoe wußte das. Vandervoort, der das gleiche Gehalt bezog wie er, machte es viel klüger und bewohnte ein Appartement zur Miete, aber weder Roscoe noch Beatrice, die das Haus gerade wegen seiner Größe und um des Prestiges willen liebte, wollten davon etwas wissen.

Unbequeme Tatsache war, daß sie keine Rücklagen hatten – nur ein paar FMA-Aktien, die womöglich bald verkauft werden mußten, obwohl der Erlös nicht einmal die diesjährige Etatlücke schließen würde. Heyward kam an diesem Abend lediglich zu der Schlußfolgerung, daß sie ihre Ausgaben auf dem gleichen Stand halten und auf einen finanziellen Aufschwung hoffen mußten.

Den gäbe es – wenn er Präsident der FMA würde. Wie bei den meisten amerikanischen Banken klaffte auch bei der First Mercantile American eine große Lücke zwischen dem Gehalt des Präsidenten und der Stufe darunter. Ben Rosselli hatte 130 000 Dollar im Jahr bekommen. Es stand so gut wie fest, daß sein Nachfolger die gleiche Summe erhalten würde. Die glatte Verdoppelung seines Gehalts würde Roscoes Probleme mit einem Schlag lösen.

Er schob die Papiere von sich und begann davon zu träumen.

5. KAPITEL

FREITAG morgen. In ihrer Penthouse-Wohnung hoch oben im vornehmen Cayman Manor saßen Edwina und Lewis D'Orsey beim Frühstück.

Drei Tage waren vergangen, seit Ben Rosselli seinen nahen Tod bekanntgegeben hatte, zwei Tage seit der Entdeckung des Fehlbetrages in einer Kasse der First Mercantile American. Von beiden Er-

eignissen lag der Geldverlust Edwina im Augenblick schwerer auf
der Seele.

Zwei Spezialisten des FBI hatten das Zweigstellenpersonal ohne
greifbaren Erfolg verhört. Juanita Nuñez blieb dabei, daß sie unschuldig sei, und weigerte sich weiter, einen Lügendetektortest zu
machen. Die Beamten wollten heute wiederkommen; aber es schien
so wenig zu geben, was sie tun konnten. Nur die Bank konnte etwas
tun, nämlich Juanita Nuñez' Anstellungsverhältnis beenden. Edwina wußte, daß sie die junge Frau heute entlassen mußte.

Ihr gegenüber am Tisch saß Lewis hinter seinem *Wall Street Journal* und moserte wie gewöhnlich über den neuesten Schwachsinn aus
Washington, wo der Staatssekretär des Finanzministeriums angekün-
digt hatte, daß die USA nicht mehr zum Goldstandard zurückkehren
würden. Mit funkelndem Blick über den Rand der Stahlbrille hinweg
schleuderte er die Zeitung zu Boden. „Noch fünfhundert Jahre, nachdem solche Schwachköpfe wie der schon längst vermodert sind", sagte
er, „wird Gold die einzige gesunde Währungsgrundlage auf unserem
Globus sein!"

Lewis' morgendliche Wutanfälle regten Edwina selten auf. In
vierzehn Ehejahren hatte sie gelernt, daß solche Ausbrüche kaum
einmal gegen sie persönlich gerichtet waren. Sie wußte auch, daß
Lewis sich so für seine Morgensitzung an der Schreibmaschine wapp-
nete. Sein vierzehntäglich erscheinender Finanzberater mit Ratschlägen
für Geldanleger sicherte ihm ein reichliches Auskommen. Viele begeisterte Abonnenten fanden, daß es sich lohnte, auf Lewis zu hören,
wenn man Geld verdienen wollte.

„Ich wünschte", sagte Edwina jetzt zu ihm, „deine Allwissenheit
erstreckte sich auch darauf, wo am Mittwoch das viele Geld bei uns
hingekommen ist."

„Ich kann dir nicht sagen, wo das Geld ist", antwortete Lewis,
„aber ich kann dir einen Rat geben: Mißtraue dem Offensichtlichen."

Als Edwina später zur Bank fuhr, wollten ihr die Worte „Mißtraue dem Offensichtlichen" nicht aus dem Kopf.

Die Vormittagsbesprechung mit Wainwright und den beiden FBI-
Beamten war kurz und ergebnislos. Innes, der Ranghöhere der beiden
FBI-Leute, sagte: „Wir sind hier mit unsern Ermittlungen soweit
fertig. Wenn sich neue Tatsachen ergeben, melden wir uns. Etwas
können wir allerdings streichen." Der Mann zog sein Notizbuch zu

Rate. „Dieser Mann von der Nuñez – Carlos. Einer Ihrer Leute glaubt, ihn an dem Tag, an dem das Geld verschwand, in der Bank gesehen zu haben."

„Das war Miles Eastin", sagte Wainwright.

„Ja, wir haben Eastin vernommen; er gibt zu, daß er sich geirrt haben könnte. Nun, wir haben Carlos Nuñez in Phoenix in Arizona aufgespürt; er arbeitet dort als Automechaniker. Unsere Leute in Phoenix haben ihn verhört. Sie sind überzeugt, daß er die ganze Woche an seinem Arbeitsplatz war. Damit scheidet er als Komplize aus."

Wainwright begleitete die FBI-Beamten hinaus. Edwina kehrte an ihren Schreibtisch auf dem Podium zurück. Kurz vor Mittag gab sie der Lohnbuchhaltung Bescheid; Juanita Nuñez' Anstellungsverhältnis würde mit dem heutigen Tage zu Ende gehen. Juanitas letzter Gehaltsscheck lag auf Edwinas Schreibtisch, als sie vom Lunch zurückkam.

Voll Unbehagen drehte Edwina den Scheck in der Hand um. *Mißtraue dem Offensichtlichen.* Denk doch noch einmal nach. Fang ganz von vorn an. Was waren die *offensichtlichen* Tatsachen? Erstens, daß Geld fehlte. Da gab es nichts zu deuten. Zweitens, daß es sechstausend Dollar waren. Keine Einwände. Das Dritte war, daß Juanita Nuñez behauptete, die genaue Höhe der verschwundenen Summe zu kennen, und das, *nachdem* sie fünf Stunden lang Geld eingenommen und ausgezahlt hatte und *bevor* sie ihre Kasse hätte abrechnen können. Jeder, der über die Geschichte Bescheid wußte, hielt so etwas für unmöglich. Nicht zuletzt das hatte ihr die Überzeugung gegeben, daß Juanita Nuñez der Dieb war.

Aber war so etwas denn wirklich unmöglich? Die Uhr an der Wand zeigte Viertel nach zwei. Edwina stand auf. „Mr. Tottenhoe, würden Sie bitte mit mir kommen?"

Mit Tottenhoe, der finsteren Blickes hinter ihr drein trottete, ging sie durch die Schalterhalle. Juanita Nuñez nahm gerade eine Einzahlung entgegen. Edwina sagte ruhig: „Mrs. Nuñez, wenn Sie diesen Kunden bedient haben, stellen Sie bitte Ihr GESCHLOSSEN-Schild auf, und schließen Sie Ihre Kasse."

Juanita Nuñez sagte kein Wort, während sie befehlsgemäß das kleine Metallschildchen auf den Schaltertisch stellte. Als sie sich umdrehte, um ihren Kassenwagen abzuschließen, sah Edwina auch den Grund. Sie weinte leise vor sich hin. Warum, war nicht schwer zu erraten. Sie hatte damit gerechnet, daß sie heute entlassen würde, und als Edwina plötzlich erschien, war sie sicher.

Edwina übersah die Tränen. „Mrs. Nuñez, Sie haben behauptet, Sie wüßten immer, wieviel Sie in der Kasse haben. Wissen Sie auch, wieviel jetzt in Ihrer Kasse ist?"

Die junge Frau zögerte. Dann nickte sie, unfähig zu sprechen.

Edwina reichte ihr einen Zettel. „Schreiben Sie die Summe da drauf."

Wieder ein sichtliches Zögern, dann nahm Juanita Nuñez einen Bleistift und schrieb: „$ 23 765".

Edwina gab den Zettel Tottenhoe. „Gehen Sie bitte mit Mrs. Nuñez, und bleiben Sie bei ihr, bis sie ihre Tageskasse abgerechnet hat. Prüfen Sie das Ergebnis, und vergleichen Sie es mit dieser Zahl."

Eine dreiviertel Stunde später kam Tottenhoe wieder. Seine Hände bebten. Er legte den Zettel Edwina auf den Tisch. Neben der Zahl, die Mrs. Nuñez geschrieben hatte, war jetzt ein kleines Häkchen. „Wenn ich es nicht mit eigenen Augen gesehen hätte", sagte er, „ich würd's nicht glauben."

„Die Zahl hat gestimmt?"

„Haargenau!"

Edwina versuchte Ordnung in ihren Gedanken zu halten. Mit einem Schlage hatte sich alles, was mit der Ermittlung zusammenhing, vollständig verändert.

„Ich hab mal jemand gekannt", sagte Tottenhoe, „in einer kleinen Zweigstelle im Norden, der wußte auch immer genau, wieviel in seiner Kasse war. Als wenn er eine Rechenmaschine im Kopf gehabt hätte."

Edwina brauste auf. „Ich wollte, Ihr Gedächtnis hätte Ihnen früher auf die Sprünge geholfen." Sie zog einen Notizblock zu sich und schrieb:

Nuñez vielleicht unschuldiges Opfer?
Wenn nicht Nuñez, wer dann?
Jemand, der sich auskennt, könnte auf Gelegenheit gewartet haben. Einer vom Personal? Ein Eingeweihter?
Motiv? Jemand, der Geld braucht?
GELD BRAUCHT. Private Spar- und Girokonten aller Filialangestellten prüfen – HEUTE ABEND!

Edwina blätterte rasch im bankinternen Telefonverzeichnis. Sie suchte die Nummer des Chefs der Revisionsabteilung.

FREITAGS nachmittags hatten alle Zweigstellen der First Mercantile American drei Stunden länger geöffnet. Also wurden die Türen der City-Filiale an diesem Freitag erst um achtzehn Uhr von einem Wachmann verschlossen und verriegelt. Punkt 18.05 Uhr klopfte es laut und gebieterisch an die äußere Glastür. Der Wachtposten drehte sich um. Ein junger Mann in dunklem Mantel und mit einer Aktentasche unterm Arm hatte mit einem Fünfzigcentstück geklopft, das in ein Taschentuch gewickelt war. Als der Wächter auf die Tür zuging, drückte der junge Mann einen Ausweis platt ans Glas. Der Wächter betrachtete den Ausweis, öffnete die Tür, und der junge Mann trat ein.

Noch ehe der Wachmann die Tür wieder schließen konnte, fand plötzlich eine wunderbare Vermehrung statt, als habe ein Zauberer in seine Trickkiste gegriffen. Wo eben noch ein einzelner Mann mit Aktentasche und Ausweis gestanden hatte, waren mit einemmal sechs, hinter ihnen noch einmal sechs, und auch dahinter stand noch eine weitere Reihe. Schon strömten sie in die Bank. Ein älterer Mann, der Autorität ausstrahlte, sagte knapp: „Revisionsabteilung."

„Jawohl, Sir", sagte der Wächter. Er hatte dergleichen schon erlebt und ließ die Leute nacheinander ein, im ganzen zwanzig – sechzehn Männer und vier Frauen. Blitzschnell verteilten sie sich über die ganze Filiale. Der ältere Mann ging auf das Podium mit Edwinas Schreibtisch zu. Während sie aufstand, um ihn zu begrüßen, betrachtete sie mit unverhohlenem Erstaunen den nicht enden wollenden Strom. „Mr. Burnside, ist das etwa eine vollständige Buchprüfung?"

„Das kann man wohl sagen, Mrs. D'Orsey."

Überall in der Bank kam ein Stöhnen von den Angestellten, begleitet von gequälten Kommentaren wie: „Ausgerechnet freitags!" ... „Und ich war zum Abendessen verabredet!" Die Kassierer wußten, daß jetzt ihr Kassenbestand noch einmal nachgerechnet würde, bevor sie gehen durften. Auch die Buchhalter mußten bleiben, bis ihre Abrechnungen durchgeprüft waren. Die Filialleitung aber konnte sich glücklich schätzen, wenn sie um Mitternacht gehen konnte. Die Neuankömmlinge hatten bereits höflich alle Unterlagen an sich genommen.

Edwina sagte: „Als ich um eine Überprüfung der Konten unserer Mitarbeiter bat, hatte ich *das* nicht erwartet." Normalerweise kam

jede Bankfiliale alle anderthalb bis zwei Jahre mit einer Großrevision
an die Reihe. Die City-Filiale hatte die letzte erst vor acht Monaten
hinter sich gebracht.

„*Wir* bestimmen, wann und wo geprüft wird, Mrs. D'Orsey."
Hal Burnside hielt, wie immer, auf kühle Distanz, das Markenzei-
chen aller Bankprüfer. Eine Revisionsabteilung war ein unabhängi-
ger Wachhund und mit Befugnissen ausgestattet wie der General-
inspekteur einer Armee. Ihre Mitarbeiter ließen sich weder durch
Rang noch durch Namen einschüchtern.

„Ich weiß", sagte Edwina. „Ich staune nur, wie Sie das alles so
schnell in die Wege geleitet haben."

Der Revisionschef lächelte. „Wir haben da unsere Methoden." Was
er nicht verriet, war, daß für heute abend eine überraschende Revision in einer anderen FMA-Zweigstelle vorgesehen gewesen war.
Nach Edwinas Anruf war der ursprüngliche Plan einfach für diesen
Einsatz abgewandelt worden.

Solche Nacht- und Nebel-Aktionen waren nichts Ungewöhnliches.
Eine Revision hatte nur Sinn, wenn sie aus heiterem Himmel kam.
Deshalb wurde keine Mühe gescheut, um die Geheimhaltung zu wahren. Für den Einsatz von heute abend hatten die Buchprüfer sich eine
Stunde zuvor im Salon eines Hotels in der City versammelt, wo sie
informiert wurden, bevor sie sich in unauffälligen Zweier- und Dreier-
gruppen zur City-Filiale begaben. Dort hatten sie sich bis zur letzten
Minute als Schaufensterbummler in der Umgebung herumgetrieben.
Dann war, wie die Tradition es verlangte, der jüngste von ihnen
zur Banktür gegangen und hatte Einlaß verlangt. Sowie geöffnet
wurde, waren die andern wie ein Regiment zum Appell hinter ihm
angetreten. Jetzt hatten die Leute von der Revisionsabteilung binnen
fünf Minuten alle Schlüsselpositionen in der Bank besetzt, und ihren
wachsamen Augen entging nichts.

Resigniert verrichteten die Angestellten der Zweigstelle weiter ihre
Tagesarbeit. Die Buchprüfung würde noch die ganze folgende Woche
und einen Teil der nächsten dauern. Aber das Wichtigste würde sich
innerhalb der nächsten Stunden abspielen.

„Gehen wir an die Arbeit, Mrs. D'Orsey", sagte Burnside. „Wir
fangen mit den Depositenkonten an, den langfristigen Einlagen sowie
den Kontokorrentkonten."

Bis um acht war schon ein gutes Stück Arbeit geleistet. Alle Kassierer waren inzwischen nach Hause gegangen; auch einige Buchhalter. Das Bargeld war nachgezählt und die Überprüfung der Unterlagen ziemlich weit gediehen. Zu den leitenden Mitarbeitern, die noch geblieben waren, gehörten Edwina, Tottenhoe und Miles Eastin. Tottenhoe wirkte müde, doch der junge Eastin war so frisch und fröhlich, als ob der Abend eben erst angebrochen sei. Er war es auch, der für die Revisoren Sandwiches und Kaffee kommen ließ.

Einige der Prüfer konzentrierten sich auf die Spar- und Girokonten, und hin und wieder kam einer von ihnen zu Burnside an Edwinas Schreibtisch und brachte ihm eine Notiz. Der las sie jedesmal und legte sie zu den Papieren in seiner Aktentasche.

Um zehn Minuten nach neun bekam er eine längere Notiz, an die noch ein paar andere Papiere geheftet waren. Diesmal las er sehr genau, dann meinte er: „Ich glaube, Mrs. D'Orsey und ich gehen jetzt was zu Abend essen."

Der Chef der Revisionsabteilung begleitete Edwina hinaus. Draußen entschuldigte er sich. „Ich fürchte, unser Abendessen muß warten. Wir beide gehen nämlich zu einer Besprechung, aber das wollte ich nicht laut sagen."

Sie entfernten sich einen halben Häuserblock weit von der Bank, dann kehrten sie über einen besonderen Fußgängerweg zum FMA-Turm zurück. Edwina zog den Mantel fest um sich. Durch den Tunnel wär's kürzer und wärmer gewesen. Was sollte die Heimlichtuerei?

In der Bankzentrale trug Hal Burnside sich ins Nachtbesuchsbuch ein; dann begleitete ein Wächter sie in den elften Stock. Dort warteten in der Sicherheitsabteilung schon Nolan Wainwright und die beiden FBI-Beamten. Fast gleichzeitig traf noch ein Mitarbeiter der Revisionsabteilung ein, der ihnen eindeutig von der Bank her gefolgt war – ein jüngerer Mann namens Gayne mit kühlen, wachen Augen hinter einer strengen Brille mit kräftigem Gestell. Gayne war es auch gewesen, der die verschiedenen Notizen und Papiere zu Burnside gebracht hatte. Jetzt begaben sie sich auf Wainwrights Vorschlag zu einem Konferenzraum hinüber und nahmen um einen runden Tisch Platz.

Hal Burnside sprach zu den FBI-Männern. „Ich hoffe, was wir gefunden haben, rechtfertigt, daß wir Sie um diese Stunde noch hierhergerufen haben."

„Dann *haben* Sie also etwas gefunden?" fragte Edwina.

„Leider mehr als erwartet." Auf ein Nicken von Burnside breitete Gayne etliche Papiere aus. „Auf Ihr Anraten hin", sagte Burnside, „hat eine Überprüfung der Privatkonten aller Angestellten der Hauptzweigstelle stattgefunden, um Hinweise auf finanzielle Schwierigkeiten zu finden. Wir haben sie gefunden." Er wandte sich an die beiden FBI-Leute. „Ich sollte hier erklären, daß Bankangestellte meist ihr Konto bei der Bank unterhalten, bei der sie auch arbeiten. Sie brauchen keine Kontogebühren zu zahlen und erhalten Kredite zu Vorzugszinsen, die meist ein Prozent unter dem niedrigsten Satz liegen."

Innes, der höhere der beiden FBI-Beamten, nickte. „Das ist uns bekannt."

„Dann werden Sie also verstehen, daß ein Angestellter, der sein Kreditlimit bei der eigenen Bank ausgeschöpft hat und sich daraufhin Geld aus dritter Quelle leiht, offenbar in einer bösen finanziellen Lage steckt; besonders wenn er Finanzierungsgesellschaften angeht, deren Zinsen berüchtigt hoch sind. Wir haben hier einen Bankangestellten, der genau das getan hat."

Er gab Gayne ein Zeichen, und der reichte ihm ein paar entwertete Schecks.

„Diese Schecks wurden auf drei verschiedene Finanzierungsgesellschaften ausgestellt. Mit zweien von ihnen haben wir uns telefonisch in Verbindung setzen können, und trotz dieser Zahlungen hier sind beide Konten schwer im Rückstand. Die dritte Gesellschaft wird uns morgen wahrscheinlich das gleiche erzählen."

Gayne warf dazwischen: „Und diese Schecks sind nur vom laufenden Monat. Morgen werden wir uns die Mikrofilmaufzeichnungen von den vergangenen Monaten ansehen."

„Noch eins ist wichtig", fuhr der Revisionschef fort. „Der Betreffende kann diese Zahlungen unmöglich von seinem Gehalt geleistet haben. Darum haben wir in den vergangenen Stunden nach Anzeichen für Diebstähle in der Bank gesucht, und die haben wir jetzt gefunden."

Edwinas Augen waren wie gebannt auf die Unterschriften der entwerteten Schecks gerichtet – einen Schriftzug, den sie täglich sah, kühn und klar. Der Anblick erschreckte sie und machte sie traurig.

Es war Eastins Unterschrift. Der junge Miles, den sie so gern mochte – so tüchtig, so hilfsbereit und unermüdlich, selbst heute abend, und den sie zu Tottenhoes Nachfolger hatte machen wollen, wenn dieser in den Ruhestand ging.

Der Chef der Revisionsabteilung war inzwischen schon weiter. „Unser Dieb hat nun heimlich ruhende Konten gemolken. Nachdem wir erst eine von diesen betrügerischen Manipulationen entdeckt hatten, waren die andern nicht mehr schwer zu finden."

Wieder legte Gayne Papiere auf den Tisch.

Ein ruhendes Konto, erklärte Burnside den FBI-Beamten, sei ein Spar- oder Girokonto mit geringer oder gänzlich fehlender Bewegung. Alle Banken haben Kunden, die ihre Konten unberührt lassen, manchmal jahrelang und mit erstaunlich hohen Guthaben darauf. Die bescheidenen Zinsen sammeln sich auf den Sparkonten an, und sicher ist das die Absicht mancher Leute, während jedoch andere, so unglaublich es klingen mag, ihre Konten völlig aufzugeben scheinen. Wenn nun ein Girokonto inaktiv wird, das heißt, keine Ein- oder Auszahlungen mehr stattfinden, versenden die Banken auch keine monatlichen Auszüge mehr, sondern nur noch jährliche. Die Konten werden dann getrennt geführt; wenn nun plötzlich eine Transaktion stattfindet, wird sie von einem Sachbearbeiter geprüft, um sicherzustellen, daß alles seine Ordnung hat. Als stellvertretender Abteilungsleiter hatte Miles Eastin die Befugnis, Transaktionen auf ruhenden Konten zu bestätigen. Er hatte diese Befugnis dazu benutzt, selbst von solchen Konten Geld zu stehlen und die Diebstähle zu kaschieren.

„Eastin hat sich raffiniert die Konten ausgesucht, bei denen die wenigsten Schwierigkeiten zu erwarten waren. Wir haben hier zunächst eine Anzahl gefälschter Auszahlungsanweisungen, danach wurden die Beträge auf ein Scheinkonto überstellt, das er wahrscheinlich selbst unter einem falschen Namen eingerichtet hat."

Einer um den andern nahmen sie die Auszahlungsanweisungen in Augenschein und verglichen die Unterschriften mit den Schecks. Eastin hatte seine Schrift zwar zu verstellen versucht, aber die Ähnlichkeit war unverkennbar.

Der zweite FBI-Beamte, Dalrymple, der sich Notizen machte, fragte jetzt: „Kennen wir schon die Gesamtsumme, um die es geht?"

Gayne antwortete: „Bisher haben wir fast achttausend Dollar ausgemacht. Morgen kommen wir über die Mikrofilme und den Computer an die älteren Unterlagen heran, da dürften wir dann noch mehr finden."

Edwina fragte: „Wie lange geht das schon so?"

„Mindestens ein Jahr, möglicherweise länger", unterrichtete Gayne sie.

Edwina wandte sich an Burnside. „Dann haben Sie das bei der letzten Prüfung übersehen. Gehört die Überprüfung der ruhenden Konten nicht zu Ihren Aufgaben?"

Der Revisor wurde rot. „Doch, schon. Aber selbst uns entgeht hin und wieder etwas, wenn der Dieb seine Spuren gut verwischt."

FBI-Mann Innes brach das darauf folgende Schweigen. „Das alles bringt uns aber in bezug auf das verschwundene Geld vom Mittwoch nicht weiter."

„Nur insofern, als Eastin jetzt unser Hauptverdächtiger ist", sagte Burnside. „Vielleicht wird er das auch noch zugeben."

„Das wird er nicht", grollte Wainwright. „Dazu ist er viel zu schlau. Warum sollte er außerdem? Wir wissen doch noch immer nicht, wie er's gemacht hat."

Bis jetzt hatte der Sicherheitchef kaum etwas gesagt, obwohl sein Gesicht immer finsterer geworden war, während die Buchprüfer ihre Schuldbeweise auftischten. Edwina fragte sich, ob er wohl daran dachte, wie sie beide Juanita Nuñez in die Zange genommen hatten.

Hal Burnside erhob sich und schloß seine Aktentasche. „Bis hierher hat die Revisionsabteilung das Ihre getan, jetzt ist die Polizei an der Reihe."

„Wir brauchen diese Papiere und ein unterschriebenes Protokoll", sagte Innes.

„Mr. Gayne wird hierbleiben und steht zu Ihrer Verfügung."

„Noch eine Frage", sagte Innes. „Glauben Sie, Eastin ahnt schon, daß wir ihm auf die Schliche gekommen sind?"

Gayne schüttelte den Kopf. „Das glaube ich mit Sicherheit nicht. Wir haben uns bemüht, nicht zu zeigen, wonach wir suchten, und zur Täuschung haben wir uns viele Dinge geben lassen, die wir gar nicht brauchten."

Innes nickte anerkennend. „Dann wollen wir es dabei auch belassen. Wir holen ihn uns zum Verhör. Ist er noch in der Bank?"

„Ja", sagte Edwina. „Er bleibt zumindest so lange dort, bis wir zurück sind."

Nolan Wainwright mischte sich mit heiserer Stimme ein. „Da wüßte ich was Besseres. Halten Sie ihn so lange wie möglich da. Anschließend lassen Sie ihn in dem Glauben nach Hause gehen, er sei nicht erwischt worden."

Die Blicke der beiden FBI-Beamten forschten in Wainwrights Gesicht. Die drei Männer schienen einander etwas zu sagen. Innes zögerte, dann gab er nach. „Gut. Dann machen Sie es so."

Ein paar Minuten später fuhren Edwina und Burnside mit dem Fahrstuhl nach unten.

Innes wandte sich höflich an den Buchprüfer, der noch geblieben war: „Könnten Sie uns wohl einen Augenblick allein lassen, bevor wir das Protokoll aufnehmen?"

„Gewiß." Gayne verließ den Konferenzraum.

Innes sah Nolan Wainwright an. „Sie führen doch etwas im Schilde?"

„Allerdings. Aber wollen Sie das wirklich wissen?"

Die beiden kannten einander seit Jahren, und einer respektierte den andern. Sie schwiegen eine Zeitlang, dann meinte Dalrymple: „Sagen Sie uns so viel, wie Sie für vertretbar halten."

„Na schön. Wir haben genug in der Hand, um Eastin wegen Diebstahls vor den Kadi zu bringen. Was glauben Sie, wieviel der Richter ihm geben wird?"

„Als Ersttäter kriegt er Bewährung", sagte Innes. „Das Geld ist den Richtern egal. Die glauben, die Banken haben genug davon, und versichert sind sie obendrein."

„Eben. Aber wenn wir beweisen können, daß er am Mittwoch die sechstausend genommen und dann auch noch versucht hat, den Verdacht auf die Kleine zu lenken ..."

„Wenn Sie das beweisen können, wird jeder vernünftige Richter ihn ohne Umschweife einlochen."

„Dann schnappen Sie sich Eastin heute abend noch nicht. Geben Sie mir Zeit bis morgen."

„Wir möchten ihm nicht gern nachlaufen", warnte Dalrymple.

„Und mit zerbeulter Birne wäre er mir auch nicht lieb", sagte Innes.

„Er wird nicht türmen, und Sie kriegen ihn ohne Beulen. Ich stehe dafür ein."

Innes sah seinen Kollegen an; der hob die Schultern. „Also gut", sagte Innes. „Bis morgen. Aber daß mir eines klar ist, Nolan – dieses Gespräch hier hat nie stattgefunden."

Wainwright ging in die Sicherheitsabteilung und schrieb von einer Liste der Bankangestellten Miles Eastins Adresse und Telefonnummer ab. Von einem öffentlichen Fernsprecher auf der Rosselli Plaza aus rief er die Nummer an; keiner meldete sich. Als nächstes holte er seinen Wagen aus der Tiefgarage. Er nahm ein schlankes Lederetui aus dem Kofferraum und steckte es in eine Innentasche seines Mantels. Dann fuhr er zu Eastins Wohnung.

Es war halb elf. Auf den Straßen war nur schwacher Verkehr. Die Umgebung des Wohnblocks war frei von Fußgängern. Nolan trat ein. Neben den Briefkästen im Eingangsflur waren drei Reihen Klingeln und eine Sprechanlage. Wainwright sah den Namen Eastin neben der Klingel für Appartement 2 G und drückte darauf. Wie erwartet, tat sich nichts.

Er drückte auf die oberste Klingel. Eine Männerstimme rasselte: „Ja, wer ist da?" Der Name neben der Klingel lautete Appleby.

„Western Union", sagte Wainwright. „Telegramm für Appleby."

„Gut, bringen Sie's rauf."

Ein Summer ertönte, und das Türschloß klickte. Wainwright drückte die Innentür auf und ging schnell hinein. Er sah rechts eine Treppe und lief, immer zwei Stufen auf einmal nehmend, zum zweiten Stock hinauf, mit den Gedanken bei der erstaunlichen Arglosigkeit der Menschen im allgemeinen. Mr. Appleby würde heute abend keinen Schaden davontragen, sich höchstens ein bißchen wundern. Aber es hätte ihm weit schlimmer ergehen können. Trotz dauernder Warnungen öffnete manch einer immer noch völlig unbedacht die Haustür.

Appartement 2 G lag ziemlich am Ende des Korridors. Wainwright probierte nacheinander ein paar dünne Blättchen aus seinem Lederetui, und beim vierten Versuch drehte sich das Schloß. Die Tür schwang auf, und er trat ein und schloß sie wieder hinter sich. Er ging ans Fenster, zog die Vorhänge zu und knipste das Licht an. Das Appartement bestand aus einem Zimmer und war sauber und aufgeräumt. Wainwright machte sich an eine methodische, gründliche Suche, wie er es bei der Polizei gelernt hatte. Er versuchte die Gewissensbisse ob seines illegalen Tuns zu unterdrücken. Doch das gelang ihm nicht ganz.

Nach einer halben Stunde wußte er, daß es jetzt nicht mehr viele Möglichkeiten gab, wo das Geld versteckt sein konnte. Er hatte alle Schränke und Schubladen durchsucht, Stühle abgeklopft, die Rückwand des Fernsehers losgeschraubt, einen Wecker auseinandergenommen und Bücher durchgeblättert, von denen ein ganzes Regal allein mit Eastins Hobby zu tun hatte – Geld im Wandel der Zeiten. Aber nichts Belastendes weit und breit. Schließlich rückte er die Möbel alle in eine Ecke und rollte den Teppich auf. Dann suchte er mit einer Taschenlampe den Fußboden zentimeterweise ab.

Ohne die Lampe hätte er das behutsam zersägte Brett übersehen, aber zwei heller gefärbte Striche verrieten, wo die Einschnitte waren. Er drückte vorsichtig das etwa dreißig Zentimeter lange Stück zwischen den Strichen hoch und fand in dem Hohlraum darunter einen schwarzen Hefter und einen Packen Zwanzigdollarnoten. Schnell tat er das Brett wieder an seinen Platz, dann den Teppich, dann die Möbel. Er zählte das Geld. Sechstausend Dollar. Dann öffnete er den Hefter – lauter Wettaufzeichnungen – und stieß einen überraschten Pfiff aus, als er die hohen Beträge sah, um die es da ging.

Er legte Hefter und Geld auf den Tisch vor dem Sofa, machte die Lichter aus, setzte sich hin und wartete. Seine Leuchtzifferuhr zeigte kurz nach Mitternacht, als er den Schlüssel im Schloß hörte. Eine dunkle Gestalt trat ein. Die Wohnungstür ging zu, und das Licht flammte auf.

Eastin sah Wainwright sofort, und seine Überraschung war total. Alles Blut wich ihm aus dem Gesicht. Wainwright stand auf. Seine Stimme war schneidend wie ein Messer. „Wieviel haben Sie heute gestohlen?"

Ehe Eastin antworten konnte, packte Wainwright ihn an den Rockaufschlägen, drehte ihn um und stieß ihn längelang über das Sofa. Der junge Mann stotterte: „Was zum Teufel machen Sie ..." Sein Blick fiel auf das Geld und den Hefter, und er verstummte.

„Ich komme das Geld der Bank holen, oder was davon noch übrig ist", sagte Wainwright barsch. Er zeigte auf den Geldpacken auf dem Tisch. „Das da stammt nur von Mittwoch, das wissen wir. Und falls Sie sich wundern, wir wissen auch über die gemolkenen Konten Bescheid."

Ein krampfhaftes Zucken ging Eastin durch den ganzen Körper. Sein Kopf sank herunter, er schlug die Hände vors Gesicht.

„Sie haben mir viel zu erzählen. Fangen Sie an!" Wainwright riß Eastin die Hände vom Gesicht und bog ihm den Kopf zurück, allerdings nicht grob, denn er dachte an das Versprechen, das er dem FBI-Mann gegeben hatte: Keine zerbeulte Birne.

Wenn jetzt die FBI-Beamten dabeigewesen wären, hätten sie Eastin über sein Recht belehren müssen, keine Fragen zu beantworten und sich einen Rechtsbeistand kommen zu lassen. Wainwright war kein Polizist mehr und hatte solche Auflagen nicht. Er wollte nur ein unterschriebenes Geständnis von Eastin.

Nolan setzte sich dem jungen Mann gegenüber, nahm den kleinen schwarzen Hefter zur Hand und öffnete ihn. „Fangen wir bei dem hier an." Er fuhr mit dem Finger über eine Liste von Zahlen und Daten. „Das sind Wetten, ja?"

Eastin nickte dumpf.

„Erklären Sie mir das näher."

Die Antworten kamen langsam. Bei den einzelnen Wetten ging es um Football- und Basketballspiele. Die verlorenen Wetten waren zahlreicher als die gewonnenen. Der niedrigste Einsatz betrug einhundert Dollar, der höchste dreihundert.

„Haben Sie allein gewettet oder in einer Gemeinschaft?"

„In einer Gemeinschaft. Mit vier andern. Alle berufstätig, wie ich."

„Alle bei der Bank?"

Eastin schüttelte den Kopf. „Nein, woanders."

„Auf Pferde haben Sie nicht gesetzt. Warum?"

„Jeder weiß, daß bei Pferderennen gemauschelt wird. Bei Football und Basketball geht's ehrlich zu. Wir haben ein System ausgearbeitet. Bei ehrlichen Spielen könnten wir den Zufall in den Griff bekommen, dachten wir." Die Summe der Verluste zeigte, wie falsch diese Rechnung gewesen war.

„Haben Sie bei einem oder mehreren Buchmachern gewettet?"

„Bei einem."

„Name?"

Eastin blieb stumm.

„Das andere Geld, das Sie gestohlen haben – wo ist es?"

Der junge Mann antwortete kläglich: „Weg."

„Reden wir mal im Augenblick von dem hier." Wainwright tippte auf die sechstausend Dollar. „Wir wissen, daß Sie es am Mittwoch an sich gebracht haben. Wie haben Sie's gemacht?"

Eastin zögerte, dann zuckte er mit den Schultern. „Jetzt kann ich's Ihnen auch gleich sagen. Wir hatten ein paar Grippekranke. Ich mußte als Kassierer einspringen."

„Das weiß ich. Sagen Sie, was dann passiert ist."

„Morgens vor dem Öffnen bin ich in den Tresorraum gegangen, um mir einen von den Geldwagen zu holen. Juanita Nuñez war auch da. Sie machte ihren gerade auf. Ich stand neben ihr. Ohne daß sie es merkte, hab ich zugesehen und mir die Zahlen gemerkt. Sobald ich konnte, hab ich sie mir dann aufgeschrieben."

Mit Wainwrights Nachhilfe kam die unschöne Wahrheit nach und nach ans Licht. Der Tresorraum war groß. Der Tresorkassierer arbeitete in einem käfigartigen Verschlag nahe bei der Tür und war vollauf damit beschäftigt, über die Kassierer und die hinausgehenden Geldwagen Buch zu führen. Zwar konnte niemand an ihm vorbei, ohne gesehen zu werden, doch wer einmal drin war, von dem nahm er kaum noch Notiz. An diesem Morgen brauchte Eastin um jeden Preis Geld. Er hatte in der Woche zuvor wieder beim Wetten verloren, und die Gläubiger drängten auf Zahlung der angewachsenen Schulden.

Wainwright unterbrach ihn. „Sie hatten Schulden bei Finanzierungsgesellschaften. Und bei dem Buchmacher. Haben Sie sonst noch jemandem Geld geschuldet?"

Eastin nickte.

„Einem Kredithai?"

Der junge Mann zögerte, dann gab er zu: „Ja."

„Hat der Kredithai Ihnen gedroht?"

Miles Eastin feuchtete seine Lippen an. „Ja. Und der Buchmacher auch. Sie drohen mir beide noch." Seine Augen wanderten zu den sechstausend Dollar.

Wainwright zeigte auf das Geld. „Sie wollten den Kredithai und den Buchmacher damit bezahlen?"

„Ja."

„Wann?"

„Morgen." Eastin warf einen nervösen Blick auf die Uhr und korrigierte sich. „Heute."

„Zurück zum Mittwoch", befahl Wainwright. „Sie kannten also die Kombination von Mrs. Nuñez' Kassenwagen. Was haben Sie damit angefangen?"

Es war unglaublich einfach. Er hatte zugleich mit Juanita Mittagspause gemacht und seine Kasse gleich hinter ihr in den Tresor gefahren. Da standen die beiden Wagen nebeneinander, beide verschlossen. Eastin war früher als üblich vom Mittagessen wiedergekommen.
Der Tresorkassierer hatte ihn beim Eintreten registriert und sich
wieder seiner Arbeit zugewandt. Niemand sonst befand sich im
Tresorraum.

Miles Eastin war geradewegs zu Juanita Nuñez' Geldwagen gegangen und hatte ihn mit der Zahlenkombination geöffnet, die er
sich aufgeschrieben hatte. Es dauerte nur Sekunden, drei Päckchen
Banknoten im Wert von sechstausend Dollar herauszunehmen und
die Kasse wieder zu verschließen. Das Geld steckte er in die Innentasche seiner Jacke; die Verdickungen waren kaum zu sehen. Dann
hatte er sich mit seinem eigenen Kassenwagen abgemeldet und war
an die Arbeit zurückgekehrt.

Schweigen; dann sagte Wainwright: „Sie haben also den ganzen
Tag und auch während der Vernehmungen das Geld bei sich gehabt?"

„Ja", sagte Miles Eastin. In der Erinnerung daran, wie leicht das
alles gewesen war, ging ein schwaches Lächeln über sein Gesicht.

Wainwright sah das Lächeln. In einer einzigen Bewegung schlug
er Eastin zweimal hart ins Gesicht, erst mit der offenen Hand, dann
mit dem Handrücken. Eastin auf dem Sofa zuckte zurück und blin-
zelte Tränen aus den Augen.

„Nur damit Sie wissen, daß ich es gar nicht komisch finde, was
Sie der Bank oder Mrs. Nuñez angetan haben." Wainwright hatte
soeben gelernt, daß Miles Eastin körperliche Schmerzen fürchtete.
„Nächster Tagesordnungspunkt", sagte er, „ist ein schriftliches Geständnis, und zwar in Ihrer eigenen Handschrift und mit allem drin,
was Sie mir eben berichtet haben."

„Nein! Das tue ich nicht!"

Wainwright zuckte die Achseln. „Wenn das so ist, hat es für mich
keinen Sinn mehr hierzubleiben." Er stopfte sich die sechstausend
Dollar in die Taschen. „Das bringe ich in den Nachttresor."

Eastin flehte: „Aber ich brauche es doch jetzt! Heute!"

„Aber natürlich, einen Teil für den Buchmacher und einen Teil
für den Kredithai. Beziehungsweise für die Muskelmänner, die sie
Ihnen auf den Hals hetzen werden." Der Sicherheitsdirektor betrachtete Eastin mit ironischer Belustigung. „Vielleicht kommen die gleich

zusammen. Dann werden sie Ihnen jeder einen Arm und jeder ein Bein brechen. Die kriegen so was fertig. Oder wußten Sie das nicht?" Echte Angst zeigte sich in Eastins Augen. „Doch, das weiß ich. Sie müssen mir helfen! Bitte!"

Wainwright sagte kalt: „Ich werd's mir überlegen. *Nachdem* Sie Ihr Geständnis geschrieben haben."

Miles Eastin gab völlig auf, sein Widerstand war restlos gebrochen. Der Sicherheitsdirektor diktierte ihm die ersten Sätze des Geständnisses:

„Ich, Miles Broderick Eastin, lege dieses Geständnis aus freien Stücken ab. Mir wurden dafür weder Vorteile versprochen, noch wurde Gewalt gebraucht oder angedroht. Ich gebe zu, der First Mercantile American Bank gegen 13.30 Uhr am vergangenen Mittwoch die Summe von $ 6000,– in bar entwendet zu haben . . ."

Während Eastin weiterschrieb, rief Wainwright den FBI-Beamten Innes in seiner Wohnung an.

6. Kapitel

In der ersten Novemberwoche ging es mit Ben Rossellis körperlicher Verfassung weiter bergab. Als gerade ein wütendes Unwetter die Stadt heimsuchte, wurde er in den Privattrakt des Mount-Adams-Krankenhauses gebracht. Die Leitung der First Mercantile American war ihm jetzt völlig aus den Händen geglitten, und es wurde für den vierten Dezember eine Aufsichtsratssitzung anberaumt, auf der sein Nachfolger bestimmt werden sollte.

Kurz vor zehn Uhr trafen die ersten Aufsichtsratsmitglieder in dem nußbaumgetäfelten Konferenzzimmer ein und begrüßten sich zwanglos und selbstbewußt, ein jeder mit der Aura eines erfolgreichen Geschäftsmannes in Gesellschaft Gleichgestellter. Sie waren die Admiräle und Feldmarschälle der Wirtschaft, wie einstmals Ben, und sie wußten: das Geschäft, das die Zivilisation in Gang hielt, mußte weitergehen.

Der Aufsichtsrat jedes größeren Unternehmens ist wie ein exklusiver Klub. Neben den drei oder vier Spitzenleuten des jeweiligen Unternehmens selbst besteht er aus runden zwanzig besonders angesehenen Geschäftsleuten anderer Wirtschaftszweige, die für jede Sitzung, an der sie teilnehmen – meist ungefähr zehn pro Jahr –, zwischen ein- und zweitausend Dollar bekommen.

In Kreisen des Handels und der Industrie gilt es als hohe Ehre, im Aufsichtsrat eines Unternehmens zu sitzen, und je angesehener das Unternehmen, desto höher die Auszeichnung. Besonders hoch im Ansehen steht ein Platz im Aufsichtsrat einer größeren Bank. So besaß die First Mercantile American, wie es sich für eine der zwanzig größten Banken des Landes geziemt, einen entsprechend hochkarätigen Aufsichtsrat.

Das glaubten die Herren jedenfalls von sich selbst. Wenn aber Alex Vandervoort sie so der Reihe nach betrachtete, wie sie um den Tisch herum Platz nahmen, fand er, daß eine Menge tauber Nüsse dazwischen war. Außerdem gab es da Interessenkonflikte, denn einige dieser Aufsichtsratsmitglieder oder ihre Unternehmen waren auch größere Kreditnehmer der Bank. Falls Alex Präsident wurde, war eines seiner Ziele, den Aufsichtsrat repräsentativer zu machen.

Aber würde er denn Präsident werden? Oder vielmehr Roscoe Heyward? Heute würden sie beide vor dem Aufsichtsrat ihre Vorstellungen darlegen. Heyward hatte sich typischerweise mit einem vorbereiteten Text gewappnet. Er saß Alex genau gegenüber und studierte seinen Vortrag, die grauen Augen hinter der randlosen Brille unverwandt auf die maschinegeschriebenen Wörter geheftet. Alex hatte gestern bis weit in die Nacht hinein überlegt und sich schließlich dafür entschieden, frei zu sprechen und seine Worte und Gedanken aus dem Augenblick heraus zu formulieren.

Schräg gegenüber glitt der Ehrenwerte Harold Austin auf seinen gewohnten Platz. Alex nickte. Das Nicken wurde erwidert, jedoch mit spürbarer Kühle. Alex hatte sein Veto gegen die von der Agentur Austin ausgearbeitete Keycharge-Werbung eingelegt, und vor einer Woche war der Ehrenwerte Harold hereingeschneit, um wiederum dagegen zu protestieren. „Ich kämpfe noch mit mir", hatte er gesagt, „ob ich Ihr anmaßendes Handeln vor den Aufsichtsrat bringen soll oder nicht."

Alex ließ sich nicht ins Bockshorn jagen. „Ich war selbst dabei und weiß, was der Aufsichtsrat in bezug auf Keycharge beschlossen hat. Er hat keineswegs einer Anzeigenkampagne zugestimmt, die irreführend und dieser Bank nicht würdig ist. Ihre Leute können was Anständigeres hinkriegen, Harold. Sie haben es ja sogar schon bewiesen. Ich habe die revidierten Fassungen gesehen und gebilligt."

Austin hatte noch ein böses Gesicht gemacht, dann aber die Sache auf sich beruhen lassen. Die Agentur Austin verdiente schließlich an der revidierten Kampagne genausogut. Aber Alex wußte, daß er sich einen Feind gemacht hatte.

Das Unterhaltungsgemurmel im Konferenzsaal verstummte. Jerome Patterton, der stellvertretende Aufsichtsratsvorsitzende, klopfte leicht mit seinem Hämmerchen und verkündete: „Meine Herren, der Aufsichtsrat kommt zur Tagesordnung."

Patterton, heute ins Rampenlicht gezerrt, war so etwas wie ein Opportunist. Er war, nachdem die FMA vor etlichen Jahren mit einer kleineren Bank fusioniert hatte, in den Aufsichtsrat gerutscht; und da er aufs Pensionsalter zuging, waren seine Pflichten in gegenseitigem Einvernehmen etwas beschnitten worden. Seine Stellung als stellvertretender Aufsichtsratsvorsitzender war mehr ein Ehrentitel. Alex' Meinung über Patterton war, daß der Mann über einen exzellenten Verstand verfügte, von dem er allerdings in den letzten Jahren nur minimalen Gebrauch gemacht hatte.

Patterton gedachte als erstes Ben Rossellis, um gleich darauf die Notwendigkeit zu unterstreichen, so schnell wie möglich einen neuen Generaldirektor zu ernennen. Er erklärte dann, daß als nächstes Roscoe Heyward und Alex Vandervoort vor dem Aufsichtsrat sprechen und dann den Raum verlassen würden, damit über ihre Kandidatur beraten werden könne. „Bei der Reihenfolge der Redner werden wir uns nach uralter Sitte an das Alphabet halten. Roscoe, wenn Sie bitte anfangen möchten."

„Vielen Dank, Herr Vorsitzender." Heyward erhob sich und blickte ruhig in die Runde der übrigen neunzehn Männer am Tisch. Er räusperte sich und begann mit klarer, unbewegter Stimme zu sprechen.

„Meine Herren Aufsichtsräte, ich will Ihnen heute ganz offen sagen, was ich für meine – und dieses Gremiums – oberste Pflicht halte: die Rentabilität der First Mercantile American Bank. Rentabilität, meine Herren – unsere Priorität Nummer eins."

Heyward warf einen kurzen Blick auf seinen Text. „Gestatten Sie mir, darauf etwas ausführlicher einzugehen. In meinen Augen werden heute zu viele finanzpolitische Entscheidungen von den sozialen Konflikten unserer Zeit beeinflußt. Unternehmenspolitik sollte indessen nicht jeder wechselnden sozialen Mode unterliegen. Eine solche Denkweise wäre gefährlich für das freie Unternehmertum Amerikas und ruinös für diese Bank – es würde unsere Kräfte lähmen, das Wachstum verlangsamen, unsere Gewinne verkleinern. Kurz gesagt, wir sollten uns von der sozialpolitischen Szene fernhalten, denn sie geht uns nichts an."

Alex Vandervoort überlegte: Aha, Roscoe hat sich also für eine direkte Konfrontation entschieden. Alles, was er eben gesagt hatte, war Alex' eigenen und auch Ben Rossellis Ansichten genau entgegengesetzt. Denn Ben hatte schließlich die FMA an öffentlichen Aufgaben beteiligt, an Projekten wie Forum East. Aber Alex machte sich keine Illusionen. Eine große Fraktion im Aufsichtsrat hatte die zunehmende Öffnung der Bank durch Ben mit Unbehagen gesehen und würde Heywards klaren geschäftlichen Kurs begrüßen.

„Ich sprach vom Gewinn als unserem Hauptanliegen", fuhr Roscoe Heyward soeben fort. „Der gesellschaftliche Wert des Gewinns an sich ist sehr hoch. Alle Banken messen ihren Gewinn am Ertrag pro Aktie. Sind die Erträge gut, so bleibt das Vertrauen in die Bank stark. Aber was geschieht, wenn nur ein paar große Banken auf einmal einen geringeren Ertrag pro Aktie ausweisen? Es tritt Unruhe ein, ja Angst – eine Situation, in der die Sparer ihre Einlagen und die Aktionäre ihre Investitionen abziehen, so daß der Kurs der Aktien rapide sinkt und die Bank selbst in Gefahr gerät. So war es 1929. Heute, wo die Banken noch weitaus größer sind, wären die Folgen im Vergleich zu damals geradezu verheerend. Aus ebendiesem Grunde dürfen die Banken keine Sekunde ihre Verpflichtung aus den Augen lassen, für sich und ihre Aktionäre Gewinne zu erwirtschaften."

Es gab ein zustimmendes Gemurmel. Heyward las weiter.

„Wir erzielen keine maximalen Gewinne, indem wir Gelder der Bank für viele Jahre zu niedrigen Zinssätzen festlegen. Ich beziehe mich hier natürlich auf die Finanzierung von Sozialwohnungen. Wir sollten überhaupt nur einen minimalen Anteil unserer Gelder in den Wohnungsbau schlechthin stecken. Wenn wir echte Gewinne machen wollen, müssen wir unsere Hauptanstrengungen in andere Richtungen lenken."

Alex dachte: Was man an Heyward auch immer kritisieren mag, eines wird man hinterher nicht sagen können – daß er sich nicht deutlich ausgedrückt hätte. Auf ihre Weise war seine Erklärung rundweg ehrlich. Aber sie war auch schlau, ja zynisch berechnet.

„Vor allem", erläuterte Heyward, „sollte diese Bank mehr Gewicht auf ihr Geschäft mit der amerikanischen Industrie legen, deren Gewinne erwiesenermaßen hoch sind. Damit werden dann auch unsere Gewinne steigen. Meiner Überzeugung nach stellt die First Mercantile American Bank einen zu geringen Anteil ihrer Gelder für hohe Kredite an die Industrie bereit, und wir sollten uns unverzüglich auf ein Programm einigen, das diesen Geschäftszweig stärker belebt."

Heyward ließ sich noch weitere dreißig Minuten zu diesem Thema aus. Dann setzte er sich, von Applaus umrauscht.

Jerome Patterton rief Alex auf.

„Die meisten von Ihnen kennen mich gut, als Menschen wie als Bankmann." Alex stand lässig am Tisch und sprach mehr im Plauderton. „Sie wissen, daß ich als Bankmann hart und mit allen Wassern gewaschen bin. Davon zeugen die Finanzierungsgeschäfte, die ich für die Bank bisher vorgenommen habe; alle mit Gewinn. Im Bankwesen ist es wie in anderen Geschäftszweigen: Rentabilität heißt Stärke. Ich freue mich, daß Roscoe dieses Thema angeschnitten hat, denn das gibt mir Gelegenheit, mich selbst zur Rentabilität zu bekennen. Dito zu Freiheit, Demokratie, Liebe und Mutterschaft."

Jemand lachte leise. Alex nahm es mit leichtem Lächeln zur Kenntnis. „Bleiben wir noch einen Augenblick bei unsern Überzeugungen. Ich glaube, die Gesellschaft wandelt sich in diesem Jahrzehnt schneller als irgendwann seit der industriellen Revolution. Wir erleben eine soziale Revolution des Gewissens und Verhaltens. Treibende Kraft ist dabei die Entschlossenheit einer Mehrheit des Volkes, die Lebensqualität zu verbessern, der Zerstörung der Umwelt Einhalt zu gebieten und die noch vorhandenen Schätze unserer Erde zu bewahren. Damit werden auch der Industrie und der Wirtschaft neue Wertmaßstäbe abverlangt, und einer davon heißt soziale Verantwortung."

Alex bewegte sich rastlos in dem engen Raum hinter dem Konferenztisch. Er beschloß, Heywards Herausforderung frontal anzunehmen.

„Ich glaube, genau wie Ben Rosselli, daß wir uns an der Verbesserung der Lebensqualität in dieser Stadt und in diesem Land beteiligen sollten. Unmittelbar können wir das durch die Finanzierung des sozialen Wohnungsbaus. Die Grundsatzentscheidung dazu hat der Aufsichtsrat bereits im Anfangsstadium von Forum East gebilligt. Im Laufe der Zeit sollte unser Beitrag, glaube ich, sogar größer werden."

Er warf einen Blick zu Roscoe Heyward. „Ich weiß selbst, daß Wohnungsbauhypotheken keine hohen Gewinne abwerfen. Es gibt indessen Möglichkeiten, diesen Geschäftszweig auch mit hohem Gewinn zu betreiben. Eine davon besteht in der Ausweitung des Sparvolumens. Traditionsgemäß werden Hypotheken aus Spareinlagen geleistet, da Hypotheken langfristige Investitionen sind, stabil und langfristig wie Spareinlagen. Während große Handelsbanken das Spargeschäft als unwichtig verschmähten, haben Spar- und Kreditgesellschaften diese Gelegenheit prompt beim Schopf gepackt und sind uns weit davongezogen. Aber immer noch stecken im Spargeschäft gigantische Möglichkeiten."

Alex ging jetzt die andern Geschäftszweige durch und beschrieb die von ihm vorgeschlagenen Änderungen. Eine betraf die Neueröffnung von neun Zweigstellen in reinen Wohngebieten überall im Bundesstaat; eine andere die drastische Überholung der Organisationsstruktur der FMA, um die Leistungen allgemein zu steigern.

Gegen Ende kehrte er zu seinem ursprünglichen Thema zurück. „Natürlich müssen wir weiterhin enge geschäftliche Verbindungen zur Industrie unterhalten. Aber wir sollten nicht so einseitig nach dem großen Geschäft schielen, daß wir dabei die Wichtigkeit kleiner Konten unterschätzen. Diese Bank wurde einst gegründet für die, deren Mittel bescheiden waren, so daß sie auf die Dienste anderer Banken verzichten mußten. Weder der Sohn des Gründers noch sein Enkel haben je den Leitsatz vergessen, daß Kleinheit, vervielfacht, die größte aller Stärken sein kann. Eine sofortige, massive Ausweitung des Kleinsparergeschäfts, die ich dem Aufsichtsrat als Ziel dringend nahelege, würde den Ursprüngen unserer Bank gerecht werden, unsere Finanzkraft stärken und – im Klima unserer Zeit – das öffentliche Wohl fördern, das auch unser eigenes ist."

Wie vorhin bei Heyward, so applaudierten die Aufsichtsratsmitglieder auch jetzt, als Alex sich wieder hinsetzte. Nach seiner Schätzung konnte die Wahl immer noch so oder so ausgehen.

Die Kandidatenbefragung war eine halbe Stunde im Gange, als

ein Bediensteter leise den Raum betrat, ein kleines Silbertablett in der Hand, und zu Jerome Patterton hinüberging. Auf dem Tablett lag ein zusammengefaltetes Blatt Papier. Der stellvertretende Vorsitzende nahm es und las. Nach einer kleinen Pause erhob er sich. „Meine Herren", sagte Patterton, „ich muß Ihnen die schmerzliche Mitteilung machen, daß unser verehrter Präsident, Ben Rosselli, vor wenigen Minuten verstorben ist."

Die Aufsichtsratssitzung wurde bis nach dem Begräbnis vertagt.

BEN ROSSELLIS Tod fand in der internationalen Presse Beachtung; er wurde von einigen Kommentatoren sogar als Ende einer Ära bezeichnet. Ben Rossellis Dahinscheiden signalisierte, daß die letzte größere amerikanische Bank, die man noch mit einer einzelnen Unternehmerpersönlichkeit identifizieren konnte, jetzt davorstand, in die Anonymität des zwanzigsten Jahrhunderts überzuwechseln; mit Vorstand und angestellter Firmenleitung.

Das Begräbnis fand am Mittwoch der zweiten Dezemberwoche statt. Zur Aufbahrung war der Leichnam für zwei Tage in die St. Matthew's Cathedral überführt worden, wie sich's geziemte, denn Matthäus – einst Levi, der Steuereinnehmer – gilt als Schutzpatron der Bankleute. An die zweitausend Menschen, darunter ein Vertreter aus dem Weißen Haus, der Gouverneur des Bundesstaates, Botschafter, Kommunalpolitiker und Bankangestellte, defilierten am offenen Sarg vorbei.

Am Morgen der Beisetzung konzelebrierten ein Erzbischof, ein Bischof und ein Monsignore die Auferstehungsmesse. In der Kathedrale waren einige Bänke in Altarnähe für Rossellis Angehörige und Freunde reserviert. Gleich dahinter saßen die Aufsichtsratsmitglieder und Direktoren der First Mercantile American Bank.

Roscoe Heyward hatte seinen Platz in der vordersten Reihe der Bankangehörigen. Er war in Begleitung seiner Frau. Alex und Margot Bracken saßen mit Edwina und Lewis D'Orsey zwei Reihen dahinter. Die vier waren oft zusammen, nicht nur weil die beiden Frauen Kusinen waren, sondern weil sie sich einfach mochten.

Alex fühlte Tränen in seine Augen steigen, als der Sarg aus dem Gotteshaus getragen wurde. Während der letzten Tage war ihm klargeworden, daß seine Gefühle für Ben fast Liebe zu nennen waren. In mancher Hinsicht war der alte Herr für ihn eine Vaterfigur ge-

wesen. Sein Tod hinterließ eine Lücke in Alex' Leben, die nicht wieder zu füllen war. Margot ergriff sanft seine Hand.

Vor der Kathedrale war der Verkehr umgeleitet worden. Der Sarg befand sich bereits auf dem blumengeschmückten Leichenwagen. Jetzt stiegen Verwandte und Bankangestellte in die wartenden Limousinen. Eine Motorradeskorte der Polizei setzte sich an die Spitze des Leichenzuges.

Während Alex seinen Wagen heranwinkte, betrachtete Lewis D'Orsey die Batterien von Kameras und meinte: „Das wird die FMA-Aktien noch einmal drücken."

Alex stimmte unwillig zu. Die Aktien der First Mercantile American waren an der New Yorker Börse um fünfeinhalb Punkte gefallen, seit sich die Nachricht von Bens Krankheit verbreitet hatte. Der Tod des letzten Rosselli in Verbindung mit der Ungewißheit über den Kurs der künftigen Geschäftsleitung hatte den jüngsten Sturz verursacht. Und dieser Begräbnisrummel hier konnte für einen weiteren Kursverfall sorgen. „Aber die bleiben nicht unten", sagte Alex. „Unsere Erträge sind gut, und im Grunde hat sich ja nichts geändert."

Sein Dienstwagen schloß sich der Reihe an, und die vier stiegen ein. Lewis wandte sich an Edwina. „Ich wollte dich noch fragen, was es Neues über Miles Eastin gibt."

„Seine Verhandlung ist nächste Woche, und ich muß als Zeugin erscheinen. Darauf freue ich mich gar nicht."

Alex fragte: „Wie steht's mit der Kassiererin, um die es da ging – Mrs. Nuñez? Ist sie drüber weg?"

„Scheint so. Ich fürchte, wir haben Juanita arg zugesetzt."

Margot, die nur halb zugehört hatte, spitzte die Ohren. „Ich kenne eine Juanita Nuñez. Eine nette junge Frau, wohnt in Forum East. Ihr Mann hat sie verlassen, glaube ich, und sie hat eine kleine Tochter."

„Klingt ganz nach unsrer Mrs. Nuñez", sagte Edwina.

Der Leichenzug hatte jetzt die Kathedrale hinter sich gelassen und fuhr durch die Straßen der City. Es hatte leicht zu schneien begonnen.

„Zu *meiner* Beerdigung", dachte Lewis laut, „möchte ich eine Abschiedsausgabe meines Informationsbriefes herausgeben. Die Schlagzeile hätte ich schon. ‚Begrabt den US-Dollar mit mir! Warum auch nicht – er ist tot und erledigt.'"

Alex, der auf einem Klappsitz vor den drei anderen Platz genommen hatte, drehte sich um. „Lewis, dein Pessimismus wegen des Dollars klingt ja manchmal ganz vernünftig. Aber ich kann einfach nicht glauben, daß gleich das ganze Währungssystem zusammenbricht."

„Du willst es nur nicht glauben; du bist ein Bankier", erwiderte Lewis. „Wenn das Währungssystem zusammenbricht, sind du und deine Bank aus dem Geschäft. In Wahrheit stehen die USA kurz vor dem Bankrott. Währungszusammenbrüche sind nichts Neues. In unserm Jahrhundert gibt es Hunderte von Beispielen, und alle hatten ein und dieselbe Ursache – eine Regierung, die eine Inflation dadurch auslöste, daß sie Papiergeld drucken ließ, das nicht durch Gold oder andere Werte gedeckt war. Genau das hat die amerikanische Regierung in den letzten fünfzehn Jahren getan."

„Es sind tatsächlich mehr Dollar im Umlauf, als sein dürften", räumte Alex ein.

Lewis nickte verdrießlich. „Auch die Schulden sind größer geworden, als daß sie jemals zurückgezahlt werden könnten. Die amerikanischen Regierungen haben Milliarden verpulvert und Kredite aufgenommen auf Teufel komm raus, und dann haben sie die Druckpressen in Gang gesetzt und immer mehr Papiergeld und immer mehr Inflation gemacht. Und der Privatmann ist diesem Beispiel gefolgt. Auch ihr seid daran mit schuld, Alex, mit euren Kreditkarten und den leichten Darlehen. Die Amerikaner haben etwas verloren, das sie früher einmal hatten – gesunde Finanzen. Ersparnisse, Pensionen und festverzinsliche Papiere verlieren ihren Wert. Im Moment heißt es nur noch, rette sich, wer kann. Die Leute raufen sich um finanzielle Schwimmgürtel."

„Lewis", sagte Alex, „wenn du an das glaubst, was du da sagst – daß ein Zusammenbruch bevorsteht –, bei was für einer Bank würdest du, als ganz gewöhnlicher Einleger mit amerikanischen Dollars, dein Geld noch am ehesten anlegen wollen?"

Lewis antwortete, ohne zu zögern: „Bei einer großen Bank. Die kleinen werden die ersten sein, die kaputtgehen. Die haben nicht genug flüssiges Geld, um einen Run zu überstehen. Auch von den großen werden ein paar untergehen – diejenigen, die zu viele Millionen in hohen Industriekrediten stecken haben, deren Anteil an internationalen Einlagen zu hoch ist – heißes Geld, das über Nacht abgezogen werden kann. Wenn die aufgescheuchten Sparer dann ihr Geld haben wollen, geht denen die Puste aus. Wenn ich also dein fiktiver Einleger wäre, Alex, würde ich mir die Bilanzen der großen Banken vorknöpfen und mir dann eine mit einem niedrigen Verhältnis der Kredite zu den Einlagen und mit einer breiten Basis von einheimischen Einlegern aussuchen."

„Na, das ist aber mal schön", sagte Edwina. „Zufällig erfüllt die FMA alle diese Kriterien."

Alex nickte. „Im Moment noch." Aber das Bild konnte sich wandeln, überlegte er, wenn nämlich Heywards Pläne für neue, hohe Kredite an die Industrie vom Aufsichtsrat gebilligt wurden. Das erinnerte ihn daran, daß der Aufsichtsrat in zwei Tagen wieder zusammentreten würde.

Edwina sagte plötzlich: „Es wird ein weißes Begräbnis." Sie sah zum Fenster hinaus in den Schnee, der jetzt immer dichter fiel. Der Wagen wurde langsamer und hielt. Überall gingen Autotüren auf, und Menschen stiegen aus, die Schultern hochgezogen gegen die Kälte. Der Sarg wurde vom Leichenwagen gehoben. Margot nahm Alex' Arm und reihte sich mit den D'Orseys in die stille Prozession ein, die Ben Rosselli zu seinem Grab folgte.

ROSCOE HEYWARD und Alex Vandervoort nahmen an der erneut anberaumten Aufsichtsratssitzung nicht teil. Beide warteten in ihren Büros, bis sie kurz vor Mittag gerufen wurden. Sie trafen gleichzeitig im Konferenzraum ein und begaben sich auf ihre Plätze an dem langen Tisch.

Harold Austin, der am längsten dem Aufsichtsrat angehörte, gab die Entscheidung des Gremiums bekannt. Jerome Patterton, sagte er, stellvertretender Aufsichtsratsvorsitzender, sei ab sofort Präsident der First Mercantile American Bank. Der Ernannte selbst wirkte ganz benommen.

Später ließ Patterton Heyward und Vandervoort zu getrennten Besprechungen kommen. „Ich bin nur ein Übergangspapst", teilte er beiden mit. „Ich habe mich nicht nach diesem Amt gedrängt, und nur noch dreizehn Monate trennen mich von meiner Pensionierung. Aber der Aufsichtsrat konnte sich auf keinen von Ihnen einigen, und durch meine Wahl gewinnt er Zeit, sich zu entscheiden. Inzwischen will ich mein Bestes tun, und dazu brauche ich Ihrer beider Hilfe. Ich weiß, daß ich sie bekommen werde, denn es ist ja nur zu Ihrem Vorteil."

MARGOT BRACKEN hatte sich schon lange vor dem ersten Spaten-
stich für Forum East engagiert. Zuerst war sie Rechtsberaterin einer
Bürgerinitiative gewesen, die sich für das Projekt einsetzte, später
hatte sie dann eine Mietervereinigung unterstützt. Auch fanden
Familien, die in dem Sanierungsgebiet wohnten, bei ihr billigen oder
ganz kostenlosen Rechtsbeistand, und so kam es, daß sie viele Bewohner von Forum East kannte, darunter auch Juanita Nuñez.

Drei Tage nach Rossellis Beerdigung, an einem Samstagmorgen,
begegnete sie Juanita in einem Feinkostgeschäft, das zum Einkaufs-
zentrum von Forum East gehörte, und lud sie zu einer Tasse Kaffee
ein.

Forum East war als vollkommen eigenständige Gemeinde geplant
worden und bestand aus preiswerten Wohneinheiten – hübschen Ap-
partements, Mehrfamilienhäusern und renovierten Altbauten. Die bisher fertiggestellten Häuser waren durch baumbestandene Wege und
Fußgängerbrücken miteinander verbunden. Die Ideen dazu hatte man
großenteils von San Franziskos Golden Gateway und vom Londoner
Barbican entlehnt. Ganze Teile des Projekts waren noch im Bau
oder warteten noch auf die Finanzierung.

Auf einer Terrasse neben dem Feinkostgeschäft tranken Margot
und Juanita ihren Kaffee und unterhielten sich über Estela, die am
kommunal mitfinanzierten Ballettunterricht teilnahm. Das Leben sei
nicht leicht, vertraute Juanita Margot an. „Alle haben dasselbe Problem. Monat für Monat bekommt man weniger für sein Geld. Diese
Inflation! Wo wird das noch enden?"

Laut Lewis D'Orsey in Chaos und Anarchie, dachte Margot. Aber
das behielt sie für sich. „Ich höre, Sie hatten Kummer bei der Bank",
sagte sie.

Juanitas Gesicht umwölkte sich. Sie war den Tränen nah, als
sie von dem achtundvierzigstündigen Alptraum aus Verdächtigungen
und Verhören berichtete. Je länger Margot zuhörte, desto wütender
wurde sie. „Die hatten gar kein Recht, Sie ohne Rechtsbeistand so
unter Druck zu setzen. Edwina D'Orsey ist meine Kusine. Mit der
werde ich mal ein Wörtchen reden."

Juanita machte ein erschrockenes Gesicht. „Das hab ich nicht gewußt. Bitte, tun Sie das nicht! Mrs. D'Orsey hat ja schließlich auch
die Wahrheit entdeckt."

„Wenn Sie nicht wollen, lasse ich's. Aber vergessen Sie nicht, wenn Sie je wieder in Schwierigkeiten sind, egal womit, rufen Sie mich an, und ich komme."

„Danke", sagte Juanita. „Das mache ich. Wirklich."

In der Woche darauf wurde Miles Eastin vor Gericht gestellt. Die Anklage lautete auf Eigentumsdelikt in fünf Fällen. Vier davon betrafen betrügerische Transaktionen in der Bank mit einem Gesamtschaden von dreizehntausend Dollar. Der fünfte Anklagepunkt bezog sich auf den Diebstahl der sechstausend Dollar in bar.

Die Verhandlung vor dem Geschworenengericht wurde von Richter Winslow Underwood geführt. Auf Anraten seines unerfahrenen jungen Anwalts, eines vom Gericht bestellten Pflichtverteidigers, plädierte Eastin auf nicht schuldig in allen Punkten. Ein Verteidiger mit mehr Erfahrung hätte unbedingt auf schuldig plädiert und sich vielleicht mit dem Staatsanwalt arrangiert, anstatt gewisse Details – vor allem Eastins Versuch, Juanita Nuñez zu belasten – vor Gericht ausbreiten zu lassen. So aber kam alles ans Licht.

Edwina D'Orsey sagte als Zeugin aus, desgleichen Tottenhoe und andere Bankangestellte. FBI-Spezialagent Innes legte als Beweisstück Miles Eastins unterschriebenes Geständnis vor, das den Diebstahl des Bargelds betraf. Er hatte es in der Nacht seiner Verhaftung auf der FBI-Dienststelle abgelegt. Das frühere, vor Nolan Wainwright abgelegte Geständnis, dessen rechtmäßiges Zustandekommen vielleicht hätte angezweifelt werden können, wurde nicht mehr benötigt und darum auch nicht vorgelegt.

Miles Eastins Anblick vor Gericht bedrückte Edwina. Er wirkte blaß und ausgemergelt. Sein ganzer früherer Übermut war dahin. Edwinas Aussage war kurz. Während des Kreuzverhörs sah sie mehrmals in Miles' Richtung, aber er mied ihren Blick.

Juanita Nuñez war eine schwierige Zeugin für die Anklage. Sie war nervös, und das Gericht hatte Mühe, sie zu verstehen. Sie zeigte keinerlei feindselige Haltung gegenüber Eastin und faßte sich mit ihren Antworten kurz. Man sah, daß sie diese Quälerei nur recht bald hinter sich haben wollte.

Unmittelbar nach Juanitas Aussage bat der Verteidiger nach einer geflüsterten Rücksprache mit seinem Klienten, nachträglich noch auf schuldig plädieren zu dürfen. Richter Underwood genehmigte das, und Eastins Untersuchungshaft wurde bis zur Urteilsverkündung in der folgenden Woche aufrechterhalten.

Nolan Wainwright, der nicht als Zeuge hatte auftreten müssen, war dennoch zur Verhandlung gekommen. Als jetzt die Zeugen den Saal verließen, trat er neben Juanita. „Mrs. Nuñez, kann ich Sie einen Augenblick sprechen?"

Sie sah ihn mit einer Mischung aus Gleichgültigkeit und Feindschaft an. „Es ist alles vorbei. Außerdem muß ich wieder an meine Arbeit."

„Bitte. Ich möchte Sie auf dem Rückweg begleiten."

Juanita zuckte die Achseln. „Wenn's sein muß."

„Hören Sie", sagte Wainwright, „es ist mir noch nie leichtgefallen, mich zu entschuldigen. Aber das möchte ich jetzt – für die Scherereien, die ich Ihnen gemacht habe, und dafür, daß ich Ihnen nicht geglaubt habe, als Sie die Wahrheit sagten und Hilfe brauchten."

„Und jetzt fühlen Sie sich also besser", sagte Juanita schnippisch. „Haben Sie Ihr kleines Kopfwehpillchen geschluckt? Das Wehwehchen ist wieder weg?"

„Sie machen es einem nicht leicht."

Sie blieb stehen. „Haben Sie es mir denn leichtgemacht?" Ihr kleines Elfengesicht war erhoben, ihre dunklen Augen sahen ihn trotzig an. Er ahnte die Stärke und den Stolz, die in ihr steckten.

„Nein. Ebendarum möchte ich Ihnen ja jetzt helfen." Er erzählte ihr von den Ermittlungen der FBI-Agenten, die ihren Mann in Phoenix ausfindig gemacht hatten, wo er als Automechaniker arbeitete. „Ich habe gedacht, daß Sie sich mal mit einem von den Anwälten der Bank in Verbindung setzen. Ich könnte das arrangieren, ohne daß es Sie etwas kostet. Ein Gerichtsbeschluß könnte Ihren Mann zwingen, Ihnen Geld zu schicken, damit Sie besser für Ihr Töchterchen sorgen können."

„Und? Würde Carlos dadurch erwachsen?"

Er wußte nicht, ob er sie recht verstanden hatte. „Spielt das eine Rolle?"

„Es spielt eine Rolle, ob er gezwungen wird oder nicht. Er weiß, daß ich hier bin und daß Estela bei mir ist. Wenn Carlos wollte, daß wir von ihm Geld bekommen, würde er welches schicken. *Si no, para qué!*" fügte sie leise hinzu.

Nolan rief entgeistert: „Das verstehe ich nicht!"

Ganz unerwartet lächelte Juanita. „Das brauchen Sie auch gar nicht."

Sie gingen schweigend zum Bankgebäude zurück, und Wainwright gab sich seiner Verärgerung hin. Er wollte, Juanita hätte ihm für sein Angebot gedankt. Dann hätte er wenigstens gewußt, daß sie es ernst nahm.

„Mrs. Nuñez", sagte er, „wenn Sie mal ein Problem haben, irgend etwas, wobei ich Ihnen helfen kann, werden Sie es mir sagen?"

Es war das zweite Angebot dieser Art, das sie bekam. „Vielleicht."

Damit war die Unterhaltung zu Ende. Wainwright glaubte getan zu haben, was er konnte, und schließlich hatte er noch andere Dinge im Kopf. Eines davon war, einen getarnten Agenten anzusetzen, der die Quelle der falschen Kreditkarten aufspüren sollte. Wie er schon Vandervoort erzählt hatte, wußte er einen ehemaligen Sträfling, den er nur als Vic kannte und der gewillt war, für Geld dieses nicht gerade kleine Risiko auf sich zu nehmen.

Wainwright hoffte die Fälscher vor den Kadi zu bringen, genau wie Miles Eastin.

In der Woche darauf wurde Eastin zu zwei Jahren Gefängnis verurteilt.

Ein paar Minuten nach der Urteilsverkündung fand eine kurze Unterredung zwischen Miles und seinem Rechtsanwalt statt.

„Als erstes gilt es sich zu merken", sagte der junge Anwalt, „daß Sie in spätestens einem Jahr bedingte Strafaussetzung beantragen können."

Miles Eastin, ein Häuflein Elend, nickte dumpf.

„Es tut mir leid, wie die Dinge gelaufen sind", sagte der junge Anwalt weiter. „Ihr Geständnis, das hat uns reingerissen. Ich weiß natürlich, warum Sie das zweite Geständnis unterschrieben haben – das beim FBI; Sie dachten, das erste sei schon rechtsgültig und da komme es auf ein zweites auch nicht mehr an. Ich fürchte, euer Sicherheitsmensch, dieser Wainwright, hat Sie gründlich aufs Kreuz gelegt."

Der Häftling nickte. „Ja, das weiß ich jetzt auch."

Am nächsten Tag wurde Miles Eastin in ein Bundesgefängnis überführt.

7. Kapitel

Die ersten Unheilsboten kündigten sich Mitte Januar im Artikel einer Sonntagszeitung an.

Besorgnis herrscht nach wie vor angesichts zunehmender Gerüchte, daß die finanzielle Decke des Sanierungsprojektes Forum East, an dem ein Konsortium von Geldinstituten unter Federführung der First Mercantile American Bank beteiligt ist, demnächst drastisch gekürzt werden soll. Ein Sprecher der FMA sagte dazu lediglich, die Bank werde zu gegebener Zeit Stellung nehmen.

Alex Vandervoort sah den Artikel erst am Montagmorgen, als seine Sekretärin ihm den rot umrandeten Ausschnitt auf den Schreibtisch legte. Er rief sofort Dick French, den Leiter der Abteilung Presse- und Öffentlichkeitsarbeit, zu sich.

„Was heißt denn das: Sprecher der Bank?" fragte Alex.

„Das war ich", sagte French. „Und ich sag Ihnen gleich, daß mir gar nicht wohl dabei war, aber Mr. Patterton wollte ausdrücklich nicht, daß ich mehr sage."

Alex unterdrückte seinen aufwallenden Zorn. „Gibt es einen Grund, warum ich in dieser Angelegenheit nicht gefragt worden bin?"

Der PR-Chef schien überrascht. „Ich dachte, das wären Sie. Als ich gestern mit Mr. Patterton telefonierte, wußte ich, daß Roscoe bei ihm war. Ich hab gedacht, Sie sind auch da."

Alex entließ French, dann bat er seine Sekretärin, nachzufragen, ob Jerome Patterton frei sei. Er bekam die Antwort, daß der Präsident ihn um elf Uhr sehen möchte.

Um elf ging Alex die paar Schritte zum Präsidentenflur hinüber. Jerome Patterton saß hinter seinem Schreibtisch, eine Zeitung an der Stelle aufgeschlagen, die Alex hierhergeführt hatte. Auf einem Sofa, im Schatten, saß Roscoe Heyward.

Patterton sagte: „Ich habe Roscoe gebeten hierzubleiben, weil ich mir denken konnte, worum es ging." Er tippte auf die Zeitung. „Sie haben das natürlich gelesen?"

„Ich hab's gelesen", sagte Alex. „Und ich habe mir auch schon Dick French kommen lassen. Warum bin ich nicht informiert worden? Ich habe mit Forum East mehr zu tun als jeder andere."

„Sie hätten informiert werden müssen, Alex, das stimmt schon."

Jerome Patterton schien verlegen zu sein. „Die Wahrheit ist, wir sind ein wenig ins Schleudern geraten, als ein paar Anrufe von der Presse uns gezeigt haben, daß da etwas durchgesickert war."

„Etwas durchgesickert? Wovon?"

Jetzt antwortete Heyward. „Von einem Vorschlag, den ich am kommenden Montag dem Finanzplanungsausschuß unterbreiten will. Ich werde vorschlagen, daß wir unsere Beteiligung an Forum East um fünfzig Prozent kürzen."

Verblüfft wandte Alex sich an Patterton. „Jerome, verstehe ich recht, daß Sie diese unglaubliche Narretei auch noch unterstützen?"

Das Gesicht des Präsidenten lief rot an. „Ich halte mich mit meinem Urteil zurück. Roscoe hat lediglich schon mal ein bißchen auf den Busch geklopft."

„Ich darf Sie wohl daran erinnern, Alex", sagte Heyward, „daß Sie öfter als einmal vor den Sitzungen des Finanzplanungsausschusses mit Ihren Ideen zu Ben gegangen sind."

„Wenn, dann waren meine Ideen aber auch um einiges vernünftiger als das hier", sagte Alex.

„Das ist ja wohl einzig und allein Ihre Privatmeinung."

Jerome Patterton hob die Hände. „Würden Sie sich bitte beide Ihre Argumente für die Sitzung aufsparen?"

Am Montag hielt der Finanzplanungsausschuß der Bank seine turnusmäßige Sitzung ab. Aufgabe des Ausschusses war es, darüber zu entscheiden, für welche Zwecke die Gelder der Bank eingesetzt werden sollten. Roscoe Heyward war der Vorsitzende. Die anderen Mitglieder waren Alex und noch zwei Direktoren – Tom Straughan und Orville Young. Der Präsident der Bank saß zwar dabei, stimmte aber nur mit ab, wenn Stimmengleichheit herrschte. Bisher hatte Patterton zu der Diskussion über Heywards Vorschlag, die Beteiligung der Bank an Forum East zugunsten profitablerer Investitionen drastisch zu kürzen, noch nichts beigetragen.

Alex argumentierte soeben: „Unser Gewinn betrug im letzten Jahr dreizehn Prozent. Das ist ganz ordentlich, nicht nur für eine Bank. Dieses Jahr sind unsere Aussichten sogar noch besser – fünfzehn Prozent Gewinn auf Investitionen, vielleicht sechzehn. Sollten wir wirklich versuchen, noch mehr herauszuholen? Ich finde, wir sollten ein vernünftiges Gleichgewicht zwischen Dienen und Verdienen anstreben."

Straughan, der Chefökonom der Bank, zog seine Notizen zu Rate. „Ich möchte mal das Thema Hypotheken zur Sprache bringen, Roscoe, und darauf hinweisen, daß wir gegenwärtig nur fünfundzwanzig Prozent unserer Spareinlagen in Hypotheken stecken haben. Das ist wenig. Wir könnten auf fünfzig Prozent gehen, ohne unsere Liquidität zu gefährden. Und ich meine, wir sollten."

„Ganz meine Meinung", sagte Alex. „Unsere Zweigstellenleiter schreien nach mehr Geld für Hypotheken. Unsere Investitionserträge können sich sehen lassen, und wir wissen, daß es bei Hypotheken so gut wie kein Risiko gibt."

Orville Young widersprach. „Aber unser Geld ist dabei für längere Zeit gebunden – Geld, mit dem wir anderswo erheblich mehr verdienen könnten."

Alex schlug mit der Faust auf den Tisch. „Ab und zu haben wir auch eine öffentliche Verpflichtung, uns mit einem kleineren Gewinn zu begnügen. Darum bin ich ja auch so dagegen, daß wir uns aus Forum East herausmogeln."

„Es spricht noch ein guter Grund dagegen", fügte Straughan an. „Nicht wenige Kongreßabgeordnete hätten gern ein Gesetz wie in Mexiko – ein Gesetz, nach dem die Banken sogar verpflichtet sind, einen festen Prozentsatz ihrer Spareinlagen für den sozialen Wohnungsbau zu verwenden."

„Tom", sagte Roscoe Heyward, „ich will Ihnen eines versprechen. In zwölf Monaten werden wir uns des Themas Hypotheken noch einmal annehmen. Vielleicht steigen wir dann bei Forum East wieder ein. Aber nicht in diesem Jahr. Dieses Jahr soll es einen Rekordgewinn geben." Er sah zum Bankpräsidenten hinüber. „Das ist auch Jeromes Meinung."

Zum erstenmal blickte Alex jetzt hinter Heywards Strategie. Ein Jahr mit Rekordgewinn würde Jerome Patterton als den Bankpräsidenten vor Aktionären und Aufsichtsratsmitgliedern zum Helden machen. Sein Abgang in den Ruhestand würde von Fanfaren begleitet. Das Bühnenbild danach konnte man sich leicht vorstellen. Jerome Patterton würde Roscoe Heyward in Dankbarkeit als seinen Nachfolger propagieren. Und wegen des ertragreichen Jahres wäre Pattertons Stellung stark genug, daß er seine Wünsche durchsetzen könnte.

„Ich habe noch etwas nicht erwähnt", fuhr Heyward fort. „Nicht einmal Ihnen gegenüber, Jerome. Es besteht die hohe Wahrscheinlichkeit, daß wir demnächst ein großes Geschäft mit der Supranational Corporation an Land ziehen können. Auch das ist ein Grund, warum ich unser Geld höchst ungern anderswo anlegen würde."

„Das ist ja eine Bombe", sagte Orville Young.

Die Supranational – oder kurz SuNatCo – war ein multinationaler Riese, ein General Motors im Fernmeldewesen. Ihr gewaltiger Einfluß auf Regierungen in der ganzen Welt, Demokratien wie Diktaturen, war angeblich größer als der jedes anderen Unternehmens im Lauf der Geschichte. Bisher hatte die SuNatCo von den inländischen Banken nur die großen drei beehrt – die Bank of America, die First National City und die Chase Manhattan.

„Ich hoffe, Ihnen bei unserer nächsten Zusammenkunft Genaueres sagen zu können", sagte Heyward. „Könnte sein, daß die SuNatCo einen recht ansehnlichen Kredit wünscht."

„Wir müssen noch über Forum East abstimmen", erinnerte Straughan.

„Ganz recht", pflichtete Heyward bei. Er lächelte zuversichtlich.

Die Abstimmung ergab zwei zu zwei – Vandervoort und Straughan waren gegen, Heyward und Young für eine Beschneidung der Mittel. Alles blickte zu Patterton. Der Präsident zögerte kurz, dann sagte er: „Alex, diesmal bin ich auf Roscoes Seite."

AN EINEM Donnerstagabend war Margot Brackens Anwaltsbüro in Forum East, ein ehemaliger Kramladen, Schauplatz einer Ausschußsitzung der Mietervereinigung.

Vor zwei Tagen hatte die FMA bekanntgegeben, daß die Finanzierung von Projekten in Forum East mit sofortiger Wirkung um fünfzig Prozent gekürzt würde. Auf der Ausschußsitzung ging es jetzt darum, was dagegen zu tun sei.

Die Bezeichnung Mietervereinigung war nicht so genau zu nehmen. Zwar waren die meisten Mitglieder Mieter in Forum East. Aber es gab andere, die erst hofften, welche zu werden. Oder wie es Deacon Euphrates, ein baumlanger Stahlarbeiter, ausdrückte: „Viele wollen da rein, die jetzt in die Röhre gucken." Deacon wohnte mit Frau und fünf Kindern in einer überfüllten, rattenverseuchten Mietskaserne. Sein Name stand aber erst in der Mitte einer langen Warteliste von Wohnungsbewerbern für Forum East, und wenn jetzt die Bauarbeiten nicht weitergingen, würde er noch lange dort bleiben.

Die Verlautbarung der FMA war auch für Margot ein Schock gewesen. Sie war sicher, daß Alex jedem Kürzungsvorschlag widersprochen haben würde, aber offenbar war er überstimmt worden. Aus diesem Grunde hatte sie auch noch nicht mit ihm über das Thema gesprochen. Außerdem, je weniger Alex über gewisse Pläne wußte, die in Margots Kopf Gestalt annahmen, desto besser für beide.

„Wir haben keine Möglichkeit, aus diesen Banken das Geld herauszuquetschen", sagte Seth Orinda, ein anderes Mitglied. Seth war ein schwarzer Volksschullehrer, der bereits in Forum East wohnte und einen ausgeprägten Gemeinsinn besaß. Margot vertraute sehr auf seine Zuverlässigkeit und Hilfsbereitschaft.

„Das steht noch nicht fest, Seth." Sie blickte rundum in die Gesichter derer, die sich in ihrem überfüllten Büro versammelt hatten. Ein rundes Dutzend, Schwarze und Weiße. „Es *gäbe* da etwas, und ich glaube, daß es klappen könnte."

„Miß Bracken." Hinten im Zimmer erhob sich eine kleine Gestalt. Es war Juanita Nuñez.

„Ja, Mrs. Nuñez?"

„Ich möchte gern mitmachen. Aber ich bin bei der FMA angestellt. Vielleicht sollte ich besser nicht hören, was Sie den andern sagen."

„Richtig", sagte Margot verständnisvoll. „Daran hätte ich auch selbst denken können." Begleitet von zustimmendem Gemurmel, verließ Juanita den Raum.

Margot blickte die andern an. Während sie dann redete, erschien hier und da ein Lächeln. Gegen Ende zeigten Deacon Euphrates und noch andere ein breites Grinsen. „Mannomann!" sagte Deacon. „Das ist ja raffiniert!"

„Damit es auch funktioniert", erinnerte Margot sie, „brauchen wir fürs erste tausend Leute, mit der Zeit vielleicht mehr."

„Wie lange brauchen wir die?" fragte eine Stimme.

„Planen wir zunächst für eine Arbeitswoche – fünf Tage. Wenn es dann noch nicht klappt, müssen wir eine Verlängerung in Betracht ziehen. Aber ehrlich gesagt, ich glaube, das wird nicht nötig sein. Noch etwas: Jeder Teilnehmer muß genauestens eingewiesen werden."

„Da mache ich mit", meldete Seth Orinda sich gleich.

Deacon Euphrates meinte: „Ich habe Zeit genug. Ich nehme mir eine Woche frei, und ein paar andere krieg ich dazu auch noch rum."

„Sehr gut", sagte Margot. „Bis morgen abend habe ich den Rahmenplan fertig. Sie sollten aber sofort los und die Leute anwerben."

Eine halbe Stunde später brach die Versammlung auf. Auf Margots Bitte blieb Seth Orinda noch da. Sie sagte: „Seth, Sie wissen doch, daß ich gewöhnlich in der vordersten Reihe bin, wenn sich irgendwo was tut. Aber diesmal brauche ich Ihre Hilfe, und zwar auf ganz besondere Art." Der Lehrer strahlte. „Ich möchte nicht, daß mein Name fällt, wenn Presse und Fernsehen kommen", sagte Margot. „Das würde zwei gute Freunde von mir bei der Bank in Verlegenheit bringen. Ich möchte das verhindern. Würden Sie für mich den Anführer spielen? Ich mische selbstverständlich hinter den Kulissen mit. Und falls es nötig wird, was ich aber nicht hoffe, können Sie mich trotzdem rufen."

„So ein Quatsch", sagte Seth Orinda. „Wie könnten wir Sie rufen, wenn wir alle Ihren Namen noch nie gehört haben?"

Zwei Tage nach dieser Mieterversammlung waren Margot und Alex in Margots Wohnung – weniger elegant als Alex' Suite, aber geschmackvoll eingerichtet. Alex war gern hier.

„Du hast mir gefehlt, Bracken", sagte er. Es war nach dem Dinner, und er lehnte entspannt in einem Ohrensessel; Margot saß auf dem Teppich, den Kopf an seine Knie gelegt, während er ihr zärtlich durchs Haar strich. Es war anderthalb Wochen her, seit sie zuletzt zusammen gewesen waren. Ihre Terminkalender hatten sich überschnitten.

„Wir holen all die verlorenen Tage nach", sagte Margot.

Alex schwieg. Nach einer Weile fing er an: „Hör mal, ich warte schon den ganzen Abend darauf, daß du mich wegen Forum East am Spieß brätst. Und du sagst überhaupt kein Wort."

Margot fragte unschuldig: „Aber Schatz, warum sollte ich dich denn am Spieß braten? Der Rückzug der Bank war ja nicht deine Idee. Du hast doch sicher dagegen gestimmt."

Alex sah sie mißtrauisch an. „Das sieht dir überhaupt nicht ähnlich. So ruhig steckst du eine Niederlage nicht ein. Das ist einer von den Zügen, die ich an dir so liebe."

„Vielleicht sind manche Niederlagen einfach zu endgültig. Man kann nichts machen."

Alex fuhr kerzengerade hoch. „Bracken, du führst etwas im Schilde! Ich weiß das. Was ist es? Sag's mir."

Margot überlegte, dann meinte sie langsam: „Vielleicht gibt es gewisse Dinge, von denen du besser keine Ahnung hast, Alex. Dich in Verlegenheit zu bringen, wäre das letzte, was ich wollte."

Er lächelte zärtlich. „Na schön, dann will ich auch nicht weiter bohren. Aber eines mußt du mir versprechen – was du auch vorhast, es ist legal, ja?"

Sie sagte leise: „Du weißt, daß ich immer innerhalb der Legalität operiere."

„Ja, das weiß ich." Beruhigt wandte er sich wieder ihrem Haar zu.

Margot kam noch ein wenig näher gerückt. „Manchmal stoßen Dinge, die ich tue, auf Ablehnung. Große Ablehnung. Nun stell dir mal vor, unsere Namen würden irgendwie zusammen erwähnt, und das in einem Augenblick, in dem du nicht mit mir in Verbindung gebracht werden möchtest."

„Ich würde lernen, damit zu leben. Außerdem steht mir ein Privatleben zu, dir also auch."

„Schon. Aber manchmal frage ich mich, ob du wirklich damit leben könntest. Das heißt, falls wir überhaupt immer zusammenbleiben. Ich würde mich nicht ändern, Alex. Ich könnte niemals aufhören, ich zu sein und meine Nase überall reinzustecken."

Er dachte an Celia, die sich nie im Leben in irgend etwas gemischt hatte. Von ihr hatte er gelernt, daß ein Mann nicht zu sich selbst finden kann, wenn die Frau, die er liebt, nicht frei ist und mit ihrer Freiheit etwas anzufangen weiß.

Alex ließ die Hände auf Margots Schultern fallen. Er sagte zärtlich: „Ich liebe dich, wie du bist. Wenn du dich je änderst, nehme ich mir eine andere Anwältin und verklage dich wegen vorsätzlicher Lieblosigkeit."

DER Anblick war so ungewöhnlich, daß Kreditsachbearbeiter Cliff Castleman eigens zum Podium herüberkam. „Mrs. D'Orsey, haben Sie zufällig mal zum Fenster hinausgesehen?"

„Nein", sagte Edwina. Sie war ganz mit der Morgenpost beschäftigt gewesen. „Warum sollte ich?" Es war Mittwoch morgens, fünf Minuten vor neun, in der City-Zweigstelle der First Mercantile American Bank.

„Also", sagte Castleman, „da steht eine Schlange, so was hab ich mein Lebtag noch nicht gesehen."

Edwina ging zu einem der großen vorderen Fenster. Es verschlug ihr den Atem. Eine lange Menschenschlange in Vierer- und Fünferreihen erstreckte sich über die ganze Länge des Bürgersteigs vor dem Gebäude und darüber hinaus, weiter, als man sehen konnte. Es sah so aus, als ob sie alle warteten, bis die Bank öffnete.

Edwina riß ungläubig die Augen auf. „Ja was soll denn . . ."

„Ich höre, die Schlange reicht über die halbe Rosselli Plaza, und es werden noch immer mehr", teilte Castleman ihr mit.

„Hat sich schon jemand erkundigt, was die wollen?"

„Ja, einer unserer Wachmänner. Sie wollen alle ein Konto eröffnen."

„Das ist doch lächerlich! Ich kann ja von hier aus schon an die dreihundert sehen. So viele Kontoeröffnungen haben wir noch nie an einem einzigen Tag gehabt."

Tottenhoe kam zu den beiden ans Fenster. „Ich habe den zentralen Sicherheitsdienst verständigt", sagte er. „Sie schicken uns noch ein paar Wachleute, und Mr. Wainwright kommt auch. Außerdem informieren sie die Polizei."

„Es sieht eigentlich gar nicht nach Ärger aus", meinte Edwina. „Die Leute scheinen alle ganz friedlich zu sein."

Es war eine gemischte Gruppe, zu zwei Dritteln Frauen und in der Mehrzahl Schwarze. Viele von den Frauen hatten Kinder bei sich. Von den Männern waren einige in Overalls, so als ob sie von ihrer Arbeitsstelle kämen oder auf dem Weg dorthin wären. Alle redeten angeregt miteinander, aber bösartig wirkte keiner von ihnen. Als ein paar merkten, daß sie beobachtet wurden, lächelten sie und nickten den Bankangestellten zu.

„Sehen Sie mal, dort!"

Cliff Castleman hatte den Arm ausgestreckt.

Ein Fernsehteam war aufgetaucht. Während Edwina und die andern noch zuschauten, wurde schon gedreht. Plötzlich dämmerte es Edwina. „Forum East!" sagte sie. „Ich möchte wetten, das ist Forum East."

Tottenhoe sagte: „Wir sollten mit dem Öffnen noch warten, bis die zusätzlichen Wachmänner hier sind." Die Uhr zeigte eine Minute vor neun.

„Nein", befahl Edwina. Sie hob die Stimme, so daß die anderen sie hören konnten. „Wir öffnen pünktlich wie gewöhnlich. Gehen Sie bitte alle an Ihre Arbeitsplätze." Sie selbst kehrte an ihren Schreibtisch auf dem Podium zurück.

Von ihrem strategisch günstigen Platz aus sah sie die Türen aufschwingen und die ersten Kunden hereinströmen. Sie blieben stehen, sahen sich neugierig um, dann kamen sie näher, als hinter ihnen die andern nachdrängten. In Sekunden war der Schalterraum der Bank angefüllt von einer schnatternden Menge. Edwina sah einen großen Schwarzen ein paar Dollarnoten durch die Luft schwenken und hörte ihn laut verkünden: „Ich will mein Geld auf die Bank tun."

Ein Wachmann wies ihm den Weg. „Kontoeröffnungen da drüben." Der Wachmann zeigte auf einen Tisch, wo ein nervöses junges Mädchen wartete. Der große Schwarze ging auf sie zu, lächelte ermunternd und setzte sich. Sofort bildeten andere hinter ihm eine unregelmäßige Schlange.

Der Mann setzte sich erst einmal bequem hin, die Dollarscheine immer noch in der Hand. Seine Stimme übertönte die Geräuschkulisse. „Ich hab's gar nicht eilig", sagte er. „Zuerst möchte ich mir von Ihnen noch ein paar Sachen erklären lassen."

Im Nu waren zwei weitere Tische von anderen Angestellten besetzt. Genauso schnell bildeten sich davor lange Schlangen. Normalerweise reichten drei Angestellte für Kontoneröffnungen, aber jetzt reichten sie offenbar nicht. Edwina rief Tottenhoe über die Sprechanlage zu sich. „Richten Sie noch mehr Schalter für Kontoeröffnungen ein, und nehmen Sie dafür, wen Sie entbehren können."

Tottenhoe brummelte: „Ist Ihnen klar, daß wir diese Leute an einem Tag gar nicht alle durchkriegen können? Und daß die uns den ganzen Laden blockieren?"

„Ich habe das Gefühl", sagte Edwina, „daß jemand ganz genau das beabsichtigt. Beschleunigen Sie die Abfertigung, so gut es eben geht."

Edwina wußte aber, daß sie sich noch so sehr beeilen konnten und es trotzdem zehn bis fünfzehn Minuten dauern würde, ein Konto zu eröffnen. Der Papierkrieg verschlang soviel Zeit – genaue Adresse, Beschäftigungsverhältnis, Sozialversicherung, Unterschriftsprobe, Identitätsnachweis. Danach trug der Schalterbeamte alle diese Schriftstücke zu einem der leitenden Angestellten und ließ sie abzeichnen. Schließlich wurde entweder ein Sparbuch ausgestellt oder ein vorläufiges Scheckheft ausgegeben. Ebendarum konnte ein Schalterangestell-

ter in der Stunde allerhöchstens fünf neue Konten eröffnen. Die drei,
die das augenblicklich besorgten, würden an einem Arbeitstag vielleicht neunzig schaffen, wenn sie ununterbrochen auf Hochtouren
arbeiteten. Selbst wenn man ihre Zahl verdreifachte, würden kaum
mehr als zweihundertfünfzig neue Konten eröffnet werden können.
Und dabei drängten sich schon jetzt mindestens vierhundert Menschen in der Bank, und als Edwina sie sich noch einmal ansehen
ging, schien die Schlange draußen noch genauso lang zu sein wie
zuvor. Der Lärm war inzwischen ohrenbetäubend, und die Menge in
der Schalterhalle hinderte reguläre Kunden daran, zu den Schaltern zu
gelangen. Edwina sah einige Stammkunden draußen stehen und konsterniert das Gewimmel betrachten. Während sie noch hinaussah,
gaben einige auf und gingen fort.

Drinnen hatten einige der Neuen sich mit den Kassierern zu unterhalten begonnen, und die Kassierer, die ja sonst nichts zu tun hatten,
gingen darauf ein. Nirgends herrschte eine feindselige Atmosphäre.
Jeder, der in der vollgepfropften Bank von einem Bankangestellten
angesprochen wurde, antwortete höflich und mit einem Lächeln. Edwina hatte das Gefühl, daß sie samt und sonders die Parole mitbekommen hatten, sich von ihrer allerbesten Seite zu zeigen.

Sie fand, daß es an der Zeit war, selbst einzugreifen. Unter Schwierigkeiten kämpfte sie sich zum Vordereingang durch. Sie winkte zwei
Wachmänner zu sich und wies sie an: „Es sind jetzt genug Leute
in der Bank. Halten Sie die andern draußen, und lassen Sie immer
nur neue rein, wenn genug andere gegangen sind. Mit Ausnahme unserer Stammkunden. Die lassen Sie natürlich durch."

Der ältere der beiden Wachmänner schob seinen Kopf dicht an
Edwinas Ohr, um sich verständlich zu machen. „Das dürfte nicht
leicht sein, Mrs. D'Orsey. Wenn einer ankommt, rufen alle: ‚Hinten
anstellen!' Wir dürfen niemanden vorziehen, sonst könnte es einen
Aufruhr geben."

„Es gibt keinen Aufruhr. Tun Sie, was Sie können."

Edwina drehte sich um und hob die Stimme: „Ich bin die Leiterin
dieser Bankfiliale. Könnte mir einer von Ihnen sagen, warum Sie
alle heute hier sind?"

„Wir wollen ein Konto eröffnen", sagte eine Frau mit einem Kind
an der Seite. Sie kicherte. „Das ist doch nicht verboten, oder?"

„So macht ihr doch Reklame", rief eine andere Stimme dazwischen.

„Fünf Dollar genügen zur Eröffnung eines Kontos, steht da immer."

„Das stimmt", sagte Edwina, „und die Bank meint das auch ernst. Aber es muß doch einen Grund geben, warum Sie alle zusammen heute hierherkommen."

Ein älterer Mann rief: „Wir sind alle vom Forum East."

„Oder wären es gern", ergänzte eine jüngere Stimme.

„Vielleicht kann ich es Ihnen erklären, Madam." Ein würdevoll aussehender Schwarzer wurde durch das Menschengedränge vorwärtsgeschoben.

„Bitte sehr."

Im selben Moment bemerkte Edwina, daß Nolan Wainwright neben sie getreten war. Sie warf dem Sicherheitschef einen fragenden Blick zu, doch der meinte: „Nur weiter. Sie machen das ganz richtig."

Der Schwarze war jetzt nach vorn gelangt: „Guten Morgen, Madam. Ich wußte gar nicht, daß es auch Bankdirektor*innen* gibt."

„Bitte, es gibt sie", sagte Edwina. „Und es werden immer mehr. Sie sind doch hoffentlich für die Gleichberechtigung der Frau, Mr. . . ."

„Orinda. Seth Orinda, Madam. Und ob ich dafür bin. Und noch für einiges mehr."

„Hat das auch mit dem zu tun, was Sie heute hierhergeführt hat?"

„Das könnte man vielleicht sagen. Was wir hier machen, wäre vielleicht als ein Akt der Hoffnung zu bezeichnen." Der wohlgekleidete Sprecher wählte seine Worte mit Bedacht. Die allgemeine Unterhaltung erstarb; die Menge hörte zu.

Orinda fuhr fort: „Die Bank hat nicht genug Geld, sagt sie, um weiter beim Bau von Forum East zu helfen, und darum hat sie ihre Darlehen halbiert. Manche von uns meinen, die andere Hälfte könnte vielleicht auch noch flötengehen, wenn man nichts dagegen unternimmt."

Edwina entgegnete scharf: „Und dieses ‚etwas unternehmen' heißt anscheinend, den Betrieb dieser ganzen Bank zum Erliegen zu bringen." Während sie sprach, bemerkte sie ein paar neue Gesichter in der Menge, nebst aufgeschlagenen Notizbüchern und rasenden Bleistiften. Die Presse war da; augenscheinlich im voraus unterrichtet.

Seth Orinda machte ein betrübtes Gesicht. „Dabei tun wir doch gar nichts anderes, Madam, als daß wir dieser Bank alles Geld bringen, das wir erübrigen können, um ihr über die schweren Zeiten hinwegzuhelfen."

„So ein Unsinn!" schnauzte Nolan Wainwright. „Die Bank ist nicht in Schwierigkeiten."

„Wenn sie nicht in Schwierigkeiten ist", fragte eine Frau, „warum macht sie denn das mit Forum East?"

„Die Bank hat ihren Standpunkt eindeutig dargelegt", antwortete Edwina. „Es ist eine Frage der Prioritäten. Außerdem hoffen wir die volle Finanzierung später wiederaufzunehmen." Selbst in ihren eigenen Ohren klangen diese Worte hohl.

Hohngelächter war die Antwort. Die ersten häßlichen Töne wurden laut. Orinda fuhr energisch herum und hob die Hand. Die Schmährufe verstummten.

„Es mag ja für Sie hier aussehen, wie es will", versicherte er, „aber Tatsache ist, daß wir alle nur hergekommen sind, um der Bank Geld zu bringen. Das meinte ich mit dem Akt der Hoffnung. Wir meinen, wenn Sie erst mal sehen, wie uns zumute ist, werden Sie vielleicht noch anders entscheiden."

„Und wenn nicht?"

„Dann werden wir wohl noch mehr Leute und noch mehr Geld auftreiben müssen. Heute kommen noch viele nette Menschen hierher, und morgen und übermorgen auch. Natürlich alle nur, um ein Konto zu eröffnen. Um dieser armen Bank zu helfen. Natürlich", fügte er mit Unschuldsmiene hinzu, „müssen ein paar von den Leuten, die heute ihr Geld zur Bank bringen, es morgen vielleicht schon wieder abheben kommen oder übermorgen, oder nächste Woche. Die meisten haben nicht so viel, daß sie es lange stehenlassen können. Aber sobald wir können, werden wir es wieder einzahlen. Wir möchten nicht, daß Sie arbeitslos werden."

„O ja", sagte Edwina, „ich verstehe, worauf Sie hinauswollen."

Ein Reporter fragte: „Wieviel wollen Sie denn alle so einzahlen?"

„Nicht viel", antwortete Orinda. „Die meisten sind nur mit fünf Dollar gekommen. Das ist die Mindesteinlage, die hier verlangt wird. Das ist doch richtig?" Er sah Edwina an; die nickte.

Manche Banken verlangten fünfzig Dollar Mindesteinlage für ein Sparkonto, hundert für ein Girokonto. Andere hatten überhaupt kein festgesetztes Minimum. Die FMA – mit dem Ziel, Kleinsparern Mut zu machen – hatte sich als Kompromiß für fünf Dollar entschieden. War ein Konto einmal eingerichtet, reichte jede Summe auf der Habenseite, um es aufrechtzuerhalten. Die Leute von Forum East verfolgten eindeutig die Absicht, die City-Zweigstelle unter Ein- und Auszahlungen zu ertränken. Nolan Wainwright sagte zu Edwina: „Solange es keine Zwischenfälle gibt, können wir nichts anderes tun als den Verkehr regeln." Er wandte sich an Orinda und wurde deutlich: „Wir erwarten von Ihnen allen, daß Sie hier Ordnung halten, drinnen wie draußen. Unsere Wachmänner werden Anweisungen geben, wie viele Leute auf einmal hereindürfen und wo die Wartenden zu stehen haben."

Der andere nickte zustimmend. „Selbstverständlich, Sir. Wir möchten ja selbst keine Zwischenfälle. Aber dafür erwarten wir Fairneß von Ihnen. Solange wir geduldig Schlange stehen, bis wir an die Reihe kommen, möchten wir nicht, daß andere bevorzugt behandelt werden. Wer kommt – egal wer –, muß sich hinten anstellen."

„Wir werden darauf achten."

„Wir auch, Sir. Denn wenn Sie was anderes machen, wäre das Diskriminierung. Dann könnten Sie das zu hören kriegen."

Edwina drängte sich durch zu den Schaltern für Kontoeröffnungen. Zwei waren schon zusätzlich aufgemacht worden, und gerade wurden noch einmal zwei hergerichtet. An einem der Aushilfsschalter saß Juanita Nuñez. Edwina dachte daran, daß die junge Frau in Forum East wohnte. Hatte sie von der heutigen Invasion gewußt?

Der große Schwarze, der beim Eintreten mit seinen Dollarnoten gewedelt hatte, stand gerade auf, als Edwina näher kam. Die Angestellte, die ihn bedient hatte, sagte, jetzt gar nicht mehr nervös: „Das ist Mr. Euphrates. Er hat eben ein Konto eröffnet."

Edwina nahm die Pranke, die ihr angeboten wurde. „Willkommen bei der First Mercantile American, Mr. Euphrates."

„Danke, das ist aber wirklich nett. Wissen Sie was, ich werde auf dieses Konto gleich noch ein paar Kröten einzahlen." Er fischte ein paar Münzen aus der Tasche, suchte sich einen Vierteldollar und zwei Zehncentstücke aus und ging gemächlichen Schrittes zu einer Kasse.

Edwina fragte die Angestellte: „Wieviel hat er zur Eröffnung eingezahlt?"

„Fünf Dollar."

„Sehr schön. Versuchen Sie so schnell zu arbeiten wie möglich."

„Das tue ich schon, Mrs. D'Orsey, aber der Herr hat mich so

lange aufgehalten, weil er so vieles wissen wollte – wie man abhebt, und was er an Zinsen kriegt. Er hatte die Fragen auf einem Zettel." „Vielleicht kommen andere auch mit so was. Versuchen Sie mal, so einen Zettel in die Finger zu kriegen, und zeigen Sie ihn mir." Vielleicht, dachte Edwina, könnte man einen Hinweis entnehmen, wer diese geniale Invasion geplant und organisiert hatte.

Es zeigte sich auch noch etwas anderes: Der Versuch, die Bank lahmzulegen, beschränkte sich nicht auf die Eröffnung neuer Konten. Wer bereits ein Konto eröffnet hatte, stellte sich jetzt bei den Kassenschaltern an, um winzigste Summen einzuzahlen oder abzuheben, und das mit der Geschwindigkeit eines Gletschers. Nicht nur, daß die regulären Kunden es einmal schwer hatten, in die Bank hineinzukommen; einmal drinnen, sahen sie sich von neuem behindert.

Edwina erzählte Nolan Wainwright von den schriftlichen Fragen. Der Sicherheitschef nickte. „So ein Ding möchte ich auch gern mal sehen."

„Mr. Wainwright", rief eine Sekretärin. „Telefon!"

Er nahm das Gespräch an, und Edwina hörte ihn sagen: „Es ist tatsächlich eine Demonstration, aber sie verläuft friedlich, und wir könnten uns durch übereilte Beschlüsse nur Scherereien machen. Ein Zusammenstoß wäre das letzte, was wir brauchen." Er legte den Hörer zurück und sagte: „Die da oben haben auch schon was mitgekriegt. Sie drücken auf sämtliche Alarmknöpfe."

„Sie könnten ja unter anderem mal die Mittel für Forum East wieder flottmachen."

Ein kurzes Lächeln huschte über Wainwrights Gesicht. „Das sähe ich auch ganz gern. Aber wenn's ums Geld der Bank geht, bringt Druck von außen auch nichts ein."

Edwina wollte schon sagen, warten wir's ab, aber sie überlegte es sich anders.

Dieweil Nolan und Edwina nichts als zuschauen konnten, blieb die Menge, die den Kassenraum der Bank für sich mit Beschlag belegt hatte, immer gleich groß; der Lärm war höchstens noch lauter geworden. Draußen stand unverrückbar die immer länger werdende Schlange der Wartenden.

Es war Viertel vor zehn.

Drei Häuserblocks weiter hatte Margot Bracken ihren Befehlsstand in einem unauffällig abgestellten Volkswagen aufgeschlagen. Ursprünglich hatte sie sich ja von der Durchführung ihres Komplotts fernhalten wollen, aber wie ein Schlachtroß, das bei Pulvergeruch ungeduldig mit den Hufen scharrt, hatte sie doch nicht durchgehalten. Schließlich war zwar schon vieles an Organisationsarbeit getan, aber beileibe noch nicht alles.

Zunächst war es das wichtigste gewesen, daß sich eine möglichst große Versammlung vor der Bank einfand, damit es erst mal Eindruck machte. Aber einige der Teilnehmer mußten regelmäßig abgelöst werden. Andere wurden für die späteren Stunden des Tages oder für andere Tage in Reserve gehalten. Eine Art selbstgestricktes Verbindungsnetz war organisiert worden, mit Kurieren und den Münzfernsprechern in der Umgebung. Es funktionierte gut, und die Meldungen, die Margot bisher erhalten hatte, waren höchst zufriedenstellend. Sie stellte ein paar Berechnungen an, dann sagte sie zu dem letzten Kurier: „Sagen Sie Deacon, es sieht so aus, als ob wir für den Rest des Tages genug Leute hätten. Lassen Sie ein paar von denen, die draußen stehen, für eine Weile ablösen, aber nie mehr als fünfzig auf einmal, und sagen Sie ihnen, sie sollen rechtzeitig wieder hier sein, um ihren Lunch abzuholen. Sagen Sie auch allen, daß die Rosselli Plaza nicht verschmutzt werden darf, und es werden keine Lebensmittel in die Bank mitgenommen."

Am Anfang war auch Geld ein Problem gewesen. Viele der Demonstrationsteilnehmer hatten nicht die erforderlichen fünf Dollar, um ein Konto zu eröffnen. Daraufhin hatte Margot die amerikanische Angestelltengewerkschaft angerufen, ob sie nicht helfen und jedem Teilnehmer, der das Geld nicht hatte, fünf Dollar leihen konnte. Die Gewerkschaftsführung berief eiligst eine Sitzung ein. Ihre Antwort war ja. Die Gewerkschaft bot auch an, für Verpflegung zu sorgen.

Um Viertel vor zwölf meldete sich Seth Orinda persönlich bei Margot. Er grinste breit und hielt ihr eine druckfrische Ausgabe der Nachmittagszeitung hin.

„Mensch!" Margot breitete die erste Seite vor sich aus.

GROSSBANK VON FORUM-EAST-BEWOHNERN
LAHMGELEGT

First Mercantile American in Schwierigkeiten?
Viele kommen, um mit kleinen Einzahlungen zu „helfen".

Darunter Fotos und ein zweispaltiger Bericht. „Menschenskinder!" sagte Margot. „Das wird der FMA schmecken!"

Es schmeckte.

Kurz nach Mittag wurde eine Sitzung beim Präsidenten im FMA-Turm einberufen. Jerome Patterton und Roscoe Heyward waren da, mit bösen Gesichtern. Alex Vandervoort und Tom Straughan kamen hinzu.

Dick French, der Pressechef, brachte die Nachmittagszeitungen und knallte sie eine nach der andern auf den Tisch.

„First Mercantile American in Schwierigkeiten?" las Patterton wutschnaubend. „So eine gemeine Lüge! Diese Zeitung sollte man verklagen."

„Da gibt's nichts zu verklagen", sagte French. „Die Zeitung hat keine Tatsachenbehauptung aufgestellt. Sie hat es als Frage formuliert. Wer dahintersteckt, versteht auf jeden Fall etwas von Gesetzen *und* von Öffentlichkeitsarbeit. Ich wette, die Geschichte ist längst bei allen Agenturen. So ein David-und-Goliath-Histörchen läßt doch garantiert niemanden kalt."

Tom Straughan sagte ruhig: „Das kann ich zum Teil schon bestätigen. Über Dow Jones *ist* sie bereits gelaufen, und prompt sind unsere Aktien noch einmal um einen Punkt gefallen."

„Wir sollten uns auch gleich auf einen Fernsehauftritt heute abend gefaßt machen", fuhr Dick French fort. „Nach meiner Schätzung werden wir auf allen drei großen Kanälen zu erleben sein. Und wenn sich auch nur einer von den Sprechern den Satz mit den angeblichen Schwierigkeiten verkneift, fresse ich meine Bildröhre."

Heyward fragte kalt: „Sind Sie fertig?"

„Noch nicht ganz. Ich möchte nur noch sagen, selbst wenn ich den ganzen Jahresetat der PR-Abteilung auf nur *eine* Aktion verwendet hätte, um die Bank in ein schlechtes Licht zu bringen, besser als Sie mit Ihrem Beschluß hätte ich's nicht hingekriegt."

„Schon gut", sagte Patterton. „Und was schlagen Sie vor?"

„Sie haben doch Forum East den Teppich unter den Füßen weggezogen. Sie können ihn auch wieder hinlegen."

Patterton wandte sich an Vandervoort. „Alex?"

„Sie wissen ja, daß ich von vornherein dagegen war, die Mittel zu kürzen. Ich bin immer noch dagegen", sagte Alex. „Eine Reaktion dieser Art hätte man eigentlich vorhersehen können."

Heyward sagte gehässig: „Sie wollen sich also dem Pöbel nicht widersetzen."

Alex schüttelte ungehalten den Kopf. „Reden Sie doch nicht wie ein Kleinstadtsheriff, Roscoe. Manchmal ist die Weigerung, eine Entscheidung zu ändern, reine Borniertheit, nichts weiter. Außerdem sind die Leute da unten kein Pöbel. Auf diese Feststellung legen alle Zeitungen Wert."

„Trotzdem, Alex", grübelte Jerome Patterton, „die Vorstellung, klein beizugeben, gefällt mir gar nicht."

Alex seufzte. „Wenn das so ist, sollten wir uns lieber schon mal damit abfinden, daß unsere City-Filiale uns in nächster Zeit zu nicht viel nütze sein wird."

Da die Bank keinerlei Bereitschaft zum Einlenken zeigte, wurde die Belagerung der Hauptzweigstelle am Donnerstag und Freitag fortgesetzt. Die große Filiale war nahezu hilflos. Und wie Dick French prophezeit hatte, stand ihre mißliche Lage im Mittelpunkt des öffentlichen Interesses. Die meisten Kommentare nahmen es von der humorvollen Seite. Aber an der New Yorker Börse schloß FMA am Freitag abend mit zweieinhalb Punkten minus ab, und das fanden die Aktionäre gar nicht komisch,

Am Montag morgen kapitulierte die Bank. Dick French verkündete auf einer Pressekonferenz, die volle Finanzierung von Forum East werde mit sofortiger Wirkung wiederaufgenommen.

Hinter der Kapitulation standen mehrere zwingende Gründe. Am Montag morgen war die Schlange vor der City-Filiale größer denn je gewesen. Und eine zweite Schlange war bei der Vorortzweigstelle in Indian Hill erschienen.

Entscheidend aber war noch ein letzter Faktor. Die Gewerkschaft, die der Mietervereinigung von Forum East das Geld geliehen hatte, gab jetzt bekannt, sie werde demnächst mit der Anwerbung von Mitgliedern unter den Bankangestellten beginnen. Alle Banken fürchteten, ja haßten die Gewerkschaften. Bisher hatten solche Organisationen bei Bankangestellten auch nicht viel Resonanz gefunden. Wenn aber die Situation um Forum East der Gewerkschaft mit einemmal einen Hebel in die Hand gab, dann mußte dieser Hebel schleunigst beseitigt werden.

Als die Bekanntgabe den Leuten von Forum East vor beiden Bankfilialen verlesen wurde, setzte lauter Jubel ein. Die Gruppen zerstreuten sich ruhig, und eine halbe Stunde später lief alles wieder wie normal.

Damit hätte die Angelegenheit erledigt sein können, nur daß zwei Tage später in einer Klatschspalte folgendes zu lesen stand:

> Haben Sie sich nicht auch schon gefragt, wer wohl hinter den Leuten von Forum East gestanden haben mag, die der mächtigen First Mercantile American Bank den Marsch geblasen haben? Es war die Bürgerrechtsanwältin und Feministin Margot Bracken. Doch obwohl das „Bank-in" ihre Idee war, blieb Miß Bracken unsichtbar.
>
> Margots großer, guter Freund, mit dem man sie oft in der Stadt sieht, ist nämlich der flotte Bankier Alexander Vandervoort, ein hohes Tier bei der FMA. Wenn Sie also Margot wären und solche Verbindungen hätten, würden Sie sich dann nicht auch unsichtbar machen? Bleibt nur noch eine Frage: Hat Alex von der Belagerung seines eigenen Strafraums vorher gewußt, sie am Ende gar abgesegnet?

Es GING dicht auf Mitternacht. Margot und Alex, die sich seit der Belagerung der FMA-City-Filiale zum erstenmal wiedersahen, befanden sich in Alex' Wohnung. Margot sagte: „Das tut mir leid, Alex! Ich könnte diesem Kolumnisten bei lebendigem Leibe das Fell abziehen. Wenigstens hat er nicht auch noch erwähnt, daß ich mit Edwina verwandt bin."

„Das wissen nicht viele. Überhaupt gibt Liebe die besseren Schlagzeilen."

Margot war zerknirscht: „Es haben doch nur ein paar Leute von mir gewußt, und dabei wollte ich es auch belassen."

Alex schüttelte den Kopf. „Keine Chance. Schon Nolan Wainwright hat zu mir gesagt: ‚Dieser Spaß trägt Margot Brackens Handschrift.' Und er hatte bereits angefangen, Leute auszufragen. Irgendwer hätte geredet, wenn dieser Zeitungsartikel nicht zuerst erschienen wäre."

„Aber sie mußten *deinen* Namen doch nicht mit hineinziehen."

Alex lächelte. „Das mit dem ‚flotten Bankier' gefällt mir irgendwie."

Aber sein Lächeln war unecht, und Margot wußte es. In Wahrheit hatte der Artikel ihm einen Tiefschlag versetzt.

„Hast du denn nicht geahnt, daß ich die Finger im Spiel hatte?" fragte Margot.

„Doch. Mir war eingefallen, wie du beim Thema Forum East ausgewichen bist, als ich erwartet habe, du würdest mich in Stücke reißen."

„Hast du denn dadurch Sorgen gehabt – durch das Bank-in?"

„Ja", antwortete er ohne Umschweife. „Ich war mir nämlich nicht sicher, ob ich meine Vermutung weitergeben sollte. Ich habe geschwiegen. Das war falsch."

„Jetzt glauben also die andern, du hättest die ganze Zeit Bescheid gewußt."

„Roscoe auf alle Fälle. Vielleicht auch Jerome. Bei den andern weiß ich es nicht genau."

„Macht es dir etwas aus? Ist es furchtbar wichtig?"

Alex hob die Schultern. „Eigentlich nicht. Ich überleb's schon."

Aber es machte ihm sehr viel aus. Alex' Loyalität würde künftig mit einer Fußnote des Zweifels behaftet sein. Und dieser Zweifel würde in den Köpfen der Aufsichtsratsmitglieder herumgeistern, wenn sie an die Bankpräsidentschaft dachten.

Seine düstere Stimmung wurde noch düsterer. Margot sah ihn mit beunruhigtem, unsicherem Ausdruck an. Endlich sagte sie: „Ich habe dir Ärger gemacht. Eine ganze Menge, schätze ich. Laß uns also nicht so tun, als ob nichts gewesen wäre. Wir haben schon über so etwas gesprochen, haben gewußt, daß es einmal passieren könnte, und haben uns gefragt, ob wir dieselben bleiben könnten, die wir sind – voneinander unabhängig – und dabei doch zusammen."

Ohne Vorwarnung war die Beziehung der beiden in eine Krise geraten.

„Es wird wieder vorkommen, Alex. Nein, nicht mit der Bank, aber bei anderen Gelegenheiten. Und ich möchte sicher sein, daß wir damit fertigwerden, wenn es soweit ist; nicht nur jetzt für das eine Mal, in der Hoffnung womöglich, daß es das letzte Mal ist."

Alex wußte, daß sie recht hatte. Margots Leben bestand aus Konfrontationen. Es würde noch viele davon geben, und manchmal würden sie seine eigenen Interessen berühren.

„Eines könnten wir tun", sagte Margot. „Wir könnten Schluß machen, solange wir den andern voraus sind. Wenn man uns nicht mehr zusammen sähe, würde sich das schnell verbreiten. Es würde zwar die Sache mit der Bank nicht ungeschehen machen, aber dir würde es das Leben erleichtern."

Das würde es. Alex wußte das. Er verspürte für einen Augenblick die Versuchung, eine Komplikation aus seinem Leben auszumerzen, die im Laufe der Jahre immer größer werden würde. *Wie sehr wünschte er sich denn, Präsident der FMA zu werden? So sehr nicht!* Nicht für die FMA noch seinem persönlichen Ehrgeiz zuliebe würde er jemals seine private Handlungsfreiheit aufgeben. Oder Margot.

„Die wichtigste Frage ist, willst *du* Schluß machen?"

Margot sagte mit tränenerstickter Stimme: „Natürlich nicht."

„Dann will ich auch nicht, Bracken. Und ich werde nie wollen. Freuen wir uns also, daß diese Sache passiert ist, daß wir uns etwas bewiesen haben und daß keiner von uns es noch einmal wird beweisen müssen."

Er streckte die Arme aus, und sie kam zu ihm.

8. Kapitel

„Roscoe, mein Alter", sagte der Ehrenwerte Harold Austin eines Samstagnachmittags im März am Telefon. „Ich habe mit George dem Großen gesprochen. Er lädt Sie und mich ein, nächsten Freitag mit ihm auf den Bahamas Golf zu spielen."

Unnötig, auf George den Großen näher einzugehen. G. G. Quartermain, Aufsichtsratsvorsitzender und Generaldirektor der Supranational Corporation – SuNatCo –, war ein Preisbulle von einem Mann, der mehr Macht besaß als manches Staatsoberhaupt und sie wie ein König ausübte.

Heyward war dem SuNatCo-Chef einmal in einer Washingtoner Hotelsuite zusammen mit Harold Austin begegnet, dessen Agentur die Inlandwerbung für Hepplewhite Distillers machte, eine SuNatCo-Tochter.

Bei der Vorstellung hatte George der Große zu Heyward gemeint: „Harold sagt, Sie beide hätten gern für Ihre kleine Bank ein Löffelchen von unserm Pudding. Mal sehen, vielleicht läßt sich demnächst was machen." Dann hatte er Roscoe auf die Schulter geklopft und das Thema gewechselt.

Diese Unterhaltung mit G. G. Quartermain war es gewesen, die Heyward vor zwei Monaten veranlaßt hatte, vor dem Finanzplanungsausschuß der FMA von einem wahrscheinlichen Geschäft mit der SuNatCo zu sprechen.

„George der Große schickt uns seine Privatmaschine", hörte er den Ehrenwerten Harold sagen. „Eine 707. Wir fliegen Donnerstag mittag hier ab, sind den Freitag über in Nassau und am Samstag wieder zurück."

Als er in seinem Arbeitszimmer den Hörer auflegte, gestattete Heyward sich ein leichtes Lächeln. Wenn bei dieser Reise etwas herauskam, konnte es seiner Stellung im Aufsichtsrat nur zugute kommen – diesen Aspekt verlor er seit kurzem nie aus den Augen.

Angenehm fand er auch, daß er auf sein Erscheinen in St. Athanasius nicht zu verzichten brauchte, wo er sich als Laienprediger betätigte und jeden Sonntag die Lesung bestritt. Das erinnerte ihn an morgen. Er nahm die schwere Familienbibel aus dem Bücherregal und schlug einen seiner Lieblingsverse in Salomos Sprüchen auf: *Gerechtigkeit erhöhet ein Volk; aber die Sünde ist der Leute Verderben.*

Am folgenden Donnerstag landete die 707, kenntlich an einem großen Q auf Rumpf und Leitwerk, pünktlich auf dem internationalen Flughafen. Sie rollte zu einem privaten Flugsteig, wo Harold Austin und Roscoe Heyward der Limousine entstiegen, die sie aus der Stadt hierhergebracht hatte. Im nächsten Augenblick waren die beiden schon an Bord.

In einem Empfangsraum, ähnlich einer winzigen Hotelhalle, wurden sie von drei atemberaubend hübschen jungen Frauen in knappen Stewardessenuniformen – die eine blond, eine brünett und eine rothaarig – in Empfang genommen. „Guten Tag, Mr. Heyward", sagte die Rothaarige. Ihre Stimme hatte einen weichen, verführerischen Klang. „Ich heiße Avril. Wenn Sie mit mir kommen möchten, zeige ich Ihnen Ihr Zimmer."

Während Heyward ihr folgte, wunderte er sich, daß sie von einem „Zimmer" gesprochen hatte. Der Ehrenwerte Harold war inzwischen von der Blonden begrüßt worden.

Avril führte Heyward den Korridor entlang, der sich auf einer Seite über die ganze Länge des Flugzeugs erstreckte, und blieb vor einer Tür stehen. „Das ist Ihr Zimmer, Mr. Heyward." Während sie sprach, setzte sich das Flugzeug in Richtung Startbahn in Bewegung. „Ich schnalle Sie für den Start lieber an. Unser Pilot hat's immer eilig. Mr. Quartermain mag die Zeit nicht auf Flugplätzen vertrödeln."

Das Mädchen führte Heyward in einen kleinen, luxuriösen Salon und schnallte ihn auf einem bequemen Sofa an. Sie sagte: „Wenn es Ihnen nichts ausmacht, bleibe ich hier, bis wir in der Luft sind." Sie setzte sich neben ihn und zog ihren eigenen Gurt fest.

„Aber nein", sagte Roscoe wie benommen, „es macht mir nicht das mindeste."

Als sie flogen, löste Avril ihren Gurt und stand auf. „Wenn Sie Mr. Austin sprechen möchten", sagte sie, „der ist in der Kabine gleich hinter Ihnen. Weiter vorn ist der Hauptsalon, da erwarten wir Sie, wenn Sie soweit sind. Mr. Quartermain nimmt eben eine Sauna und Massage und wird Ihnen später dort Gesellschaft leisten. Dann kommen der Speisesaal, die Büros und Mr. Quartermains Privaträume."

„Danke für die Geographiestunde."

„Meine Aufgabe auf diesem Flug, Mr. Heyward, ist es, dafür zu sorgen, daß Sie alles haben, was Sie brauchen. Wenn Sie mich für irgend etwas wünschen, drücken Sie bitte auf die Sieben am Telefon."

Hatte sie eine leichte Betonung auf das Irgend gelegt? überlegte Heyward. Wenn ja, war der tiefere Sinn geradezu schockierend. Roscoe antwortete etwas mürrisch: „Danke, junge Dame. Das wird wohl nicht nötig sein."

„Noch eines: Auf dem Weg zu den Bahamas werden wir kurz in Washington zwischenlanden. Der Vizepräsident steigt dort zu."

„Ein Vizepräsident von Supranational?"

Ihre Augen blickten ihn spöttisch an. „Nicht doch, Dummerchen. Der Vizepräsident der Vereinigten Staaten."

Eine Viertelstunde später fragte Quartermain im prächtig eingerichteten Hauptsalon: „Kümmern die Mädels sich um euch beide?"

„Ich kann mich nicht beklagen", sagte Austin. Auf einem Läufer zu seinen Füßen saß zusammengekringelt die Blonde, die als ihren Namen Rhetta offenbart hatte.

Avril neben Heyward flötete: „Wir versuchen unser Bestes."

G. G. Quartermain, frisch aus der Sauna, war prächtig anzusehen in seinem karmesinroten Frotteemantel. Bei ihm waren ein Mann mit hartem Gesicht – in seinem weißen Sportdreß vermutlich der Masseur – und eine weitere Stewardeß mit feingeschnittenen, japanischen Zügen.

Äußerlich war ihr Gastgeber ein Berg von einem Mann – mindestens zwei Meter groß, mit Brust, Armen und Rumpf wie ein Dorf-schmied. Aber keine Spur von Übergewicht. Durch den Bademantel ahnte man Muskeln. Über seine sonstige Größe, seinen weltweiten geschäftlichen Einfluß und Appetit, konnte man sich täglich in der Wirtschaftspresse informieren. Und sein Lebensstil an Bord dieses Zwölfmillionendollarvogels war einfach königlich.

„Der Ärger da mit Ihrer Bank", wandte Quartermain sich an Roscoe Heyward. „Diese Demonstrationen. Ist das erledigt? Seid ihr gesund?"

„Wir waren immer gesund. Das hat nie in Frage gestanden."

„Die Börse war anderer Meinung." George der Große wandte sich an die kleine Japanerin. „Mondstrahl, hol mir doch mal den letzten Stand von FMA." Sie ging durch eine Tür in Richtung Cockpit hinaus und kam mit einem Zettel wieder, von dem sie mit fremdländi-schem Akzent ablas: „FMA werden jetzt zu fünfundvierzigdreiviertel gehandelt."

„Na bitte", sagte Roscoe Heyward, „schon wieder einen Punkt gestiegen."

„Aber noch immer nicht wieder so hoch wie vor Rossellis Ab-kratzen." George der Große grinste. „Allerdings, wenn bekannt wird, daß Sie die Supranational mitfinanzieren, machen Ihre Aktien einen Höhenflug."

Das kann durchaus der Fall sein, dachte Heyward. George der Große hatte soeben verbindlich erklärt, daß es eine geschäftliche Ver-bindung zwischen FMA und SuNatCo geben werde. Sicherlich wür-den sie im Laufe der nächsten beiden Tage die Details besprechen. Roscoe fühlte, wie seine Erregung wuchs.

Draußen zeigte das Düsengedröhn ein langsameres Tempo an. „Washington ahoi!" sagte Avril. Sie und die andern Mädchen mach-ten sich daran, die Männer mit schweren Gurten und leichten Fingern an ihre Sitze zu schnallen.

In nicht einmal zwanzig Minuten waren sie wieder auf Reiseflug-höhe und unterwegs nach Nassau. Vizepräsident Byron Stonebridge war der brünette Krista zugeteilt worden, eine Regelung, von der er sichtlich angetan war. Der Geheimdienstmann, der den Vizepräsiden-ten zu bewachen hatte, war irgendwo hinten untergebracht worden.

Bald darauf führte George der Große, der inzwischen einen Sei-denanzug trug, die Gäste in den Speiseraum, wo sie fürstlicher tafelten, als es in manch einem der größten Restaurants der Welt möglich gewesen wäre. Ein paar Stunden später hatten sie Quartermains Herrensitz auf den Bahamas erreicht.

Das Quartermain-Anwesen hinter seiner hohen Steinmauer, eines von einem halben Dutzend, das der Supranational-Chef in verschiedenen Ländern besaß, lag hoch über Nassau und bot einen herrlichen Rundblick auf Land und Meer.

Nach dem Dinner wurde in ein Spielkasino gefahren, wo George der Große mit hohen Einsätzen spielte und zu gewinnen schien. Roscoe Heyward, der Glücksspiele ablehnte, beteiligte sich nicht. Als sie um zwei Uhr morgens heimkehrten, begleitete Avril ihn bis vor seine Schlafzimmertür. Dort sagte sie ihm lächelnd: „Wenn Sie *irgendeinen* Wunsch haben, drücken Sie auf Knopf sieben. Die Sprechanlage steht neben Ihrem Bett." Diesmal bestand kein Zweifel darüber, was das „irgend" bedeutete.

Seine Stimme klang gequetscht, und seine Zunge kam ihm zu groß vor, als er ihr antwortete: „Nein, danke."

Doch Roscoe mußte feststellen, daß gewisse Gedanken und Neigungen, von denen er wußte, daß sie verwerflich waren, sich immer schwieriger bändigen ließen, und er fiel auf die Knie und betete, Gott möge ihn vor der Sünde bewahren und ihn von der Versuchung erlösen.

Tags darauf teilten sich George der Große und Roscoe in einen der elektrischen Golfkarren, Stonebridge und der Ehrenwerte Harold in einen andern. Weitere sechs Karren waren von der erweiterten Geheimdiensteskorte des Vizepräsidenten in Beschlag genommen worden. Die vier teilten sich auf – George der Große und Heyward spielten gegen Austin und den Vizepräsidenten. Der jeweils beste Ball einer Mannschaft wurde gewertet.

Es war am vierzehnten Loch, wo George der Große und Heyward auf die andern warten mußten, als das Thema, auf das Heyward gehofft hatte, endlich zur Sprache kam – mit überraschender Beiläufigkeit.

„Ihre Bank käme also gern mit der Supranational ins Geschäft."

„Der Gedanke ist uns gelegentlich gekommen", versuchte Heyward den schnoddrigen Ton nachzumachen.

„Ich will auf dem ausländischen Fernmeldesektor expandieren und dazu ein paar wichtige Telefon- und Rundfunkgesellschaften aufkaufen. Einige sind staatlich, andere privat. Die Supranational hat fortgeschrittene Technologie und einen funktionierenden Service anzubieten, den kleine Länder sich nicht leisten können; ferner Standardisierung für internationale Verbindungen. Für uns selbst steckt eine schöne Rendite darin."

„O ja", pflichtete Heyward ihm bei, „das leuchtet mir ein."

„Ich hätte gern von Ihrer Bank einen Kreditrahmen von fünfzig Millionen Dollar. Natürlich zum Vorzugszinssatz."

„Versteht sich." Heyward war von vornherein klar gewesen, daß ein Kredit an die Supranational nur zum günstigsten Zinssatz in Frage kam. Es war ein ungeschriebenes Gesetz, daß die reichsten Kunden am wenigsten für geliehenes Geld zahlten. „Wir müßten mal unser gesetzliches Limit unter die Lupe nehmen."

„Hol der Henker das gesetzliche Limit! Das kann man doch umgehen, und so was wird alle Tage umgangen. Die Mittel und Wege dazu kennen Sie so gut wie ich."

Die beiden sprachen von der gesetzlichen Auflage im amerikanischen Bankwesen, wonach eine Bank nicht mehr als zehn Prozent ihres Kapitals plus Einlagenüberschuß an einen einzelnen Kreditnehmer vergeben durfte. Sinn dieser Auflage war es, Banken gegen einen Zusammenbruch und die Einleger gegen finanzielle Verluste zu schützen. Im Falle der First Mercantile American ging ein Fünfzigmillionendollarkredit an die Supranational weit über diese Grenze hinaus.

„Dieser Bestimmung kann man ausweichen", sagte George der Große, „indem wir den Kredit unter unsere Tochtergesellschaften splitten. Wir werden die Summe dann so verschieben, wie wir sie brauchen."

„Das wäre zu machen", überlegte Roscoe Heyward. Der Umfang des angebotenen Geschäfts verblüffte ihn. Er hatte für den Anfang an zwanzig bis fünfundzwanzig Millionen gedacht.

Als ob er seine Gedanken gelesen hätte, meinte George der Große: „Ich gebe mich nie mit kleinen Summen ab. Wenn fünfzig Millionen euch zuviel sind, vergessen wir's. Dann kriegt Chase das Ding."

Heyward klang sehr überzeugt: „Nein, nein. Das ist nicht zuviel." Im Geiste ließ er die übrigen Verpflichtungen der Bank passieren. Fünfzig Millionen für SuNatCo, das bedeutete drastische Kürzungen bei Kleinkrediten und Hypotheken, aber dafür war ein Großkredit an einen solchen Kunden ungleich profitabler. „Ich werde in unserm Aufsichtsrat diesen Kreditumfang stark befürworten", sagte Heyward entschieden, „und ich bin sicher, was die Zustimmung angeht. Natürlich würde es mir den Rücken stärken, wenn ich versprechen könnte, daß die Bank im Aufsichtsrat der Supranational vertreten sein wird."

George der Große fuhr den Karren zu seinem Ball. „Das ließe sich einrichten. Ich würde erwarten, daß Ihre Treuhandabteilung sich kräftig in unser Kapital einkauft. Wird Zeit, daß ein paar Neukäufe den Preis ein bißchen hochdrücken."

„Darüber kann man reden. Wie es aussieht, wird die Supranational also jetzt ein aktives Konto bei uns haben, und da stellt sich die Frage nach dem Ausgleichsguthaben . . ."

G. G. Quartermain wurde gereizt. „Verschonen Sie mich mit den Einzelheiten. Heute kommt Inchbeck, mein Finanzmann. Er fliegt morgen mit uns zurück. Da können Sie beide sich mal zusammensetzen."

Die kurze geschäftliche Besprechung war damit einfach beendet.

Bei einem Drink nach dem Spiel zahlten Austin und Stonebridge, die Verlierer, je hundert Dollar an G. G. Quartermain – sie hatten vor dem Spiel eine Wette abgeschlossen. Heyward hatte sich herausgehalten. Aber George der Große meinte großmütig: „Ihre Spielweise gefällt mir, Partner." Er wandte sich an die anderen. „Ich glaube, Roscoe hat eine Anerkennung verdient." Dann klatschte er sich aufs Knie. „Ich hab's! Ein Platz im Aufsichtsrat der Supranational. Wie wäre das als Siegespreis?"

Heyward erkannte, daß George der Große ihre Abmachung von vorhin bekräftigte. Wenn Roscoe jetzt akzeptierte, hieß das natürlich, daß er auch die anderen Verpflichtungen übernahm . . . Sein Zögern dauerte indes nur Sekunden. „Wenn das Ihr Ernst ist, werde ich mit Freuden annehmen."

„Wir geben es nächste Woche bekannt."

Das Angebot war so schnell gekommen, daß Heyward Mühe hatte, daran zu glauben. Selbst auserwählt zu werden, dazu noch von G. G. Quartermain persönlich, war ein Ritterschlag der Sonderklasse. Die Namen im SuNatCo-Aufsichtsrat lasen sich wie ein *Wer-ist-wer* der Geschäfts- und Finanzwelt. George der Große lachte vergnügt in sich hinein. „Unter anderem können Sie dann gleich ein Auge auf das Geld Ihrer Bank haben."

Heyward fing einen fragenden Blick des Ehrenwerten Harold auf. Als Heyward zur Antwort leicht nickte, strahlte sein FMA-Aufsichtsratskollege übers ganze Gesicht.

Am zweiten Abend saßen alle acht – Männer und Frauen – in gelöster Vertraulichkeit beieinander. Roscoes Stimmung war auf dem Höhepunkt. Die Bestätigung des Supranational-Geschäfts und die schwindelerregende Trophäe eines Sitzes im SuNatCo-Aufsichtsrat würden sein Prestige bei der FMA erheblich steigern. Der Präsidentenstuhl war nähergerückt.

Eine kurze Unterredung mit Stanley Inchbeck, dem Finanzdirektor von Supranational, war vorausgegangen. Bis auf dieses Gespräch hatte Inchbeck fast den ganzen Nachmittag mit G. G. Quartermain hinter verschlossenen Türen konferiert.

Als er sich zum Dinner umzog, hatte Roscoe Heyward aus dem Fenster seines Zimmers im zweiten Stock geschaut und G. G. Quartermain und Byron Stonebridge im Gespräch vertieft durch den Garten spazieren sehen. George der Große sprach beschwörend auf den Vizepräsidenten ein, der ihn nur gelegentlich unterbrach. Heyward fragte sich, welche von den zahlreichen Interessen der Supranational da wohl zur Debatte standen.

Jetzt nach dem Dinner, wie sie so in der kühlen, süß duftenden Dunkelheit der Terrasse neben dem von einem Säulengang umfaßten Swimming-pool saßen, riefen Krista und Avril mit einemmal im Chor: „Wir feiern eine Wasserparty!"

Krista stellte ihr Champagnerglas ab, schleuderte die Schuhe von sich, löste ihr Kleid und ließ es um ihre Füße fallen. Sonst hatte sie nichts angehabt. Sie stolzierte die Stufen von der Terrasse zu dem beleuchteten Bassin hinunter und tauchte ins Wasser. „Herrlich!" rief sie. „Kommt doch nach!"

„Hol's der Kuckuck!" rief Stonebridge. „Das lass' ich mir nicht zweimal sagen." Er warf seine Kleider ab und folgte ihr. Auch Mondstrahl und Rhetta zogen sich aus.

„Wartet!" rief Harold Austin. „Hier kommt noch ein Sportsmann!"

Roscoe Heyward sah Avril neben sich stehen. „Rossie, Süßer, mach mir den Reißverschluß auf." Sie präsentierte ihm den Rücken.

Unsicher fummelte Roscoe an dem Reißverschluß herum. Avrils Kleid fiel ab. Mit einer eleganten Bewegung drehte sie sich um.

„Komm schwimmen", schnurrte sie und küßte ihn voll auf den Mund.

Roscoe schüttelte den Kopf. Die Hände zitterten ihm, seine Augen klebten an Avril; aber die ging fort und gesellte sich zu den andern im Becken.

Doch später im Bett wollte kein Schlaf sich einstellen. Trotz bester Absichten kreisten seine Gedanken um das Mädchen. Roscoe versuchte sich abzulenken – mit dem Kredit, dem Aufsichtsratsposten. Aber Avril war nicht auszulöschen. Ihre Lippen, ihr Lächeln, ihre Bereitwilligkeit. Zweimal fuhr seine Hand zur Sprechanlage. Zweimal siegte die Willenskraft.

Beim dritten Mal machte er nicht mehr kehrt. Entschlossen und fest drückte er auf Knopf sieben.

9. KAPITEL

NICHTS in seinem bisherigen Leben hatte Miles Eastin auf die gnadenlose, schmachvolle Hölle des Gefängnislebens vorbereitet.

Vier Monate waren jetzt seit seiner Verurteilung vergangen. Nur in seltenen Augenblicken obsiegte seine Objektivität über körperliches Elend und seelische Qualen. Dann sagte sich Miles, daß die Gesellschaft, wenn es stimmte, daß sie an einem wie ihm furchtbare Rache nehmen wollte, dies besser geschafft hatte, als es sich einer, der nicht selbst durch dieses Grauen gegangen war, überhaupt vorstellen konnte. Er gab sich die größte Mühe, an letzten Resten von moralischen Werten festzuhalten, sich einen Schatten dessen zu bewahren, was er früher einmal gewesen war. In vier Monaten konnte er auf Bewährung entlassen werden. *Durchhalten!* sagte er sich jeden Tag und jede Nacht. Durchhalten bis zur Begnadigung!

Die Zelle in der Strafanstalt Drummonburg, in der er untergebracht war, hatte vier an den Wänden festgeschraubte Pritschen, ein Waschbecken und eine Toilette. Einmal wöchentlich wurde gruppenweise geduscht. Bei so einer Gruppendusche in der zweiten Woche seines Gefängnisaufenthalts war Miles von einer Bande von Mithäftlingen vergewaltigt worden.

Als er eines Morgens mit fünfzig Leidensgenossen aus den Duschräumen kam, fühlte er sich plötzlich umringt. Er wurde fest an den Armen gepackt und in einen Lagerraum nebenan abgedrängt.

„Sir, Sir!" rief er einem Aufseher zu. Der nahm keine Notiz. Hinterher sagte sich Miles, daß der Mann wohl bestochen worden war.

Eine Faust bohrte sich in Miles' Rippen. Hinter ihm zischte jemand: „Schnauze!"

Miles schrie wieder, diesmal vor Schmerz und Angst, und eine zweite Faust traf ihn. Er bekam keine Luft mehr.

Während der folgenden entsetzlichen Minuten schwanden Miles die Sinne. Dann kehrte sein Bewußtsein wieder. Er hörte den Pfiff eines Aufsehers, das Signal zum Antreten im Hof. Er kriegte noch mit, wie die andern aus dem Lagerraum rannten. Kaum bei Bewußtsein, taumelte Miles in den Umkleideraum und stieg in seine grobe Gefängniskluft. Er wäre umgekippt, wenn nicht ein Arm nach ihm gegriffen und ihn festgehalten hätte.

„Nimm's nicht so schwer, Kleiner", sagte eine tiefe Stimme. „Komm, ich helfe dir." Der Mann neben ihm war groß und schwarz. Später erfuhr Miles, daß er Karl hieß und lebenslang wegen Mordes einsaß.

Gestützt von Karl, trat Miles unsicher in den Hof hinaus. Karl fragte: „Wie geht's dir, Kleiner?"

Miles schüttelte niedergeschlagen den Kopf. „Scheußlich." Dann fügte er hinzu: „Danke, daß du mir geholfen hast."

„Schon gut, Kleiner. Aber mit einem mußt du rechnen. Die packen dich wieder."

„Was kann ich denn tun?" Miles' Angst ließ seine Stimme schwanken und seinen Körper zittern. Der andere sah ihn lauernd an.

„Was du brauchst, Kleiner, ist ein Beschützer. Wie wär's mit mir?"

Miles konnte sich den Preis denken und hätte sich am liebsten übergeben. „Bleibt mir was anderes übrig?" fragte er verbittert.

„Wenn du so fragst, nee."

Miles wurde in Ruhe gelassen. Er kam in Karls Zelle und stellte fest, daß der schwarze Hüne von einer fast weiblichen Sanftheit und Einfühlsamkeit sein konnte. Bei der Verlegung hatte höchstwahrscheinlich Geld den Besitzer gewechselt. Miles fragte Karl, wie

er das geschafft habe. Der Schwarze lachte. „Die Burschen im Mafiaflügel haben den Zaster rausgerückt. Du gefällst ihnen."

„*Ich?*"

Der Mafiaflügel war ein Zellentrakt, in dem die Bosse des organi-
sierten Verbrechens untergebracht waren. Ihre Verbindungen und der
Einfluß nach draußen machten sie geachtet und gefürchtet. Miles aber
hatte keinerlei Kontakt mit ihnen und ahnte auch nicht, daß sie von
seiner Existenz überhaupt wußten.

„Sie sagen, daß du 'n Kerl bist, der die Schnauze halten kann",
belehrte ihn Karl.

Das Rätsel wurde ein paar Tage später gelöst. Ein Mitgefangener
mit Wieselgesicht, LaRocca mit Namen, machte sich auf dem Gefängnishof an Miles heran. LaRocca lag zwar nicht im Mafiaflügel,
aber er diente als Kurier. Er sagte zu Miles: „Soll dir was vom
Russen Ominsky bestellen."

Miles war überrascht. Igor Ominsky („der Russe") war der Kredithai, dem er immer noch mehrere tausend Dollar schuldete. Er
konnte sich ausrechnen, daß inzwischen Unsummen an Zinsen aufge-
laufen waren.

„Ominsky weiß, daß du dichtgehalten hast", sagte LaRocca.

Es stimmte, Miles hatte bei seiner Verhaftung die Namen seines
Buchmachers und des Kredithais nicht preisgegeben. Er hatte nichts
damit zu gewinnen geglaubt, höchstens viel zu verlieren.

„Weil du die Klappe gehalten hast", fuhr LaRocca fort, „soll ich
dir von Ominsky sagen, daß er die Uhr anhält, solange du drinnen
bist." Das hieß, daß die Zinslast während Miles' Gefängnisaufent-
halt nicht weiter anwuchs – ein sehr großes Entgegenkommen.

„Sag Mr. Ominsky, ich danke ihm", sagte Miles. Er hatte allerdings keine Ahnung, wie er auch nur die ursprüngliche Schuld zurückzahlen sollte, wenn er aus dem Gefängnis kam.

LaRocca schien seine Gedanken zu erraten. „Es wird sich einer mit
dir in Verbindung setzen, bevor du rauskommst. Vielleicht kommen
wir ins Geschäft."

In den folgenden Wochen suchte LaRocca mehrmals Miles' Gesellschaft im Gefängnishof. Er und die Mitgefangenen waren fasziniert von Miles' Wissen über die Geschichte des Geldes. Am meisten interessierte es LaRocca, wenn Miles erzählte, wie sogar Regierungen die Währung feindlicher Länder in großem Umfang gefälscht

hatten. „Das waren immer die größten Fälschungsaktionen überhaupt", erzählte Miles eines Tages einem halben Dutzend interessier-
ter Zuhörer. Und er beschrieb, wie Deutschland im Zweiten Weltkrieg Millionen britische Pfund und auch nicht wenige US-Dollar
gefälscht habe, samt und sonders von erster Qualität. Gerüchten zufolge hätten auch die meisten Alliierten deutsches Geld gedruckt.

LaRocca ließ ihn nicht im Zweifel darüber, daß er Miles' Informationen über Falschgeld an den Mafiaflügel weitergab. „Meine
Leute und ich werden uns draußen um dich kümmern", sagte er.
Miles wußte, daß seine und LaRoccas Entlassung ungefähr in den
gleichen Zeitraum fallen konnten.

Über Geld zu reden war für Miles so etwas wie ein geistiger Urlaub, der ihn die Schrecken der Gegenwart vergessen ließ. Er fand
auch, daß er eigentlich wegen der angehaltenen Zinsuhr erleichtert
sein müsse, aber nichts war stark genug, um sein allgemeines Elend
zu besiegen. Am Ende hielt ihn nur eines vom Selbstmord ab. Er
wollte, wenn seine Gefängniszeit um war, Juanita Nuñez sagen, daß
es ihm leid tat.

Wenn er jetzt an den Diebstahl in der Bank zurückdachte, seine
Wetten, den Irrsinn, sich einem Kredithai auszuliefern, dann kam
ihm das alles vor wie Auswüchse eines Fieberwahns. Sein Geist mußte
wie in hohem Fieber so verwirrt gewesen sein, daß ihm alle Wertmaßstäbe abhanden gekommen waren. Wie sonst hätte er die Ge-
meinheit begehen und den Verdacht auf Juanita Nuñez lenken können? Selbst das Gefängnis in all seiner Schrecklichkeit konnte nicht
wiedergutmachen, was er an Juanita verbrochen hatte. Er mußte sie
aufsuchen und um Verzeihung bitten.

10. KAPITEL

DIE Aufsichtsratssitzung der First Mercantile American Bank in der
dritten Aprilwoche war denkwürdig, wegen der tiefgreifenden Mei-
nungsverschiedenheiten, die in ihrem Verlauf zum Ausdruck kamen.

Zwei wichtige Grundsatzentscheidungen standen auf der Tages-
ordnung – Roscoe Heywards Rahmenkredit für Supranational und
Alex Vandervoorts Vorschlag zur Expansion der Sparabteilung und
Eröffnung von neun neuen automatisierten Vorortzweigstellen.

Heyward begrüßte die anderen Aufsichtsratsmitglieder ungewöhnlich jovial an der Tür zum Sitzungszimmer. Aus ihren herzlichen Erwiderungen war zu schließen, daß sie dem Geschäft mit SuNatCo positiv gegenüberstanden.

Jerome Patterton klopfte auf den Tisch. „Der erste Tagesordnungspunkt lautet: Genehmigung von Kreditvorschlägen durch den Aufsichtsrat. Vor Ihnen liegen die ausgearbeiteten Details eines Kreditgeschäfts mit der Supranational Corporation. Ich persönlich bin mit den Bedingungen sehr zufrieden und empfehle wärmstens die Annahme. Aber Roscoe hat dieses Geschäft an Land gezogen, und ich will es ihm überlassen, Ihnen die Hintergründe zu erklären."

„Danke, Jerome." Roscoe Heyward beugte sich auf seinem Stuhl vor. „Meine Herren, in Anhang B der vor Ihnen liegenden Mappe finden Sie eine Aufstellung der Aktiva plus Gewinnerwartungen der SuNatCo-Gruppe einschließlich Tochtergesellschaften. Die Zahlen beruhen auf der geprüften Bilanz sowie zusätzlichen Daten, die mir Mr. Stanley Inchbeck, der Supranational-Finanzchef, auf meine Bitte hin zur Verfügung gestellt hat. Wie Sie sehen, ist die Kreditwürdigkeit dieses Unternehmens hervorragend. Unser Risiko ist minimal."

Obwohl die Einzelempfehlungen in der Mappe aufgeführt waren, ließ Heyward es sich nicht nehmen, den Fünfzigmillionendollarkredit an die Supranational und ihre Tochtergesellschaften mitsamt den notwendigen Kürzungen auf anderen Gebieten, die man in nicht näher bezeichneter Zukunft wieder rückgängig machen zu können hoffe, noch einmal eingehend zu erläutern. Die Supranational habe sich mit einem Ausgleichsguthaben von zehn Prozent einverstanden erklärt, das heißt, daß von dem Kredit fünf Millionen auf Girokonten bei der FMA stehenblieben und der Bank somit für Investitionen zur Verfügung standen. Heyward schloß seinen Vortrag mit den Worten: „Ich empfehle dem Aufsichtsrat dieses Paket zur Annahme und verspreche, daß unsere Gewinnzahlen dann recht gut aussehen werden."

Als Roscoe sich wieder zurücklehnte, sagte Patterton: „Die Sitzung ist offen für Fragen und Diskussionen."

„Ehrlich gesagt", meinte Wallace Sperrie, Besitzer einer Firma für wissenschaftliche Instrumente, „ich sehe für das eine wie das andere keinen Grund. Ich meine, wir sind hier Zeugen einer geschäftlichen Meisterleistung, und ich schlage die Annahme vor."

Mehrere Stimmen riefen: „Antrag unterstützt!"

„Antrag gestellt und unterstützt", stimmte Jerome Patterton an. „Sind wir bereit zur Abstimmung?" Er hielt den Hammer in die Höhe.

„Nein", sagte Alex Vandervoort ruhig.

Patterton seufzte. Alex hatte ihn wegen seiner Absicht vorgewarnt, aber Patterton hatte gehofft, Alex würde es sich noch anders überlegen. Er ließ den Hammer sinken.

In der Tischrunde machte sich Unruhe breit, auch ein paar verärgerte Ausrufe ertönten, als Alex in seine Mappe griff und ihr ein Blatt mit Notizen entnahm. „Zunächst", sagte er, „wende ich mich gegen den Umfang des Kredits an einen einzelnen Kreditnehmer. In meinen Augen ist das eine betrügerische –"

Roscoe Heyward sprang auf. „Ich verwahre mich gegen das Wort ‚betrügerisch'. Wir haben eindeutig geklärt, daß der volle Kredit nicht an die Supranational geht, sondern an ihre Tochtergesellschaften: Hepplewhite Distillers, Farview Land Development, Atlas Jet Leasing, Caribbean Funding und International Bottling."

„Sie wissen so gut wie ich", fuhr Alex unbeirrt fort, „daß G. G. Quartermain das Geld nach Belieben hin und her schieben kann, sowie der Kredit erst bei einer seiner Tochtergesellschaften angekommen ist."

„Jetzt ist aber Schluß!" Das war Harold Austin. „George ist ein guter Freund von mir. Ich höre mir nicht länger an, daß ihm hier unsaubere Machenschaften vorgeworfen werden."

„Ich spreche nicht von unsauberen Machenschaften", antwortete Alex, „sondern von Tatsachen aus dem geschäftlichen Alltag."

Zum erstenmal griff Leonard L. Kingswood ein, der Chef von Northam Steel. Letzten Dezember hatte Kingswood noch als einer der eifrigsten Verfechter für Alex' Ernennung zum Präsidenten der FMA gekämpft. „Alex, ich gebe ja zu, daß an dem, was Sie sagen, etwas dran ist, aber ehrlich gesagt, wenn an diesen Finanzierungspraktiken irgendwas unsauber ist, dann hat sich meine Firma auch schon die Finger schmutzig gemacht."

Alex wußte, daß es ihn einen Freund kostete, aber er schüttelte bedauernd den Kopf. „Entschuldigen Sie, Len, aber ich halte das noch immer nicht für richtig. Und ich finde auch, wir sollten uns nicht dem Vorwurf der Interessenverfilzung aussetzen, indem wir Roscoe in den Aufsichtsrat der Supranational einziehen lassen."

Leonard Kingswood kniff die Lippen zusammen. Er sagte kein Wort mehr.

Aber Philip Johannsen von MidContinent Rubber sagte etwas. „Könnte es vielleicht sein, Alex, daß Sie nur ein bißchen sauer sind, weil nicht *Sie* zum Golfspielen auf den Bahamas eingeladen wurden?" Roscoe Heyward versuchte vergebens, ein Lächeln zu unterdrücken. Alex' Gesicht war grimmig entschlossen. Ohne auf Johannsens Bemerkung einzugehen, erklärte er: „Wir Bankleute lernen anscheinend nie dazu. Von allen Seiten – auch von unsern eigenen Kunden – wird uns vorgeworfen, wir verewigten die Interessenkonflikte durch Verfilzung in den Aufsichtsräten. Wenn wir ehrlich vor uns selbst sind, treffen die meisten dieser Vorwürfe ins Schwarze. Und die Zeit ist nicht mehr fern, da unsere Bank hier die Situation erkennen und ändern muß."

Austin knurrte: „Darüber könnte man verschiedener Meinung sein."

Ungeachtet der immer feindseligeren Stimmung ackerte Alex weiter. „Mich stört auch noch anderes an diesem Supranational-Kredit. Um das Geld flüssigzumachen, müssen wir an Hypotheken und Kleinkrediten sparen. Allein auf diesen beiden Gebieten wird die Bank dann ihrer öffentlichen Verpflichtung nicht mehr gerecht. Ferner müssen wir auf einem dritten Gebiet kürzen, das wir noch gar nicht angeschnitten haben – Kommunalobligationen. In den nächsten sechs Wochen werden allein elf kommunale Schuldverschreibungen angeboten. Wenn unsere Bank sich daran nicht beteiligt, bleibt mindestens die Hälfte davon unverkauft." Alex' Ton wurde schärfer. „Hat der Aufsichtsrat die Absicht, *so bald nach Ben Rossellis Tod* schon mit einer Tradition zu brechen, die drei Rosselli-Generationen überlebt hat?"

Ohne Unterstützung durch die größte Bank des Bundesstaates konnten kleinere Pfandbriefausgaben unverkauft und der Finanzbedarf der jeweiligen Kommune dadurch ungedeckt bleiben. Den Gemeinden jedoch durch solche Käufe etwas von dem zurückzugeben, was ihre Bürger bei der FMA einzahlten, war eine vom Gründer selbst eingeführte Politik.

„Jerome", riet Leonard Kingswood, „vielleicht sollten Sie die Situation noch mal in diesem Licht betrachten."

Roscoe erkannte die Lage blitzschnell. „Jerome, wenn ich vielleicht ..."

Der Bankpräsident nickte.

„Ich bin sicher, daß wir die Mittel für die Finanzierung von Kommunalobligationen zum Teil wieder bereitstellen können, ohne das Geschäft mit der Supranational zu beeinträchtigen. Darf ich vorschlagen, daß Sie die Einzelheiten Jerome und mir überlassen?"

Kopfnicken und hörbare Zustimmung.

„Das ist keine volle Zusage", widersprach Alex. „Und dann habe ich noch einen Punkt. Seit den Kreditverhandlungen mit der Supranational bis gestern nachmittag hat unsere Treuhandabteilung vom Geld unserer Treuhandkunden einhundertdreiundzwanzigtausend SuNatCo-Anteile gekauft. Die Aktien sind dadurch um siebeneinhalb Punkte gestiegen, und ich bin sicher, daß dies als Bedingung mit in die –"

Heyward war schon wieder auf den Beinen, seine Augen blitzten. „Das ist eine bewußte Tatsachenverdrehung! SuNatCo-Aktien sind eine ausgezeichnete Anlage für unsere Treuhandkonten."

„Ob sie das sind oder nicht, ich mache darauf aufmerksam, daß diese Vorgänge eine Gesetzesverletzung darstellen könnten –"

Ein Proteststurm brach los. Von einem abgekarteten Spiel zu wissen, bedeutete Mitverantwortung. Damit wollte der Aufsichtsrat nichts zu tun haben.

Aber ob's ihnen paßt oder nicht, dachte Alex, jetzt wissen sie's. Mit fester Stimme fuhr er fort: „Wenn wir den Supranational-Kredit genehmigen, werden wir es noch bereuen." Er lehnte sich wieder zurück. „Das wär's."

Wenig später war der Supranational-Kredit genehmigt; die einzige Gegenstimme kam von Alex Vandervoort.

Nach dem Lunch wurde die Aufsichtsratssitzung fortgesetzt, denn Alex' Vorschläge für die Sparabteilung und die neuen Zweigstellen waren noch zu behandeln; Philip Johannsen gab die allgemeine Stimmung wieder, als er demonstrativ auf die Uhr sah.

Alex ging ans Kopfende des Tisches und baute eine Diagrammtafel vor den Aufsichtsräten auf. Er sagte: „Ich will mich so kurz fassen wie möglich, meine Herren. Meine Absicht ist, auf viererlei hinzuweisen. Erstens, unsere Bank verliert bedeutende, rentable Geschäfte, wenn sie die Wachstumsmöglichkeiten auf dem Sparsektor nicht optimal nützt. Zweitens, eine Expansion der Sparabteilung erhöht die Stabilität der Bank. Drittens, je länger wir zögern, desto schwerer wird es, mit unsern vielen Konkurrenten gleichzuziehen. Viertens bietet sich hier die Möglichkeit – und wir sollten sie nutzen –, eine führende Rolle zu übernehmen, nämlich bei der Rückkehr zu persönlicher, korporativer und staatlicher Sparsamkeit."

Er beschrieb, mit welchen Methoden die First Mercantile American einen Vorsprung vor der Konkurrenz erlangen könne – durch das Angebot der höchsten gesetzlich zulässigen Sparzinsen; durch attraktivere Bedingungen für ein- bis fünfjährige Sparbriefeinlagen; Giro-Service für Sparkonteninhaber, soweit gesetzlich zulässig; kleine Geschenke bei der Neueröffnung eines Kontos; eine große Werbekampagne für das Sparprogramm und die neuzueröffnenden Zweigstellen.

Johannsen sagte: „Ich möchte gern Roscoes Meinung dazu hören."

Alle Köpfe wandten sich Heyward zu. „Man torpediert nicht gern einen Kollegen", sagte er sanft, „aber die Herren werden auf diesem Diagramm schon gesehen haben, daß fünf von den neun vorgeschlagenen Zweigstellen in unmittelbarer Nähe von Spar- und Darlehenskassen liegen, die ihrerseits bei der FMA große Konten unterhalten. Wenn wir ihnen Konkurrenz machen, riskieren wir, sie als Kunden zu verlieren."

„Das glaube ich nicht", sagte Alex. „Die Zweigstellen liegen dort, wo Leute wohnen. Gewiß waren die Spar- und Darlehenskassen zuerst da, aber das heißt doch nicht, daß wir uns für immer heraushalten sollen. Es gibt genug Platz für alle."

Heyward zuckte die Achseln. „Mir gefällt überhaupt die ganze Idee mit dem Ladencharakter dieser Filialen nicht. Das ist nicht unser Stil. Da fehlt die Würde."

„Das sind eben Geldläden", fuhr Alex auf, „die Bankfilialen der Zukunft. Lieber etwas weniger Würde und dafür mehr Geschäfte. In zehn Jahren wird die Hälfte unserer gegenwärtigen Bankfilialen, wie wir sie kennen, nicht mehr existieren. Die übrigen werden weniger kostspielig ausgestattet und vollautomatisiert sein, mit Kassenautomaten und Fernsehmonitoren, um Fragen zu beantworten – alle an eine einzige Computerzentrale angeschlossen. Bei der Planung neuer Zweigstellen sollten wir diese Entwicklung im Auge behalten – und das sollten wir aktiv tun, mit Trommeln und Fanfaren. Die Werbekampagne müßte in die vollen gehen."

„Alex", sagte Harold Austin lächelnd, „ich muß sagen, das beeindruckt mich. Mir gefällt die Idee mit den neuen Filialen."

Heyward machte ein überraschtes Gesicht, dann funkelte er Austin an, der jedoch nicht darauf einging und zu den andern sagte: „Ich meine, wir sollten das Ganze aufgeschlossen betrachten. Alex, Sie sprachen von einer Rückkehr zu persönlicher Sparsamkeit. Wollen Sie das bitte etwas näher erläutern, nebst den Vorteilen des Sparens und der führenden Rolle, die dabei Banken wie unsere spielen könnten?"

Alex war nicht überrascht. Er kannte genau den Grund für Austins Seitenwechsel: *Werbung.* Dank seines Sitzes im Aufsichtsrat der FMA hatte Austins Agentur ein Monopol auf alle Werbemaßnahmen der Bank. Natürlich stellte das eine Interessenverfilzung ersten Ranges dar – dieselbe Verfilzung, die Alex an Heywards Berufung in den Aufsichtsrat der Supranational kritisiert hatte. Sollte er das zur Sprache bringen? Die neue Konfrontation würde seinen eigenen Einfluß in der FMA vollends zerstören. Die Aufsichtsräte beobachteten ihn.

„Ja", sagte er, „ich habe von Sparsamkeit und Führung gesprochen, wie Harold mich ganz recht erinnert. Es wird oft gesagt, dieses Land lebe auf Pump. Heute steht neben einer enormen Staatsverschuldung eine gigantische Unternehmensverschuldung. Und auf niedrigerer finanzieller Ebene sind auch Millionen Privatleute dem Beispiel des Staates gefolgt. Die private Verschuldung beträgt nahezu zweihundert Milliarden Dollar. In den letzten sechs Jahren ist über eine Million Amerikaner bankrott gegangen."

Plötzlich hatte sich am Konferenztisch Ernüchterung breitgemacht. Alex machte sich das zunutze, indem er ruhig sagte: „Sparen ist ein Zeichen von Klugheit. Im Sparen liegen enorme Wachstumsmöglichkeiten – wenn wir uns hineinknien. Zwar wird private Sparsamkeit allein noch nicht für finanzielle Vernunft an allen Enden sorgen, aber sie ist ein wichtiger Schritt auf dieses Ziel hin. Hier bietet sich die Möglichkeit, mit gutem Beispiel voranzugehen, und darum meine ich – hier und jetzt –, daß diese Bank genau das tun sollte." Er setzte sich. Sekunden später wurde ihm bewußt, daß er nichts über seine Zweifel wegen Austins Einschreiten gesagt hatte.

„Das kaufe ich ab", sagte Harold. „Ich werde für das Sparprogramm und die Filialneugründungen stimmen und empfehle Ihnen allen, dasselbe zu tun."

Eine Viertelstunde lang ging die Diskussion hin und her. Dann wurden Alex Vandervoorts Vorschläge mit großer Mehrheit angenommen.

Als er das Konferenzzimmer verlassen wollte, entging es Alex nicht, daß sich die feindselige Stimmung ihm gegenüber noch nicht gelegt hatte. Aber dieser unerwartete Ausgang ließ ihn seine künftige Rolle bei der FMA weniger pessimistisch sehen.

Harold Austin fing ihn ab. „Alex, wann werden Sie das Sparprogramm in Angriff nehmen?"

„Sofort. Vielen Dank für Ihre Unterstützung."

Austin nickte. „Ich würde wegen der Kampagne gern mal mit ein paar Leuten aus meiner Agentur reinschauen."

„Gut. Nächste Woche."

Die Werbeagentur Austin leistete ordentliche Arbeit und wäre deshalb schon für den Auftrag in Frage gekommen. Aber was Alex hier trieb, war Strategie, und das wußte er auch. Er fragte sich, was Margot dazu sagen würde.

Roscoe Heyward verließ den Konferenzraum kurz vor Alex. Ein uniformierter Bankbote sprach ihn an und übergab ihm einen Umschlag. Heyward riß ihn auf und nahm ein zusammengefaltetes Blatt Papier heraus. Beim Lesen hellte sein Gesicht sich merklich auf. Alex hätte gern den Grund gewußt.

Es war nur eine schlichte Mitteilung, getippt von Dora Callaghan, Heywards erster Sekretärin, die sein volles Vertrauen hatte. Sie teilte ihm mit, Miß Deveraux sei in der Stadt und möchte von ihm angerufen werden. Er erkannte die Nummer: Columbia-Hotel. Miß Deveraux war Avril.

Sie hatten sich seit dem Ausflug nach den Bahamas zweimal getroffen, beide Male im Columbia-Hotel. Und bei jedem Beisammensein mit Avril verspürte Roscoe, wieviel von der Leidenschaft und Herrlichkeit des Lebens er und Beatrice nie gekannt hatten.

Er schaute auf die Uhr und lächelte. Sobald wie möglich würde er zu Avril gehen. Beim Gedanken daran fühlte er sich jung.

Gelegentlich hatten ihn Gewissensbisse geplagt. Und an den letzten Sonntagen in der Kirche ließ ihn die Bibelstelle, die er vor seiner Reise nach den Bahamas verlesen hatte, nicht los. Doch Avrils Zauber war stärker als jedes Gewissen.

Auf dem Weg zu seinem Büro dachte Heyward vergnügt, was für einen krönenden Abschluß eines Triumphtages es bedeuten würde, mit Avril zusammenzusein. Nach Genehmigung des Supranational-Kredits stand sein Stern in der Bank hoch oben im Zenit. Dabei fiel ihm ein – er mußte ja noch über die zusätzliche halbe Million Dollar entscheiden, die George der Große als weiteren Kredit für Q-Investments verlangt hatte, eine kleine private Anlegergruppe mit Quartermain an der Spitze und Harold Austin mit von der Partie.

Vor einem Monat hatte Quartermain schon einen Kredit in Höhe von eineinhalb Millionen Dollar für Q-Investments verlangt, zum gleichen Zinssatz wie den Supranational-Kredit und ohne Ausgleichsguthaben. Harold hatte nachgeholfen, indem er Heyward unverblümt an sein Versprechen erinnerte, daß eine Hand die andere waschen werde, wenn Austin ihn bei der Nachfolge Ben Rosellis unterstütze. In Anbetracht der Größe des Supranational-Geschäfts hatte Heyward sich keine allzu großen Sorgen gemacht. Er hatte Patterton eine Hausmitteilung geschickt, aber der Kredit war nicht so hoch, daß er die Zustimmung des Finanzplanungsausschusses erfordert hätte. Deshalb hatte er ihn mit seinen Initialen selbst genehmigt, wozu er befugt war.

Nicht befugt war er allerdings zu einer persönlichen Transaktion zwischen G. G. Quartermain und ihm selbst. Bei einem späteren Anruf hatte George der Große gesagt: „Hab mit Austin über Sie gesprochen, Roscoe. Wir finden beide, es wird Zeit, daß Sie in unsere Investmentgruppe einsteigen. Ich habe Ihnen also schon einmal zweitausend Anteile zugewiesen, alle voll bezahlt. Sie sind auf einen Strohmann ausgestellt und blanko indossiert – das ist diskreter so. Ich lasse sie Ihnen per Post zugehen."

Heyward hatte Bedenken erhoben. „Danke, George, aber ich glaube, die sollte ich nicht annehmen. Das wäre gegen mein Berufsethos."

George der Große hatte nur hohngelacht. „Wenn es Sie beruhigt, deklarieren wir die Anteile als Entgelt für Ihre Anlageberatung."

Ein paar Tage später waren die Q-Investment-Zertifikate in einem Umschlag mit der Aufschrift STRENG PERSÖNLICH UND VERTRAULICH angekommen. Nicht einmal Dora Callaghan wagte ihn zu öffnen. Zu Hause hatte Heyward sich den Depotauszug angesehen, den George der Große gleich mitgeliefert hatte, und festgestellt, daß seine Anteile einen Nettoinventarwert von zwanzigtausend Dollar besaßen. Wenn Q-Investments erst auf den freien Markt gingen, würde ihr Wert viel höher sein.

Heyward gab der Versuchung nach und hinterlegte die Zertifikate in seinem Schließfach bei der FMA-City-Filiale. Wenn George der Große Freundschaftsgeschenke machen wollte, warum zimperlich sein und sie zurückweisen? Trotzdem drückte es ihn ein wenig, daß er angenommen hatte, besonders seit George der Große vorige Woche aus Amsterdam angerufen und um eine weitere halbe Million ersucht hatte. Mit dem Gedanken, daß die Supranational-Aktien an den Londoner und New Yorker Börsen Höhenflüge machten, erstickte Roscoe jedoch die nagenden Zweifel. Als er in sein Büro trat, begrüßte Mrs. Callaghan ihn wie gewohnt mit ihrem mütterlichen Lächeln. „Die anderen Mitteilungen liegen auf Ihrem Schreibtisch, Sir." Er nickte, aber drinnen schob er den ganzen Stapel beiseite und rief das Columbia-Hotel an.

ABENDS klingelte dann das Telefon im Salon von Avrils Suite. Sie hob ab.

„Für dich, Rossie."

„Für *mich?*"

Er nahm den Hörer. Eine Stimme dröhnte: „He, Roscoe!"

Heyward fragte rasch: „Wo sind Sie, George?"

„Washington. Rufe nur mal so an. Will wissen, ob alles klappt. Ist der Kredit für Q-Investments schon klar?"

„Nicht ganz. Es gibt noch ein paar Formalitäten."

„Dann machen Sie mal Dampf dahinter, sonst muß ich das Geschäft mit einer andern Bank machen und ihr vielleicht auch was von eurem Supranational-Kuchen abgeben."

Die Drohung überraschte Heyward nicht. Druck hier und Entgegenkommen da gehörten im Bankgewerbe zum Geschäft. „Ich tue, was ich kann, George."

Ein Grunzen. „Geben Sie mir mal Avril."

Heyward schob ihr das Telefon zu. Sie lauschte kurz, sagte: „Gut, mach ich", und legte auf. Dann ging sie ins Schlafzimmer und kam kurz darauf mit einem großen Umschlag zurück. „Georgie sagt, das soll ich dir geben."

Es war ein Umschlag wie der mit den Q-Investment-Zertifikaten. Heyward überlegte schon, ob er die Annahme verweigern sollte, aber seine Neugier war stark.

„Georgie hat mir aufgetragen, dir zu sagen, das sei eine Erinnerung an unsere schöne Zeit in Nassau, aber du sollst es hier nicht öffnen."

Er sah auf die Uhr. „Ich muß jetzt gehen, Liebes."

„Ich auch, ich fliege heute abend noch nach New York zurück. Sie schlang die Arme um ihn. „Du bist ein Goldschatz, Rossie. Wir sehen uns bald wieder."

Die FMA-Zentrale war menschenleer, als Roscoe Heyward die Tür zu seiner Büroflucht öffnete. An seinem Schreibtisch erbrach er das Siegel des Umschlags, den Avril ihm gegeben hatte. In dem Umschlag befand sich ein Dutzend stark vergrößerte Fotos. An jenem zweiten Abend auf den Bahamas, als die Mädchen mit den Männern zusammen ein Bad in Georges des Großen Swimming-pool genommen hatten, war der Fotograf unsichtbar geblieben. Die Fotos zeigten Krista, Rhetta, Mondstrahl, Avril und Harold Austin unbekleidet. Auf einem sah man Heyward, wie er Avril das Kleid öffnete. Von Vizepräsident Stonebridge konnte man nur den Rücken erkennen. Bemerkenswert war, daß auf keinem der Bilder George der Große erschien.

Die Fotos schockierten Heyward durch ihre Existenz. Und wozu waren sie geschickt worden? Sollten sie so etwas wie eine Drohung sein? Wo waren die Negative und die andern Kopien? Allmählich dämmerte ihm, daß Quartermain ein vielschichtiger, sprunghafter, vielleicht gefährlicher Mensch war.

Andererseits jedoch, trotz des Schocks, sah Heyward sich fasziniert. Er betrachtete die Bilder. Sein erster Drang war gewesen, sie zu vernichten. Das konnte er jetzt nicht mehr. Daß er sie trotzdem nicht mit nach Hause nehmen konnte, war klar. Was aber dann?

Er packte die Bilder sorgfältig wieder ein und schloß sie in eine Schreibtischschublade, wo er private Akten aufbewahrte. Dann zog er eine andere Schublade auf, in die Mrs. Callaghan, wenn sie abends seinen Schreibtisch aufräumte, alle Papiere zu legen pflegte, die gerade in Arbeit waren. Zuoberst auf dem Stoß lagen die Formulare für den zusätzlichen Q-Investment-Kredit. Wozu warten? überlegte Roscoe. Der Kredit war so gesund wie G. G. Quartermain und die ganze Supranational. Er nahm die Papiere heraus, schrieb „genehmigt" darauf und setzte seine Initialen dazu.

11. Kapitel

Kriminal-Sergeant Timberwell, mit dem Nolan Wainwright verabredet war, ging gleichmütig neben ihm her durch einen düsteren Korridor im städtischen Leichenschauhaus. „*Falls* der Tote überhaupt Ihr Mann ist, wann haben Sie den denn zuletzt gesehen?"

„Vor sieben Wochen. Anfang März. In einer Bar am anderen Ende der Stadt."

„Wissen Sie, wo er wohnte?"

Wainwright schüttelte den Kopf. „Das wollte er mir nicht sagen."

Nolan Wainwright hatte auch den Namen des Mannes nicht mit Bestimmtheit gewußt. Er wußte nur, daß Vic ein ehemaliger Ganove war, der Geld brauchte und bereit war, dafür Spitzeldienste zu leisten. Bei ihrem letzten Treffen hatte es so ausgesehen, als ob er vielleicht auf eine Spur gestoßen sei.

Vic hatte ihm ein Gerücht weitergemeldet: Eine große Sendung erstklassiger Zwanzigdollarblüten liege bereit für die Verteiler. Hinter den Verteilern stehe irgendwo im Schatten eine mächtige, gut funktionierende Organisation, die auch mit anderen Fälschungen zu tun habe, unter anderem Kreditkarten. Vic behauptete, man habe ihm ein kleines Stückchen von dem Falschgeldkuchen angeboten. Er glaube, weiter in die Organisation eindringen zu können. Wainwright hatte ihn gewarnt, wie außerordentlich gefährlich das sei. Seitdem hatte Wainwright nichts mehr von Vic gehört.

Gestern war Nolan eine kleine Zeitungsmeldung aufgefallen: eine Leiche war aus dem Fluß gefischt worden.

„Ich sollte Sie warnen", sagte Kriminal-Sergeant Timberwell. „Was von dem Burschen noch übrig ist, sieht nicht schön aus. Die Medizinmänner meinen, er war 'ne Woche im Wasser. Außerdem ist er übel zugerichtet."

Sie traten in einen hellerleuchteten Raum, lang, mit niedriger Decke. Die Luft war kalt und roch nach Desinfektionsmitteln. Ein Wärter ging zu einem Schubfach etwa in der Mitte des Raumes und zog es heraus. Wainwright wünschte sich, er wäre nicht gekommen. Mit einem flauen Gefühl im Magen besah er sich die Leiche. „Sehen Sie etwas, was Sie identifizieren können?" fragte der Kriminalbeamte.

„Ja", antwortete Wainwright. Am Hals war deutlich eine Narbe zu sehen, die Wainwrights geschultem Auge jedesmal aufgefallen war, wenn er sich mit Vic getroffen hatte. Dies war die Leiche seines Agenten.

Timberwell nickte. „Wir haben ihn anhand der Fingerabdrücke identifiziert. Sein richtiger Name war Clarence Hugo Levinson. Er hat noch ein paar andere Namen benutzt und hatte eine lange Latte Vorstrafen, größtenteils Kleinkram."

„In der Zeitung stand, er sei an lauter Stichwunden gestorben."

„Das ist das Ergebnis der Autopsie. Zuerst ist er gefoltert worden."

Bei starkem Kaffee in einem kleinen Restaurant, einen halben Häuserblock vom Leichenschauhaus entfernt, fragte Kriminal-Sergeant Timberwell: „Wie ist denn jetzt die Lage bei gefälschten Kreditkarten?"

„Es kommen immer mehr in Umlauf. An manchen Tagen ist es wie eine Epidemie. Das kostet Banken wie uns eine Menge Geld."

„Und die Qualität?"

„Hervorragend."

Der Kriminalist überlegte laut: „Das sagt der Geheimdienst auch von dem Falschgeld. Vielleicht hat der Kerl recht gehabt, und es stammt beides aus derselben Quelle."

Die Männer schwiegen; dann sagte der Kriminalbeamte unvermittelt: „Die Leute, die ihn so zugerichtet haben, haben ihn auch zum Reden gebracht. Sie haben ihn selbst gesehen. Der kann nicht geschwiegen haben. Sie können sich also vorstellen, daß er den Gangstern von seiner Abmachung mit Ihnen erzählt hat."

„Ja, daran habe ich auch schon gedacht."

Timberwell nickte. „Ich glaube nicht, daß Sie persönlich in Gefahr sind, aber für die Leute, die Levinson umgebracht haben, sind Sie Gift. Wenn einer, mit dem die zu tun haben, auch nur einmal dieselbe Luft atmet wie Sie, und die kriegen's raus, ist er tot – und das auf unschöne Weise. Ich sage nicht, Sie sollen keinen zweiten Mann schicken. Aber Sie sollten sich von ihm fernhalten. Soviel sind Sie ihm schuldig."

„Danke, aber ich glaube nicht, daß es einen zweiten geben wird", sagte Wainwright und dachte an den verstümmelten Leichnam.

JUANITA und Estela bereiteten in der Küche ihrer kleinen, aber gemütlichen Forum-East-Wohnung das Abendessen zu. Sie hatten gemeinsam Teig ausgerollt und geformt – Juanita für eine Fleischpastete, Estela ließ ihrer Phantasie und ihren Fingern freien Lauf.

„Guck mal, Mami! Ein Zauberschloß!"

Sie lachten zusammen. Juanita sagte: „Dann stecken wir das Schloß mit der Pastete in den Ofen, damit alle beide verzaubert werden."

Die Pastete war seit zwanzig Minuten im Backofen und würde noch zehn Minuten brauchen. Juanita las Estela gerade eine Geschichte vor, als es an die Wohnungstür klopfte. Besucher kamen schon zu normalen Zeiten selten, so spät am Abend aber nie. Nach ein paar Sekunden wiederholte sich das Klopfen. Juanita bedeutete Estela, zu bleiben, wo sie war, und ging zur Tür.

Forum East lag in einer Gegend, die für Überfälle und Einbrüche berüchtigt war. Die meisten Bewohner verrammelten nachts ihre Türen. Juanita legte ein Ohr an die Tür und rief: „Wer ist da?" Zur Antwort kam ein erneutes Klopfen, leise, eindringlich.

Sie vergewisserte sich, daß die Sicherheitskette vorlag, dann schloß sie die Tür auf und öffnete sie einen Spaltbreit. Zuerst sah sie in der schwachen Beleuchtung überhaupt nichts. Dann erschien ein Gesicht, und jemand fragte: „Juanita, kann ich Sie sprechen? Ich muß – bitte! Lassen Sie mich herein?"

Sie war bestürzt. Miles Eastin. Aber es war weder Eastins Gesicht noch seine Stimme, so wie sie ihn gekannt hatte. Die Gestalt, die sie jetzt besser sehen konnte, war blaß und ausgemergelt, die Worte klangen unsicher und flehend.

Juanita versuchte Zeit zu gewinnen. „Ich dachte, Sie sind im Gefängnis."

„Ich bin heute auf Bewährung freigelassen worden."

„Und warum kommen Sie ausgerechnet zu mir?"

„Weil ich seit Monaten, die ganze Zeit da drinnen, nur an das eine gedacht habe: Zu Ihnen gehen, mit Ihnen reden, Ihnen erklären ..."

„Da gibt es nichts zu erklären."

„Aber ja doch! Juanita, ich flehe Sie an. Schicken Sie mich nicht weg! Bitte!"

Estelas helles Stimmchen fragte: „Mami, wer ist das?"

„Juanita", sagte Miles Eastin, „Sie haben nichts zu fürchten, weder für sich noch für Ihr Töchterchen. Ich habe nichts bei mir außer dem hier." Er hielt einen verbeulten Koffer hoch. „Das sind nur die Sachen, die sie mir gegeben haben, als ich rauskam."

„Nun ja ..." Trotz ihrer Zweifel war Juanitas Neugier stark. Warum suchte Miles sie auf? Wissend, daß sie es vielleicht bereuen würde, löste sie die Kette.

„Danke." Miles trat zögernd ein.

„Hallo", sagte Estela, „bist du Mamis Freund?"

Einen Augenblick lang schien Eastin nicht zu wissen, was er sagen sollte; dann antwortete er: „Leider war ich das nicht immer. Aber ich wollte, ich wär's gewesen."

Jetzt, wo sie ihn ganz sehen konnte, war Juanita noch bestürzter, wie sehr sich Miles in den nur acht Monaten verändert hatte. Seine Wangen waren eingefallen, sein zerknitterter Anzug hing ihm lose um den Leib, als wäre er für einen gemacht, der doppelt so groß war wie er. Eastin wirkte müde und schwach.

„Darf ich mich setzen?"

„Bitte." Juanita wies auf einen Korbstuhl, während sie selbst allerdings stehen blieb und Miles beobachtete.

Estela fragte: „Bist du zum Abendessen gekommen? Es gibt Fleischpastete."

Er zögerte ... „Nein."

Juanita fragte scharf: „Haben Sie heute schon was gegessen?"

„Heute früh. Ich hab mir am Busbahnhof etwas gekauft." Der Duft der fast fertigen Fleischpastete strömte aus der Küche herüber. Instinktiv wandte Miles den Kopf.

„Dann essen Sie mit uns." Juanita legte noch ein Gedeck auf den kleinen Tisch, wo sie und Estela ihre Mahlzeiten einnahmen. Während sie aßen und Estela fröhlich mit Eastin plauderte, begann die Spannung langsam von ihm abzufallen. Ein paarmal schaute er sich in der hübschen Wohnung um. Juanita verstand es, ein Heim gemütlich zu machen. In dem bescheidenen Wohnzimmer stand eine Bettcouch, über die sie eine buntgemusterte Decke gebreitet hatte. Der Korbstuhl, auf dem Miles vorhin gesessen hatte, war zinnoberrot gestrichen. Ein naives Gemälde und ein paar Reiseplakate zierten die Wände.

Juanita hörte den beiden zu, sagte aber selbst kaum etwas, denn sie zweifelte noch. Aber sie empfand keinen Haß. Die Zeit hatte

Miles' hinterlistige Tat in weite Ferne gerückt. Selbst am Anfang, als man ihm gerade auf die Schliche gekommen war, hatte Juanita mehr Erleichterung als Haß gespürt.

Miles Eastin schob mit einem Seufzer den leeren Teller von sich. „Vielen Dank. Das war das beste Essen seit langer Zeit."

Juanita fragte: „Was wollen Sie jetzt machen?"

„Ich weiß noch nicht. Ab morgen werde ich mich nach einer Arbeit umsehen." Er schien noch mehr sagen zu wollen, aber sie gab ihm ein Zeichen, er solle warten.

„*Estela, vamos, amorcito.* Zeit fürs Bett!"

Gewaschen, gekämmt und angetan mit einem kleinen rosa Schlafanzug, kam Estela gute Nacht sagen. Große feuchte Augen sahen Miles ernst an. „Mein Papi ist fortgegangen. Gehst du auch fort?"

„Ja, schon bald."

„Hab ich mir gedacht." Sie hielt ihm das Gesichtchen zum Kuß entgegen.

Nachdem sie Estela zu Bett gebracht hatte, kam Juanita aus dem Schlafzimmer und machte die Tür hinter sich zu. Dann setzte sie sich Miles gegenüber. „So, jetzt können Sie reden."

Nun, da der Augenblick gekommen war, schienen ihm die Worte zu fehlen. Endlich sagte er: „Die ganze Zeit, seit ich . . . eingesperrt wurde . . . hab ich sagen wollen, daß es mir leid tut. Alles, was ich getan habe, aber am meisten, was ich Ihnen angetan habe. Ich schäme mich. Ich weiß gar nicht, wie es passiert ist. Und dann weiß ich es aber doch."

Juanita hob die Schultern. „Was passiert ist, ist vorbei. Hat es jetzt noch etwas zu bedeuten?"

„Für mich ja. Bitte, Juanita – lassen Sie es mich Ihnen erklären." Und dann sprudelten die Worte nur so aus ihm heraus. Er erzählte von seinem erwachten Gewissen, seiner Reue; am schlimmsten von allem, sagte er, sei die Scham über das gewesen, was er ihr angetan habe. Diese Scham habe ihn bis ins Gefängnis verfolgt und keine Sekunde losgelassen.

Als Miles zu reden begann, hatte bei Juanita noch das Mißtrauen überwogen. Aber während er fortfuhr, fühlte sie sich immer mehr von Mitleid ergriffen. Sie ertappte sich dabei, wie sie Miles mit Carlos verglich. Carlos war schwach gewesen; Miles nicht minder. Doch Miles' Wille zur Umkehr, sein Wunsch, sich ihr zu stellen, sprach für eine Stärke und Männlichkeit, die Carlos nie besessen hatte.

Miles sagte ernst: „Juanita, ich möchte Sie etwas fragen. Werden Sie mir verzeihen?"

Sie sah ihn an.

„Und wenn Sie mir verzeihen, werden Sie es mir sagen?"

Tränen stiegen ihr in die Augen. Sie war als Katholikin geboren und wußte, was für ein Trost Beichte und Absolution sein konnten. Sie erhob sich.

„Miles", sagte Juanita. „Stehen Sie auf. Sehen Sie mich an."

Er gehorchte, und sie sagte sanft: *„Has sufrido bastante.* Ja, ich verzeihe dir."

Seine Gesichtsmuskeln arbeiteten. Sie hielt ihn in den Armen, als er weinte.

Als er sich wieder in der Gewalt hatte und beide wieder saßen, sprach Juanita von praktischen Dingen. „Wo werden Sie heute nacht bleiben?"

„Weiß ich noch nicht. Ich finde schon was."

„Sie können hierbleiben, wenn Sie wollen." Als sie sein Erstaunen sah, fügte sie schnell hinzu: „Sie können in diesem Zimmer schlafen, aber nur heute nacht. Ich bin mit Estela im Schlafzimmer. Und die Tür bleibt zu." Sie wollte keine Mißverständnisse aufkommen lassen.

„Wenn es Ihnen wirklich nichts ausmacht", sagte er, „dann würde ich gern annehmen. Und Sie brauchen sich um nichts zu sorgen."

Am Morgen hörte sie Miles schon früh herumrumoren. Als sie eine halbe Stunde später aus dem Schlafzimmer kam, war er fort. Auf dem Wohnzimmertischchen lag ein Zettel. „Juanita – ich danke Ihnen von ganzem Herzen! Miles."

Während sie für sich und Estela das Frühstück machte, ertappte Juanita sich dabei, wie sie bedauerte, daß er fort war.

„Ich hätte nie geglaubt", sagte Nolan Wainwright schroff, „daß Sie die Stirn haben würden hierherzukommen."

„Das hatte ich auch nicht gedacht." Miles Eastins Stimme verriet seine Nervosität. „Ich hab mich eine halbe Stunde draußen herumgetrieben, bis ich den Mut hatte hereinzukommen."

Die beiden Männer sahen einander an. Sie standen in Nolan Wainwrights Büro. Welch ein Kontrast – der gestrenge, schwarzhäutige, gutaussehende Sicherheitsdirektor der Bank, und daneben der Exsträfling: blaß, unsicher, höchstens noch ein Schatten des strahlenden und freundlichen stellvertretenden Abteilungsleiters von damals.

„Aber da Sie einmal hier sind", sagte Wainwright, „was wollen Sie?"

„Arbeit."

„Hier? Sie sind wohl verrückt!" Dann meldete sich die Neugier. „Wieso sind Sie eigentlich so scharf darauf, hierher zurückzukommen?"

„Weil ich keine Arbeit kriege. Überhaupt keine. Nirgends." Miles' Stimme schwankte. „Und weil ich Hunger habe."

„*Was* haben Sie?"

„Mr. Wainwright, es ist jetzt drei Wochen her, seit ich auf Bewährung entlassen wurde. Seit über einer Woche habe ich kein Geld mehr. Ich habe seit drei Tagen nichts mehr gegessen." Jetzt kippte seine Stimme über. „Zu Ihnen zu kommen ... zu wissen, was Sie sagen würden ... das war das Letzte ..."

Wainwrights Gesicht wurde etwas weicher. Er zeigte auf einen Stuhl. „Setzen Sie sich." Dann ging er nach draußen und gab seiner Sekretärin fünf Dollar. „Gehen Sie in die Kantine. Bringen Sie zwei Roastbeef-Sandwiches und einen halben Liter Milch."

Als Nolan wieder eintrat, saß Miles Eastin noch auf dem Platz, den er ihm angewiesen hatte. Er war zusammengesunken, sein Gesicht ausdruckslos.

„Hat Ihr Bewährungshelfer nichts für Sie getan?"

Miles sagte verbittert: „Der sagt, er hat hundertfünfundsiebzig Fälle am Hals. Mit jedem muß er im Monat einmal reden, und was kann er auch nur für einen einzigen tun? Es gibt doch keine Arbeit."

„Wenn ich etwas für Sie tun könnte, würde ich's vielleicht sogar machen." Wainwrights Ton war sanfter geworden. „Aber ich kann nicht. Nach Ihrer Vorstrafe ist hier nichts mehr für Sie drin. Glauben Sie mir."

Miles nickte mutlos. „Ich hab's ja gleich gewußt."

Die Sekretärin kam mit einer Tüte und dem Wechselgeld. Wainwright nahm die Milch und die Sandwiches heraus und stellte sie vor Eastin hin. „Sie können was essen, wenn Sie mögen."

Miles entfernte mit zitternden Fingern die Verpackung vom

ersten Sandwich. Jeder Zweifel an seinem Hunger schwand, als
Wainwright ihn schnell und schweigend essen sah. Und während er
Miles zuschaute, keimte langsam eine Idee in ihm.

„Was wollen Sie als nächstes versuchen?"

Eastin zögerte kaum merklich, dann sagte er rundheraus: „Ich
weiß es nicht."

„Ich glaube schon, daß Sie es wissen. Nach meiner Einschätzung
der Lage haben Sie sich bisher von den Leuten ferngehalten, die Sie
im Gefängnis kennengelernt haben. Aber weil Sie hier nichts erreichen konnten, haben Sie beschlossen hinzugehen. Sie wollen das
Risiko auf sich nehmen, gesehen zu werden und die Bewährung zu
verspielen."

„Zum Teufel, was soll ich denn auch anders tun?"

„Sie haben also solche Kontakte?"

„Wenn ich ja sage", antwortete Eastin verächtlich, „rufen Sie
doch, sowie ich draußen bin, als erstes den Bewährungsausschuß
an."

Wainwright schüttelte den Kopf. „Das werde ich nicht tun, egal,
wie wir verbleiben, das verspreche ich. Es gäbe nämlich etwas, womit
wir ins Geschäft kommen könnten, falls Sie gewillt sind, ein Risiko
einzugehen. Ein großes Risiko. Erzählen Sie mir zuerst was von den
Leuten, die Sie drinnen kennengelernt haben. Ich gebe Ihnen mein
Wort, daß ich mir nichts von dem, was Sie sagen, zunutze machen
werde."

Miles schwieg und dachte nach. Dann begann er unvermittelt zu
reden. Er erzählte von dem Kurier aus dem Mafiaflügel, der sich an
ihn herangemacht hatte, und von der Nachricht, daß Igor Ominsky
„der Russe" die Uhr angehalten habe, solange Eastin einsaß.

„Aber jetzt läuft die Uhr wieder", sagte Wainwright.

Das sah Miles selbst nur allzu deutlich. Er hatte versucht, nicht
daran zu denken, solange er nach ehrlicher Arbeit suchte. Ihm war
bedeutet worden, wo er mit Ominsky Kontakt aufnehmen könne:
im Doppel-Sieben-Club in der Nähe des Stadtzentrums. Diese Information war ihm wenige Tage vor seiner Entlassung aus der Strafanstalt Drummonburg zugesteckt worden. Jetzt wiederholte er sie unter
Wainwrights fragenden Blicken.

„Von dem Club habe ich schon gehört", überlegte der Sicherheitschef laut. „Gilt als ein Treffpunkt für die Unterwelt."

Man hatte Miles auch gesagt, daß es dort Möglichkeiten für ihn gäbe, Geld zu verdienen und seine Schulden zurückzuzahlen. Er wußte, daß es sich dabei wohl um ungesetzliche Dinge handelte. Dieses Wissen und die Angst, erneut ins Gefängnis zu kommen, hatten ihn von der „Doppel-Sieben" ferngehalten. Bisher.

„Ich hatte also recht. Sie wären von hier aus hingegangen."

„Mein Gott, Mr. Wainwright, ich will das aber doch nicht!"

„Unter uns gesagt, vielleicht können Sie beides miteinander verbinden. Sie haben schon mal von einem Untergrundagenten gehört?"

Miles Eastin machte ein überraschtes Gesicht, bevor er zugab: „Ja."

„Dann passen Sie gut auf." Der Sicherheitsdirektor erklärte ihm das Problem mit den gefälschten Keycharge-Karten und entwickelte seinen Plan. Miles solle im Doppel-Sieben-Club so viele Verbindungen aufnehmen wie möglich. Er solle sich dort einpassen und jede Gelegenheit zum Geldverdienen nutzen, aber er solle sich davor hüten, neugierig zu erscheinen. „Keinerlei Eile", warnte Wainwright. „Lassen Sie die Informationen auf sich zukommen. Die Leute müssen sie Ihnen bringen."

Erst nachdem Miles akzeptiert sei, könne er anfangen, vorsichtige Erkundigungen nach den falschen Kreditkarten einzuziehen und sich näher an ihre Quelle heranzupirschen. Eastin solle Wainwright regelmäßig Bericht erstatten. Aber nie direkt. Wainwright erzählte dann unverblümt die Geschichte von Vic, ohne eine Einzelheit auszulassen. Er sah Miles Eastin blaß werden und dachte daran, wie sich die Angst dieses jungen Mannes vor körperlichen Schmerzen so deutlich gezeigt hatte. „Was auch immer geschieht", sagte Wainwright, „ich möchte nicht, daß Sie denken, ich hätte Sie nicht vor den Gefahren gewarnt." Er überlegte für einen Moment. „Nun zum Geld."

Falls Miles bereit sei, als Untergrundagent für die Bank zu arbeiten, garantiere ihm der Sicherheitschef fünfhundert Dollar monatlich, zahlbar über einen Mittelsmann.

„Wäre ich dann Angestellter der Bank?"

„Kein Gedanke." Wenn er in Schwierigkeiten gerate und die FMA hineinzuziehen versuche, werde man ihn verleugnen. „Seit Sie ins Gefängnis gesteckt wurden, haben wir nichts mehr von Ihnen gehört. Also, wie lautet Ihre Antwort?"

Für einen kurzen Augenblick blitzten der Humor und die Gutmütigkeit des alten Miles Eastin wieder auf. „Bei Kopf verliere ich, bei

Zahl verliere ich. Ich glaube, ich bin aufs Verlieren abonniert. Gestatten Sie mir eine Frage. Wenn ich die Beweise bringe, die Sie brauchen, helfen Sie mir dann, bei der FMA wieder eine richtige Stelle zu kriegen?"

Wainwright überlegte. Wenn es dazu kam, konnte er zu Alex Vandervoort gehen und sich für Eastin verwenden. Ein Erfolg würde das rechtfertigen. „Ich werd's versuchen. Mehr kann ich nicht versprechen."

„Gut", sagte Eastin. „Ich mach's."

Sie sprachen über die Mittelsperson. „Nach dem heutigen Tag", sagte Wainwright warnend, „dürfen Sie und ich uns nie mehr direkt treffen. Das ist zu gefährlich, denn einer von uns beiden könnte immer beobachtet werden. Wir brauchen jemanden, der Botschaften übermitteln kann – in beide Richtungen – und Geld; jemand, dem wir beide völlig vertrauen."

Miles sagte langsam: „Da wäre Juanita Nuñez. *Wenn* sie es macht."

Wainwright machte ein völlig verdutztes Gesicht. „Die Kassiererin, der Sie . . ."

„Ja. Aber sie hat mir verziehen." In Miles' Stimme klang eine Mischung aus Stolz und Erregung mit. „Ich war bei ihr, und der Himmel segne sie dafür, sie hat mir verziehen!"

„Ich werd verrückt!"

„Fragen Sie sie selbst", sagte Miles Eastin. „Sie hat nicht einen einzigen Grund, ja zu sagen. Aber ich habe das Gefühl, sie macht's vielleicht."

12. Kapitel

An einem Samstagabend waren Alex Vandervoort und Margot Bracken in Lewis' und Edwinas elegantem Penthouse zu Gast. Als sie das Eßzimmer verließen, sagte Lewis zu Alex: „Gehst du mit auf eine Zigarre und einen Kognak in mein Arbeitszimmer? Edwina kann Zigarrenrauch nicht leiden."

Sie entschuldigten sich und begaben sich in Lewis' Allerheiligstes, dessen Wände voll waren mit Bücherregalen und Ablagen, die von Zeitungen und allerlei Druckschriften überquollen. Während Alex seinen Kognak genoß, blätterte er in der neuesten Ausgabe des *D'Orsey-Nachrichtendienstes.*

In einer regelmäßig erscheinenden Kolumne waren internationale Effekten aufgeführt, die Lewis zu verkaufen oder zu behalten empfahl.

Alex überflog die Liste und blieb plötzlich an einer Zeile hängen: „Supranational – sofort zum Börsenkurs verkaufen."

„Lewis, warum Supranational verkaufen? Und warum sofort und zum Börsenkurs? Du hast sie jahrelang als langfristige Anlage empfohlen."

Sein Gastgeber antwortete: „Ich habe bei SuNatCo ein ungutes Gefühl. Mir kommen zu viele Gerüchte über ungemeldete Verluste und zweifelhafte Buchführungspraktiken bei den Tochtergesellschaften zu Ohren. Außerdem geistert eine unbestätigte Meldung aus Washington herum, daß G. G. Quartermain sich um eine Regierungssubvention bemüht. Das heißt – vielleicht – rauhes Fahrwasser voraus. Es ist nur ein Instinkt, aber mir wär's lieber, wenn meine Leute aussteigen."

Am Montagmorgen mußte Alex noch immer an Lewis' Instinkt denken. Eine Verkaufsempfehlung in D'Orseys Informationsblatt nahm man nicht auf die leichte Schulter. Das Thema war für die Bank lebenswichtig; dennoch war es eine delikate Situation, in der Alex behutsam vorgehen mußte. Wenn er anfing, Fragen zu stellen, schwirrten gleich die Gerüchte herum.

Es konnte natürlich sein, daß die Supranational nur vorübergehend knapp an flüssigen Mitteln war. Alex hoffte es wenigstens. Doch als leitender Angestellter der FMA konnte er es sich nicht erlauben, ruhig dazusitzen und zu hoffen. Fünfzig Millionen Dollar Bankgeld waren in die SuNatCo gesteckt worden; außerdem hatte die Treuhandabteilung kräftig in SuNatCo-Aktien investiert, ein Umstand, der Alex immer noch einen Schauer über den Rücken jagte.

Eine Zeitlang saß er schweigsam und nachdenklich an seinem Schreibtisch und überlegte, was zu tun sei. Dann drückte er auf die Sprechanlage und sagte zu seiner Sekretärin: „Versuchen Sie mal, ob Sie Miß Bracken ausfindig machen können."

Es dauerte fünfzehn Minuten, bis Margot sich strahlend meldete: „Hoffentlich ist es was Gutes. Du hast mich aus der Verhandlung gegen dieses Kaufhaus gerissen." Margot führte zur Zeit einen Musterprozeß gegen ein Kaufhaus, dem betrügerische Rechnungsstellung vorgeworfen wurde.

Alex verlor keine Zeit. „Du hast mir mal erzählt, daß du bei deinen Ermittlungen einen Privatdetektiv angesetzt hast."

„Ja. Vernon Jax."

„Und Lewis hat gesagt, daß der Mann mal für die Börsenaufsicht tätig war?"

„Stimmt. Er ist gelernter Volkswirtschaftler – und gut."

„Wo kann ich ihn finden?"

„Das mache ich für dich. Sag mir, wann und wo du ihn sprechen willst."

„In meinem Büro, Bracken. Heute noch – unverzüglich."

Am Nachmittag nahm ein unauffälliger Mann mit beginnender Glatze Alex gegenüber in dessen Büro Platz. „Mr. Jax", begann Alex, „ich trage mich mit dem Gedanken, Sie in einer Sache anzusetzen, die absolute Diskretion und Schnelligkeit verlangt. Haben Sie schon mal von der Supranational Corporation gehört?"

„Natürlich."

„Ich möchte über die finanziellen Verhältnisse dieser Firma Bescheid wissen. Aber das muß unter der Hand geschehen – ein Schnüffelauftrag, leider fällt mir kein anderes Wort dafür ein."

Jax lächelte. „Mr. Vandervoort, genau das ist meine Branche." Es werde einen Monat erfordern, schätzte er. Völlige Vertraulichkeit bezüglich der Rolle der Bank sei zugesichert, und nichts Illegales zu befürchten. Sie einigten sich auf ein Honorar von fünfzehntausend Dollar.

Nachdem Jax gegangen war, rief Margot an. „Hast du ihn genommen?"

„Ja."

„Bist du von ihm beeindruckt?"

„Eigentlich nicht."

Margot lachte leise. „Warte ab. Das kommt noch."

An diesem Abend stattete Alex Celia einen seiner regelmäßigen Besuche ab. Immer kam er von dort in sehr bedrückter Stimmung, aber er ging auch immer wieder hin, wohl aus Pflichtgefühl. Oder Schuldgefühl? Er wußte es selbst nicht genau.

Als die Schwester, die ihn in Celias Zimmer geführt hatte, gegangen war, setzte Alex sich und erzählte zusammenhanglos, was ihm gerade so einfiel. Celia ließ sich nicht anmerken, ob sie zuhörte oder auch nur seiner Gegenwart bewußt war.

Die letzten Spuren ihrer Schönheit waren dahin. Ihr einst so herrliches blondes Haar war stumpf und ausgedünnt. Alex beobachtete sie, während er weiterredete. Er empfand Mitleid für seine Frau, aber keinerlei Zugehörigkeitsgefühl oder Zuneigung mehr. Dennoch war er sich darüber im klaren, daß er das Band, durch das er an Celia gefesselt war, nicht durchtrennen würde.

Heute abend fragte er sich von neuem, ob er vor Jahren seine junge, in sich unsichere Braut vor dem hätte bewahren können, was aus ihr geworden war. Wenn er mehr an sie als an die Bank gedacht hätte – vielleicht.

Als es Zeit zum Gehen wurde, wollte er Celia auf die Stirn küssen, doch sie zuckte zurück, mit einem Blick voll plötzlicher Angst. Er seufzte und gab den Versuch auf.

„Gute Nacht, Celia", sagte Alex.

Er bekam keine Antwort und ging; überließ seine Frau dieser rätselhaften einsamen Welt, in der sie sich befinden mochte.

AM NÄCHSTEN Morgen schickte Alex nach Nolan Wainwright. Er teilte dem Sicherheitsdirektor mit, das Honorar für den Privatdetektiv werde über Wainwrights Abteilung laufen. Alex ließ sich nicht näher über die Art der Ermittlungen aus, und Wainwright stellte keine Fragen.

Auch Wainwright hatte Alex etwas zu berichten: daß er Miles Eastin als Untergrundagenten gegen die Kreditkartenfälscher einsetzen wolle.

Alex reagierte spontan. „Nichts da! Diesen Mann will ich nie mehr auf unserer Gehaltsliste haben."

„Er kommt nicht auf die Gehaltsliste. Alles Geld, das er kriegt, wird bar ausgezahlt, und nirgends läßt sich nachprüfen, woher es stammt. Wenn Sie nicht zustimmen, binden Sie mir die Hände."

Sie diskutierten noch eine Weile hitzig hin und her, und zum Schluß gab Alex widerstrebend nach. Wainwright fand, daß es nicht der richtige Augenblick war, auch noch zu erwähnen, daß er Juanita Nuñez als Mittlerin einzuschalten hoffte.

Es dämmerte, als Nolan Wainwrights Ford Mustang am folgenden

Abend vor dem Appartementhaus anhielt, in dem Juanita wohnte. Sekunden später stieg sie neben ihm ein. Nolan sagte: „Danke, daß Sie gekommen sind."

„Eine halbe Stunde", erinnerte Juanita ihn. „Mehr nicht." Sie ließ Estela nicht gern allein zu Hause. „Was wollen Sie denn von mir?"

Der Sicherheitsdirektor fädelte den Wagen in den Verkehr ein. „Ich möchte wissen, ob Sie bereit sind, Miles Eastin zu helfen."

Nach einer Pause fragte Juanita mißtrauisch: „Auf welche Weise?"

„Eastin betreibt ein paar inoffizielle Ermittlungen für die Bank. Wenn er Erfolg hat, kann ihm das vielleicht bei seiner beruflichen Wiedereingliederung helfen."

Sie hatten jetzt die hellen Lichter hinter sich und fuhren über den Fluß. Wainwright bog auf eine Schnellstraße ein.

„Erzählen Sie mir mehr über diese Ermittlungen", sagte Juanita mit leiser, ausdrucksloser Stimme.

Wainwright beschrieb ihr Eastins Auftrag, über seine Gefängnisbekanntschaften heimlich herumzuschnüffeln, und sagte ihr auch, wonach Miles suchen solle. „Wenn Sie helfen könnten, wäre er sicherer. Für Sie besteht so gut wie kein Risiko. Sie ständen ausschließlich mit Eastin und mir in Verbindung. Wir würden dafür sorgen, daß es sonst niemand erfährt."

„Wenn Sie da so sicher sind, warum treffen wir uns dann so heimlich?"

„Eine simple Vorsichtsmaßnahme. Damit wir nicht zusammen gesehen werden und nicht belauscht werden können."

Wainwright hielt den Wagen stur auf siebzig Stundenkilometern und blieb auf der rechten Spur. Juanita saß neben ihm und blickte unverwandt geradeaus.

Er war drauf und dran, das Schweigen zu brechen, als sie ihm das Gesicht zuwandte, Feuer im Blick. „Sie müssen ja wahnsinnig sein, *wahnsinnig!* Halten Sie mich für dämlich? Kein Risiko, sagen Sie! Natürlich gibt es ein Risiko, und ich soll es voll und ganz auf mich nehmen. Und wofür? Zum Ruhme von unserm Mister Sicherheit und seiner Bank –"

„Moment mal –"

Sie stürmte über die Unterbrechung hinweg. „Kann man's mit mir so leicht machen? Genügt es schon, Puertoricanerin zu sein, damit alle Welt mit einem Schindluder treiben kann? Ist es Ihnen völlig gleich, wen Sie benutzen, oder wie? Wie können Sie nur so beschränkt sein, das Leben eines Menschen wegzuwerfen für Ihre egoistischen Kreditkarten!"

„Miles ist zu mir gekommen und hat um Hilfe gebeten. Ich habe nicht nach ihm gesucht. Und *er* war es, der *Sie* vorgeschlagen hat."

„Was ist denn mit ihm los, daß er mich nicht selbst fragen kann? Hat er die Sprache verloren?"

„Schon verstanden", sagte Wainwright. „Ich bringe Sie jetzt nach Hause." Er bog von der Schnellstraße ab und wandte sich wieder stadteinwärts.

„Und was machen Sie jetzt?" fragte Juanita.

„Wenn mir noch etwas einfällt, werde ich es Ihnen bestimmt nicht auf die Nase binden." Sein Ton war schroff geworden, keine Spur von Freundlichkeit mehr darin.

Würde Wainwright es ihr in der Bank heimzahlen? dachte Juanita plötzlich erschrocken. Hatte sie ihren Arbeitsplatz gefährdet, die Arbeit, die sie benötigte, um für Estela zu sorgen? Sie fühlte sich in der Falle. Und noch etwas war dabei, wenn sie ehrlich sein sollte – Bedauern, daß sie von Miles nichts mehr sehen würde. Sie war selbst überrascht, als sie mit leiser, monotoner Stimme sagte: „Also gut, ich spiele die – wie sagten Sie noch? – die . . ."

„Mittelsperson." Wainwright warf ihr von der Seite einen Blick zu. „Sind Sie sicher?" Etwas von der Freundlichkeit war wiedergekehrt.

„Sí, estoy segura. Ich bin sicher."

Anderthalb Häuserblocks vor Forum East hielt Wainwright den Wagen an. Er nahm zwei Umschläge aus der Tasche und reichte einen Juanita. „Das ist Geld für Eastin. Verwahren Sie es, bis er sich bei Ihnen meldet." Der Umschlag enthielt vierhundertfünfzig Dollar – das vereinbarte Monatshonorar abzüglich fünfzig Dollar Vorschuß, die Wainwright Miles bereits vorige Woche gegeben hatte.

„Im Laufe der Woche ruft Eastin mich an", fuhr er fort. „Ihr Name wird nicht fallen. Aber Miles erfährt durch ein vereinbartes Kodewort, daß Sie sich einverstanden erklärt haben."

Juanita nahm es nickend zur Kenntnis.

„Nach diesem Anruf werden alle Informationen über Sie laufen. Am besten wäre es, wenn Sie sie alle in Ihrem berühmten Gedächtnis aufbewahrten." Wainwright lächelte, als er das sagte, und plötzlich mußte Juanita lachen. Welche Ironie, daß ihr erstaunliches Gedächtnis, dem sie damals ihre Unannehmlichkeiten mit Wainwright zu verdanken gehabt hatte, jetzt ihr größter Vorzug für ihn war.

„Ich brauche noch Ihre Telefonnummer. Im Verzeichnis habe ich sie nicht gefunden."

„Das liegt nur daran, daß ich mir kein Telefon leisten kann."

„Sie brauchen aber eins. Wenn Sie sich sofort ein Telefon installieren lassen, sorge ich dafür, daß die Bank Ihnen die Kosten ersetzt."

„Ich werd's versuchen. Aber ich habe gehört, daß man in Forum East ziemlich lange auf ein Telefon warten muß."

„Lassen Sie das meine Sorge sein. Ich rufe morgen die Telefongesellschaft an."

Wainwright öffnete den zweiten Umschlag. „Wenn Sie Eastin das Geld geben, geben Sie ihm auch das hier." Es war eine Keycharge-Kreditkarte, ausgestellt auf den Namen H. E. Lyncolp. „Lassen Sie ihn die Karte mit diesem Namen unterschreiben. Machen Sie ihn darauf aufmerksam, daß die Initialen und der letzte Buchstabe das Wort *help* – Hilfe – ergeben. Dafür ist die Karte gedacht."

Er erklärte Juanita, daß der Computer programmiert worden sei, jeden Kauf mit dieser Karte bis zur Höhe von einhundert Dollar zu genehmigen, gleichzeitig aber einen Alarm auszulösen, durch den Wainwright erfuhr, daß Eastin Hilfe brauchte und wo er sich befand.

„Sagen Sie ihm, er soll die Karte benutzen, wenn er in Gefahr ist. Er muß etwas kaufen, das mehr als fünfzig Dollar ausmacht, dann ruft nämlich das Geschäft mit Sicherheit bei uns an. Nach diesem Anruf soll er soviel Zeit gewinnen, wie er kann, damit ich meine Schritte unternehmen kann."

Auf Wainwrights Aufforderung hin wiederholte Juanita all diese Instruktionen. Er sah sie bewundernd an. „Sie sind ganz schön helle."

„De qué me vale, muerta?"

„Was heißt das?"

Sie zögerte . . . „Was nützt mir das, wenn ich tot bin?"

Nolan tätschelte ihr begütigend die gefalteten Hände. „Ich verspreche Ihnen, daß alles gut ausgeht."

Seine Zuversicht war ansteckend. Doch nachher in ihrer Wohnung, als Estela schlief, kehrten Juanitas Ängste wieder.

DER Doppel-Sieben-Club war ein schachtelförmiges, vierstöckiges braunes Ziegelhaus in einer verwahrlosten Sackgasse am Rande der Innenstadt. An einem Wochentag, kurz vor zwölf Uhr, kam Miles dort an. Irgendwo von hinten kam ein mißtönendes Durcheinander lauter Stimmen. Miles ging einen Korridor entlang auf die Geräusche zu. Schließlich trat er in eine halbdunkle Bar. Zwei Männer auf Barhockern wandten den Kopf. Der eine sagte: „Das ist 'n Privatklub hier, du Knirps. Wenn du kein Mitglied bist, raus!"

Miles sagte: „Ich suche Jules LaRocca."

„Miles! Jungchen!" Eine Gestalt stürzte aus der Düsternis nach vorn. Das bekannte Wieselgesicht tauchte auf. „Komm her, Mensch, trink 'n Bier." LaRocca packte Miles mit schwammigen Fingern am Arm.

„Hab keinen Zaster", sagte Miles. „Kann nicht zahlen."

„Pfeif drauf. Trink einen auf mein Wohl. Wo haste gesteckt?"

„Nach Arbeit gesucht. Bin völlig pleite, Jules. Ich brauche Hilfe."

„Klar, klar." Sie gingen an einen Tisch, wo zwei Gläser Bier vor sie hingeknallt wurden. LaRocca sagte: „Bevor du Kies machst, Miles, mußt du den Russen besuchen. Er weiß, daß du draußen bist. Hat schon nach dir gefragt."

Eine Stunde später, in der Nische eines Restaurants, kam Miles sich vor wie eine Maus vor der Kobra. Schwitzend saß er da, während Ominsky seine Mahlzeit verzehrte. Die diamantenberingten Hände arbeiteten geschickt. LaRocca hatte sich diskret im Hintergrund gehalten.

Ganz unerwartet sah Ominsky auf. „Verstehst du was von Buchführung?"

„Buchführung? Aber ja. Als ich noch in der Bank gearbeitet hab ..."

Kalte, harte Augen musterten ihn abschätzend. „Vielleicht kann ich dich brauchen. Wir haben keinen Buchhalter für die Doppel-Sieben. Wenn ich dir Arbeit gebe, geht alles, was du verdienst, für den Kredit und die Zinsen an mich. Mit anderen Worten, du *gehörst* mir. Verstanden?"

„Ja, Mr. Ominsky."

„Du kriegst dein Essen, ein Zimmer", sagte Ominsky, „und laß ja die Finger aus der Kasse, sonst wirst du wünschen, du hättest lieber noch einmal die Bank bestohlen als mich." Miles lief es eiskalt

über den Rücken bei dem Gedanken, was Ominsky erst mit einem
Judas in seinem Lager anstellen würde.

„Jules weist dich ein. Das wär's." Ominsky entließ Miles mit
einer Handbewegung und nickte LaRocca zu.

DAS Zimmer in der Doppel-Sieben war eine schäbig möblierte
Hutschachtel im obersten Stock. Miles störte das nicht. Es war ein
magerer Anfang, aber die Chance, ein neues Leben zu beginnen und
etwas von dem zurückzugewinnen, was er verloren hatte.

In der folgenden Woche konzentrierte er sich ganz darauf, sich
nützlich zu machen und akzeptiert zu werden, wie Wainwright ihm
geraten hatte. Der größte Teil des Erdgeschosses wurde – abgesehen
von der Bar – von einer Turnhalle eingenommen. Im zweiten Stock
waren die Dampfbäder und Massageräume. Der dritte Stock enthielt
Büros und mehrere andere Zimmer. Der vierte Stock bestand aus
mehreren solcher Hutschachteln, wie Miles eine bewohnte, und darin
übernachteten manchmal Clubmitglieder.

Miles arbeitete sich glatt ein. Er verstand sich gut auf Buchführung
und brachte taktvoll ein paar Vorschläge an, wie man über die Geschäfte des Clubs besseren Überblick behalten könne. Der Manager,
ein ehemaliger Boxpromoter namens Nate Nathanson, war ihm dankbar. Noch dankbarer war er, als Miles ihm anbot, zusätzliche Arbeiten
zu übernehmen, etwa die Inventarverzeichnisse neu zu ordnen. Dafür
durfte Miles dann ab und zu die Handballfelder benutzen, was ihm
eine zusätzliche Gelegenheit verschaffte, Clubmitglieder kennenzulernen.

Miles erfuhr sehr bald, daß einige der Räume im dritten Stock für
illegale Karten- und Würfelspiele benutzt wurden. Nach einer Woche
kannten ihn die Stammkunden und begannen ihm mit weniger Mißtrauen zu begegnen. Schließlich half er dann auch aus, wenn es Getränke, Sandwiches oder Zigaretten in die Spielsäle zu bringen galt.

Er war nützlich und gern gesehen, und etwas von seiner alten
Fröhlichkeit kehrte zurück. LaRocca, sein Gönner, führte ihn vor wie
einen Zirkusgaul. Miles' Wissen um das Geld und seine Geschichte
faszinierte Jules' Freunde scheinbar endlos. Ihre Lieblingsgeschichte
handelte von dem Falschgeld, das von Regierungen gedruckt worden
war.

Eines Abends nahm ein stämmiger Gorilla Miles beiseite. „He,

Kleiner, da du gerade von Falschgeld redest, schau dir das mal an." Er hielt ihm eine saubere, knisternde Zwanzigdollarnote hin.

Miles nahm den Schein und betrachtete ihn aufmerksam. „Wenn das 'ne Blüte ist", sagte er, „dann isses die beste, die ich je gesehen habe."

„Willste 'n paar kaufen?" Der Mann brachte noch neun davon zum Vorschein. „Gib mir vierzig echte, Kleiner, und die ganzen zweihundert gehören dir."

Das war, wie Miles wußte, der übliche Preis für gute Blüten. Hier hatte er etwas, was er Wainwright schicken konnte. Er ging in sein Zimmer und holte die vierzig Dollar, die er in kleinen Scheinen von Wainwrights ursprünglichen fünfzig und von den Trinkgeldern abgezwackt hatte, die er im Club erhielt. Die tauschte er gegen die falschen zweihundert ein. Achtundvierzig Stunden später nahm er Kontakt mit Juanita auf.

MILES und Juanita hatten sich in dem Monat, seit er im Doppel-Sieben-Club arbeitete, bisher zweimal getroffen. Das erste Mal – ein paar Tage nach Juanitas Fahrt mit Wainwright – war die Begegnung von Verlegenheit überschattet gewesen. Miles wußte nicht, daß Wainwright ein Telefon hatte installieren lassen, und kam unangemeldet. Juanita ließ ihn mit gerunzelter Stirne ein.

„Ich konnte Ihnen nicht Bescheid geben, daß ich kommen würde", entschuldigte er sich. „Aber Mr. Wainwright sagt, Sie erwarten mich."

„Dieser Kerl! Wie ich ihn hasse!"

„Für mich ist er auch nicht gerade der Weihnachtsmann", sagte Miles. „Aber hassen tue ich ihn deshalb nicht. Ich denke, er hat einfach seine Arbeit."

„Dann soll er sie gefälligst selbst tun. Und nicht andere benutzen."

„Wenn Sie so strikt dagegen sind, warum haben Sie dann eingewilligt . . .?"

Juanita fuhr auf. „Glauben Sie, das hätte ich mich nicht schon selbst gefragt? Ich muß einen Augenblick nicht bei Verstand gewesen sein, und das wird mir noch leid tun."

„Niemand sagt, daß Sie es nicht rückgängig machen können." Miles' Stimme war freundlich. „Ich werd's Mr. Wainwright sagen." Er wollte zur Tür.

Juanita funkelte ihn an. „Und was ist mit Ihnen? Wo wollen Sie Ihre Berichte loswerden?" Sie schüttelte den Kopf, ganz außer sich. „Waren Sie verrückt, als Sie sich auf so eine Dummheit eingelassen haben?"

„Nein", sagte Miles. „Ich hab's als eine Chance angesehen. Im Grunde die einzige Chance, die ich hatte, aber es bestand kein Grund, Sie mit hineinzuziehen. Als ich das vorschlug, hab ich nicht darüber nachgedacht. Es tut mir leid."

„Mami", sagte Estela, „warum bist du so böse?"

Juanita bückte sich und nahm ihr Töchterchen in die Arme. „Ich bin böse auf das Leben, mein Kleines. Und auf das, was die Menschen einander antun." Barsch sagte sie zu Miles: „Setzen Sie sich!"

Er gehorchte. „Ihr Temperament macht mir Spaß, Juanita." Miles lächelte, und für einen Augenblick fand sie, daß Miles wieder so aussah wie früher in der Bank. Er fuhr fort: „Der eigentliche Grund, warum ich diese Regelung vorgeschlagen habe, war, daß ich Sie dann wiedersehen würde."

„So, das haben Sie ja jetzt. Also liefern Sie Ihren Geheimagentenbericht ab, damit ich ihn der Spinne Wainwright ins Netz werfen kann."

Miles erzählte ihr vom Club, seinen Begegnungen mit LaRocca und dem „Russen" Ominsky und von seiner eigenen Beschäftigung in der Doppel-Sieben. „Aber immerhin bin ich drin", sagte er, „und das war's ja, was Mr. Wainwright wollte."

„Reinkommen ist leicht. Rauskommen ist schwerer."

Estela hatte mit ernstem Gesicht zugehört. Nun fragte sie Miles: „Kommst du wieder?"

„Das weiß ich nicht." Er warf einen Blick zu Juanita.

Sie seufzte. „Ja, *amorcito,* er kommt wieder."

Juanita ging ins Schlafzimmer und brachte die beiden Umschläge, die Nolan Wainwright ihr gegeben hatte, den mit dem Geld und den mit der Keycharge-Karte für H. E. Lyncolp. Sie erklärte ihm den Zweck der Karte – ein Hilferuf. Miles steckte sie ein, aber das Geld gab er Juanita. „Das nehmen Sie. Wenn ich damit erwischt werde, könnte noch jemand Verdacht schöpfen. Verbrauchen Sie's für sich und Estela. Das bin ich Ihnen schuldig."

Juanita zögerte; dann sagte sie leise: „Ich hebe es für Sie auf."

DIE zweite Begegnung fand anderthalb Wochen später statt, an einem Samstagnachmittag. Diesmal hatte Miles vorher angerufen, und als er kam, wollten Juanita und Estela gerade einkaufen gehen. Er schloß sich ihnen an, und zu dritt stöberten sie auf einem Markt herum, wo Juanita Hartwurst und Kohl besorgte. „Das ist fürs Abendessen", sagte sie zu Miles. „Bleiben Sie?"

Er versicherte ihr, daß er gern bliebe. Während die drei weitergingen, sagte Estela plötzlich zu Miles: „Ich mag dich", und schob ihre kleine Hand in die seine.

Während des Abendessens herrschte eine freundschaftliche Atmosphäre. Später ging Estela zu Bett, nachdem sie Miles einen Gutenachtkuß gegeben hatte.

Als er und Juanita allein waren, gab er ihr seinen Bericht für Wainwright.

Sie saßen nebeneinander auf der Bettcouch. Juanita drehte sich zu Miles um und sagte: „Wenn Sie wollen, können Sie über Nacht bleiben."

Sie saßen eine Zeitlang schweigend beieinander und lauschten dem abendlichen Gesumm des Verkehrs und der Stimmen draußen auf der Straße. Dann begannen sie wieder zu reden – als Freunde –, bis Miles, der Juanitas Körper warm neben sich fühlte, die Arme nach ihr ausstreckte. Sie kam ihm voll Ungeduld entgegen.

Was folgte, war eine Katastrophe. Miles hatte Juanita innerlich und – wie er glaubte – mit seinem Körper begehrt. Doch zu seiner Bestürzung und Verzweiflung konnte er an nichts anderes denken als an seine Erlebnisse im Gefängnis. Er richtete sich auf und wandte den Kopf ab, damit er Juanita nicht in die Augen sehen mußte. Dann erzählte er rückhaltlos die ganze Geschichte. Ohne ein Wort des Dankes oder Abschieds machte er sich davon.

ZWEI Wochen darauf wurde es wieder Zeit hinzugehen. Er wußte nicht, ob Juanita ihn überhaupt sehen wollte. Aber der Besuch bei ihr war notwendig, und als Miles kam, war sie kühl und sachlich, als ob es das letzte Mal einfach nicht gegeben hätte.

Juanita hörte sich seinen Bericht an; dann erzählte Miles ihr von seinen Zweifeln. „Ich kriege überhaupt nichts von Bedeutung raus. Schön, ich habe mit LaRocca und dem Kerl zu tun, der mir diese falschen Zwanziger verkauft hat, aber das sind beides kleine Fische.

Von den Großen hinter den Kulissen weiß ich heute nicht mehr als am Anfang."

„Du kannst nicht alles in einem einzigen Monat herauskriegen", sagte Juanita.

„Vielleicht gibt es dort gar nichts rauszukriegen, zumindest nicht das, was Wainwright wissen will."

„Wenn, dann ist es nicht deine Schuld. Außerdem hast du womöglich schon mehr entdeckt, als du selbst weißt. Da ist schon mal das Falschgeld, das du mir gegeben hast. Ich bekomme übrigens von Wainwright die vierzig Dollar zurück, die du dafür bezahlt hast."

„Du sorgst sehr gut für mich."

„Einer muß das ja wohl."

Sie wurde von Estela unterbrochen, die in der Wohnung nebenan mit einer Freundin gespielt hatte. „Tag", sagte die Kleine zu Miles, „bleibst du heute wieder hier?"

„Heute nicht", sagte er. „Ich muß bald wieder gehen."

Juanita fragte scharf: „Warum mußt du?"

„Aus keinem bestimmten Grunde. Ich dachte nur . . ."

„Dann wirst du hier zu Abend essen. Estela freut sich darüber."

„Au fein", rief Estela. „Liest du mir eine Geschichte vor?" Schon brachte sie ein Buch an und kletterte Miles glücklich auf den Schoß. Und auch bevor Estela nach dem Essen zu Bett ging, las er noch ein Stück weiter.

„Du bist ein netter Mensch, Miles", sagte Juanita, als sie aus dem Schlafzimmer kam. Er war aufgestanden und wollte gehen, aber Juanita winkte ab. „Nein, bleib. Ich möchte dir etwas sagen."

Wie beim vorigen Mal saßen sie nebeneinander auf der Bettcouch. Juanita sprach langsam, mit sanfter Stimme. „Miles, ich weiß, daß du im Gefängnis gelitten hast. Wie kann einer wissen – wenn er nicht selbst drin war –, was da mit einem passiert? Dieser Karl – wenn er freundlich war und alles ringsum grausam, dann ist das allein wichtig." Sie hob den Blick und sah Miles voll an. „Du hast ihn geliebt, nicht wahr?"

„Ja . . .", sagte Miles. Seine Stimme klang leise.

Juanita nickte. „Dann ist es besser, man spricht's auch aus. Ich verstehe von solchen Dingen nichts – nur daß Liebe das Bessere ist, egal, wo man sie findet."

Miles sah, daß sie weinte, und er spürte die Tränen auch in seinen

Augen. Da ihm das Herz zu voll war, als daß er hätte sprechen können, umarmte er die junge Frau nur zärtlich und sehnsuchtsvoll. Juanita zog ihn fest an sich. „Ich liebe dich, Miles! Ich liebe dich!"

In dieser Nacht entdeckte Miles Eastin, daß er durch Juanita seine Männlichkeit wiedergefunden hatte.

13. KAPITEL

„SAGEN Sie mir in Gottes Namen, wie sind Sie an alle diese Informationen gekommen?" Alex Vandervoort war noch ganz benommen von dem, was er gerade gelesen hatte.

Draußen vor seinem Büro war es ruhig. Die meisten Angestellten waren schon nach Hause gegangen. Vernon Jax hatte in einer Nachmittagszeitung gelesen, während Alex seinen siebenundzwanzig Seiten langen Bericht über die Supranational mit den fotokopierten Dokumenten im Anhang studierte.

„Ich habe zwanzig Jahre lang für das Finanzministerium gearbeitet, die meiste Zeit als Steuerfahnder. Ich habe mir meine Leute warmgehalten, nicht nur da, sondern auch anderswo. Was ich Ihnen also hier verkaufe, ist nicht nur meine Nase für alles, was mit Finanzen zu tun hat, sondern ein ganzes Netz von Kontakten dazu. Über einige davon würden Sie überrascht sein."

„Ich bin für heute mit Überraschungen eingedeckt", sagte Alex und tippte auf den vor ihm liegenden Bericht.

Als Jax gegangen war, sah er sich das Papier von neuem durch. Es strotzte nur so von schwerwiegenden Alarmmeldungen für die First Mercantile American Bank. Das prunkvolle Gebäude der Supranational Corporation – SuNatCo – zerbröckelte. Lewis D'Orseys Gerüchte hatten sich bestätigt – und noch viel, viel mehr.

Am nächsten Morgen wartete Alex bereits in der Präsidentensuite der FMA auf Jerome Patterton. Alex gab ihm eine Zusammenfassung des Jax-Berichtes. Dann sagte er: „Bitte, weisen Sie die Treuhandabteilung an, unsere sämtlichen Supranational-Aktien zu verkaufen."

„Ich denke nicht daran!" Patterton wurde laut. „Was glauben Sie eigentlich, wer Sie sind – hier Befehle zu erteilen ...‟

„Ich will Ihnen sagen, wer ich bin, Jerome. Ich bin derjenige, der den Aufsichtsrat vor einem so umfangreichen Geschäft mit SuNatCo gewarnt hat. Ich habe mich dagegen zur Wehr gesetzt, daß die Treuhandabteilung sich so massiv einkaufte; aber niemand – Sie inbegriffen – hat auf mich gehört. Jetzt bricht die Supranational zusammen." Alex beugte sich über den Schreibtisch und ließ seine Faust schwer auf die Platte sausen. „Verstehen Sie denn immer noch nicht? Die Supranational kann diese Bank hier mit sich in den Abgrund reißen."

Patterton war erschüttert. „Aber hat SuNatCo denn echte Schwierigkeiten? Sind Sie sicher?"

„Wenn ich nicht sicher wäre, glauben Sie vielleicht, ich stünde hier? Ich gebe Ihnen die Chance, wenigstens noch etwas zu retten." Alex zeigte auf seine Armbanduhr. „Vor einer Stunde hat die New Yorker Börse geöffnet. Jerome, nehmen Sie das Telefon, und geben Sie die Anweisung!"

Um den Mund des Bankpräsidenten zuckte es nervös. Jerome in seiner stets unentschlossenen Art geriet unter einem starken Einfluß ins Wanken. Er zögerte noch ein bißchen, dann griff er zum Telefon.

„Geben Sie mir Mitchell von der Treuhandabteilung ... Mitch? Hier Jerome. Hören Sie gut zu. Geben Sie unverzüglich Verkaufsauftrag für sämtliche SuNatCo-Aktien in unserm Besitz ... Jawohl, *verkaufen.* Jede einzelne." Patterton lauschte, dann sagte er ungeduldig: „Ja, ich weiß, wie sich das auf den Markt auswirken wird. Ich weiß auch, daß wir Verluste erleiden werden. Aber verkaufen Sie ... Ja, ich weiß, es ist gegen alle Regeln." Sein Blick suchte Unterstützung bei Alex. Die Hand mit dem Hörer zitterte, als er fortfuhr: „Wir haben keine Zeit mehr für Konferenzen. Tun Sie's! Jawohl, ich übernehme die Verantwortung."

Patterton legte auf und griff nach einem Glas Wasser. „Der Kurs ist schon unten. Wenn wir verkaufen, drückt ihn das noch stärker. Wir werden schwere Verluste hinnehmen müssen."

„Unsere Kunden – Leute, die *uns* vertraut haben –, müssen am Ende die Verluste tragen. Und sie hätten noch mehr verloren, wenn wir jetzt noch gewartet hätten. Auch so sind wir noch lange nicht aus dem Schneider. Noch eine Woche, und die Börsenaufsicht verbietet womöglich die Verkäufe. Die werden behaupten, wir hätten interne Kenntnis davon gehabt, daß die Supranational vor dem Bankrott steht. Das hätten wir melden müssen, und daraufhin wären die Aktien aus dem freien Verkehr gezogen worden."

„Und unser Kredit an SuNatCo?" wollte Patterton wissen.

„Fünfzig Millionen."

„Der Kredit ist fast in vollem Umfang abgerufen worden."

„Und das Ausgleichskonto?"

„Darauf ist weniger als eine Million."

Es wurde still. Patterton war mit einemmall ganz ruhig. „Sagen Sie mir noch einmal das Wichtigste aus diesem Bericht."

„Das sage ich Ihnen mit fünf Wörtern: Supranational hat kein Geld mehr. Das Unternehmen hatte in den letzten drei Jahren gewaltige Verluste. Es hat horrende Kredite aufgenommen, um die Schulden zu bezahlen; dann erneute Kredite, um *diese* Schulden auszugleichen; und dasselbe immer wieder. Denen fehlte einfach flüssiges Geld."

„Aber sie haben immer hohe Gewinne gemeldet und nie eine Dividende ausgelassen."

„Wie es aussieht, wurden die Dividenden der letzten Jahre mit den Krediten bezahlt. Alles andere sind Buchhaltungstricks. Hier drinnen –" Alex zeigte auf den Jax-Bericht, der zwischen den beiden auf dem Schreibtisch lag – „sind Beispiele dafür. Mit am schlimmsten sieht es bei Farview Land Development aus, der SuNatCo-Tochter. Farview hat großen Grundbesitz in Texas, Arizona, Kanada – alles vielleicht noch eine Generation von jeglicher Erschließung entfernt. Nun hat Farview an Spekulanten verkauft, kleine Anzahlungen kassiert und die Zahlung des vollen Preises in weite Zukunft geschoben. In zwei Fällen sind die Endzahlungen in Gesamthöhe von achtzig Millionen Dollar erst in vierzig Jahren fällig – also weit im einundzwanzigsten Jahrhundert. Diese Zahlungen werden womöglich nie geleistet. Trotzdem erscheinen die achtzig Millionen in den Farview- und SuNatCo-Bilanzen als laufende Einnahmen. In anderen Fällen haben sie's genauso gemacht."

„Wissen wir etwas über die Gesamthöhe der SuNatCo-Verschuldung?"

„Ja. Die kurzfristigen Anleihen belaufen sich auf schätzungsweise eine Milliarde Dollar. Fünfhundert Millionen davon sind anscheinend Bankkredite. Der Rest sind Neunzigtagewechsel, die immer wieder revolviert wurden."

Wechsel revolvieren zu lassen – zinspflichtige Schuldscheine, hinter
denen nur der Ruf des Ausstellers stand –, das bedeutete wieder und
wieder Neuausstellung, um die früheren Scheine nebst Zinsen ein-
zulösen.

„Aber sie sind jetzt dicht an ihrer Kreditgrenze", sagte Alex.
„Die Wechselkäufer werden langsam mißtrauisch."

Patterton dachte laut: „Auf diese Weise ist auch die Penn-Central-
Eisenbahngesellschaft eingegangen."

„Seitdem sind noch ein paar große Namen hinzugekommen", sagte
Alex. Beiden Männern ging der gleiche Gedanke durch den Kopf:
Würde nach SuNatCo die FMA an der Reihe sein?

„Wie stehen wir also da?" Patterton versuchte gar nicht mehr so
zu tun, als ob er das Sagen hätte. Er verließ sich jetzt ganz und gar
auf den Jüngeren.

„Wenn die Supranational zusammenbricht, gibt es eine Untersuchung. Die Bank wird davon nicht unbehelligt bleiben. Unsere Verluste werden Schlagzeilen machen, und solche Schlagzeilen könnten
umfangreiche Abhebungen zur Folge haben."

„Sie meinen einen Run auf die Bank? Das ist doch unvorstellbar!"

„Ganz und gar nicht. Wenn Sie irgendwo Geld angelegt haben
und glauben, daß es dort nicht mehr sicher ist, nehmen Sie's weg,
und zwar schnell. Ich schlage vor, Jerome, Sie rufen den Finanzplanungsausschuß zusammen, und wir konzentrieren uns die nächsten
Tage darauf, ein Höchstmaß an Liquidität zu schaffen. So wären wir
wenigstens gewappnet, wenn plötzlich viel Bargeld abfließen sollte."

„Gut." Patterton nickte. „Roscoe!" sagte er plötzlich. „Der hat
uns da hineingeritten." Er nahm den Hörer ab und zischte: „Sagen
Sie Mr. Heyward, daß ich ihn brauche. Sofort!"

Einen Augenblick später ging die Tür auf, und Heyward trat ein.
„Man hat mir gesagt, es sei dringend. Falls nicht, ich habe einen
Kunden –"

„Erzählen Sie ihm, was mit der Supranational los ist, Alex", sagte
Patterton.

Heywards Gesicht erstarrte.

In sachlichem Ton berichtete Alex noch einmal das Wesentliche
aus dem Jax-Bericht. Der Ausbruch, mit dem er gerechnet hatte, kam
nicht. Heyward hörte ruhig zu. Alex ahnte, daß Heyward manches
bereits gehört oder vermutet hatte.

Als Alex fertig war, sagte Patterton: „Wir berufen für heute nachmittag eine Sitzung des Finanzplanungsausschusses ein; Thema: unsere Liquidität. Inzwischen setzen Sie, Roscoe, sich mit der Supranational in Verbindung und sehen zu, was wir – falls überhaupt – von unserm Kredit noch retten können."

„Es ist Tagesgeld. Wir können ihn jederzeit kündigen."

„Dann tun Sie's. Es besteht zwar kaum Hoffnung, daß sie die fünfzig Millionen flüssig haben, aber wir tun wenigstens mal als ob."

„Ich rufe sofort George Quartermain an", sagte Heyward. „Kann ich den Bericht vielleicht mitnehmen?"

„Bitte schön", sagte Alex. „Aber ich glaube, je weniger Leute davon wissen, desto besser."

Als er wieder in seinem Büro war, setzte sich Heyward erst einmal hin und las. Ihm waren schon genug Gerüchte zu Ohren gekommen, um ihm zu sagen, daß Alex' Zusammenfassung der wichtigsten Punkte aus diesem Bericht vollkommen richtig war. Was Vandervoort nicht einmal erwähnt hatte, waren gewisse Einzelheiten darüber, daß Quartermain in Washington um eine Regierungsbürgschaft nachgesucht hatte, um die Supranational liquide zu halten. Einmal, so hieß es in dem Bericht, habe Quartermain Vizepräsident Byron Stonebridge auf die Bahamas eingeladen, um seine Unterstützung zu gewinnen. Später habe Stonebridge die Frage im Kabinett erörtert, aber dort sei man dagegen gewesen.

Jetzt wußte Heyward also, warum der Vizepräsident damals dabeigewesen war. Und während Washington einen Kredit an die Supranational klugerweise abgelehnt hatte, war die First Mercantile American Bank – auf sein eigenes Drängen – sofort darauf angesprungen.

Ein Gutes war an der Sache. Von Q-Investments war nicht die Rede. Wie sehr er sich jetzt wünschte, er hätte die geschenkten Q-Investment-Zertifikate zurückgewiesen! Aber er konnte sie ja immer noch aus seinem Schließfach holen und in den Reißwolf stecken. Zum Glück waren sie ohnehin auf einen Strohmann ausgestellt und nirgends auf seinen Namen registriert.

Was der Zusammenbruch von Supranational für seine Position in der Bank bedeutete, darüber gab Heyward sich keinen Illusionen hin. Man würde ihn behandeln wie einen Aussätzigen. Aber sollte er noch etwas von dem Kredit zurückholen können, wäre er selbst jetzt vielleicht noch ein Held.

Er bat Mrs. Callaghan, ihm ein Telefongespräch mit G. G. Quartermain zu besorgen. Eine Minute später meldete sie: „Mr. Quartermain ist im Ausland. Sein Büro gibt keine Auskunft darüber, wo er sich aufhält."

„Dann holen Sie mir Inchbeck ran."

Stanley Inchbeck, der SuNatCo-Finanzdirektor, meldete sich sofort. „Roscoe, was gibt's?"

„Ich versuche seit einer Weile, George ausfindig zu machen."

„Der ist in Costa Rica."

„Kann ich ihn anrufen?"

„Nein. Er hat hier die Anweisung hinterlassen, daß er keine Gespräche wünscht."

„Es ist aber dringend."

„Dann sagen Sie's mir."

„Nun gut. Wir kündigen unsern Kredit. Ich sag's Ihnen mündlich vorweg, die förmliche schriftliche Kündigung geht noch heute abend raus."

Inchbeck sagte: „Das kann doch nicht Ihr Ernst sein."

„Mein völliger Ernst. Und ich glaube auch nicht, daß Sie es gern hätten, wenn ich Ihnen die Gründe am Telefon auseinandersetzte."

Inchbeck schwieg – das war an sich bedeutungsvoll genug.

„Wenn der Kredit prompt zurückgezahlt würde", sagte Heyward, „blieben alle Informationen, die wir haben, vertraulich. Dafür garantiere ich."

„Wir haben keine fünfzig Millionen Dollar bar auf der Hand."

„Unsere Bank wäre mit Ratenzahlungen einverstanden, vorausgesetzt, sie folgen in kurzen Abständen." Heyward merkte, daß er schwitzte. Konnte SuNatCo das Geld auftreiben?

„Ich rede mit George dem Großen", sagte Inchbeck. „Aber gefallen wird ihm das nicht."

„Wenn Sie schon dabei sind, sagen Sie ihm gleich, daß ich auch über unsern Kredit an Q-Investments mit ihm sprechen möchte." Heyward hängte ein und lehnte sich zurück, um die Spannung aus seinen Gliedern weichen zu lassen. Jetzt war noch eines zu tun. Roscoe brauchte nur Minuten, um an sein Schließfach unten in der Bank zu kommen. Er nahm die Q-Investment-Zertifikate heraus und nahm sie mit in den sechsunddreißigsten Stock hinauf, wo er sie persönlich in den Reißwolf füttern wollte.

Doch als er wieder in seinem Büro war, meldeten sich Zweifel. Die Anteile hatten einen Wert von zwanzigtausend Dollar. War er nicht voreilig? Notfalls konnte er die· Zertifikate doch noch von einem Augenblick auf den andern vernichten. Heyward schloß also die Papiere zu anderen persönlichen Unterlagen in eine Schreibtischschublade.

DER große Durchbruch kam, als Miles am allerwenigsten damit rechnete. Am Samstag war er bei Juanita gewesen. Am späten Montagabend in der Doppel-Sieben ließ Nathanson, der Clubmanager, nach ihm rufen.

Als Miles ins Büro des Managers trat, waren schon zwei andere vor ihm gekommen. Der eine war der „Russe" Ominsky. Der zweite war Miles dem Namen nach als Tony „Bär" Marino bekannt. Tony der Bär hatte einen schweren, mächtigen Körperbau, der etwas Wildes ahnen ließ. Daß er etwas zu sagen hatte, war nicht zu übersehen. Jedesmal, wenn er den Doppel-Sieben-Club aufsuchte, kam er, von Leibwächtern begleitet, in einer Cadillac-Limousine.

Ominsky sagte knapp zu dem Manager: „Warte draußen."

„Jawohl, Sir." Nathanson verzog sich rasch.

„Da sitzt ein alter Mann im Auto", sagte Ominsky zu Miles. „Mr. Marinos Männer werden dir helfen, ihn in eins von den Zimmern neben deinem raufzutragen. Laß ihn nie länger allein als nötig, und wenn du mal fort mußt, sperr ihn ein. Du bist mir für ihn verantwortlich."

Miles fragte voll Unbehagen: „Soll ich ihn mit Gewalt festhalten?"

„Du wirst keine Gewalt brauchen."

Tony der Bär ergänzte: „Der Alte weiß, was es geschlagen hat. Der macht keinen Ärger. Merk du dir nur, daß er wichtig für uns ist, also behandle ihn anständig. Aber gib ihm keinen Alkohol. Verstanden?"

Miles fragte: „Heißt das, er ist bewußtlos?"

„Stockbetrunken ist der", antwortete Ominsky. „War eine Woche lang auf Sauftour. Deine Aufgabe ist, für ihn zu sorgen und ihn auszunüchtern. Machst du's richtig, kriegst du wieder was gutgeschrieben."

„Ich will mir Mühe geben", sagte Miles. „Hat denn der alte Mann auch einen Namen? Irgendwie muß ich ihn ja nennen."

„Danny. Mehr brauchst du nicht zu wissen."

Ein paar Minuten später zogen Tony Marinos zwei Leibwächter und Miles Eastin eine verdreckte, kraftlose Gestalt aus Ominskys Dodge. Alles, was sie von ihrer Last erkennen konnten, waren wirre graue Haare, hohle, von Bartstoppeln bedeckte Wangen, geschlossene Augen und ein offenstehender Mund mit zahnlosem Gaumen. Sie trugen den schlaffen Körper in den Club und die Treppen hinauf in ein Zimmer im vierten Stock; da warfen sie ihn aufs Bett. „Jetzt gehört er dir, Milesy." Der Leibwächter wandte sich mit seinem Kumpan zum Gehen.

Miles versuchte seinen Ekel zu überwinden und zog den Alten aus, dann wusch er ihn. Er deckte ihn zu, sammelte die verdreckten Kleider ein und stopfte sie in einen Plastiksack zum Reinigen. Dabei leerte er die Taschen. In einer fand sich ein Paar Zahnprothesen, in den anderen eine dicke Brille, ein paar Schlüssel an einem Ring und – in einer Innentasche – drei Keycharge-Kreditkarten und eine Börse, vollgestopft mit Geldscheinen.

Miles spülte die falschen Zähne ab, tat sie in ein Glas Wasser und stellte es neben das Bett. Die Brille kam daneben. Dann nahm er sich die Kreditkarten und das Geld vor.

Die Karten lauteten auf Fred W. Riordan, R. K. Bennett und Alfred Shaw. Alle drei waren auf der Rückseite in der gleichen Handschrift unterschrieben, und alle drei waren noch gültig. Soweit Miles sehen konnte, waren sie echt.

In der Geldbörse fand er fünfhundertzwölf Dollar, rund die Hälfte davon in neuen Zwanzigdollarscheinen. Bei den Zwanzigern stutzte er. Leise schlich er über den Flur in sein Zimmer und kam gleich darauf mit einer Taschenlupe zurück. Damit prüfte er die Banknoten. Sie waren gefälscht, aber genauso ausgezeichnet wie die, die er schon in der Doppel-Sieben gekauft hatte.

Miles überlegte: Wenn das Geld falsch ist, sind die Kreditkarten es dann nicht wahrscheinlich auch? Vielleicht war er am Ende doch noch dicht an der Quelle der gefälschten Karten, auf die Nolan Wainwright so scharf war. Miles' Erregung stieg, gleichzeitig aber auch seine Nervosität. Sein Herz hämmerte.

Er mußte sich einfach ein paar Notizen machen. Nachdem er sich vergewissert hatte, daß der Alte bewegungslos dalag, schrieb Miles die Angaben von den Kreditkarten auf ein Papierhandtuch ab.

Kurz darauf löschte er das Licht, schloß die Tür von außen ab und brachte Geldbörse und Kreditkarten nach unten, um sie von Nate Nathanson in den Safe tun zu lassen.

Er schlief unruhig, die Tür zu seinem Zimmer weit offen, weil er sich seiner Verantwortung für den Bewohner des Zimmers gegenüber bewußt war. Wer war der alte Danny? In welcher Beziehung stand er zu Ominsky und Marino? Tony der Bär hatte gesagt: „Er ist wichtig für uns." Warum?

Miles erwachte mit dem ersten Tageslicht. Er ging über den Flur und sah nach Danny. Der schlief und schnarchte friedlich. Miles nahm den Sack mit den Kleidern, schloß die Tür wieder ab und ging nach unten. Zwanzig Minuten später war er mit Kaffee, Toast und Rührei wieder oben.

„Danny!" Miles rüttelte den Alten an der Schulter. „Aufwachen!"

Zwei Augen öffneten sich mißtrauisch, betrachteten ihn und klappten sofort wieder zu. „Geh weg", brummelte der Alte.

„Ich bin dein Freund", sagte Miles. „Tony der Bär und Ominsky der Russe haben mir gesagt, ich soll mich um dich kümmern."

Die verquollenen Augen gingen wieder auf. „Die Söhne Sodoms haben mich gefunden. Mußte ja kommen. Au, mein armer Kopf!"

„Ich hab dir Kaffee gebracht. Vielleicht hilft der." Miles legte einen Arm um Dannys Schultern und half ihm, sich aufzusetzen.

Der alte Mann trank von dem Kaffee und verzog das Gesicht. „Hör mal, Kleiner. Den Kater kann man nur in Schnaps ersäufen. Nimm dir was Geld . . ." Er sah sich um.

„Dein Geld ist unten im Safe. Hab's gestern abend runtergebracht. Und Schnaps ist nicht drin. Ich hab meine Anweisungen." Miles überlegte, was er sagen könnte, dann ging er aufs Ganze. „Außerdem, wenn ich mit deinen Zwanzigern bezahle, nehmen sie mich hops."

Danny fuhr erschrocken hoch. „Das sind gute Zwanziger."

„Aber ja", pflichtete Miles ihm bei. „So ziemlich die besten, die ich je gesehen habe. Fast so gut wie die von der staatlichen Druckerei."

Danny sah ihn an; Interesse lag mit Argwohn im Widerstreit. „Woher verstehst denn du soviel davon?"

„Ich hab für 'ne Bank gearbeitet, bevor ich ins Kittchen gekommen bin."

„Wofür warste im Knast?"

„Unterschlagung. Bin jetzt auf Bewährung draußen."

Danny beruhigte sich sichtlich. „Dann biste wohl in Ordnung. Sonst würdste ja auch nicht für Tony und den Russen arbeiten."

„Ganz recht", sagte Miles. „Ich bin in Ordnung. Und jetzt muß ich dich auch wieder in Ordnung bringen."

Es war, als müßte er ein Kind versorgen. Miles packte Danny in einen Morgenmantel und führte ihn hinunter ins Dampfbad. So früh am Morgen waren diese Räumlichkeiten noch menschenleer, und niemand war in Sicht, als er den Alten wieder die Treppe hinaufführte und ins Bett steckte. Danny fiel fast augenblicklich in Schlaf. Vorsichtig schob Miles ihm ein Handtuch unter den Kopf und rasierte ihn.

Spät am Morgen erschien LaRocca. „Hab hier ein paar Fetzen für die alte Schnapspulle." Er hatte einen Kunstfaserkoffer bei sich.

Danny saß inzwischen aufrecht im Bett. Er hatte die Zähne im Mund und die Brille auf.

„Du unnützer alter Penner!" sagte LaRocca. „Immer machst du allen so 'n Haufen Arbeit."

Danny betrachtete seinen Ankläger voll Geringschätzung. „Ich bin alles andere als unnütz. Das weißt du so gut wie die andern. Was die Pulle angeht, da hat nun mal jeder Mensch seine kleinen Schwächen." Er zeigte auf den Koffer. „Tu, wozu man dich geschickt hat, und häng meine Klamotten auf."

LaRocca grinste. „Klingt, als ob du wieder auf dem Damm wärst."

„Jules", sagte Miles, „bleibst du mal eben hier? Ich gehe runter und hole 'ne Höhensonne. Wird Danny guttun, denk ich."

„Klar."

Aber Miles machte ihm mit dem Kopf ein Zeichen. „Erst möchte ich dich mal sprechen." LaRocca folgte ihm aus dem Zimmer. Mit leiser Stimme fragte Miles: „Worum dreht sich das alles, Jules? Wer ist das?"

LaRoccas Blick war voll Mißtrauen. „Was haben der Bär und Ominsky dir gesagt?"

„Nichts. Nur daß er Danny heißt."

„Wenn sie dir mehr sagen wollen, sagen sie's dir. Ich nicht."

Später, nachdem LaRocca gegangen war, stellte Miles die Höhensonne auf und setzte Danny kurz darunter. Während des übrigen

Tages schlief der Alte. Abends brachte Miles von unten eine Portion zu essen, die Danny größtenteils verputzte.

Am folgenden Tag wiederholte Miles die Dampfbad- und Höhensonnenbehandlung, und danach spielten sie zusammen Schach. Beide spielten etwa gleich stark, und Danny genoß sichtlich Miles' Gesellschaft und seine Aufmerksamkeit. Am Nachmittag schien er sich unterhalten zu wollen.

„Gestern", sagte er, „hat dieser nichtsnutzige LaRocca gesagt, daß du viel von Geld verstehst."

„Das bindet er jedem auf die Nase." Miles erzählte von seinem Hobby und dem Interesse, das er damit im Gefängnis erregt hatte.

Danny stellte noch ein paar Fragen, dann sagte er: „Ich hätte jetzt gern mein Geld wieder."

„Ich hol's dir. Aber ich muß dich einschließen."

„Wenn du Angst hast wegen der Sauferei, das kannst du vergessen. Für diesmal bin ich drüber weg. Kann Monate dauern, bis ich wieder was zu trinken anrühre."

Miles schloß die Tür trotzdem ab.

Als er wiederkam, übergab er dem Alten seine Kreditkarten und die Geldbörse. Danny breitete das Geld auf dem Bett aus, dann teilte er es in zwei Haufen. Auf dem einen waren die neuen Zwanziger, die übrigen, schmutzigen Banknoten auf dem anderen. Danny nahm drei zerknitterte Zehndollarscheine und gab sie Miles. „Das ist für die Kleinigkeiten, Jungchen – dafür, daß du für meine Zähne gesorgt hast, fürs Rasieren und die Höhensonne. Ich find's nett von dir, daß du das gemacht hast."

„Hör mal, das ist nicht nötig."

„Nimm's. Übrigens, die Dinger sind echt. Und jetzt sag mir mal was. Wie hast du rausgekriegt, daß die Zwanziger selbstgemacht sind?"

„Wenn man sie unter die Lupe hält, erscheinen ein paar von den Linien in Andrew Jacksons Porträt ein bißchen verwischt."

Danny nickte weise. „Das ist der Unterschied zwischen den stählernen Druckplatten der Regierung und einer Foto-Offsetplatte. Obwohl ein erstklassiger Offsetdrucker ganz schön dicht herankommt."

„Wie in diesem Falle", sagte Miles. „Alles andere ist fast perfekt."

Auf dem Gesicht des Mannes erschien die Andeutung eines Lächelns. „Was sagst du zum Papier?"

„Das hat mich getäuscht. Meist kann man einen faulen Schein schon mit den Fingern fühlen. Die aber nicht."

Danny sagte leise: „Die Leute meinen immer, man kriegt das richtige Papier nicht. Ist gar nicht wahr. Man muß sich nur umschauen. Weißt du, was am schwersten nachzumachen ist?"

Miles schüttelte den Kopf.

„American-Express-Reiseschecks. Die sind extra so gedruckt, daß es praktisch unmöglich ist, sie für eine Offsetplatte abzufotografieren. Wer ein bißchen davon versteht, vergeudet seine Zeit nicht damit. Damit sind Amex-Reiseschecks sicherer als amerikanisches Geld."

„Es laufen Gerüchte um", sagte Miles, „daß es demnächst neues amerikanisches Geld geben soll, mit bestimmten Farben für die verschiedenen Werte – wie in Kanada."

„Das ist nicht nur 'n Gerücht", sagte Danny. „Ist schon jede Menge von dem bunten Geld gedruckt und vom Schatzamt eingelagert worden. Wird schwerer nachzumachen sein als alles, was sie bisher fabriziert haben."

Miles sagte: „Du hast mich 'ne Menge gefragt, Danny. Jetzt hätte ich eine Frage an dich. Wer und was bist du?"

Der alte Mann dachte nach; er fuhr sich mit dem Daumen übers Kinn und betrachtete Miles. Offenheit lag im Widerstreit mit Vorsicht; Stolz mit Verschwiegenheit. Dann gab er sich plötzlich einen Ruck. „Ich bin dreiundsiebzig Jahre", sagte er, „und Spitze in meinem Handwerk. War mein Leben lang Drucker. Bin immer noch der beste, den es gibt. Drucken ist nicht nur eine Fertigkeit; Drucken ist eine Kunst."

Er zeigte auf die Zwanzigdollarnoten. „Die da sind mein Werk. Ich habe die fotografischen Platten gemacht. Und ich hab die Scheine gedruckt."

„Und die Kreditkarten?" fragte Miles.

„Verglichen mit Geld", sagte Danny, „sind die leicht nachzumachen. Aber – jawohl, die sind auch von mir."

MILES fieberte vor Ungeduld, über Juanita an Nolan Wainwright weiterzugeben, was er soeben erfahren hatte. Er schloß seinen Schützling an diesem Abend früh in sein Zimmer ein und ging nach unten, um von dem Münzfernsprecher im Erdgeschoß des Clubs aus anzurufen. Miles steckte seinen Zehner in den Apparat und wählte Juani-

tas Nummer. Auf das erste Klingeln antwortete sie mit leiser Stimme:
„Hallo?"

Der Münzfernsprecher hing an einer Wand in der Nähe der Bar,
und Miles flüsterte, damit niemand mithören konnte. „Du weißt, wer
hier ist, aber nenn keine Namen."

„Ja", antwortete Juanita.

„Sag unserm gemeinsamen Freund, ich hab hier etwas wirklich
Wichtiges entdeckt. Fast alles, was er wissen wollte. Mehr kann ich
nicht sagen, aber morgen abend komme ich zu dir."

Miles hängte ein. Gleichzeitig schaltete sich ein verstecktes Ton-
bandgerät im Keller des Clubs, das sich bei Abnahme des Hörers
automatisch eingeschaltet hatte, automatisch wieder aus.

14. KAPITEL

DIE erste öffentliche Bekanntgabe der Schwierigkeiten von Supranational war in einer AP-Agenturmeldung enthalten, die in den Nachmittagszeitungen in der unteren Hälfte der ersten Seite mit der zwei-
spaltigen Überschrift erschien:

UNRUHE UM SUPRANATIONAL
WIE LIQUIDE IST DER WELTKONZERN?

Am nächsten Morgen gab es dann ausführlichere Berichte im *Wall
Street Journal*. Um zehn Uhr eröffneten Supranational-Aktien an der
New Yorker Börse nicht zusammen mit den andern. Als Grund wurde
„Auftrags-Unausgewogenheit" angegeben, was bedeutete, daß der
SuNatCo-Makler so mit Verkaufsaufträgen eingedeckt war, daß an
einen ordentlichen Handel mit diesen Papieren überhaupt nicht ge-
dacht werden konnte.

Am Tag darauf gab die Börsenaufsicht bekannt, daß sie die Lage
bei Supranational prüfe und bis zum Abschluß dieser Überprüfungen
jeder Handel mit SuNatCo-Aktien untersagt sei.

Es folgte ein banges Warten für SuNatCo-Aktionäre und -Gläubi-
ger, die zusammen über fünf Milliarden Dollar in dem Unternehmen
stecken hatten. Später sollte man erfahren, daß George der Große
Quartermain seine sämtlichen Aktien noch bei einem hohen Kurs über

einen Strohmann abgestoßen und sich rechtzeitig aus dem Staub gemacht hatte. Unter denen, die nervös und ängstlich warteten, waren die Direktoren und Aufsichtsratsmitglieder der First Mercantile American Bank. Es konnte passieren, daß der Fünfzigmillionenkredit der FMA für SuNatCo völlig abgeschrieben werden mußte. In diesem Falle hätte die Bank zum erstenmal in ihrer Geschichte dieses Jahr einen erheblichen laufenden Betriebsverlust zu verzeichnen. Auch würde die nächste Dividende an die FMA-Aktionäre – wiederum zum erstenmal – vielleicht ausfallen müssen.

Am Donnerstag überschrieb das *Times-Register* seine Titelgeschichte:

BANK ERWARTET RIESENVERLUSTE NACH SuNatCo-DEBAKEL

Die Meldung war auch in den Nachrichtensendungen der Fernsehanstalten gebracht worden. Zu all diesen Berichten wurde von offizieller Seite versichert, die First Mercantile American Bank sei solvent und die Geldeinleger brauchten sich keine Sorgen zu machen. Trotzdem gehörte die FMA jetzt zu den Sorgenkindern der Bundesreservebank. Am Donnerstagmorgen war schon eine Abteilung von staatlichen Prüfern in aller Stille eingerückt – offensichtlich die erste von mehreren solcher Invasionen durch die Aufsichtsbehörden.

Alex hatte für mittags eine Strategiebesprechung aller Bankdirektoren einschließlich der für die Zweigstellen zuständigen Abteilungsleiter einberufen. Jeder war sich darüber im klaren, daß ein öffentlicher Vertrauensschwund gegenüber der FMA am ehesten in den Zweigstellen zu spüren sein würde. Bisher hatte man unter den Bankkunden noch keine Anzeichen von Panikstimmung festgestellt. Die Leiter aller vierundachtzig FMA-Zweigstellen waren angewiesen, sofort Bescheid zu geben, wenn sie etwas bemerkten. Eine Bank lebt von ihrem Ruf und dem Vertrauen der anderen – zarte Pflänzchen, die bei rauhem Wetter und schlechter Presse leicht welken können.

Auf der Sitzung sollte dafür gesorgt werden, daß die Notfallpläne, die Alex aufgestellt hatte, von allen verstanden wurden und daß die Verständigung innerhalb der Bankorganisation klappte. Sie klappte tatsächlich.

Am nächsten Morgen um Viertel nach zehn rief Fergus W. Gatwick,

Leiter der FMA-Filiale in Tylersville, etwa dreißig Kilometer weit im Norden, in der Zentrale an. Sein Anruf wurde an Alex Vandervoort weitervermittelt. Als Gatwick seinen Namen nannte, fragte Alex nur knapp: „Was gibt's?"

„Ein Run, Sir. Unser Laden ist gerammelt voll mit über hundert Stammkunden, alle mit ihren Sparbüchern und Scheckheften, und es werden immer mehr. Sie leeren ihre Konten, heben alles bis auf den letzten Dollar ab."

Alex wurde es kalt. Ein Run auf die Schalter war das, was alle in der Bankleitung am meisten fürchteten. So ein Run bedeutete öffentliche Panik, Massenhysterie, völligen Vertrauensverlust. Schlimmer noch, wenn der Run auf eine Zweigstelle erst bekannt wurde, konnte er auf die ganze Bankorganisation übergreifen.

Nach den gesetzlichen Vorschriften mußte eine Bank nur siebzehneinhalb Prozent aller kurzfristigen Einlagen für den Fall eines plötzlichen Abrufs bar im Tresor haben. Verstöße dagegen wurden schwer bestraft. Wenn aber die Spareinlagen höher waren als erwartet, lieh die Bank den Überschuß prompt anderen Banken, deren gesetzliche Mindestbarreserve knapp wurde. Ein schlechter Bankier, der große Summen unnütz herumliegen ließ, und sei es nur für einen Tag. Folglich war selbst das größte Bankunternehmen nie liquide genug, um die Mehrheit seiner Einleger auszuzahlen, wenn alle ihr Geld sehen wollten. Sollte also der Run in Tylersville anhalten und sich ausbreiten, würde bald das Bargeld erschöpft sein und die FMA ihre Pforten schließen müssen, vielleicht für immer.

Alex wußte, worauf es als erstes ankam: denen, die ihr Geld haben wollten, zu versichern, daß sie es bekommen würden. Als zweites mußte der Ausbruch örtlich begrenzt werden. Seine Anweisungen an den Manager von Tylersville lauteten kurz und klar: „Fergus, Sie und Ihre Leute tun so, als ob gar nichts wäre. Zahlen Sie *ohne Fragen* aus, was die Leute wollen und was sie auf dem Konto haben. Und machen Sie keine besorgten Gesichter. Geben Sie sich heiter und gelassen."

„Ich will's versuchen, Sir."

„Versuchen reicht nicht. In diesem Augenblick ruht das Schicksal unserer ganzen Bank auf Ihren Schultern. Wie sieht's mit Ihren Barbeständen aus?"

„Wir haben noch ungefähr hundertfünfzigtausend Dollar im Tresor", sagte der Manager. „Wenn's so weitergeht wie bisher, können wir uns noch eine Stunde halten, nicht länger."

„Sie bekommen Bargeld", versicherte Alex ihm. „Holen Sie inzwischen alles, was Sie haben, aus dem Tresor, und stapeln Sie es für jedermann sichtbar auf Pulte und Tische. Mischen Sie sich dann unter die Kunden. Versichern Sie ihnen, daß die Bank kerngesund ist und alle ihr Geld bekommen werden."

Alex legte auf und rief dann sofort Tom Straughan an, den Volkswirtschaftler. „Tom", sagte Alex, „in Tylersville ist die Bombe geplatzt. Unsere Zweigstelle dort braucht Geld – schnellstens. Setzen Sie Notfallplan eins in Kraft."

DIE Kreisstadt Tylersville war eine Mischung aus betriebsamem Marktflecken und blühender Landwirtschaft, wurde aber immer mehr zu einem typischen Vorort, je dichter die City sich herandrängte. Entsprechend bestand die Bevölkerung teils aus konservativen Farmern und Kaufleuten, teils aus solchen Menschen, die, vom moralischen Verfall der Großstadt angewidert, frisch in die Vororte gezogen waren. Dabei war ein ungewöhnliches Bündnis von echter und Möchtegern-Landbevölkerung herausgekommen, die samt und sonders den Machenschaften der großen Konzerne, Banken eingeschlossen, zutiefst mißtraute.

Eine Besonderheit am Bankensturm von Tylersville war ein geschwätziger Briefträger. Den ganzen Donnerstag lang hatte er beim Postaustragen fleißig das Gerücht verbreitet: „Haben Sie schon gehört, daß die First Mercantile American Bank pleite macht? Es heißt, wer nicht spätestens bis morgen sein Geld weggeholt hat, ist alles auf einmal los." Nur wenige glaubten ihm, aber das Gerücht verbreitete sich dennoch, genährt durch die Abendnachrichten. Über Nacht wuchs die Angst, und am Freitagmorgen ließ sich die allgemeine Stimmung mit den Worten wiedergeben: Wozu das Risiko eingehen? Holen wir unser Geld jetzt gleich. Um die Vormittagsmitte strömten die Einwohner zur Bank hinüber.

Im FMA-Turm gab es Leute, die von Tylersville noch nie gehört hatten, aber jetzt erfuhren sie um so mehr davon. Auf Tom Straughans Verlangen setzte sich ein Programmierer an den Computer und tippte folgende Frage in die Tastatur: „Wie hoch ist die Gesamtsumme der Spar- und Giroeinlagen bei der Zweigstelle Tylersville?"

Die Antwort kam prompt – und minutengenau auf dem neuesten Stand, denn die Zweigstelle war direkt an den Computer angeschlossen:

Sparkonten	$ 26.170.627,54
Girokonten	$ 15.042.767,18
Gesamt	$ 41.213.394,72

Als nächstes bekam der Computer die Anweisung: „Davon abziehen ruhende und behördliche Konten." Diese beiden Gruppen würden höchstwahrscheinlich nicht angetastet werden, nicht einmal bei einem Run. Der Computer antwortete:

Ruhende und behördliche Konten	$ 21.430.964,61
Saldo	$ 19.782.430,11

Also mehr oder weniger zwanzig Millionen Dollar – soviel konnten die Bürger von Tylersville abheben – und würden es vielleicht auch tun.

Der Verwalter des Zentraltresors, einer unterirdischen Festung im FMA-Turm, bekam die Anweisung: „Zwanzig Millionen Dollar zur Zweigstelle Tylersville – sofort!"

Während der letzten achtundvierzig Stunden waren – in düsterer Vorahnung dessen, was jetzt eingetreten war – die normalen Bargeldvorräte im Zentraltresor durch Sonderziehungen bei der Bundesreservebank aufgestockt worden, von dort waren die Notfallpläne der FMA gebilligt worden.

Ein Nibelungenschatz an Scheinen und Münzen, fertig gezählt und in Säcke verpackt, wurde auf gepanzerte Transportfahrzeuge geladen, während bewaffnete Wächter auf der Laderampe patrouillierten. Insgesamt sollten sechs solcher Wagen fahren, jeder einzeln und in Polizeibegleitung – eine Vorsichtsmaßnahme wegen der ungewöhnlich hohen Summen. Allerdings nur drei von ihnen mit der kostbaren Fracht; die anderen drei blieben leer – Attrappen – eine zusätzliche Sicherung gegen Überfälle.

Zwanzig Minuten nach dem Anruf des Zweigstellenleiters kämpfte sich bereits der erste gepanzerte Wagen auf dem Wege nach Tylersville durch den Innenstadtverkehr. Schon vorher hatten sich andere Bankangestellte in Privat- und Dienstwagen auf den Weg gemacht, allen voran Edwina D'Orsey. Sie sollte die Stützaktion leiten.

Edwina hatte ihren Schreibtisch in der City-Filiale sofort verlassen, als sie den Notruf bekam, und nur noch schnell Cliff Castleman und zwei Kassiererinnen zusammengetrommelt; eine davon war Mrs. Nuñez.

Gleichzeitig war Nolan Wainwright, da es sich immerhin um zwanzig Millionen Dollar handelte, schon mit einem halben Dutzend bewaffneten Wächtern unterwegs. Staats- und Stadtpolizei waren verständigt worden.

Alex Vandervoort und Tom Straughan blieben in der FMA-Zentrale. Straughans Büro war zu einer Art Befehlsstand geworden. Alex bemühte sich, ständig mit dem restlichen Filialnetz in Verbindung zu bleiben, um sofort Bescheid zu wissen, wenn woanders Schwierigkeiten auftauchten. Jerome Patterton wartete nervös bei Alex, und beide beschäftigten nur zwei Fragen: Würde es ihnen gelingen, den Run auf Tylersville zu beschränken? Würde die First Mercantile American diesen Geschäftstag überstehen, ohne daß der Sturm auf andere Zweigstellen übergriff?

Bis heute morgen hatte sich Zweigstellenleiter Fergus W. Gatwick, ein pausbäckiger Sechziger, in Tylersville sehr wohl gefühlt. In seinem Reich hatte es nur einmal einen häßlichen Zwischenfall gegeben. Das war vor ein paar Jahren gewesen, als eine Frau, die einen Groll auf die Bank zu haben glaubte, sich ein Schließfach gemietet hatte. In diesem Schließfach deponierte sie einen mit Zeitungspapier umwickelten Gegenstand und dampfte dann ohne Hinterlassung einer Adresse nach Europa ab. Ein paar Tage später begann sich in der Bank ein fauliger Geruch auszubreiten. Die Kanalisation geriet in Verdacht und wurde kontrolliert, doch ohne Ergebnis, während der Gestank immer stärker wurde. Kunden beschwerten sich, Angestellten wurde übel.

Schließlich konzentrierte der Verdacht sich auf die Schließfächer, wo der Geruch am übelsten zu sein schien. Die Frage war jetzt nur: welches Schließfach?

Fergus W. Gatwick, der Pflicht gehorchend, hatte sie alle der Reihe nach abgeschnüffelt und schließlich gefunden, daß der Gestank an einem bestimmten Fach geradezu umwerfend war. Vier Tage hatten sie dann noch gebraucht, um einen Gerichtsbeschluß zu erwirken, der es der Bank gestattete, das Schließfach aufzubohren. Drinnen fanden sich die Überreste eines großen, einstmals frischen Barsches.

Wenn Gatwick sich daran erinnerte, glaubte er, den Gestank heute manchmal noch zu riechen.

Aber der Notstand jetzt war ernster zu nehmen als ein toter Fisch im Schließfach. Gatwick sah auf die Uhr. Eine Stunde und zehn Minuten, seit er die Zentrale angerufen hatte. Obwohl an vier Kassen ununterbrochen Geld ausgezahlt wurde, war die Zahl der Kunden in der Bank bloß größer geworden, und noch immer war keine Hilfe eingetroffen.

„Mr. Gatwick!" Eine Kassiererin winkte ihn zu sich.

„Ja?" Er ging hin. Auf der anderen Seite des Schaltertisches, an der Spitze der wartenden Schlange, stand der Besitzer einer großen Geflügelfarm, den Gatwick gut kannte. „Guten Morgen, Steve", sagte der Zweigstellenleiter aufgeräumt.

Zur Antwort empfing er ein kühles Nicken, während die Kassiererin ihm stumm ein paar Schecks im Gesamtwert von dreiundzwanzigtausend Dollar zeigte, die auf zwei Konten gezogen waren.

„Sind in Ordnung", sagte Gatwick. Er nahm die Schecks und zeichnete sie ab.

Leise, doch auf der anderen Seite des Schaltertisches gerade noch vernehmbar, sagte die Kassiererin: „Wir haben nicht mehr soviel Geld, um das auszuzahlen."

Durch die Reihe der Wartenden ging ein ärgerliches Murren. „Haben Sie das gehört? Die sagen, sie hätten kein Geld mehr!"

Der Geflügelfarmer lehnte sich über den Tisch, die Faust geballt. „Zahlen Sie mir ja diese Schecks aus, Gatwick, sonst hau ich Ihnen den Laden hier kurz und klein!"

„Dazu besteht überhaupt kein Anlaß, Steve." Gatwick sprach jetzt lauter, um das zornige Grollen zu übertönen. „Meine Damen und Herren, es wird bald sehr viel mehr Geld hier eintreffen."

Seine letzten Worte gingen in Schreien unter wie: „Holen Sie's augenblicklich!" ... „Wieso kann einer Bank das Geld ausgehen?" ... „Wo sind die Moneten?"

Gatwick streckte die Arme empor. „Ich versichere Ihnen –"

„Jetzt will ich mein Geld haben!" rief eine adrett gekleidete Frau.

„Ganz recht!" rief ein Mann. „Und das gilt für uns alle."

Die Leute drängten nach vorn, Stimmen erhoben sich, in den Gesichtern zeigte sich Angst. Jemand warf eine Zigarettenpackung und traf Gatwick mitten ins Gesicht. Der begriff plötzlich, daß aus einer

Gruppe ganz normaler Bürger, von denen er viele gut kannte, ein feindseliger Haufe geworden war. Das lag natürlich am Geld. Geld hatte eine sonderbare Wirkung, machte die Menschen habgierig, hysterisch, manchmal direkt zu Wilden. Es war auch echte Angst dabei – die Möglichkeit, alles zu verlieren, was sie hatten. Gewalttätigkeiten, vor wenigen Sekunden noch undenkbar, lagen in der Luft. Gatwick verspürte körperliche Angst. „Bitte!" flehte er. „Bitte hören Sie doch zu!" Seine Stimme ging unter in dem immer lauter werdenden Tumult.

Plötzlich legte sich der Lärm etwas. Draußen auf der Straße schien sich etwas zu tun, denn hinten verdrehten die Leute schon die Hälse, um nachzusehen. Jetzt flogen die Türen theatralisch weit auf, und ein Triumphzug marschierte ein.

Voran Edwina D'Orsey. Ihr folgten Cliff Castleman und die beiden Kassiererinnen. Hinter ihnen kam eine Phalanx von Wachmännern mit schweren Säcken auf den Schultern, eskortiert von anderen Wächtern mit gezogenem Revolver. Hinter den Geldträgern folgte noch ein halbes Dutzend Aushilfskräfte von anderen FMA-Filialen. Und hinter ihnen allen schritt – ein wachsamer Feldmarschall – Nolan Wainwright herein.

Edwinas Stimme klang klar durch die vollgedrängte, aber jetzt still gewordene Bank: „Guten Morgen, Mr. Gatwick. Entschuldigen Sie, daß wir so lange gebraucht haben, aber der Verkehr war zu dicht. Wenn wir Sie recht verstanden haben, brauchen Sie heute vielleicht zwanzig Millionen Dollar. Ein Drittel davon ist hier. Der Rest ist unterwegs."

Während Edwina sprach, gingen Cliff Castleman und die andern hinter die Schalter. Einer von den Neuankömmlingen übernahm das soeben eingetroffene Geld. Die Stapel knisternder neuer Scheine wurden registriert und gleich an die Kassenschalter verteilt.

Edwina blickte über die Köpfe der Umstehenden und wandte sich an die Allgemeinheit. „Ich bin Mrs. D'Orsey, Vizepräsidentin der First Mercantile American Bank. Entgegen manchen Gerüchten, die Sie vielleicht gehört haben, ist unsere Bank gesund und hat keinerlei Probleme, mit denen wir nicht fertigwürden. Wir haben reichlich Bargeldreserven, um jeden Einleger auszuzahlen – in Tylersville und wo auch immer sonst."

Die adrett gekleidete Frau, die vorher so nervös geworden war, gab jetzt zu: „Vielleicht stimmt das. Vielleicht sagen Sie's aber auch nur. So oder so, ich hebe jedenfalls mein Geld heute ab."

„Das ist Ihr gutes Recht", sagte Edwina.

Gatwick, der die Szene beobachtete, spürte jetzt, daß sich die häßliche Stimmung etwas geändert hatte. Aber es war ebenso klar, damit war der Run auf die Bank noch nicht gebremst. Während die Auszahlungen weitergingen, traf ein neuer Geldtransport ein.

Niemand, der diesen Tag in Tylersville miterlebte, würde je den Anblick dieser Riesenmengen Geld vor den Augen des Publikums vergessen. Selbst die Angestellten der FMA hatten noch nie soviel auf einmal gesehen. Es gehörte zu Alex Vandervoorts Plan, die zur Bekämpfung des Schaltersturms herbeigeschafften zwanzig Millionen offen und für jedermann sichtbar aufzustapeln. Hinter den Kassenschaltern waren alle Tische dafür leergeräumt worden, und immer mehr Tische wurden hereingetragen. Darauf türmten sich bald große Haufen von Geldscheinen und Münzen, während die eigens mitgebrachte Verstärkung über den Geldstrom wachte.

Edwina leitete das Ganze kompetent und höflich. Aber es wurde immer weiter abgehoben. Nichts schien den Run auf die Zweigstelle Tylersville stoppen zu können.

Am frühen Nachmittag fragten sich die FMA-Direktoren nur noch verzagt: Wie lange, bis der Virus sich ausbreitet?

ALEX VANDERVOORT hatte mit Edwina telefoniert und war schon in seinem Dienstwagen auf dem Wege nach Tylersville. Margot Bracken begleitete ihn.

Margot war am Morgen beim Gericht eher fertig gewesen, als erwartet, und zur Bank gegangen, um mit Alex zu Mittag zu essen. Danach war sie auf seinen Vorschlag hin geblieben und hatte etwas von der gespannten Atmosphäre mitbekommen, die im sechsunddreißigsten Stock des FMA-Turms herrschte.

Im Wagen machte Alex es sich bequem. Er wußte, daß die Pause kurz sein würde, und wollte sie genießen.

„Das war ein schweres Jahr für dich", sagte Margot.

„Sieht man's mir an?"

Margot beugte sich herüber, ihre Finger strichen sanft über Alex' Stirn. „Ein paar Falten mehr, und etwas grauer an den Schläfen."

Er schnitt eine Grimasse. „Ich bin ja schließlich älter geworden."

„Soviel nun auch nicht."

„Dann ist es eben der Preis, den wir dafür zahlen, daß wir unter ständigem Druck leben."

„Alex, steht es wirklich so schlimm um die FMA?"

„Wenn wir am Montag einen allgemeinen Run haben und ihn nicht stoppen können, müssen wir zumachen. Ein Konsortium von anderen Banken wird sich dann vielleicht zusammentun, um uns rauszuhauen und sich das, was danach noch von uns übrig ist, einzuverleiben – und mit der Zeit würden dann wohl auch alle Einleger ihr Geld zurückbekommen. Aber die FMA als solche gäb's nicht mehr."

„Es ist unglaublich, wie das so plötzlich passieren kann."

„Es zeigt nur etwas", sagte Alex, „was die meisten Leute gar nicht voll verstehen. Unser Banken- und Geldsystem ist eine empfindliche Maschinerie. Gerät ein Teilchen davon durch Habsucht oder politische Machenschaften oder schlichte Dummheit außer Kontrolle, ist alles andere mitgefährdet. Das spricht sich dann wie gewöhnlich herum, und der Vertrauensschwund in der Öffentlichkeit besorgt den Rest. Genau das erleben wir jetzt."

Sie schwiegen eine Zeitlang, bis Alex plötzlich ausrief: „Mein Gott, wie sehr mir Ben Rosselli fehlt!"

Margot griff nach seiner Hand. „Ist denn diese Rettungsaktion nicht genau das, was Ben selbst getan hätte?"

„Vielleicht." Er seufzte. „Nur daß sie wahrscheinlich nicht klappt. Darum wünschte ich mir ja, Ben wäre hier."

Der Chauffeur ließ die Trennscheibe herunter und sagte über die Schulter: „Wir kommen nach Tylersville, Sir."

„Viel Glück", sagte Margot.

Schon aus ziemlich großer Entfernung sahen sie die Menschenansammlung vor der Bank. Als die Limousine am Straßenrand hielt, kam auf der gegenüberliegenden Seite ein großer Kastenwagen kreischend zum Stehen, und ein paar Männer und eine Frau sprangen heraus. Auf den Seitenwänden des Wagens stand in großen Lettern: WTLC-TV. „Das Fernsehen hat uns gerade noch gefehlt", sagte Alex.

Während Margot sich kurz darauf in der Bank neugierig umsah, sprach Alex erst einmal mit Edwina und Gatwick, dann ging er langsam die Reihe der Wartenden entlang und stellte sich ruhig vor.

Es waren mindestens zweihundert Leute – ein ansehnlicher Querschnitt durch die Bevölkerung von Tylersville –, alte und junge, wohlhabende und arme; Frauen mit Kindern, Männer in Arbeitskluft. Alle zeigten sie mehr oder weniger Nervosität. Eine ältere Frau sprach Alex auf dem Weg aus der Filiale an. Sie hatte keine Ahnung, daß er von der Bank war. „Gott sei Dank! Soviel Angst wie heute hab ich im Leben noch nicht ausgestanden. Das sind meine Ersparnisse – alles, was ich habe." Sie zeigte ihm ungefähr ein Dutzend Fünfzigdollarnoten.

Von allen, mit denen Alex sprach, gewann er den gleichen Eindruck. Vielleicht sei die First Mercantile American ja wirklich gesund; vielleicht aber auch nicht. Jedenfalls wollte keiner es riskieren, sein Geld bei einer Institution zu lassen, die womöglich zusammenbrach. Der öffentliche Wirbel, bei dem die FMA mit der Supranational in Verbindung gebracht worden war, hatte seine Wirkung getan. Einzelheiten zählten da kaum. Die paar Leute, denen gegenüber Alex die staatliche Bankenversicherung erwähnte, trauten auch diesem System nicht. Deren Mittel, sagten sie, reichten dem Vernehmen nach sowieso nicht für eine größere Pleite aus.

Und da war noch etwas, das Alex auffiel: Die Leute glaubten nicht mehr, was man ihnen sagte; sie hatten sich zu sehr daran gewöhnen müssen, von Regierungsbeamten, Politikern, Arbeitgebern und Gewerkschaften betrogen und belogen zu werden. Belogen in der Werbung. Belogen in Fragen finanzieller Transaktionen einschließlich Aktien- und Obligationenkauf. Die Liste war endlos. Täuschung war auf Täuschung gefolgt, bis die Lüge – oder bestenfalls das Verschweigen der vollen Wahrheit – einfach zum Alltag dazugehörte. Warum sollte also auch nur einer Alex glauben, wenn er versicherte, das Geld sei sicher, wenn sie es bei der FMA ließen? Und je später der Nachmittag wurde, desto klarer wurde auch, daß niemand danach handelte.

Am Spätnachmittag konnte Alex nur noch resignieren. Was geschehen sollte, würde eben geschehen; für den einzelnen Menschen wie für Institutionen kam wohl einmal der Zeitpunkt, sich in das Unvermeidliche zu fügen. Um halb sechs, als die Oktoberdämmerung hereinbrach, meldete Nolan Wainwright neue Unruhe unter den Wartenden.

„Sie machen sich Sorgen", sagte er zu Alex, „weil bei uns doch um sechs Uhr Schalterschluß ist. Die können sich ausrechnen, daß wir in der verbleibenden halben Stunde nicht mehr alle abfertigen können."

Natürlich wäre es vollkommen legal gewesen, die Bank pünktlich zu schließen. Alex jedoch zögerte, schwanken gemacht durch sein eigenes Naturell wie durch eine Bemerkung Margots: Was Alex tue, hatte sie gemeint, sei genau das, was auch Ben Rosselli getan hätte. Wie würde Ben in der Frage der Schließung entschieden haben? Alex wußte es.

„Ich will eine Erklärung abgeben", sagte er zu Wainwright. Zuerst aber suchte er Edwina auf und gab ihr ein paar Anweisungen.

Alex begab sich zur Haupteingangstür, von wo aus er in der Bank genausogut wie draußen gehört werden konnte. Er war sich bewußt, daß die Fernsehkameras auf ihn gerichtet waren.

„Meine Damen und Herren" – seine Stimme tönte voll und klar –, „man hat mir berichtet, daß einige unter Ihnen sich wegen der Schließungszeit heute abend Sorgen machen. Das brauchen Sie nicht. Im Namen der Geschäftsleitung dieser Bank gebe ich Ihnen mein Wort, daß die Schalter geöffnet bleiben, bis wir Sie alle bedient haben."

Es gab zufriedenes Gemurmel, hier und da sogar Beifall.

„Eines allerdings möchte ich Ihnen allen dringend nahelegen – behalten Sie übers Wochenende keine großen Summen Bargeld in der Tasche oder im Haus. Das wäre zu riskant. Ich rate Ihnen deshalb: Suchen Sie sich sofort eine andere Bank, und zahlen Sie wieder ein, was Sie heute bei uns abgehoben haben. Um Ihnen dabei zu helfen, telefoniert meine Kollegin, Mrs. D'Orsey, im Moment bei anderen Banken herum und versucht, als Entgegenkommen Ihnen gegenüber, für heute eine Verlängerung der Öffnungszeiten zu erreichen."

Wieder beifälliges Gemurmel.

Nolan Wainwright kam zu Alex und flüsterte ihm rasch etwas zu. Alex fuhr laut fort: „Ich höre soeben, daß zwei Banken bereits unserer Bitte entsprechen wollen. Mit anderen wird noch verhandelt."

Unter denen, die auf der Straße warteten, meldete sich eine Männerstimme: „Können Sie uns eine gute Bank empfehlen?"

„Ja", sagte Alex. „Ich persönlich würde mich für die First Mercantile American entscheiden. Diese Bank kenne ich am besten, zu ihr habe ich das meiste Vertrauen, und sie hat eine lange und ehrliche Tradition. Ich wünschte nur, Sie alle dächten auch so." Aus seinen Worten klang ein Hauch von innerer Bewegung. Einige der Umstehenden lächelten oder lachten halbherzig, aber die meisten Gesichter, die zu ihm aufsahen, waren ernst.

„Das hab ich auch immer gedacht", meldete sich auf einmal eine Stimme hinter Alex. Er drehte sich um. Der Sprecher war ein älterer Mann, wahrscheinlich nahe Achtzig, runzlig, weißhaarig, gebeugt und auf einen Stock gestützt. Seine Augen waren klar und scharf, die Stimme fest. Neben ihm stand eine Frau ungefähr gleichen Alters. Beide waren ordentlich gekleidet, wenn auch ihre Sachen altmodisch und auch nicht ladenneu waren.

Die Frau trug ein Einkaufsnetz mit Geldbündeln darin. Sie kamen gerade vom Bankschalter.

„Meine Frau und ich, wir haben über dreißig Jahre lang ein Konto bei der FMA gehabt", sagte der alte Mann. „Dämliches Gefühl, es jetzt wegzuholen."

„Warum tun Sie's dann?"

„Kann mich doch nicht taub stellen gegen die ganzen Gerüchte. Zuviel Rauch, als daß da nicht irgendwo ein Funken Wahrheit wäre."

„Der Funke Wahrheit ist da", sagte Alex. „Wegen eines Kredits an die Supranational Corporation wird unsere Bank wahrscheinlich

einen Verlust erleiden. Aber sie kann und wird den Verlust überleben."

Der Alte schüttelte den Kopf. „Wenn ich jünger wäre und noch
arbeiten könnte, würde ich's vielleicht darauf ankommen lassen,
daß Sie die Wahrheit sagen. Aber was da drin ist", – er zeigte auf
das Einkaufsnetz – „ist alles, was uns bleibt, bis wir sterben. Und
das ist nicht mal viel. Die Dollars da sind nur noch halb soviel
wert wie damals, als wir gearbeitet und sie verdient haben."

„Die Inflation trifft anständige Leute wie Sie am schwersten", sagte
Alex. „Aber leider hilft es Ihnen da gar nichts, die Bank zu
wechseln."

„Beantworten Sie mir mal eine Frage, junger Mann. Wenn Sie an
meiner Stelle wären, und das hier wäre Ihr Geld, würden Sie dann
nicht dasselbe tun wie ich?"

Alex bemerkte, wie andere sich näher herandrängten und zuhören
wollten. Die Fernsehlampen brannten. Jemand schob sich mit einem
Mikrofon weiter vor.

„Doch", gab Alex zu. „Ich glaube, ja."

Der alte Mann schien überrascht zu sein. „Ehrlich sind Sie ja.
Eben hab ich Ihren Rat gehört, wir sollen uns eine andere Bank suchen, und das finde ich gut. Ich glaube, das tun wir."

„Moment", sagte Alex. „Haben Sie ein Auto?"

„Nee. Wir wohnen nur ein Stück von hier. Wir gehen zu Fuß."

„Doch nicht mit dem Geld. Sie könnten beraubt werden. Ich lasse
Sie zu einer anderen Bank fahren." Alex winkte Nolan Wainwright
heran und erklärte ihm, worum es ging. „Das ist unser Sicherheitschef", sagte er zu dem alten Ehepaar.

„Ich fahre Sie gern selbst", sagte Wainwright.

Der alte Mann stand da und sah von einem Gesicht zum andern.
„Das würden Sie für uns tun? Wo wir doch gerade unser Geld von
Ihrer Bank abgehoben haben? Wo wir Ihnen im Grunde gesagt
haben, daß wir Ihnen nicht trauen?"

„Sagen wir, das gehört zu unserm Dienst am Kunden", meinte
Alex. „Außerdem, wenn Sie dreißig Jahre bei uns waren, sollten wir
uns doch wenigstens als Freunde trennen."

Der alte Mann dachte nach. „Vielleicht müssen wir uns gar nicht
trennen. Erlauben Sie mir noch eine Frage, von Mann zu Mann."
Seine klaren, scharfen Augen musterten Alex mit festem Blick.

„Bitte sehr."

„Sie haben mir schon einmal die Wahrheit gesagt, junger Mann.
Sagen Sie sie mir jetzt noch einmal, und denken Sie daran, was ich
Ihnen gesagt habe, daß ich ein alter Mann bin und was diese Ersparnisse für uns bedeuten. Ist unser Geld bei Ihrer Bank sicher? *Absolut sicher?"*

Einige Sekunden lang wägte Alex diese Frage in all ihrer weitreichenden Bedeutung ab. Er wußte, daß er jetzt genau beobachtet
wurde. Immer noch surrten die Fernsehkameras. Er fing einen Blick
von Margot auf; sie war ebenso gespannt, aber in ihrem Gesicht
lag ein spöttischer Ausdruck. Er dachte daran, wer sich jetzt ganz
auf ihn verließ – Jerome Patterton, der Aufsichtsrat, Edwina und
noch andere; er dachte an den weitreichenden Schaden, wenn die
FMA zusammenbrach, nicht nur in Tylersville, sondern weit darüber
hinaus. Zweifel meldeten sich. Alex unterdrückte sie. Dann antwortete er fest und zuversichtlich: „Ich gebe Ihnen mein Wort. Diese
Bank ist absolut sicher."

„Ach was, Frieda!" sagte der alte Mann zu seiner Frau. „Ich
glaube, wir haben den falschen Baum hinaufgebellt. Komm, wir
bringen das olle Geld wieder zurück."

IN ALLEN Nachreden der folgenden Woche blieb eines unbestritten:
Der Run auf die Zweigstelle Tylersville endete, als der alte Mann
und seine Frau in die Bank zurückgingen und das Geld aus ihrem
Einkaufsnetz wieder einzahlten. Die Nachricht verbreitete sich mit
Windeseile. Fast mit einem Schlag löste sich die Schlange der Wartenden auf, so schnell und geheimnisvoll, wie sie sich gebildet hatte.
Als die paar Leute, die noch in der Bank verblieben, abgefertigt
waren, schloß die Zweigstelle – nur zehn Minuten später als an normalen Freitagabenden.

Auch kam es am Montag nirgendwo zu einer Wiederholung. Der
Grund dafür war nach übereinstimmender Ansicht der meisten Kommentatoren eine ehrliche, rührende Szene zwischen einem alten Ehepaar und einem gutaussehenden, offen wirkenden Bankdirektor, die
übers Wochenende in den Fernseh-Nachrichtensendungen gezeigt
wurde.

Aber ein anderes Nachspiel begann an diesem Freitagabend in
Tylersville. Betroffen davon war Juanita Nuñez.

Juanita hatte Margot Bracken am Nachmittag kommen sehen. Als der Run auf die Bank zu Ende war, verließ Juanita den Schalter, wo sie einer regulären Kassiererin geholfen hatte, und ging in die Ecke der Geschäftsleitung hinüber, wo Margot allein saß und darauf wartete, daß Alex Vandervoort aufbrechen konnte. „Miß Bracken", sagte Juanita leise, „Sie haben einmal gesagt, wenn ich Probleme hätte, könnte ich zu Ihnen kommen."

„Natürlich, Juanita. Ist irgendwas?"

Das kleine Gesicht war von Sorgenfalten ganz zerknittert. „Ja, ich glaube schon. Wenn es Ihnen nichts ausmacht, könnten wir woanders reden?" Juanita beobachtete Wainwright auf der anderen Seite der Schalterhalle.

„Kommen Sie doch in mein Büro", sagte Margot.

Sie vereinbarten den Montagabend.

15. KAPITEL

DIE Tonbandspule aus dem Doppel-Sieben-Club lag schon eine Woche im Regal über dem Arbeitstisch. Aber Wizard Wong, Experte für Elektronik und Tontechnik, gab sich mit anderen Dingen im Interesse seiner zahlreichen Kunden ab. Jetzt nahm Wong in seinem Tonstudio das Band vom Regal, legte es ein und lauschte.

Eine Münze wurde eingeworfen, eine Nummer gewählt. Es tutete. Nur einmal.

Frauenstimme (leise, mit leichtem Akzent): „Hallo?"

Männerstimme (flüsternd): „Du weißt, wer hier ist, aber nenn keine Namen."

Die Frauenstimme: „Ja."

Der Anrufer (immer noch flüsternd): „Sag unserm gemeinsamen Freund, ich hab hier etwas wirklich Wichtiges entdeckt. Fast alles, was er wissen wollte. Mehr kann ich nicht sagen, aber morgen abend komme ich zu dir."

Klicken. Der Anrufer hatte eingehängt.

Wizard Wong wußte nicht sicher, ob Tony „Bär" Marino, der die Abhöranlage bestellt hatte, an diesem Teil des Tonbands interessiert sein würde. Er hatte nur so ein Gefühl. Wong schaute in seinem Notizbuch nach, ging zum Telefon und wählte eine Nummer.

Am Montag ließ Wong das Tonband in Marinos Büro, das sich in den Räumen eines Fuhrparks befand, ablaufen. Tony der Bär, der unter seinen zahlreichen geschäftlichen Unternehmungen auch am Doppel-Sieben-Club beteiligt war und seine Geschäftspartner regelmäßig abhören ließ, hatte blanke Wut im Gesicht stehen. „Hol dich der Henker! Du hast auf diesem verdammten Tonband eine ganze Woche lang herumgesessen, bevor du damit zu mir gekommen bist?"

Wong begann zu schwitzen. „Ich hab die Zeit nicht vergeudet, Mr. Marino", protestierte er. „Ich hab noch ein paar Dinge herausbekommen, die Sie wahrscheinlich interessieren. Ich kann Ihnen die Nummer sagen. Ich hab auch Beziehungen zur Telefongesellschaft –"

„Quatsch nicht soviel! Die Nummer! Wem gehört sie?"

„Der Anschluß gehört einer Mrs. J. Nuñez. Sie wohnt in Forum East. Hier ist die Haus- und die Wohnungsnummer." Wong reichte Tony ein Zettelchen. „Aus den Unterlagen geht hervor, daß der Anschluß vor einem Monat als Eilauftrag gelegt worden ist. Normalerweise hat Forum East eine lange Warteliste, aber hier hat jemand nachgeholfen. Ein gewisser Nolan Wainwright, der Sicherheitsdirektor der First Mercantile American Bank."

Tony der Bär fuhr hoch. Er erinnerte sich noch gut an den Versuch vor einem halben Jahr, als schon einmal ein Spitzel eingeschleust worden war, ein Bursche namens Vic, dem sie die Gedärme zerfetzt hatten, bis er „Wainwright" sagte. War jetzt sein Nachfolger da? Wenn ja, dann konnte Tony der Bär sich ziemlich genau denken, worauf er es abgesehen hatte. Die Stimme des Anrufers, ein Flüstern nur, war nicht zu erkennen. Aber die andere Stimme hatten sie ja und konnten alles, was sie wissen wollten, aus der Frau herausquetschen.

Marino gab Wong eilig sein Geld und ließ zwei Muskelmänner kommen, denen er die Adresse in Forum East und den Befehl gab: „Schnappt euch diese Nuñez."

„WENN das alles, was du mir da erzählt hast, stimmt", sagte Alex zu Margot Bracken, „dann kriegt Nolan Wainwright von mir persönlich den kräftigsten Tritt seines Lebens in den Hintern."

Sie saßen in Alex' Wohnung, wohin Margot am Montagabend unmittelbar nach ihrem Gespräch mit Juanita Nuñez gekommen war. Juanita hatte ihr nervös von der Vereinbarung berichtet, durch die sie zum Bindeglied zwischen Wainwright und Miles Eastin geworden war. In letzter Zeit aber, vertraute Juanita ihr an, sei ihr erst klargeworden, in welche Gefahr sie sich begeben habe, und sie habe immer mehr Angst bekommen, nicht nur um sich selbst, sondern um Estela. Am Ende war Margot, wutentbrannt, schnurstracks zu Alex gegangen.

„Ich wußte, daß Eastin in den Untergrund gegangen ist." Alex lief mit sorgenvollem Gesicht im Wohnzimmer auf und ab. „Aber ich schwöre dir, daß von einer Abmachung mit Mrs. Nuñez nie die Rede war."

„Wahrscheinlich wußte Wainwright, daß du dich da querlegen würdest."

„Hat Edwina denn Bescheid gewußt?"

„Offenbar nicht."

Alex blieb stehen. „Wir werden gleich morgen etwas für Mrs. Nuñez tun. Und wenn wir sie eine Zeitlang aus der Stadt schaffen müssen, um ihre Sicherheit zu garantieren, bin ich auch damit einverstanden."

Alex ließ ungesagt, daß er die Absicht hatte, Wainwright die Einstellung des Unternehmens zu befehlen. Er wünschte sich von Herzen, er wäre seiner ersten Eingebung gefolgt und hätte das Ganze von vornherein verboten. Zum Glück war es noch nicht zu spät, den Fehler wieder auszubügeln. Noch war nichts Schlimmes passiert, weder Eastin noch Mrs. Nuñez.

WAINWRIGHT saß allein in seinem Büro und rekapitulierte die bisher erzielten Fortschritte. Nur noch ein Stückchen. Ein Teilchen noch, und dieses peinigende Puzzle wäre komplett. Die Quelle der gefälschten Keycharge-Kreditkarten war jetzt bekannt. *Aber wo arbeiteten die Fälscher?* Wainwright hatte bereits das FBI und den amerikanischen Geheimdienst über Danny informiert. Der Geheimdienst mußte eingeschaltet werden, weil Geldfälschung nach der Verfassung in seinen Zuständigkeitsbereich fiel. Die FBI-Beamten, die auf den Fall angesetzt wurden – Innes und Dalrymple –, waren dieselben, die vor fast einem Jahr Miles Eastin verhaftet hatten. Sie brauchten nicht lange, um Danny als den dreiundsiebzigjährigen Daniel Kerrigan zu identifizieren. „Vor ewigen Zeiten", berichtete Innes, „ist Kerrigan dreimal wegen irgendwelcher Fälschungsgeschichten verhaftet und zweimal auch verurteilt worden, aber seitdem haben wir fünfzehn Jahre lang nichts mehr von ihm gehört. Entweder ehrlich geworden oder Schwein gehabt. Jetzt sieht es also doch so aus, als ob er für eine Organisation arbeitete."

Sowie bekannt wurde, wo sich die Höhle der Fälscher befand, würden FBI und Geheimdienst zugreifen. Große Hoffnungen wurden in Eastins nächsten Bericht gesetzt.

Während Nolan Wainwright sich das alles durch den Kopf gehen ließ, schrillte sein Telefon. Mr. Vandervoort wünsche ihn zu sprechen. Wenige Minuten später begehrte Wainwright in Alex' Büro auf: „Das kann doch nicht Ihr Ernst sein!"

„Und ob das mein Ernst ist", sagte Alex, „obwohl es mir schwerfällt, zu glauben, daß Sie Mrs. Nuñez derart mißbraucht haben. Das ist doch nicht zu fassen! Das Mädchen in Gefahr zu bringen, ohne auch nur jemandem Bescheid zu sagen!"

„Aber es funktioniert doch, Alex. Wir stehen kurz vor der Aufklärung der Keycharge-Fälschungen. Schön, das mit der Nuñez war ein Fehler. Aber in Eastin habe ich mich nicht getäuscht – das beweisen die Ergebnisse."

Alex schüttelte entschieden den Kopf. „Wir sind eine Bank, und die Aufklärung von Verbrechen ist nicht unser Geschäft. Beenden Sie Eastins Einsatz, wenn möglich noch heute. Ich will nicht, daß die FMA Menschenleben aufs Spiel setzt."

„Hören Sie doch, Alex –"

„Das ist endgültig, und jede weitere Diskussion wäre Zeitverschwendung."

Wainwright setzte eine saure Miene auf, aber Alex war noch nicht fertig: „Als nächstes müssen Sie, Edwina D'Orsey und ich uns heute nachmittag zusammensetzen und überlegen, wie wir Mrs. Nuñez schützen können."

Eine Sekretärin kam an die Tür. „Mr. Vandervoort, Miß Bracken ist am Apparat. Sie sagt, es sei ungemein dringend."

Alex nahm den Hörer ab.

„Alex", sagte Margot, „Juanita Nuñez ist verschwunden."

„Moment." Alex betätigte einen Schalter, der das Gespräch über einen Lautsprecher leitete, so daß Wainwright mithören konnte. „Jetzt sprich weiter."

„Ich mache mir so schreckliche Sorgen. Als ich mich gestern von

Juanita getrennt habe, haben wir ausgemacht, daß ich sie heute in
der Bank anrufen würde, weil ich hoffte, inzwischen eine gute Nachricht für sie zu haben. Alex, sie ist nicht zur Arbeit gekommen."
Margots Stimme klang verzweifelt. „Ich bin jetzt in Forum East. Die
Wohnungsnachbarn sagen, Juanita sei heute zur gewohnten Zeit fortgegangen, um ihre Tochter in den Kindergarten zu bringen. Ich habe
im Kindergarten angerufen. Estela ist nicht da. Weder sie noch ihre
Mutter haben sich heute sehen lassen. Ich bin überzeugt, daß da
etwas ganz, ganz Schreckliches passiert sein muß."

„Warte mal", sagte Alex. „Nolan ist hier."

Wainwright hatte sich beim Zuhören weit vorgebeugt. Jetzt richtete er sich auf und sagte ruhig: „Da gibt's keinen Zweifel. Die
Nuñez ist entführt worden."

„Von wem?"

„Von Leuten aus der Doppel-Sieben. Wahrscheinlich sind sie auch
schon hinter Eastin her."

„Sie meinen, man hat Juanita in den Club gebracht?"

„Nein. Das wäre das letzte, was die täten. Sie ist woanders."

„Und das Kind haben die auch?"

„Ich fürchte, ja." Wainwrights Blick war gequält. „Das tut mir so
leid, Alex."

„Sie haben uns das eingebrockt", sagte Alex heftig. „Jetzt holen
Sie um Gottes willen Juanita und das Kind da wieder raus!"

Wainwright dachte konzentriert nach, während er sprach. „Zuerst
müssen wir feststellen, ob es eine Möglichkeit gibt, Eastin zu warnen.
Wenn wir ihn noch erreichen und aus dem Club herausholen können,
weiß er vielleicht etwas, was uns zu dem Mädchen führen könnte."
Nolan hatte ein kleines schwarzes Notizbuch geöffnet und griff bereits nach einem andern Apparat.

Es GING alles so schnell, daß die Wagentüren bereits zu waren und
die große, schwarze Limousine schon wieder fuhr, ehe Juanita auch
nur schreien konnte. Jetzt schrie sie, obwohl sie wußte, daß es zu
spät war. Ein Handschuh preßte sich auf ihren Mund. Aber sie hörte
Estelas Angstschreie neben sich und kämpfte weiter, bis ihr jemand
mit der Faust hart ins Gesicht schlug.

Juanita lag still und versuchte sich gegen die Angst zu wehren, zu
denken trotz der Messer, die schmerzhaft in ihrem Kopf herumwühl-

ten. Drei Männer saßen im Wagen, zwei hinten, einer vorn. Sie selbst und Estela lagen gegeneinandergepreßt auf dem Wagenboden. Estela schluchzte so verzweifelt, daß ihr ganzer Körper bebte. Juanita versuchte sie zu umfassen und zu trösten.

„Hier, *amorcito!* Sei tapfer, mein Kleines."

Eine Stimme sagte: „Ihr solltet sie lieber knebeln und ihnen die Augen verbinden."

Juanita hörte etwas wie Stoff zerreißen. Sie flehte: „Bitte, nicht! Ich werde –" Dann wurde ihr ein breites Klebeband über den Mund geklatscht und festgedrückt. Sekunden später hatte sie ein dunkles Tuch vor den Augen; sie fühlte, wie es festgeknotet wurde. Als nächstes packte jemand ihre Hände und band sie ihr hinter dem Rücken zusammen. Die Schnüre schnitten ihr in die Handgelenke. Nach den Bewegungen, die Juanita neben sich fühlte, widerfuhr Estela die gleiche Behandlung. Tränen der Wut und Ohnmacht stiegen ihr in die Augen. *Mutter Gottes, bitte rette uns!*

Sie bemerkte, daß der Wagen wie in dichtem Verkehr immerzu hielt und wieder anfuhr; dann fuhr er ein langes Stück schnell, dann wieder langsam, mit häufigem Richtungswechsel. Nach ungefähr einer Stunde hielt der Wagen an. Der Motor dröhnte jetzt wie in einem geschlossenen Raum. Dann verstummte er. Juanita hörte ein Rumpeln, als ob ein schweres Tor geschlossen würde. Gleichzeitig öffneten sich die Wagentüren, und Juanita wurde grob herausgerissen und vorwärtsgestoßen. Sie stolperte, wurde aber gepackt. „Los, beweg dich!"

Während sie schwerfällig weiterging, die Gedanken angstvoll bei Estela, hörte sie ihre Schritte auf Betonboden hallen. Plötzlich wurde sie, teils geschoben, teils gezogen, eine Treppe hinunterbugsiert. Unten mußte sie weitergehen. Dann auf einmal wurde sie auf einen harten Holzstuhl gestoßen und festgebunden. Das Klebeband wurde ihr vom Mund gerissen, die Augenbinde gelöst; nach der Dunkelheit kniff Juanita in dem grellen Licht, das ihr mit einemmal direkt ins Gesicht schien, die Lider zusammen.

Sie brachte nur keuchend hervor: „Wo ist meine –", als eine Faust sie traf.

„Spar dir das Singen. Du quasselst noch genug, wenn wir es dir sagen."

Ohne daß Juanita etwas davon wußte, konnte Tony Marino sie

durch ein in die Wand eingelassenes Spiegelglas beobachten. Angelo, einer von Tonys Leibwächtern, hatte die Entführungsaktion geleitet. Er war ein ehemaliger Preisboxer mit einer Figur wie ein Rhinozeros, und seine Arbeit machte ihm so richtig Spaß.

Angelo beugte sich über Juanita. „So, jetzt kannste reden."

Juanita, die sich bemüht hatte, einen Blick auf Estela zu werfen, die an einen Stuhl neben ihr gefesselt war, wandte ihm das Gesicht zu. „*De qué?* Worüber soll ich reden?"

„Den Namen von dem Kerl, der dich aus der Doppel-Sieben angerufen hat."

Ein Ausdruck des Verstehens huschte kurz über Juanitas Gesicht. Tony der Bär sah es und wußte, daß alles nur noch eine Frage der Zeit war.

„Vieh!" fauchte Juanita. „Ich kenne keine Doppel-Sieben."

Angelo schlug hart zu. Juanitas Kopf sank herab. Er packte sie bei den Haaren und riß ihr Gesicht hoch. „Wer hat dich angerufen?"

Sie antwortete mühsam durch die geschwollenen Lippen: „Ich sage Ihnen überhaupt nichts, bevor Sie meine Tochter nicht laufenlassen."

Das Weib hat Courage, dachte Tony der Bär. Angelo versetzte Juanita einen Hieb in den Magen, daß sie nach Luft schnappte und sich vornüber krümmte, soweit ihre Fesseln es zuließen. Neben ihr schluchzte Estela verzweifelt. Das Geräusch ärgerte Tony Marino; überhaupt dauerte ihm das Ganze schon viel zu lange. Er wandte sich an Lou, den zweiten Leibwächter, der mit ihm zuschaute, und flüsterte ihm zuerst etwas zu. Dann gab er ihm die Zigarre, die er gerade rauchte.

Während Lou hinter der Trennwand hervortrat und leise mit Angelo sprach, schaute Tony „Bär" Marino sich um. Sie waren hier unten in einem Keller, dessen Türen alle geschlossen waren, so daß keine Gefahr bestand, daß Geräusche hinausdrangen, obwohl auch das nichts ausgemacht hätte. Das fünfzig Jahre alte Haus stand für sich allein in einer erstklassigen Wohngegend und war gesichert wie eine Festung. Das Syndikat, dessen Chef Marino war, hatte es vor acht Monaten gekauft und die Fälscherwerkstatt hierher verlegt. Bald würde man es vorsichtshalber schon wieder verkaufen und weiterziehen; der neue Sitz würde wieder ebenso harmlos aussehen. Das war, wie Tony „Bär" Marino zufrieden dachte, das Geheimnis des lang anhaltenden Erfolges – häufige Umzüge in ruhige, wohlanständige

Gegenden. Für diese Umzüge hatten sie raffinierte Vorkehrungen getroffen, zum Beispiel hölzerne Abdeckungen für die Maschinen, die damit aussahen wie Möbel, so daß ein zufälliger Beobachter nichts als einen gewöhnlichen Privatumzug zu sehen glaubte. Durchgeführt wurde er mit einem richtigen Möbelwagen.

Der Trick mit der Möbelverkleidung war eine von Danny Kerrigans guten Ideen gewesen. Vor zwölf Jahren hatte Tony von Kerrigans Ruf als Könner seines Fachs gehört – und auch, daß er in der Gosse gelandet war. Er hatte den alten Mann von der Straße aufgelesen, nüchtern gehalten und für die Organisation arbeiten lassen – mit spektakulärem Erfolg.

Es gab anscheinend nichts, was Danny nicht drucken konnte – Geld, Briefmarken, Aktien, Führerscheine, Sozialversicherungskarten. Es war seine Idee gewesen, Kreditkarten zu fälschen. Bei einem sorgfältig geplanten Einbruch hatten sie sich die Plastikfolie beschafft, aus der Keycharge-Kreditkarten gemacht wurden – genug auf Jahre hinaus. Der Profit war enorm.

Aber so wichtig Danny Kerrigan auch war, ohne das Verteilersystem der Organisation wäre der Alte nur ein kleiner Fisch. Folglich machte die Gefahr, die der Organisation drohte, Tony „Bär" Marino die meisten Sorgen. War ein Spitzel ins Syndikat eingedrungen? Wenn ja, wieviel hatte er – oder sie – erfahren?

Tonys Aufmerksamkeit wandte sich wieder den Geschehnissen im Keller zu. Angelo hielt die brennende Zigarre in der Hand. Mit dem Fuß verschob er die beiden Stühle so, daß die Frau und ihr Kind jetzt einander gegenübersaßen. Angelo paffte an der Zigarre, bis die Spitze hell glühte. Dann ging er gemächlich zu dem Stuhl, auf den das Kind gefesselt war.

Estela sah auf, mit wilder Angst im Blick. Angelo griff ihre kleine rechte Hand und hob sie hoch. Er nahm die glühende Zigarre aus dem Mund. Juanita schrie halb von Sinnen, weinte und zerrte verzweifelt an ihren Fesseln: „Nein! Nicht! Ich sage alles!"

Angelo wartete ab, die Zigarre bereit, und Juanita brachte ächzend hervor: „Der Mann ... den Sie suchen ... ist Miles Eastin."

„Für wen arbeitet er?"

Ihre Stimme war nur noch ein verzweifeltes Flüstern, als sie antwortete: „First Mercantile American Bank."

Angelo ließ die Zigarre fallen und trat sie mit dem Absatz aus. Er warf einen fragenden Blick zu dem Spiegel hinüber, hinter dem er Tony Marino wußte, dann ging er hinter die Trennwand.

Tonys Gesicht war wutverzerrt. Leise sagte er: „Holt ihn. Schnappt euch das Schwein. Bringt ihn her."

„MILES", sagte Nate Nathanson ungewohnt verdrießlich, „sag mal deinem Freund, der hier andauernd anruft, daß der Club hier nicht fürs Personal da ist, sondern für die Mitglieder."

„Was für ein Freund?" Miles Eastin war einen großen Teil des Vormittags nicht in der Doppel-Sieben gewesen. Danny war wieder fort, und so hatte Miles Zeit für Botengänge gehabt.

„Ein und derselbe Kerl hat viermal angerufen und nach dir gefragt. Bestellen lassen wollte er nichts." Nathanson gab Miles Papiere und einen Schlüssel. „Eine Ladung Konserven, gerade angekommen. Die Kisten im Lager. Vergleich sie mal mit den Rechnungen."

Während er zum Lager im hinteren Teil des Gebäudes ging, machte Miles sich Gedanken über diese Anrufe. Nur drei Menschen wußten, daß er hier war – sein Bewährungshelfer, Juanita und Nolan Wainwright. Der Bewährungshelfer? Höchst unwahrscheinlich. Juanita? Nein, Nathanson hatte von einem „Kerl" gesprochen. Also konnte es nur noch Wainwright sein.

Wainwright würde es aber nur riskieren, ihn anzurufen, wenn es etwas sehr Wichtiges war ... *wie zum Beispiel eine Warnung? Eine Warnung wovor? Daß er, Miles Eastin, als Spion entdeckt worden war?* Eisige Furcht packte ihn.

Er hatte die Tür zum Lagerraum aufgestoßen. Jetzt wollte er sie gerade wieder schließen und sich zum Münztelefon bei der Bar schleichen, um Wainwright anzurufen. In diesem Moment hörte er ein paar Männer vorn in die Eingangshalle treten. Ohne zu wissen warum, schlüpfte Miles rasch in den Lagerraum. Er hörte jemanden laut fragen: „Wo ist Eastin, dieses Miststück?"

Er erkannte Angelos Stimme. Er kannte Angelo.

„Oben im Büro, glaube ich." Das war Jules LaRocca.

„Tony der Bär will –" Die Stimmen erstarben, als die Männer nach oben rannten. Aber Miles hatte genug gehört. Er schlug die Tür zum Lagerraum zu und zog den Schlüssel ab; vielleicht würden die andern wertvolle Minuten damit verplempern, die Tür einzuschlagen.

Dann rannte er los. Durch die Hintertür, den Weg neben einer stillgelegten Fabrik hinunter, über einen leeren, unratübersäten Parkplatz. An einer Eisenbahnüberführung hörte er eilige Schritte hinter sich, lautes Rufen.

Miles lief schneller, wandte sich scharf nach links, dann nach rechts. Er hatte jetzt den festeren Boden unter den Füßen, Straßen, Gehsteige. Die eilenden Schritte waren zurückgeblieben, aber deswegen machte er sich nichts vor. Inzwischen hatte bestimmt jemand seine Verfolgung im Auto aufgenommen.

Die Gegend nahm ein anderes Gesicht an, je weiter er lief. Es sah hier schon mehr nach Wohlstand aus; ein paar größere Geschäfte gab es auch. Vorne konnte er die Skyline der City ausmachen. Durch sein Gerenne machte er sich ziemlich auffällig.

An einer Kreuzung sah er einen langen, schwarzen Cadillac langsam dahinfahren. Marinos Wagen! Als er die Straße kreuzte, auf der Miles lief, zögerte der Fahrer kurz, dann gab er Gas und war schnell außer Sicht. Miles lief weiter. Er hielt sich dicht an den Häusern und verlangsamte sein Tempo gerade soviel, wie er es wagte. Aber da tauchte der Cadillac schon wieder auf. Wer immer darin saß – höchstwahrscheinlich Angelo –, konnte ihn jetzt unmöglich übersehen.

Verzweifelt stieß Miles eine Glastür zu seiner Linken auf und trat ein. Es war ein Sportartikelgeschäft. Ein Verkäufer kam auf ihn zu. „Guten Tag, Sir. Darf ich Ihnen behilflich sein?"

„Äh ... ja." Miles nannte den ersten Artikel, der ihm einfiel. „Bowlingkugeln – die möchte ich mir ansehen."

„Selbstverständlich. Ich zeige Ihnen mal, was wir dahaben."

Miles folgte dem Verkäufer an Skiern und Schußwaffen vorbei. Bei einem Blick nach hinten sah er eine einzelne Silhouette vor dem Schaufenster. Jetzt kam eine zweite Gestalt hinzu. Sie blieben zusammen stehen und rührten sich nicht von dem Schaufenster weg.

„Hier, das ist eine prima Kugel. Sie kostet zweiundvierzig Dollar."

„Die nehme ich."

„Wir brauchen Ihre Handmaße für die –"

„Nicht nötig."

Der Verkäufer machte ein verwundertes Gesicht, sagte aber nur: „Wie Sie wünschen, Sir. Wir wär's mit einer Tragetasche für die Kugel? Mit einem Paar Bowlingschuhe?"

„Ja", sagte Miles. „Ist gut." Ohne so recht zu wissen, was er tat, begutachtete er ein paar Tragetaschen, die vor ihn hingestellt wurden, suchte aufs Geratewohl eine aus und setzte sich, um die Schuhe anzuprobieren. Und gerade als er in ein Paar Schuhe hineinschlüpfte, fiel es ihm ein: *Die Keycharge-Karte auf den Namen H. E. Lyncolp – HELP.*

„Was macht das alles zusammen?" fragte er den Verkäufer.

„Sechsundachtzig Dollar und fünfundneunzig Cent plus Steuer."

„Ich möchte es auf mein Keycharge-Konto setzen", sagte Miles. Er reichte dem Mann die Karte und versuchte das Zittern in seiner Hand zu beherrschen. „Ich weiß, daß Sie dafür eine Bestätigung brauchen. Nur zu. Rufen Sie an."

Der Verkäufer nahm die Karte in ein verglastes Büro mit. Er blieb mehrere Minuten, dann kam er zurück. „Alles in Ordnung, Mr. Lyncolp."

Miles fragte sich, was jetzt wohl im Keycharge-Zentrum in der FMA-Zentrale passieren mochte. Würde ihm das noch nützen? Dann fiel ihm die zweite Anweisung ein, die ihm Juanita weitergegeben hatte:

Nach Benutzung der Karte trödeln. Wainwright Zeit zum Handeln geben.

„Bitte, hier unterschreiben, Mr. Lyncolp."

Ein Keychargeformular war mit dem Rechnungsbetrag ausgefüllt worden.

Miles beugte sich über die Theke, um zu unterschreiben. Da fühlte er eine leichte Hand auf der Schulter. Eine Stimme sagte ruhig: „Milesy."

Als er sich umdrehte, sagte Jules LaRocca: „Mach kein Theater. Es hilft dir nichts, und nachher geht's dir nur noch schlechter."

Hinter LaRocca standen mit gleichgültigen Gesichtern Angelo und Lou, außerdem noch ein vierter Mann – auch ein Schlägertyp –, den Miles noch nie gesehen hatte. Die vier umringten ihn, packten ihn und verdrehten ihm die Arme. „Los." Der Befehl kam von Angelo, mit leiser Stimme.

Der Verkäufer sah mit offenem Mund zu. Der Druck auf Miles' Arm verstärkte sich. Er fühlte sich hilflos zum Ausgang geschoben. Der verdatterte Verkäufer kam ihm nachgerannt. „Mr. Lyncolp! Sie haben Ihre Bowlingkugel vergessen."

„Die kannst du behalten, Kleiner", sagte LaRocca zu ihm. „Der hier wird sie sowieso nie mehr brauchen."

Der schwarze Cadillac parkte ein paar Meter weiter die Straße hinunter. Die Gangster stießen Miles grob hinein und fuhren los.

WENIGE Minuten zuvor hatte der Anruf des Sportartikelverkäufers auf einer Konsole im Keycharge-Prüfzentrum ein Licht aufblinken lassen. Die Angestellte vor der Tastatur sprach in ein Mikrofon an ihrem Kopfhörer: „Die Händlernummer bitte."

Der Verkäufer nannte sie. Fast gleichzeitig tippte die Angestellte die Nummer in die Tastatur, und im selben Moment erschien sie auf dem Monitor. Dann fragte das Mädchen: „Nummer der Karte und Auslaufdatum?"

Die Antwort wurde wieder eingetippt – und erschien auf dem Monitor.

„Kaufsumme?"

„Neunzig Dollar dreiundvierzig."

Tippen. Aufleuchten. Die Angestellte drückte jetzt eine bestimmte Taste und setzte den Computer mehrere Stockwerke tiefer in Gang. Innerhalb einer Millisekunde hatte das Elektronengehirn die Angaben verdaut, seine Speicher abgefragt und die Antwort aufblinken lassen:

GENEHMIGT.

GENEHMIGUNGSNUMMER 7416984

ACHTUNG . . . NOTFALL . . . NICHT, WIEDERHOLE, NICHT DEN HÄND-
LER INFORMIEREN . . . BENACHRICHTIGEN SIE IHREN VORGESETZTEN
. . . SOFORT NOTFALLANWEISUNG NUMMER 17 DURCHFÜHREN . . .

„Der Kauf ist genehmigt", sagte die Angestellte dem Anrufer. „Genehmigungsnummer . . ." Sie sprach langsam, verhaspelte sich absichtlich bei der Nummer, wie sie es gelernt hatte, um Zeit zu gewinnen. Notsignale kamen nicht oft vor, aber wenn sie aufblinkten, galt es bestimmte Anweisungen zu befolgen. Mörder waren schon gefaßt, vermißte Personen wiedergefunden und gestohlene Kunstschätze zurückgeholt worden, nur weil ein Computer auf die Möglichkeit hin programmiert worden war, daß eine bestimmte Kreditkarte irgendwo vorgelegt wurde.

Noch bevor sie zu sprechen begann, hatte die Angestellte ein Alarmsignal an die Aufsichtskanzel gegeben. Dort las eine andere junge Frau das Notsignal auf ihrem eigenen Monitor. Sie griff nach einer Kartei und fand die Notfallanweisung Nummer 17. Die besagte, daß Sicherheitsdirektor Nolan Wainwright unverzüglich davon zu benachrichtigen sei, daß und wo die Sonderkarte auf den Namen H. E. Lyncolp aufgetaucht war. Über ihre Tastatur fragte die Frau von dem Computer Namen und Adresse des Geschäfts ab. Dann rief sie Wainwrights Büro an, und Sekunden später war für sie, ihre Kollegin und den Computer der kurze Notfalleinsatz vorüber.

Nicht aber für Nolan Wainwright. Viermal hatte er versucht, Miles Eastin in der Doppel-Sieben telefonisch zu erreichen, um ihn vor der drohenden Gefahr zu warnen. Das FBI ermittelte bereits in der vermutlichen Entführung Nuñez und hatte die Beschreibung der beiden Vermißten an Staats- und Stadtpolizei durchgegeben. Ein FBI-Team behielt inzwischen ständig die Doppel-Sieben im Auge, obwohl FBI-Agent Innes mit Wainwright der Meinung war, daß man Juanita Nuñez und ihre Tochter nicht dorthin gebracht haben würde. Der Geheimdienst versuchte unterdessen, das Versteck der Organisation herauszufinden, befragte Informanten und ging jedem Hinweis nach.

Als Wainwright den H.-E.-Lyncolp-Alarm erhielt, rief er sofort das FBI an. Innes und Dalrymple, über Funk gerufen, gaben durch, sie befänden sich in der Innenstadt und schon auf dem Weg zu „Pete's Sportartikel". Wainwright beeilte sich, sie dort zu treffen.

Als er ankam, quetschte Innes gerade Passanten vor dem Laden aus. Dalrymple war drinnen und ließ sich von dem Verkäufer sagen, was er wußte. „Nichts zu holen", meldete Innes verdrießlich. „Es war schon alles vorbei, als wir endlich da waren."

„Personenbeschreibungen?" fragte Wainwright.

Der FBI-Mann schüttelte den Kopf. „Der Kerl im Laden war so erschrocken, daß er nicht mal weiß, ob's drei Mann waren oder vier. Von denen draußen kann keiner sich erinnern, überhaupt ein Auto gesehen zu haben."

Wainwrights Gesicht war verzerrt. „Also, und was jetzt?"

„Sie waren doch selbst mal Polyp", sagte Innes. „Sie wissen, wie so was weitergeht. Wir warten ab und hoffen, daß sich irgendwo was tut."

SIE hörte Schritte und Stimmen. Jetzt wußte Juanita, daß sie Miles hatten und herbrachten.

Juanita Nuñez hatte keinen Zeitbegriff mehr. Sie wußte nicht, wie lange es her war, seit sie Miles Eastins Namen hervorgestoßen, ihn verraten hatte, um Estela die Qual der Folter zu ersparen. Bald darauf hatte man sie wieder geknebelt und die Fesseln, mit denen sie an den Stuhl gebunden war, nachgezogen. Schließlich waren die Männer gegangen. Juanita wußte, daß sie dann eine Zeitlang gedöst hatte.

Aufgeschreckt von den neuen Geräuschen, fühlte sie ihre gefesselten Glieder qualvoll protestieren und hätte am liebsten aufgeschrien, doch der Knebel hinderte sie daran. Sie zwang sich mit aller Willenskraft, nicht in Panik zu geraten. Sie konnte Estela sehen, die Augen im Schlaf geschlossen, das Köpfchen auf der Brust. Die Geräusche, die Juanita geweckt hatten, störten das Kind nicht. Auch Estela war geknebelt. Juanita hoffte, daß die Erschöpfung sie so lange wie möglich vor der Wirklichkeit bewahren möge.

Die Geräusche, die Juanita gehört hatte, kamen aus einem benachbarten Raum hinter ihr, und sie nahm an, daß eine Verbindungstür offen war. Ganz kurz hörte sie Miles' protestierende Stimme, dann einen dumpfen Schlag.

Etwa eine Minute verging. Sie hörte so etwas wie Hammerschläge und wieder Miles' Stimme, diesmal deutlicher: „Nein! O Gott, nein! Bitte! Ich –"

Dann Marinos Stimme: „Gib mir die Säure, die wir zum Gravieren nehmen." Miles' Worte brachen ab und wurden zu einem hohen, durchdringenden, wahnsinnigen Schrei. Dieses Schreien, schlimmer als alles, was Juanita je gehört hatte, schien gar nicht mehr aufhören zu wollen.

Schließlich hörte sie eine Stimme befehlen: „Halt mal! Also los, hör mit dem Gebrüll auf, fang an zu singen."

Miles' Kreischen wurde zu einem gepeinigten Schluchzen. „Ich rede ja. Ich rede, ich rede!"

Juanita hörte Miles mit erstickter Stimme eine Geschichte von sich geben. Ein neuer Schrei, dann plötzlich Stille. Ob er tot ist? fragte sie sich dumpf, während sie in dem angrenzenden Raum neue Betriebsamkeit vernahm. Es klang, als ob Möbel gerückt würden; Schubladen wurden geöffnet und zugestoßen. Dann erschien zu ihrer Überraschung der Mann, den sie Lou hatte nennen hören, und löste zuerst ihre Fesseln, dann Estelas.

„Steht auf!" befahl er beiden. Estela erwachte und begann trotz des Knebels leise zu weinen. Juanita wollte zu ihr hin, doch sie konnte sich noch nicht bewegen; sie mußte sich auf den Stuhl stützen, während das Blut in ihren verkrampften Gliedern wieder zu fließen begann.

„Du hast Schwein gehabt, wegen der Kleinen", sagte Lou zu Juanita. „Der Boß läßt euch laufen. Ihr kriegt die Augen verbunden, dann werdet ihr mit dem Auto ein Stück von hier weggefahren und könnt abhauen. Du weißt ja nicht, wo du warst, also kannst du auch keinen hierherführen. Aber *wenn* du *irgend*wem *irgend*was sagst, finden wir dich, egal wo du bist, und bringen dein Kind um. Verstanden?" Juanita nickte. „Dann los jetzt." Lou zeigte zu einer Tür. Offenbar wollte er ihr jetzt noch nicht die Augen verbinden. So restlos erschöpft Juanita auch war, allmählich gewann sie doch ihre Denkfähigkeit zurück.

Sie gingen eine Betontreppe hinauf, und auf halbem Wege mußte Juanita sich an die Wand lehnen, weil sie das Gefühl hatte, sich übergeben zu müssen. In dem Nebenraum, durch den die drei eben gekommen waren, hatte sie Miles gesehen, den Körper auf einen Tisch gesunken, die Hände ein blutiger Brei, das Gesicht verätzt. Er hatte sich ein wenig bewegt und gestöhnt.

„Los, weiter!" drängte Lou. Sie gingen wieder die Stufen hinauf.

Der entsetzliche Anblick, den Miles geboten hatte, erfüllte Juanitas ganze Gedanken. Was konnte sie nur tun, um ihm zu helfen? Wenn sie und Estela freigelassen waren, konnte sie ihm dann irgendwie Hilfe bringen? Sie hatte keine Ahnung, wo sie sich befanden. Aber sie mußte etwas tun, um ihre schrecklichen Schuldgefühle – wenigstens ein wenig – zu beschwichtigen. Aus welchem Grunde auch immer, sie selbst hatte Miles hierhergebracht.

Ein Gedanke begann zu keimen. Juanita konzentrierte sich, entwickelte ihn weiter, vergaß im Augenblick sogar Estela. Es könnte gehen. Der Erfolg hing von der Schärfe ihrer Sinne und ihres Gedächtnisses ab. Wichtig war auch, daß ihr die Augen erst verbunden wurden, *nachdem* sie ins Auto gestiegen war.

Am Ende der Treppe wandten sie sich nach rechts und kamen in eine Garage mit Betonwänden, eine ganz normale Garage für zwei

Autos, wie sie zu jedem Haus gehören konnte. Darin stand ein
dunkelgrüner Ford. Das Kennzeichen konnte sie nicht sehen.

Bei einem raschen Rundblick sah Juanita etwas Merkwürdiges. An
der Wand stand eine hölzerne Kommode, aber so eine Kommode
hatte sie noch nie gesehen. Sie war senkrecht in zwei Teile geschnitten, und die beiden Hälften standen ein Stückchen auseinander;
drinnen war sie hohl. Neben der Kommode stand eine ebenso merkwürdig zersägte Anrichte, deren eine Hälfte gerade von zwei Männern hinausgetragen wurde.

Lou öffnete eine hintere Wagentür. „Einsteigen", befahl er. In
den Händen hielt er zwei dicke, dunkle Augenbinden.

Beim Einsteigen stolperte Juanita absichtlich und ließ sich nach
vorn fallen, wobei sie sich an die Rückenlehne des Vordersitzes
klammerte.

Das gab ihr die Gelegenheit, auf die sie gelauert hatte – die Meilen-
zahl abzulesen: 25714,8. Sie schloß die Augen und vertraute die Zahl
ihrem Gedächtnis an.

Estela folgte Juanita. Nach den beiden stieg Lou ein, verband ihnen
die Augen und setzte sich auf die Rückbank. Er stieß Juanita gegen
die Schulter. „Runter auf den Boden, alle beide. Macht keinen Ärger,
dann passiert euch nichts." Juanita kauerte sich auf den Boden,
Estela fest neben sich. Sie zog die Beine an und brachte es auf
diese Weise fertig, mit dem Gesicht nach vorn zu hocken. Sie hörte
noch jemanden in den Wagen steigen, den Motor anspringen und
die Garagentür laut rumpelnd aufgehen. Dann fuhren sie.

Von demselben Augenblick an, als sich der Wagen in Bewegung
setzte, konzentrierte Juanita sich wie noch nie in ihrem Leben. Ihre
Absicht war, sich Zeiten und Richtungen zu merken. Sie zählte die
Sekunden, wie ein Freund von ihr, der Fotograf war, es ihr einmal
beigebracht hatte: *einundzwanzig, zweiundzwanzig, dreiundzwanzig* ... Sie fühlte, wie der Wagen zurücksetzte und wendete, dann
zählte sie acht Sekunden, die er geradeaus fuhr. Dann blieb er fast
stehen. Eine langgezogene Einfahrt? Wahrscheinlich. Jetzt bewegte
sich der Wagen wieder langsam vorwärts, höchstwahrscheinlich bog
er in eine Straße ein ... *nach links.* Jetzt schneller vorwärts. Juanita
begann wieder zu zählen. *Zehn Sekunden. Wagen wird langsamer.
Biegt nach rechts ab ... Einundzwanzig, zweiundzwanzig. Abbiegen
nach links ... Höhere Geschwindigkeit ... Neunundsiebzig, achtzig.*

Langsamer. Vier Sekunden Halt, dann geradeaus weiter. Könnte eine Ampel gewesen sein.

Großer Gott! Um Miles' willen, hilf mir, das alles zu behalten! *Neunundzwanzig, dreißig. Rechts ab.*

Verdränge jeden anderen Gedanken. Reagiere auf jede Bewegung des Wagens. Zähl die Sekunden – hoffe und bete, daß dein gutes Gedächtnis, das dich einmal gegen Miles' Hinterhältigkeit geschützt hat, jetzt *ihn* rettet!

Ein langes Stück geradeaus, gute Straße, hohe Geschwindigkeit – Juanita schwankte – *die Straße macht eine Biegung nach links . . . Anhalten.* Das waren achtundsechzig Sekunden gewesen. *Nach rechts.* Wieder von vorn: *einundzwanzig, zweiundzwanzig . . .*

16. Kapitel

„Hier Sergeant Gladstone, Polizeifunkzentrale", meldete sich eine gelangweilte, näselnde Stimme am Telefon. „Wir sollen Sie sofort verständigen, wenn eine Juanita Nuñez oder das Kind Estela Nuñez irgendwo auftaucht."

FBI-Agent Innes schoß hoch. „Haben Sie was für uns, Sergeant?"

„Ein Funkwagen hat sich gerade gemeldet. Eine Frau und ein Kind, auf die Ihre Beschreibung paßt, sind an der Ecke Cheviot Township und Shawnee Lake Road aufgegriffen worden. Die Kollegen bringen sie aufs zwölfte Revier."

Innes deckte die Sprechmuschel mit der Hand zu. Zu Nolan Wainwright, der ihm hier am Schreibtisch in der FBI-Zentrale gegenübersaß, sagte er: „Stadtpolizei. Sie haben die Nuñez und das Kind."

Wainwright klammerte sich an der Tischkante fest. „Fragen Sie, in welchem Zustand sie sind."

„Sergeant", sagte Innes, „sind die beiden wohlauf?"

„Hab Ihnen alles gesagt, was wir wissen. Wenn Sie mehr erfahren wollen, rufen Sie am besten beim Zwölften an." Innes wählte die Nummer des zwölften Reviers. Er wurde mit Lieutenant Fazackerly verbunden.

„Unsere Leute melden, daß die Frau wohl etwas zusammengeschlagen wurde", sagte Fazackerly. „Sonst anscheinend keine Verletzungen."

Innes gab die Nachricht an Wainwright weiter, der die Hände vorm Gesicht hatte, wie im Gebet.

Der Lieutenant sprach weiter: „Etwas ist da komisch. Meine Leute sagen, die Nuñez will nicht reden. Sie verlangt nur nach Papier und Bleistift. Sie haben's ihr gegeben. Jetzt schreibt sie wie verrückt. Sie sagt, sie hat was im Kopf, das rausmuß."

FBI-Agent Innes erinnerte sich an Juanita Nuñez' fabelhaftes Gedächtnis. „Lassen Sie sich sofort mit dem Funkwagen verbinden. Sagen Sie den Beamten, sie sollen keinesfalls mit der Nuñez reden. Sie sollen ihr jede Hilfe geben, die sie verlangt. Und auf dem Revier soll sie weiterschreiben, wenn sie will. Wir kommen sofort rüber. Behandeln Sie die Frau, als wenn sie was Besonderes wäre."

Er schwieg kurz, dann fügte er hinzu: „Das ist sie nämlich."

Auf dem Revier setzten Juanitas Notizen alle in Erstaunen:

Kurz zurück. Aus der Garage.
Vorwärts. 8 Sekunden. Fast Halt. (Ausfahrt?)
Links ab. 10 Sekunden. Mittl. Geschw.
Rechts ab. 2 Sekunden.
Links ab. 50 Sekunden. Schnell.
Halt. 4 Sekunden. (Ampel?)
Geradeaus weiter. 10 Sekunden. Mittl. Geschw.
Rechts ab. Lange gerade Strecke. Hohe Geschwindigkeit.
Linkskurve. Halt. 68 Sekunden.
Start. Sofort rechts ab ...

Juanitas Aufzeichnungen füllten sieben handgeschriebene Seiten.

Sie arbeiteten eine Stunde lang fieberhaft an großmaßstäbigen Karten: Innes und Dalrymple vom FBI, Jordan und Quimby vom Geheimdienst, Nolan Wainwright und die Beamten vom Zwölften. Die Aufzeichnungen, sagte Juanita, seien vollständig und absolut genau. Sie erklärte, sie sei vorher nie sicher, ob sie sich an das erinnern würde, was sie ihrem Gedächtnis anvertraue – bis der Augenblick da sei. Dann aber wisse sie mit absoluter Sicherheit, daß ihre Erinnerungen richtig seien.

Außer den Aufzeichnungen hatten sie noch etwas in der Hand. Die zurückgelegte Strecke. Man hatte Juanita und Estela die Binden und Knebel abgenommen, bevor man sie auf einer verlassenen Vorortstraße aus dem Wagen stieß. Wieder hatte Juanita sich ungeschickt angestellt und dabei einen Blick auf den Meilenzähler werfen können: 25738,5. Sie waren 23,7 Meilen weit gefahren. Aber war das in einer Richtung gewesen, oder war der Wagen hin und her gefahren, damit die Fahrt länger schien, als sie war, nur um Juanita zu verwirren?

Jordan vom Geheimdienst zeichnete eine Anzahl von Strichen auf eine Straßenkarte – die verschiedenen Strecken, von denen der Wagen höchstwahrscheinlich eine gefahren war. Dann zeichnete er um die Ausgangspunkte einen Kreis. „Hier drin." Er hielt den Finger darauf. „Irgendwo hier drin."

„Das sind ja mindestens acht auf acht Kilometer", sagte Innes.

„Dann kämmen wir sie eben durch", antwortete Jordan. „In Trupps. In Wagen. Unser Verein und Ihrer, und wir bitten die Stadtpolizei um Hilfe."

Lieutenant Fazackerly fragte: „Und wonach suchen wir eigentlich, meine Herren?"

„Wenn Sie's genau wissen wollen", sagte Jordan, „ich hab keinen Schimmer."

JUANITA NUÑEZ fuhr mit Innes und Wainwright in einem Wagen des FBI. Wainwright saß am Steuer, damit Innes die beiden Funkgeräte bedienen konnte – eines, um mit den anderen Wagen Verbindung zu halten, das andere für den regulären Funkkontakt zur FBI-Zentrale. Sie hatten das Gebiet aufgeteilt und klapperten es in fünf Autos ab. Zwei waren vom FBI, einer vom Geheimdienst und zwei von der Stadtpolizei.

Von einem waren sie alle überzeugt: Wo Juanita festgehalten worden war, dort befand sich die Fälscherzentrale. So hatten alle Trupps dieselbe Anweisung: Jede Beobachtung zu melden, die auf die Zentrale einer Verbrecherorganisation, vor allem einer Fälscherbande, schließen lassen konnte.

Juanita saß auf dem Rücksitz des FBI-Wagens. Es war fast zwei Stunden her, seit sie und Estela aus dem dunkelgrünen Ford gestoßen worden waren. Seitdem hatte Juanita jede Behandlung – außer erster Hilfe – für ihr böse geschwollenes Gesicht verweigert. Sie wußte, wenn sie Miles noch rechtzeitig finden wollten, um ihn zu retten, mußte alles andere warten, sogar ihre Sorge um Estela, die zur Beobachtung in ein Krankenhaus gebracht worden war. Margot Bracken war bei ihr.

Das Gebiet, das Jordan eingekreist hatte – es lag auf der Ostseite
der City –, umfaßte einen großen Industriebereich und mehrere Ein-
kaufszentren.

Der Rest war Wohngegend – vom kleinen Bungalow bis zur
Prachtvilla.

Dem Suchtrupp bot sich nur Alltägliches. In einem großen Haus
begann eben ein Wohltätigkeitstee. Vor einem anderen stand ein
Möbelwagen der Alliance Van Lines und lud Haushaltsmobiliar auf.
Irgendwo zwischen den Bungalows reparierte ein Arbeitstrupp ein
Wasserrohr.

Nach fast einer Stunde sagte Wainwright: „Ich hab so ein komisches Gefühl, das ich früher bei der Polizei manchmal hatte, wenn
ich etwas übersah, was sich genau vor meiner Nase abspielte. Juanita,
als Eastin zu schreien aufhörte, haben Sie, wie Sie sagen, eine Menge
Lärm gehört."

„Lärm und Betrieb", verbesserte sie ihn. „Ich konnte Leute herum-
laufen hören, Dinge wurden herumgeschoben, Schubladen auf- und
zugemacht – so etwas eben."

„Haben Sie auf dem Weg nach draußen irgendwie mitbekommen,
was sich da abspielte?"

Juanita schüttelte den Kopf. „Ich war so über Miles' Anblick
entsetzt, daß ich sonst nichts mehr gesehen habe." Sie zögerte.
„Moment, da waren doch die Männer in der Garage, die diese komi-
schen Möbel herumtrugen."

„Ja", sagte Innes. „Davon haben Sie erzählt. Merkwürdig, aber
dafür haben wir noch gar keine Erklärung gesucht."

Wainwright zog die Stirn kraus. „Diese Geschäftigkeit, die Juanita
bemerkt hat ..., wenn die nun gerade dabei waren zusammenzu-
packen, weil sie verschwinden wollten?"

„Schon möglich", meinte Innes. „Aber dann hätten sie Druckpressen herumgeschleppt, keine Möbel."

„Es sei denn", sagte Wainwright, „die Möbel waren Tarnung.
Hohle Möbel."

„Der Umzug vorhin!" schrie Innes.

Wainwright wendete den Wagen mit wirbelnden Rädern blitzschnell in enger Kurve. Innes packte das Mikrofon. „An alle Son-
dereinheiten. Sammelpunkt großes graues Haus, abgesetzt, Ostende
Earlham Avenue. Aufpassen auf Möbelwagen der Alliance Van Lines.

Anhalten und Insassen festnehmen. Stadtpolizei, rufen Sie alle in der Nähe befindlichen Streifenwagen zusammen. Kode zehn-dreizehn."

Kode 10-13 bedeutete Höchstgeschwindigkeit, Blinklicht und Sirene. Innes schaltete ihre eigene Sirene ein. Wainwright trat hart aufs Gaspedal.

„Zweimal sind wir vorbeigefahren." Innes' Stimme klang, als sei er dem Weinen nah. „Und beim letztenmal waren sie fast mit Laden fertig."

„FAHREN Sie immer Richtung Westküste", instruierte Marino den Fahrer. „Machen Sie alles genauso wie mit einer regulären Fracht. Aber halten Sie Verbindung; Sie wissen, wo Sie anrufen sollen. Neue Weisungen bekommen Sie in Los Angeles."

„In Ordnung." Der Fahrer kannte sich aus. Er hatte das schon einmal gemacht, als Tony der Bär seine Fälscherausrüstung durchs ganze Land hatte hin und her kutschieren lassen, bis wieder Ruhe eingekehrt war. „Ich mach mich jetzt wohl besser auf die Socken, Mr. Marino. Bis demnächst."

Tony der Bär nickte. Er fühlte sich erleichtert. Dieser Umzug war ein Gebot der Klugheit, auch wenn die Zentrale bisher noch nicht aufgeflogen war. Wie immer – superschlau. Im Zweifelsfall umziehen. Und nun, wo verladen war, wurde es auch höchste Zeit, das zu beseitigen, was von diesem Schnüffler Eastin noch übrig war. Unrat. Diese Kleinigkeit würde Angelo besorgen. Inzwischen, fand Tony der Bär, war es allerhöchste Eisenbahn, sich selbst zu verziehen. Er war ausgezeichneter Stimmung und lachte stillvergnügt in sich hinein. *Super*schlau.

In diesem Augenblick hörte er die von allen Seiten näher kommenden Sirenen.

„LEG lieber 'nen Zahn zu, Harry!" rief der junge Krankenpfleger dem Fahrer zu. „Der Mann hat keine Zeit zu verschenken."

Juanita, die mit angespanntem Gesicht auf einem Notsitz saß, fragte: „Wie geht's ihm?"

„Schlecht. Warum soll ich Ihnen was vormachen?" Der junge Sanitäter hatte ihm sechzehn Milligramm Morphium subkutan gespritzt; jetzt spülte er Miles' Gesicht mit Wasser ab. Trotz des Morphiums stöhnte Eastin. „Er hat einen Schock. Der kann ihn umbringen, auch

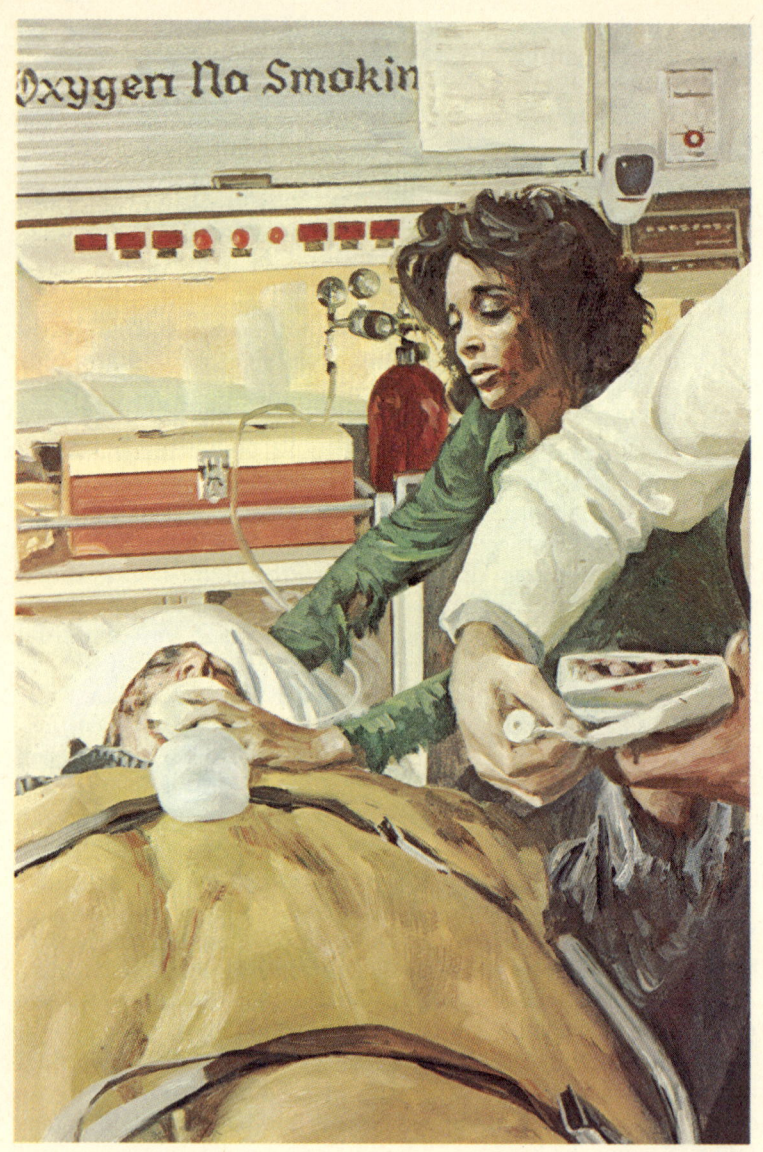

wenn er die Verätzungen überlebt. Das Wasser soll die Säure ab-
spülen, obwohl es dafür recht spät ist. Seine Augen ..." Er schüttelte
den Kopf. „Sagen Sie mal, was hat sich da drinnen abgespielt?"

Juanita schüttelte den Kopf. Tränen stiegen ihr in die Augen.
„Verzeih mir!" flehte sie. „Bitte, verzeih mir!"

„Ist das Ihr Mann?" fragte der Sanitäter. Er war jetzt dabei,
Schienen an Miles' Hände zu legen und sie mit Verbänden zu
sichern.

„Nein."

„Ihr Freund?"

„Ja." War sie denn wirklich seine Freundin? Hatte sie ihn verraten *müssen?* Hier und jetzt wollte sie Vergebung von ihm, wie er
einmal von ihr.

„Halten Sie das mal." Der Pfleger legte eine Maske über Miles'
Gesicht und reichte Juanita eine Sauerstoffflasche. Sie riß sie an sich,
als könne sie sich durch die Berührung mitteilen, wie sie sich Miles
seit dem Augenblick hatte mitteilen wollen, als sie ihn gefunden
hatten, bewußtlos, blutend, verbrannt, die Hände zerschlagen und auf
den Tisch genagelt.

Juanita und Wainwright waren den Polizisten in das graue Haus
gefolgt. Wainwright hatte sie zurückgehalten, bis er sicher war, daß
es drinnen keine Schießerei geben würde. Aber es war zu gar keinem
Widerstand gekommen, nachdem die Leute drinnen eingesehen hatten, daß sie umstellt und an Zahl unterlegen waren.

Wainwright selbst hatte, so sanft er konnte, die Nägel herausgezogen und Miles' übel zugerichtete Hände befreit. Die Männer, die
mit Handschellen gefesselt in einer Reihe standen, hatte Juanita zwar
irgendwie wahrgenommen, sich aber weiter nicht um sie gekümmert.
Als die Ambulanz kam, war sie neben der Tragbahre geblieben, ihr in
den Krankenwagen gefolgt und hatte sich so dicht neben Miles gesetzt, wie es eben ging. Jetzt begann sie zu beten. *Acordaos, piadosi-
sima Virgen María* ... daß niemals unerhört blieb, wer je unter Deinen Schutz floh, wer Deine Hilfe erflehte, Deinen Beistand suchte.
Von dieser Zuversicht geleitet, fliehe ich zu Dir ...

Etwas, das der Sanitäter gesagt hatte, schoß ihr wieder durch den
Kopf. *Miles' Augen.* Ihre Stimme zitterte. „Wird er blind?"

„Das müssen Ihnen die Spezialisten sagen. Ich kann hier jetzt nicht
mehr viel tun."

Juanita dachte, daß auch sie nicht viel tun könne außer bei ihm
bleiben, voll Liebe und Hingabe, solange er sie brauchte. Und
beten ... *Virgen Madre de las vírgenes!*

„Wir sind gleich da", sagte der Krankenpfleger. Er hatte die Finger an Miles' Puls. „Immerhin lebt er noch."

17. KAPITEL

IN DEN zwei Wochen, seit die Börsenaufsicht angefangen hatte, offiziell im Labyrinth der Supranational-Finanzen herumzustochern, hatte
Roscoe Heyward um ein Wunder gebetet, das die völlige Katastrophe
abwenden möge. Doch je tiefer die Ermittler bohrten, desto schlimmer erschien das Debakel. Es galt jetzt auch als wahrscheinlich, daß
gegen einige leitende Leute bei der Supranational Betrugsanzeige
ergehen würde, auch gegen G. G. Quartermain, vorausgesetzt, daß
man George den Großen veranlassen konnte, seinen Schlupfwinkel
in Costa Rica zu verlassen und heimzukommen – eine nicht sehr
wahrscheinliche Annahme.

Anfang November wurde namens der Supranational Corporation
die Eröffnung des Konkursverfahrens beantragt. Der Donnerschlag
war weltweit zu vernehmen. Große Gläubiger, angegliederte Unternehmen und viele Einzelpersonen würden, so nahm man an, mit dem
Konzern in den Abgrund gerissen werden. Ob die First Mercantile
American Bank unter ihnen sein würde, war noch immer eine offene
Frage.

Keine offene Frage mehr – das sah Heyward völlig klar – war
seine eigene Karriere bei der FMA. Als Urheber des größten Reinfalls
in der hundertjährigen Geschichte der Bank war er erledigt. Fraglich
war nur noch, inwieweit er auch rechtlich zur Verantwortung gezogen werden konnte. Erst gestern hatte ein Beamter der Börsenaufsicht, den Heyward gut kannte, zu ihm gesagt: „Roscoe, als Ihr
Freund würde ich Ihnen raten, sich einen Anwalt zu nehmen."

Seine Hände zitterten, als er in seinem Büro das *Wall Street Journal* las. Er wurde von Mrs. Callaghan, seiner Sekretärin, unterbrochen. „Mr. Heyward – Mr. Austin ist da."

Ohne erst eine Aufforderung abzuwarten, kam Harold Austin
hereingestürmt. Sein Gesicht war verhärmt und blaß. Er hielt sich

nicht mit langen Vorreden auf. „Haben Sie *irgend etwas* von Quartermain gehört?"

Heyward wies auf die Zeitung. „Ich weiß nur, was ich hier lese." In den vergangenen zwei Wochen hatte er zweimal vergeblich versucht, George den Großen in Costa Rica anzurufen. Berichten zufolge, die nach draußen drangen, lebte er in fürstlicher Pracht mit einer kleinen Armee von Schlägern, die ihn bewachten, und hatte laut eigenem Bekunden nicht die Absicht, in die USA zurückzukehren. Man ging davon aus, daß Costa Rica einem amerikanischen Auslieferungsersuchen nicht entsprechen würde, wie es sich bei anderen flüchtigen Gaunern schon gezeigt hatte.

„Ich gehe baden", sagte der Ehrenwerte Harold mit brechender Stimme. „Ich habe das Familienvermögen in SuNatCo-Aktien angelegt und bleibe persönlich auf einem Kredit sitzen, den ich aufgenommen habe, um Q-Investments zu kaufen."

„Was ist denn um Himmels willen mit Q-Investments?"

„Inchbeck hat mir gesagt, daß Quartermain, dieses Dreckschwein, alle im Besitz von Q-Investments befindlichen Wertpapiere verkauft hat, als ihr Kurs am höchsten war. Er muß einen Swimming-pool voll Geld gemacht haben."

Einschließlich der zwei Millionen von der FMA, dachte Heyward.

„Das Miststück hat alles in eigene Briefkastenfirmen gesteckt, aus denen er dann das Geld herausgezogen hat. Q-Investments besitzen nur noch wertloses Papier." Zu Heywards Ekel begann Austin jetzt auch noch zu flennen. „Das ganze Geld – mein Geld –, das kann jetzt in Costa Rica sein, auf den Bahamas, in der Schweiz ... Sie müssen mir helfen, es zurückzubekommen ... Sonst bin ich doch erledigt."

Heyward sagte gereizt: „Ich habe keine Möglichkeit, Ihnen zu helfen, Harold." So schnell er konnte, schob er Austin aus seinem Büro. Aber kaum war er gegangen, meldete Mrs. Callaghan über die Sprechanlage: „Hier ist ein Anruf von einem Reporter der *News*. Ein Mr. Endicott. Er sagt, es sei wichtig, daß er mit Ihnen persönlich spricht."

„Sagen Sie ihm, er soll French in der PR-Abteilung anrufen."

Augenblicke später hörte er wieder Dora Callaghans Stimme. „Tut mir leid, Mr. Heyward. Mr. Endicott läßt fragen, ob Sie wollen, daß er mit der PR-Abteilung über Miß Avril Deveraux spricht."

Heyward riß den Hörer vom Apparat. „Was soll das?"

„Bitte entschuldigen Sie die Störung, Sir", sagte eine ruhige Stimme. „Hier spricht Bruce Endicott von den *News*. Wir bringen in unserer morgigen Ausgabe eine längere Geschichte über die Supranational. Unter anderem wissen wir von einem hohen Kredit, den Ihre Bank der SuNatCo gegeben hat. Darüber habe ich schon mit Dick French gesprochen."

„Dann haben Sie ja alle Informationen, die Sie brauchen."

„Nicht ganz, Sir. Die Frage ist noch, wann dieser Kredit zum erstenmal zur Sprache kam. Könnte das anläßlich einer Reise von Ihnen zu den Bahamas gewesen sein, im März? Mit Mr. Quartermain, Vizepräsident Stonebridge und noch einigen anderen?"

Heyward zögerte. „Könnte sein."

„Können Sie mit Bestimmtheit sagen, daß es so war?"

„Ja, ich erinnere mich jetzt. So war es."

„Danke, Sir. Und auf dieser Reise haben Sie, glaube ich, Miß Avril Deveraux kennengelernt?"

„Schon möglich. Der Name kommt mir bekannt vor."

„Und haben Sie sich mit Miß Deveraux angefreundet, Sir?"

„So kann man es vielleicht nennen. Sie ist ja eine charmante Person."

„Haben Sie Miß Deveraux seitdem wiedergesehen, Sir?"

Dieser Endicott wußte Bescheid. Bemüht, das Zittern aus seiner Stimme herauszuhalten, sagte Heyward schroff: „Ich habe alle Fragen beantwortet, die ich zu beantworten gedenke. Ich bin sehr beschäftigt."

„Wie Sie wünschen, Sir. Aber ich sollte Sie vielleicht davon in Kenntnis setzen, daß wir mit Miß Deveraux gesprochen haben und sie außerordentlich auskunftsfreudig war. Sie hat uns Einzelheiten von den Begegnungen mit Ihnen berichtet, und wir haben auch ein paar Rechnungen vom Columbia-Hotel, die Supranational bezahlt hat. Hatten solche Vergünstigungen irgend etwas mit dem Kredit der First Mercantile American Bank an die Supranational zu tun?"

„Selbstverständlich nicht!" Heyward schwitzte.

„Nur noch eines, Sir. Darf ich mich nach einer privaten Investment-Gesellschaft namens Q-Investments erkundigen? Wir haben nämlich Kopien von einigen Unterlagen, und darin sind Sie mit dem Besitz von zweitausend Anteilen erwähnt. Ist das richtig?"

„Dazu habe ich nichts zu sagen."

„Mr. Heyward, wurden Ihnen diese Anteile als Honorar dafür bezahlt, daß Sie den Supranational-Kredit und weitere Kredite in der Gesamthöhe von zwei Millionen Dollar an Q-Investments in die Wege geleitet haben?"

Ohne ein Wort legte Roscoe Heyward langsam den Hörer auf.

„In unserer morgigen Ausgabe", hatte der Mann gesagt. Alles würden sie drucken, denn offenbar hatten sie die Beweise. Was darauf folgen würde, darüber machte er sich keine Illusionen. Schande – völlige, absolute Schande. Nicht nur in der Bank, auch bei den Freunden, in der Familie. In seiner Kirche. Sein Prestige, sein Einfluß, sein Stolz würden sich in Nichts auflösen; zum erstenmal ging ihm auf, wie brüchig diese ganze Maske war. Noch schlimmer war die Gewißheit, wegen passiver Bestechung angeklagt zu werden, vielleicht noch in weiteren Punkten – und die Wahrscheinlichkeit, ins Gefängnis zu kommen.

Ein Satz aus der Genesis fiel ihm ein: *Meine Sünde ist größer, denn daß sie mir vergeben werden möge.* Auf seinem Schreibtisch klingelte ein Telefon. Er beachtete es nicht. Für ihn gab es hier nichts mehr zu tun. Nie mehr.

Fast unbewußt erhob er sich und ging aus seinem Büro hinaus, vorbei an Mrs. Callaghan, die ihm mit merkwürdigem Blick nachsah. Er ging den Flur des sechsunddreißigsten Stocks entlang, am Konferenzsaal vorüber, der vor so kurzer Zeit noch die Arena seines eigenen Ehrgeizes gewesen war. Mehrere Menschen sprachen ihn an. Er nahm keine Notiz von ihnen. Nicht weit vom Konferenzsaal befand sich eine selten benutzte Tür. Er öffnete sie. Treppen führten von hier nach oben, und er ging sie hinauf, stetigen Schrittes, weder hastig noch zögernd.

Früher einmal, als der FMA-Turm noch neu war, hatte Ben Rosselli seine Direktoren hier heraufgeführt. Heyward war einer von ihnen gewesen, und sie waren durch eine andere kleine Tür, die er jetzt vor sich sah, hinausgetreten. Er öffnete sie und ging hinaus auf einen schmalen Balkon fast an der Spitze des Gebäudes, hoch über der Stadt.

Ein rauher Novemberwind packte Roscoe mit stürmischer Gewalt. Er stemmte sich dagegen und fand ihn doch irgendwie beruhigend, fühlte sich eingehüllt. Damals, erinnerte Heyward sich, hatte Ben Rosselli die Arme über die Stadt ausgestreckt und gesagt: „Meine

Herren, was Sie hier sehen, war einmal für meinen Großvater das Gelobte Land. Jetzt ist es unseres. Bedenken Sie immer – wie er es getan hat –, daß wir, um im wahrsten Sinne des Wortes zu profitieren, ihm geben müssen sowohl als nehmen." Wie lange schien das her zu sein, im Gebot wie in der Zeit. Jetzt blickte Heyward hinunter. Er sah die kleineren Gebäude, den windungsreichen Fluß, den Verkehr, die Menschen, die sich wie Ameisen tief unten über die Rosselli Plaza bewegten. Geräusche wurden vom Wind zu ihm heraufgetragen, gedämpft und vermischt.

Dann stieg er über das hüfthohe Geländer, das den Balkon von einem kleinen, ungeschützten Vorsprung trennte; sorgsam, ein Bein nach dem anderen. Bis zu diesem Augenblick hatte er keine Angst verspürt, jetzt aber zitterte er am ganzen Körper, und er umklammerte das Geländer in seinem Rücken fest mit beiden Händen.

Irgendwo hinter ihm hörte er aufgeregte Stimmen, Schritte kamen die Treppe herauf. Jemand rief: „Roscoe!"

Sein letzter Gedanke war ein Satz aus der Bibel: *Wenn dir nun diese Zeichen kommen, so tue, was dir unter die Hand kommt; denn Gott ist mit dir.* Und als die anderen hinter ihm durch die Tür gestürzt kamen, schloß er die Augen und trat ins Leere.

Es GIBT so eine Handvoll Tage im Leben, dachte Alex Vandervoort, die einem, solange man atmet, scharf und schmerzhaft im Gedächtnis bleiben, wie eingraviert. Der Tag vor gut einem Jahr, als Ben Rosselli seinen bevorstehenden Tod ankündigte, war so einer. Dieser würde auch dazugehören.

Es war Abend. Alex saß zu Hause in seiner Wohnung – noch schockiert von dem, was geschehen war, unsicher und mutlos – und wartete auf Margot. Bald würde sie kommen. Er schenkte sich einen Drink ein und warf ein Scheit aufs Feuer, das schon heruntergebrannt war.

Morgens war er der erste gewesen, der durch die Tür auf den Balkon hinausgestürzt war. Die Befürchtungen wegen Heywards Gemütszustand waren ihm zugetragen worden, und er hatte nach ein paar raschen Fragen geschlossen, wohin Heyward gegangen sein könnte. Alex war dann die Treppe hinaufgerannt und hatte gerufen, als er durch die Tür stürzte, aber es war zu spät gewesen.

Dieser Anblick, wie Roscoe zuerst einen Augenblick in der Luft zu

stehen schien, dann mit einem schrecklichen Aufschrei, der rasch erstarb, seinen Blicken entschwand, hatte Alex derart erschüttert, daß
er keinen Ton mehr herausbrachte. Tom Straughan, der hinter ihm
stand, hatte sich schließlich zum Herrn der Lage gemacht und die
Räumung des Balkons angeordnet.

Auf dem Rückweg in den sechsunddreißigsten Stock hatte Alex
sich zusammengerissen und war zu Jerome Patterton gegangen, um
ihm zu berichten. Der Rest des Tages war mit einem ungeordneten
Gemisch von Ereignissen und Entscheidungen dahingegangen. Man
hatte Roscoes Frau benachrichtigt und ihr kondoliert; Polizeifragen
waren beantwortet, Beisetzungsvorbereitungen eingeleitet, eine Pres-
seerklärung von Dick French aufgesetzt und von Alex genehmigt und
sonst noch dies und das erledigt oder vertagt worden.

Am späten Nachmittag kam Alex der Antwort auf einige Fragen
näher, als er einen Anruf von einem *News*-Reporter namens Endicott
erhielt. Der Reporter schien erregt zu sein. Er habe soeben die AP-
Meldung vom offensichtlichen Selbstmord Roscoe Heywards gelesen.
Dann berichtete Endicott über sein Gespräch mit Heyward.

„Wenn ich doch nur geahnt hätte . . .", endete er lahm.

Alex fragte: „Bringt Ihre Zeitung den Artikel noch immer?"

„Ja, Sir. Die Redaktion schreibt nur die Einleitung um. Ansonsten
erscheint der Artikel wie vorgesehen."

„Warum rufen Sie mich dann an?"

„Ich wollte eigentlich nur – jemandem sagen –, daß es mir leid tut."

„Ja", sagte Alex. „Mir auch."

Abends dachte Alex noch einmal über diese Unterhaltung nach
und bedauerte Roscoe wegen der Qualen, die er in seinen letzten
Minuten ausgestanden haben mußte. Zweifellos würde dieser Zeitungsartikel der Bank ungemein schaden. Trotz Alex' Erfolg bei der
Beendigung des Runs in Tylersville, trotz der überwältigenden Be-
liebtheit seiner neuen Vierundzwanzigstunden-Zweigstellen – wo die
Kunden eine Plastik-Kennkarte in den Kassenautomaten steckten,
der blitzschnell Papier schluckte und Bargeld auswarf –, hatte das
Vertrauen der Öffentlichkeit in die First Mercantile American gelitten. Fast vierzig Millionen Dollar waren in den letzten zehn Tagen
abgehoben worden, und die Einzahlungen blieben weit unter dem gewohnten Niveau. Auch der Wert der FMA-Aktien war an der New
Yorker Börse tief abgerutscht.

Die FMA stand damit nicht allein. Seit der Nachricht von der Zahlungsunfähigkeit der Supranational Corporation hatte sich in der Geschäftswelt eine Depressionsmentalität breitgemacht, die Kurse purzeln ließ, neue Zweifel am Wert des Dollars weckte und manchen jetzt als die letzte deutliche Warnung vor dem Sturm einer Weltwirtschaftskrise erschien.

Es war, fand Alex, als ob der Sturz eines Giganten der Erkenntnis zum Durchbruch verholfen hätte, daß auch andere, für unverwundbar gehaltene Riesen stürzen konnten; daß weder Individuen noch Unternehmen, noch Regierungen sich auf die Dauer dem einfachsten aller Wirtschaftsgesetze entziehen konnten – daß man eines Tages bezahlen mußte, was man schuldete.

Er hörte einen Schlüssel im Schloß. Margot kam herein, zog ihren Kamelhaarmantel aus und warf ihn über einen Stuhl. „Alex, mir will die Sache mit Roscoe nicht aus dem Kopf. Wie konnte er das nur machen? *Warum?*"

„Es scheint mehrere Gründe zu geben", sagte Alex langsam. „Sie kommen so nach und nach an den Tag. Aber wenn's dir recht ist, Bracken, möchte ich jetzt noch nicht darüber reden."

„Das verstehe ich." Sie kam zu ihm. Alex hielt sie fest in den Armen, als sie sich küßten.

Nach einer Weile sagte er: „Erzähl mir von Eastin, Juanita und der Kleinen." Margot setzte sich ihm gegenüber.

„Zuerst zu Miles. Er ist außer Lebensgefahr, und das Erfreulichste von allem ist wohl, daß er wie durch ein Wunder nicht blind wird. Er muß in letzter Sekunde, bevor ihn die Säure traf, die Augen geschlossen haben. Natürlich werden die Gesichtschirurgen noch eine ganze Weile an ihm herumzudoktern haben."

„Wie steht's um seine Hände?"

„Das Krankenhaus hat Verbindung mit einem Chirurgen an der Westküste aufgenommen, einem der fähigsten Spezialisten. Er will Miles nächste Woche operieren. Das zahlt doch die Bank?"

„Ja", sagte Alex, „das zahlt sie."

„Ich hab auch mit Innes vom FBI gesprochen", fuhr Margot fort. „Er sagt, sie werden Miles Eastin für seine Aussage vor Gericht Schutz bieten und ihm zu einer neuen Existenz irgendwoanders im Land verhelfen. Hat Nolan heute schon mit dir gesprochen?"

Alex schüttelte den Kopf.

„Er möchte, daß du Miles hilfst, eine Stelle zu bekommen. Notfalls will er auch bei dir mit der Faust auf den Tisch hauen."

„Das braucht er nicht", sagte Alex. „Unsere Holdinggesellschaft besitzt ein paar Verbraucherkreditinstitute in Texas und Kalifornien. In dem einen oder andern werden wir schon etwas für Eastin finden."

„Vielleicht stellen die auch gleich Juanita mit ein. Sie sagt, sie will überallhin mitgehen, wo er ist, und Estela auch. Der Arzt sagt übrigens, daß Estela sich das Ganze von der Seele geredet hat. Demnach werde sie das Erlebte nicht ins Unterbewußtsein verdrängen; sie wird sich daran erinnern wie an einen bösen Traum, sonst nichts."

Alex seufzte. Wenigstens eine Sache schien gut auszugehen.

Das Telefon läutete, und Margot stand auf und ging an den Apparat. „Das ist Leonard Kingswood. Für dich."

Alex ging hinüber und nahm den Hörer.

„Ich weiß, daß Sie sich gerade von einem schweren Tag erholen wollen", sagte der Chef von Northam Steel. „Mich hat die Geschichte mit Roscoe auch mitgenommen. Aber was ich zu sagen habe, duldet keinen Aufschub. Wir haben eine Telefonkonferenz zwischen den Aufsichtsratsmitgliedern abgehalten. Eine ordentliche Sitzung des FMA-Aufsichtsrats ist für morgen mittag einberufen. Erster Tagesordnungspunkt ist die Annahme von Jeromes Rücktritt als Präsident. Der ist von verschiedener Seite verlangt worden. Jerome ist einverstanden. Ich glaube, er war erleichtert."

Ja, dachte Alex, das sieht Patterton ähnlich. Jerome hatte ganz eindeutig nicht den Mumm für diese Lawine von Problemen und die kritischen Entscheidungen, die jetzt getroffen werden mußten.

„Im Anschluß daran", sagte Kingswood, „werden Sie zum Präsidenten gewählt, Alex. Mit sofortiger Wirkung."

Alex hatte den Hörer zwischen Schulter und Ohr geklemmt und seine Pfeife angezündet. Jetzt paffte er ein paar Züge; währenddessen überlegte er. „In diesem Moment, Len, bin ich gar nicht so sicher, ob ich den Posten überhaupt will."

„Wir haben geahnt, daß Sie das vielleicht sagen würden, deshalb bin ich dazu bestimmt worden, Sie anzurufen. Wir wissen alle, daß Sie uns vor der Supranational gewarnt haben. Wir haben uns für klüger gehalten, aber wir waren's nicht. Jetzt ist genau das eingetreten, was Sie vorhergesagt haben. Deshalb bitten wir Sie, Alex — mit Verspätung, das gebe ich zu —, uns aus dem Schlamassel herauszuhelfen. Einige im Aufsichtsrat machen sich inzwischen Sorgen um ihre persönliche Haftbarkeit. Wir erinnern uns alle, daß Sie uns auch darauf hingewiesen haben."

„Lassen Sie mich einen Augenblick nachdenken, Len."

„Nehmen Sie sich Zeit."

Alex fand, er müsse eigentlich persönliche Befriedigung darüber empfinden, daß er recht behalten hatte, ein Gefühl der Macht, nun, da er alle Trümpfe in der Hand hielt. Aber er empfand weder das eine noch das andere. Er war nur traurig ob dieser gewaltigen Kraftvergeudung, denn das Beste, was er auf lange Zeit erreichen konnte, falls er es erreichte, war eine Rückführung der Bank in den Zustand, in dem Ben Rosselli sie hinterlassen hatte.

War es das wert? Waren diese unglaublichen Anstrengungen, das persönliche Engagement, die Opfer und Mühen gerechtfertigt? Und wofür das Ganze? Um eine Bank, eine Geldmaschine, vor dem Zusammenbruch zu bewahren. Leistete nicht Margot mit ihrer Arbeit für die Unterprivilegierten Größeres für ihre Zeit? Aber so einfach war das nicht, denn Banken waren notwendig; auf ihre Weise so notwendig wie das tägliche Brot. Die Zivilisation brach zusammen ohne ein Geldsystem. Und Banken hielten bei aller Unvollkommenheit dieses System in Gang.

Daneben gab es auch noch praktische Überlegungen. Wenn Alex die Leitung der First Mercantile American in diesem späten Stadium übernahm, konnte es sein, daß er schmählich nur ihrem Ableben vorstand. Dann war es um seinen Ruf als Bankier ebenfalls geschehen. Wenn aber auf der anderen Seite überhaupt jemand die FMA retten konnte, dann war es Alex, und das wußte er. Neben seinem Können besaß er auch das interne Wissen, das ein Außenstehender erst zu lernen nicht mehr genügend Zeit haben würde. Wichtiger noch: Alex glaubte, daß er es schaffen konnte.

„Wenn ich annähme", sagte er, „würde ich freie Hand für Veränderungen haben wollen, auch Veränderungen im Aufsichtsrat."

„Die sollen Sie haben", antwortete Kingswood. „Dafür stehe ich persönlich ein."

Alex zog an seiner Pfeife. „Lassen Sie es mich überschlafen, Len."

Er legte auf. Margot sah ihn merkwürdig an. „Warum hast du nicht angenommen? Wir wissen doch beide, daß du's machen wirst."

„Woher willst du so sicher wissen, daß ich annehmen werde?"

„Weil du dieser Herausforderung nicht widerstehen kannst. Weil das Bankgeschäft dein Leben ist. Alles andere kommt erst an zweiter Stelle."

„Ich weiß nicht recht", sagte er langsam, „ob ich will, daß das stimmt." Es *hat* gestimmt, dachte er, als er und Celia noch zusammen waren. Aber stimmte es noch? Vielleicht war die Antwort ja, wie Margot gemeint hatte. Wahrscheinlich änderte auch niemand sein Wesen so von Grund auf.

„Ich hab dich schon seit längerem etwas fragen wollen", sagte Margot. „Das kann ich auch jetzt so gut wie ein andermal. An dem Abend in Tylersville, als diese alten Leute mit den Ersparnissen ihres Lebens im Einkaufsnetz dich fragten, ob ihr Geld in deiner Bank absolut sicher sei, hast du mit Ja geantwortet. Warst du dir wirklich sicher?"

„Das hab ich mich selbst gefragt", sagte Alex. „Gleich danach und auch später. Wenn ich ehrlich sein soll, ich glaube nicht."

„Aber du wolltest die Bank retten. Stimmt's? Und das ging vor. Vor diesen alten Leuten und all den andern; sogar vor Ehrlichkeit, denn daß die Geschäfte weiterliefen war wichtiger." Plötzlich schwang Erregung in Margots Stimme. „Und du wirst weiter versuchen, die Bank zu retten, Alex – vor allem anderen. So war es auch bei Celia. Und", setzte sie langsam hinzu, „so würde es sein – wenn du diese Wahl – bei mir – treffen müßtest."

Alex schwieg. Was hätte er sagen sollen – was konnte einer überhaupt sagen angesichts der nackten Wahrheit?

„Am Ende bist du also gar nicht soviel anders als Roscoe", sagte Margot. „Oder als Lewis mit seinem Herumreiten auf dem Gold. Stabile Wirtschaft, gesunde Währung, hohe Aktienkurse. Alles das kommt zuerst. Menschen – vor allem die kleinen, unbedeutenden – kommen erst sehr viel später. Das ist die tiefe Kluft zwischen uns, Alex. Und die wird immer dasein." Alex sah, daß sie weinte.

Im Flur ertönte ein Summer. Alex ging zur Sprechanlage, die ihn mit dem Pförtner verband. „Was gibt's?"

„Mr. Vandervoort, hier ist eine Mrs. Callaghan, die Sie sprechen möchte."

„Gut. Sie soll raufkommen."

Dora Callaghan war eine reizende, gepflegte Frau, die auf die

Sechzig zuging. Alex wußte, daß sie schon viele Jahre in der FMA arbeitete, davon mindestens zehn für Roscoe Heyward. Normalerweise war sie sicher und selbstbewußt, doch heute abend wirkte sie müde und nervös. Sie hatte eine lederne Aktenmappe bei sich.

„Mr. Vandervoort, entschuldigen Sie bitte die Störung . . ."

„Sie stören bestimmt nicht, Mrs. Callaghan. Treten Sie ein." Er stellte ihr Margot vor.

Alex nahm ihr den Mantel ab, und Margot mixte einen Cocktail. „Wie wär's mit was zu trinken?"

„Das kann ich sicher vertragen."

Sie setzten sich zusammen ans Feuer. „Sie können vor Miß Bracken ganz offen reden", sagte Alex.

„Mr. Vandervoort, ich habe heute nachmittag Mr. Heywards Schreibtisch aufgeräumt. Ich dachte, daß darin vielleicht Papiere wären, die man jemand anderem schicken müßte." Ihre Stimme versagte, und sie flüsterte: „Entschuldigung."

„Kein Anlaß", sagte Alex begütigend. „Es eilt nicht."

Nachdem sie sich wieder gefaßt hatte, fuhr Mrs. Callaghan fort: „Ein paar Schubladen waren verschlossen. Mr. Heyward und ich hatten dazu die Schlüssel, aber ich habe meine nicht oft gebraucht. Heute mußte ich sie benutzen."

Sie warteten. „In einer dieser Schubladen . . . Mr. Vandervoort, ich habe gehört, daß morgen früh noch mehr Leute kommen, wegen der Ermittlungen. Ich hab gedacht . . ., daß Sie lieber sehen sollten, was da drin war, daß Sie besser als ich wüßten, was zu tun ist."

Mrs. Callaghan öffnete die Aktentasche und hielt zwei große Umschläge in der Hand. Alex nahm den Inhalt heraus. Im ersten befanden sich Anteilscheine der Q-Investments, unterschrieben von G. G. Quartermain. Obwohl sie auf einen anderen Namen lauteten, konnte kein Zweifel bestehen, daß sie Heyward gehört hatten. Alex erinnerte sich an die Beschuldigungen, die der *News*-Reporter heute nachmittag erhoben hatte. Hier war die Bestätigung. Natürlich würden weitere Beweise erforderlich sein, wenn die Sache weiterverfolgt wurde, aber es schien festzustehen, daß Heyward, ein hoher Angestellter der Bank, der volles Vertrauen genoß, Bestechungsgeschenke angenommen hatte. Lebte er noch, so hätte diese Entdeckung seine strafrechtliche Verfolgung bedeutet.

Alex' Stimmung wurde noch gedrückter. Er hatte Heyward ja

nie gemocht. Sie waren immer Gegner gewesen. Aber nie hätte er auch nur für einen Augenblick an Roscoes persönlicher Integrität gezweifelt.

Alex wünschte, alles wäre überhaupt nicht wahr, als er sich den zweiten Umschlag vornahm. Hier handelte es sich um stark vergrößerte Fotos von einer Gruppe neben einem Swimming-pool – vier Frauen und zwei Männer, alle nackt, daneben Roscoe Heyward, bekleidet. Sie mußten von Heywards Reise zu den Bahamas stammen, mit der er so angegeben hatte. Alex breitete die Bilder auf einem Tischchen aus; Margot und Mrs. Callaghan schauten zu.

Dora Callaghans Wangen hatten Farbe bekommen; sie war errötet. *Errötet?* Alex hatte schon geglaubt, das gäbe es überhaupt nicht mehr. Mrs. Callaghan stand jetzt auf. „Mr. Vandervoort, ich sollte lieber gehen."

„Es war jedenfalls richtig von Ihnen, die Sachen zu mir zu bringen", bemerkte Alex noch. „Ich danke Ihnen und werde mich persönlich darum kümmern."

„Ich bringe Sie hinaus", sagte Margot. Sie holte Mrs. Callaghans Mantel und begleitete sie zum Fahrstuhl.

Alex blickte hinaus auf die Lichter der Stadt, als Margot wiederkam. „Eine nette Frau", meinte sie. „Und so loyal."

„Ja", sagte er und nahm sich vor, bei allen Veränderungen, die vorgenommen würden, darauf zu achten, daß für Mrs. Callaghan gesorgt wurde. Es gab auch noch andere, an die es zu denken galt. So würde er Tom Straughan sofort auf seinen eigenen bisherigen Posten zum geschäftsführenden Vizepräsidenten befördern. Edwina D'Orsey mußte zur Chefin der Treuhandabteilung aufrücken; für diesen Posten hatte Alex sie schon seit einiger Zeit vorgesehen. Demnächst hoffte er sie noch höher heraufzuholen. Fürs erste mußte sie jedenfalls sofort in den Aufsichtsrat einziehen.

Alex Vandervoort begriff mit einemmal, daß er schon völlig davon ausging, die Bankpräsidentschaft anzunehmen. Nun, das hatte Margot ihm ja auch eben erst gesagt. Offenbar hatte sie recht gehabt. Er wandte sich vom Fenster ab. Margot stand vor dem kleinen Tisch und betrachtete die Fotos. Plötzlich mußte sie kichern, und Alex stimmte in ihr Lachen ein.

„Mein Gott", sagte Margot. „Wie traurig komisch."

Als sie ausgelacht hatten, sammelte Alex die Bilder ein und steckte sie in den Umschlag zurück. Er war versucht, den Packen ins Feuer zu werfen, doch er wußte, daß er das nicht durfte. Das wäre Vernichtung von Beweismaterial gewesen, das vielleicht noch gebraucht wurde. Aber er wollte sein möglichstes tun, die Bilder vor fremden Blicken zu schützen – um Roscoes willen.

„Traurig komisch", wiederholte Margot. „Das Ganze, nicht wahr?"

„Doch", pflichtete Alex ihr bei, und in dieser Sekunde wußte er, daß er sie brauchte und immer brauchen würde.

Er nahm ihre Hände und mußte wieder daran denken, worüber sie gesprochen hatten, als Mrs. Callaghan kam. „Mach dir nichts aus irgendwelchen Klüften zwischen uns", beschwor er sie. „Wir haben auch viele Brücken. Du und ich, wir sind richtig füreinander. Laß uns zusammenbleiben, Bracken."

Sie widersprach: „Das wird wahrscheinlich nicht gutgehen, oder nicht auf Dauer gutgehen. Die Chancen stehen gegen uns."

„Dann versuchen wir eben zu beweisen, daß es doch geht."

„Vielleicht –" Margots Augen lachten verschmitzt –, „wenn wir von Anfang an nicht viel glauben und erwarten, gelingt es uns besser als den meisten andern."

Als Alex sie in die Arme nahm, sagte er: „Bankiers und Rechtsverdreher reden manchmal zuviel."

Arthur Hailey

Die Lebensechtheit, die jeden Roman von Arthur Hailey auszeichnet, kommt nicht von ungefähr. Für jedes Buch recherchiert er mindestens ein Jahr, und zwar persönlich und gründlich. Für *Airport* besuchte er die größten und kompliziertesten Flughäfen der Welt. *Räder* führte ihn nach Detroit, wo er sich auf allen Ebenen mit der Automobilbranche anfreundete. Als er *Die Bankiers* vorbereitete, verbrachte er Stunden und Tage bei Bankdirektoren, Präsidenten und Vizepräsidenten, aber auch bei Zweigstellenleitern, Kassierern und Buchhaltern, Sicherheitsbeauftragten und Wächtern. Dieser direkte Einblick macht es ihm möglich, seine Bücher aus der Sicht eines Insiders zu schreiben und auch dem Leser das Gefühl zu geben, mit dabeizusein.

Nach solchen gewissenhaften Vorbereitungen begibt Hailey sich ans Schreiben – keine zwei Seiten pro Tag. Obgleich ihm die Ideen überall und jederzeit zufließen können – die meisten unter der Dusche –, geht die Arbeit selbst nur langsam und penibel voran. „Manchmal schreibe ich einen Absatz zwanzigmal neu, bis er so ist, wie ich ihn haben will", sagt er. „Mir ist eigentlich nie nach Schreiben zumute, aber wie die meisten professionellen Autoren fange ich einfach an, wenn ich das leere Blatt Papier dann vor mir sehe."

Arthur Hailey ist in England geboren, diente als Pilot in der Royal Air Force und wanderte nach dem Zweiten Weltkrieg nach Kanada aus. Bevor er sich dem Roman zuwandte, arbeitete er als Redakteur für ein technisches Magazin, dann in der Werbung und im Verlagswesen. Seine Frau Sheila lernte er kennen, als beide im selben Verlag arbeiteten.

Die Haileys und ihre drei Kinder verließen 1965 Kanada und leben jetzt auf einer Insel der Bahamas, wo sie alles haben, was sie sich nur wünschen. Auf einen Arbeitsvormittag folgt oft ein Picknick, ein Bad oder ein gemütlicher Nachmittag auf ihrem Boot. Wer *Letzte Diagnose, Hotel, Airport, Räder* und jetzt *Die Bankiers* gelesen hat, ist sicher einverstanden, wenn ein Autor, der soviel Freude gibt, auch selbst etwas vom Leben hat.

Ins Deutsche übertragen
von Bettina Berger
und Heinz von Sauter

Illustrationen von
Darrell Sweet

Originalausgabe: „Forever Island",
W. W. Norton & Company, Inc., New York
© 1973 by W. W. Norton & Company, Inc.

Die Paradiesinsel

Eine Kurzfassung des Buches
von PATRICK D. SMITH

Das ist eines der unzähligen Inselchen im Sumpf-
gebiet der „Everglades", am Südzipfel von Florida,
meinen manche. Andere behaupten, die Paradiesinsel ist nur eine Legende, ein schöner Traum. Wie
dem auch sei: für den alten Indianer Charlie Jumper
ist sie das verheißene Land seines Stammes und
ebenso wirklich wie seine Hütten im Großen Zypressensumpf, wo er mit seiner Familie ein glückliches
Leben führt.

   Eines Tages ist es plötzlich vorbei mit dem Frieden im weiten Sumpfwald. Das ganze Gebiet soll
erschlossen, trockengelegt und besiedelt werden.
Arbeitertrupps dringen mit ihren Bulldozern ein,
walzen die Bäume nieder und verschmutzen die
fischreichen Teiche und Wasserläufe. Die rücksichtslose Zerstörung seines geliebten Zypressensumpfes
treibt Charlie zunächst dazu, sich verzweifelt, aber
erfolglos zur Wehr zu setzen. Dann tut er mutig
das einzige, das ihm noch bleibt.

EINS

CHARLIE JUMPER hielt seinen Einbaum in einem schwarzen Wasserloch an und beobachtete, wie ein Kaimanfisch aus einem Büschel Laichkraut auftauchte. Er griff nach dem Speer und wartete. Langsam schwamm der Fisch im Bogen näher, den fauligen Schlamm am Grund mit seinem langen Maul durchwühlend. Schließlich stieß ihm der alte Mann den Speer in die Seite und holte ihn mit einem Schwung ins Boot. Dann stakte er weiter zum nächsten Büschel.

Hoch über ihm zog ein Schwarm Krähen laut krächzend ostwärts über den Sumpfwald. Regungslos stand er im Boot und spähte ins stille Wasser. Abermals fuhr sein Speer in die Tiefe, und ein weiterer Kaimanfisch landete im Boot.

Der alte Mann trieb den Einbaum rasch weiter, und die kleinen Wellen hinter ihm breiteten sich bis unter die Atemwurzeln der Sumpfzypressen aus. Er kam nun tiefer in den Sumpfwald hinein. Dicht mit Kletterpflanzen überwucherte Eichen und Kohlpalmen wehrten die Sonnenstrahlen ab, so daß der Wasserarm wie in ein sanftes gelbliches Licht getaucht schien. Ein Silberreiher hob vom seichten Ufer ab und suchte das Weite, ein Wasserhuhn und eine Ralle hasteten ins Gras.

Wo sich der schmale Wasserlauf verbreiterte, bog der alte Mann nach rechts in ein Dickicht von Zwergzypressen ein. Die Spuren an den Bäumen zeigten an, daß das Wasser hier sonst über einen halben Meter hoch stand, aber jetzt war es nur noch ein knapper Viertelmeter. Er stakte einige hundert Meter über die schleimig-grüne Wasserfläche, schwenkte dann in einen mit Seerosen bedeckten Tümpel ein und hielt den Einbaum neben einer grasbewachsenen Schlammbank an.

Dort lag, halb im Morast versunken, ein riesiger, mindestens fünf Meter langer Alligator. Eine Narbe lief über seinen Schädel, und wo einst sein rechtes Auge gewesen war, hatte er eine groteske Wucherung von Narbengewebe.

Der alte Mann und der Alligator begrüßten einander mit einem Blick. Der Mann sagte: „Jetzt gibt's was zu fressen, Georgy, mein Freund. Ich habe dir zwei schöne Kaimanfische mitgebracht." Er warf einen Fisch aus dem Einbaum. Der Alligator glitt von seiner Schlammbank herunter und näherte sich mit ein paar Schwanzschlägen. Ein einziges kurzes Klappen der gewaltigen Kiefer, und der Fisch war verschwunden; dann folgte der zweite.

Als er auch diesen verschlungen hatte, zögerte er in der Erwartung weiterer Fische, dann machte er kehrt und glitt wieder auf die Schlammbank hinauf.

„Das magst du, Georgy, was?" Der Mann lachte in sich hinein. „In ein paar Tagen komme ich wieder." Der Alligator sah ihm nach, wie er wieder in den Sumpfwald zurückstakte.

CHARLIE JUMPER war ein Indianer vom Stamm der Mikasuki-Seminolen. Er hatte einen drahtigen Körper, seine von der Floridasonne gegerbte Haut glich der Rinde der Zypressen, durch sein schwarzes Haar zogen sich schon weiße Fäden.

Seit sechzig Jahren lebte er am Ufer des Schildkrötenbaches im Großen Zypressensumpf. Einst hatte er tiefer im Innern der Everglades gelebt, und er erinnerte sich sogar an eine noch frühere Zeit auf einer Laubwaldinsel in einem großen Marschgebiet. Wo er geboren war, konnte er nicht genau angeben, wußte aber, daß er um die Jahrhundertwende bereits ein junger Mann gewesen war.

Jetzt lebte der alte Indianer allein mit seiner Frau Lillie Tiger, aber nur anderthalb Kilometer entfernt lag das Haus seines Sohnes Billy Joe. Vor zweiundzwanzig Jahren hatte Billy Joe den Grundstücksmakler in Immokalee gefragt, ob er ein Stück Land im Sumpfwald erwerben könne. Er erfuhr, daß nichts verkauft würde, daß er aber soviel pachten könne, wie er wolle. Also hatte er einen Pachtvertrag auf zehn Morgen zum Preis von zehn Dollar pro Jahr und Morgen unterzeichnet. Er rodete zwei Morgen für eine Gemüsefarm und ein Holzhaus, und auf den übrigen hielt er Schweine und ein paar Kühe. Er hatte seinem Vater schon mehrfach angeboten, zu ihm zu ziehen, aber dieser hatte sich geweigert, seine Behausung am Ufer des Schildkrötenbaches zu verlassen.

Billy Joe hatte einst beim Fest des Grünen Maistanzes Watsie Cypress geheiratet, und heute waren ihre beiden Kinder Lucie und

Timmy neunzehn und zwölf. Billy Joe war zweiundvierzig und Watsie fünf Jahre jünger.

Noch drei weitere Söhne waren Charlie und Lillie Jumper geboren worden. Einen hatten sie auf einer bewaldeten Insel in den Sümpfen begraben, die andern beiden waren nach Oklahoma gegangen, um die indianische Handelsschule zu besuchen, und nie zurückgekehrt.

Außer Charlie Jumper lebten noch viele andere Seminolen überall in den Everglades und in entlegenen Teilen des Großen Zypressensumpfes. Ihr einfaches, bedürfnisloses Leben war eingebettet in die Welt der Wasserläufe, des Sumpflandes und der dort heimischen Tiere. Sie hatten kein Verlangen, anderswo zu leben, denn für sie war der Sumpfwald ihre ewige und unzerstörbare Heimat.

Als Charlie seine Behausung erreichte, zog er den Einbaum ans Ufer und begann den schwarzen Barsch zu schuppen, den er auf dem Heimweg gespeert hatte. Lillie saß an ihrer Nähmaschine auf einer kleinen erhöhten Plattform in der Kochhütte.

Auf der von Magnolien, Zwergzypressen, Kohlpalmen und Kerzenbeersträuchern umsäumten Lichtung standen unter einer großen immergrünen Eiche die drei Chikees, die Hütten der Jumpers. Auch eine Gruppe Bananenstauden und einen Gemüsegarten hatte Charlie hier angepflanzt. Hühner spazierten auf der Lichtung umher. Der etwas abseits errichtete Schweinekoben wurde jetzt nicht mehr benutzt. Eine Chikee diente zum Schlafen, eine zum Kochen und Essen und eine als Vorratsraum. Die Chikees waren aus Zwergzypressenpfählen erbaut und hatten spitze Dächer aus Palmwedeln. Die Schlafchikee, ebenso wie der Vorratsraum, hatte Fußböden aus Zypressenbrettern, einen Meter über der Erde. Der Boden der Kochchikee bestand, abgesehen von Lillies kleinem Nähpodest, aus festgestampfter Erde.

In der Kochchikee hatte Charlie Regale errichtet, auf denen Töpfe und Pfannen, Kaffee, Zucker, Salz, Weizen- und Maismehl und ein paar Konserven aus dem Laden in Copeland untergebracht waren. In der Mitte des Raumes ruhte auf einem Unterbau von Steinen ein großer Bratrost, und darauf standen zwei Töpfe und eine gußeiserne Pfanne.

Wenn Lillie nicht gerade kochte, saß sie an der alten Nähmaschi-

ne mit Fußantrieb. Sie hatte sie vor fünfzig Jahren von einer weißen Frau bekommen, die in Everglades City eine Indianermission
eröffnet hatte. Lillie nähte bunte Seminolenjacken, Röcke und Blu-
sen, die Billy Joe an die Souvenirstände längs des Tamiami Trail
verkaufte. Ihre Arbeiten wurden immer gut bezahlt, denn sie war
eine der wenigen Seminolenfrauen, die noch die genaue Rückenmu-
sterung der fast ausgerotteten Baumschlangen weben konnte. Durch
Lillies Arbeit kam fast das ganze Bargeld herein, das sie für Lebensmittel und Kleiderstoffe benötigten.

Charlie verbrachte die meiste Zeit damit, auf der Jagd nach Fischen, Schildkröten, Eichhörnchen, Kaninchen, Truthähnen und Enten durch den Sumpfwald und die Grasebene zu streifen. Selten
stellte er noch einem flinken Hirsch oder einem Bären nach. Er
sammelte die Früchte der Guaven, Blaubeeren, wilde Trauben, Pflau-
men, Brombeeren und wilde Orangen. Den Garten betreute er auch.

Während Charlie moderne baumwollene Arbeitshosen bevorzugte,
trug Lillie auf ihrem mageren Körper immer noch die bis zu den
Knöcheln reichende farbenprächtige Seminolentracht. Ihr zu einem
hohen Knoten aufgestecktes Haar wurde von einem Netz gehalten,
silberner Ohrenschmuck hing bis zu den Dutzend Glasperlenketten
um ihren Hals herab. Sie war außerordentlich scheu, sprach mit keinem Fremden und sagte selten mehr als ein paar Worte, selbst zu
ihrem Mann oder ihrem Sohn nicht. Und zum Lachen konnte sie nur
ihr Enkel Timmy bringen.

Als Charlie noch damit beschäftigt war, den Fisch zu putzen, sprang
ihm ein großer Waschbär auf die Schulter und bearbeitete seinen
Kopf mit den Pfoten. „Laß das, Gumbo", sagte Charlie, „du be-
kommst schon deinen Teil."

Er hielt ihn schon seit vielen Jahren als Haustier und nahm ihn
oft auf kürzere Fahrten in den Sumpfwald mit. Die Mutter war von
einem Jäger erlegt worden, und Charlie nannte das Junge Gumbo,
weil er es auf dem Ast eines Gumbo-Limbo-Baumes gefunden hatte.
Manchmal fraß der Waschbär am Tisch mit aus Charlies Schüssel.

Das alte Paar hielt keine bestimmten Essenszeiten ein, aber auf
dem Rost kochte immer etwas. Charlie ging in die Kochchikee, legte
den gesäuberten Barsch in eine Pfanne und schöpfte sich aus einem
der Gefäße Schildkrötenragout heraus. Gerade als er zu essen begann,
ratterte ein alter Ford-Pritschenwagen über den schmalen Pfad auf

die Lichtung und hielt. Billy Joe Jumper sprang heraus und nach ihm der kleine Timmy.

„Hallo Papa", sagte Billy Joe und setzte sich auf einen der Kohlpalmenklötze, die als Hocker dienten.

„Willst du frisches Schildkrötenragout?" fragte Charlie.

„Nein, danke, Papa, ich habe keinen Hunger."

„Nimmst du mich zum Fischen mit, Großpapa?" erkundigte sich Timmy eifrig.

„Wenn es dein Vater erlaubt", antwortete Charlie.

„Ich meine, er kann hierbleiben", sagte Billy Joe. „Ich muß das Pachtgeld nach Immokalee bringen und bin nur vorbeigekommen, um zu fragen, ob ihr etwas aus dem Laden braucht."

„Ich hätte gern eine Rolle blauen Stoff und drei Spulen roten Faden", sagte Lillie. Sie nahm eine Konservenbüchse vom Wandbord und gab Billy Joe ein paar Geldscheine.

Er stand auf und sagte im Fortgehen zu Timmy: „Folg deinem Großvater, hörst du? Und zieh Gumbo nicht am Schwanz. Ich hol dich heute nachmittag wieder ab."

BILLY JOE fuhr mit dem Pritschenwagen auf dem schmalen holperigen Weg durch den Sumpfwald zum Turner River Grade, einer Schotterstraße, die durch die Copeland-Prärie nach Norden führte. Von ihr bog er nach Westen in die Staatsstraße ein. In Copeland angekommen, das an der Schnellstraße 29 fünf Kilometer nördlich des Tamiami Trail liegt, verkaufte er einen Korb Tomaten an den Händler Janes und besorgte die von seiner Mutter gewünschten Dinge. Dann fuhr er auf der Schnellstraße nach Norden und hielt kurz hinter Miles City ein paar Minuten an. Vor ihm auf der Alligator Alley, der Touristenstraße durch die Everglades von Naples nach Fort Lauderdale, strömten die Autos in langen Kolonnen nach Osten und Westen.

In der heißen Maisonne stiegen Hitzewellen vom Asphalt auf. Der Dränagegraben längs der Straße führte nur wenig Wasser. Seit fast acht Monaten hatte es nicht mehr geregnet, und die Felder und Viehweiden waren dunkelbraun verbrannt.

In Immokalee fuhr er zu dem Haus, in dem sich das Maklerbüro Riles befand. Kenneth Riles war neunundzwanzig und hatte das Geschäft von seinem Vater geerbt.

„Nun, wie steht's bei Ihnen, Billy Joe?" fragte er.

„Die Trockenheit beginnt schweren Schaden anzurichten", war die Antwort.

„Ja, wir brauchen dringend Regen. Übrigens, Billy Joe, ich habe gerade Nachricht erhalten, daß die Verwaltung der Potter-Ländereien in Miami zehntausend Morgen verkauft hat. Dazu gehört auch das Grundstück, auf dem Sie leben. Ich nehme nicht an, daß sich die Pacht ändert, aber wenn doch, so lasse ich es Sie wissen. Einstweilen halten Sie es mit den Zahlungen weiter wie bisher."

„Ist gut, Mr. Riles. Und wenn die Pacht erhöht wird, geben Sie mir bitte gleich Bescheid."

Dann fuhr Billy Joe zur Redaktion der *Everglades Gazette*, die Albert Lykes gehörte. Lykes, der hoch in den Fünfzigern war, widmete den Großteil seiner Zeit diesem kleinen Wochenblatt, obgleich er auch eine Anwaltspraxis hatte. Er erledigte die Rechtsangelegenheiten für die Seminolen, ohne ein Honorar zu verlangen, und zählte die meisten von ihnen zu seinen Freunden. Als Billy Joe mit der Finanzierung des gebrauchten Pritschenwagens nicht zurechtkam, hatte Lykes ihm das Geld verschafft.

Lykes saß an seinem Schreibtisch in dem kleinen vollgestopften Büro. Er erkannte Billy Joe zuerst nicht, denn in Jeans, verwaschenem Drillichhemd, Stiefeln und Cowboyhut liefen in dieser Viehzüchterstadt Dutzende von Männern herum. Aber dann sagte er herzlich: „Hallo, Billy Joe. Setzen Sie sich."

„Hier habe ich Ihnen einige Bohnen und Gumboschoten mitgebracht."

Billy Joe gab Lykes eine braune Papiertüte. „Es ist leider nur wenig. Die Dürre hat mir die ganze Ernte verdorben!"

„Ja, wir bekommen sie überall zu spüren", erwiderte Lykes.

Billy Joe setzte sich. „Mr. Lykes, gerade habe ich beim Grundstücksmakler erfahren, daß zehntausend Morgen Land verkauft worden sind. Mein Pachtgrund gehört dazu. Warum kauft jemand soviel Land so weit draußen im Sumpfwald? Die meisten Zypressen sind doch schon vor langer Zeit gefällt worden."

„Wer hat Ihnen das gesagt?" fragte Lykes rasch.

„Mr. Riles. Ich hoffe doch, daß die Pacht nicht erhöht wird. Nachdem die Trockenheit meine Ernte vernichtet hat, würde es mir wirklich schwerfallen, mehr Geld aufzubringen."

„Ich kann mir nicht vorstellen, wozu irgend jemand das Land

haben will, wenn nicht für eine Spekulation. Sobald ich etwas erfahre, gebe ich Ihnen Nachricht."

Sorgenvoll fuhr Billy Joe auf der Schnellstraße 29 heimwärts. Er konnte einfach nicht verstehen, wozu jemand das Land kaufen wollte.

SOBALD sein Vater abgefahren war, schöpfte sich Timmy einen Napf voll Schildkrötenragout heraus. Das Fleisch war frisch und zart. Er aß gierig, obwohl er zum Frühstück heiße Brötchen, Maisgrütze und gebratenen Schinken gehabt hatte. Er brach sich einen großen Brocken dampfend heißes Maisbrot ab und stippte es in die Soße.

„Du ißt wie ein hungriger Panther", sagte Charlie, „recht so."

Timmy hatte die hohen Backenknochen und die tiefbraune Haut der Seminolen. Aber seine leicht schrägen Augen blickten neugierig und unternehmungslustig und nicht müde und wachsam wie die seines Großvaters. Er aß seinen Napf leer und sprang auf. „Fahren wir jetzt in den Sumpfwald, Großpapa?"

„Ich habe noch nicht fertig gegessen. Wenn du es so eilig hast, dann geh und grab ein paar Würmer zum Ködern aus."

Timmy ging zum ehemaligen Schweinekoben. Kurz darauf kam er mit einer Konservenbüchse voller Würmer zurück und verstaute sie mit zwei Angelruten aus Rohr im Einbaum. Die Ruten waren mit Schnüren, Federschwimmern und kleinen Haken versehen.

Als sie dann den Schildkrötenbach hinunterfuhren, saß Timmy vorn und folgte aufmerksam jeder Bewegung seines Großvaters, der mit einer Stange das Boot vorwärtstrieb. Er liebte ihn sehr und hoffte, einmal so zu werden wie er. Schließlich fragte er: „Bringst du mich zum großen Baum?"

„Gut, fahren wir zuerst zu dem Baum und fischen auf dem Rückweg."

Auf einem gewundenen, immer breiter werdenden Wasserlauf, dessen dunkle Fluten das ganze Sumpfland durchzogen, kamen sie rasch vorwärts. Und plötzlich tauchte vor ihnen, fünfzig Meter hoch in den Himmel ragend, eine riesige Sumpfzypresse auf, die verschont geblieben war, als man vor mehreren Jahrzehnten den Sumpfwald rücksichtslos abgeholzt hatte.

Charlie trieb den Einbaum nahe heran, und Timmy schien es beim Hinaufschauen, als verliere sich der Wipfel in den Wolken. Rund um den gewaltigen Fuß des Baumes wuchsen die Atemwurzeln so dicht, daß das Boot nicht durchkam.

„Darf ich hinaufklettern, Großpapa?" fragte Timmy aufgeregt.

Vor vielen Jahren hatte Charlie eine Leiter den Stamm hinauf gebaut, indem er die Sprossen, eine nach der andern, mit Nägeln befestigte und auf diese Weise langsam höher stieg, bis er den Wipfel mit seinen anmutig ausladenden Ästen erreichte. Von dort aus sah man über das Blätterdach des Sumpfwaldes und seinen Saum hinweg auf das Meer von Schilf, die weite morastige Ebene, die sich mit ihren da und dort herausragenden üppig bewachsenen Laubwaldinseln bis zum Horizont erstreckte.

Er dachte einen Augenblick nach. „Eines Tages wirst du hinaufklettern, aber jetzt noch nicht. Dazu mußt du stark sein, sonst werden dir die Arme lahm, bevor du den Wipfel erreichst."

„Kann man von da oben die Paradiesinsel sehen?" fragte Timmy.

„Nein, die Paradiesinsel kannst du nicht sehen, nur den Weg zu ihr. Sie ist zu weit weg, viele Meilen nach Süden."

„Aber eines Tages läßt du mich hinaufsteigen, Großpapa?"

„Ja, ich verspreche dir, daß du hinaufsteigen wirst."

Der alte Mann trieb den Einbaum zu einem Tümpel voller Laichkrautbüschel. Bei einem hielt er an und sagte: „Hier wollen wir versuchen, Brassen zu angeln, aber du mußt ganz still sein. Sie schwimmen fort, wenn sie das geringste Geräusch hören."

Timmy spießte einen Wurm auf den Haken, schob den Schwimmer aus Truthahnfedern zurecht und warf die Angel aus. Kaum war der Haken eingetaucht, wurde der Schwimmer nach unten gerissen, und die Schnur straffte sich. Timmy zog eine fette Brasse heraus und legte sie in den Einbaum. Das wiederholte sich bei jedem Auswerfen, und bald hatten sie mehr als ein Dutzend Fische gefangen.

„Jetzt wollen wir es lassen", sagte Charlie und wickelte die Schnur wieder um die Rute. „Mehr Fische kannst du nicht essen."

Timmy folgte seinem Beispiel. Charlie beobachtete, wie ein Reiher am seichten Ufer nach Elritzen pickte. Er zeigte auf eine nahe Schlammbank. „Siehst du die Bahnen dort? Darauf rutschen die Fischotter bei ihren Spielen ins Wasser. Sie haben uns beobachtet, wie wir ihre Fische gefangen haben. Willst du sie sehen?"

Timmy legte die Angel fort. „Ja, Großpapa."

Charlie warf einen Fisch ins seichte Wasser. Ein brauner Otter schoß die Schlammbank herunter, packte den Fisch mit dem Maul, starrte sie durchdringend an und sauste dann wieder die Uferböschung hinauf.

Während der Heimfahrt lag Timmy auf dem Rücken und sah zu den Bäumen und zum Himmel empor. Es machte ihn schläfrig, wie die Lianen und Wolken über ihm hinwegzogen, während das alte Boot mit leisem Plätschern durch den Sumpf glitt. Bald war er eingeschlafen und erwachte erst wieder, als der Einbaum still lag.

Er richtete sich auf und sah seinen Großvater, der in einer seichten Bucht aus dem Boot gestiegen war, ins Wasser greifen und etwas in die Tasche stecken. „Krebse", sagte er, als er zurückkam. „Die schmecken Gumbo so gut, wie dir Bonbons."

Dann kehrte er noch einmal um. Er hatte an einem Baum ein frisches Axtzeichen bemerkt. Dann entdeckte er weitere in einer Reihe, so weit er in den Sumpfwald hineinsehen konnte. Er wunderte sich einen Augenblick, dann stieg er wieder ein.

Sobald der Bug des Einbaums bei den Hütten aufs Ufer auflief, sprang der Waschbär herein und beschnüffelte die Fische. Charlie beförderte ihn hinaus. „Die Fische sind nicht für dich, Gumbo. Hier habe ich dir was mitgebracht." Er zog die Krebse aus der Tasche und warf sie auf den Boden. Der Waschbär stieß einen schrillen Schrei aus, dann packte er einen und drehte ihn in seinen Pfoten hin und her.

Lillie saß noch immer an ihrer Nähmaschine, als Timmy die Uferböschung hinaufgelaufen kam. „Kann ich noch was von dem Ragout haben?" fragte er begierig.

„Du kannst haben, soviel du willst", erwiderte sie lächelnd. „Es ist genug da, iß nur tüchtig."

Zwei

SETHS FISCHERCAMP am Schildkrötenbach lag drei Kilometer östlich von Charlies Behausung, am Ende des schmalen Holperweges. Seth Thompson, der Eigentümer, war ein Mann in den Sechzigern; er hatte sein Leben lang dort gewohnt, mit Ausnahme von ein paar Jahren in seiner Jugend, die er als Fischer auswärts gearbeitet hatte.

Seths Vater John Thompson hatte 1890 auf Grund einer Anzeige das zehn Morgen große Stück Land erworben, seine kleine Farm in Georgia verkauft und war mit einem Ochsenkarren voller Pflüge, Äxte und Träume südwärts nach Florida gezogen. Je weiter er nach Süden kam, um so tiefer wurde das Wasser und um so undurchdringlicher der Sumpfwald. Schließlich erreichte er, nur mit einer Axt und einem Gewehr, watend sein Eigentum. Das ganze erste Jahr schlief er auf dem feuchten Sumpfboden, während er im ständigen Kampf mit den Moskitos ein Haus aus Zypressenstämmen baute, die er aus dem urwelthaften Bestand schlug. Er verkaufte die Felle der Tiere, von deren Fleisch er lebte, und rang dem Dickicht allmählich ein kleines Stück Land ab, auf dem er ein paar dürftige Tomaten und Gumboschoten zog.

Im Jahre 1906, auf einer Fahrt nach Okeechobee, heiratete er und kehrte mit seiner Frau in das Blockhaus im Sumpfwald zurück. Sie blieb gerade so lange, bis Seth geboren war, dann verließ sie Mann, Kind und Sumpf, und John Thompson sah sie nie wieder.

Seths verbitterter Vater fand sich mit dem Jungen ab. Doch mit dreizehn Jahren lief Seth davon und verdingte sich in der Fischindustrie am Okeechobeesee. Als er 1931 zu einem kurzen Besuch nach Hause kam, fand er seinen Vater tot in der kleinen Tomatenpflanzung. Er begrub ihn auf dem Friedhof von Copeland.

Nun holte sich Seth aus Moore Haven seinerseits eine Frau und ließ sich auf seinem Eigentum nieder. Eine Woche in dem schäbigen Blockhaus und inmitten des moskitoverseuchten Sumpfwaldes genügte. Am achten Morgen erwachte Seth und entdeckte, daß auch seine Frau verschwunden war. Im Gegensatz zu seinem Vater war er darüber nicht verbittert, denn sie hatte nicht kochen können und weder Holz machen noch Tiere abhäuten wollen.

Zunächst lebte Seth vom Verkauf der Fische, die er im Sumpfwald und im nahe gelegenen Turner River fing. Als er älter wurde und an dem stundenlangen Fischen immer mehr den Geschmack verlor, verdingte er sich Sportfischern als Führer, und allmählich wurde Seths Fischercamp weit und breit ein Begriff.

Neben dem alten Haus mit seiner windschiefen Eingangstüre, dem Boden aus dicken Bohlen und den handgefertigten Schindeln, parkten ein Ford-Pritschenwagen und ein Sumpfbuggy mit riesigen Flugzeugrädern. Dicht am Wasser stand eine Bude, in der Seth Fischereibedarf, Bier, Limonade, Süßigkeiten und Zigaretten verkaufte. Ein Dutzend flachgängiger Mietboote lag am Ufer, und rings um die Lichtung waren Fischnetze und Reusen gestapelt. Als einzige moderne Einrichtungen gab es elektrisches Licht, eine Kühltruhe für die Getränke und einen Kühlschrank. Ein großes Coca-Cola-Schild an der Ladenfront trug auch die Aufschrift SETHS FISCHERCAMP. Zwischen den Bäumen hinter dem Haus stand ein Toilettenhäuschen, und als Badewanne diente ein Holzzuber auf der rückwärtigen Veranda.

Seth hatte einen Helfer, einen vierzigjährigen Mann, der wegen seiner spindeldürren Gestalt Slim genannt wurde. Er war vor zehn Jahren in das Camp gekommen, wollte etwas zu essen haben und blieb für immer da. Seth hatte ihn nicht gefragt, woher er kam. Er wies ihm eine Kammer auf der Rückseite des Ladens an. Daß Slim wenig aß und alles tat, was man ihm auftrug, genügte ihm.

Seths Besitz unterschied sich von jeder andern Gegend des Sumpfwaldes durch einen neun Morgen großen unberührten Bestand an Sumpfzypressen rings um das Camp. Die dunklen, hoch in den Himmel ragenden Stämme, deren mächtige Kronen nie einen Sonnenstrahl durchließen, der mit aus der Erde herauswuchernden Wurzeln, hohen anmutigen Farnwedeln und Sumpfmoos bedeckte Waldboden, die Tümpel voller Wasserlilien, die dichten Kohlpalmengruppen, die wilden Orchideen und die über dem Ganzen liegende überirdische Ruhe zogen die Menschen an. Viele kamen einfach nur, um durch diese Wälder zu streifen.

Seth Thompson war einsachtzig groß und über neunzig Kilo schwer: ein lächelnder, nur mit einem verschossenen Overall bekleideter moderner Falstaff. Selbst auf seinen Fahrten nach Naples oder Everglades City, wo er seine Vorräte ergänzte, zog er weder Hemd noch Schuhe an. Doch war er nicht sonderbarer als jeder andere Weiße oder Indianer, der den Großen Zypressensumpf als Wohnort gewählt hatte.

SETH teerte gerade die Unterseite eines Bootes, als Charlie den Bug seines Einbaums aufs Ufer schob. Kaum hatte er angelegt, sprang Gumbo heraus und schüttelte eine Rassel, die Charlie ihm aus einem getrockneten Flaschenkürbis und ein paar Kieseln gemacht hatte.

Seth blickte auf. „Hallo Charlie. Wie wär's mit einem Bier?"

Er stellte den Teertopf hin und rief zur Bude hinüber: „Slim, komm raus, und bring uns zwei Blonde."

Gemächlich kam der schlaksige Mann mit zwei Bierdosen aus dem Laden zu ihnen heraus. Er war genauso gekleidet wie Seth, nur trug er dazu riesige derbe Schuhe. „Hallo Charlie. Wie steht's daheim?" fragte er, als er Seth die Dosen gab, der gleich eine an Charlie weiterreichte.

„Danke, gut", erwiderte dieser. Slim wandte sich um und verschwand wieder im Laden.

Die beiden Männer gingen in den Schatten einer flechtenbehangenen Eiche, unter deren Ästen das Haus fast verschwand. Sie hockten sich einander gegenüber, wobei Seths gewaltiger Bauch so weit vorquoll, daß er seine Füße nicht mehr sehen konnte. Charlie nahm einen Schluck Bier und sagte: „Das schmeckt, mein Magen hüpft vor Freude."

Gumbo lief herbei und griff nach der Dose. „Laß ihn doch mal", sagte Seth, „es schadet ihm ja nichts."

Charlie hielt die Dose hinunter, der Waschbär setzte seine Schnauze an die Öffnung und schlabberte. Dann rieb er sich die Nase und hopste auf den Sitz des Sumpfbuggys.

„Jetzt will er wohl eine kleine Fahrt machen, nachdem er sich angedudelt hat." Seth nahm einen langen Schluck. „Mächtig heiß und trocken jetzt. An manche Stellen komme ich mit dem Boot schon nicht mehr hin. Das Wasser ist um einen halben Meter und mehr gesunken, und in einigen Tümpeln steht es nur noch ein paar Zentimeter hoch. Was wir brauchen, sind ein paar Tage anständigen Regen."

„Heute morgen habe ich was Sonderbares gesehen", sagte Charlie. „Ungefähr acht Kilometer von hier nach Südosten, in einem Teich, wo ich ein paar kleine Sumpfzypressen fällen wollte, lagen zwei tote Enten und ein Löffler. Aber ohne Schußwunden."

„Na, vielleicht haben sie was gefressen." Seth schlürfte den letzten Tropfen Bier aus der Dose. „Magst du noch eine?" fragte er.

„Die eine war gut, aber wenn ich noch eine trinke, steure ich den Einbaum womöglich zum Kap Sable statt nach Hause. Ich muß mich jetzt auf den Weg machen."

Seth begleitete Charlie bis zum Ufer. „Wozu brauchst du diese kleinen Stämme?" fragte er.

„Ich will Spielzeugeinbäume daraus machen, wie sie in den Souvenirständen am Tamiami Trail verkauft werden."

„Wozu denn das?" fragte Seth lachend und bohrte Charlie den Ellbogen in die Seite. „Du hältst dir doch nicht irgendwo ein Weibsbild, für das du Geld brauchst?"

„Keine Frau würde von so einem alten Kerl wie mir was wollen, nicht mal Geld", sagte Charlie. „Billy Joes Tochter Lucy heiratet Frank Willie, und Billy Joe möchte ihnen einen Fernseher zur Hochzeit schenken. Weil ihm aber die Trockenheit die Ernte verdorben hat, macht er sich Sorgen, ob er es schafft. Darum will ich ihm helfen und Lillie auch, aber wir werden es ihm erst sagen, wenn wir das Geld beisammenhaben. Die kleinen Einbäume werden gut bezahlt."

„Mensch, da helf ich auch. Wir beide könnten ein paar Zypressenwurzeln sammeln, die werden auch gut bezahlt, und außerdem Frösche, und die Schenkel verkaufen. Froschschenkel stehen jetzt hoch im Kurs. Sag mir einfach, wenn du mal kannst."

„Das ist nett von dir, Seth. Ich geb dir dann Bescheid. Und danke für das Bier." Er wollte schon gehen, drehte sich aber nochmals um. „Hast du vielleicht an den Bäumen im Sumpfwald einen Weg markiert?"

„Mensch, ich hab Besseres zu tun. Warum fragst du?"

„Es hat vermutlich nichts zu bedeuten. Ich hab bloß neulich so eine frische Markierung gesehen, aber vielleicht war sie nur von einem Jäger, der Angst hatte, sich zu verlaufen." Er setzte Gumbo in den Einbaum und schob das schmale Boot ins Wasser. „Wir kommen bald mal wieder, Seth", sagte er.

CHARLIE saß am Boden und war dabei, einen Spielzeugeinbaum zu schnitzen, als er das Geräusch eines Aerobootes näher kommen hörte. Bald sah er es mit seinem Flugzeugpropeller hinter der Sitzbank um die Biegung des Flusses kommen. Fred Henderson, der Wildhüter, saß darin. Er stellte den Motor ab und steuerte das flachgehende Gleitboot an Land.

Henderson war ein jugendlich aussehender Mann von fünfunddreißig, der diesen Teil des Bezirks schon seit neun Jahren betreute. Vor sechs Jahren hatten ihn Alligatorwilderer angeschossen, aber das war vor der Verschärfung der Gesetze gewesen, nach denen der Abschuß von Alligatoren als Verbrechen mit Gefängnis bis zu fünf Jahren bestraft wurde. Dadurch und infolge des nachlassenden Bedarfs an Häuten gehörte das Wildern fast der Vergangenheit an, und die Wildhüter hatten nun mehr Zeit, sich um die Einhaltung der Jagd- und Fischereigesetze zu kümmern.

Henderson stieg aus. „Tag, Mr. Charlie."

„Tag, Fred Henderson. Wollen Sie Tee?"

„Klar." Der Wildhüter lächelte. „Ich hab wegen Ihrem Spezialgebräu dreißig Kilometer Umweg gemacht."

Charlie ging in die Kochchikee und kam mit zwei Bechern voll dampfender dunkler Flüssigkeit wieder heraus.

Henderson nippte daran. „Mann, das ist prima. Es bringt einen so richtig in Schwung."

„Das ist der schwarze Zaubertrank", sagte Charlie. „Er putzt einem die Eingeweide aus. Das wird Ihnen guttun." Dabei lachte er leise vor sich hin, denn es war nur harmloser Sassafras-Tee und nicht der legendäre schwarze Trank, mit dem sich die Männer während des Grünen Maistanzes purgieren.

Henderson lachte auch, denn er wußte genau, was für ein Gebräu es war. Er trank aus und erhob sich. „Wollen Sie mitfahren? Ich bringe Sie in ein paar Stunden zurück."

„Ja, gern."

Charlie strahlte, denn er fuhr für sein Leben gern mit dem Aeroboot.

Mit breitem Grinsen nahm Charlie Platz, der Motor sprang donnernd an, und das Boot fuhr langsam den Schildkrötenbach hinunter. Dann fuhren sie immer weiter nach Süden, zwischen zahllosen grünen Inselchen hindurch, die sich bis zum Kap Sable und der Floridabucht erstrecken. Hier im Gebiet des rasiermesserscharfen Schilfes konnten sie schneller fahren. Manchmal steuerte der Wildhüter das Boot entlang den Kriechspuren von Alligatoren; dann wieder durchbrachen sie das übermannshohe Gras und kamen plötzlich in kleine seerosenbedeckte Tümpel. Hier äugten Alligatoren zwischen den Seerosenblättern hervor nach ihnen, und Wasserhühner und Enten ergriffen die Flucht.

Das Boot beschrieb einen großen Bogen durch die Marsch, dann fuhren sie wieder nordwärts, den gewaltigen, mehr als fünfzig Meter emporragenden Königspalmen zu. Ihre grünen hängenden Kronen glichen aus der Ferne winzigen Schirmen über der dichten Vegetation des Sumpfwaldes.

Als sie zu den Bäumen kamen, machte Charlie dem Wildhüter ein Zeichen, er möge anhalten. Dieser drosselte den Motor, und Charlie sagte: „Gestern habe ich im Otternsumpf ein paar tote Vögel gesehen, junge Vögel, ohne Schußwunden."

„Schauen wir rasch mal nach. Kommt man mit dem Gleitboot hin?"

„Der Wasserspiegel ist sehr gesunken, aber es müßte gehen."

Sie fuhren sehr langsam. Henderson steuerte das Boot um morsche gestürzte Bäume herum, manchmal glitt er über flache Schlammbänke, über Nester von gefährlichen Wassermokassinschlangen, die vor dem Motorenlärm flüchteten.

Ein Teich von etwa zehn Morgen Größe bildete das Ostende des Otternsumpfes. Das Wasser war nur noch knapp fünfzehn Zentimeter tief und ohne jede Strömung. Henderson stellte den Motor ab und blickte um sich. „Großer Gott!" rief er, „was ist denn hier passiert?"

Überall lagen tote Vögel: Florida-Stockenten, Ringelmoorenten, blaugeflügelte Krickenten, Bläßhühner, weiße Ibisse, amerikanische Reiher und rosafarbene Löffler. Viele andere zeigten Lähmungserscheinungen. Sie mühten sich, mit ausgebreiteten Flügeln und hochgereckten Schnäbeln vorwärtszukommen.

Henderson saß starr und stumm, bis Charlie sagte: „Gestern war es noch nicht so schlimm. Da lagen nur drei da."

„So was hab ich noch nie gesehen."

Der Wildhüter schöpfte zwei Metallbehälter voll Wasser und Schlamm, plombierte sie und stellte sie beiseite. „Ich fahr mal die Ufer entlang, und Sie sammeln zehn bis zwölf tote Tiere ein", sagte er zu Charlie. „Sobald wir zurück sind, bringe ich sie mit den Wasserproben ins Labor."

Nachdem sie die toten Vögel im Boot verstaut hatten, steuerte Henderson rasch wieder zum Schildkrötenbach. Dort stieg Charlie bei seiner Behausung aus, und das Gleitboot schoß davon.

AM NÄCHSTEN Morgen, als Charlie gerade frühstückte, kam Timmy den Pfad entlang zu den Chikees gelaufen. „Können wir heute morgen in den Sumpfwald fahren, Großpapa?"

„Ich muß zu Seth Thompsons Camp, aber du kannst mitkommen, und vielleicht fahren wir auf dem Rückweg durch den Sumpfwald."

Als Charlie seinen Kaffee ausgetrunken hatte, stiegen sie in den Einbaum und fuhren den Schildkrötenbach hinauf. Seth war in seinem Laden, als sie ankamen. Eine Dose Bier in der Hand, erschien er in der Tür und begrüßte Charlie. „Wie wär's, willst du auch eine?"

„Ist noch zu früh für mich, Seth, vielen Dank auch."

Timmy lief über die Lichtung, sprang auf den Sumpfbuggy, packte das Steuerrad und brummte wie ein laufender Motor. Charlie hockte sich nieder und fragte: „Wann fährst du wieder zu den Läden am Tamiami Trail?"

Seth ließ sich vor ihm niederplumpsen. „Ich muß morgen früh nach Everglades City. Brauchst du was?"

„Ich habe einen Spielzeugeinbaum fertig. Billy Joe könnte ihn ja für mich verkaufen, aber er soll nichts davon wissen, bevor wir nicht unsern Beitrag für den Fernseher beisammenhaben. Und Lillie hat zwei Jacken."

„Klar, nehm ich mit. Wieviel willst du für den Einbaum?"

„Ich weiß nicht. Was meinst du?"

„Na, ich hab gesehen, daß sie die Dinger für dreißig Dollar an die Touristen verkaufen, da müßtest du wenigstens fünfzehn bekommen. Ich werd tun, was ich kann."

„Die Sachen liegen bereit, wenn du vorbeikommst."

„Hör mal, wenn ich schon was für dich verhökere, warum fahren wir nicht heute abend raus und sammeln einen Haufen Froschschenkel? Die könnt ich im Jagdklub in Everglades City verkaufen."

„Gut, fahren wir, wenn du Zeit hast."

„Ich hab Zeit, Charlie. Das ist das einzige, was ich jede Nacht hab. Ich hol dich nach Dunkelwerden ab."

Das Dröhnen eines Motors unterbrach das Gespräch. Fred Henderson steuerte sein Gleitboot ans Ufer des Camps, stellte den Motor ab und stieg aus. „Heute früh haben sie mich vom Labor in West

Palm Beach angerufen", sagte er zu Charlie. „Es sind Bakterien, an denen die Vögel eingehen. Wenn das Wasser so tief sinkt, sagen sie, können sich diese Bakterien stark vermehren und großen Schaden anrichten. Sie sind vielleicht nur in diesem einen Teich, wir sollen also alle toten Vögel verbrennen und dort einen Mann aufstellen, der die andern Vögel durch Gewehrschüsse verscheucht. Mehr können wir nicht tun, sagen sie, außer um Regen beten. Wenn einer von Ihnen irgendwo anders etwas Ähnliches bemerkt, lassen Sie es mich bitte gleich wissen. Ich will in den nächsten Tagen das ganze Gebiet durchstreifen. Und Ihnen, Mr. Charlie, danken wir besonders, daß Sie uns darauf hingewiesen haben."

Sobald Henderson abgefahren war, machten sich Charlie und Timmy auf den Heimweg. Auf halber Strecke hielt Charlie den Einbaum an und sagte: „Schau mal genau auf die Schlammbank dort."

Timmy spähte ins Wasser und entdeckte den Kopf einer großen Schnappschildkröte, die ganz im Schlamm vergraben war. Im Innern ihres geöffneten Maules bewegten sich zwei fadenförmige Tentakel leicht in der Strömung.

„Kleine Fische werden meinen, es sind Würmer", sagte Charlie.

Timmy sah zu, wie eine kleine Brasse langsam näher kam und dann auf die schwankenden Dinger losschoß. Das Schildkrötenmaul schloß sich.

„Jetzt hat die Schildkröte ihre Mahlzeit gehalten", sagte Charlie. „Irgendwann komme ich wieder her und hole mir die Schildkröte für meine Mahlzeit. So ist es überall im Sumpfwald. Einer lebt vom andern."

NACH dem Abendessen saßen Charlie und Lillie beim flackernden Feuer in der Kochchikee. Weither aus dem Süden hallte Donnergrollen durch den Sumpf. Lillie wiegte sich leicht vor und zurück, die Hände im Schoß, und schien schon halb zu schlafen. Plötzlich fragte sie Charlie: „Warum haben wir keinen elektrischen Strom in der Chikee? Die Leitung zum Fischercamp geht doch hier vorbei."

Zunächst wußte Charlie nicht, was er sagen sollte, denn sie hatte nie zuvor davon gesprochen.

„Wenn wir Strom hätten", fing sie von neuem an, „könnte ich jetzt nähen. Meine alten Augen sehen beim Feuerschein nicht mehr genug."

„Das würde jeden Monat Geld kosten", gab er schließlich zu bedenken.

„So viel wäre das nicht. Wir könnten es von dem bezahlen, was wir verkaufen. Und später könnten wir einen elektrischen Schrank kaufen, zum Eismachen und um Fleisch und Fische vor dem Verderben zu bewahren."

„Dann könnten wir Dosen mit kaltem Coca-Cola haben wie Billy Joe?" Er schwieg einen Augenblick, wie in tiefe Gedanken versunken, dann sagte er rasch: „Das machen wir! Ich werde mit Billy Joe sprechen, er soll das für uns veranlassen."

In diesem Augenblick tauchte Seth aus der Dunkelheit auf und trieb den Bug seines Bootes an Land. Er kam zur Chikee herauf und ließ sich langsam auf einem der Palmklötze nieder.

„Wir haben uns gerade entschlossen, elektrisches Licht legen zu lassen!" verkündete Charlie triumphierend. „Und später werden wir uns einen elektrischen Schrank kaufen."

„Hör mal, diese Dinger sind aus zweiter Hand mächtig billig zu haben", sagte Seth. „Ich versteh nicht, wie man heutzutag ohne Kühlschrank auskommen kann."

„Meinst du, wir sollten schon aufbrechen?" fragte Charlie.

„Na, es dauert wohl noch eine Weile, bis die großen Frösche richtig anfangen zu spektakeln, aber wir könnten langsam losgondeln."

Charlie ging in die Vorratschikee und kam mit der Froschgabel zurück. Seth stand auf und sagte: „Mrs. Lillie, ich hab eine Kühltasche mit kaltem Bier im Boot, wenn Sie eins wollen."

„Danke schön, aber ich glaube nicht", sagte Lillie. „Bier ist nur was für Männer."

„Na gut, wir sind bald zurück", sagte Seth.

Er setzte sich mit einem Paddel hinten ins Boot, und Charlie nahm vorn mit Seths Stablampe Platz. Sie hatten auch eine Benzinlampe im Boot, die aber erst angezündet werden sollte, wenn sie mit dem Spießen der Frösche begannen. Der Außenbordmotor im Heck war aus dem Wasser gehoben und festgeklemmt.

Sie paddelten langsam zu den Randbezirken des Sumpfwaldes. Seth nahm zwei Bierdosen aus der Kühltasche und gab Charlie eine.

„Ein Mann kann in einer so dunklen Nacht nicht ungestärkt auf Fahrt gehen", sagte er.

Der Mond war noch nicht aufgegangen, Wolken bedeckten den Himmel, und aus dem Süden hörte man Donnergrollen. Der Strahl der Stablampe bohrte sich wie eine Lanze in die Dunkelheit.

Der Sumpfwald hallte von den Stimmen der Nachttiere wider: dem durchdringenden Schrei des Braunsichlers, dem schrillen Kreischen des Nachtreihers, den flatternden Flügelschlägen des Ziegenmelkers und dem markerschütternden Wimmern der Zwergohreule. Das Bellen der Alligatoren und das Quaken der Ochsenfrösche vervollständigten den mißtönenden Chor.

Seth hielt das Boot an. „Was meinst du, wohin sollen wir fahren, Charlie? Mein dicker Hintern drückt das Heck ziemlich tief runter. Ich hab verdammt keine Lust, auf einer Schlammbank steckenzubleiben und hier hinaus zu müssen, wo es überall von Alligatoren und Mokassinschlangen wimmelt."

„Am meisten Wasser ist in dem Teich gleich östlich vom großen Zypressenbaum. Da steht es noch gut dreiviertel Meter hoch, und es war immer ein guter Platz für Frösche."

Sie verließen den Schildkrötenbach und kamen in seichtes Wasser, wo Seth das Boot mit dem Paddel im Schlamm vorwärtsstaken mußte. So gelangten sie in den Teich. Dort löschte Charlie die Stablampe, und nun war es stockdunkel. Seth griff nach der Laterne, hielt ein Streichholz an den Docht, und ein matter Lichtschein verbreitete sich rings um das Boot.

Charlie stellte die Laterne in den Bug, und Seth paddelte langsam am Ufer entlang. Von überall her ertönte das Quaken der Frösche, und hinter jedem Seerosenblatt hervor leuchteten ihre gelblichen Augen im Lichtschein. Charlie, im Bug stehend, spießte die Frösche und hielt Seth die Gabel hin, damit er die Beute herabzog. Schon nach einer halben Stunde hatten sie mehr als hundert Frösche im Boot.

Als Charlie wieder einmal die Gabel nach hinten reichte, begann das Boot so heftig zu schwanken, daß er fast ins Wasser gefallen wäre, und Seth schrie erbittert: „Charlie, du verdammter Idiot, tu das Ding weg! Das ist eine Mokassinschlange und kein Frosch!" Er hatte schon nach der Giftschlange gegriffen, bevor er merkte, was es war.

Charlie schwang die Gabel hoch und schleuderte die Schlange aus dem Boot. „Jetzt werden die Alligatoren sie sich holen", sagte er gleichmütig.

„Na, dich wird auch dieser und jener holen, wenn du das noch mal machst", sagte Seth schwer schnaufend. „Deine Augen sind doch nicht so alt, daß du eine Schlange nicht von einem Frosch unterscheiden kannst!"

„Ich wußte, daß es eine Schlange war", grinste Charlie. „Ich wollte nur sehen, ob du wach bist."

„Da kannst du Gift drauf nehmen, daß ich jetzt wach bin, laß das also! Weiß Gott, jetzt hab ich ein Bier nötig." Seth öffnete eine Dose, trank sie leer und öffnete eine zweite. „Rasten wir ein wenig, bevor wir weitermachen."

Aus der Dunkelheit klangen die Schreie zweier Wildkatzen. Seth trank sein Bier aus. Dann arbeiteten sie rings um den Teich und suchten schließlich auf dem Rückweg auch die Ufer des Schildkrötenbaches ab. Mitternacht war schon vorüber, als sie bei den Chikees anlangten.

Charlie stellte die Laterne ans Ufer, und gemeinsam machten sie sich daran, die Frösche zu verarbeiten. Die Körper warfen sie als Fischfutter ins Wasser. Die Schenkel nahm Seth mit in sein Camp, um sie bis zum Morgen in den Kühlschrank zu legen.

Das Feuer in der Kochchikee war zu grauer Asche niedergebrannt, als Charlie steifbeinig sein Bett aufsuchte.

GEGEN Mittag kam Seths alter Lastwagen den Weg entlanggeholpert. Charlie saß am Boden und schnitzte an einem neuen kleinen Einbaum. Lillie stand am Herd. Seth grinste. „Hab ziemlich viel für euch rausgeschunden, Leute." Er zog Geld aus der Tasche und gab es Charlie. „Für den Einbaum hab ich fünfzehn Dollar bekommen und zehn Dollar für jede Jacke. Es waren einundvierzig Pfund geputzte Froschschenkel, und sie haben fünfundsiebzig Cent je Pfund gebracht. Das macht zusammen 65 Dollar 75."

„Hast du dir deinen Anteil an den Froschschenkeln genommen?" fragte Charlie.

„Nö. Ich hab meinen Spaß daran gehabt, außer wie du mir die Schlange in den Schoß geworfen hast. Wenn du magst, können wir es jederzeit wiederholen."

Charlie gab Lillie das Geld, und sie steckte es in eine Blechdose.

„Ich hab noch was", sagte Seth, und sein Grinsen wurde breiter. „Ein Freund von mir, der in Naples einen Laden betreibt, hat mir diesen alten Kühlschrank da gegeben, bloß damit er ihn los wird. Sieht nicht besonders aus, geht aber noch prima. Dachte, ihr würdet ihn gern schon hierhaben, wenn ihr die elektrische Leitung kriegt."

„Soll das heißen, daß er nichts gekostet hat?" fragte Charlie.

„Nö. Diese alten Dinger bringen nichts mehr. Aber der da tut's noch genauso wie ein neuer, wenn's euch nicht stört, daß die Farbe ab ist." Seth hatte den Kühlschrank für fünfundzwanzig Dollar gekauft, aber er wußte, daß Charlie ihn nicht annehmen würde, wenn er ihm das sagte.

Lillie lächelte, als sie ihn vom Wagen hoben und in der Kochchikee aufstellten. Sie öffnete die Tür, schloß sie und öffnete sie wieder. „Er ist auch ohne elektrische Leitung kühl", sagte sie. „Ich kann schon jetzt Sachen hineintun, bevor er angeschlossen ist."

„Wir sind dir wirklich dankbar, Seth", sagte Charlie und betrachtete den alten Kühlschrank so stolz, als wäre es ein neuer. „Willst du jetzt etwas essen?"

Lillie hatte Süßkartoffeln in dicke Scheiben geschnitten, sie in Mehl gewälzt und zusammen mit einem Hähnchen gebraten. Auch gab es geschmorten Fisch und frisches Maisbrot. Seth schnupperte begierig. „Könnte nichts schaden." Er setzte sich an den Holztisch, während Lillie einen Teller vollhäufte und vor ihn hinstellte.

BEI seiner nächsten Fahrt zu Georgy, dem alten Alligator, konnte Charlie vom Osten herüber dumpfe Gewehrschüsse hören, mit denen der Wächter die Vögel vom Otternsumpf verscheuchte. Das fortwährende Knallen machte ihm angst, denn es rief Erinnerungen an die Tage wach, als weiße Männer in die Everglades gekommen waren, um die Silberreiher wegen ihrer Federn abzuschlachten.

Nachdem er den Alligator gefüttert hatte, kehrte er gleich wieder um. Auf dem Rückweg bemerkte er wieder frische Axtzeichen an einer in den Sumpf hineinführenden Reihe von Bäumen.

Am späten Nachmittag kam Fred Henderson vorbei und sagte, daß das Schießen aufhören würde. Das Bezirksbüro in West Palm Beach habe jetzt den in diesem Gebiet eingesetzten Wächtern erklärt, daß sie damit vielleicht infizierte Vögel in andere Teile des Sumpfes scheuchten und so möglicherweise die mörderische Seuche noch weiter verbreiteten. Nur steigendes Wasser könne sie zum Erlöschen bringen.

VIER

MITTE der darauffolgenden Woche erschien Kenneth Riles in der Redaktion der *Everglades Gazette*. Albert Lykes saß an seinem Schreibtisch und las Korrekturen. „Was führt dich zu mir, Ken?" fragte er.

„Ich hab eine Geschichte für Ihre nächste Ausgabe", platzte Riles aufgeregt heraus. „Ich hab erfahren, daß die zehntausend Morgen Potterland draußen im Großen Zypressensumpf an die Surf-Landerschließungsgesellschaft verkauft worden sind. Da soll eine neue Siedlung entstehen, mit Häusern, Eigentumswohnungen, einem Golfplatz und allem Drum und Dran! Al, das gibt einen richtigen Boom in unserm Bezirk. Mit den zwanzigtausend Morgen, die bereits von der Trans-Pacific-Gesellschaft erschlossen werden, sind wir dann bald so groß wie das Gebiet um Fort Lauderdale und Miami."

Lykes lehnte sich zurück. Er hatte es befürchtet, aber die Bestätigung war doch ein Schock für ihn. „Begreifst du nicht, was das in Wirklichkeit bedeutet?"

Riles sagte mit Nachdruck: „Es bedeutet mehr Leute und mehr Arbeit und mehr Steuern für den Bezirk. Es bedeutet Fortschritt."

Lykes schüttelte den Kopf. „Es bedeutet mehr Entwässerungskanäle und mehr Straßen und mehr Müll und mehr Abwässer, die nach Süden fließen, und ein weiteres Zurückgehen des Tierbestandes. Nennst du das Fortschritt?"

„Zum Teufel, Al", sagte Riles schroff, „es ist doch nur ein Sumpfwald, und davon gibt's noch eine ganze Menge!"

„Wirklich?" fragte Lykes. „Neulich gingen zwanzigtausend Morgen verloren, jetzt zehntausend und demnächst vielleicht weitere dreißigtausend. Wann hört das auf, Ken? Wenn nichts mehr übrig ist?"

„Ach, da ist doch noch der Everglades-Nationalpark", wandte Riles ernüchtert ein. „Das muß doch für die Leute reichen, die so was sehen wollen."

„Was für einen Sinn soll ein Park haben, in dem nichts wächst und kein Tier leben kann? Wenn der Große Zypressensumpf stirbt, dann stirbt der Park auch."

Riles stand auf. „Ich dachte nur, du wärst vielleicht interessiert. Aber anscheinend denkst du nicht fortschrittlich und bist von vornherein gegen das Projekt, so wie du dich auch erbittert gegen das Trans-Pacific-Projekt und gegen den Bau der Alligator Alley gestemmt hast."

Lykes beugte sich vor. „Oh, ich bin interessiert, Ken. Aber gestatte mir eine Frage. Hast du irgendwas mit dem Entwicklungsprojekt zu tun?"

„Jawohl", brauste Riles auf. „Ich habe einen Vertretervertrag. Aber das hat mit meiner Einstellung zu dem Projekt nichts zu tun. Ich begrüße alles, was dem Bezirk Fortschritt bringt. Aber ich bin nicht hergekommen, um mit dir zu streiten", fuhr Riles ruhiger fort, „wenn du nähere Angaben willst, so findest du mich in meinem Büro."

Als sich Riles zum Gehen wandte, sagte Lykes: „Wissen Billy Joe und die andern, die dort leben, schon davon?"

„Nein. Ich werde so bald wie möglich hinausfahren und es ihnen sagen."

„Darum beneide ich dich nicht", erwiderte Lykes.

„Ich denke, es war ihnen doch wohl klar, daß es nicht für die Dauer sein würde, als sie sich auf Land niederließen, das ihnen nicht gehörte."

„Ja, wahrscheinlich. Nichts scheint mehr für immer Bestand zu haben."

Nachdem Riles gegangen war, blieb Lykes noch minutenlang regungslos in seinem Sessel sitzen. Er war alt genug, um sich zu erinnern, wie die Landschaft zwischen dem Großen Zypressensumpf und dem Okeechobeesee ausgesehen hatte, als sie größtenteils noch unberührt war. Er dachte an den üppigen tropischen Pflanzenwuchs, die klaren Seen und Quellen, den Wild- und Vogelreichtum der Wälder. Dann wurden Dränagegräben angelegt, die das Wasser, den natürlichen Lebensspender für viele Quadratkilometer Land im Süden, abfingen und westwärts in den Golf von Mexiko, ostwärts in den Atlantik leiteten. Dann errichtete man um den Okeechobeesee einen Damm, so daß auch von da kein Wasser mehr nach Süden floß. Dann legte man Tausende von Gemüsefeldern mit kleinen Dämmen dazwischen an, und wenn der Regen kam, spülte er Pestizide, Kunstdünger und Phosphate von den Feldern, nahm den Überlauf von Tausenden von Klärgruben mit, und der ganze Unrat sickerte langsam in die Kanäle und vergiftete das Land.

Große Gebiete des dränierten Graslandes trockneten Schicht um Schicht aus, die Erde wurde verweht, und zurück blieb der nackte Kalksteinboden. Grasbrände wüteten über Hunderttausende von Morgen Land, schwelten unterirdisch jahrelang weiter und machten es für Vögel, Säugetiere und Reptilien und auch für die Menschen, die dort zu leben versuchten, unbewohnbar. Dann schoben sich weitere Landerschließer mit Dränagegräben und Betonfertighäusern von Homestead nordwärts, von Miami westwärts vor und bauten mitten in die Grasebene hinein. Von Fort Myers und Naples drangen sie ostwärts ein. Und nun kamen sie vom Norden in den Sumpfwald.

Lykes griff rasch nach einem frischen Blatt Papier. Er wußte, daß er das Surf-Projekt nur bekämpfen konnte, indem er mit seiner kleinen Zeitung versuchte, die öffentliche Meinung zu mobilisieren.

DER Mai ging vorüber, es wurde Juni, und noch immer regnete es nicht. Erst nach dreitägigem Kampf konnten die Forstbehörden ein Feuer in den Wäldern längs der Alligator Alley unter Kontrolle bringen. Von den glimmenden Baumstämmen und Wurzeln zogen noch tagelang Rauchschwaden durch den Sumpfwald.

Billy Joe war zum Schneiden von Büschen und Gras entlang der Schnellstraße 29 angestellt worden, und so konnte Timmy nicht so oft zu den Chikees kommen wie sonst. Er mußte jetzt die Hühner und Enten füttern und die wenigen Gemüsepflanzen gießen, die für den eigenen Bedarf übriggeblieben waren.

Aus den Erträgen von Seths und Charlies Froschjagden, den zusätzlichen Jacken, die Lillie nähte, und den kleinen Einbäumen, die Charlie schnitzte, hatten sie bisher hundertachtzig Dollar zusammengebracht. Zweihundertfünfzig wäre wohl ein angemessener Zuschuß zu den Kosten eines Fernsehers, dachte Charlie, und würde Billy Joe, der dieses Jahr keine Gemüseernte erwarten konnte, genügend entlasten.

Eines Tages wartete Charlie am Ufer auf Timmy. Er wollte Zwergzypressen für weitere Einbäume fällen und hatte ihm versprochen, er dürfe mitfahren, sobald er seine Morgenarbeit erledigt hatte.

Der Kühlschrank stand immer noch ohne Strom neben dem Nähpodest. Billy Joe hatte sich mit der Elektrizitätsgesellschaft in Verbindung gesetzt und erfahren, daß es zwei bis drei Wochen dauern würde, bevor ein Montagetrupp die Leitung zur Chikee legen konnte.

Diese Nachricht regte Charlie und Lillie nicht weiter auf. Sie waren viele Jahrzehnte ohne Elektrizität ausgekommen, und ein paar Wochen mehr spielten keine Rolle.

Endlich kam Timmy auf dem Waldweg angelaufen. Charlie legte die Axt in den Einbaum, dann stießen sie ab.

Er hatte beschlossen, seine Stämme diesmal anderswo zu holen, weit im Süden, wohin Wasserwege führten, die trotz des abermals gesunkenen Spiegels noch tief genug waren. Sie kamen über den Otternsumpf hinaus in Gegenden, in denen Timmy noch nie gewesen war, und jeder Tümpel, jede Buschinsel bedeuteten für ihn ein neues Abenteuer.

Charlie legte bei einer höher gelegenen kleinen Lichtung an, die mit üppigen Farnen und einem dicken Moosteppich bedeckt war, in den ihre bloßen Füße tief einsanken. Eine riesige Eiche stand dort, ganz von einer Würgerfeige umschlossen, deren Ausläufer schon bis in die höchsten Äste reichten. Mit der Zeit würde sie den mächtigen Baum erdrosseln.

Sie überquerten die Lichtung und wateten in einen seichten Tümpel voller Zwergzypressen. Charlie fällte drei mit seiner Axt und trug sie zum Einbaum zurück. Dann fuhren sie weiter nach Süden, immer dicht an der Grenze der großen Schilfebene entlang.

Wieder legte Charlie an. „Jetzt zeige ich dir etwas, was du noch nie gesehen hast", sagte er zu Timmy.

Vereinzelte Königspalmen reckten ihre kräftigen Stämme hoch über das Blätterdach des Sumpfwaldes. Zwischen ihnen hindurch führte Charlie den Jungen zu einem vor Alter völlig kahlen Baum, dessen abgestorbener Stamm mit Spechtlöchern übersät war. In ihm eingewachsen steckte eine Machete, ein Buschmesser mit altersschwarzem Holzgriff, dessen rostige Klinge aber immer noch standhielt.

Timmy packte den Griff und versuchte, die Klinge herauszuziehen, aber sie war schon seit langem mit dem Baum eins geworden. „Wie kommt das da her?" fragte er aufgeregt.

„Ich weiß es nicht", sagte Charlie. „Ich habe es hier vor vielen Jahren entdeckt, als ich noch ein kleiner Junge war, und es war damals schon in den Stamm eingewachsen. Kann sein, daß es schon seit den Tagen des ersten Seminolenkrieges da steckt. Irgendwer, vielleicht ein weißer Soldat oder ein Forschungsreisender, hat versucht, den Baum zu fällen, brachte aber die Klinge nicht wieder heraus."

„Darf ich es haben, Großpapa? Wir können das Holz ringsherum mit der Axt wegschlagen, und ich nehme es mit nach Haus."

„Laß es dem Baum, der es dem Mann fortgenommen hat. Es gehört dem Baum."

„Aber der Baum ist doch tot, Großpapa."

„Und der Mann auch. Laß es hier, Timmy. Es gehört einer Zeit an, die nicht wiederkommt." Widerstrebend gab Timmy sich zufrieden. Sie kehrten zu ihrem Einbaum zurück und machten sich auf den Heimweg zum Schildkrötenbach.

AM FRÜHEN Nachmittag stakte Charlie den Einbaum den Schildkrötenbach aufwärts zu Seths Camp. Seth hatte gesagt, er wisse einen kleinen Bestand von Sumpfzypressen, wo es haufenweise Atemwurzeln gebe. Auch auf seinem eigenen Land seien viele Wurzeln, aber die wolle er nicht absägen.

Gleich nach Charlies Ankunft kletterten sie auf den Sumpfbuggy. Seth warf den Motor an, legte den Gang ein, trat den Gashebel ganz durch und ließ die Kupplung los. Zuerst rührte sich das seltsame hochbeinige Gefährt nicht von der Stelle, obwohl sich seine riesigen Hinterräder wie rasend in der weichen Erde drehten, dann aber machte es einen meterhohen Satz in die Luft und brach krachend durch ein Gebüsch.

Charlie angelte nach einem Haltegriff über seinem Kopf und klammerte sich daran fest, während Seth immer noch mit halb durchgetretenem Gashebel südostwärts in den Sumpfwald brauste. Schlamm und Moder flogen nach allen Seiten, Büsche und kleine Bäume walzten sie glatt nieder. Tümpel wurden nicht umfahren, sondern einfach, wie es gerade kam, durchquert, so daß die Räder zwei Streifen blasigen Schlammwassers auf den Blättern der Wasserrosen zurückließen. Nach acht Kilometern trat Seth plötzlich mit aller Kraft aufs Bremspedal. Der Buggy drehte sich um seine Achse, prallte gegen einen Baum und kam zum Stehen. Charlie wurde plötzlich vom Sitz geschleudert und landete in drei Meter Entfernung platt auf dem Rücken.

Einen Augenblick lang wagte er nicht, sich zu bewegen. Er rang nach Atem und war sicher, daß er sich etwas gebrochen hatte. „Hahaha, diesmal hab ich dir eins ausgewischt", rief Seth triumphierend.

Charlie rappelte sich langsam auf und stellte fest, daß ihm nichts fehlte, nur seine Hinterseite war dick mit Schlamm beschmiert. Er warf Seth einen Blick zu und sagte: „Du machst es wie ein Alligator: Du walzt alles nieder, statt einen Bogen zu machen. Es wird wohl das beste sein, wenn ich zu Fuß zurückgehe."

Seth lachte wieder. „Zurück fahre ich ganz gemütlich. Es war nur Spaß, um's dir heimzuzahlen, daß du mir die Schlange in den Schoß geworfen hast."

Sie nahmen die Sägen aus dem Buggy und machten sich daran, die dichtstehenden Atemwurzeln rings um den kleinen Bestand von Sumpfzypressen abzuschneiden. Sie brachten gegen fünfundzwanzig Stück aller Größen zusammen, manche wie Menschenköpfe, manche wie Tiere geformt, und andere zu grotesken Gebilden verschlungen.

Heimwärts fuhr Seth viel langsamer und auf einem andern Weg. Einmal hielt er an, als er ein frisches Axtzeichen an einem der Bäume bemerkte. Nach Süden zu waren noch mehr Bäume gekennzeichnet, und nach Westen lief durch das baumlose Marschland eine Reihe von Pfählen mit roten Fähnchen. „Das sind Vermessungslinien", sagte Seth, „was zum Teufel sollen die hier?"

„Keine Ahnung", erwiderte Charlie. „Solche Zeichen sind auch beim Schildkrötenbach, aber ich habe nirgends im Sumpfwald Männer gesehen."

„Was soll der Quatsch", sagte Seth und sprang vom Buggy. „Wie wär's, wenn wir die Dinger ein bißchen durcheinanderbringen? Ich nehm die Axt und zeichne weiter östlich eine andere Linie an, und du versetzt die Pfähle hundert Meter nach Norden."

„Wird das nicht Ärger geben?" fragte Charlie.

„Ach! Was soll schon sein."

Eine halbe Stunde später hatten sie ihre Absicht ausgeführt und kehrten zum Buggy zurück. „Jedesmal, wenn du im südlichen Sumpfwald solche Zeichen siehst", sagte Seth, „markier eine neue Linie, wie ich's eben gemacht hab. Und ich passe auch auf. Da machen wir uns einen Spaß draus."

Als sie im Camp ankamen, holte Seth zwei Bier. Charlie nahm gerne eins an, sehr erleichtert, daß er heil davongekommen war. Er hatte bereits beschlossen, auf diesem Vehikel keine weiteren Fahrten in den Sumpfwald zu unternehmen.

Seth hob eine der Atemwurzeln vom Buggy und wendete sie hin

und her. „Die Rinde geht am besten runter, wenn man sie zuerst dämpft. Ich hab dahinten einen großen Topf, laß das also mich machen. Wir polieren sie ganz prima. So wie die Touristen sich haben wegen so 'nem Stück Holz, müßte jedes ein paar Dollar bringen."

„Morgen komme ich wieder und helfe dir die Rinde abschälen", sagte Charlie. „Jetzt geh ich nach Haus und wasch mich im Bach, meine Hosen sind voller Schlamm."

Als er den Einbaum vom Camp heimwärts stakte, hörte er im Süden ein fernes Grollen. Dunkle Gewitterwolken hatten sich aufgetürmt, und eine Windbö wehte die von den Eichen hängenden Moosflechten nordwärts. Vögel hasteten am Ufer entlang, und die Luft war feucht und kühl.

Kurz nach Einbruch der Dunkelheit kam der Regen. Es war nicht der starke Guß, den sie dringend gebraucht hätten, aber er brachte Kühlung und wusch den Staub von den Chikees.

KENNETH RILES ließ nach seinem Gespräch mit Albert Lykes über das Surf-Erschließungsprojekt zehn Tage verstreichen, bevor er nach Süden zu Billy Joe fuhr, um ihm mitzuteilen, daß er sein Pachtland verlassen müsse. Er war fast erleichtert, als er, beim Holzhaus angekommen, hörte, daß Billy Joe an der Schnellstraße arbeitete. Er fuhr weiter zu Seths Fischercamp.

Vor ein paar Tagen hatte er das Grundbuch eingesehen und entdeckt, daß zehn Morgen Land Seth Thompson gehörten. Der kleine Besitz lag direkt im Zentrum des von der Gesellschaft gekauften Gebiets, und Riles wußte, daß der Preis dafür wie eine Rakete hochgehen würde, sobald das neue Erschließungsprojekt in Gang kam. Er hatte beschlossen, dieses Grundstück wenn möglich zu erwerben und später an die Surf-Gesellschaft weiterzuverkaufen. Dann würde jeder Morgen Tausende von Dollar bringen.

Bald nachdem Seths Vater in den Sumpfwald gezogen war, hatte er sich mit dem Plan getragen, mehr Land zu kaufen und einen Orangenhain zu pflanzen. Als Windschutz setzte er zunächst eine kilometerlange Reihe australischer Pinien links und rechts der Zufahrt zu seinem Haus. Die Idee, Orangen zu ziehen, gab er später auf, aber die Pinien gediehen. Ihre Stämme schossen empor, und ihre Zweige bildeten einen dichten Baldachin über der Straße, auf der sich die Nadeln aus achtzig Jahren abgelagert hatten.

Riles steuerte seinen Wagen in diesen Baumtunnel hinein und hatte das Gefühl, auf einem dicken Florteppich zu fahren. Das Sonnenlicht war vollkommen abgeschirmt. Am Ende der Zufahrt, vor dem kleinen Laden, parkte er den Wagen und stieg aus. Einen Augenblick lang musterte er das Haus und die Umgebung, dann bemerkte er den dicken alten Mann, der vom Ufer heraufkam.

„Tag, Mister", sagte Seth. „Was wünschen Sie?"

„Sind Sie Mr. Thompson?" fragte Riles und dachte, der alte Mann sieht nicht aus, als ob er schwer herumzukriegen ist.

„Stimmt. Ich bin Seth Thompson. Was wünschen Sie?"

„Guten Tag, Mr. Thompson. Ich bin Kenneth Riles, Inhaber des Maklerbüros Riles. Haben Sie je daran gedacht, das Land hier zu verkaufen?"

„Nö, nie nicht im geringsten."

„Ich trage mich mit der Absicht, hier in dieser Gegend ein Grundstück zu erwerben. Wie wär's mit zweihundert Dollar pro Morgen bar auf die Hand?"

„Ich glaube kaum, daß mich das interessiert."

„Mr. Thompson, dies ist doch nur Sumpfland. Was würden Sie für einen angemessenen Preis halten?"

„Um ehrlich zu sein, junger Mann, ich bin überhaupt nicht am Verkauf interessiert. Kann ich sonst was für Sie tun?"

Riles trat nervös von einem Fuß auf den andern und verschränkte die Hände auf dem Rücken. „Mr. Thompson, ich will Ihnen noch ein Angebot machen. Ich gebe Ihnen tausend Dollar pro Morgen in bar. Das sind zehntausend für dieses Stück Sumpfwald. Wirklich ein anständiger Preis!"

„Ich hab Ihnen schon gesagt, ich bin nicht interessiert", erwiderte Seth. „Ich und mein Daddy vor mir, wir sind auf diesem Land seit 1890. Und ich beabsichtige hier noch ein paar Jahre zu bleiben und dort drüben gerade unter der großen Eiche begraben zu werden. Jetzt entschuldigen Sie mich, ich hab Arbeit an den Booten."

Riles hatte eigentlich nichts über das Surf-Projekt sagen wollen, aber die Erregung ließ ihn seinen Vorsatz vergessen. „Mr. Thompson, Sie werden bald verkaufen müssen oder zwischen lauter Siedlungshäusern wohnen! Vielleicht mitten auf einem Golfplatz!"

Seth begriff einige Augenblicke gar nichts, dann fragte er: „Wovon reden Sie überhaupt?"

„Die Surf-Erschließungsgesellschaft hat zehntausend Morgen von diesem Sumpfwald gekauft und will daraus ein Siedlungsgebiet machen. Ihr kleiner Besitz liegt mittendrin."

„Das ist nicht wahr", sagte Seth, und sein fettes Kinn sank herab.

„Doch, das ist wahr. Die Arbeiten beginnen in einer Woche."

„Na, dann ist's auch egal", sagte Seth vorsichtig. „Solange hier der Bach ist, kann ich mir mein Geld verdienen."

„Mr. Thompson, verstehen Sie doch, da wird kein Bach mehr sein. Das ganze Gebiet wird dräniert und abgeholzt."

„Sind davon auch Charlie Jumper und Billy Joe betroffen?" fragte Seth.

„Ja. Sie werden wegziehen müssen. Ich bin heute herausgekommen, um es Billy Joe zu sagen." Riles setzte eine äußerst teilnehmende Miene auf. „Mr. Thompson, ich verstehe Ihre Gefühle durchaus. Sie haben viele Jahre hier gelebt und lieben diesen Fleck Erde. Aber zehntausend Dollar sind eine Menge Geld. Sie könnten in die Stadt ziehen und sich eine Arbeit suchen."

„Junger Mann", sagte Seth schwerfällig, und seine Augen, sein ganzes Gesicht wirkten plötzlich alt, „ich habe seit zwanzig Jahren keine Schuhe mehr angehabt. Was meinen Sie, was für eine Arbeit man mir noch geben würde?"

„Ach, das weiß man nicht, Mr. Thompson, aber soviel Geld müßte Ihnen doch für eine ganze Weile reichen. Wollen Sie also verkaufen?"

„Nein, ich will nicht. Ich muß mir das alles erst mal durch den Kopf gehen lassen."

Riles gab Seth seine Karte. „Wenn Sie sich entschlossen haben, können Sie mich unter dieser Adresse erreichen. Vergessen Sie nicht, ich habe Ihnen einen wirklich guten Preis geboten. Sie sollten zuerst zu mir kommen."

Als der Wagen zwischen den australischen Pinien verschwunden war, stand Seth immer noch regungslos da und fragte sich, ob das, was er eben gehört hatte, nicht ein böser Traum war. Er ging in den Laden und öffnete eine Bierdose. Als er wieder heraustrat, betrachtete er, gegen die Sonne blinzelnd, das alte, verwitterte Haus, und zum erstenmal fiel ihm auf, daß die Eingangstür ganz schief in den Angeln hing.

BILLY JOE schwang die Machete und hieb die Büsche entlang des Wassergrabens nieder, der parallel zur Schnellstraße lief. Er hatte sein Hemd ausgezogen, und seine braune Brust und die Arme glänzten vom Schweiß. Mehrere andere Männer arbeiteten mit ihm in einer langen Reihe.

Oben am Straßenrand hielt ein Auto. Kenneth Riles stieg aus und kam auf ihn zu. „Hallo, Billy Joe. Ich war bei Ihnen zu Haus, und Ihre Frau sagte, daß Sie hier arbeiten."

„Ja, Mr. Riles", nickte Billy Joe.

„Billy Joe", begann Riles unsicher. „Sie erinnern sich, daß ich Ihnen sagte, das Land, das Sie gepachtet haben, ist verkauft worden?"

„Ja, Mr. Riles. Ist die Pacht erhöht worden?"

„Nein, das ist es nicht." Riles machte eine Pause. „Die Gesellschaft, die das Land gekauft hat, will aus dem Ganzen ein Siedlungsgebiet machen. Sie können nicht dort bleiben. Sie müssen wegziehen."

„Und wann fangen sie an?"

Riles war über Billy Joes ruhige Aufnahme der Nachricht überrascht. „Gleich. Aber die Leute werden Ihr Gebiet vorerst aussparen und Ihnen soviel Zeit wie möglich lassen, mindestens drei bis vier Wochen."

Billy Joe wischte sich die Stirn ab. „Was wird mit meinem Haus?"

„Die Gesellschaft hat mich ermächtigt, jedem Pächter, der das Land kultiviert hat, fünfhundert Dollar zu zahlen."

„Sie meinen fünfhundert Dollar für mein Haus, meine Schuppen, meine Zäune? Das ist alles, was ich mir in zweiundzwanzigjähriger Arbeit geschaffen habe."

„Es tut mir leid, Billy Joe", sagte Riles mit gesenktem Blick. „Ich gebe nur weiter, wozu mich die Gesellschaft ermächtigt hat. Vielleicht können Sie mit dem Geld das Haus anderswohin stellen."

Es lag in der Natur der Seminolen von Billy Joes Generation, alles gleichmütig hinzunehmen, aber tief in seinem Innern begann Zorn aufzusteigen. „Wohin soll ich mein Haus stellen, Mr. Riles?" sagte er schroff. „Wer überläßt mir ein Stück Land? Und selbst wenn ich was fände, würde es mich das Zehnfache von dem kosten, was Sie mir angeboten haben, allein um das Haus zu versetzen und einen neuen Brunnen zu graben."

Riles fühlte sich plötzlich höchst unbehaglich. „Billy Joe, mir ist Ihre Situation durchaus nicht gleichgültig", verteidigte er sich, „aber wie ich schon sagte, ich folge nur meinen Anweisungen. Um die fünfhundert Dollar zu erhalten, brauchen Sie bloß in mein Büro zu kommen und ein Papier zu unterschreiben. Ich hoffe, daß sich alles zum Guten wendet, und wenn ich Ihnen irgendwie behilflich sein kann, wenden Sie sich ruhig an mich." Damit ging er schnell zu seinem Wagen zurück.

Sobald das Auto abgefahren war, bat Billy Joe den Vorarbeiter, früher aufhören zu dürfen. Seine Anwandlung von Zorn war jetzt tiefer Angst gewichen.

Er machte sich auf den Heimweg, aber wo die Straße den Turner River kreuzte, hielt er an und stieg aus. Er setzte sich ans Ufer und warf Steine ins Wasser. Sein erster Impuls war, sich tiefer in den Sumpfwald hinein zurückzuziehen, aber er wußte, wenn er, wie viele andere Seminolen in der Vergangenheit, diesen Ausweg wählte, hatte Timmy keine Zukunft. Und ebenso wußte er, daß er nicht am Tamiami Trail leben konnte, gleich so manchen seines Volkes, die sich wie Zirkusleute zur Schau stellen mußten, um ihr Leben zu fristen. Er hatte die Schilder gesehen: *Besucht Joe Osceolas Indianerdorf – nur acht Kilometer –, für fünfzig Cent sehen Sie, wie die Seminolen kochen und ihre Kleider waschen, für einen Vierteldollar extra sehen Sie, wie der Seminole tapfer mit einem Alligator kämpft.*

Auch in den Arbeitslagern im Norden konnte er nicht leben. Er hatte die schäbigen, übereinandergeschachtelten Hütten gesehen, die kahlen, schmutzigen Höfe und die sich bis zum Horizont erstreckenden Zuckerrohrfelder, ohne einen Baum, ohne einen Ort, wo der Mensch einmal allein sein konnte. Und auch in der Reservation gab es keinen Platz für ihn. Dort stand der größte Teil des Landes unter Wasser, und der Rest war so karg, daß nur hartes Gras gedieh, auf dem kümmerliches Vieh weidete und kaum die bereits Ansässigen ernährte.

Je mehr er nachdachte, um so verstörter wurde er. Sein Stückchen Land brachte nicht viel, aber mehr hatte er nie gebraucht oder auch nur gewünscht. Dort waren seine Kinder geboren, dort hatte er den Schritt von der alten Lebensweise seines Vaters zu einer neuen getan. Jetzt mußte er seine ganze Existenz an irgendeinem fremden Ort wieder neu aufbauen.

Er ging zum Wagen zurück und fuhr langsam nach Hause, im Zweifel, was er seiner Frau Watsie und den Kindern Lucy und Timmy sagen sollte. Aber noch ratloser war er, wie er es seinen Eltern beibringen konnte.

Als er heimkam, saß Watsie an der Nähmaschine und arbeitete an einem Hochzeitshemd für Frank Willie. Lucy kochte, und Timmy war draußen am Koben und fütterte die Schweine. Er nahm eine Dose Coca-Cola aus dem Kühlschrank und setzte sich an den Tisch. Eine Weile schlürfte er stumm den kühlen Trank, dann fragte er Lucy: „Habt ihr, du und Frank, euch schon für einen Tag entschieden?"

Lucy wandte sich am Herd um: „Nein, Papa, noch nicht."

„Könntet ihr die Hochzeit für Anfang nächsten Monats ansetzen?"

„Ja, Papa. Wir warten nur, bis das Brennen der Kälber auf der Ranch, wo Frank arbeitet, vorbei ist."

Billy Joe wandte sich an Watsie: „Ich habe euch allen etwas zu sagen, und ich möchte, daß keiner von euch Vater oder Mutter gegenüber etwas erwähnt. Ich werde morgen selber mit ihnen sprechen."

AM NÄCHSTEN Tag fuhr Billy Joe zu den Chikees seines Vaters. „Ich habe dir etwas zu sagen, Papa", begann er.

„Und wir haben dir etwas zu geben." Charlies verrunzeltes Gesicht strahlte. Er nahm eine Blechdose vom Bord und kippte den Inhalt, Scheine und Münzen, auf den Tisch. „Wir haben vielerlei verkauft, und so können wir über zweihundertsechzig Dollar zum Kauf des Fernsehgeräts für Lucy und Frank Willie beisteuern."

„Oh, Papa, du und Mama, das wäre doch nicht nötig gewesen."

„Wir wollten es aber", sagte Charlie, immer noch lächelnd.

„Warum behaltet nicht ihr das Geld? Ihr könntet doch einiges davon anschaffen."

„Es ist unser Anteil am Hochzeitsgeschenk", sagte Charlie mit großer Bestimmtheit.

„Ist gut, Papa, wir wissen es zu schätzen, und vielen Dank. Lucy wird stolz sein, daß ihr geholfen habt." Billy Joe wollte das Gespräch wieder auf den Zweck seines Kommens bringen und fuhr fort: „Habt ihr Kaffee, Papa?"

„Ja." Charlie goß zwei Becher voll und brachte sie zum Tisch.

„Da ist etwas, das ich euch sagen muß", begann Billy Joe, während er den dampfenden Kaffee schlürfte. „Papa, das Land, auf dem wir leben, ist verkauft worden, und der neue Eigentümer wird den Sumpf trockenlegen und hier Häuser bauen. Wir müssen in drei bis vier Wochen hier weg."

Für einen Augenblick wurde es ganz still in der Hütte. Lillie hörte auf zu nähen und starrte Billy Joe an. Schließlich sagte Charlie: „Aber wir sind doch unser ganzes Leben lang hier gewesen. Wir kennen nichts anderes."

„Ich weiß, Papa, aber das ist jetzt zu Ende", erwiderte Billy Joe kopfschüttelnd. „Ich werde irgendwo Arbeit annehmen, und du und Mama, ihr werdet mitkommen und bei uns wohnen."

Lillie hörte aufmerksam zu, schwieg aber weiter.

„Ich geh nicht aus dem Sumpfwald fort!" sagte Charlie.

„Papa, es bleibt uns keine Wahl. Bald werden die Bulldozer kommen und alles dem Erdboden gleichmachen."

„Kein Wort mehr darüber."

„Papa, mach es nicht noch schwerer, als es schon ist", redete ihm Billy Joe zu. „Sprechen wir später weiter, wir haben noch Zeit zu überlegen, was wir tun wollen." Er nahm das Geld und steckte es in die Tasche. „Das war wirklich großartig von euch. Jetzt können wir ein Fernsehgerät in einem Holzschrank kaufen. Lucy wird auf euch stolz sein. Ich komme morgen wieder."

Sobald der Wagen außer Sicht war, ging Charlie zum Bach hinunter und fuhr mit dem Einbaum davon. Er konnte immer noch nicht glauben, was Billy Joe gesagt hatte, und sein runzliges Gesicht wirkte plötzlich wie jenseits von Zeit und Alter, so zeitlos wie der Sumpfwald selbst.

Billy Joe hatte sich mit den Tatsachen auseinandergesetzt und in das Unvermeidliche geschickt, aber er gehörte auch einer andern Generation an als Charlie. Die älteren Seminolen hegten immer noch ein tiefes Mißtrauen gegen den weißen Mann. Charlie hatte seinen Vater und seinen Großvater von einer Zeit erzählen hören, in der die Seminolen weit im Norden lebten, auf fruchtbarem Hügelland, wo Mais und Kürbisse und Melonen im Überfluß wuchsen, wo es reichlich Wild gab und die Flüsse so klar waren wie der wolkenlose Himmel. Und dann kam der weiße Mann und nahm sich das Land, und es gab Kampf und Tod und Hunger. Dann zogen die Seminolen südwärts, aber der weiße Mann kam auch dorthin, und sie zogen weiter nach dem Süden. Dann sagte der weiße Mann, sie könnten dieses Land haben und dort in Frieden leben. Aber er kam wieder, und das Blut floß rot, und der weiße Mann brachte Hunde mit, um die Seminolen aufzuspüren wie Jagdwild. Dann setzte er Kopfpreise auf die Seminolen aus, fünfzig Dollar für einen Mann, fünfundzwanzig für eine Frau und fünfzehn für ein Kind. Banden weißer Jäger umzingelten die Chikees bei Nacht, nahmen Männer, Frauen und Kinder gefangen, warfen sie auf Wagen und schleppten sie nach dem Fort im Norden, wo sie die Prämie kassierten. Dann folgten weiterer Kampf und Rückzug der Seminolen, bis sie tief im Sumpfwald und im Marschland verschwanden und sich erst wieder hervorwagten, als die Gefahr vorbei war, und manche waren bis jetzt noch nicht herausgekommen.

Charlie selbst hatte den weißen Mann auch hier eindringen und die Reiher wegen ihrer Federn abschlachten sehen. Sie wurden zu Hunderttausenden während der Nistzeit abgeschossen, und die Jungen ließ man verhungern. Er hatte den weißen Mann abermals eindringen und die Alligatoren abschlachten sehen. Fünfzigtausend Häute waren auf einmal verschifft worden, um zu Taschen und Schuhen verarbeitet zu werden. Und er hatte den weißen Mann mit Sägen und qualmenden Lokomotiven eindringen und das Land seiner riesigen Zypressen berauben sehen. Und er hatte den weißen Mann die Baumschnecken ausrotten sehen, deren Gehäuse er als Zierat verkaufte. Und er hatte den weißen Mann Gräben ziehen und das Land trockenlegen und immer näher und näher kommen sehen, und nun war er wieder da und sagte dem Seminolen, er könne nicht auf diesem Land bleiben, weil der weiße Mann es haben wolle.

Bevor Charlie sich dessen bewußt wurde, war er an die Grenze des großen Marschgebietes gekommen. Er blickte über die weite Fläche fernhin nach dem Süden, bis dort, wo seine Augen nichts mehr unterscheiden konnten. Die Sonne war im Untergehen und tauchte die Wolkenstreifen und die Bauminseln darunter in leuchtendes Rot, Orange und Gelb. Es lag eine Stille über dem Land, als ruhe es, von der Welt und der Zeit vergessen, in sich selbst. Dunkelheit senkte sich bereits über die Ebene, als der alte Mann in den Sumpfwald zurückfuhr.

Bei den Chikees angekommen, ließ er das Schildkrötenragout unberührt und saß stumm am Feuer. Lillie beobachtete ihn, sagte aber nichts. Erst spät streckte er sich auf seinem Lager aus und starrte zum strohgedeckten Dach empor. Als Gumbo zu ihm hinaufsprang, legte er seinen Arm um das haarige kleine Geschöpf und drückte es an sich.

Fünf

Eines Morgens zu Beginn der nächsten Woche hörte Charlie einen Lastwagen über den Fahrweg rumpeln. Am Klang merkte er, daß es nicht Seth Thompsons Pritschenwagen war. Er ging in die Vorratschikee, nahm seinen Bogen und einige Pfeile und verschwand im Wald zwischen seiner Behausung und dem Weg. Einige Minuten lang kauerte er hinter einem Busch, ohne etwas zu sehen, dann hörte er einen zweiten Lastwagen näher kommen. Es war ein mit Benzinfässern beladener Pritschenwagen. Charlie spannte den Bogen und wartete. Gerade als der Wagen vorbeifuhr, schoß er. Das dünne hölzerne Geschoß traf das Dach des Führerhauses, prallte ab und landete mitten auf der Straße. Der Wagen fuhr einen Augenblick langsamer, dann beschleunigte er wieder und verschwand um eine Kurve.

In fünfzig Meter Abstand folgte noch ein Lastwagen. Charlie schoß wieder einen Pfeil ab. Er traf die rechte Tür. Der Wagen hielt mit quietschenden Bremsen, der Fahrer sprang heraus, kam um den Wagen herum und hob den Pfeil auf. Er fuhr mit der Hand über die flache Delle in der Tür, dann ging er auf den Busch zu, hinter dem sich Charlie verbarg.

Einen Augenblick lang wußte Charlie nicht, was tun. Er hatte nicht erwartet, daß der Wagen hielt, und der näher kommende Mann wuchs sich plötzlich zu einer Drohung aus, was ihm jeden klaren Gedanken raubte. Er legte einen neuen Pfeil auf und spannte den Bogen.

Der Mann blieb stehen und starrte auf den Busch, dann drehte er sich um und ging mit dem Pfeil in der Hand zum Wagen zurück. Charlie hielt den Bogen immer noch gespannt, als der Mann in den Wagen stieg und davonfuhr.

Sekundenlang verharrte er regungslos, und in seinen Augen glomm ein seltsamer, wie entrückter Ausdruck. Er atmete schwer, seine

Hände zitterten, und ihm wurde klar, wie nahe daran er gewesen war, den dritten Pfeil abzuschießen. Sehr langsam ließ er den Bogen sinken, drehte sich um und schlich durch den Wald zu den Chikees zurück. Die Pfeile ließ er, wo sie lagen.

ALS Billy Joe an diesem Nachmittag heimkam, stand neben seinem Haus ein Pritschenwagen. Ein Mann stieg aus und ging auf ihn zu, einen Pfeil in der Hand. „Sind Sie Billy Joe Jumper?" fragte er.

„Ja, ich bin Billy Joe."

„Ich bin Lawton, der Bauführer der Arbeitstrupps", sagte der Mann unfreundlich. „Ich habe Ihnen etwas zu sagen, und ich werde es nur einmal sagen, hören Sie also gut zu."

„Was ist los?" fragte Billy Joe erschrocken.

„Ihr Vater hat da draußen hinter einem Busch gehockt und mit Pfeilen auf meine Lastwagen geschossen, mit so einem wie dem hier. Wir haben verdammt keine Zeit, mit so'm verrückten Alten Cowboy und Indianer zu spielen. Besser Sie stellen das gleich mal ab, sonst lassen wir ihn einsperren. Verstanden?"

Billy Joe war von dieser Mitteilung wie betäubt. Mühsam sagte er: „Ich kann nicht glauben, daß er das getan hat."

„Na, das ist noch nicht alles", sagte der Bauführer. „Jemand hat die Markierungen der Teile, die wir bereits vermessen haben, durcheinandergebracht, und man braucht nicht lang zu fragen, wer. Besser Sie sprechen gleich mit dem alten Mann. Wir wollen keinen Stunk, aber wenn er uns noch mal in die Quere kommt, müssen wir was unternehmen."

„Ich rede gleich mit ihm", sagte Billy Joe. „Es wird nicht wieder vorkommen, das verspreche ich Ihnen. Entschuldigen Sie."

„Na, es ist ja noch nichts Ernstes passiert", sagte der Mann ruhiger und wandte sich zum Gehen. „Aber was zum Teufel soll's, mit Pfeilen auf Lastwagen zu schießen! Der alte Mann wird wohl schon ein bißchen senil."

„Ich rede gleich mit ihm", sagte Billy Joe nochmals.

Sobald der Mann fort war, fuhr Billy Joe rasch zu den Chikees. Er stürzte zum Tisch, an dem seine Eltern gerade beim Essen saßen, und rief ärgerlich: „Papa, was hast du da gemacht?"

Charlie und Lillie blickten beide erschrocken auf. Charlie setzte seinen Napf ab und fragte: „Warum schreist du, Sohn?"

„Papa, hast du mit Pfeilen auf Lastwagen geschossen, die auf dem Weg vorbeigefahren sind?"

Einen Augenblick lang antwortete Charlie nicht. Dann sagte er: „Ja, das habe ich getan. Aber was ist Unrechtes daran, wenn ich zur Verteidigung unsres Landes Pfeile abschieße? Unser Volk hat das in der Vergangenheit oft getan."

„O Papa", sagte Billy Joe und ließ sich auf einen der Holzklötze fallen. „Das ist nicht unser Land und wird es niemals sein. Kannst du das nicht verstehen? Für das, was du getan hast, könnten sie dich in eine Gefängniszelle sperren oder ins Irrenhaus stecken."

„Ich habe nichts Unrechtes getan", wehrte sich Charlie und blickte Billy Joe gerade in die Augen.

Billy Joe schüttelte den Kopf. Dann sagte er energisch: „Papa, versprich mir, daß du es nicht wieder tust. Wenn du es mir nicht versprichst, gebe ich meine Arbeit auf und ziehe hierher in die Chikees und lasse dich keine Minute aus den Augen, bis wir von hier fortgezogen sind. Ich will nicht, daß du dich durch eine solche dumme Sache ins Unglück stürzt."

„Ich habe nur getan, was ich glaubte tun zu müssen", erwiderte Charlie leise. „Wenn ich diese Männer hätte verletzen wollen, hätte ich mein Gewehr genommen. Ich habe nur versucht, sie zu vertreiben. Es wird nicht wieder vorkommen, Billy Joe, das verspreche ich dir. Gib deine Arbeit nicht meinetwegen auf. Es tut mir leid, daß ich dir Ärger gemacht habe."

Billy Joe ging um den Tisch herum und legte seinem Vater die Hand auf die Schulter. „Ich weiß, wie dir zumute ist, Papa. Aber so was kann nur Verdruß und Sorgen bringen." Auf dem Weg zu seinem Wagen wandte er sich nochmals um. „Entschuldige, Papa, daß ich so geschrien habe."

„Ist schon gut", sagte Charlie. „Für jeden kommt die Zeit, wo er glaubt, brüllen zu müssen."

Sobald Billy Joe fort war, ging Charlie langsam zu seinem Einbaum, Gumbo folgte. Gemeinsam fuhren sie in den Sumpfwald hinein.

EINIGE Tage schwankte Seth zwischen aufwallendem Zorn und tiefer Niedergeschlagenheit. Mehr und mehr Zeit verbrachte er damit, am Ufer zu sitzen und geistesabwesend in die Gegend zu starren. Slim bemerkte die Veränderung, sagte aber nichts.

Dieses Camp tief im Sumpfwald war Seths Refugium. Nur hier fühlte er sich wohl und sicher. Hier hatte er alles tun können, wonach ihm der Sinn stand, anziehen, was ihm behagte, und allein sein, wenn er wollte. Nirgends sonst würde er solche Freiheit genießen.

Das laute Rattern eines Bulldozers und gleich darauf das schrille Kreischen von Motorsägen ließen ihn zusammenfahren und aufhorchen. Einen Augenblick lang stand er regungslos, den Kopf lauschend vorgereckt. Dann lief er ins Haus, kam mit einem Gewehr wieder heraus und sprang in seinen Pritschenwagen. Er jagte über die Lichtung und mit Vollgas in den Tunnel von australischen Pinien.

Als er die Straße erreichte, lag einer der Baumriesen bereits gefällt am Boden, der Bulldozer war gerade dabei, ihn beiseite zu schieben. Seth brachte den Wagen mit quietschenden Bremsen zum Stehen. Mit dem Gewehr in der Hand sprang er heraus.

„Was zum Teufel machen Sie da?" schrie er, während die Säge bereits in den Fuß eines zweiten Baumes schnitt.

Der Vorarbeiter kam auf Seth zu. „Worüber regen Sie sich denn auf?" fragte er.

Seth zeigte mit dem Gewehr auf die Männer mit den Sägen. „Wie kommen die dazu, meine Bäume zu fällen?"

„Sind Sie Thompson, der Mann vom Fischercamp?" fragte der Vorarbeiter.

„Jawohl, ich bin Seth Thompson, und ich will wissen, warum Sie meine Bäume fällen. Sie sind auf Privatgrund."

„Nein, das sind wir nicht", sagte der Mann mit einem Seitenblick auf das Gewehr. „Der Plan zeigt, daß Ihr Besitz erst achthundert Meter weiter unten die Straße einschließt. Diese Bäume da stehen nicht auf Ihrem Grund, und wir haben Anweisung, sie zu fällen."

Die andern Arbeiter stellten die Sägen ab und hörten zu. Seth sagte: „Der Plan schert mich einen Dreck! Mein Vater hat diese Bäume gepflanzt, und Sie werden sie nicht fällen. Und jetzt verschwinden Sie, bevor ich Ihnen mit meiner Schrotflinte Beine mache."

„Hören Sie, Alter, da sind Sie gewaltig im Irrtum", sagte der Vorarbeiter. „Damit erreichen Sie nur, daß Sie eine Menge Scherereien bekommen."

„Und Sie, Sie stecken schon mittendrin in den Scherereien." Seth spannte den Hahn des Gewehrs. „Sie haben genau eine Minute Zeit, um von hier zu verschwinden."

„Na schön", sagte der Vorarbeiter und trat den Rückzug an. „Wir lassen uns nicht mit einem Gewehr ein, aber wir kommen wieder." Die Männer stiegen in die Lastwagen und fuhren mit ihren Sägen davon, den Bulldozer ließen sie am Straßenrand stehen. Seth kehrte in sein Camp zurück.

Es war Mittag. Vor dem kleinen Laden hielt ein grüner Polizeiwagen mit Rotlicht auf dem Dach. Con Drummond, Hilfssheriff von Immokalee, ein dreißigjähriger Mann, der einen 38er Smith-&-Wesson-Revolver mit Perlmuttgriff am Gürtel trug, stieg aus und ging hinein. Slim stand hinter dem Ladentisch und schlug nach Fliegen. „Wo ist Thompson?" fragte der Beamte barsch.

„Drüben im Haus", antwortete Slim und ließ dabei eine Reihe vorstehender fauler Schneidezähne, die Ursache seines leichten Lispelns, sehen.

„Na, dann gehen Sie ihn holen."

Slim verschwand, und wenige Augenblicke später trat Seth aus dem Haus. Der Beamte stand neben seinem Wagen. „Ich bin Thompson", sagte Seth, „was wünschen Sie?"

„Sheriff Tate schickt mich", erklärte der Beamte. „Er hat nicht selber kommen können, weil er dienstlich nach Naples mußte. Er sagt, er ist ein Freund von Ihnen."

„Das stimmt", bestätigte Seth. „Ich und Arthur Tate, wir haben x-mal zusammen gefischt."

„Also, was war das heute früh für ein Spektakel? Sie sollen mit einem Gewehr herumgelaufen sein und Leute bedroht haben."

„Och, das war nichts weiter." Seth trat auf seinen nackten Füßen hin und her. „Ich hab bloß ein paar Kerle fortgejagt, die dabei waren, meine Bäume zu fällen."

„Hören Sie, Thompson, diese Bäume stehen nicht auf Ihrem Grund, und wenn Sie noch mal Schwierigkeiten machen, müssen wir Sie festnehmen und einsperren. Zum Teufel, Thompson, diese Männer hätten Sie schon wegen Ihres Herumfuchtelns mit dem Gewehr verhaften lassen können, aber sie haben's nicht getan. Sheriff Tate läßt Ihnen sagen, Sie sollen sich von da, wo gearbeitet wird, fernhalten und auf Ihrem eigenen Land bleiben. Er sagt, er würde Sie verdammt ungern einsperren, aber es bliebe ihm dann nichts anderes übrig."

„Na gut, wenn Arthur das sagt, er muß es ja wissen", erwiderte Seth ruhig. Dann verfiel er wieder in einen ärgerlichen Ton. „Aber sagen Sie auch diesen Männern, daß sie eine Menge Scherereien kriegen werden, wenn sie mit ihren Sägen und dem Bulldozer auf meinen Grund und Boden kommen!"

„Die wissen schon, wo die Grenze ist, und es wäre gut, Sie wüßten's auch."

„Grüßen Sie Arthur von mir", sagte Seth, „und bestellen Sie ihm, daß ich ihm das nächste Mal, wenn ich nach Naples komme, einen Haufen frischer Krebse mitbringe."

Der Beamte stieg in seinen Wagen. „Ja, ich werd's ihm ausrichten, Thompson. Und Sie halten sich aus der Sache raus."

Eine Stunde später hörte Seth wieder das Kreischen der Sägen. Er stieg in eines seiner Boote und verschwand bachaufwärts.

SEIT dem Gespräch mit Billy Joe über das Abschießen von Pfeilen auf Lastwagen hatte sich Charlie nach außen hin benommen, als sei von Landerschließung nie die Rede gewesen. Aber als nun auch er aus der Ferne das Dröhnen der Motorsägen und das Krachen der stürzenden Bäume hörte, wußte er, daß es Wirklichkeit war. Er wagte nicht, auf der Straße nachzusehen, was geschah. Solange noch Bäume seine Chikees verbargen und kein Eindringling den Weg entlang kam, war er sicher. Wenn er sich nicht blicken ließ, vergaßen sie vielleicht ihn und seine kleine Behausung.

Am meisten bedrückt von der Nachricht, daß sie umziehen mußten, war Timmy, denn er dachte, es würde ihn für immer von seinem Großvater trennen. Tagelang hatte er seinem Vater fleißig geholfen, die Chikee für die Hochzeit von Lucy und Frank Willie zu errichten. Sie sollte zwölf Meter lang und sechs Meter breit werden, und es waren viele Sumpfzypressenstämme für den Rahmenbau zu fällen und viele Palmettowedel für das Dach zu holen. Auch waren Löcher zu graben und Bratspieße zu schneiden. Aber an diesem Morgen hatte sich Timmy davongeschlichen, um zu seinem Großvater zu laufen.

Aus dem letzten der Stämme, aus denen Charlie Spielzeugeinbäume gemacht hatte, schnitzte er einen für Timmy. Er höhlte gerade die Mitte des Holzes aus, als Timmy sich neben ihn hockte. Charlie bemerkte, daß das gewohnte Lächeln aus Timmys Gesicht verschwunden war. Er sagte: „Diesen Einbaum mache ich für dich."

„Wirklich, Großpapa?" fragte Timmy ohne Begeisterung. „Wann kann ich ihn haben?"

„In ein bis zwei Tagen." Er legte das Holz aus der Hand und sah Timmy an. „Ich glaube, es ist Zeit, daß du auf den großen Baum steigst."

Timmy wurde sehr aufgeregt. „Können wir gleich losfahren, Großpapa?"

„Ja, fahren wir, damit wir viel Zeit haben. Es ist ein langer Aufstieg bis hinauf zum Himmel."

Als sie nun den Bach hinabfuhren, den Timmy so sehr liebte, vergaß er seine Ängste wegen des Abschieds vom Sumpfwald. Er war allein mit seinem Großvater, den Bäumen und Lianen, den Vögeln und Schildkröten, und so würde es immer bleiben. Als sie bei dem Baum ankamen, fragte er: „Kann ich von dort oben die Paradiesinsel sehen?"

„Die liegt weit im Süden, aber wenn du ganz scharf hinschaust, kannst du sie vielleicht entdecken."

Charlie trieb den Einbaum so tief wie möglich zwischen die dichten Atemwurzeln hinein. Dann watete Timmy durch das dunkle Wasser bis zum Stamm. Er blickte hinauf, und es kam ihm vor, als nehme der Baum kein Ende.

„Klettere langsam und halte dich gut fest", ermahnte ihn Charlie. „Schau nicht hinunter, bevor du nicht ganz oben bist."

Timmy erklomm den schrägen Fuß des Baumes bis zur ersten Sprosse und begann aufwärts zu steigen, immer erst mit den Händen abwechselnd weitergreifend und dann die Füße auf das nächste Querholz setzend. Je höher er kam, um so stärker wurde der Wind, auch merkte er, daß er über das Laubdach des Sumpfwaldes hinauskam und links und rechts von ihm keine Bäume mehr waren. Aber er wagte nicht, nach unten zu schauen. Arme und Beine zitterten ihm, als er die letzte Sprosse erreichte, und er mußte sich an einen Ast lehnen. Erst jetzt sah er sich um, und plötzlich hatte er das Gefühl, als habe er sich in die Lüfte erhoben und einer Schar Reiher hoch über dem Sumpfwald zugesellt. Fünfzehn Meter unter ihm lagen die Wipfel der andern Bäume, und er stellte sich vor, er brauche nur die Arme auszubreiten, um hinaus- und hinaufzusegeln, hinabzuschießen in die Tiefe und wieder kreisend Höhe zu gewinnen wie ein Falke. Nach Süden erstreckte sich die endlose Ebene, eine samtbraune, mit grünen Laubinseln betupfte Fläche, und wenn Wind aufkam, schwankte und wogte das Riedgras. Timmy fühlte, dies müsse das Reich des Großen Geistes sein, das nie vergehen würde. Dann ließ er den Blick noch weiter nach Süden schweifen, um die Paradiesinsel zu suchen, aber der Horizont war verhüllt. Eine dichte Dunstschicht, die bis zu den Wolken reichte, lag über dem Land.

Timmy wäre am liebsten immer da oben geblieben, hätte er nicht schließlich seinen Großvater von unten rufen hören. Als er wieder am Fuß des Baumes anlangte und in das kühle Wasser stieg, mußte er sich an einer Atemwurzel festhalten, bis er das Schwindelgefühl überwunden hatte und zum Einbaum hinüberwaten konnte.

Auf der Heimfahrt durch den Sumpfwald dachte Timmy, daß gewiß noch keiner vor ihm dort· oben gewesen war und daß kein anderer je die Dinge sehen würde, die er gesehen hatte. Er lag mit geschlossenen Lidern auf dem Boden des Einbaums, und was er eben vom Wipfel des Baumes aus geschaut hatte, trat ihm wieder genauso deutlich vor Augen. So merkte er nicht gleich, daß das Boot still lag.

Sich aufrichtend sah er seinen Großvater in einer seichten Bucht Krebse sammeln, sie in einen kleinen Blecheimer stecken und mit Baummoos bedecken. „Diesmal habe ich genug für uns und auch für Gumbo", sagte er. „Deine Großmutter wird uns einen Festschmaus kochen, wenn wir heimkommen."

Als Charlie wieder in den Einbaum stieg, hob Timmy plötzlich den Arm und schlug nach einem Schwarm Libellen. „Töte nie ein Tier, wenn es nicht unbedingt notwendig ist", ermahnte ihn sein Großvater. „Wenn du es ohne triftigen Grund tötest, zerstörst du einen Teil von dir selbst."

„Das sind doch nur blöde Libellen", sagte Timmy.

„Sie fressen Moskitos", erklärte ihm Charlie, „und sind selbst Nahrung für die Vögel, und die wiederum helfen die Samen von Kräutern und Bäumen verbreiten. Das Rotwild frißt die Kräuter, und wir essen dann das Rotwild. Alle Dinge im Sumpfwald sind wichtig, Timmy, und man soll nicht ohne Not töten."

„Warum töten dann die Männer den Sumpfwald mit ihren Maschinen?"

Einen Augenblick zögerte Charlie mit der Antwort, dann erwiderte er: „Billy Joe sagt, daß sie Häuser bauen wollen."

„Ein Haus kann doch keiner essen", widersprach Timmy, den die Antwort nicht befriedigte.

Charlie konnte Timmy nicht erklären, was er selbst nicht verstand, so stakte er den Einbaum schweigend zum heimatlichen Bach zurück.

Als sie zu Hause anlangten, trug Charlie den Eimer zu Lillie hinauf und gab auch Gumbo einige Krebse. Gumbo packte einen und sauste damit in die Vorratschikee, um ihn dort ungesehen zu verzehren. Dann holte er den nächsten, und so fort. Als keine mehr da waren, kletterte er auf Charlies Schulter und kratzte ihn am Kopf. „Laß das", sagte Charlie und setzte den Waschbären wieder auf den Boden. „Wenn du noch hungrig bist, so geh und fang dir einen Fisch. Du weißt genau, wie du einen kriegst." Und als hätte Gumbo verstanden, watschelte er zum Ufer hinunter und lief dort auf und ab.

Lillie schnitt Gumboschoten, Tomaten, Paprika und Lorbeerblätter klein, tat sie mit den Krebsen in den Topf und ließ alles zusammen schwach kochen. Auch schälte sie Bananen, halbierte sie und übergoß sie mit wildem Honig. Charlie und Timmy warteten geduldig am Tisch, während Lillie den Teig für das heiße Maisbrot schlug.

Timmy erzählte immer noch begeistert von seinem Aufstieg auf den Baum, nur über eines war er enttäuscht: daß ihm eine Dunstschicht den Blick nach Süden versperrt hatte. „Hast du die Paradiesinsel mal gesehen, Großpapa?" fragte er.

„Ich weiß es nicht genau", antwortete Charlie. „Vielleicht bin ich dort geboren. Ich habe meinen Vater oft von der Insel erzählen hören. Er kannte sie gut."

„Wirst du mich mal dorthin mitnehmen, Großpapa?"

„Das ist durchaus möglich. Vielleicht fahren wir eines Tages zusammen hin."

Ein Schatten ging über Timmys Gesicht, dann fragte er: „Werden die Männer mit ihren Maschinen auf die Insel kommen, Großpapa?"

„Nein", erwiderte Charlie. „Die Insel liegt zu weit weg. Die kommen mit ihren Maschinen nie da hin."

BILLY JOE parkte den Pritschenwagen neben der Kochchikee. Lillie saß an ihrer Nähmaschine und Charlie am Tisch. Er war dabei, sein Jagdmesser zu schärfen, mit dem er die kleinen Einbäume geschnitzt hatte.

„Frank Willie und Lucy haben ihren Hochzeitstag festgesetzt, Papa", fing Billy Joe an. „Sie heiraten Sonntag in acht Tagen in der Baptistenkirche der Reservation."

„Sie sollten am Fest des Grünen Maistanzes heiraten", sagte Charlie und legte das Messer fort.

„Es wird dieses Jahr kein Fest geben, Papa. Die Zeiten sind zu schlecht, wegen dieser Trockenheit, und außerdem wollen Frank und Lucy ja in der Kirche heiraten." Er schenkte sich einen Becher Kaffee ein und setzte sich. „Feiern wollen wir die Hochzeit dann Mittwoch in acht Tagen bei mir. Wir haben Leute aus der Reservation und vom Tamiami Trail und den Bauminseln eingeladen."

„Ich werde den Bock erlegen", sagte Charlie.

„Nein, Papa. Die Leute aus der Reservation bringen Rindfleisch und Truthähne, und ich schlachte zwei Schweine. Es wird genug zu essen geben."

„Du kannst kein Seminolenfest ohne Wildbret feiern. Meinst du, ich bin zu alt, um einen Bock zu erlegen?" Charlies Augen sprühten Feuer.

„Das habe ich nicht gemeint, Papa", sagte Billy Joe rasch. „Natürlich bist du nicht zu alt zum Jagen."

„Ich bin der Großvater der Braut, und ich werde den Rehbock erlegen", sagte Charlie mit großer Bestimmtheit.

Billy Joe merkte, daß er gegen eine Wand anrannte, und so sagte er zu Lillie: „Mama, brauchst du irgend etwas aus dem Laden?"

„Heute brauche ich nichts, aber du könntest mir einen Beutel Pfefferminzstangen besorgen. Ich gebe dir das Geld."

„Nicht nötig, Mama, ich bring sie dir mit."

Charlie stand auf, ging in die Vorratschikee und kehrte mit einem kleinen Einbaum zum Tisch zurück. „Gib ihn Timmy", sagte er lächelnd. „Er weiß, daß ich ihn für ihn gemacht habe."

„Danke, Papa. Er wird sehr stolz sein. Jetzt muß ich gehen. Ich komme am späten Nachmittag zurück."

Kaum war Billy Joe fort, kam Seth den Weg entlanggefahren. Er setzte sich Charlie gegenüber.

„Möchtest du von dem Eintopf und Maisbrot?" fragte Charlie.

„Hab nichts dagegen." Vom Herd her stieg Seth ein verlockender Duft in die Nase.

Charlie schöpfte eine Schale voll und reichte sie Seth, zusammen mit einem riesigen Stück heißem Maisbrot.

Seth gab Charlie eine braune Papiertüte. „Ich war heut morgen in Immokalee und hab dir so süße Dinger mitgebracht, wie du sie gern magst."

Charlie öffnete die Tüte und nahm eines der Zimtbrötchen heraus. „Die mag ich gern!" Mit einem einzigen Bissen verdrückte er die Hälfte. „Ich danke dir."

„Na, so gut wie das, was deine Lillie kocht, sind sie lange nicht", sagte Seth. „Sie würde sogar eine Wildkatze so zubereiten, daß sie prima schmeckt."

Lillie hörte es und lächelte.

„Wollen wir heute nacht Frösche fangen?" fragte Charlie. „Diesmal könnten wir die Schenkel selber essen."

„Heut nacht kann ich nicht, Charlie. Ich muß etwas Dringendes erledigen. Aber ein andermal gern."

„Dann machen wir es, wann du willst", sagte Charlie.

Seth hatte fertig gegessen und stand auf. „Ich muß jetzt gehen. Das hat mächtig gut geschmeckt, Lillie. Besten Dank."

„Sie sind immer an unserm Tisch willkommen", erwiderte Lillie.

Seth war schon auf dem Weg zu seinem Wagen, als er sich nochmals umdrehte und fragte: „Willst du heut nacht mitkommen, Charlie? Ich und Slim sind hinter so einem Miststück her, das uns ziemlich geärgert hat."

„Ja, gern", sagte Charlie. „Soll ich meinen Speer oder Bogen und Pfeile mitbringen?"

„Keines von beiden, du brauchst nichts mitzubringen."

Als Seth nach Hause kam, gab er Slim ein Paket und sagte: „Tu das in den Laden, Slim, aber sei bloß vorsichtig, es ist Dynamit. Diese Burschen sind nicht die einzigen, die mit so was umgehen können."

DER Mond ging in dieser Nacht erst spät auf, und so war es noch stockdunkel, als Seth, Slim und Charlie in den Sumpfbuggy stiegen. Seth warf den Motor an und schaltete die Scheinwerfer ein. Dann fuhr er die Straße entlang, an der die australischen Pinien gestanden hatten. Wo die erste gefällt war, hielt er den Buggy an.

„Hast du auch alles dabei, Slim?" fragte er.

„Alles, was du gesagt hast", antwortete Slim, „aber ich fahr verdammt ungern auf dem Buggy, mit so'm Haufen Dynamit und Sprengkapseln. Mach bloß langsam."

Charlie kannte sich überhaupt nicht mehr aus. Er hatte angenommen, sie würden einen Panther oder Bären jagen, der in Seths Camp eingedrungen war, und wunderte sich, warum sie Dynamit statt Gewehren mitgenommen hatten.

Auf Spuren, die aussahen, als stammten sie von einem Dutzend Alligatorbullen, fuhr Seth etwa fünf Minuten lang zwischen Zwergzypressen hindurch. Am Rande einer sumpfigen Lichtung hielt er an. „Muß ein verdammter Narr gewesen sein, der versucht hat, einen Bulldozer durchs Moor zu fahren", sagte er. „Aber sie brauchen sich keine Sorgen mehr zu machen, wie sie ihn wieder rauskriegen." Er trat den Gashebel durch, und der Buggy schoß in den Sumpf hinein, daß die Strahlen der Scheinwerfer durch das hohe Schilf tanzten und das Sprengstoffpaket gefährlich hopste.

„Fahr doch vorsichtig!" schrie Slim.

Der Bulldozer saß hundert Meter vor ihnen fest. Er war mit der linken Kette in ein Schlammloch geraten und hing bedenklich schief. Seth blieb mit dem Buggy nahe bei der riesigen gelben Maschine stehen, die Scheinwerfer auf deren Benzintank gerichtet.

„Gib das Zeug her, Slim", sagte Seth erregt.

Charlie sah stumm und mit wachsender Bestürzung zu.

Seth nahm Slim das Paket ab, und als er damit zum Bulldozer ging, versanken seine Füße bis zu den Knöcheln im Schlamm. Ein paar Minuten lang arbeitete er im Scheinwerferlicht, dann kam er keuchend zurück. „Die Zündschnur ist so lang, daß wir glatt bis China kämen."

Er trat den Gashebel voll durch und ließ die Kupplung los. Der Buggy wirbelte herum, so daß Slim und Charlie fast hinausgeschleudert wurden, und schoß mit einem Satz zwischen die Zwergzypressen hinein, als wäre ein Schwarm Hornissen hinter ihm her.

Als sie wieder auf der Straße waren, hielt Seth an, schaltete die Scheinwerfer ab, und völlige Dunkelheit hüllte sie ein. Seth konnte weder Slim noch Charlie neben sich im Buggy sehen.

„Was hast du eigentlich gemacht, Seth?" fragte Charlie besorgt. „Ich dachte, wir jagen einen Panther oder Bären."

„Das verdammte Ding da draußen ist ein gutes Ende schlimmer als eins von diesen Biestern", sagte Seth, „aber ich hätte dir wohl sagen sollen, was wir vorhaben."

Eine Weile warteten sie schweigend, dann sagte Seth: „Fahren wir zurück und schauen nach. Vielleicht hat der Wind die Zündschnur ausgeblasen."

Da schoß ein Feuerpilz hoch über die Bäume hinaus, eine gewaltige Detonation folgte, die weithin über den Sumpfwald hallte. Ringsum wurde alles in orangefarbenes Licht getaucht. Von allen Seiten schien das Echo zurückzukommen, so daß der ganze Buggy wackelte.

Die feurige Wolke verlor sich hoch in der Luft, und dann war nur noch ein gleichmäßiges Glühen zu sehen. „Das ist der erste Bulldozer, den ich wegen einem Loch im Benzintank hab in die Luft fliegen sehen", lachte Seth.

„Sieht aus, als ob da draußen welche feiern", sagte Slim.

Charlie war so verängstigt, daß er kein Wort herausbrachte. Er wünschte, Seth würde rasch weiterfahren, damit er den Feuerschein nicht mehr zu sehen brauchte. Ein paar Minuten lang starrten sie noch hin, dann warf Seth den Motor an und fuhr in Richtung Camp los.

Als Seth endlich neben seinem Haus hielt, machte sich Charlie schleunigst davon, und die Heimfahrt den Schildkrötenbach hinunter kam ihm so kurz vor wie noch nie. Lillie rührte sich nicht, als er sich neben sie legte. Eine Weile lang starrte er zum Palmblätterdach hinauf und fragte sich, ob er durch seine bloße Anwesenheit bei dieser Sache sein Billy Joe gegebenes Versprechen gebrochen hatte.

Mitten in der Nacht hörte Charlie Flügelschläge aus dem Dunkel des Sumpfwaldes näher kommen. Mit einem Ruck fuhr er hoch, als die Eule auf dem Dach der Chikee landete und schrie. Auch Lillie zuckte bei dem Laut zusammen, und Charlie fragte: Hast du das gehört? Die Eule hat sich aufs Dach gesetzt und geschrien."

„Ja, ich hab's gehört."

„Das ist das schlimmste aller bösen Vorzeichen", sagte Charlie, und tiefe Furcht klang aus seiner Stimme.

Sie wußte, daß es nach dem Glauben ihres Stammes so war, wollte aber seine Furcht nicht dadurch vermehren, daß sie ihre eigene zeigte. „Wir müssen jetzt schlafen", mahnte sie. „Vielleicht war das Vorzeichen nicht für uns bestimmt."

„Das könnte sein", erwiderte er, „aber für irgend jemand bedeutet es Schlimmes."

AM NÄCHSTEN Nachmittag saß Seth auf der Bank vor seinem Laden, als ein grüner Polizeiwagen näher kam. Sein Herz begann heftig zu klopfen. Der Wagen hielt, und zu seiner großen Erleichterung war es der Sheriff selbst und nicht sein Gehilfe.

Arthur Tate stieg aus und setzte sich neben Seth. Er war Mitte Fünfzig, nicht allzu groß, schlank und grau meliert. „Nett, dich wieder mal zu sehen, Seth", sagte er herzlich, „bin schon lange nicht mehr dagewesen. Scheint sich allerhand zu tun, hier draußen im Wald."

„Ja, da tut sich eine ganze Menge", sagte Seth mit belegter Stimme.

„Es ist eine Schande, wie sie die Bäume umlegen. Bald wird vom Sumpfwald nichts mehr übrig sein."

Diese Bemerkung beruhigte Seth. Offenbar teilte der Sheriff seine Gefühle. „Es ist wirklich eine Schande, Arthur", sagte er, „eine verdammte Schande. Sie haben kein Recht, nicht zu so was."

Tate lehnte sich an die Wand des Ladens zurück. „Wie steht's mit dem Fischen?"

„Nicht gut, im Augenblick. Das Wasser ist zu sehr gefallen."

„Ich habe in den letzten Wochen gar keine Zeit zum Fischen gehabt. Die Leute können's anscheinend nicht lassen, was anzustellen, und halten mich auf Trab. Ich versteh nicht, warum manche unbedingt eingesperrt sein wollen. Mir würde es jedenfalls keinen Spaß machen."

„Mir auch nicht", pflichtete ihm Seth bei, „aber manche Leute haben einfach keinen Sinn und Verstand."

„Verwendest du hier gelegentlich für irgendwas Dynamit, Seth?" fragte der Sheriff beiläufig.

„Ja, manchmal. Wenn das Wasser zu stark sinkt, sprenge ich tiefe Gruben aus, um es zu sammeln, oder ich sprenge auch mal Baumstümpfe, um für meinen Buggy einen Weg zu bahnen. Aber ich brauche nicht sehr viel."

„Es sieht aus, als hätte jemand ein Dutzend Stangen davon an dem Bulldozer angebracht, der vergangene Nacht in die Luft gegangen ist."

„Tatsächlich, Arthur?" fragte Seth unsicher. „Die Explosion war ziemlich nah und hat mich direkt aus dem Bett gehauen. Ich hab mir nicht vorstellen können, was es war, bis ich heut morgen nachgeschaut hab."

Tate sah Seth gerade an. „Hilfssheriff Drummond sagt, er hat herumgefragt und erfahren, du hättest gestern in der Eisenhandlung in Immokalee Dynamit gekauft. Hast du das schon verbraucht?"

Schweiß trat Seth auf die Stirn. „Ja, das hab ich, Arthur. Ich hab gestern südlich von hier neben einem Fischotterteich eine Grube ausgesprengt."

„Na jedenfalls, ich kann mir nicht vorstellen, was jemand damit bezwecken sollte, einen Bulldozer in die Luft zu sprengen", sagte Tate. „Diese großen Erschließungsgesellschaften haben Hunderte solcher Maschinen, und keiner könnte die alle sprengen."

„Scheint nicht viel Sinn zu haben, was?"

„Nein, nicht den geringsten. Aber irgendwer wird demnächst entweder erschossen oder eingesperrt, wenn er noch einmal ein derartiges Bravourstück versucht. Die Gesellschaft stellt jetzt nachts Wachen auf, und auch ich werde einen Streifendienst einrichten."

Seth erwiderte zögernd: „Da wäre einer ja verrückt, so was noch einmal zu versuchen, was, Arthur?"

„Das wäre er wohl, Seth", sagte der Sheriff. „Paß gut auf dich auf. Wir sind immer Freunde gewesen, und so soll es auch bleiben. Wir müßten bald mal wieder zusammen fischen gehen. Es gibt nicht mehr viele so gute Führer wie dich."

„Jederzeit, du brauchst mir nur zu sagen, wann du kannst."

EIN Pritschenwagen hielt vor der kleinen Baracke, die der in diesem Abschnitt des Sumpfes arbeitenden Gruppe als Bauhütte diente. Der Fahrer stieg aus und ging hinein. In der Baracke waren zwei Männer, einer von ihnen saß hinter einem kleinen Schreibtisch.

„Mr. Lawton", sagte der Ankömmling, „wir haben einige Schwierigkeiten am Nordende des Baches, wo wir mit dem Tiefbagger durchfahren sollen. Die ganze Sumpffläche wimmelt von Mokassin- und Klapperschlangen, Alligatoren, Zecken und allerhand sonstigem Ungeziefer. Die Leute haben gedroht, daß sie nicht mehr hingehen."

„Na, dann fahren Sie eben nach Immokalee und heuern einen von diesen Giftsprühern an. Er soll mit seinem Hubschrauber kommen und eine Ladung Pestizide verstäuben. Wir werden das Gebiet mit roten Fähnchen kennzeichnen. Und wenn Sie schon dort sind, bringen Sie gleich Fleisch mit, dann legen wir Arsenköder aus. Wir arbeiten ein bis zwei Tage außen herum, dann müßten alle Schlangen weg sein."

Als der Wagen abfuhr, sagte der Mann hinter dem Tisch: „Mein Gott! Zuerst Indianer mit Pfeilen, dann ein gesprengter Bulldozer und jetzt die Schlangen. Als nächstes werden die Männer da draußen ein warmes Mittagessen haben wollen."

SIEBEN

CHARLIE hatte seit Jahren keinen Rehbock gejagt, und die Vorbereitungen dazu nahmen seine ganze Zeit in Anspruch. Er verbrachte Stunden damit, die Spitzen seiner Pfeile zu schärfen, und prüfte immer wieder die Spannkraft seines Bogens. Im Laufe seines Lebens hatte er Hunderte von Rehen und Böcken gejagt, einfach des Fleisches wegen, aber diesmal war es etwas ganz anderes, er würde das Wildbret für die Hochzeit seiner Enkelin erlegen.

Billy Joe hatte mit ihm nicht mehr über die Jagd gesprochen, denn er dachte, sein Vater werde ein paar Stunden im Wald verbringen, nichts ausrichten und sich dann damit zufriedengeben, daß er es wenigstens versucht hatte.

Eines Nachmittags machte sich Charlie auf den Weg zu einer Weidelgraswiese am Rande der Copelandprärie, wo, wie er wußte, während der Frühsommermonate das Rehwild äste. Er machte einen großen Bogen um das Gebiet, in dem die Männer arbeiteten, und betrat nördlich des ausgebrannten Bulldozers ein etwas höher gelegenes Dickicht aus Waldreben und Dornbüschen. Weiter im Norden kam er in aufgelockerten Nadelwald und wußte, daß er sich der Wiese näherte.

Als er die kleine Lichtung erreichte, stellte er an den Spuren im Weidelgras fest, daß dort Rehwild geäst hatte. Er entdeckte einen Wildwechsel, der in den Sumpfwald zurückführte. Von mehreren kleinen Bäumen, an denen der Bock sein Gehörn gefegt hatte, war die Rinde abgeschält. In einer Gruppe von Palmettobäumen neben dem Wildwechsel konnte er dem Bock auflauern, wenn er vom nächtlichen Äsen auf der Wiese zurückkam. Charlie wußte, daß er den Bock nicht würde verfolgen können, wenn er ihn nachts schoß, aber nicht tödlich traf. Er mußte im Morgengrauen kommen und auf den Sonnenaufgang warten.

Doch an diesem Abend war Charlie viel zu aufgeregt, um zu schlafen. Er nahm seinen Bogen und drei Pfeile, steckte das Jagdmesser in den Gürtel und zog los. Der Vollmond ergoß sein sanftes Licht über den Sumpfwald, und ein leichter Nordwind raschelte in den Blättern. Er war froh über den hellen Mondschein, denn er zweifelte, ob ihn seine alten Augen bei völliger Dunkelheit sicher durch den Sumpfwald geleitet hätten.

Aus Angst, das Wild zu verscheuchen, ging er nicht zur Wiese, um nachzusehen, ob es dort äste. Er machte sich bei der Palmettogruppe einen Platz zurecht, setzte sich hin und behielt den Wildwechsel im Auge.

Während er auf die Morgendämmerung wartete, schweiften seine Gedanken durch die Jahre zurück. Es hatte Zeiten gegeben, da konnte er Eichhörnchen und Enten mit dem Pfeil treffen, und einmal hatte er einen Schwarzbären nur mit dem Messer erlegt. Vor dem Fest des Grünen Maistanzes schafften die Jäger immer eine Woche lang Wildbret herbei. Es wurde auf offenen Feuern gebraten, und dann folgten fünf Tage des Feierns, Tanzens und Reinigens von Körper und Geist. Er konnte sich erinnern, daß es einst soviel Rehwild gab wie Vögel, und er hatte es oft beim Spiel beobachtet. Bei diesen Gedanken schlummerte er sanft ein, den alten Bogen und die Pfeile fest umklammernd.

Als die ersten roten Streifen der Morgendämmerung den östlichen Himmel färbten, fuhr er aus seinem Schlummer auf. Der Wind kam immer noch von Norden, so daß ihn das Wild auf seinem Weg nach Süden nicht wittern konnte. Er meinte auf dem Wildwechsel ein leises Getrappel zu hören, legte einen Pfeil auf die Sehne und wartete. Das Geräusch näherte sich wieder und verstummte; dann sprang ein junges Reh vorbei, ohne ihn zu sehen.

Zwei weitere Rehe folgten, und Charlie wartete, den Pfeil auf den Wildwechsel gerichtet. Er wußte, daß die Böcke immer die Geißen vorausschickten. Nach einigen Minuten hörte er das leichte scharrende Geräusch von Gehörn, das durch die Lianen streifte. Langsam kam der Bock heraus, den Kopf witternd hochgereckt. Einen Augenblick lang zögerte er, und in diesem Bruchteil einer Sekunde schwirrte der Pfeil von der Sehne und traf ihn in die rechte Schulter.

Der Bock machte einen hohen Satz und fiel zu Boden. Charlie sprang rasch auf und stürzte zu ihm hin. Die Blicke von Mensch und Tier trafen sich kurz, doch bevor Charlie den Fangstich anbringen konnte, raffte sich der Bock auf, brach durchs Unterholz und verschwand im Sumpfwald.

Die Blutlache am Boden zeigte Charlie, daß das Tier schwer verwundet war. Früher hätte sein Pfeil es sofort getötet, aber jetzt waren seine Arme nicht mehr so kräftig. Nun mußte er es verfolgen und in Bewegung halten, damit es nicht ausruhen und neue Kräfte sammeln konnte.

Eine gleichmäßige Blutspur machte die Verfolgung leicht. Sie führte ihn, wie es ihm schien, viele Stunden lang ostwärts, dann bog sie nach Süden. Der Boden wurde weicher, die Blutflecken hörten beinahe auf, aber nun waren die Hufabdrücke im Schlamm deutlich erkennbar. Charlie wußte, daß er den Bock, wenn dieser weiter südwärts zog und das endlose Meer von Schneidegras erreichte, nie finden würde.

Als Charlie schließlich anhielt, um zu rasten, war Mittag längst vorüber. Er hatte weder etwas zu essen noch zu trinken, denn er war dem alten Brauch gefolgt, auf eine Jagd keinen Proviant mitzunehmen. Sicher war er dem Bock nun schon fünfzehn Kilometer gefolgt. Offenbar wünschte der Bock ebenso sehnlichst zu leben, wie der alte Mann, ihn zu erlegen.

Unentwegt folgte er der Spur weiter, die nun westwärts verlief. Seine Kehle schmerzte, aber er wagte es nicht, aus den schlammigen Tümpeln zu trinken. Er fand einen Goldpflaumenbaum und pflückte ein paar Früchte. Zwar mochte er ihren Geschmack nicht, aber die Kerne wirkten leicht betäubend und milderten Hunger und Durst. Nachdem er abermals eine Weile gerastet und mehrere Kerne gekaut hatte, setzte er die Verfolgung fort.

Schließlich stieß die Spur auf das Nordostende des Schildkrötenbaches. Charlie sank am Ufer auf Hände und Knie nieder, trank in langen Zügen das kühle Wasser und wusch die Schrammen aus, die ihm Gesicht und Arme bedeckten. Er sah, daß die Spur auf der andern Seite des Baches weiterging, und zögerte einen Augenblick. Die Sonne stand schon tief. Selbst wenn er sich jetzt auf den Heimweg machte, würde es dunkel sein, bevor er die Chikees erreichte. Aber wenn er es nicht fertigbrachte, das Wildbret für das Hochzeitsfest seiner Enkelin zu erlegen, dann taugte er nur noch dafür, auf der Plattform zu sitzen und Jacken zum Verkauf in den Souvenirläden am Tamiami Trail zu nähen. Und wenn er diese Jagd nicht zu Ende brachte, würde er auch nicht die Kraft haben, die Insel zu suchen. Noch ein kurzes Zögern, dann sprang er ins Wasser und überquerte den Bach.

Er brauchte der Spur nicht mehr lange zu folgen, da sah er frischen Blutschaum am Boden und wußte, daß das Tier am Verenden war. Er beschleunigte seine Schritte und fand es im dichten hohen Röhricht liegen. Der Bock versuchte noch, auf die Beine zu kommen, brach aber dann tot zusammen.

Charlie stieß ihm sein Messer in den Bauch und weidete ihn aus. Früher wäre er mit dem Bock auf den Schultern heimgewandert. Jetzt konnte er ihn nicht einmal mehr aufheben. Er mußte ihn am Gehörn heimschleifen und hoffte nur, daß ihn niemand dabei sah.

Erst zwei Stunden nach Einbruch der Dunkelheit erreichte er die Chikees. Lillie war ihre Besorgnis anzusehen, als sie ihm einen Napf voll dampfendem Schildkrötenragout reichte. Er aß heißhungrig. Arme und Beine taten ihm weh, aber was machte das aus, da er nun zum Hochzeitsfest seiner Enkelin das Wildbret beisteuern konnte. Nach dem Essen häutete er den Bock ab. Das Fell würde Lillie bearbeiten, dann sollten es Lucy und Frank Willie für den Boden ihres Wohnwagens, ihrer zukünftigen Behausung, bekommen.

Als er nachts in der Chikee neben Lillie lag, dachte Charlie wieder an die alten Zeiten zurück, wie die Kinder damals, wenn er mit dem erlegten Bock heimkehrte, in ehrfurchtsvoller Scheu die Beute betrachteten, die bald zu einem Festmahl für die Familie werden sollte. Der Gedanke an die Kinder erinnerte ihn daran, wie er und Lillie sich einst, als sie jung und verliebt waren, in den Nächten eng umschlungen hielten und dem sanften Trommeln des Regens auf das Blätterdach der Chikee gelauscht hatten, wie sie in den Sumpfwald hineinwanderten, um allein zu sein, und wie sie eines Tages auf einem Bett aus dickem, grünem Moos unter dem Baldachin einer riesigen Eiche ein neues Leben zeugten.

Obwohl sich sein Körper nach Schlaf sehnte, verweilte er lange bei diesen Erinnerungen, dann griff er nach Lillies Hand und hielt sie zart in der seinen.

Am Tag vor dem Hochzeitsfest begannen die letzten Vorbereitungen. Billy Joe hatte zwei Tage Urlaub genommen und war seit dem Morgengrauen dabei, die Gruben fertig auszuheben, über denen das Fleisch gebraten werden sollte. Er war überrascht und erfreut gewesen, als er zu den Chikees kam und sah, daß sein Vater das Versprechen wahr gemacht hatte, das Wildbret zu beschaffen. Billy Joe hatte den vorbereiteten Bock mit nach Hause genommen. Er sollte über dem offenen Feuer gebraten werden.

Nun war Charlie überall dabei und gab bei jeder Schaufel Erde aus den Gruben, bei jeder für die Bratspieße aufgestellten Gabel seine Anweisungen. Billy Joe war froh, daß sein Vater so völlig darin aufging und nicht an das dachte, was ihnen bevorstand.

Am Vormittag kam Jimmy Gopher mit einem bratfertigen jungen Ochsen aus der Reservation herüber; die wilden Truthähne hingegen sollten dort zubereitet und erst am nächsten Tag mitgebracht werden. In einer metertiefen Grube brannten Hickoryscheite zu glühenden Kohlen nieder. Über ihnen wurden dann die Hälften des Ochsen an dünnen Gumbo-Limbo-Stangen aufgehängt und langsam vierundzwanzig Stunden hindurch gebraten. Für die Zubereitung der Schweine und des Bockes, womit man jedoch erst am nächsten Morgen beginnen wollte, waren flachere Gruben vorgesehen.

Lillie kochte einen Kessel ihres Schildkrötengerichts. Auch würde es einen riesigen Topf gesottene Maiskolben geben. Obgleich das fünftägige Fest des Grünen Maistanzes nicht gefeiert wurde, sollte es reichlich alle zu diesem Anlaß sonst üblichen Speisen geben.

Das traditionelle Hochzeitshemd für Frank Willie war fertig, und Watsie war eifrig dabei, Guavenmus zu kochen, das man zum gebratenen Fleisch aß. Außerdem machte sie einen Maisbrotteig und verknetete ihn mit wildem Salbei und dem Mark des Gumbo-Limbo-Baums. Er sollte gebacken und in die wilden Truthähne gefüllt werden.

Die riesige Chikee war nun auch fertig und überragte das kleine Holzhaus. Sie würde nur einmal benützt werden, bevor die Bulldozer kamen, aber eine Hochzeit war im Brauchtum der Seminolen ein wichtiges Ereignis, und Billy Joe war entschlossen, sie so großartig zu feiern, daß Lucy und Frank Willie sich immer mit Freude und Stolz daran erinnern konnten.

Am nächsten Morgen in aller Frühe hängten Charlie und Billy Joe den Rehbock und die Schweine über die glühenden Kohlen. Bald war die Lichtung von Rauch und dem Duft des bräunenden Fleisches erfüllt.

Als erster traf mittags Frank Willie mit seiner Familie ein. Dann kamen Jimmy Gopher und Charlie Snow und Josie Billie und Jimmy Cypress und Bird Fraser und John Tiger und Keith Whoyah und Miami Billie und Abraham Lincoln Jumper. Mehr als hundert Personen wurden erwartet. Sie erschienen in grellroten Ford Mustangs und verbeulten alten Chevrolets, in Pritschenwagen und staubbedeckten Zweitonner-Viehtransportern. Zu diesem besonderen Anlaß trugen die Männer die traditionellen regenbogenfarbenen Seminolenhemden, die Frauen und sogar die jungen Mädchen die ebenso farbenprächtigen knöchellangen Gewänder.

Die Männer schlenderten erst einmal auf der Lichtung herum, besahen sich die Gehege mit den Rindern und Schweinen und musterten betrübt die versengten Gemüsefelder. An Grashalmen kauend, standen sie schließlich in einer Gruppe beisammen und sprachen über Jagd und Fischfang, Viehpreise und die Dürre. Einige der Frauen machten sich an den Feuern zu schaffen, andere schalten die kleineren Kinder, weil sie die Hühner jagten, und ermahnten sie, auf der Lichtung zu bleiben, um ihre gestärkten Kleider nicht zu verderben. Die älteren Jungen und Mädchen begannen Ball zu spielen. Charlie war überall mit dabei. Er ermahnte die Frauen, das Wildbret nicht verbrennen zu lassen, feuerte die Ballspieler an und setzte sich schließlich wieder zu den Männern.

Charlie hatte auch Seth eingeladen, der gegen zwei Uhr mit vier Waschbottichen voll eisgekühlten Bierdosen eintraf. Von diesem Augenblick an schienen die Männer ständig zwischen der Chikee und Seths Wagen hin und her zu pendeln.

Um vier Uhr nachmittags begann der Schmaus. Bei jedem Braten waren Messer bereitgelegt, damit sich die Gäste selbst ihre Portionen abschneiden konnten, und Charlie nötigte jeden, ein noch größeres Stück zu nehmen. Die einzige Konzession an neuere Zeiten waren Pappteller, die Billy Joe im Laden in Copeland gekauft hatte.

Auf der einen Seite der Hochzeitschikee saßen alle Männer beisammen und aßen gemeinsam, die Frauen hingegen gruppierten sich nach Stammeszeichen: Panther, Wildkatze, Vogel, Wolf, Schlange, Wind und Stadt. Dieser Brauch wurde sonst nur noch selten beachtet, aber bei der letzten Zusammenkunft in diesem Teil des Sumpfwaldes hielten sich alle soweit wie möglich an die alten Sitten.

Als das Festmahl schließlich vorüber war, setzten sich alle auf den Boden, die Männer nach vorn, die Frauen und Kinder hinter ihnen. Billy Joe und Timmy brachten das Hochzeitsgeschenk aus dem Vorratsschuppen, wo sie es versteckt hatten. Lillie klatschte vor Freude in die Hände, als Billy Joe die Kartonhülle entfernte und das neue Fernsehgerät in seinem glänzenden Holzgehäuse zum Vorschein kam. Lucy lief zu ihrem Vater und schlang die Arme um seinen Hals.

„Bedanke dich bei deinen Großeltern", sagte Billy Joe verlegen, aber entzückt über die sichtliche Freude seiner Tochter. „Es ist hauptsächlich ihr Geschenk."

Sie eilte zu den beiden Alten und küßte sie auf die runzligen Wangen. Charlie lächelte, auch Lillie war ihre Freude anzumerken.

Jetzt war die Stunde für das Geschichtenerzählen gekommen, auf die sich alle gefreut hatten. In der Chikee wurde es still. Alle warteten, daß einer den Anfang machte. Ingraham Billie begann: „Ich will euch von einem Mann namens Roosevelt Otter und von dem tollsten Ritt durch die Everglades erzählen. Es war in den Tagen, als wir die Alligatoren lebend fingen und an die Touristen in Miami und am Trail verkauften. Dieser Roosevelt Otter machte das so: Er fuhr in seinem Einbaum zu einem Alligator hin, sprang ihm rittlings auf den Rücken und ließ ihn sich austoben, bis er ihm die Kiefer zuhalten und zusammenbinden konnte. Eines Tages traf er weit im Süden auf einen riesigen Alligator. Als er ihm auf den Rücken sprang, merkte er gleich, daß ihm ein schrecklicher Irrtum unterlaufen war. Es war nämlich kein Alligator, sondern ein Krokodil. Die Kiefer fuhren herum wie Windmühlenflügel, und wenn er absprang, würde bald nicht viel mehr von ihm übrig sein als ein Mittagessen im Bauch des Krokodils. Er konnte nur eins tun: weiterreiten. Das Krokodil schüttelte sich und bockte wie ein wilder Hengst, aber Roosevelt Otter hielt sich oben, die Beine um den Rumpf geklammert. Sie walzten zwei Bauminseln und einige Quadratkilometer Riedgras nieder. Die Gegend sah aus, als wäre ein Hurrikan darübergegangen."

Ingraham Billie setzte sich, und John Tiger fragte: „Und was wurde aus Roosevelt Otter?"

„Ich weiß es nicht. Zum letzten Mal wurde er in der Whitewater Bay gesehen, immer noch auf dem Rücken des Krokodils, mit Kurs auf die Inseln."

Josie Billie, der Baptistenprediger der Reservation, ergriff nun das Wort: „Ich will eine Geschichte aus der Religion erzählen."

Charlie unterbrach ihn: „Ich würde lieber eine Jagdgeschichte hören."

„Halten Sie nichts von der Religion, Mr. Charlie?" fragte der Prediger.

„Ich war früher einmal Baptist wie Sie", erwiderte Charlie. „Vor langer Zeit kam ein weißer Missionar und erklärte mir, daß der indianische Glaube ganz falsch ist, und wenn ich je den Großen Geist sehen will, muß ich Baptist werden und es so halten wie die Weißen. Da wurde ich Baptist. Und dann kam ein anderer weißer Missionar und sagte mir, daß der Baptistenglaube nicht der rechte ist, und wenn ich den Großen Geist sehen will, muß ich Methodist werden. Da wurde ich Methodist. Und dann kam noch ein anderer weißer Missionar und belehrte mich, daß der Methodistenglaube nicht der rechte ist, und wenn ich den Großen Geist sehen will, muß ich Presbyterianer werden. Da habe ich ihm gesagt, wenn sich die weißen Männer nicht einigen können, welches der rechte Glaube ist, dann kehre ich zum Indianerglauben zurück und suche den Großen Geist auf meine Weise. Und das habe ich getan, Josie Billie, und wenn meine Zeit gekommen ist, werde ich den Großen Geist sehen."

Der Prediger lachte. „Na, Mr. Charlie, wenn Sie sich je entschließen sollten, wieder von vorne anzufangen und Baptist zu werden, sind Sie in unserer Kirche in der Reservation herzlich willkommen. Ich bin nur ein einfacher Prediger und werde Ihnen nicht erzählen, daß es nur einen einzigen rechten Glauben gibt."

Timmy sprang auf. „Großpapa soll von der Paradiesinsel erzählen!"

„Ich habe von ihr gehört", sagte John Hicks. „Sie ist eine von den Zehntausend Inseln."

„Nein, das ist sie nicht", widersprach Charlie rasch. „Sie liegt in der Pa-hay-okee, der großen Sumpfebene. Mein Vater lebte einst dort, und ich habe ihn oft davon erzählen hören."

„Es gibt sie überhaupt nicht", unterbrach Billy Joe. „Als sich unser Stamm vor den weißen Soldaten verstecken mußte, waren der ganze Sumpfwald und die ganzen Everglades für ihn die Paradiesinsel. Sie ist kein besonderer Ort, sie ist überall. Die Paradiesinsel ist nur eine Sage."

„Da täuschst du dich, Billy Joe", sagte Keith Whoyah. „Auch ich habe meinen Vater davon erzählen hören."

„Ich möchte Charlies Geschichte hören", sagte Bird Fraser.

„Es war vor vielen, vielen Jahren, zu Lebzeiten meines Vaters und noch früher", begann Charlie, und sein Blick verlor sich in der Ferne. „Der dritte Krieg mit den weißen Soldaten war zu Ende, und unser Stamm lebte hier am Rand des Großen Zypressensumpfes. Aber der weiße Mann gab ein Gesetz heraus, daß keiner unseres Stammes hierbleiben dürfe, und setzte auf jeden gefangenen Seminolen, Mann, Frau oder Kind, ein Kopfgeld aus. Sie sollten in ein Land im Westen gebracht werden.

Unsere Leute wollten nicht fort von hier und flüchteten tiefer in den Sumpfwald. Sie mußten sich von Schlangen und Wurzeln ernähren und die Fische roh essen, aus Furcht, der Rauch eines Feuers würde sie den weißen Jägern verraten. Dann kamen die weißen Soldaten nach, und unsere Leute zogen weiter nach dem Süden. Manche flohen auf die Zehntausend Inseln, andere wanderten viele Tage in die Pa-hay-okee, und dort, in der Marschebene, fanden sie die Paradiesinsel. Sie war der größte bewaldete Fleck weit und breit, und nie hat sie ein weißer Mann entdeckt. Es gab reichlich Wild und so viele Fische wie Grashalme. In der Mitte der Insel sprudelte kühles Wasser aus einer tiefen Quelle. Unsere Leute fanden Bananenstauden, Guaven, Mango und Papaya vor und zogen auf dem fruchtbaren Boden Mais und Bohnen und Kürbis.

Vielerlei Bäume wuchsen dort: Eichen und starke Mahagoni und Gumbo-Limbo und Palmen und Wassereschen, aus denen die Fischspeere gemacht wurden. Wilden Wein gab es reichlich, auch wilde Orangen. Es war eine Insel, anders als alle andern.

Unser Stamm lebte dort viele Jahre lang. Dann kam ein mächtiges Grasfeuer aus dem Süden. Es näherte sich mit gewaltigem Getöse der Insel, und unsere Leute flohen nach Norden und ließen alles außer ihren Speeren und Werkzeugen zurück. Aus der Ferne beobachteten sie, wie die Flammen die Bäume und das Dorf ergriffen, und dann konnten sie nichts mehr sehen. Sie wanderten zu anderen Bauminseln, und ein großer Teil von ihnen kehrte in den Sumpfwald zurück. Das war vor vielen Jahren, und heute ist wohl auf der Insel keine Spur von dem großen Feuer mehr zu finden. Sie wird jetzt wieder so sein, wie sie einst war."

„Woran würde man heute diese Insel erkennen?" fragte John Tiger.

„Man erzählt sich", antwortete Charlie, „daß der Stamm im Herzen der Insel als Mittelpunkt für den Grünen Maistanz eine drei Meter hohe Pyramide erbaut hat. Der Stein wird dem Feuer widerstanden haben, man müßte die Insel also an dieser Pyramide erkennen."

„Das ist eine gute Geschichte, Papa", sagte Billy Joe, „aber es ist eben nur eine Geschichte. Jetzt bist du hier mitten auf der Paradiesinsel."

Zwei weitere Geschichten wurden erzählt, eine von der Jagd und eine vom großen Krieg. Dann sprang Charlie auf. „Tanzen wir den Grünen Maistanz! Es ist kein richtiges Hochzeitsfest ohne den Tanz."

„Ja, tanzen wir!" echote Miami Billie.

„Aber wir haben keine Trommeln", gab Charlie Snow zu bedenken.

„Nehmen wir doch Bottiche!" schlug Jimmy Cypress begeistert vor.

Die Männer warfen kleine Scheite auf die Kohlen in der tiefen Grube, und eine Funkengarbe sprühte in den Nachthimmel hinauf. Billy Joe brachte zwei Bottiche aus dem Vorratsschuppen und gab den einen John Tiger, den andern Josie Billie. Die Frauen und Kinder verließen die Chikee und setzten sich in einem weiten Kreis um das aufflammende Feuer.

Als das Trommeln auf den Bottichen mit hartem Stakkato und wechselndem Rhythmus begann, trat Charlie Jumper in den Kreis, stand für einen Augenblick hoch aufgerichtet, die Arme zum nächtlichen Himmel gereckt, als wolle er nach den Sternen greifen. Dann begann er zu springen, erst langsam, wie ein Kind, das Himmel und Hölle spielt, dann schneller und schneller, bis seine Füße den Boden kaum noch berührten.

Einer nach dem andern traten die Männer zu ihm in den Kreis, sangen und wirbelten die Arme durch die Luft. Das Tempo steigerte sich, je höher die Flammen emporzüngelten, die Lichtung in orange-farbenen Feuerschein tauchten und Schatten zwischen den Bäumen des Sumpfwaldes tanzen ließen. Immer wilder wurden die Bewegun-gen der Männer, bis sie schließlich in Trance verfielen. Es war ein schon Hunderte von Malen auf andern Lichtungen des Sumpfwaldes vollzogenes Ritual, aber dies würde das letzte Mal sein. Die Tänzer fühlten, daß diese Nacht Ende und Anfang zugleich war, und kosteten sie bis zum Letzten aus.

Charlie tanzte wie rasend, als wolle er seinem alten Körper das Äußerste abverlangen. Dann sackte er außerhalb des Kreises er-schöpft zusammen. Mit glänzenden Augen sah er den andern Männern zu, bis einer nach dem andern ausschied und keuchend und schwitzend zu Boden sank. Ebenso plötzlich, wie der Grüne Maistanz begonnen hatte, endete er.

Mitternacht war schon vorüber, als die Prozession der grellroten Mustangs und verbeulten alten Chevrolets, der Pritschenwagen und Viehtransporter von dem entlegenen Platz im Sumpfwald aufbrach und über den Turner River zurückfuhr in eine andere Welt.

ACHT

AM MORGEN nach dem Hochzeitsfest ging Seth zum Bach, um mit dem Boot die Fischreusen zu kontrollieren. Plötzlich schrie er: „Ver-dammt! Slim! Komm runter, Slim!"

Der schlaksige Mann rannte aus dem Laden zum Ufer hinunter.

„Schau dir das an, Slim", brüllte Seth. „Sie machen unsern Bach kaputt!"

Ein grauer Schlammstreifen kam die Mitte des Baches herunter und breitete sich nach den Ufern zu aus. „Das kommt von dem verdammten Eimerbagger, mit dem sie im Norden oben graben", sagte Seth. „Sie werden mir jeden Fisch auf zehn Kilometer ringsum vertreiben." Er ging ein paar Minuten erregt auf und ab, dann sagte er: „Ich hol die Netze und Reusen raus, bevor sie voller Schlamm sind. Du nimmst den Wagen, fährst nach Copeland und holst mir zwei Zwanzigliter-kanister Benzin. Diesmal wollen wir es mit etwas machen, das jeder verwendet; dann können sie mir nichts nachweisen. Verdammt noch mal!"

Kurz nach Einbruch der Dunkelheit stellten Seth und Slim die Kanister in ein Boot und fuhren bachaufwärts. Sie benutzten eines ohne Motor, um kein Geräusch zu machen. Seth im Heck paddelte, während Slim rittlings auf dem hochragenden Bug saß.

Es waren drei Kilometer bis zu der Stelle, wo der Bagger stand. Als sie um eine Biegung glitten, tauchte seine Silhouette im Mondlicht auf. Seth steuerte das Boot ans Ufer, und sie stiegen aus. Slim trug die beiden Kanister.

„Ich schütte das Zeug auf diese Seite, du auf die andere", sagte Seth. „Dann läufst du zurück ins Boot, und ich werfe das Zündholz. Das Ding müßte hochgehen wie ein Bündel trockenes Riedgras. Dann verduften wir bachabwärts."

Slim ging um den Eimerbagger herum, während Seth seine Seite mit Benzin übergoß. Der Kanister war erst halb leer, als plötzlich aus etwa fünfzig Meter Entfernung ein greller Lichtstrahl auf ihn gerichtet wurde. Jemand rief: „He, was machen Sie da? Lassen Sie den Kanister fallen, und kommen Sie rüber, hierher!"

Einen Augenblick erstarrte Seth in panischer Angst. Er wandte sich um, und der Lichtstrahl blendete ihn. Da ließ er den Kanister fallen und sprang vom Bagger zurück.

Wieder hörte er rufen: „He, Sie, bleiben Sie stehen!"

Immer noch geblendet, rannte Seth in die Richtung, wo er das Boot vermutete. Ein Feuerschein blitzte auf, ein lauter Knall folgte. Etwas schlug ihm hart gegen die Brust, und er sank in die Knie. Mühsam raffte er sich auf und taumelte in den Bach. Da war kein Boot und auch von Slim keine Spur, kein Ton. Er watete auf die andere Seite und verbarg sich in einem dichten Weidengebüsch.

Ohne es zu merken, war er dabei mit dem Fuß an das Boot gestoßen, das nun langsam den Bach hinuntertrieb, leer.

Am nächsten Morgen saß Charlie beim Frühstück, als der grüne Polizeiwagen den Weg entlanggefahren kam. Sheriff Tate stieg aus. „Heute morgen schon was von Seth Thompson gesehen, Mr. Jumper?"

„Nein, hab ihn nicht gesehen", sagte Charlie und schob den Eßnapf zurück. „Ist was passiert?"

„Ich fürchte, ja", sagte der Sheriff. „Seth hat heute nacht eine Dummheit gemacht, und ich glaube, einer der Wachtposten der Baufirma hat auf ihn geschossen. Vielleicht braucht er dringend Hilfe."

„Sitzt er arg in der Klemme, wenn Sie ihn finden?" fragte Charlie, über die Nachricht erschrocken.

„Nein, nicht besonders. Er hatte noch nicht wirklich etwas angestellt, bevor der Posten losknallte. Wenn ich ihm nur ein bißchen Vernunft beibringen kann, ist alles in Ordnung. Aber das wichtigste ist, ihn zu finden."

„Ich werde Ihnen suchen helfen", sagte Charlie bereitwillig.

„Da wären wir Ihnen sehr dankbar, Mr. Jumper. Ich habe einen Sumpfbuggy in Seths Camp stehen, und wir wollen die Wälder nördlich vom Schildkrötenbach durchkämmen. Suchen Sie dort, wo Sie meinen. Später treffen wir uns dann im Camp."

Charlie stieg in seinen Einbaum und stakte eilig bachaufwärts. Der Schlamm war noch nicht so weit vorgedrungen, aber als er sich dem Camp näherte, wurde das Wasser zu einer trüben Suppe. Nach dem Camp beschleunigte er seine Fahrt noch mehr. Es gab einen kleinen Schuppen südlich vom Bach, wo Seth Fischreusen aufbewahrte, und Charlie dachte, daß er vielleicht dort zu finden war.

Er trieb den Einbaum ans Ufer, durchquerte ein Zwergzypressenwäldchen und kam zu einer Kohlpalmengruppe. Vor dem kleinen Schuppen zur Linken saß Seth am Boden, mit dem Rücken an den Stamm einer Palme gelehnt.

Charlie lief hin und kniete sich neben ihn. „Geht es dir schlecht?" fragte er.

„Nicht allzu gut, Charlie", antwortete Seth mit matter Stimme, „aber jedenfalls schön, daß du kommst." Aus einem Loch in seiner Brust war Blut geflossen und hatte die Schlammkruste auf seinem Overall durchtränkt.

„Ich bring dich zurück ins Camp", sagte Charlie.

„Das brauchst du gar nicht erst zu versuchen. Dein kleiner oller Einbaum geht mit mir doch gleich unter. Fahr zum Camp, hol eins von meinen Booten, und komm damit zurück. Und, Charlie, bring mir eine Dose kaltes Bier mit. Du weißt doch, ein Mann kann nicht ungestärkt auf Fahrt gehen."

Charlie stand auf. „Ich bin gleich zurück, Seth."

Als er das Camp erreichte, waren der Sheriff und noch drei andere schon dort. „Ich habe ihn gefunden", sagte Charlie. „Südlich vom Bach. Er ist schwer verwundet. Wir müssen ihn sofort holen."

„Es waren aber zwei Männer letzte Nacht, Sheriff", mischte sich der Wachtposten der Baufirma ein.

„Der andere war dann Slim", sagte Tate. „Wenn Sie ihn mit Ihrem verdammten Gewehr verfehlt haben, ist er vermutlich jetzt schon in Georgia."

„Ich hab den Dicken dreimal angerufen, er soll stehenbleiben", verteidigte sich der Posten.

„Klar, Sie wollten ihn um keinen Preis entwischen lassen", sagte der Sheriff wütend. Er wandte sich an einen seiner Gehilfen. „Wir nehmen besser zwei Boote. Seth ist ein schwerer Mann, und nur einer kann mit ihm fahren."

Charlie lief zum Laden und holte das Bier, dann fuhren sie den Bach hinauf. Als sie die Palmengruppe erreichten, saß Seth immer noch am Boden. Seine Augen waren geschlossen, seine Hände hingen seitlich herab. Sheriff Tate beugte sich über ihn. „Er hat's nicht geschafft. Er ist tot."

Dann bedeckte der Sheriff die Augen mit den Händen und seufzte: „Armer Kerl. Er wußte sich eben nicht anders zu helfen. Hätte ich nur noch einmal mit ihm reden können, vielleicht wäre es dann nicht passiert."

Charlie schaute den Posten an und sagte zornig: „Das hätten Sie nicht zu tun brauchen. Es wird für den Rest Ihrer Tage als Fluch auf Ihnen liegen."

„Moment mal", fauchte der Posten zurück. „Untersteh dich, mir einen von diesen Indianerflüchen anzuhängen, du verdammtes Stinktier! Ich hab nur getan, was meine Pflicht war, und laß mich jetzt nicht . . ."

„Halt's Maul!" schrie ihn Tate an. „Noch ein Wort, und mich juckt's, dir mit dem Revolverknauf da einen Fluch auf den Schädel zu verpassen!"

Der Posten wich mürrisch einen Schritt zurück.

Nur mit vereinten Kräften konnten sie Seth aufheben und langsam zum verschlammten Schildkrötenbach tragen.

SETH wurde am nächsten Nachmittag auf dem kleinen Friedhof in Copeland nahe dem Grab seines Vaters beerdigt. Ein Prediger, der Seth nicht gekannt hatte, sprach die üblichen Worte, und dann wurde der einfache Sarg in die Erde gesenkt. Nur fünf Menschen waren gekommen: Billy Joe und Watsie, Charlie und Lillie und Sheriff Tate.

Als sie zu den Wagen zurückgingen und der kleine Friedhof wieder still dalag, nahm Charlie ein braunes Paket aus dem Pritschenwagen und kehrte nochmals um. Er kniete an dem frischen Grab nieder und legte ein Stück gebratenen Fisch und eine Dose Bier daneben. Es war bei den Seminolen Brauch, dem scheidenden Freund seine Lieblingsspeisen mitzugeben.

CHARLIE saß am Ufer des Baches und dachte gerade an die einfache Trauung von Lucy und Frank Willie, der er am Nachmittag in der Baptistenkirche der Reservation beigewohnt hatte. Da hörte er das erste Donnergrollen vom Norden her. Kurz darauf erhob sich ein Wind, und Blitze zuckten aus der schwarzen Wolkenbank, die sich nach Süden wälzte. Charlie stand auf, als dicke Tropfen niederzuprasseln begannen und kleine Staubwölkchen von der trockenen Erde aufwirbelten.

Wenige Minuten später goß es in Strömen. Charlie saß in der Chikee und lauschte dem Trommeln der Tropfen auf dem Palmblätterdach. Es regnete so stark, daß er den Bach nicht mehr sehen konnte. Das Herdfeuer erlosch zischend, und ein Rauchfaden ringelte sich aufwärts. Bald tanzten die angekohlten Holzstücke auf einem kleinen Rinnsal zum Ufer hinunter. Bis spät in die Nacht regnete es unverändert heftig weiter. Aus der Marschebene im Norden wurden die Pestizide und das tödliche Arsen allmählich in die schlammigen Wasser des Schildkrötenbachs gespült.

Als Charlie am nächsten Morgen zum Einbaum hinunterging, sah er tote Fische auf dem Wasser treiben, sah eine tote Schildkröte und einen verendenden kleinen Alligator am Ufer. Er stakte rasch bachaufwärts und fand noch mehr tote Fische, Schildkröten und Alligatoren. Da wußte er, daß mit dem Wasser irgend etwas ganz und gar nicht stimmte.

Bei seiner Rückkehr erwartete ihn Billy Joe am Ufer und fragte, ob er etwas aus Copeland brauche. Er hatte die toten Fische bereits gesehen und warnte ihn: „Trinkt nicht von dem Wasser, Papa, und verwendet es auch nicht zum Kochen. Wir bringen euch Wasser aus dem Brunnen."

„Sehr seltsam ist das, ich verstehe es nicht", sagte Charlie und blickte wieder zum Bach. „Ich habe so etwas noch nie gesehen."

„Wenn ich nach Copeland komme, rufe ich Fred Henderson an und berichte es ihm", erwiderte Billy Joe, „vielleicht weiß er, was es zu bedeuten hat."

Charlie blieb den ganzen Vormittag bei seinen Chikees. Gleich nach dem Mittagessen kamen in einem Laborwagen der Jagd- und Fischereibehörde Fred Henderson und ein Biologe. Sie nahmen eine Wasserprobe und einige tote Fische ins Wageninnere. Nach einer Stunde kamen sie wieder heraus.

„Wissen Sie schon, was schuld ist?" fragte Charlie besorgt.

„Wir sind der Sache auf der Spur", sagte der Biologe. „Ich werde noch ein paar weitere Tests durchführen müssen, jedenfalls wissen wir, daß Arsen im Wasser ist."

Charlie wandte sich an Henderson: „Kann jemand den Bach absichtlich vergiftet haben?"

„Ich weiß nicht", antwortete Henderson. „Ich vermute nur, daß diese Landerschließer etwas damit zu tun haben. Es ist einfach unmöglich, daß Arsen in den Bach kommt, ohne daß es jemand hineintut."

„Verwenden Sie das Wasser nicht, und essen Sie auch nichts aus dem Bach, bis wir Ihnen Bescheid geben, daß Sie es ohne Gefahr tun können", sagte der Biologe.

„Aber wir holen fast unsere ganze Nahrung aus dem Bach", wandte Charlie ein.

„Sie werden sich mit Konserven behelfen müssen", erklärte Henderson. „Vielleicht ist er in ein paar Tagen wieder sauber."

Sobald die Männer abgefahren waren, stakte Charlie seinen Einbaum den Bach hinunter. Auch noch weit unterhalb seiner Behausung trieben tote Fische im Wasser. Als er nach einiger Zeit zurückkam, wartete Lillie schon am Ufer.

„Gumbo ist krank", sagte sie besorgt. „Er hat einen der toten Fische aus dem Bach gefressen, und jetzt benimmt er sich so sonderbar."

„Wo ist er?" fragte Charlie rasch.

„Er liegt bei der Vorratschikee."

Charlie eilte hin und kniete neben dem Waschbären nieder. Er sah sogleich, daß das kleine Tier dem Tode nahe war. Vor seiner Schnauze stand Schaum, und die Hinterpfoten scharrten wie rasend am Boden. Charlie schob seine Hand unter den Kopf des Tieres und streichelte sein Fell. Einen Augenblick schien es, als würde sich Gumbo entspannen, dann ging ein krampfhaftes Zucken durch seinen Körper, und er war tot. Minutenlang blieb Charlie mit dem toten Tier auf dem Schoß sitzen, schließlich stand er auf und trug es in die Vorratschikee.

Später am Nachmittag kam Billy Joe mit einem Kanister Brunnenwasser. „War Fred Henderson da?" fragte er Charlie.

„Ja, und er hatte noch einen zweiten Mann dabei. Sie haben das Wasser und die toten Fische untersucht. Sie sagen, jemand hat das Wasser vergiftet."

„Wer sollte so was tun?" fragte Billy Joe ungläubig.

„Sie werden versuchen, es herauszufinden. Wir können nichts aus dem Bach essen."

„Mach dir deshalb keine Sorgen, Papa", sagte Billy Joe. „Ich bringe euch Fleisch. Zu dumm, daß wir keinen Anschluß für den Kühlschrank haben." Billy Joe hatte den Auftrag hierfür streichen lassen, als er erfuhr, daß sie fortziehen mußten.

Charlie sagte: „Das ist alles sehr schlimm, Billy Joe."

„Ja, es ist schlimm, Papa, aber wir werden uns nicht mehr lange damit herumschlagen müssen. Ich habe auf der Ranch der Brüder Brown Arbeit bekommen und ein kleines Haus in Immokalee gemietet. Wir ziehen in etwa zehn Tagen um."

„Es ist alles sehr schlimm", wiederholte Charlie geistesabwesend. Er erzählte Billy Joe nichts von Gumbo, und als er wieder allein war, setzte er sich ans Ufer und starrte ins Wasser. Lillie hatte eine Gemüsesuppe und frisches Maisbrot bereitet, aber er aß kaum etwas davon.

In der Nacht holte er ein paar Bretter aus der Vorratschikee und machte daraus, am Feuer sitzend, einen kleinen Sarg. Als er damit fertig war, bettete er Gumbo hinein. Dann nahm er die Kürbisrassel, brach sie entzwei und legte sie neben das Tier. Er schloß den Sarg und stellte ihn in die Vorratschikee.

AM NÄCHSTEN Morgen rührte Charlie seinen Napf Maisgrütze nicht an und trank auch keinen Schluck von dem dampfenden Kaffee. Er lud den kleinen Sarg, eine Axt und ein Stück Strick in den Einbaum und stakte rasch durch den Sumpfwald in Richtung auf die große Marschebene.

Dort wandte er sich ostwärts und dann nach Süden, bis er zu einem großen bewaldeten Eiland kam, der alten Begräbnisstätte der Seminolen. Sie war von einem dichten Kranz von Mangroven umgeben, deren groteske Wurzeln wie Spinnenbeine ins Wasser griffen. Wirbelstürme hatten in den vergangenen Jahren viele Särge ins trübe Wasser geworfen, und der faulige Verwesungsgeruch war überwältigend. Charlie trieb den Einbaum mitten in das Gewirr der herumschwimmenden Teile und stieg mit Sarg, Axt und Strick ins Wasser. Mühsam bahnte er sich einen Weg durch die Mangroven und betrat schließlich festen Boden. Auf der Insel wuchsen immergrüne Eichen und Kohlpalmen, und zwischen ihnen verstreut standen viele Särge unter Gestellen aus Zypressenstangen. Manche waren noch aufrecht, andere schief oder umgefallen.

Charlie band Zypressenhölzer mit Schnurstücken zu zwei x-förmigen Stützen zusammen. Eine darübergelegte Stange hielt sie aufrecht. Das Ganze stellte er über den Sarg und legte Krebse, in braunes Papier gewickelt, daneben. Ganz mechanisch fuhr er durchs hohe Schilf zurück, und als er den Sumpfwald erreichte, bog er nach rechts ab zu der Königspalmengruppe, wo er Timmy die alte Machete gezeigt hatte, die in einen abgestorbenen Stamm eingewachsen war.

Er ging zu dem düsteren Baum und hieb mit der Axt auf ihn ein, wieder und wieder, daß das morsche Holz nach allen Seiten flog, bis der Stamm kippte und zu Boden krachte. Jetzt war die Machete frei. Er packte sie am Griff und ging zum Einbaum zurück. Auf einmal begann er sich um sich selbst zu drehen, schneller und schneller, und als er schließlich die Machete losließ, flog sie weit hinauf in die Luft, sich viele Male überschlagend wie eine hochgeworfene Münze. Am höchsten Punkt angelangt, schien sie einen Augenblick stillzustehen, dann fiel sie senkrecht ins dunkle Wasser.

Er sah schweigend zu, wie sich die Wellenkreise von dem Punkt aus, an dem die Machete verschwunden war, immer weiter ausbreiteten; plötzlich stieß er einen Schrei aus, einen wilden, schrillen Schrei, der die Stille des Sumpfwaldes zerriß und weithin widerhallte. Dann stieg er in den Einbaum und fuhr rasch davon.

Als er bei den Chikees anlangte, erwartete ihn Lillie mit einem gebratenen Stück Rindfleisch, das Billy Joe gebracht hatte. Obwohl es eine seiner Lieblingsspeisen war, aß er nur wenig. Nachher saß er lange Stunden am Feuer und starrte in die Dunkelheit des Sumpfwaldes hinaus.

DER Morgen dämmerte. Wie immer wurde der Himmel zuerst stahl-grau und färbte sich dann rot und orange. Die Vögel flogen von ihren Schlafplätzen auf und machten sich auf Futtersuche, die Alligatoren kehrten zu den Schlammbänken zurück, um von der nächtlichen Jagd auszuruhen. Fische flitzten hin und her und scheuchten die Elritzen in die Laichkrautbüschel. Eichhörnchen zeterten, und hoch über allem flogen laut krächzend die Krähen, als wollten sie den ganzen Sumpf-wald wecken.

Charlie saß am Bach und sah dem Erwachen zu, aber seine Augen spiegelten nicht freudige Erwartung wie sonst immer zu dieser Stun-de des Tages. Sein Gesicht war ernst, und seine Bewegungen wirkten sehr müde.

Als es hell wurde, ging er in die Vorratschikee und nahm sein sorg-fältig in ein Fell gehülltes Gewehr heraus, eine 1873er Winchester, die ihm ein Freund geschenkt hatte, als er noch sehr jung war. Er hatte es nur wenige Male zur Bärenjagd benutzt. Aus einer Schachtel mit Patronen wählte er nach sorgfältiger Prüfung einige aus, füllte die Kammer und legte das Gewehr in den Einbaum. Lillie sah es und wußte nicht, was sie davon halten sollte.

Er fuhr durch die dahintreibenden toten Fische, vorbei an Schild-kröten und kleinen Alligatoren, die ans Ufer gekrochen und dort ver-endet waren. Reiher und Schlangenhalsvögel flatterten laut protestie-rend vor ihm auf. Rasch durchquerte er den Zypressensumpf, und als er zu dem Tümpel kam, in dem der Alligator Georgy lebte, hielt er den Einbaum knapp vor der Schlammbank an. Hoch aufgerichtet stand er da und blickte den riesigen einäugigen Alligator fest an. Mensch wie Tier verharrten minutenlang regungslos. Dann hob Char-lie das Gewehr und zielte.

Nachdem ihn die Kugel getroffen hatte, blieb der Alligator für den Bruchteil einer Sekunde regungslos liegen. Dann bäumte sich sein Leib steil auf, wand sich wie rasend hin und her und stürzte kra-chend auf die Schlammbank nieder. Aus einem klaffenden Loch in seinem Kopf spritzte Blut, rann zum Ufer hinunter und färbte das dunkle Wasser in weitem Umkreis rot. Der Alligator zuckte heftig, dann brüllte er noch einmal auf und lag still.

Charlie sank in seinem Einbaum auf die Knie, begann sich vor und zurück zu wiegen und stimmte einen Gesang an, dessen Bedeutung nur er kannte. Seine Bewegungen wurden schneller, je näher das Blut dem Einbaum kam.

Er merkte nicht, daß das Aeroboot in den Tümpel eingefahren war. Fred Henderson hatte auf seinem Weg durch den Schildkrötenbach den Schuß gehört, daraufhin den Motor abgestellt und das Boot in Richtung des Knalls gestakt. Verwundert sah er den alten Mann sich in seinem Einbaum vor und zurück wiegen, sah den riesigen Alligator, dessen Blut über die Schlammbank herabfloß.

Henderson trieb das Gleitboot näher an den Einbaum heran, und Charlie schaute mit leerem Blick auf. „Was um Himmels willen haben Sie getan, Mr. Charlie?"

„Ich habe ihn getötet, ich habe ihn getötet", war alles, was Charlie herausbrachte.

„Warum, Mr. Charlie? Warum?"

„Ich habe ihn getötet. Ich habe meinen Freund getötet." Sein Gesicht hatte alle Farbe verloren, seine Hände zitterten.

Henderson begriff, daß er keine vernünftige Antwort erhalten würde. Nach einer Weile sagte er: „Mr. Charlie, wenn das ein Rehbock wäre, würde ich mich einfach umdrehen und fortgehen, aber das kann ich bei einem Alligator nicht tun. Das kann ich einfach nicht, Mr. Charlie. Verstehen Sie, was ich sage?"

„Tun Sie, was Sie tun müssen", sagte Charlie ohne jede Spur von Erregung. „Ich habe meinen Freund getötet."

„Gott weiß, wie zuwider mir das ist, aber ich muß Sie unter Arrest stellen."

„Was werden Sie mit dem Alligator machen?" fragte Charlie. Das schien seine einzige Sorge zu sein.

„Man wird die Haut vermutlich in das Museum von Naples bringen. Ich habe gar nicht gewußt, daß es hier im Sumpfwald noch einen so großen Alligator gab."

„Er hat lange gelebt, und sein Leib war sein Leben. Sie werden ihn also nicht hierlassen?"

„Nein, Mr. Charlie. Ich werde ihn an Stricken mit meinem Gleitboot hinausschleppen. Fahren Sie nach Hause, ich komme später zu Ihnen."

Charlie schien sehr erleichtert, daß Georgy nicht als Fraß für die

Geier im Sumpfwald bleiben würde. Er sah nicht mehr nach der Schlammbank zurück, als er den Einbaum aus dem Tümpel hinausstakte.

Drei Stunden später erschien Henderson bei den Chikees, um Charlie in das Gerichtsgebäude von Immokalee zu bringen. Lillie konnte ihnen nur stumm nachschauen, als sie davonfuhren. Unterwegs hielt Henderson bei Watsie und erzählte ihr, was geschehen war. Er sagte, Billy Joe solle nach Immokalee kommen, sobald er von der Arbeit zurück sei.

KURZ vor Einbruch der Nacht langte Billy Joe vor dem einstöckigen Gebäude an, das als Amtsgericht und Gefängnis für den östlichen Teil des Distrikts diente. Der Parkplatz war nahezu leer, und die Straßenlampen brannten bereits.

Billy Joe hatte noch nie etwas mit Gerichten zu tun gehabt und verging fast vor Angst. Er verstand nicht, warum sein Vater das getan hatte. Daß er aber niemals ohne Grund gegen das Gesetz verstoßen würde, wußte er. An einem Tisch im Vorraum saß der diensthabende Beamte. Billy Joe fragte: „Ist Charlie Jumper hier?"

Der Mann blickte von seiner Illustrierten auf. „Der, den Henderson gebracht hat, weil er einen Alligator geschossen hat?"

„Ja. Er ist mein Vater. Kann ich ihn besuchen?"

„Na sicher. Er ist der erste, den wir wegen Wilderns hier haben, seit das neue Gesetz in Kraft ist. Kommen Sie nur mit mir nach hinten."

Billy Joe folgte dem Mann durch eine Doppeltür und einen weißen Korridor zu einer Zelle. Charlie saß auf der Pritsche. Er wirkte sehr klein und alt, und in seinen Augen stand Angst. Als er seinen Sohn bemerkte, kam er zum Gitter.

„Papa, was hast du denn bloß gemacht?" fragte Billy Joe.

„Ich habe den Alligator getötet", antwortete Charlie schlicht.

„Aber warum, Papa? Hat er dich angegriffen?"

„Ich war nicht in Gefahr."

Billy Joe schwieg einen Augenblick, dann sagte er: „Ich gehe zu Mr. Lykes. Er wird uns helfen."

Er folgte dem Beamten in die Halle zurück und fragte: „Was geschieht nun weiter?"

„Wenn er sich schuldig bekennt, findet die Verhandlung hier vor dem Friedensrichter statt. Dann kann er Kaution hinterlegen und morgen früh zur Verhandlung wieder herkommen."

„Und was ist dann, wenn er sich schuldig bekannt hat?"

„Das Töten eines Alligators gilt jetzt als schweres Verbrechen, und er kann bis zu fünf Jahren Gefängnis oder eine hohe Geldstrafe bekommen. Sieht ziemlich übel für ihn aus."

Billy Joe fühlte einen Kloß im Hals. „Ich bin so bald wie möglich zurück", brachte er mühsam heraus.

Albert Lykes kam gerade aus seinem Büro, als Billy Joe seinen Wagen davor parkte. „Hallo, Billy Joe", sagte er, „was führt Sie noch so spät hierher?"

„Papa ist im Gefängnis, Mr. Lykes."

„Weswegen denn?" fragte Lykes, erschrocken über den angstvollen Ausdruck in Billy Joes Augen.

„Weil er einen Alligator getötet hat."

„Einen Alligator getötet?" wiederholte Lykes ungläubig. „Hat er gesagt, warum?"

„Nein. Er wollte nichts weiter sagen, als daß er den Alligator getötet hat." Billy Joe zögerte einen Augenblick, dann erklärte er mit Nachdruck: „Aber Papa würde so etwas nie ohne Grund tun, Mr. Lykes."

„Wer hat ihn festgenommen?" fragte Lykes.

„Fred Henderson, der Jagdaufseher."

„Wenn Ihr Vater sich schuldig bekennt und hier vor den Friedensrichter kommt, ist ihm eine hohe Strafe so gut wie sicher. Ich werde für ihn Kaution hinterlegen und beantragen, daß die Verhandlung vor dem Geschworenengericht in Naples stattfindet. Außerdem werde ich mit Henderson sprechen, um herauszufinden, was eigentlich los war. Der nächste Gerichtstermin in Naples ist, soviel ich weiß, kommenden Montag."

Lykes stieg in sein Auto. Billy Joe ging zu seinem Pritschenwagen und fuhr hinter Lykes zum Gefängnis zurück.

ZWEI Tage vergingen, ehe Albert Lykes sich von seinem Büro freimachen und in den Sumpfwald hinausfahren konnte, um mit Charlie Jumper zu sprechen. Fred Henderson hatte ihm von dem vergifteten Schildkrötenbach berichtet und daß sie als Schuldigen den Bautrupp ermittelt hätten. Lykes vermutete, daß die beiden Ereignisse in irgendeinem Zusammenhang ständen, aber wenn sich das nicht bewahrheitete, hatte er noch keine Ahnung, worauf er dann seine Verteidigung aufbauen sollte.

Er war der Ansicht, daß man nach all dem Unrecht, das die Weißen den Seminolen schon angetan hatten, Charlie Jumper nicht den Prozeß machen durfte, selbst wenn er einen ganzen Güterwagen voll Alligatoren getötet hätte. Aber als Rechtsanwalt wußte Lykes nur allzu gut, daß er seine Verteidigung auf etwas Konkreteres würde stützen müssen.

Ihm war jetzt wesentlich leichter ums Herz als in den vergangenen Wochen. Er hatte auf seine Zeitungskampagne für den Großen Zypressensumpf vom Gouverneur ein Schreiben erhalten, offenbar weil sich die Leser seiner Berichte und Leitartikel mit Briefen an ihre Abgeordneten gewendet hatten. Der Gouverneur erklärte sich darin bereit, zu prüfen, ob der Staat Florida und die Regierung in Washington gemeinsam größere Gebiete des Sumpfwaldes aufkaufen könnten, um daraus ein Naturschutzgebiet zu machen oder sie dem Nationalpark anzugliedern. Für Lykes war das zumindest ein schwacher Hoffnungsschimmer, obwohl er wußte, daß es vielleicht schon zu spät war.

Einen weiteren Vorstoß hatte er bereits unternommen, und wenn er damit Erfolg hatte, würden etwa zehn Morgen Sumpfwald erhalten bleiben.

Seth war ohne Testament und ohne Erben gestorben, daher fiel sein Besitztum an den Staat. Lykes hatte beantragt, einen Park daraus zu machen.

Er erinnerte sich, daß er Seth beim Fischen einmal vorgeschlagen hatte, von den Leuten, die durch seinen unberührten Zypressenwald wandern wollten, einen Dollar zu verlangen, um damit Geld zu verdienen. Sie würden ja auch für die Besichtigung anderer Naturschönheiten im Land bezahlen. Seth hatte geantwortet: „Ein Mensch soll nicht dafür zahlen müssen, daß er durch den Wald geht, Mr. Lykes. Gott hat ihn umsonst wachsen lassen."

Als Lykes zu den Chikees kam, sah er, daß der einst so klare kleine Bach schmutzigem Spülwasser glich. Die Sache mit dem Gift war zwar abgestellt worden, nicht aber die Verunreinigung durch Schlamm. Und an den Ufern lagen die verwesenden Kadaver von Schildkröten und kleinen Alligatoren.

Charlie saß am Tisch in der Kochchikee. Lykes ging auf ihn zu und sagte: „Hallo, Mr. Jumper, darf ich mich zu Ihnen setzen?"

„Sie sind in meiner Behausung immer willkommen", erwiderte Charlie mit tonloser Stimme. „Wollen Sie Kaffee?"

Lykes setzte sich. „Ja, gern."

Charlie goß zwei Becher voll und brachte sie zum Tisch. Er wußte, warum sein Besucher gekommen war, aber er wollte nicht darüber sprechen.

„Sieht aus, als wäre der Schildkrötenbach so gut wie erledigt", sagte Lykes.

„Ja, der Schlamm ist seit gestern fast einen Kilometer weiter vorgedrungen."

„Es ist eine Schande, was hier geschieht, Mr. Jumper. Ich habe oft bei Seth Thompsons Camp gefischt, es war immer mein Lieblingsplatz."

„Seth war mein Freund", sagte Charlie traurig. „Sie hätten ihn nicht erschießen müssen."

Lykes fühlte den Abstand zwischen sich und dem alten Mann größer werden. „Würden Sie mir die Stelle zeigen, wo der Alligator gelebt hat?" fragte er.

„Wenn Sie es wünschen."

Lykes setzte sich vorn in den Einbaum, und Charlie stakte bachabwärts. Sie wechselten kein Wort, bis sie den Tümpel erreichten, in dem Georgy sein Leben verbracht und beendet hatte.

Charlie zeigte auf die Schlammbank. „Hier war es."

Lykes konnte im weichen Schlamm und im Gras noch die Spuren sehen, die der Alligator hinterlassen hatte. Sein Blick glitt über das Wasser und den Wald ringsum, alles war in sanftes, gedämpftes Licht getaucht, und es herrschte eine Stille wie in einem Dom. Als er den Blick wieder seinem Begleiter zuwandte, sah er den Schmerz in den Augen des alten Mannes und wußte plötzlich, was es mit diesem Verbrechen auf sich hatte. Er sagte leise: „Wenn ich Sie gewesen wäre, Mr. Jumper, hätte ich genauso gehandelt."

Charlie schaute ihn an und lächelte. Angst und Mißtrauen schwanden aus seinem Gesicht.

Auf dem Rückweg hatten sie eine lange vertrauensvolle Aussprache.

SCHON um acht Uhr morgens, eine Stunde vor seiner Verabredung mit Lykes, traf Charlie mit Billy Joe, Watsie und Timmy vor dem Gerichtsgebäude von Naples ein. Lillie war nicht mitgekommen. Sie hatte die Geborgenheit ihres Nähpodestes nicht verlassen, sondern diese beklemmenden Stunden allein verbringen wollen. Die kleine Gruppe wartete schweigend auf dem Gehsteig. Bald danach schlossen sich ihr auch Frank Willie und Lucy an.

Als Lykes kam, führte er sie in den neonbeleuchteten Gerichtssaal mit den gepolsterten Sitzen und dem polierten Holz. Nur für ihn und seine kleine Schar war diese Verhandlung überhaupt von Interesse. Der Ankläger hatte lediglich fünf Minuten darauf verwendet, sich die Akte anzusehen, und der Richter hatte bloß einen flüchtigen Blick auf die Tagesordnung geworfen.

Im Gerichtssaal anwesend waren außerdem Fred Henderson, der Grundstücksmakler Kenneth Riles, Ron Simmons als Vertreter der Erschließungsgesellschaft und Will Lawton, der Bauführer der Arbeitstrupps. Lykes hatte veranlaßt, daß Simmons und Lawton unter Strafandrohung vorgeladen wurden, und beide hatten sich gewundert, da sie keinen Zusammenhang zwischen sich und einer Verhandlung wegen unberechtigter Jagd auf Alligatoren sehen konnten. Riles hatte sie aus Neugier begleitet.

Pünktlich um zehn nahm der Richter hinter seinem Tisch Platz, und Lykes führte Charlie zur Anklagebank hinter dem Tisch des Verteidigers. Nach den Präliminarien der Verhandlung – für Charlie genauso unverständlich wie vieles andere – rief der Ankläger seinen einzigen Zeugen Fred Henderson auf.

„Was sind Sie von Beruf?" begann er.

„Ich bin Jagdaufseher."

„Haben Sie den Angeklagten Charlie Jumper festgenommen, weil er einen Alligator geschossen hat?"

„Ja."

„Haben Sie selbst gesehen, wie er den Alligator schoß?"

„Nein, aber ich kam wenige Augenblicke, nachdem der Schuß gefallen war."

„Kann es ein anderer getan haben?"

Lykes erhob sich. „Euer Ehren, diese ganzen Fragen erübrigen sich. Wir geben zu, daß der Angeklagte Charlie Jumper den Alligator getötet hat."

„Wenn Sie die Schuld Ihres Klienten zugeben, Herr Verteidiger", sagte der Richter, „wozu verhandeln wir dann?"

„Wir beabsichtigen, mildernde Umstände geltend zu machen, Euer Ehren."

„War das Leben Ihres Klienten durch den Alligator bedroht?" fragte der Richter.

„Nein, das nicht", antwortete Lykes.

„Dann verstehe ich nicht, woher Sie mildernde Umstände nehmen wollen, Mr. Lykes."

„Euer Ehren, wenn Sie die Fortsetzung der Verhandlung gestatten, werden wir die Beweisführung der Verteidigung darlegen."

„Nun gut", willigte der Richter widerstrebend ein. „Fahren wir fort."

„Euer Ehren", sagte der Ankläger, „wenn die Verteidigung die Schuld des Angeklagten zugibt, haben wir keine weiteren Fragen an den Zeugen."

Lykes erhob sich. „Als unsern ersten Zeugen rufen wir Will Lawton auf."

Lawton kam nach vorn und wurde vereidigt. Dann fragte Lykes: „Ihr Name ist Will Lawton?"

„Das wissen Sie doch schon", erwiderte Lawton kampflustig.

„Beantworten Sie nur die Fragen, Mr. Lawton", verwarnte ihn der Richter.

Lykes fuhr fort: „Was ist Ihre derzeitige Beschäftigung?"

„Ich bin Bauführer mehrerer Arbeitstrupps der Surf-Erschließungsgesellschaft."

„Und wo arbeiten Sie im Augenblick?"

„An einem neuen Projekt im Großen Zypressensumpf."

Lykes machte eine Pause, bevor er weiterfragte: „Mr. Lawton, halten Sie sich für einen verantwortungsbewußten Mann?"

„Ich versteh nicht, was Sie meinen", erwiderte der Bauführer.

„Überdenken Sie Ihre Anordnungen gründlich, und übernehmen Sie die Verantwortung dafür?"

„Das hab ich immer getan. Ich bin nicht darauf angewiesen, daß andere für mich denken, wenn Sie das meinen."

Der Ankläger erhob sich. „Euer Ehren, ich sehe keinen Zusammenhang zwischen diesen Fragen und dem Rechtsfall."

Der Richter wandte sich an Lykes. „Herr Verteidiger, Ihre Fragen erscheinen mir ganz und gar nicht zur Sache gehörig."

„Wenn Euer Ehren mir gestatten fortzufahren, werde ich den Zusammenhang herstellen", erwiderte Lykes.

„Nun gut", sagte der Richter.

Lykes wandte sich wieder an Lawton. „Haben Sie Ihren Männern den Auftrag gegeben, in dem Marschgebiet, das an den Schildkrötenbach grenzt, Gift in Form von Arsen sowie starken Schädlingsbekämpfungsmitteln auszulegen beziehungsweise zu verstäuben, oder haben Sie das nicht veranlaßt?"

„Ja, das habe ich", sagte Lawton zögernd.

„Warum haben Sie das getan?"

„Meine Leute haben über Schlangen in diesem Gebiet geklagt."

„Waren dort auch Alligatoren?"

„Ja, da waren auch einige Alligatoren."

„Sind Sie dafür, überall tödliches Gift zu streuen, wo es möglicherweise Schlangen gibt?"

„Wenn es zur Erledigung einer Arbeit nötig ist, ja."

Lykes sah Lawton scharf an: „War Ihnen nicht bewußt, daß das Gift schließlich in den Schildkrötenbach gelangen könnte?"

„Und wenn schon?" fuhr Lawton auf. „Diesen Bach wird es sowieso bald nicht mehr geben."

Lykes sah zur Geschworenenbank hinüber, dann wandte er sich an den Richter: „Euer Ehren, ich stelle fest, daß das Vorgehen dieses Mannes die direkte Veranlassung für das Zustandekommen der zu verhandelnden Anklage ist und daß *er* vor Gericht stehen sollte und nicht der Angeklagte. Ich stelle weiter fest, daß er schuldig ist an der vorsätzlichen Tötung nicht nur eines, sondern von mehr als fünfzig Alligatoren und zahlloser anderer wildlebender Tiere. Ich stelle ferner fest, daß er grober Fahrlässigkeit angeklagt und strengstens zur Rechenschaft gezogen werden sollte."

Lawton sprang auf und schrie: „Ich bin nicht hier, um ..."

„Genug, Mr. Lawton!" unterbrach ihn der Richter scharf.

Der Ankläger war ebenfalls aufgesprungen und nach vorn gekommen. Der Richter blickte abwechselnd ihn und Lykes an, dann sagte er: „Die Verhandlung wird für fünfzehn Minuten unterbrochen, während ich mich mit dem Ankläger und dem Verteidiger in meinem Zimmer berate. Sie können auf Ihren Platz zurückgehen, Mr. Lawton."

Der Ankläger und Lykes folgten dem Richter in sein Büro im rückwärtigen Teil des Gebäudes. Kaum waren sie dort eingetreten, sagte der Ankläger: „Lykes, Sie wissen verdammt genau, daß Lawtons Vorgehen nichts mit dem Fall zu tun hat. Möglich, daß er angeklagt und vor Gericht gebracht werden sollte, aber heute morgen wird nicht gegen ihn verhandelt."

Der Richter setzte sich in den schwarzen Ledersessel hinter seinem Schreibtisch. „Albert", begann er, „ich lese jede Woche die *Everglades Gazette*, Ihre persönliche Einstellung zur Erschließung des Großen Zypressensumpfes ist mir wohlbekannt. Wollen Sie etwa dieses Gericht als Tribüne benützen, um für Ihre Ansichten zu werben?"

„Nein, Euer Ehren", antwortete Lykes. „Aber gewisse Dinge müssen klargestellt werden, damit mein Klient einen fairen Prozeß bekommt, und dazu war auch die Aussage dieses Mannes nötig."

„Und ich sage, Sie vergeuden die Zeit des Gerichts", widersprach der Ankläger.

„Warum zum Teufel haben Sie es denn so eilig?" fuhr Lykes auf. „Sie wollen den alten Mann da draußen ins Gefängnis schicken, bloß damit der Fall schnell erledigt ist."

„Wir wollen uns doch nicht so ereifern", beschwichtigte der Richter. „Ich habe noch nie erlebt, daß wegen eines einfachen Falles von Wilderei so ein Wirbel gemacht wird."

„Das ist kein einfacher Fall von Wilderei!" protestierte Lykes mit Nachdruck und war selbst überrascht über den Ton, den er dem Richter gegenüber anschlug.

„Ich lasse Sie fortfahren, Albert", sagte der Richter, „aber kommen Sie in Ihrer Verteidigung mehr zur Sache, und das bald! Verstehen Sie mich?"

„Ja, ich verstehe", erwiderte Lykes.

Sie kehrten in den Gerichtssaal zurück, der Richter nahm Platz, und Lykes rief Ron Simmons in den Zeugenstand. Simmons wirkte unsicher und befangen. Lykes fragte: „Ihre derzeitige Beschäftigung, Mr. Simmons?"

„Ich bin Vizepräsident der Surf-Erschließungsgesellschaft."

„Und was ist Ihr Aufgabenbereich in dieser Gesellschaft?"

„Öffentlichkeitsarbeit und Verkaufswerbung."

„Was verstehen Sie im einzelnen unter Öffentlichkeitsarbeit?"

„Na ja, Sympathie erwecken. Daß man uns wohlgesonnen ist und unsere Projekte unterstützt."

„Erwerben Sie Sympathie, wenn Sie wildlebende Tiere massenweise umbringen?"

„Einspruch gegen diese Frage, Euer Ehren", sagte der Ankläger rasch. „Sie gehört nicht hierher."

„Dem Einspruch wird stattgegeben", entschied der Richter. „Stellen Sie keine weiteren derartigen Fragen, Herr Verteidiger."

„Sehr wohl, Euer Ehren." Lykes wandte sich wieder an Simmons. „Erstreckt sich gegenwärtig Ihr Aufgabenbereich über mehr als diese Öffentlichkeitsarbeit?"

„Ja. Mir wurde die Überwachung der Vorarbeiten für die neue Siedlung in den Everglades übertragen."

„Dann unterstehen also die Männer, die jetzt dort arbeiten, Ihnen unmittelbar? Ist das richtig?"

„Zur Zeit, ja. Aber nur vorübergehend."

„Waren Sie draußen, um sich das Projekt selbst anzuschauen?"

„Nein, das ist Sache des Bauführers."

„Aber ist nicht der Bauführer Ihnen verantwortlich?"

„In gewissem Sinn, ja."

„Aber im einzelnen ist Ihnen nicht bekannt, was er tut?"

„Ich weiß, daß er das Land rodet. Dafür wird er auch bezahlt."

Lykes machte eine kurze Pause. „Mr. Simmons, hatten Sie irgendwelche Schuldgefühle, als der Bauführer den Bach vergiftete und alle diese Alligatoren und andern Tiere umkamen?"

„Ich sehe keine Veranlassung, eine solche Frage zu beantworten."

„Würden Sie eine Veranlassung sehen, wenn statt der Tiere Menschen umgekommen wären?"

„Das wäre etwas völlig anderes gewesen. Natürlich hätte ich dann eingreifen müssen."

„Hat nicht einer Ihrer Wächter da draußen unnötigerweise einen Menschen erschossen?"

„Nun ist es genug!" sagte der Richter scharf. „Der Zeuge ist entlassen." Er wandte sich an Lykes. „Es ist schon fast zwölf, und die Verteidigung hat bisher weder eine beweiskräftige Zeugenaussage beigebracht noch erkennen lassen, worauf sie überhaupt hinauswill.

Die Verhandlung wird bis zwei Uhr unterbrochen. Und mit dem Herrn Verteidiger möchte ich ein Wort reden."

Lykes ging langsam zum Richtertisch vor. Es war ihm klar, daß er sich formal ins Unrecht gesetzt hatte, er wußte aber auch, daß er den Geschworenen gewisse Dinge vor Augen führen mußte, bevor er Charlie Jumper in den Zeugenstand rief.

Der Richter empfing ihn mit den Worten: „Albert, verdammt noch mal, solche Zirkuspossen lasse ich mir nicht länger bieten. Entweder fangen Sie jetzt mit der konkreten Verteidigung an, oder Sie legen sie nieder."

„So wahr mir Gott helfe, John", sagte Lykes ernst, „all das gehört ganz wesentlich zum Prozeß. Sie werden den Grund einsehen, sobald ich den Angeklagten in den Zeugenstand rufe."

„Das will ich für Sie hoffen!" sagte der Richter grimmig.

Lykes ging mit Charlie und seiner Familie in eine Imbißstube zwei Häuserblocks weiter.

Sie setzten sich an einen Tisch, und Lykes fragte: „Was soll's für jeden sein? Alle sind eingeladen."

„Kann ich das Fleisch haben, das zwischen Brot liegt, und die Bratkartoffeln?" fragte Charlie. „Das habe ich schon einmal gegessen, und es war gut."

„In Ordnung", sagte Lykes und wandte sich an die Kellnerin: „Bringen Sie für jeden zwei Hamburger und Pommes frites."

Nachdem die Bestellung aufgegeben war, erkundigte sich Billy Joe: „Mr. Lykes, ich versteh nicht, warum der Richter und der andere Mann so ärgerlich wurden."

„Das gehört nur zu den üblichen Kniffen unter Juristen", antwortete Lykes.

„Bringen Sie sich nicht in Schwierigkeiten wegen mir, Mr. Lykes", sagte Charlie. „Ich habe die Tat begangen, die man mir vorwirft, und ich habe das Fred Henderson und den andern auch gesagt."

„Werden sie Großpapa einsperren, Mr. Lykes?" fragte Timmy ängstlich.

„Das weiß ich nicht, Timmy", antwortete Lykes zögernd. „Aber mach dir jetzt keine Sorgen. Die Verhandlung ist noch lange nicht zu Ende."

ALS das Gericht wieder zusammentrat, saßen einige von Billy Joes und Charlies Freunden aus der Reservation hinten im Saal. Auch Riles, Simmons und Fred Henderson waren wieder erschienen, um die Verhandlung weiterzuverfolgen.

Lykes erhob sich. „Euer Ehren, wir würden dem Gericht gern ein Beweisstück vorlegen."

„In Ordnung, Herr Verteidiger", sagte der Richter ein wenig mißtrauisch.

Zwei Gerichtsdiener trugen die riesige Alligatorhaut herein und legten sie vor der Geschworenenbank auf den Boden. Die Geschworenen und der Richter bestaunten ihre ungeheure Länge.

Lykes rief nun Charlie in den Zeugenstand und stellte die erste Frage: „Mr. Jumper, wie alt sind Sie?"

Charlie antwortete langsam, seine Hände zitterten: „Ich kann es nicht genau sagen, aber ich weiß von sechsundachtzig Jahren."

„Wie lange leben Sie schon im Großen Zypressensumpf oder in den Everglades?"

„Zeit meines Lebens."

Lykes zeigte auf die Haut und fragte: „Ist das der Alligator, den Sie getötet haben?"

„Ja, das ist er."

„Wie können Sie das so sicher wissen? Es gibt viele Alligatoren."

„Wegen der Narbe auf seinem Kopf. Das ist Georgy."

„Wer ist Georgy?" fragte Lykes.

„Das ist der Name des Alligators", sagte Charlie.

Der Ankläger stand auf. „Euer Ehren, das gehört nicht zur Sache. Der Name des Alligators ist für das Gericht ohne Belang."

Das Interesse des Richters begann sich zu regen. Er sagte: „Sie können fortfahren, Herr Verteidiger."

Lykes stellte die nächste Frage: „Wie lange haben Sie diesen Alligator gekannt?"

„Sechzig Jahre oder mehr. Georgy war sehr alt."

„Würden Sie bitte dem Gericht erzählen, wie der Alligator zu der Narbe auf dem Kopf gekommen ist?"

Charlie sprach bedächtig, wie in Erinnerungen versunken: „Ich habe den Alligator aus dem Sumpfwald geholt, als er kaum einen halben Meter lang war, und habe ihn als Haustier gehalten. Eines Tages kam ein weißer Junge, der in der Nähe wohnte, zu den Chikees und sah den Alligator am Boden. Er nahm einen brennenden Stock aus dem Feuer und drückte ihn dem Alligator auf den Kopf. Der kleine Alligator schrie wie ein Kind, aber der Junge stieß weiter mit dem Stock nach ihm, bis er ihm ein Auge ausgebrannt hatte. Ich schlug den Stock beiseite, aber Georgy war schon fast tot. Ich habe einen Brei aus Kräutern, Wurzeln und Moorschlamm gemacht und ihn viele Wochen lang auf die verbrannte Stelle aufgetragen. Der Alligator blieb am Leben. Als er größer wurde, brachte ich ihn zu dem Tümpel im Sumpfwald und ließ ihn frei."

„Haben Sie den Alligator noch einmal gesehen, bevor Sie ihn erschossen?"

„Ja. Ich habe ihn jede Woche gefüttert, meist mit Kaimanfischen und manchmal mit einem Kaninchen."

„Soll das heißen, daß Sie den Alligator sechzig Jahre hindurch jede Woche fütterten?"

„Er war mein Freund und hat nicht gut genug gesehen, um richtig zu jagen."

Lykes fragte nun: „Mr. Jumper, was hat Sie zuerst auf den Gedanken gebracht, den Alligator zu töten?"

„Das war wegen Gumbo, dem Waschbären, der in meiner Chikee lebte."

Der Ankläger stand auf. „Euer Ehren, ich erhebe nochmals Einspruch. Diese Fragen sind ohne Belang."

Aber inzwischen war der Richter aufs höchste gespannt und sagte kurz: „Einspruch abgewiesen. Fahren Sie mit der Befragung fort, Herr Verteidiger."

Lykes konzentrierte seine Aufmerksamkeit wieder auf Charlie. „Was hat der Waschbär namens Gumbo mit dem Alligator zu tun?"

„Als die Männer, die den Sumpfwald roden, den Schildkrötenbach vergiftet haben, hat Gumbo einen Fisch daraus gefressen und ist gestorben. Aber bevor er gestorben ist, hat er große Schmerzen gehabt, und ich wollte nicht, daß Georgy so leiden müßte, wie Gumbo gelitten hat."

Dann sagte Lykes: „Ich habe keine Frage mehr."

Der Ankläger hatte nicht die Absicht gehabt, den Angeklagten ins Kreuzverhör zu nehmen, aber jetzt entschloß er sich dazu, um die Geschworenen daran zu erinnern, daß ein Gesetz verletzt worden war. Er ging zum Zeugenstand und fragte: „Mr. Jumper, sind Sie nicht der Meinung, daß dieser Alligator, den Sie als Ihren Freund bezeichnen, es vorgezogen hätte weiterzuleben, statt von Ihnen eine Kugel in den Kopf zu bekommen?"

„Er hätte gern den Rest seines Lebens im Sumpfwald gelebt, aber das konnte nicht sein."

„Wußten Sie, daß das Gift weiter in den Sumpfwald vordringen und den Alligator töten würde?"

„Nein, das wußte ich nicht. Aber wenn ihn nicht das Gift getötet hätte, dann hätten ihn die Maschinen getötet."

„Nicht alle Alligatoren werden getötet, wenn das Land gerodet wird, nicht wahr, Mr. Jumper. Es werden doch gewiß viele überleben."

„Einige würden wohl davonkommen, aber Georgy war sehr alt und konnte nicht so gut sehen wie die andern. Er hat auch im ganzen Sumpfwald nur seinen Tümpel gekannt und hätte ihn nicht verlassen, wenn die Maschinen gekommen wären. Die Bulldozer hätten ihn zermalmt, und ich wollte nicht, daß er auf diese Weise oder durch das Gift stirbt. Er war mein Freund."

Der Ankläger fühlte, daß Charlies einfache ehrliche Antworten fast noch mehr Eindruck auf die Geschworenen machten als seine früheren Aussagen. „Keine Fragen mehr", sagte er rasch.

Lykes erhob sich. „Wir haben keine weiteren Zeugen und erklären uns mit dem Schluß der Beweisaufnahme einverstanden."

Charlie verließ den Zeugenstand, sehr erleichtert, daß seine Rolle in diesem seltsamen Schauspiel zu Ende war. Er trank einen Schluck Wasser, während es im Gerichtssaal in Erwartung der Plädoyers still wurde.

Der Ankläger wußte, daß er in eine beinahe unmögliche Lage gedrängt worden war. Er stand zögernd auf und wandte sich an die Geschworenen: „Meine Damen und Herren Geschworenen, die einzig entscheidende Tatsache in dieser Verhandlung ist, daß ein Gesetz übertreten wurde. Wenn wir das zulassen, ohne den Schuldigen zu verurteilen, könnten wir ebensogut auf Gesetze verzichten. Ein Gesetz ist entweder ein Gesetz, oder es wird zur Posse, und das ist das einzige, was Sie zu entscheiden haben. Ihr Spruch kann also nicht anders lauten als schuldig." Er kehrte wieder zu seinem Tisch zurück.

Lykes wußte, daß alles, was er vorbringen konnte, den Eindruck der Aufrichtigkeit von Charlies Aussage nur schmälern würde. Er erhob sich und sagte schlicht: „Wir haben zugegeben, daß der Angeklagte Charlie Jumper den Alligator in Verletzung des Gesetzes getötet hat. Aber entscheidend ist, ob Charlie Jumper richtig oder falsch gehandelt hat. Ich bitte nur darum, daß Sie gegeneinander abwägen, was er getan hat und was Sie an seiner Stelle getan hätten."

Der Ankläger verzichtete auf eine Gegenäußerung, und nach Belehrung durch den Richter zogen sich die Geschworenen zur Beratung zurück. Im Gerichtssaal herrschte erwartungsvolle Stille, als die Minuten sich dehnten und aus einer halben Stunde eine ganze wurde. Lykes schien dies Gutes zu bedeuten. Hätten sich die Geschworenen ausschließlich mit der Rechtsverletzung befaßt, wären sie nicht länger als zehn Minuten fortgeblieben.

Eine weitere Stunde verging, und immer noch war die Geschworenenbank leer. Draußen wurden die Schatten länger, und im Westen färbte sich der Himmel bereits rot. Lykes ging in den Vorraum hinaus und holte aus dem Automaten zwei Dosen Limonade. Charlie, dessen Gesicht sowohl Besorgnis wie Müdigkeit verriet, schlürfte dankbar das kühle Getränk.

Niemand verließ den Saal.

Lykes befürchtete schon, daß die Geschworenen keine Einigung erzielen könnten. Er wußte, daß man ihm bei einer zweiten Verhandlung nicht gestatten würde, so weit auszuholen wie diesmal, vielmehr würde man sich ausschließlich mit der Rechtsverletzung befassen. Und die Chancen für einen Freispruch wären dann sehr viel geringer.

Weitere fünfzehn Minuten vergingen, dann kamen die Geschworenen einer hinter dem andern in den Saal zurück. Der Richter fragte nach ihrem Spruch, und der Obmann sagte: „Euer Ehren, wir erkennen auf nicht schuldig." Lykes ließ sich erleichtert vornüber auf den Tisch sinken, und Charlie schaute auf seine nackten Füße hinunter.

Einen Augenblick lang herrschte atemlose Stille. Dann brachen die Zuschauer spontan in Beifall aus. Der Richter klopfte energisch mit seinem Hammer auf den Tisch. Als der Lärm verebbte, sagte er: „Der Angeklagte möge aufstehen und sich dem Gericht zuwenden." Charlie erhob sich schwerfällig, und der Richter fuhr fort: „Mr. Jumper, bei einem Urteil dieser Art ist es nicht üblich, daß der Richter etwas hinzufügt, jedoch möchte ich in diesem Fall eine Mahnung aussprechen: Ich würde Sie ungern noch einmal in diesem Gerichtssaal sehen. Das nächste Mal hätten Sie vielleicht weniger Glück. Sie sind frei und können gehen."

Im Nu kam Bewegung in die Zuschauer. Billy Joe lief auf Lykes zu und packte seine Hand, und die Freunde in der letzten Reihe stürzten alle auf einmal nach vorn. Charlie war verwirrt, aber er hatte die Worte „Sie sind frei" deutlich gehört. Dann schlang Timmy seine Arme um ihn. Als zweite erreichte ihn Lucy und dann Fred Henderson.

Lykes schaute sich um und bemerkte, daß Kenneth Riles und Ron Simmons hinten im Saal standen. Beide sahen aus, als wollten sie nach vorn kommen und zu ihm oder zu Charlie etwas sagen. Sie zögerten noch eine Weile, dann verließen sie den Saal.

Es war schon Nacht, als sich der Gerichtssaal endlich geleert hatte. Charlies Angehörige standen noch draußen neben dem staubigen Pritschenwagen beisammen und unterhielten sich mit Lykes über die Verhandlung. Charlie selbst betrachtete einige Minuten lang die Straßenlampen und grellen Neonreklamen, dann überkam ihn eine überwältigende Sehnsucht nach der Stille des Sumpfwaldes.

WÄHREND der nächsten zwei Tage schien Charlie wieder ganz der alte zu sein. Schon morgens brach er mit Timmy zu Erkundungsfahrten in die Tümpel und gewundenen Wasserläufe auf, die sie beide so liebten. Aber am dritten Morgen erschien er in der knielangen Seminolentracht anstatt in seinen Arbeitshosen. Als Lillie vom Herd aufblickte und ihn so sah, begriff sie sofort. Er aß seine Maisgrütze und gebratenen Fleischstückchen und trank den dampfend heißen Kaffee. Dann trug er Speer, Bogen und Pfeile in den Einbaum.

Er kehrte nochmals zur Chikee zurück. „Es ist Zeit zum Gehen. Kommst du mit?"

„Ich bin zu alt", sagte sie, und ihre Augen wurden feucht. „Ich ziehe zu Billy Joe in sein Haus."

„Gib Timmy mein Gewehr."

„Ich werde tun, was du wünschst." Sie trat an den Herd und fuhr fort: „Du brauchst Speise für unterwegs."

Sie wickelte Maisbrot und Fleischstücke in ein braunes Papier und gab es ihm. Er ergriff ihre Hand und drückte sie fest, dann wandte er sich um und ging zum Einbaum.

Noch minutenlang starrte sie in das dahinfließende schlammige Wasser, auf dem er ihren Blicken entschwunden war. Sie wußte, daß er auf diesem Weg nie mehr zurückkehren würde.

Sie drehte sich um, als sie den Pritschenwagen über den lehmigen Pfad kommen hörte. „Wir sind bald soweit", sagte Billy Joe. „Wo ist Papa?"

„Er ist fort."

„Wohin?"

„Die Insel suchen."

Erst nach einer Weile brachte Billy Joe heraus: „Oh, Mama, warum hast du ihn fortgelassen? Es gibt keine Paradiesinsel. Da spielen dem alten Mann bloß seine Erinnerungen einen Streich. Sie ist nur ein Wunschtraum, Mama."

„Da irrst du, Sohn. Kein Traum, der Stolz treibt ihn fort."

Billy Joe schüttelte den Kopf. „Wir werden ihm nachfahren, Fred Henderson hilft mir sicher, wenn ich ihn bitte. Er kann draußen auf die Dauer nicht leben, Mama."

„Er könnte in dem Haus in Immokalee auch nicht leben."

„Wir werden ihm nachfahren", wiederholte Billy Joe.

„Laß ihn seinen Weg gehen!" sagte sie bestimmt. „Er wird zurückkehren, wenn er es will."

„Aber hier ist dann nichts mehr, und er wird nicht wissen, wo wir sind. Verstehst du nicht, Mama?"

„Er wird uns finden."

Billy Joe ging zum Pritschenwagen. Dort wandte er sich um und sagte: „Timmy und ich kommen in etwa zwei Stunden wieder und laden die Sachen auf. Dann reden wir weiter über Papa."

Nachdem er abgefahren war, stand sie da und horchte auf das immer näher kommende Dröhnen der Bulldozer. Bald würden sie sich den Weg zu den Chikees bahnen und sie niederwalzen. Noch einen Augenblick verharrte sie lauschend, dann kehrte sie an ihre alte Nähmaschine zurück und begann an einer neuen Jacke für den Verkauf im Andenkenladen am Tamiami Trail zu arbeiten.

Patrick D. Smith

Patrick D. Smith war ganze sechs Jahre alt, als er für Eltern und Geschwister seine erste Zeitung herausgab. Zwanzig Jahre später – nach einem längeren Aufenthalt als Kriegsberichterstatter in Korea – veröffentlichte er sein erstes Buch. Patrick D. Smith arbeitet heute als Spezialist für Öffentlichkeitsarbeit und Umweltschutz in Cocoa am Brevard Community College. Mit seiner Frau Iris und seinen zwei Kindern lebt er auf der Insel Merrit vor der Ostküste Floridas, unweit des Schauplatzes seines dritten Romans, *Die Paradiesinsel*. Das Schicksal der Seminolenindianer läßt ihn nicht mehr los, seit er vor Jahren auf Berichte über das rücksichtslose Vorgehen privater Erschließungsgesellschaften im Großen Zypressensumpf stieß.

Heute stehen die Aussichten für den Großen Zypressensumpf günstig. Obwohl Charlie Jumpers geliebter Sumpfwald wohl nie wieder in seiner unversehrten ursprünglichen Schönheit erstehen wird, werden ihn doch künftige Generationen durchwandern und seine reiche Flora und Fauna bewundern können. Ein bedeutender Teil dieses einzigartigen Gebietes soll durch Errichtung eines Süßwasser-Naturschutzparks gerettet werden, und ein entsprechendes Gesetz hat bereits das Repräsentantenhaus der Vereinigten Staaten passiert und liegt jetzt dem Senat vor.

DER
RICHTER
UND SEIN
HENKER

Ein ungekürzter
Roman von
Friedrich Dürrenmatt

Illustrationen von Erhard Göttlicher
Buchausgabe: »Der Richter und sein Henker«
Benziger Verlag, Zürich – Köln
© 1952 by Benziger Verlag, Zürich – Köln

*Auf einer einsamen, nebelverhangenen Landstraße in der
Nähe des Bieler Sees wird ein Polizeibeamter erschossen
in seinem blauen Mercedes gefunden. Es fällt auf, daß der
Tote unter dem Mantel einen dunklen Gesellschaftsanzug
trägt.*

*Kommissar Bärlach, ein Kriminalist mit internationalen
Erfahrungen, übernimmt die Untersuchung des Falles.
Dabei geht er höchst eigenwillig vor und verläßt sich mehr
auf seinen gesunden Menschenverstand als auf einen großen Polizeiapparat. Wie sich herausstellt, wird nicht
nur das Verbrechen, sondern auch sein eigenes Leben und
das seiner Kollegen zum wichtigen Bestandteil der Handlung.*

*Wer ist der Richter? Wer der Henker? Der Kommissar
scheint sich längst darüber im klaren zu sein, während die
Figuren den Lesern oft nur wie dunkle Schemen am Horizont erscheinen, die sich in einem unbekannten Rhythmus
schwebend bewegen. Dürrenmatt spart mit Worten und
umfangreichen Erklärungen: Vieles wird nur angedeutet,
nicht breit ausgeschmückt . . ., aber gerade dadurch gelingt
es ihm, uns in seinem wohl berühmtesten Buch bis zur
letzten Minute in Spannung zu halten.*

ALPHONS CLENIN, der Polizist von Twann, fand am Morgen des dritten November neunzehnhundertachtundvierzig dort, wo die Straße von Lamboing (eines der Tessenbergdörfer) aus dem Walde der Twannbachschlucht hervortritt, einen blauen Mercedes, der am Straßenrande stand. Es herrschte Nebel, wie oft in diesem Spätherbst, und eigentlich war Clenin am Wagen schon vorbeigegangen, als er doch wieder zurückkehrte. Es war ihm nämlich beim Vorbeischreiten gewesen, nachdem er flüchtig durch die trüben Scheiben des Wagens geblickt hatte, als sei der Fahrer auf das Steuer niedergesunken. Er glaubte, daß der Mann betrunken sei, denn als ordentlicher Mensch kam er auf das Nächstliegende. Er wollte daher dem Fremden nicht amtlich, sondern menschlich begegnen. Er trat mit der Absicht ans Automobil, den Schlafenden zu wecken, ihn nach Twann zu fahren und im Hotel Bären bei schwarzem Kaffee und einer Mehlsuppe nüchtern werden zu lassen; denn es war zwar verboten, betrunken zu fahren, aber nicht verboten, betrunken in einem Wagen, der am Straßenrande stand, zu schlafen. Clenin öffnete die Wagentür und legte dem Fremden die Hand väterlich auf die Schultern. Er bemerkte jedoch im gleichen Augenblick, daß der Mann tot war. Die Schläfen waren durchschossen. Auch sah Clenin jetzt, daß die rechte Wagentüre offenstand. Im Wagen war nicht viel Blut, und der dunkelgraue Mantel, den die Leiche trug, schien nicht einmal beschmutzt. Aus der Manteltasche glänzte der Rand einer gelben Brieftasche. Clenin, der sie hervorzog, konnte ohne Mühe feststellen, daß es sich beim Toten um Ulrich Schmied handelte, Polizeileutnant der Stadt Bern.

Clenin wußte nicht recht, was er tun sollte. Als Dorfpolizist war ihm ein so blutiger Fall noch nie vorgekommen. Er lief am Straßenrande hin und her. Als die aufgehende Sonne durch den Nebel brach und den Toten beschien, war ihm das unangenehm. Er kehrte zum Wagen zurück, hob den grauen Filzhut auf, der zu Füßen der Leiche lag, und drückte ihr den Hut über den Kopf, so tief, daß er die

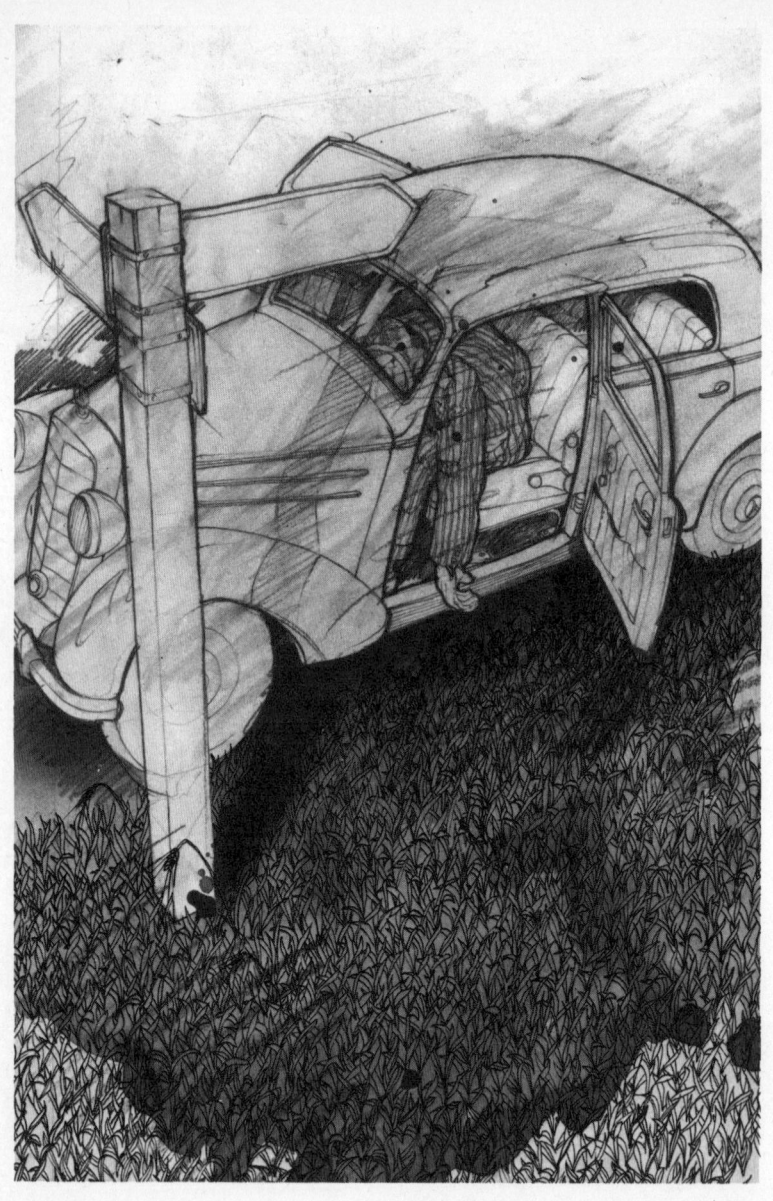

Wunde an den Schläfen nicht mehr sehen konnte, dann war ihm wohler.

Der Polizist ging wieder zum andern Straßenrand, der gegen Twann lag, und wischte sich den Schweiß von der Stirne. Dann faßte er einen Entschluß. Er schob den Toten auf den zweiten Vordersitz, setzte ihn sorgfältig aufrecht, befestigte den leblosen Körper mit einem Lederriemen, den er im Wageninnern gefunden hatte, und rückte selbst ans Steuer. Der Motor lief nicht mehr, doch brachte Clenin den Wagen ohne Mühe die steile Straße nach Twann hinunter vor den Bären. Dort ließ er tanken, ohne daß jemand in der vornehmen und unbeweglichen Gestalt einen Toten erkannt hätte. Das war Clenin, der Skandale haßte, nur recht, und so schwieg er.

Wie er jedoch den See entlang gegen Biel fuhr, verdichtete sich der Nebel wieder, und von der Sonne war nichts mehr zu sehen. Der Morgen wurde finster wie der letzte Tag. Clenin geriet mitten in eine lange Automobilkette, ein Wagen hinter dem andern, die aus einem unerklärlichen Grunde noch langsamer fuhr, als es in diesem Nebel nötig gewesen wäre, fast ein Leichenzug, wie Clenin unwillkürlich dachte. Der Tote saß bewegungslos neben ihm, und nur manchmal, bei einer Unebenheit der Straße etwa, nickte er mit dem Kopf wie ein alter, weiser Chinese, so daß Clenin es immer weniger zu versuchen wagte, die andern Wagen zu überholen. Sie erreichten Biel mit großer Verspätung.

Während man die Untersuchung der Hauptsache nach von Biel aus einleitete, wurde in Bern der traurige Fund Kommissär Bärlach übergeben, der auch Vorgesetzter des Toten gewesen war.

Bärlach hatte lange im Ausland gelebt und sich in Konstantinopel und dann in Deutschland als bekannter Kriminalist hervorgetan. Zuletzt war er der Kriminalpolizei Frankfurt am Main vorgestanden, doch kehrte er schon dreiunddreißig in seine Vaterstadt zurück. Der Grund seiner Heimreise war nicht so sehr seine Liebe zu Bern, das er oft sein goldenes Grab nannte, sondern eine Ohrfeige gewesen, die er einem hohen Beamten der damaligen neuen deutschen Regierung gegeben hatte. In Frankfurt wurde damals über diese Gewalttätigkeit viel gesprochen, und in Bern bewertete man sie, je nach dem Stand der europäischen Politik, zuerst als empörend, dann als verurteilungswert, aber doch noch begreiflich, und endlich sogar als die einzige für einen Schweizer mögliche Haltung; dies aber erst fünfundvierzig.

Das erste, was Bärlach im Fall Schmied tat, war, daß er anordnete, die Angelegenheit die ersten Tage geheim zu behandeln – eine Anordnung, die er nur mit dem Einsatz seiner ganzen Persönlichkeit durchzubringen vermochte. „Man weiß zuwenig, und die Zeitungen sind sowieso das Überflüssigste, was in den letzten zweitausend Jahren erfunden worden ist", meinte er.

Bärlach schien sich von diesem geheimen Vorgehen offenbar viel zu versprechen, im Gegensatz zu seinem „Chef", Dr. Lucius Lutz, der auch auf der Universität über Kriminalistik las. Dieser Beamte, in dessen stadtbernisches Geschlecht ein Basler Erbonkel wohltuend eingegriffen hatte, war eben von einem Besuch der New Yorker und Chicagoer Polizei nach Bern zurückgekehrt und erschüttert „über den vorweltlichen Stand der Verbrecherabwehr der schweizerischen Bundeshauptstadt", wie er zu Polizeidirektor Freiberger anläßlich einer gemeinsamen Heimfahrt im Tram offen sagte.

NOCH am gleichen Morgen ging Bärlach – nachdem er noch einmal mit Biel telefoniert hatte – zu der Familie Schönler an der Bantigerstraße, wo Schmied gewohnt hatte. Bärlach schritt zu Fuß die Altstadt hinunter und über die Nydeckbrücke, wie er es immer gewohnt war, denn Bern war seiner Ansicht nach eine viel zu kleine Stadt für „Trams und dergleichen".

Die Haspeltreppen stieg er etwas mühsam hinauf, denn er war über sechzig und spürte das in solchen Momenten; doch befand er sich bald vor dem Hause Schönler und läutete.

Es war Frau Schönler selbst, die öffnete, eine kleine, dicke, nicht unvornehme Dame, die Bärlach sofort einließ, da sie ihn kannte.

„Schmied mußte diese Nacht dienstlich verreisen", sagte Bärlach, „ganz plötzlich mußte er gehen, und er hat mich gebeten, ihm etwas nachzuschicken. Ich bitte Sie, mich in sein Zimmer zu führen, Frau Schönler."

Die Dame nickte, und sie gingen durch den Korridor an einem großen Bilde in schwerem Goldrahmen vorbei. Bärlach schaute hin, es war die Toteninsel. „Wo ist Herr Schmied denn?" fragte die dicke Frau, indem sie das Zimmer öffnete.

„Im Ausland", sagte Bärlach und schaute nach der Decke hinauf.

Das Zimmer lag zu ebener Erde, und durch die Gartentüre sah man in einen kleinen Park, in welchem alte braune Tannen standen, die krank sein mußten, denn der Boden war dicht mit Nadeln bedeckt. Es mußte das schönste Zimmer des Hauses sein. Bärlach ging zum Schreibtisch und schaute sich aufs neue um. Auf dem Diwan lag eine Krawatte des Toten.

„Herr Schmied ist sicher in den Tropen, nicht wahr, Herr Bärlach?" fragte ihn Frau Schönler neugierig. Bärlach war etwas erschrocken: „Nein, er ist nicht in den Tropen, er ist mehr in der Höhe."

Frau Schönler machte runde Augen und schlug die Hände über dem Kopf zusammen. „Mein Gott, im Himalaja?"

„So ungefähr", sagte Bärlach, „Sie haben es beinahe erraten." Er öffnete eine Mappe, die auf dem Schreibtisch lag und die er sogleich unter den Arm klemmte.

„Sie haben gefunden, was Sie Herrn Schmied nachschicken müssen?"

„Das habe ich." Er schaute sich noch einmal um, vermied es aber, ein zweites Mal nach der Krawatte zu blicken.

„Er ist der beste Untermieter, den wir je gehabt haben, und nie gab's Geschichten mit Damen oder so", versicherte Frau Schönler.

Bärlach ging zur Tür: „Hin und wieder werde ich einen Beamten schicken oder selber kommen. Schmied hat noch wichtige Dokumente hier, die wir vielleicht brauchen."

„Werde ich von Herrn Schmied eine Postkarte aus dem Ausland erhalten?" wollte Frau Schönler noch wissen. „Mein Sohn sammelt Briefmarken."

Aber Bärlach runzelte die Stirne und bedauerte, indem er Frau Schönler nachdenklich ansah: „Wohl kaum, denn von solchen dienstlichen Reisen schickt man gewöhnlich keine Postkarten. Das ist verboten."

Da schlug Frau Schönler aufs neue die Hände über dem Kopf zusammen und meinte verzweifelt: „Was die Polizei nicht alles verbietet!" Bärlach ging und war froh, aus dem Hause hinaus zu sein.

Tief in Gedanken versunken, aß er gegen seine Gewohnheit nicht in der Schmiedstube, sondern im Du Théâtre zu Mittag, aufmerksam in der Mappe blätternd und lesend, die er von Schmieds Zimmer geholt hatte, und kehrte dann nach einem kurzen Spaziergang über die

Bundesterrasse gegen zwei Uhr auf sein Bureau zurück, wo ihn die Nachricht erwartete, daß der tote Schmied nun von Biel angekommen sei. Er verzichtete jedoch darauf, seinem ehemaligen Untergebenen einen Besuch abzustatten, denn er liebte Tote nicht und ließ sie daher meistens in Ruhe. Den Besuch bei Lutz hätte er auch gern unterlassen, doch mußte er sich fügen. Er verschloß Schmieds Mappe sorgfältig in seinem Schreibtisch, ohne sie noch einmal durchzublättern, zündete sich eine Zigarre an und ging in Lutzens Bureau, wohl wissend, daß sich der jedesmal über die Freiheit ärgerte, die sich der Alte mit seinem Zigarrenrauchen herausnahm. Nur einmal vor Jahren hatte Lutz eine Bemerkung gewagt; aber mit einer verächtlichen Handbewegung hatte Bärlach geantwortet, er sei unter anderem zehn Jahre in türkischen Diensten gestanden und habe immer in den Zimmern seiner Vorgesetzten in Konstantinopel geraucht, eine Bemerkung, die um so gewichtiger war, als sie nie nachgeprüft werden konnte.

DR. LUCIUS LUTZ empfing Bärlach nervös, da seiner Meinung nach noch nichts unternommen worden war, und wies ihm einen bequemen Sessel in der Nähe seines Schreibtisches an.

„Noch nichts aus Biel?" fragte Bärlach.

„Noch nichts", antwortete Lutz.

„Merkwürdig", sagte Bärlach, „dabei arbeiten die doch wie wild."

Bärlach setzte sich und sah flüchtig nach den Traffelet-Bildern, die an den Wänden hingen, farbige Federzeichnungen, auf denen bald mit und bald ohne General unter einer großen flatternden Fahne Soldaten entweder von links nach rechts oder von rechts nach links marschierten.

„Es ist", begann Lutz, „wieder einmal mit einer immer neuen, steigenden Angst zu sehen, wie sehr die Kriminalistik in diesem Lande noch in den Kinderschuhen steckt. Ich bin, weiß Gott, an vieles im Kanton gewöhnt, aber das Verfahren, wie man es hier einem toten Polizeileutnant gegenüber offenbar für natürlich ansieht, wirft ein so schreckliches Licht auf die berufliche Fähigkeit unserer Dorfpolizei, daß ich noch jetzt erschüttert bin."

„Beruhigen Sie sich, Doktor Lutz", antwortete Bärlach, „unsere Dorfpolizei ist ihrer Aufgabe sicher ebensosehr gewachsen wie die Polizei von Chicago, und wir werden schon noch herausfinden, wer den Schmied getötet hat."

„Haben Sie irgendwen im Verdacht, Kommissär Bärlach?"

Bärlach sah Lutz lange an und sagte endlich: „Ja, ich habe irgendwen im Verdacht, Doktor Lutz."

„Wen denn?"

„Das kann ich Ihnen noch nicht sagen."

„Nun, das ist ja interessant", sagte Lutz, „ich weiß, daß Sie immer bereit sind, Kommissär Bärlach, einen Fehlgriff gegen die großen Erkenntnisse der modernen wissenschaftlichen Kriminalistik zu beschönigen. Vergessen Sie jedoch nicht, daß die Zeit fortschreitet und auch vor dem berühmtesten Kriminalisten nicht haltmacht. Ich habe in New York und Chicago Verbrechen gesehen, von denen Sie in unserem lieben Bern doch wohl nicht die richtige Vorstellung haben. Nun ist aber ein Polizeileutnant ermordet worden, das sichere Anzeichen, daß es auch hier im Gebäude der öffentlichen Sicherheit zu krachen beginnt, und da heißt es rücksichtslos eingreifen."

Gewiß, das tue er ja auch, antwortete Bärlach.

Dann sei es ja gut, entgegnete Lutz und hustete.

An der Wand tickte eine Uhr.

Bärlach legte seine linke Hand sorgfältig auf den Magen und drückte mit der rechten die Zigarre im Aschenbecher aus, den ihm Lutz hingestellt hatte. Er sei, sagte er, seit längerer Zeit nicht mehr so ganz gesund, der Arzt wenigstens mache ein langes Gesicht. Er leide oft an Magenbeschwerden, und er bitte deshalb Doktor Lutz, ihm einen Stellvertreter in der Mordsache Schmied beizugeben, der das Hauptsächliche ausführen könnte. Bärlach wolle dann den Fall mehr vom Schreibtisch aus behandeln. Lutz war einverstanden. „Wen denken Sie sich als Stellvertreter?" fragte er.

„Tschanz", sagte Bärlach. „Er ist zwar noch in den Ferien im Berner Oberland, aber man kann ihn ja heimholen."

Lutz entgegnete: „Ich bin mit ihm einverstanden. Tschanz ist ein Mann, der immer bemüht ist, kriminalistisch auf der Höhe zu bleiben."

Dann wandte er Bärlach den Rücken zu und schaute zum Fenster auf den Waisenhausplatz hinaus, der voller Kinder war.

Plötzlich überkam ihn eine unbändige Lust, mit Bärlach über den Wert der modernen wissenschaftlichen Kriminalistik zu disputieren. Er wandte sich um, aber Bärlach war schon gegangen.

Wᴇɴɴ es auch schon gegen fünf ging, beschloß Bärlach, doch noch an diesem Nachmittag nach Twann zum Tatort zu fahren. Er nahm Blatter mit, einen großen aufgeschwemmten Polizisten, der nie ein Wort sprach, den Bärlach deshalb liebte und der auch den Wagen führte. In Twann wurden sie von Clenin empfangen, der ein trotziges Gesicht machte, da er einen Tadel erwartete. Der Kommissär war jedoch freundlich, schüttelte Clenin die Hand und sagte, daß es ihn freue, einen Mann kennenzulernen, der selber denken könne. Clenin war über dieses Wort stolz, obgleich er nicht recht wußte, wie es vom Alten gemeint war. Er führte Bärlach die Straße gegen den Tessenberg hinauf zum Tatort. Blatter trottete nach und war mürrisch, weil man zu Fuß ging.

Bärlach verwunderte sich über den Namen Lamboing. „Lamlingen heißt das auf deutsch", klärte ihn Clenin auf.

„Soso", meinte Bärlach, „das ist schöner."

Sie kamen zum Tatort. Die Straßenseite zu ihrer Rechten lag gegen Twann und war mit einer Mauer eingefaßt.

„Wo war der Wagen, Clenin?"

„Hier", antwortete der Polizist und zeigte auf die Straße, „fast in der Straßenmitte", und, da Bärlach kaum hinschaute: „Vielleicht wäre es besser gewesen, ich hätte den Wagen mit dem Toten noch hier stehenlassen."

„Wieso?" sagte Bärlach und schaute die Jurafelsen empor. „Tote schafft man so schnell als möglich fort, die haben nichts mehr unter uns zu suchen. Sie haben schon recht getan, den Schmied nach Biel zu führen."

Bärlach trat an den Straßenrand und sah nach Twann hinunter. Nur Weinberge lagen zwischen ihm und der alten Ansiedlung. Die Sonne war schon untergegangen. Die Straße krümmte sich wie eine Schlange zwischen den Häusern, und am Bahnhof stand ein langer Güterzug.

„Hat man denn nichts gehört da unten, Clenin?" fragte er. „Das Städtchen ist doch ganz nah, da müßte man jeden Schuß hören."

„Man hat nichts gehört als den Motor die Nacht durch laufen, aber man hat nichts Schlimmes dabei gedacht."

„Natürlich, wie sollte man auch."

Er sah wieder auf die Rebberge. „Wie ist der Wein dieses Jahr, Clenin?"

„Gut. Wir können ihn ja dann versuchen."

„Das ist wahr, ein Glas Neuen möchte ich jetzt gerne trinken."

Und er stieß mit seinem rechten Fuß auf etwas Hartes. Er bückte sich und hielt ein vorne breitgedrücktes, längliches, kleines Metallstück zwischen den hageren Fingern. Clenin und Blatter sahen neugierig hin.

„Eine Revolverkugel", sagte Blatter.

„Wie Sie das wieder gemacht haben, Herr Kommissär!" staunte Clenin.

„Das ist nur Zufall", sagte Bärlach, und sie gingen nach Twann hinunter.

DER neue Twanner schien Bärlach nicht gutgetan zu haben, denn er erklärte am nächsten Morgen, er habe die ganze Nacht erbrechen müssen. Lutz, der dem Kommissär auf der Treppe begegnete, war über dessen Befinden ehrlich besorgt und riet ihm, zum Arzt zu gehen.

„Schon, schon", brummte Bärlach und meinte, er liebe die Ärzte noch weniger als die moderne wissenschaftliche Kriminalistik.

In seinem Bureau ging es ihm besser. Er setzte sich hinter den Schreibtisch und holte die eingeschlossene Mappe des Toten hervor.

Bärlach war noch immer in die Mappe vertieft, als sich um zehn Uhr Tschanz bei ihm meldete, der schon am Vortage spätnachts aus seinen Ferien heimgekehrt war.

Bärlach fuhr zusammen, denn im ersten Moment glaubte er, der tote Schmied komme zu ihm. Tschanz trug den gleichen Mantel wie Schmied und einen ähnlichen Filzhut. Nur das Gesicht war anders; es war ein gutmütiges, volles Antlitz.

„Es ist gut, daß Sie da sind, Tschanz", sagte Bärlach. „Wir müssen den Fall Schmied besprechen. Sie sollen ihn der Hauptsache nach übernehmen, ich bin nicht so gesund."

„Ja", sagte Tschanz, „ich weiß Bescheid."

Tschanz setzte sich, nachdem er den Stuhl an Bärlachs Schreibtisch gerückt hatte, auf den er nun den linken Arm legte. Auf dem Schreibtisch war die Mappe Schmieds aufgeschlagen.

Bärlach lehnte sich in seinen Sessel zurück. „Ihnen kann ich es ja sagen", begann er, „ich habe zwischen Konstantinopel und Bern Tausende von Polizeimännern gesehen, gute und schlechte. Viele waren nicht besser als das arme Gesindel, mit dem wir die Gefängnisse aller Art bevölkern, nur daß sie zufällig auf der andern Seite des Gesetzes standen. Aber auf den Schmied lasse ich nichts kommen, der war der begabteste. Der war berechtigt, uns alle einzustecken. Er war ein klarer Kopf, der wußte, was er wollte, und verschwieg, was er wußte, um nur dann zu reden, wenn es nötig war. An dem müssen wir uns ein Beispiel nehmen, Tschanz, der war uns über."

Tschanz wandte seinen Kopf langsam Bärlach zu, denn er hatte zum Fenster hinausgesehen, und sagte: „Das ist möglich."

Bärlach sah es ihm an, daß er nicht überzeugt war.

„Wir wissen nicht viel über seinen Tod", fuhr der Kommissär fort, „diese Kugel, das ist alles", und damit legte er die Kugel auf den Tisch, die er in Twann gefunden hatte. Tschanz nahm sie und schaute sie an.

„Die kommt aus einem Armeerevolver", sagte er und gab die Kugel wieder zurück.

Bärlach klappte die Mappe auf seinem Schreibtisch zu: „Vor allem wissen wir nicht, was Schmied in Twann oder Lamlingen zu suchen hatte. Dienstlich war er nicht am Bieler See, ich hätte von dieser Reise gewußt. Es fehlt uns jedes Motiv, das seine Reise dorthin auch nur ein wenig wahrscheinlich machen würde."

Tschanz hörte auf das, was Bärlach sagte, nur halb hin, legte ein Bein über das andere und bemerkte: „Wir wissen nur, wie Schmied ermordet wurde."

„Wie wollen Sie das nun wieder wissen?" fragte der Kommissär nicht ohne Überraschung nach einer Pause.

„Schmieds Wagen hat das Steuer links, und Sie haben die Kugel am linken Straßenrand gefunden, vom Wagen aus gesehen; dann hat man in Twann den Motor die Nacht durch laufen gehört. Schmied wurde vom Mörder angehalten, wie er von Lamboing nach Twann hinunterfuhr. Wahrscheinlich kannte er den Mörder, weil er sonst nicht gestoppt hätte. Schmied öffnete die rechte Wagentüre, um den Mörder aufzunehmen, und setzte sich wieder ans Steuer. In diesem Augenblick wurde er erschossen. Schmied muß keine Ahnung von der Absicht des Mannes gehabt haben, der ihn getötet hat."

Bärlach überlegte sich das noch einmal und sagte dann: „Jetzt will ich mir doch eine Zigarre anzünden", und darauf, wie er sie in Brand gesteckt hatte: „Sie haben recht, Tschanz, so ähnlich muß es zugegangen sein zwischen Schmied und seinem Mörder, ich will Ihnen das glauben. Aber das erklärt immer noch nicht, was Schmied auf der Straße von Twann nach Lamlingen zu suchen hatte."

Tschanz gab zu bedenken, daß Schmied unter seinem Mantel einen Gesellschaftsanzug getragen habe.

„Das wußte ich ja gar nicht", sagte Bärlach.

„Ja, haben Sie denn den Toten nicht gesehen?"

„Nein, ich liebe Tote nicht."

„Aber es stand doch auch im Protokoll."

„Ich liebe Protokolle noch weniger."

Tschanz schwieg. Bärlach jedoch konstatierte: „Das macht den Fall nur noch komplizierter. Was wollte Schmied mit einem Gesellschaftsanzug in der Twannbachschlucht?"

Das mache den Fall vielleicht einfacher, antwortete Tschanz; es wohnten in der Gegend von Lamboing sicher nicht viele Leute, die in der Lage seien, Gesellschaften zu geben, an denen man einen Frack trage. Er zog einen kleinen Taschenkalender hervor und erklärte, daß dies Schmieds Kalender sei.

„Ich kenne ihn", nickte Bärlach, „es steht nichts drin, was wichtig ist."

Tschanz widersprach: „Schmied hat sich für Mittwoch, den zweiten November ein G notiert. An diesem Tage ist er kurz vor Mitternacht ermordet worden, wie der Gerichtsmediziner meint. Ein weiteres G steht am Mittwoch, dem sechsundzwanzigsten, und wieder am Dienstag, dem achtzehnten Oktober."

„G kann alles mögliche heißen", sagte Bärlach, „ein Frauenname oder sonstwas."

„Ein Frauenname kann es kaum sein", erwiderte Tschanz, „Schmieds Freundin heißt Anna, und Schmied war solid."

„Von der weiß ich auch nichts", gab der Kommissär zu; und wie er sah, daß Tschanz über seine Unkenntnis erstaunt war, sagte er: „Mich interessiert eben nur, wer Schmieds Mörder ist, Tschanz."

Der sagte höflich: „Natürlich", schüttelte den Kopf und lachte: „Was Sie doch für ein Mensch sind, Kommissär Bärlach."

Bärlach sprach ganz ernsthaft: „Ich bin ein großer alter schwarzer Kater, der gern Mäuse frißt."

Tschanz wußte nicht recht, was er darauf erwidern sollte, und erklärte endlich: „An den Tagen, die mit G bezeichnet sind, hat

Schmied jedesmal den Frack angezogen und ist mit seinem Mercedes davongefahren."

„Woher wissen Sie das wieder?"

„Von Frau Schönler."

„Soso", antwortete Bärlach und schwieg. Aber dann meinte er: „Ja, das sind Tatsachen."

Tschanz schaute dem Kommissär aufmerksam ins Gesicht, zündete sich eine Zigarette an und sagte zögernd: „Herr Doktor Lutz sagte mir, Sie hätten einen bestimmten Verdacht."

„Ja, den habe ich, Tschanz."

„Da ich nun Ihr Stellvertreter in der Mordsache Schmied geworden bin, wäre es nicht vielleicht besser, wenn Sie mir sagen würden, gegen wen sich Ihr Verdacht richtet, Kommissär Bärlach?"

„Sehen Sie", antwortete Bärlach langsam, ebenso sorgfältig jedes Wort überlegend wie Tschanz, „mein Verdacht ist nicht ein kriminalistisch wissenschaftlicher Verdacht. Ich habe keine Gründe, die ihn rechtfertigen. Sie haben gesehen, wie wenig ich weiß. Ich habe eigentlich nur eine Idee, wer als Mörder in Betracht kommen könnte; aber der, den es angeht, muß die Beweise, daß er es gewesen ist, noch liefern."

„Wie meinen Sie das, Kommissär?" fragte Tschanz.

Bärlach lächelte: „Nun, ich muß warten, bis die Indizien zum Vorschein gekommen sind, die seine Verhaftung rechtfertigen."

„Wenn ich mit Ihnen zusammenarbeiten soll, muß ich wissen, gegen wen sich meine Untersuchung richten muß", erklärte Tschanz höflich.

„Vor allem müssen wir objektiv bleiben. Das gilt für mich, der ich einen Verdacht habe, und für Sie, der den Fall zur Hauptsache untersuchen wird. Ob sich mein Verdacht bestätigt, weiß ich nicht. Ich warte Ihre Untersuchung ab. Sie haben Schmieds Mörder festzustellen, ohne Rücksicht darauf, daß ich einen bestimmten Verdacht habe. Wenn der, den ich verdächtige, der Mörder ist, werden Sie selbst auf ihn stoßen, freilich im Gegensatz zu mir auf eine einwandfreie, wissenschaftliche Weise; wenn er es nicht ist, werden Sie den Richtigen gefunden haben, und es wird nicht nötig gewesen sein, den Namen des Menschen zu wissen, den ich falsch verdächtigt habe."

Sie schwiegen eine Weile, dann fragte der Alte: „Sind Sie mit unserer Arbeitsweise einverstanden?"

Tschanz zögerte einen Augenblick, bevor er antwortete: „Gut, ich bin einverstanden."

„Was wollen Sie nun tun, Tschanz?"

Der Gefragte trat zum Fenster: „Für heute hat sich Schmied ein G angezeichnet. Ich will nach Lamboing fahren und sehen, was ich herausfinde. Ich fahre um sieben, zur selben Zeit wie das Schmied auch immer getan hat, wenn er nach dem Tessenberg gefahren ist."

Er kehrte sich wieder um und fragte höflich, aber wie zum Scherz: „Fahren Sie mit, Kommissär?"

„Ja, Tschanz, ich fahre mit", antwortete der unerwartet.

„Gut", sagte Tschanz etwas verwirrt, denn er hatte nicht damit gerechnet, „um sieben."

In der Türe kehrte er sich noch einmal um: „Sie waren doch auch bei Frau Schönler, Kommissär Bärlach. Haben Sie denn dort nichts gefunden?" Der Alte antwortete nicht sogleich, sondern verschloß erst die Mappe im Schreibtisch und nahm den Schlüssel zu sich.

„Nein, Tschanz", sagte er endlich, „ich habe nichts gefunden. Sie können nun gehen."

UM SIEBEN Uhr fuhr Tschanz zu Bärlach in den Altenberg, wo der Kommissär seit dreiunddreißig in einem Hause an der Aare wohnte. Es regnete, und der schnelle Polizeiwagen kam in der Kurve bei der Nydeckbrücke ins Gleiten. Tschanz fing ihn jedoch gleich wieder auf. In der Altenbergstraße fuhr er langsam, denn er war noch nie bei Bärlach gewesen, und spähte durch die nassen Scheiben nach dessen Hausnummer, die er mühsam erriet. Doch regte sich auf sein wiederholtes Hupen niemand im Haus. Tschanz verließ den Wagen und eilte durch den Regen zur Haustüre. Er drückte nach kurzem Zögern die Falle nieder, da er in der Dunkelheit keine Klingel finden konnte. Die Türe war unverschlossen, und Tschanz trat in einen Vorraum. Er sah sich einer halboffenen Türe gegenüber, durch die ein Lichtstrahl fiel. Er schritt auf die Türe zu und klopfte, erhielt jedoch keine Antwort, worauf er sie ganz öffnete. Er blickte in eine Halle. An den Wänden standen Bücher, und auf dem Diwan lag Bärlach. Der Kommissär schlief, doch schien er schon zur Fahrt an den Bieler See bereit zu sein, denn er war im Wintermantel. In der Hand hielt er ein Buch. Tschanz hörte seine ruhigen Atemzüge und war verlegen.

Der Schlaf des Alten und die vielen Bücher kamen ihm unheimlich vor. Er sah sich sorgfältig um. Der Raum besaß keine Fenster, doch in jeder Wand eine Türe, die zu weiteren Zimmern führen mußte. In der Mitte stand ein großer Schreibtisch. Tschanz erschrak, als er ihn erblickte, denn auf ihm lag eine große, eherne Schlange.

„Die habe ich aus Konstantinopel mitgebracht", kam nun eine ruhige Stimme vom Diwan her, und Bärlach erhob sich.

„Sie sehen, Tschanz, ich bin schon im Mantel. Wir können gehen."

„Entschuldigen Sie mich", sagte der Angeredete, immer noch überrascht, „Sie schliefen und haben mein Kommen nicht gehört. Ich habe keine Klingel an der Haustüre gefunden."

„Ich habe keine Klingel. Ich brauche sie nicht; die Haustüre ist nie geschlossen."

„Auch wenn Sie fort sind?"

„Auch wenn ich fort bin. Es ist immer spannend, heimzukehren und zu sehen, ob einem etwas gestohlen worden ist oder nicht." Tschanz lachte und nahm die Schlange aus Konstantinopel in die Hand.

„Mit der bin ich einmal fast getötet worden", bemerkte der Kommissär etwas spöttisch, und Tschanz erkannte erst jetzt, daß der Kopf des Tieres als Griff zu benutzen war und dessen Leib die Schärfe einer Klinge besaß. Verdutzt betrachtete er die seltsamen Ornamente, die auf der schrecklichen Waffe funkelten. Bärlach stand neben ihm.

„Seid klug wie die Schlangen", sagte er und musterte Tschanz lange und nachdenklich. Dann lächelte er: „Und sanft wie die Tauben", und tippte Tschanz leicht auf die Schultern. „Ich habe geschlafen. Seit Tagen das erste Mal. Der verfluchte Magen."

„Ist es denn so schlimm?" fragte Tschanz.

„Ja, es ist so schlimm", entgegnete der Kommissär kaltblütig.

„Sie sollten zu Hause bleiben, Herr Bärlach, es ist kaltes Wetter, und es regnet."

Bärlach schaute Tschanz aufs neue an und lachte: „Unsinn, es gilt einen Mörder zu finden. Das könnte Ihnen gerade so passen, daß ich zu Hause bleibe."

Wie sie nun im Wagen saßen und über die Nydeckbrücke fuhren, sagte Bärlach: „Warum fahren Sie nicht über den Aargauerstalden nach Zollikofen, Tschanz, das ist doch näher als durch die Stadt?"

„Weil ich nicht über Zollikofen–Biel nach Twann will, sondern über Kerzers–Erlach."

„Das ist eine ungewöhnliche Route, Tschanz."

„Eine gar nicht so ungewöhnliche, Kommissär."

Sie schwiegen wieder. Die Lichter der Stadt glitten an ihnen vorbei. Aber wie sie nach Bethlehem kamen, fragte Tschanz:

„Sind Sie schon einmal mit Schmied gefahren?"

„Ja, öfters. Er war ein vorsichtiger Fahrer." Und Bärlach blickte nachdenklich auf den Geschwindigkeitsmesser, der fast hundertzehn zeigte.

Tschanz mäßigte die Geschwindigkeit ein wenig. „Ich bin einmal mit Schmied gefahren, langsam wie der Teufel, und ich erinnere mich, daß er seinem Wagen einen sonderbaren Namen gegeben hatte. Er nannte ihn, als er tanken mußte. Können Sie sich an diesen Namen erinnern? Er ist mir entfallen."

„Er nannte seinen Wagen den blauen Charon", antwortete Bärlach.

„Charon ist ein Name aus der griechischen Sage, nicht wahr?"

„Charon fuhr die Toten in die Unterwelt hinüber, Tschanz."

„Schmied hatte reiche Eltern und durfte das Gymnasium besuchen. Das konnte sich unsereiner nicht leisten. Da wußte er eben, wer Charon war, und wir wissen es nicht."

Bärlach steckte die Hände in die Manteltaschen und blickte von neuem auf den Geschwindigkeitsmesser. „Ja, Tschanz", sagte er, „Schmied war gebildet, konnte Griechisch und Lateinisch und hatte eine große Zukunft vor sich als Studierter, aber trotzdem würde ich nicht mehr als hundert fahren."

Kurz nach Gümmenen, bei einer Tankstelle, hielt der Wagen jäh an. Ein Mann trat zu ihnen und wollte sie bedienen.

„Polizei", sagte Tschanz. „Wir müssen eine Auskunft haben."

Sie sahen undeutlich ein neugieriges und etwas erschrockenes Gesicht, das sich in den Wagen beugte.

„Hat bei Ihnen ein Autofahrer vor zwei Tagen angehalten, der seinen Wagen den blauen Charon nannte?"

Der Mann schüttelte verwundert den Kopf, und Tschanz fuhr weiter. „Wir werden den nächsten fragen."

An der Tankstelle von Kerzers wußte man auch nichts. Bärlach brummte: „Was Sie treiben, hat keinen Sinn." Bei Erlach hatte Tschanz Glück. So einer sei am Montagabend dagewesen, erklärte man ihm.

„Sehen Sie", meinte Tschanz, wie sie bei Landeron in die Straße Neuenburg–Biel einbogen, „jetzt wissen wir, daß Schmied am Montagabend über Kerzers–Ins gefahren ist."

„Sind Sie sicher?" fragte der Kommissär.

„Ich habe Ihnen den lückenlosen Beweis geliefert."

„Ja, der Beweis ist lückenlos. Aber was nützt Ihnen das, Tschanz?" wollte Bärlach wissen.

„Das ist nun eben so. Alles, was wir wissen, hilft uns weiter", gab der zur Antwort.

„Da haben Sie wieder einmal recht", sagte darauf der Alte und spähte nach dem Bieler See. Es regnete nicht mehr. Nach Neuveville kam der See aus den Nebelfetzen zum Vorschein. Sie fuhren in Ligerz ein. Tschanz fuhr langsam und suchte die Abzweigung nach Lamboing.

Nun kletterte der Wagen die Weinberge hinauf. Bärlach öffnete das Fenster und blickte auf den See hinunter. Über der Petersinsel standen einige Sterne. Im Wasser spiegelten sich die Lichter, und über den See raste ein Motorboot. Spät um diese Jahreszeit, dachte Bärlach. Vor ihnen in der Tiefe lag Twann und hinter ihnen Ligerz.

Sie nahmen eine Kurve und fuhren nun gegen den Wald, den sie vor sich in der Nacht ahnten. Tschanz schien etwas unsicher und meinte, vielleicht gehe dieser Weg nur nach Schernelz. Als ihnen ein Mann entgegenkam, stoppte er. „Geht es hier nach Lamboing?"

„Nur immer weiter und bei der weißen Häuserreihe am Waldrand rechts in den Wald hinein", antwortete der Mann, der in einer Lederjacke steckte und seinem Hündchen pfiff, das weiß mit einem schwarzen Kopf im Scheinwerferlicht tänzelte.

„Komm, Ping-Ping!"

Sie verließen die Weinberge und waren bald im Wald. Die Tannen schoben sich ihnen entgegen, endlose Säulen im Licht. Die Straße war schmal und schlecht, hin und wieder klatschte ein Ast gegen die Scheiben. Rechts von ihnen ging es steil hinunter. Tschanz fuhr so langsam, daß sie ein Wasser in der Tiefe rauschen hörten.

„Die Twannbachschlucht", erklärte Tschanz. „Auf der andern Seite kommt die Straße von Twann."

Links stiegen Felsen in die Nacht und leuchteten immer wieder weiß auf. Sonst war alles dunkel, denn es war erst Neumond gewesen. Der Weg stieg nicht mehr, und der Bach rauschte jetzt neben ihnen. Sie bogen nach links und fuhren über eine Brücke. Vor ihnen lag eine Straße. Die Straße von Twann nach Lamboing. Tschanz hielt. Er löschte die Scheinwerfer, und sie waren in völliger Finsternis.

„Was jetzt?" meinte Bärlach.

„Jetzt warten wir. Es ist zwanzig vor acht."

WIE sie nun warteten und es acht Uhr wurde, aber nichts geschah, sagte Bärlach, daß es nun Zeit sei, von Tschanz zu vernehmen, was er vorhabe.

„Nichts genau Berechnetes, Kommissär. So weit bin ich im Fall Schmied nicht, und auch Sie tappen ja noch im dunkeln, wenn Sie auch einen Verdacht haben. Ich setze heute alles auf die Möglichkeit, daß es diesen Abend dort, wo Schmied am Mittwoch war, eine Gesellschaft gibt, zu der vielleicht einige gefahren kommen; denn eine Gesellschaft, bei der man heutzutage den Frack trägt, muß ziemlich groß sein. Das ist natürlich nur eine Vermutung, Kommissär Bärlach, aber Vermutungen sind nun einmal in unserem Berufe da, um ihnen nachzugehen."

Die Untersuchung über Schmieds Aufenthalt auf dem Tessenberg durch die Polizei von Biel, Neuenstadt, Twann und Lamboing habe nichts zutage gebracht, warf der Kommissär ziemlich skeptisch in die Überlegungen seines Untergebenen ein.

Schmied sei eben einem Mörder zum Opfer gefallen, der geschickter als die Polizei von Biel und Neuenstadt sein müsse, entgegnete Tschanz.

Bärlach brummte, wie er das wissen wolle?

„Ich verdächtige niemanden", sagte Tschanz. „Aber ich habe Respekt vor dem, der den Schmied getötet hat; insofern hier Respekt am Platze ist."

Bärlach hörte unbeweglich zu, die Schultern etwas hochgezogen: „Und Sie wollen diesen Mann fangen, Tschanz, vor dem Sie Respekt haben?"

„Ich hoffe, Kommissär."

Sie schwiegen wieder und warteten; da leuchtete der Wald von Twann her auf. Ein Scheinwerfer tauchte sie in grelles Licht. Eine Limousine fuhr an ihnen Richtung Lamboing vorbei und verschwand in der Nacht. Tschanz setzte den Motor in Gang. Zwei weitere Automobile kamen daher, große, dunkle Wagen voller Menschen. Tschanz fuhr ihnen nach.

Der Wald hörte auf. Sie kamen an einem Restaurant vorbei, dessen Schild im Lichte einer offenen Türe stand, an Bauernhäusern, während vor ihnen das Schlußlicht des letzten Wagens leuchtete.

Sie erreichten die weite Ebene des Tessenbergs. Der Himmel war reingefegt, riesig brannten die sinkende Wega, die aufsteigende Kapella, Aldebaran und die Feuerflamme des Jupiters am Himmel.

Die Straße wandte sich nach Norden, und vor ihnen zeichneten sich die dunklen Linien des Spitzbergs und des Chasserals ab, zu deren Füßen einige Lichter flackerten, die Dörfer Lamboing, Diesse und Nods.

Da bogen die Wagen vor ihnen nach links in einen Feldweg ein, und Tschanz hielt. Er drehte die Scheibe nieder, um sich hinausbeugen zu können. Im Felde draußen erkannten sie undeutlich ein Haus, von Pappeln umrahmt, dessen Eingang erleuchtet war und vor dem die Wagen hielten. Die Stimmen drangen herüber, dann ergoß sich alles ins Haus, und es wurde still. Das Licht über dem Eingang erlosch. „Sie erwarten niemand mehr", sagte Tschanz.

Bärlach stieg aus und atmete die kalte Nachtluft. Es tat ihm wohl, und er schaute zu, wie Tschanz den Wagen über die rechte Straßenseite hinaus halb in die Matte steuerte, denn der Weg nach Lamboing war schmal. Nun stieg auch Tschanz aus und kam zum Kommissär. Sie schritten über den Feldweg auf das Haus im Felde zu. Der Boden war lehmig, und Pfützen hatten sich angesammelt, es hatte auch hier geregnet.

Dann kamen sie an eine niedere Mauer, doch war das Tor geschlossen, das sie unterbrach. Seine rostigen Eisenstangen überragten die Mauer, über die sie zum Hause blickten.

Der Garten war kahl, und zwischen den Pappeln lagen wie große Tiere die Limousinen; Lichter waren keine zu erblicken. Alles machte einen öden Eindruck.

In der Dunkelheit erkannten sie mühsam, daß in der Mitte der Gittertüre ein Schild befestigt war. An einer Stelle mußte sich die Tafel gelöst haben; sie hing schräg. Tschanz ließ die Taschenlampe aufleuchten, die er vom Wagen mitgenommen hatte: auf dem Schild war ein großes G abgebildet.

Sie standen wiederum im Dunkeln. „Sehen Sie", sagte Tschanz,

„meine Vermutung war richtig. Ich habe ins Blaue geschossen und ins Schwarze getroffen." Und dann bat er zufrieden:

„Geben Sie mir jetzt eine Zigarre, Kommissär, ich habe eine verdient."

Bärlach bot ihm eine an. „Nun müssen wir noch wissen, was G heißt."

„Das ist kein Problem: Gastmann."

„Wieso?"

„Ich habe im Telefonbuch nachgeschaut. Es gibt nur zwei G in Lamboing."

Bärlach lachte verblüfft, aber dann sagte er: „Kann es nicht auch das andere G sein?"

„Nein, das ist die Gendarmerie. Oder glauben Sie, daß ein Gendarm etwas mit dem Mord zu tun habe?"

„Es ist alles möglich, Tschanz", antwortete der Alte.

Und Tschanz zündete ein Streichholz an, hatte jedoch Mühe, im starken Wind, der jetzt die Pappeln voller Wut schüttelte, seine Zigarre in Brand zu stecken.

Er begreife nicht, wunderte sich Bärlach, warum die Polizei von Lamboing, Diesse und Lignière nicht auf diesen Gastmann gekommen sei, sein Haus läge doch im offenen Feld, von Lamboing aus leicht zu überblicken, und eine Gesellschaft sei hier in keiner Weise zu verheimlichen, ja geradezu auffallend, besonders in einem so kleinen Jura-Nest. Tschanz antwortete, daß er dafür auch noch keine Erklärung wisse.

Darauf beschlossen sie, um das Haus herumzugehen. Sie trennten sich; jeder nahm eine andere Seite.

Tschanz verschwand in der Nacht, und Bärlach war allein. Er ging nach rechts. Er schlug den Mantelkragen hoch, denn er fror. Er fühlte wieder den schweren Druck auf dem Magen, die heftigen Stiche, und auf seiner Stirne lag kalter Schweiß. Er ging der Mauer entlang und bog dann wie sie nach rechts. Das Haus lag noch immer in völliger Finsternis da.

Er blieb von neuem stehen und lehnte sich gegen die Mauer. Er sah am Waldrand die Lichter von Lamboing, worauf er weiterschritt. Aufs neue änderte die Mauer ihre Richtung, nun nach Westen. Die

Hinterwand des Hauses war erleuchtet, aus einer Fensterreihe des ersten Stocks brach helles Licht. Er vernahm die Töne eines Flügels, und wie er näher hinhorchte, stellte er fest, daß jemand Bach spielte.

Er schritt weiter. Er mußte nun nach seiner Berechnung auf Tschanz stoßen, und er sah angestrengt auf das mit Licht überflutete Feld, bemerkte jedoch zu spät, daß wenige Schritte vor ihm ein Tier stand.

Bärlach war ein guter Tierkenner; aber ein so riesenhaftes Wesen hatte er noch nie gesehen. Obgleich er keine Einzelheiten unterschied, sondern nur die Silhouette erkannte, die sich von der helleren Fläche des Bodens abhob, schien die Bestie von einer so grauenerregenden Art, daß Bärlach sich nicht rührte. Er sah, wie das Tier langsam, scheinbar zufällig, den Kopf wandte und ihn anstarrte. Die runden Augen blickten wie zwei helle, aber leere Flächen.

Das Unvermutete der Begegnung, die Mächtigkeit des Tieres und das Seltsame der Erscheinung lähmten ihn. Zwar verließ ihn die Kühle seiner Vernunft nicht, aber er hatte die Notwendigkeit des Handelns vergessen. Er sah nach dem Tier unerschrocken, aber gebannt. So hatte ihn das Böse immer wieder in seinen Bann gezogen, das große Rätsel, das zu lösen ihn immer wieder aufs neue verlockte.

Und wie nun der Hund plötzlich ansprang, ein riesenhafter Schatten, der sich auf ihn stürzte, ein entfesseltes Ungeheuer an Kraft und Mordlust, so daß er von der Wucht der sinnlos rasenden Bestie niedergerissen wurde, kaum daß er den linken Arm schützend vor seine Kehle halten konnte, gab der Alte keinen Laut von sich und keinen Schrei des Schreckens, so sehr schien ihm alles natürlich und in die Gesetze dieser Welt eingeordnet.

Doch schon hörte er, noch bevor das Tier den Arm, der ihm im Rachen lag, zermalmte, das Peitschen eines Schusses; der Leib über ihm zuckte zusammen, und warmes Blut ergoß sich über seine Hand. Der Hund war tot.

Schwer lag nun die Bestie auf ihm, und Bärlach fuhr mit der Hand über sie, über ein glattes, schweißiges Fell. Er erhob sich mühsam und zitternd, wischte die Hand am spärlichen Gras ab. Tschanz kam und verbarg im Näherschreiten den Revolver wieder in der Manteltasche.

„Sind Sie unverletzt, Kommissär?" fragte er und sah mißtrauisch nach dessen zerfetztem linken Ärmel.

„Völlig. Das Biest konnte nicht durchbeißen."

Tschanz beugte sich nieder und drehte den Kopf des Tieres dem Lichte zu, das sich in den toten Augen brach.

„Zähne wie ein Raubtier", sagte er und schüttelte sich, „das Biest hätte Sie zerrissen, Kommissär."

„Sie haben mir das Leben gerettet, Tschanz."

Der wollte noch wissen: „Tragen Sie denn nie eine Waffe bei sich?"

Bärlach berührte mit dem Fuß die unbewegliche Masse vor ihm. „Selten, Tschanz", antwortete er, und sie schwiegen.

Der tote Hund lag auf der kahlen, schmutzigen Erde, und sie schauten auf ihn nieder. Es hatte sich zu ihren Füßen eine große schwarze Fläche ausgebreitet: Blut, das dem Tier wie ein dunkler Lavastrom aus dem Rachen quoll.

Wie sie nun wieder aufschauten, bot sich ihnen ein verändertes Bild. Die Musik war verstummt, die erleuchteten Fenster hatte man aufgerissen, und Menschen in Abendkleidern lehnten sich hinaus. Bärlach und Tschanz schauten einander an, denn es war ihnen peinlich, gleichsam vor einem Tribunal zu stehen, und dies mitten im gottverlassenen Jura, in einer Gegend, wo Hase und Fuchs einander gute Nacht wünschten, wie der Kommissär in seinem Ärger dachte.

Im mittleren der fünf Fenster stand ein einzelner Mann, abgesondert von den übrigen, der mit einer seltsamen und klaren Stimme rief, was sie da trieben.

„Polizei", antwortete Bärlach ruhig und fügte hinzu, daß sie unbedingt Herrn Gastmann sprechen müßten.

Der Mann entgegnete, er sei erstaunt, daß man einen Hund töten müsse, um mit Herrn Gastmann zu sprechen; und im übrigen habe er jetzt Lust und Gelegenheit, Bach zu hören, worauf er das Fenster wieder schloß, doch mit sicheren Bewegungen und ohne Hast, wie er auch ohne Empörung, sondern vielmehr mit großer Gleichgültigkeit gesprochen hatte.

Von den Fenstern her war ein Stimmengewirr zu hören. Sie vernahmen Rufe, wie: „Unerhört", „Was sagen Sie, Herr Direktor?", „Skandalös", „Unglaublich, diese Polizei, Herr Großrat". Dann traten die Menschen zurück, ein Fenster um das andere wurde geschlossen, und es war still.

Es blieb den beiden Polizisten nichts anderes übrig, als zurückzugehen. Vor dem Eingang der Vorderseite der Gartenmauer wurden sie erwartet. Es war eine einzelne Gestalt, die dort aufgeregt hin und her lief.

„Schnell Licht machen", flüsterte Bärlach Tschanz zu, und im aufblitzenden Strahl der Taschenlampe zeigte sich ein dickes, aufgeschwemmtes, zwar nicht unmarkantes, aber etwas einseitiges Gesicht über einem eleganten Abendanzug. An einer Hand funkelte ein schwerer Ring. Auf ein leises Wort von Bärlach hin erlosch das Licht wieder.

„Wer sind Sie zum Teufel, Mano?" grollte der Dicke.

„Kommissär Bärlach. – Sind Sie Herr Gastmann?"

„Nationalrat von Schwendi, Mano, Oberst von Schwendi. Herrgottsdonnernocheinmal, was fällt Ihnen ein, hier herumzuschießen?"

„Wir führen eine Untersuchung durch und müssen Herrn Gastmann sprechen, Herr Nationalrat", antwortete Bärlach gelassen.

Der Nationalrat war aber nicht zu beruhigen. Er donnerte: „Wohl Separatist, he?"

Bärlach beschloß, ihn bei dem anderen Titel zu nehmen, und meinte vorsichtig, daß sich der Herr Oberst irre, er habe nichts mit der Jurafrage zu tun.

Bevor jedoch Bärlach weiterfahren konnte, wurde der Oberst noch wilder als der Nationalrat. Also Kommunist, stellte er fest, Sternenhagel, er lasse sich's als Oberst nicht bieten, daß man herumschieße, wenn Musik gemacht werde. Er verbitte sich jede Demonstration gegen die westliche Zivilisation. Die schweizerische Armee werde sonst Ordnung schaffen!

Da der Nationalrat sichtlich desorientiert war, mußte Bärlach zum Rechten sehen.

„Tschanz, was der Herr Nationalrat sagt, kommt nicht ins Protokoll", befahl er sachlich.

Der Nationalrat war mit einem Schlag nüchtern.

„In was für ein Protokoll, Mano?"

Als Kommissär von der Berner Kriminalpolizei, erläuterte Bärlach, müsse er eine Untersuchung über den Mord an Polizeileutnant Schmied durchführen. Es sei eigentlich seine Pflicht, alles, was die verschiedenen Personen auf bestimmte Fragen geantwortet hätten, zu Protokoll zu geben, aber weil der Herr – er zögerte einen Moment, welchen Titel er jetzt wählen sollte – Oberst offenbar die Lage falsch einschätze, wolle er die Antwort des Nationalrats nicht zu Protokoll geben.

Der Oberst war bestürzt. „Ihr seid von der Polizei", sagte er, „das ist etwas anderes."

Man solle ihn entschuldigen, fuhr er fort, heute mittag habe er in der türkischen Botschaft gespeist, am Nachmittag sei er zum Vorsitzenden der Oberst-Vereinigung „Heißt ein Haus zum Schweizerdegen" gewählt worden, anschließend habe er einen „Ehren-Abendschoppen" am Stammtisch der Helveter zu sich nehmen müssen, zudem sei vormittags eine Sondersitzung der Parteifraktion gewesen, der er angehöre, und jetzt dieses Fest bei Gastmann mit einem immerhin weltbekannten Pianisten. Er sei todmüde.

Ob es nicht möglich sei, Herrn Gastmann zu sprechen, fragte Bärlach noch einmal.

„Was wollt ihr eigentlich von Gastmann?" antwortete von Schwendi. „Was hat der mit dem ermordeten Polizeileutnant zu tun?"

„Schmied war letzten Mittwoch sein Gast und ist auf der Rückfahrt bei Twann ermordet worden."

„Da haben wir den Dreck", sagte der Nationalrat. „Gastmann ladet eben auch alles ein, und da gibt es solche Unfälle."

Dann schwieg er und schien nachzudenken.

„Ich bin Gastmanns Advokat", fuhr er endlich fort. „Warum seid ihr denn eigentlich ausgerechnet diese Nacht gekommen? Ihr hättet doch wenigstens telefonieren können."

Bärlach erklärte, daß sie erst jetzt entdeckt hätten, was es mit Gastmann auf sich habe. Der Oberst gab sich noch nicht zufrieden.

„Und was ist das mit dem Hund?"

„Er hat mich überfallen, und Tschanz mußte schießen."

„Dann ist es in Ordnung", sagte von Schwendi nicht ohne Freundlichkeit. „Gastmann ist jetzt wirklich nicht zu sprechen; auch die Polizei muß eben manchmal Rücksicht auf gesellschaftliche Gepflogenheiten nehmen. Ich werde morgen auf Ihr Bureau kommen und noch heute schnell mit Gastmann reden. Habt ihr vielleicht ein Bild von Schmied?"

Bärlach entnahm seiner Brieftasche eine Fotografie und gab sie ihm.

„Danke", sagte der Nationalrat. Dann nickte er und ging ins Haus.

Nun standen Bärlach und Tschanz wieder allein vor den rostigen Stangen der Gartentüre; das Haus war wie zuvor.

„Gegen einen Nationalrat kann man nichts machen", sagte Bärlach, „und wenn er noch Oberst und Advokat dazu ist, hat er drei Teufel auf einmal im Leib. Da stehen wir mit unserem schönen Mord und können nichts damit anfangen."

Tschanz schwieg und schien nachzudenken. Endlich sagte er: „Es ist neun Uhr, Kommissär. Ich halte es nun für das beste, zum Polizisten von Lamboing zu fahren und sich mit ihm über diesen Gastmann zu unterhalten."

„Es ist recht", antwortete Bärlach. „Das können Sie tun. Versuchen Sie abzuklären, warum man in Lamboing nichts vom Besuch Schmieds bei Gastmann weiß. Ich selber gehe in das kleine Restaurant am Anfang der Schlucht. Ich muß etwas für meinen Magen tun. Ich erwarte Sie dort."

Sie schritten den Feldweg zurück und gelangten zum Wagen. Tschanz fuhr davon und erreichte nach wenigen Minuten Lamboing.

Er fand den Polizisten im Wirtshaus, wo er mit Clenin, der von Twann gekommen war, an einem Tische saß, abseits von den Bauern, denn offenbar hatten sie eine Besprechung.

Der Polizist von Lamboing war klein, dick und rothaarig. Er hieß Jean Pierre Charnel.

Tschanz setzte sich zu ihnen, und das Mißtrauen, das die beiden dem Kollegen aus Bern entgegenbrachten, schwand bald. Nur sah Charnel nicht gern, daß er nun anstatt französisch deutsch sprechen mußte, eine Sprache, in der es ihm nicht ganz geheuer war. Sie tranken Weißen, und Tschanz aß Brot und Käse dazu, doch verschwieg er, daß er eben von Gastmanns Haus komme, vielmehr fragte er, ob sie noch immer keine Spur hätten.

„Non", sagte Charnel, „keine Spur von Assassin. On a rien trouvé, gar nichts gefunden."

Er fuhr fort, daß nur einer in dieser Gegend in Betracht falle, ein Herr Gastmann in Rolliers Haus, das er gekauft habe, zu dem immer viele Gäste kämen und der auch am Mittwoch ein großes Fest gegeben habe. Aber Schmied sei nicht dort gewesen, Gastmann habe gar nichts gewußt, nicht einmal den Namen gekannt. „Schmied n'était pas chez Gastmann, impossible. Ganz und gar unmöglich."

Tschanz hörte sich das Kauderwelsch an und entgegnete, man sollte noch bei andern nachfragen, die auch an diesem Tag bei Gastmann gewesen seien. Das habe er, warf nun Clenin ein, in Schernelz über Ligerz wohne ein Schriftsteller, der Gastmann gut kenne und der oft bei ihm sei, auch am Mittwoch hätte er mitgemacht. Er habe auch nichts von Schmied gewußt, auch nie den Namen gehört und glaube nicht, daß überhaupt je ein Polizist bei Gastmann gewesen sei.

„So, ein Schriftsteller?" sagte Tschanz und runzelte die Stirne, „ich werde mir wohl dieses Exemplar einmal vorknöpfen müssen. Schriftsteller sind immer dubios, aber ich komme diesen Übergebildeten schon noch bei."

„Was ist denn dieser Gastmann, Charnel?" fragte er weiter.

„Un monsieur très riche", antwortete der Polizist von Lamboing begeistert. „Haben Geld wie das Heu und très noble. Er geben Trinkgeld an meine fiancée – und er wies stolz auf die Kellnerin – comme un roi, aber nicht mit Absicht um haben etwas mit ihr. Jamais."

„Was hat er denn für einen Beruf?"

„Philosophe."

„Was verstehen Sie darunter, Charnel?"

„Ein Mann, der viel denken und nichts machen."

„Er muß doch Geld verdienen?"

Charnel schüttelte den Kopf. „Er nicht Geld verdienen, er Geld haben. Er zahlen Steuern für das ganze Dorf Lamboing. Das genügt für uns, daß Gastmann ist der sympathischste Mensch im ganzen Kanton."

„Es wird gleichwohl nötig sein", entschied Tschanz, „daß wir uns diesen Gastmann noch gründlich vornehmen. Ich werde morgen zu ihm fahren."

„Dann aber Achtung vor seine Hund", mahnte Charnel. „Un chien très dangereux."

Tschanz stand auf und klopfte dem Polizisten von Lamboing auf die Schulter. „Oh, mit dem werde ich schon fertig."

Es WAR zehn Uhr, als Tschanz Clenin und Charnel verließ, um zum Restaurant bei der Schlucht zu fahren, wo Bärlach wartete. Er hielt jedoch, wo der Feldweg zu Gastmanns Haus abzweigte, den Wagen noch einmal an. Er stieg aus und ging langsam zu der Gartentüre und dann der Mauer entlang. Das Haus war noch wie zuvor, dunkel und einsam, von den riesigen Pappeln umstellt, die sich im Winde bogen. Die Limousinen standen immer noch im Park. Tschanz ging jedoch nicht rund um das Haus herum, sondern nur bis zu einer Ecke, von wo er die erleuchtete Hinterfront überblicken konnte. Hin und wieder zeichneten sich Menschen an den gelben Scheiben ab, und Tschanz preßte sich eng an die Mauer, um nicht gesehen zu werden. Er blickte auf das Feld. Doch lag der Hund nicht mehr auf der kahlen Erde, jemand mußte ihn fortgeschafft haben, nur die Blutlache gleißte noch schwarz im Licht der Fenster. Tschanz kehrte zum Wagen zurück.

Im Restaurant zur Schlucht war Bärlach jedoch nicht mehr zu finden. Er habe die Gaststube schon vor einer halben Stunde verlassen, um nach Twann zu gehen, nachdem er einen Schnaps getrunken, meldete die Wirtin; kaum fünf Minuten habe er sich im Wirtshaus aufgehalten.

Tschanz überlegte sich, was der Alte denn getrieben habe, aber er konnte seine Überlegungen nicht länger fortsetzen; die nicht allzu breite Straße verlangte seine ganze Aufmerksamkeit. Er fuhr an der Brücke vorbei, bei der sie gewartet hatten, und dann den Wald hinunter.

Da hatte er ein sonderbares und unheimliches Erlebnis, das ihn nachdenklich stimmte. Er war schnell gefahren und sah plötzlich in der Tiefe den See aufleuchten, einen nächtlichen Spiegel zwischen weißen Felsen. Er mußte den Tatort erreicht haben. Da löste sich eine dunkle Gestalt von der Felswand und gab deutlich ein Zeichen, der Wagen solle anhalten.

Tschanz stoppte unwillkürlich und öffnete die rechte Wagentüre, obgleich er dies im nächsten Augenblick bereute, denn es durchfuhr ihn die Erkenntnis, daß, was ihm jetzt begegnete, auch Schmied begegnet war, bevor er wenige Atemzüge darauf erschossen wurde. Er fuhr in die Manteltasche und umklammerte den Revolver, dessen Kälte ihn beruhigte. Die Gestalt kam näher. Da erkannte er, daß es Bärlach war, doch wich seine Spannung nicht, sondern er wurde weiß vor heimlichem Entsetzen, ohne sich über den Grund der Furcht Rechenschaft geben zu können. Bärlach beugte sich nieder, und sie sahen sich ins Antlitz, stundenlang scheinbar, doch handelte es sich nur um einige Sekunden. Keiner sprach ein Wort, und ihre Augen waren wie Steine. Dann setzte sich Bärlach zu ihm, der nun die Hand von der verborgenen Waffe ließ.

„Fahr weiter, Tschanz", sagte Bärlach, und seine Stimme klang gleichgültig.

Der andere zuckte zusammen, wie er hörte, daß ihn der Alte duzte, doch von nun an blieb der Kommissär dabei.

ERST nach Biel unterbrach Bärlach das Schweigen und fragte, was Tschanz in Lamboing erfahren habe, „wie wir das Nest nun wohl doch endgültig auf französisch nennen müssen".

Auf die Nachricht, daß sowohl Charnel wie auch Clenin einen Besuch des ermordeten Schmied bei Gastmann für unmöglich hielten, sagte er nichts; und hinsichtlich des von Clenin erwähnten Schriftstellers in Schernelz meinte er, er werde diesen noch selber sprechen.

Tschanz gab lebhafter Auskunft als sonst, aufatmend, daß man wieder redete, und weil er seine sonderbare Erregung übertönen wollte, doch schon vor Schüpfen schwiegen sie wieder beide.

Kurz nach elf hielt man vor Bärlachs Haus im Altenberg, und der Kommissär stieg aus.

„Ich danke dir noch einmal, Tschanz", sagte er und schüttelte ihm die Hand. „Wenn's auch genierlich ist, davon zu reden; aber du hast mir das Leben gerettet."

Er blieb noch stehen und sah dem verschwindenden Schlußlicht des schnell davonfahrenden Wagens nach. „Jetzt kann er fahren, wie er will."

Er betrat sein unverschlossenes Haus, und in der Halle mit den Büchern fuhr er mit der Hand in die Manteltasche und entnahm ihr eine Waffe, die er behutsam auf den Schreibtisch neben die Schlange legte. Es war ein großer, schwerer Revolver.

Dann zog er langsam den Wintermantel aus. Als er ihn jedoch abgelegt hatte, war sein linker Arm mit dicken Tüchern umwickelt, wie es bei jenen Brauch ist, die ihre Hunde zum Anpacken einüben.

AM ANDERN Morgen erwartete der alte Kommissär aus einer gewissen Erfahrung heraus einige Unannehmlichkeiten, wie er die Reibereien mit Lutz nannte. „Man kennt ja die Samstage", meinte er zu sich, als er über die Altenbergbrücke schritt, „da zeigen die Beamten die

Zähne bloß aus schlechtem Gewissen, weil sie die Woche über nichts Gescheites gemacht haben." Er war feierlich schwarz gekleidet, denn die Beerdigung Schmieds war auf zehn Uhr angesetzt. Er konnte ihr nicht ausweichen, und das war es eigentlich, was ihn ärgerte.

Von Schwendi sprach kurz nach acht vor, aber nicht bei Bärlach, sondern bei Lutz, dem Tschanz eben das in der letzten Nacht Vorgefallene mitgeteilt hatte.

Von Schwendi war in der gleichen Partei wie Lutz, in der Partei der konservativen liberalsozialistischen Sammlung der Unabhängigen, hatte diesen eifrig gefördert und war seit dem gemeinsamen Essen anschließend an eine engere Vorstandssitzung mit ihm auf du, obgleich Lutz nicht in den Großrat gewählt worden war; denn in Bern, erklärte von Schwendi, sei ein Volksvertreter mit dem Vornamen Lucius ein Ding der absoluten Unmöglichkeit.

„Es ist ja wirklich allerhand", fing er an, kaum daß seine dicke Gestalt in der Türöffnung erschienen war, „wie es da deine Leute von der Berner Polizei treiben, verehrter Lutz. Schießen meinem Klienten Gastmann den Hund zusammen, eine seltene Rasse aus Südamerika, und stören die Kultur, Anatol Kraushaar-Raffaeli, weltbekannter Pianist. Der Schweizer hat keine Erziehung, keine Weltoffenheit, keine Spur von einem europäischen Denken. Drei Jahre Rekrutenschule das einzige Mittel dagegen."

Lutz, dem das Erscheinen seines Parteifreundes peinlich war und der sich vor seinen endlosen Tiraden fürchtete, bat von Schwendi, Platz zu nehmen.

„Wir sind in eine höchst schwierige Untersuchung verstrickt", bemerkte er eingeschüchtert. „Du weißt es ja selbst, und der junge Polizist, der sie zur Hauptsache führt, darf für schweizerische Maßstäbe als ganz gut talentiert gelten. Der alte Kommissär, der auch noch dabei war, gehört zum rostigen Eisen, das gebe ich zu. Ich bedaure den Tod eines so seltenen südamerikanischen Hundes, bin ja selber Hundebesitzer und tierliebend, werde auch eine besondere, strenge Untersuchung durchführen. Die Leute sind eben kriminalistisch völlig ahnungslos. Wenn ich da an Chicago denke, sehe ich unsere Lage direkt trostlos."

Er machte eine kurze Pause, konsterniert, daß ihn von Schwendi unverwandt schweigend anglotzte, und fuhr dann fort, aber nun schon ganz unsicher, er sollte wissen, ob der ermordete Schmied bei von Schwendis Klienten Gastmann Mittwoch zu Besuch gewesen sei, wie die Polizei aus gewissen Gründen annehmen müsse.

„Lieber Lutz", antwortete der Oberst, „machen wir uns keine Flausen vor. Das wißt ihr von der Polizei alles ganz genau; ich kenne doch meine Brüder."

„Wie meinen Sie das, Herr Nationalrat?" fragte Lutz verwirrt, unwillkürlich wieder in das Sie zurückfallend; denn beim Du war es ihm nie recht wohl gewesen.

Von Schwendi lehnte sich zurück, faltete die Hände auf der Brust und fletschte die Zähne, eine Pose, der er im Grunde sowohl den Oberst als auch den Nationalrat verdankte.

„Dökterli", sagte er, „ich möchte nun wirklich einmal ganz genau wissen, warum ihr meinem braven Gastmann den Schmied auf den Hals gehetzt habt. Was sich nämlich dort im Jura abspielt, das geht die Polizei nun doch wohl einen Dreck an, wir haben noch lange nicht die Gestapo."

Lutz war wie aus den Wolken gefallen. „Wieso sollen wir deinem uns vollständig unbekannten Klienten den Schmied auf den Hals gehetzt haben?" fragte er hilflos. „Und wieso soll uns ein Mord nichts angehen?"

„Wenn ihr keine Ahnung davon habt, daß Schmied unter dem Namen Doktor Prantl, Privatdozent für amerikanische Kulturgeschichte in München, den Gesellschaften beiwohnte, die Gastmann in seinem Hause in Lamboing gab, muß die ganze Polizei unbedingt aus kriminalistischer Ahnungslosigkeit abdanken", behauptete von Schwendi und trommelte mit den Fingern seiner rechten Hand aufgeregt auf Lutzens Pult.

„Davon ist uns nichts bekannt, lieber Oskar", sagte Lutz, erleichtert, daß er in diesem Augenblick den lang gesuchten Vornamen des Nationalrates gefunden hatte. „Ich erfahre eben eine große Neuigkeit."

„Aha", meinte von Schwendi trocken und schwieg, worauf Lutz sich seiner Unterlegenheit immer mehr bewußt wurde und ahnte, daß er nun Schritt für Schritt in allem werde nachgeben müssen, was der Oberst von ihm zu erreichen suchte. Er blickte hilflos nach den Bildern Traffelets, auf die marschierenden Soldaten, die flatternden Schweizer Fahnen, den zu Pferd sitzenden General. Der Nationalrat bemerkte die Verlegenheit des Untersuchungsrichters mit einem gewissen Triumph und fügte schließlich seinem Aha bei, es gleichzeitig verdeutlichend:

„Die Polizei erfährt also eine große Neuigkeit; die Polizei weiß also wieder gar nichts."

Wie unangenehm es auch war und wie sehr das rücksichtslose Vorgehen von Schwendis seine Lage unerträglich machte, so mußte doch der Untersuchungsrichter zugeben, daß Schmied weder dienstlich bei Gastmann gewesen sei, noch habe die Polizei von dessen Besuchen in Lamboing eine Ahnung gehabt. Schmied habe dies rein persönlich unternommen, schloß Lutz seine peinliche Erklärung. Warum er allerdings einen falschen Namen angenommen habe, sei ihm gegenwärtig ein Rätsel.

Von Schwendi beugte sich vor und sah Lutz mit seinen rotunterlaufenen, verschwommenen Augen an. „Das erklärt alles", sagte er, „Schmied spionierte für eine fremde Macht."

„Wie meinst du das?" fragte Lutz hilfloser denn je.

„Ich meine", sagte der Nationalrat, „daß die Polizei vor allem jetzt einmal untersuchen muß, aus was für Gründen Schmied bei Gastmann war."

„Die Polizei sollte vor allen Dingen zuerst etwas über Gastmann wissen, lieber Oskar", widersprach Lutz.

„Gastmann ist für die Polizei ganz ungefährlich", antwortete von Schwendi, „und ich möchte auch nicht, daß du dich mit ihm abgibst oder sonst jemand von der Polizei. Es ist dies sein Wunsch, er ist mein Klient, und ich bin da, um zu sorgen, daß seine Wünsche erfüllt werden." –

Diese unverfrorene Antwort schmetterte Lutz so nieder, daß er zuerst gar nichts zu erwidern vermochte. Er zündete sich eine Zigarette an, ohne in seiner Verwirrung von Schwendi eine anzubieten. Erst dann setzte er sich in seinem Stuhl zurecht und entgegnete:

„Die Tatsache, daß Schmied bei Gastmann war, zwingt leider die Polizei, sich mit deinem Klienten zu befassen, lieber Oskar."

Von Schwendi ließ sich nicht beirren. „Sie zwingt die Polizei vor allem, sich mit mir zu befassen, denn ich bin Gastmanns Anwalt", sagte er. „Du kannst froh sein, Lutz, daß du an mich geraten bist; ich will ja nicht nur Gastmann helfen, sondern auch dir. Natürlich ist der ganze Fall meinem Klienten unangenehm, aber dir ist er viel peinlicher, denn die Polizei hat bis jetzt noch nichts herausgebracht.

Ich zweifle überhaupt daran, daß ihr jemals Licht in diese Angelegenheit bringen werdet."

„Die Polizei", antwortete Lutz, „hat beinahe jeden Mord aufgedeckt, das ist statistisch bewiesen. Ich gebe zu, daß wir im Falle Schmied in gewisse Schwierigkeiten geraten sind, aber wir haben doch auch schon – er stockte ein wenig – beachtliche Resultate zu verzeichnen. So sind wir von selbst auf Gastmann gekommen, und wir sind denn auch der Grund, warum dich Gastmann zu uns geschickt hat. Die Schwierigkeiten liegen bei Gastmann und nicht bei uns, an ihm ist es, sich über den Fall Schmied zu äußern, nicht an uns. Schmied war bei ihm, wenn auch unter falschem Namen; aber gerade diese Tatsache verpflichtet die Polizei, sich mit Gastmann abzugeben, denn das ungewohnte Verhalten des Ermordeten belastet doch wohl zunächst Gastmann. Wir müssen Gastmann einvernehmen und können nur unter der Bedingung davon absehen, daß du uns völlig einwandfrei erklären kannst, warum Schmied bei deinem Klienten unter falschem Namen zu Besuch war, und dies mehrere Male, wie wir festgestellt haben."

„Gut", sagte von Schwendi, „reden wir ehrlich miteinander. Du wirst sehen, daß nicht ich eine Erklärung über Gastmann abzugeben habe, sondern daß ihr uns erklären müßt, was Schmied in Lamboing zu suchen hatte. Ihr seid hier die Angeklagten, nicht wir, lieber Lutz."

Mit diesen Worten zog er einen weißen Bogen hervor, ein großes Papier, das er auseinanderbreitete und auf das Pult des Untersuchungsrichters legte.

„Das sind die Namen der Personen, die bei meinem guten Gastmann verkehrt haben", sagte er. „Die Liste ist vollständig. Ich habe drei Abteilungen gemacht. Die erste scheiden wir aus, die ist nicht interessant, das sind die Künstler. Natürlich kein Wort gegen Kraushaar-Raffaeli, der ist Ausländer; nein, ich meine die inländischen, die von Utzenstorf und Merligen. Entweder schreiben sie Dramen über die Schlacht am Morgarten und Niklaus Manuel, oder sie malen nichts als Berge. Die zweite Abteilung sind die Industriellen. Du wirst die Namen sehen, es sind Männer von Klang, Männer, die ich als die besten Exemplare der schweizerischen Gesellschaft ansehe. Ich sage dies ganz offen, obwohl ich durch die Großmutter mütterlicherseits von bäuerlichem Blute abstamme."

„Und die dritte Abteilung der Besucher Gastmanns?" fragte Lutz, da der Nationalrat plötzlich schwieg und den Untersuchungsrichter mit seiner Ruhe nervös machte, was natürlich von Schwendis Absicht war.

„Die dritte Abteilung", fuhr von Schwendi endlich fort, „macht die Angelegenheit Schmied unangenehm, für dich und auch für die Industriellen, wie ich zugebe; denn ich muß nun auf Dinge zu sprechen kommen, die eigentlich vor der Polizei streng geheim gehalten werden müßten. Aber da ihr von der Berner Polizei es nicht unterlassen konntet, Gastmann aufzuspüren, und da es sich nun peinlicherweise herausstellt, daß Schmied in Lamboing war, sehen sich die Industriellen gezwungen, mich zu beauftragen, die Polizei, soweit dies für den Fall Schmied notwendig ist, zu informieren. Das Unangenehme für uns besteht nämlich darin, daß wir politische Vorgänge von eminenter Wichtigkeit aufdecken müssen, und das Unangenehme für euch, daß ihr die Macht, die ihr über die Menschen schweizerischer und nichtschweizerischer Nationalität in diesem Land besitzt, über die dritte Abteilung nicht habt."

„Ich verstehe kein Wort von dem, was du da sagst", meinte Lutz.

„Du hast eben auch nie etwas von Politik verstanden, lieber Lucius", entgegnete von Schwendi. „Es handelt sich bei der dritten Abteilung um Angehörige einer fremden Gesandtschaft, die Wert darauf legt, unter keinen Umständen mit einer gewissen Klasse von Industriellen zusammen genannt zu werden."

JETZT begriff Lutz den Nationalrat, und es blieb lange still im Zimmer des Untersuchungsrichters. Das Telefon klingelte, doch Lutz nahm es nur ab, um „Konferenz" hineinzuschreien, worauf er wieder verstummte. Endlich jedoch meinte er: „Soviel ich weiß, wird aber doch mit dieser Macht jetzt offiziell um ein neues Handelsabkommen verhandelt."

„Gewiß, man verhandelt", entgegnete der Oberst. „Man verhandelt offiziell, die Diplomaten wollen doch etwas zu tun haben. Aber man verhandelt noch mehr inoffiziell, und in Lamboing wird privat verhandelt. Es gibt schließlich in der modernen Industrie Verhandlungen, in die sich der Staat nicht einzumischen hat, Herr Untersuchungsrichter."

„Natürlich", gab Lutz eingeschüchtert zu.

„Natürlich", wiederholte von Schwendi. „Und diesen geheimen Verhandlungen hat der nun leider erschossene Leutnant der Stadtpolizei Bern, Ulrich Schmied, unter falschem Namen beigewohnt."

Am neuerlichen betroffenen Schweigen des Untersuchungsrichters erkannte von Schwendi, daß er richtig gerechnet hatte. Lutz war so hilflos geworden, daß der Nationalrat nun mit ihm machen konnte, was er wollte.

Wie es bei den meisten etwas einseitigen Naturen der Fall ist, irritierte der unvorhergesehene Ablauf des Mordfalls Ulrich Schmied den Beamten so sehr, daß er sich in einer Weise beeinflussen ließ und Zugeständnisse machte, die eine objektive Untersuchung der Mordaffäre in Frage stellen mußte.

Zwar versuchte er noch einmal seine Lage zu bagatellisieren.

„Lieber Oskar", sagte er, „ich sehe alles nicht für so schwerwiegend an. Natürlich haben die schweizerischen Industriellen ein Recht, privat mit denen zu verhandeln, die sich für solche Verhandlungen interessieren, und sei es auch jene Macht. Das bestreite ich nicht, und die Polizei mischt sich auch nicht hinein. Schmied war, ich wiederhole es, privat bei Gastmann, und ich möchte mich deswegen offiziell entschuldigen; denn es war gewiß nicht richtig, daß er einen falschen Namen und einen falschen Beruf angab, wenn man auch manchmal als Polizist gewisse Hemmungen hat. Aber er war ja nicht allein bei diesen Zusammenkünften, es waren auch Künstler da, lieber Nationalrat."

„Die notwendige Dekoration. Wir sind in einem Kulturstaat, Lutz, und brauchen Reklame. Die Verhandlungen müssen geheimgehalten werden, und das kann man mit Künstlern am besten. Gemeinsames Fest, Braten, Wein, Zigarren, Frauen, allgemeines Gespräch, die Künstler langweilen sich, sitzen zusammen, trinken und bemerken nicht, daß die Kapitalisten und die Vertreter jener Macht zusammensitzen. Sie wollen es auch nicht bemerken, weil es sie nicht interessiert. Künstler interessieren sich nur für Kunst. Aber ein Polizist, der dabeisitzt, kann alles erfahren. Nein, Lutz, der Fall Schmied ist bedenklich."

„Ich kann leider nur wiederholen, daß die Besuche Schmieds bei Gastmann uns gegenwärtig unverständlich sind", antwortete Lutz.

„Wenn er nicht im Auftrag der Polizei gekommen ist, kam er in einem anderen Auftrag", entgegnete von Schwendi. „Es gibt fremde

Mächte, lieber Lucius, die sich dafür interessieren, was in Lamboing vorgeht. Das ist Weltpolitik."

„Schmied war kein Spion."

„Wir haben allen Grund, anzunehmen, daß er einer war. Es ist für die Ehre der Schweiz besser, er war ein Spion als ein Polizeispitzel."

„Nun ist er tot", seufzte der Untersuchungsrichter, der gern alles gegeben hätte, wenn er jetzt Schmied persönlich hätte fragen können.

„Das ist nicht unsere Sache", stellte der Oberst fest. „Ich will niemand verdächtigen, doch kann nur die gewisse fremde Macht ein Interesse haben, die Verhandlungen in Lamboing geheimzuhalten. Bei uns geht es ums Geld, bei ihnen um Grundsätze der Parteipolitik. Da wollen wir doch ehrlich sein. Doch gerade in dieser Richtung kann die Polizei natürlich nur unter schwierigen Umständen vorgehen."

Lutz erhob sich und trat zum Fenster. „Es ist mir immer noch nicht ganz deutlich, was dein Klient Gastmann für eine Rolle spielt", sagte er langsam.

Von Schwendi fächelte sich mit dem weißen Bogen Luft zu und antwortete: „Gastmann stellte den Industriellen und den Vertretern der Gesandtschaft sein Haus zu diesen Besprechungen zur Verfügung."

„Warum gerade Gastmann?"

Sein hochverehrter Klient, knurrte der Oberst, besitze nun einmal das nötige menschliche Format dazu. Als jahrelanger Gesandter Argentiniens in China genieße er das Vertrauen der fremden Macht und als ehemaliger Verwaltungspräsident des Blechtrusts jenes der Industriellen. Außerdem wohne er in Lamboing.

„Wie meinst du das, Oskar?"

Von Schwendi lächelte spöttisch: „Hast du den Namen Lamboing schon vor der Ermordung Schmieds gehört?"

„Nein."

„Eben darum", stellte der Nationalrat fest. „Weil niemand Lamboing kennt. Wir brauchten einen unbekannten Ort für unsere Zusammenkünfte. Du kannst also Gastmann in Ruhe lassen. Daß er es nicht schätzt, mit der Polizei in Berührung zu kommen, mußt du begreifen, daß er eure Verhöre, eure Schnüffeleien, eure ewige Fragerei nicht liebt, ebenfalls, das geht bei unseren Luginbühl und von

Gunten, wenn sie wieder einmal etwas auf dem Kerbholz haben, aber nicht bei einem Mann, der es ablehnte, in die Französische Akademie gewählt zu werden. Auch hat sich deine Berner Polizei ja nun wirklich ungeschickt benommen, man erschießt nun einmal keinen Hund, wenn Bach gespielt wird. Nicht daß Gastmann beleidigt ist, es ist ihm vielmehr alles gleichgültig, deine Polizei kann ihm das Haus zusammenschießen, er verzieht keine Miene; aber es hat keinen Sinn mehr, Gastmann zu belästigen, da doch hinter dem Mord Mächte stehen, die weder mit unseren braven Schweizer Industriellen noch mit Gastmann etwas zu tun haben."

Der Untersuchungsrichter ging vor dem Fenster auf und ab. „Wir werden nun unsere Nachforschungen besonders dem Leben Schmieds zuwenden müssen", erklärte er. „Hinsichtlich der fremden Macht werden wir den Bundesanwalt benachrichtigen. Wieweit er den Fall übernehmen wird, kann ich noch nicht sagen, doch wird er uns mit der Hauptarbeit betrauen. Deiner Forderung, Gastmann zu verschonen, will ich nachkommen; wir sehen selbstverständlich auch von einer Hausdurchsuchung ab. Wird es dennoch nötig sein, ihn zu sprechen, bitte ich dich, mich mit ihm zusammenzubringen und bei unserer Besprechung anwesend zu sein. So kann ich das Formelle ungezwungen mit Gastmann erledigen. Es geht ja in diesem Fall nicht um eine Untersuchung, sondern nur um eine Formalität innerhalb der ganzen Untersuchung, die unter Umständen verlangt, daß auch Gastmann vernommen werde, selbst wenn dies sinnlos ist; aber eine Untersuchung muß vollständig sein. Wir werden über Kunst sprechen, um die Untersuchung so harmlos wie nur immer möglich zu gestalten, und ich werde keine Fragen stellen. Sollte ich gleichwohl eine stellen müssen – der Formalität zuliebe –, würde ich dir die Frage vorher mitteilen."

Auch der Nationalrat hatte sich nun erhoben, so daß sich beide Männer gegenüberstanden. Der Nationalrat tippte dem Untersuchungsrichter auf die Schulter.

„Das ist also abgemacht", sagte er. „Du wirst Gastmann in Ruhe lassen, Lützchen, ich nehme dich beim Wort. Die Mappe lasse ich hier; die Liste ist genau geführt und vollständig. Ich habe die ganze Nacht herumtelefoniert, und die Aufregung ist groß. Man weiß eben nicht, ob die fremde Gesandtschaft noch ein Interesse an den Verhandlungen hat, wenn sie den Fall Schmied erfährt. Millionen stehen auf dem Spiel, Dökterchen, Millionen! Zu deinen Nachforschungen wünsche ich dir Glück. Du wirst es nötig haben."

Mit diesen Worten stampfte von Schwendi hinaus.

LUTZ hatte gerade noch Zeit, die Liste des Nationalrates durchzusehen und sie, stöhnend über die Berühmtheit der Namen, sinken zu lassen – in was für eine unselige Angelegenheit bin ich da verwickelt, dachte er –, als Bärlach eintrat, natürlich ohne anzuklopfen. Der Alte hatte vor, die rechtlichen Mittel zu verlangen, bei Gastmann in Lamboing vorzusprechen, doch Lutz verwies ihn auf den Nachmittag. Jetzt sei es Zeit, zur Beerdigung zu gehen, sagte er und stand auf.

Bärlach widersprach nicht und verließ das Zimmer mit Lutz, dem das Versprechen, Gastmann in Ruhe zu lassen, immer unvorsichtiger vorkam und der Bärlachs schärfsten Widerstand befürchtete. Sie standen auf der Straße, ohne zu reden, beide in schwarzen Mänteln, die sie hochschlugen. Es regnete, doch spannten sie die Schirme für die wenigen Schritte zum Wagen nicht auf. Blatter führte sie. Der Regen kam nun in wahren Kaskaden, prallte schief gegen die Fenster. Jeder saß unbeweglich in seiner Ecke. Nun muß ich es ihm sagen, dachte Lutz und schaute nach dem ruhigen Profil Bärlachs, der wie so oft die Hand auf den Magen legte.

„Haben Sie Schmerzen?" fragte Lutz.

„Immer", antwortete Bärlach.

Dann schwiegen sie wieder, und Lutz dachte: Ich sage es ihm nachmittags. Blatter fuhr langsam. Alles versank hinter einer weißen Wand, so regnete es. Trams, Automobile schwammen irgendwo in diesen ungeheuren, fallenden Meeren herum, Lutz wußte nicht, wo sie waren, die triefenden Scheiben ließen keinen Durchblick mehr zu. Es wurde immer finsterer im Wagen. Lutz steckte eine Zigarette in Brand, blies den Rauch von sich, dachte, daß er sich im Fall Gastmann mit dem Alten in keine Diskussion einlassen werde, und sagte:

„Die Zeitungen werden die Ermordung bringen, sie ließ sich nicht mehr verheimlichen."

„Das hat auch keinen Sinn mehr", antwortete Bärlach, „wir sind ja auf eine Spur gekommen."

Lutz drückte die Zigarette wieder aus: „Es hat auch nie einen Sinn gehabt."

Bärlach schwieg, und Lutz, der gern gestritten hätte, spähte aufs neue durch die Scheiben. Der Regen hatte etwas nachgelassen. Sie waren schon in der Allee. Der Schloßhaldenfriedhof schob sich zwischen den dampfenden Stämmen hervor, ein graues, verregnetes Gemäuer. Blatter fuhr in den Hof, hielt. Sie verließen den Wagen, spannten die Schirme auf und schritten durch die Gräberreihen. Sie brauchten nicht lange zu suchen. Die Grabsteine und die Kreuze wichen zurück, sie schienen einen Bauplatz zu betreten. Die Erde war mit frisch ausgehobenen Gräbern durchsetzt, Latten lagen darüber. Die Feuchtigkeit des nassen Grases drang durch die Schuhe, an denen die lehmige Erde klebte. In der Mitte des Platzes, zwischen all diesen noch unbewohnten Gräbern, auf deren Grund sich der Regen zu schmutzigen Pfützen sammelte, zwischen provisorischen Holzkreuzen und Erdhügeln, dicht mit schnell verfaulenden Blumen und Kränzen überhäuft, standen Menschen um ein Grab. Der Sarg war noch nicht hinabgelassen, der Pfarrer las aus der Bibel vor, neben ihm, den Schirm für beide hochhaltend, der Totengräber in einem lächerlichen frackartigen Arbeitsgewand, frierend von einem Bein auf das andere tretend. Bärlach und Lutz blieben neben dem Grabe stehen. Der Alte hörte Weinen. Es war Frau Schönler, unförmig und dick in diesem unaufhörlichen Regen, und neben ihr stand Tschanz, ohne Schirm, im hochgeschlagenen Regenmantel mit herunterhängendem Gürtel, einen schwarzen, steifen Hut auf dem Kopf. Neben ihm ein Mädchen, blaß, ohne Hut, mit blondem Haar, das in nassen Strähnen hinunterfloß, die Anna, wie Bärlach unwillkürlich dachte. Tschanz verbeugte sich, Lutz nickte, der Kommissär verzog keine Miene. Er schaute zu den andern hinüber, die ums Grab standen, alles Polizisten, alle in Zivil, alle mit den gleichen Regenmänteln, mit den gleichen steifen schwarzen Hüten, die Schirme wie Säbel in den Händen, phantastische Totenwächter, von irgendwo herbeigeblasen, unwirklich in ihrer Biederkeit. Und hinter ihnen, in gestaffelten Reihen, die Stadtmusik, überstürzt zusammengetrommelt, in schwarz-roten Uniformen, verzweifelt bemüht, die gelben Instrumente unter den Mänteln zu schützen. So standen sie alle um den Sarg herum, der dalag, eine Kiste aus Holz, ohne Kranz, ohne Blumen, aber dennoch das einzige Warme, Geborgene in diesem unaufhörlichen Regen, der gleichförmig plätschernd niederfiel, immer mehr, immer unendlicher. Der Pfarrer redete schon lange nicht mehr. Niemand bemerkte es. Nur

der Regen war da, nur den Regen hörte man. Der Pfarrer hustete.
Einmal. Dann mehrere Male. Dann heulten die Bässe, die Posaunen,
die Waldhörner, Kornetts, die Fagotte auf, stolz und feierlich, gelbe
Blitze in den Regenfluten; aber dann sanken auch sie unter, verweh-
ten, gaben es auf. Alle verkrochen sich unter die Schirme, unter die
Mäntel. Es regnete immer mehr. Die Schuhe versanken im Kot, wie

Bäche strömte es ins leere Grab. Lutz verbeugte sich und trat vor.
Er schaute auf den nassen Sarg und verbeugte sich noch einmal.

„Ihr Männer", sagte er irgendwo im Regen, fast unhörbar durch
die Wasserschleier hindurch, „ihr Männer, unser Kamerad Schmied
ist nicht mehr."

Da unterbrach ihn ein wilder, grölender Gesang:

> „Der Tüfel geit um,
> der Tüfel geit um,
> er schlat die Menscher alli krumm!"

Zwei Männer in schwarzen Fräcken kamen über den Kirchhof ge-
torkelt. Ohne Schirm und Mantel waren sie dem Regen schutzlos

preisgegeben. Die Kleider klebten an ihren Leibern. Auf dem Kopf hatte jeder einen Zylinder, von dem das Wasser über ihr Gesicht floß. Sie trugen einen mächtigen grünen Lorbeerkranz, dessen Band zur Erde hing und über den Boden schleifte. Es waren zwei brutale, riesenhafte Kerle, befrackte Schlächter, schwer betrunken, stets dem Umsinken nah, doch da sie nie gleichzeitig stolperten, konnten sie sich immer noch am Lorbeerkranz zwischen ihnen festhalten, der wie ein Schiff in Seenot auf und nieder schwankte. Nun stimmten sie ein neues Lied an:

> „Der Müllere ihre Ma isch todet,
> d'Müllere läbt, sie läbt,
> d'Müllere het der Chnächt ghürotet,
> d'Müllere läbt, sie läbt."

Sie rannten auf die Trauergemeinde zu, stürzten in sie hinein, zwischen Frau Schönler und Tschanz, ohne daß sie gehindert wurden, denn alle waren wie erstarrt, und schon taumelten sie wieder hinweg durch das nasse Gras, sich aneinander stützend, sich umklammernd, über Grabhügel fallend, Kreuze umwerfend in gigantischer Trunkenheit. Ihr Singsang verhallte im Regen, und alles war wieder zugedeckt.

> „Es geht alles vorüber,
> es geht alles vorbei!"

war das letzte, was man von ihnen hörte. Nur noch der Kranz lag da, hingeworfen über den Sarg, und auf dem schmutzigen Band stand in verfließendem Schwarz: „Unserem lieben Doktor Prantl." Doch wie sich die Leute ums Grab von ihrer Bestürzung erholt hatten und sich über den Zwischenfall empören wollten und wie die Stadtmusik, um die Feierlichkeit zu retten, wieder verzweifelt zu blasen anfing, steigerte sich der Regen zu einem solchen Sturm, die Eiben peitschend, daß alles vom Grabe wegfloh, bei dem allein die Totengräber zurückblieben, schwarze Vogelscheuchen im Heulen der Winde, im Prasseln der Wolkenbrüche, bemüht, den Sarg hinabzusenken.

Wie Bärlach mit Lutz wieder im Wagen saß und Blatter durch die flüchtenden Polizisten und Stadtmusikanten hindurch in die Allee einfuhr, machte der Doktor endlich seinem Ärger Luft:

„Unerhört, dieser Gastmann", rief er aus.

„Ich verstehe nicht", sagte der Alte.

„Schmied verkehrte im Hause Gastmanns unter dem Namen Prantl."

„Dann wird das eine Warnung sein", antwortete Bärlach, fragte aber nicht weiter. Sie fuhren gegen den Muristalden, wo Lutz wohnte. Eigentlich sei es nun der richtige Moment, mit dem Alten über Gastmann zu sprechen und daß man ihn in Ruhe lassen müsse, dachte Lutz, aber wieder schwieg er. Im Burgernziel stieg er aus, Bärlach war allein.

„Soll ich Sie in die Stadt fahren, Herr Kommissär?" fragte der Polizist vorne am Steuer.

„Nein, fahre mich heim, Blatter."

Blatter fuhr nun schneller. Der Regen hatte nachgelassen, ja, plötzlich am Muristalden wurde Bärlach für Augenblicke in ein blendendes Licht getaucht: die Sonne brach durch die Wolken, verschwand wieder, kam aufs neue im jagenden Spiel der Nebel und der Wolkenberge, Ungetüme, die vom Westen herbeirasten, sich gegen die Berge stauten, wilde Schatten über die Stadt werfend, die am Flusse lag, ein willenloser Leib, zwischen die Wälder und Hügel gebreitet. Bärlachs müde Hand fuhr über den nassen Mantel, seine Augenschlitze funkelten, gierig sog er das Schauspiel in sich auf: die Erde war schön. Blatter hielt. Bärlach dankte ihm und verließ den Dienstwagen. Es regnete nicht mehr, nur noch der Wind war da, der nasse, kalte Wind. Der Alte stand da, wartete, bis Blatter den schweren Wagen gewendet hatte, grüßte noch einmal, wie dieser davonfuhr. Dann trat er an die Aare. Sie kam hoch und schmutzigbraun. Ein alter, verrosteter Kinderwagen schwamm daher, Äste, eine kleine Tanne, dann, tanzend, ein kleines Papierschiff. Bärlach schaute dem Fluß lange zu, er liebte ihn. Dann ging er durch den Garten ins Haus.

Bärlach zog sich andere Schuhe an und betrat dann erst die Halle, blieb jedoch auf der Schwelle stehen. Hinter dem Schreibtisch saß ein Mann und blätterte in Schmieds Mappe. Seine rechte Hand spielte mit Bärlachs türkischem Messer. „Also du", sagte der Alte.

„Ja, ich", antwortete der andere.

Bärlach schloß die Türe und setzte sich in seinen Lehnstuhl dem Schreibtisch gegenüber. Schweigend sah er nach dem andern hin, der ruhig in Schmieds Mappe weiterblätterte, eine fast bäurische Gestalt, ruhig und verschlossen, tiefliegende Augen im knochigen, aber runden Gesicht mit kurzem Haar.

„Du nennst dich jetzt Gastmann", sagte der Alte endlich.

Der andere zog eine Pfeife hervor, stopfte sie, ohne Bärlach aus den Augen zu lassen, setzte sie in Brand und antwortete, mit dem Zeigefinger auf Schmieds Mappe klopfend:

„Das weißt du schon seit einiger Zeit ganz genau. Du hast mir den Jungen auf den Hals geschickt, diese Angaben stammen von dir."

Dann schloß er die Mappe wieder. Bärlach schaute auf den Schreibtisch, wo noch sein Revolver lag, mit dem Schaft gegen ihn gekehrt, er brauchte nur die Hand auszustrecken; dann sagte er:

„Ich höre nie auf, dich zu verfolgen. Einmal wird es mir gelingen, deine Verbrechen zu beweisen."

„Du mußt dich beeilen, Bärlach", antwortete der andere. „Du hast nicht mehr viel Zeit. Die Ärzte geben dir noch ein Jahr, wenn du dich jetzt operieren läßt."

„Du hast recht", sagte der Alte. „Noch ein Jahr. Und ich kann mich jetzt nicht operieren lassen, ich muß mich stellen. Meine letzte Gelegenheit."

„Die letzte", bestätigte der andere, und dann schwiegen sie wieder, endlos, saßen da und schwiegen.

„Über vierzig Jahre ist es her", begann der andere von neuem zu reden, „daß wir uns in irgendeiner verfallenden Judenschenke am Bosporus zum erstenmal getroffen haben. Ein unförmiges gelbes Stück Schweizerkäse von einem Mond hing bei dieser Begegnung damals zwischen den Wolken und schien durch die verfaulten Balken auf unsere Köpfe, das ist mir in noch guter Erinnerung. Du, Bärlach, warst damals ein junger Polizeifachmann aus der Schweiz in türkischen Diensten, herbestellt, um etwas zu reformieren, und ich – nun, ich war ein herumgetriebener Abenteurer wie jetzt noch, gierig, dieses mein einmaliges Leben und diesen ebenso einmaligen, rätselhaften Planeten kennenzulernen. Wir liebten uns auf den ersten Blick, wie wir einander zwischen Juden im Kaftan und schmutzigen Griechen gegenübersaßen. Doch wie nun die verteufelten Schnäpse, die wir damals tranken, diese vergorenen Säfte aus weiß was für Datteln und diese feurigen Meere auf fremden Kornfeldern um Odessa herum, die wir in unsere Kehlen stürzten, in uns mächtig wurden, daß unsere Augen wie glühende Kohlen durch die türkische Nacht funkelten, wurde unser Gespräch hitzig. Oh, ich liebe es, an diese Stunde zu denken, die dein Leben und das meine bestimmte!"

Er lachte.

Der Alte saß da und schaute schweigend zu ihm hinüber.

„Ein Jahr hast du noch zu leben", fuhr der andere fort, „und vierzig Jahre hast du mir wacker nachgespürt. Das ist die Rechnung. Was diskutierten wir denn damals, Bärlach, im Moder jener Schenke in der Vorstadt Tophane, eingehüllt in den Qualm türkischer Zigaretten? Deine These war, daß die menschliche Unvollkommenheit, die Tatsache, daß wir die Handlungsweise anderer nie mit Sicherheit vorauszusagen und daß wir ferner den Zufall, der in alles hineinspielt, nicht in unsere Überlegungen einzubauen vermögen, der Grund sei, der die meisten Verbrechen zwangsläufig zutage fördern müsse. Ein Verbrechen zu begehen nanntest du eine Dummheit, weil es unmöglich sei, mit Menschen wie mit Schachfiguren zu operieren. Ich dagegen stellte die These auf, mehr, um zu widersprechen, als überzeugt, daß gerade die Verworrenheit der menschlichen Beziehungen es möglich mache, Verbrechen zu begehen, die *nicht* erkannt werden könnten, daß aus diesem Grunde die überaus größte Anzahl der Verbrechen nicht nur ungeahndet, sondern auch ungeahnt seien, als nur im Verborgenen geschehen. Und wie wir nun weiterstritten, von den höllischen Bränden der Schnäpse, die uns der Judenwirt einschenkte, und mehr noch von unserer Jugend verführt, da haben wir im Übermut eine Wette geschlossen, eben da der Mond hinter dem nahen Kleinasien versank, eine Wette, die wir trotzig in den Himmel hinein hängten, wie wir etwa einen fürchterlichen Witz nicht zu unterdrükken vermögen, auch wenn er eine Gotteslästerung ist, nur weil uns die Pointe reizt als eine teuflische Versuchung des Geistes durch den Geist."

„Du hast recht", sagte der Alte ruhig, „wir haben diese Wette damals miteinander geschlossen."

„Du dachtest nicht, daß ich sie einhalten würde", lachte der andere, „wie wir am andern Morgen mit schwerem Kopf in der öden Schenke erwachten, du auf einer morschen Bank und ich unter einem noch von Schnaps feuchten Tisch."

„Ich dachte nicht", antwortete Bärlach, „daß diese Wette einzuhalten einem Menschen möglich wäre."

Sie schwiegen.

„Führe uns nicht in Versuchung", begann der andere von neuem. „Deine Biederkeit kam nie in Gefahr, versucht zu werden, doch deine Biederkeit versuchte mich. Ich hielt die kühne Wette, in deiner Gegenwart ein Verbrechen zu begehen, ohne daß du imstande sein würdest, mir dieses Verbrechen beweisen zu können."

„Nach drei Tagen", sagte der Alte leise und versunken in seiner Erinnerung, „wie wir mit einem deutschen Kaufmann über die Mahmud-Brücke gingen, hast du ihn vor meinen Augen ins Wasser gestoßen."

„Der arme Kerl konnte nicht schwimmen, und auch du warst in dieser Kunst so ungenügend bewandert, daß man dich nach deinem verunglückten Rettungsversuch halb ertrunken aus den schmutzigen Wellen des Goldenen Hornes ans Land zog", antwortete der andere unerschütterlich. „Der Mord trug sich an einem strahlenden türkischen Sommertag bei einer angenehmen Brise vom Meer her auf einer belebten Brücke in aller Öffentlichkeit zwischen Liebespaaren der europäischen Kolonie, Muselmännern und ortsansässigen Bettlern zu, und trotzdem konntest du mir nichts beweisen. Du ließest mich verhaften, umsonst. Stundenlange Verhöre, nutzlos. Das Gericht glaubte meiner Version, die auf Selbstmord des Kaufmanns lautete."

„Du konntest nachweisen, daß der Kaufmann vor dem Konkurs stand und sich durch einen Betrug vergeblich hatte retten wollen", gab der Alte bitter zu, bleicher als sonst.

„Ich wählte mir mein Opfer sorgfältig aus, mein Freund", lachte der andere.

„So bist du ein Verbrecher geworden", antwortete der Kommissär.

Der andere spielte gedankenverloren mit dem türkischen Messer. „Daß ich so etwas Ähnliches wie ein Verbrecher bin, kann ich nun nicht gerade ableugnen", sagte er endlich nachlässig. „Ich wurde ein immer besserer Verbrecher und du ein immer besserer Kriminalist: den Schritt jedoch, den ich dir voraushatte, konntest du nie einholen. Immer wieder tauchte ich in deiner Laufbahn auf wie ein graues Gespenst, immer wieder trieb mich die Lust, unter deiner Nase sozusagen immer kühnere, wildere, blasphemischere Verbrechen zu begehen, und immer wieder bist du nicht imstande gewesen, meine

Taten zu beweisen. Die Dummköpfe konntest du besiegen, aber ich besiegte dich."

Dann fuhr er fort, den Alten aufmerksam und wie belustigt beobachtend: „So lebten wir denn. Du ein Leben unter deinen Vorgesetzten, in deinen Polizeirevieren und muffigen Amtsstuben, immer brav eine Sprosse um die andere auf der Leiter deiner bescheidenen Erfolge erklimmend, dich mit Dieben und Fälschern herumschlagend, mit armen Schluckern, die nie recht ins Leben kamen, und mit armseligen Mörderchen, wenn es hochkam, ich dagegen bald im Dunkeln, im Dickicht verlorener Großstädte, bald im Lichte glänzender Positionen, ordenübersät, aus Übermut das Gute übend, wenn ich Lust dazu hatte, und wieder aus einer anderen Laune heraus das Schlechte liebend. Welch ein abenteuerlicher Spaß! Deine Sehnsucht war, mein Leben zu zerstören, und meine war es, mein Leben dir zum Trotz zu behaupten. Wahrlich, *eine* Nacht kettete uns für ewig zusammen!"

Der Mann hinter Bärlachs Schreibtisch klatschte in die Hände, es war ein einziger, grausamer Schlag: „Nun sind wir am Ende unserer Laufbahn", rief er aus. „Du bist in dein Bern zurückgekehrt, halb gescheitert, in diese verschlafene, biedere Stadt, von der man nie recht weiß, wieviel Totes und wieviel Lebendiges eigentlich noch an ihr ist, und ich bin nach Lamboing zurückgekommen, auch dies nur aus einer Laune heraus: Man rundet gern ab, denn in diesem gottverlassenen Dorf hat mich irgendein längst verscharrtes Weib einmal geboren, ohne viel zu denken und reichlich sinnlos, und so habe ich mich denn auch, dreizehnjährig, in einer Regennacht fortgestohlen. Da sind wir nun also wieder. Gib es auf, Freund, es hat keinen Sinn. Der Tod wartet nicht."

Und jetzt warf er, mit einer fast unmerklichen Bewegung der Hand, das Messer, genau und scharf Bärlachs Wange streifend, tief in den Lehnstuhl. Der Alte rührte sich nicht. Der andere lachte:

„Du glaubst nun also, ich hätte diesen Schmied getötet?"

„Ich habe diesen Fall zu untersuchen", antwortete der Kommissär. Der andere stand auf und nahm die Mappe zu sich. „Die nehme ich mit."

„Einmal wird es mir gelingen, deine Verbrechen zu beweisen", sagte nun Bärlach zum zweiten Male: „Und jetzt ist die letzte Gelegenheit."

„In der Mappe sind die einzigen, wenn auch dürftigen Beweise, die Schmied in Lamboing für dich gesammelt hat. Ohne diese Mappe bist du verloren. Abschriften oder Fotokopien besitzest du nicht, ich kenne dich."

„Nein", gab der Alte zu, „ich habe nichts dergleichen."

„Willst du nicht den Revolver brauchen, mich zu hindern?" fragte der andere spöttisch.

„Du hast die Munition herausgenommen", antwortete Bärlach unbeweglich.

„Eben", sagte der andere und klopfte ihm auf die Schultern. Dann ging er am Alten vorbei, die Türe öffnete sich, schloß sich wieder, draußen ging eine zweite Türe. Bärlach saß immer noch in seinem Lehnstuhl, die Wange an das kalte Eisen des Messers gelehnt. Doch plötzlich ergriff er die Waffe und schaute nach. Sie war geladen. Er sprang auf, lief in den Vorraum und dann zur Haustür, die er aufriß, die Waffe in der Faust:

Die Straße war leer.

Dann kam der Schmerz, der ungeheure, wütende, stechende Schmerz, eine Sonne, die in ihm aufging, ihn aufs Lager warf, zusammenkrümmte, mit Fiebergluten überbrühte, schüttelte. Der Alte kroch auf Händen und Füßen herum wie ein Tier, warf sich zu Boden, wälzte sich über den Teppich und blieb dann liegen, irgendwo in seinem Zimmer, zwischen den Stühlen, mit kaltem Schweiß bedeckt. „Was ist der Mensch?" stöhnte er leise. „Was ist der Mensch?"

Doch kam er wieder hoch. Nach dem Anfall fühlte er sich besser, schmerzfrei seit langem. Er trank angewärmten Wein in kleinen, vorsichtigen Schlücken, sonst nahm er nichts zu sich. Er verzichtete jedoch nicht darauf, den gewohnten Weg durch die Stadt und über die Bundesterrasse zu gehen, halb schlafend zwar, aber jeder Schritt in der reingefegten Luft tat ihm wohl. Lutz, dem er bald darauf im Bureau gegenübersaß, bemerkte nichts, war vielleicht auch zu sehr mit seinem schlechten Gewissen beschäftigt, um etwas bemerken zu können. Er hatte sich entschlossen, Bärlach über die Unterredung mit von Schwendi noch diesen Nachmittag zu orientieren, nicht erst gegen Abend, hatte sich dazu auch in eine kalte, sachliche Positur mit vorgereckter Brust geworfen, wie der General auf Traffelets Bild über ihm, den Alten in forschem Telegrammstil unterrichtend. Zu seiner maßlosen Überraschung hatte jedoch der Kommissär nichts dagegen einzuwenden, er war mit allem einverstanden, er meinte, es sei weitaus das beste, den Entscheid des Bundeshauses abzuwarten und die Nachforschungen hauptsächlich auf das Leben Schmieds zu konzentrieren. Lutz war dermaßen überrascht, daß er seine Haltung aufgab und ganz leutselig und gesprächig wurde.

„Natürlich habe ich mich über Gastmann orientiert", sagte er, „und weiß genug von ihm, um überzeugt zu sein, daß er unmöglich als Mörder irgendwie in Betracht kommen kann."

„Natürlich", sagte der Alte.

Lutz, der über Mittag von Biel einige Informationen erhalten hatte, spielte den sicheren Mann: „Gebürtig aus Pockau in Sachsen, Sohn eines Großkaufmanns in Lederwaren, erst Argentinier, deren Gesandter in China er war – er muß in der Jugend nach Südamerika ausgewandert sein –, dann Franzose, meistens auf ausgedehnten Reisen. Er trägt das Kreuz der Ehrenlegion und ist durch Publikationen über biologische Fragen bekannt geworden. Bezeichnend für seinen Charakter ist die Tatsache, daß er es ablehnte, in die Französische Akademie aufgenommen zu werden. Das imponiert mir."

„Ein interessanter Zug", sagte Bärlach.

„Über seine zwei Diener werden noch Erkundigungen eingezogen. Sie haben französische Pässe, scheinen jedoch aus dem Emmental zu stammen. Er hat sich mit ihnen an der Beerdigung einen bösen Spaß geleistet."

„Das scheint Gastmanns Art zu sein, Witze zu machen", sagte der Alte.

„Er wird sich eben über seinen toten Hund ärgern. Vor allem ist der Fall Schmied für uns ärgerlich. Wir stehen in einem vollkommen falschen Licht da. Wir können von Glück reden, daß ich mit von Schwendi befreundet bin. Gastmann ist ein Weltmann und genießt das volle Vertrauen schweizerischer Unternehmer."

„Dann wird er schon richtig sein", meinte Bärlach.

„Seine Persönlichkeit steht über jedem Verdacht."

„Entschieden", nickte der Alte.

„Leider können wir das nicht mehr von Schmied sagen", schloß Lutz und ließ sich mit dem Bundeshaus verbinden.

Doch wie er am Apparat wartete, sagte plötzlich der Kommissär, der sich schon zum Gehen gewandt hatte:

„Ich muß Sie um eine Woche Krankheitsurlaub bitten, Herr Doktor."

„Es ist gut", antwortete Lutz, die Hand vor die Muschel haltend, denn man meldete sich schon, „am Montag brauchen Sie nicht zu kommen!"

In Bärlachs Zimmer wartete Tschanz, der sich beim Eintreten des Alten erhob. Er gab sich ruhig, doch der Kommissär spürte, daß der Polizist nervös war.

„Fahren wir zu Gastmann", sagte Tschanz, „es ist höchste Zeit."

„Zum Schriftsteller", antwortete der Alte und zog den Mantel an.

„Umwege, alles Umwege", wetterte Tschanz, hinter Bärlach die Treppe hinuntergehend. Der Kommissär blieb im Ausgang stehen:

„Da steht ja Schmieds blauer Mercedes."

Tschanz sagte, er habe ihn gekauft, auf Abzahlung, irgendwem müßte ja jetzt der Wagen gehören, und stieg ein. Bärlach setzte sich neben ihn, und Tschanz fuhr über den Bahnhofsplatz gegen Bethlehem. Bärlach brummte:

„Du fährst ja wieder über Ins."

„Ich liebe diese Strecke."

Bärlach schaute in die reingewaschenen Felder hinein. Es war alles in helles, ruhiges Licht getaucht. Eine warme, sanfte Sonne hing am Himmel, senkte sich schon leicht gegen Abend. Die beiden schwiegen. Nur einmal, zwischen Kerzers und Müntschemier, fragte Tschanz:

„Frau Schönler sagte mir, Sie hätten aus Schmieds Zimmer eine Mappe mitgenommen."

„Nichts Amtliches, Tschanz, nur Privatsache."

Tschanz entgegnete nichts, fragte auch nicht mehr, nur daß Bärlach auf den Geschwindigkeitsmesser klopfen mußte, der bei hundertfünfundzwanzig zeigte.

„Nicht so schnell, Tschanz, nicht so schnell. Nicht daß ich Angst habe, aber mein Magen ist nicht in Ordnung. Ich bin ein alter Mann."

Der Schriftsteller empfing sie in seinem Arbeitszimmer. Es war ein alter, niedriger Raum, der die beiden zwang, sich beim Eintritt durch die Türe wie unter ein Joch zu bücken. Draußen bellte noch der kleine weiße Hund mit dem schwarzen Kopf, und irgendwo im Hause schrie ein Kind. Der Schriftsteller saß vorne beim gotischen Fenster, bekleidet mit einem Overall und einer braunen Lederjacke. Er drehte sich auf seinem Stuhl gegen die Eintretenden um, ohne den Schreibtisch zu verlassen, der dicht mit Papier besät war. Er erhob sich jedoch nicht, ja, grüßte kaum, fragte nur, was die Polizei von ihm wolle. Er ist unhöflich, dachte Bärlach, er liebt die Polizisten nicht; Schriftsteller haben Polizisten nie geliebt. Der Alte beschloß, vorsichtig zu sein, auch Tschanz war von der ganzen Angelegenheit nicht angetan. Auf alle Fälle sich nicht beobachten lassen, sonst kommen wir noch in ein Buch, dachten sie ungefähr beide. Aber wie sie auf eine Handbewegung des Schriftstellers hin in weichen Lehnstühlen saßen, merkten sie überrascht, daß sie im Lichte des kleinen Fensters waren, während sie in diesem niedrigen grünen Zimmer zwischen den vielen Büchern das Gesicht des Schriftstellers kaum sahen, so heimtückisch war das Gegenlicht.

„Wir kommen in der Sache Schmied", fing der Alte an, „der über Twann ermordet worden ist."

„Ich weiß. In der Sache Doktor Prantls, der Gastmann ausspionierte", antwortete die dunkle Masse zwischen dem Fenster und ihnen. „Gastmann hat es mir erzählt." Für kurze Momente leuchtete das Gesicht auf, er zündete sich eine Zigarette an. Die zwei sahen noch, wie sich das Gesicht zu einer grinsenden Grimasse verzog:

„Sie wollen mein Alibi?"

„Nein", sagte Bärlach.

„Sie trauen mir den Mord nicht zu?" fragte der Schriftsteller sichtlich enttäuscht.

„Nein", antwortete Bärlach trocken, „Ihnen nicht."

Der Schriftsteller stöhnte: „Da haben wir es wieder, die Schriftsteller werden in der Schweiz aufs traurigste unterschätzt!"

Der Alte lachte: „Wenn Sie's absolut wissen wollen: wir haben Ihr Alibi natürlich schon. Um halb eins sind Sie in der Mordnacht zwischen Lamlingen und Schernelz dem Bannwart begegnet und gingen mit ihm heim. Sie hatten den gleichen Heimweg. Sie seien sehr lustig gewesen, hat der Bannwart gesagt."

„Ich weiß. Der Polizist von Twann fragte schon zweimal den Bannwart über mich aus. Und alle andern Leute hier. Und sogar meine Schwiegermutter. Ich war Ihnen also doch mordverdächtig", stellte der Schriftsteller stolz fest. „Auch eine Art schriftstellerischer Erfolg!" Und Bärlach dachte, es sei eben die Eitelkeit des Schriftstellers, daß er ernst genommen werden wolle. Alle drei schwiegen, und Tschanz versuchte angestrengt, dem Schriftsteller ins Gesicht zu sehen. Es war nichts zu machen in diesem Licht.

„Was wollen Sie denn noch?" fauchte endlich der Schriftsteller.

„Sie verkehren viel mit Gastmann?"

„Ein Verhör?" fragte die dunkle Masse und schob sich noch mehr vors Fenster. „Ich habe jetzt keine Zeit."

„Seien Sie bitte nicht so unbarmherzig", sagte der Kommissär, „wir wollen uns doch nur etwas unterhalten." Der Schriftsteller brummte. Bärlach setzte wieder an: „Sie verkehren viel mit Gastmann?"

„Hin und wieder."

„Warum?"

Der Alte erwartete jetzt wieder eine böse Antwort; doch der Schriftsteller lachte nur, blies den beiden ganze Schwaden von Zigarettenrauch ins Gesicht und sagte:

„Ein interessanter Mensch, dieser Gastmann, Kommissär, so einer lockt die Schriftsteller wie Fliegen an. Er kann herrlich kochen, wundervoll, hören Sie!"

Und nun fing der Schriftsteller an, über Gastmanns Kochkunst zu reden, ein Gericht nach dem andern zu beschreiben. Fünf Minuten hörten die beiden zu, und dann noch einmal fünf Minuten; als der Schriftsteller jedoch nun schon eine Viertelstunde von Gastmanns Kochkunst geredet hatte und von nichts anderem als von Gastmanns Kochkunst, stand Tschanz auf und sagte, sie seien leider nicht der Kochkunst zuliebe gekommen, aber Bärlach widersprach, ganz frisch geworden, das interessiere ihn, und nun fing Bärlach auch an. Der Alte lebte auf und erzählte nun seinerseits von der Kochkunst der Türken, der Rumänen, der Bulgaren, der Jugoslawen, der Tschechen, die beiden warfen sich Gerichte wie Fangbälle zu. Tschanz schwitzte und fluchte innerlich. Die beiden waren von der Kochkunst nicht mehr abzubringen, aber endlich, nach dreiviertel Stunden, hielten sie ganz erschöpft, wie nach einer langen Mahlzeit, inne. Der Schriftsteller zündete sich eine Zigarre an. Es war still. Nebenan begann das Kind wieder zu schreien. Unten bellte der Hund. Da sagte Tschanz ganz plötzlich ins Zimmer hinein:

„Hat Gastmann den Schmied getötet?"

Die Frage war primitiv, der Alte schüttelte den Kopf, und die dunkle Masse vor ihnen sagte: „Sie gehen wirklich aufs Ganze."

„Ich bitte zu antworten", sagte Tschanz entschlossen und beugte sich vor, doch blieb das Gesicht des Schriftstellers unerkennbar.

Bärlach war neugierig, wie nun wohl der Gefragte reagieren würde.

Der Schriftsteller blieb ruhig.

„Wann ist denn der Polizist getötet worden?" fragte er.

Dies sei nach Mitternacht gewesen, antwortete Tschanz.

Ob die Gesetze der Logik auch auf der Polizei Gültigkeit hätten, wisse er natürlich nicht, entgegnete der Schriftsteller, und er zweifle sehr daran, doch da er – wie die Polizei ja in ihrem Fleiß festgestellt hätte – um halb eins auf der Straße nach Schernelz dem Bannwart begegnet sei und sich demnach kaum zehn Minuten vorher von Gastmann verabschiedet haben müsse, könne Gastmann offenbar doch nicht gut der Mörder sein.

Tschanz wollte weiter wissen, ob noch andere Mitglieder der Gesellschaft um diese Zeit bei Gastmann gewesen seien.

Der Schriftsteller verneinte die Frage.

„Verabschiedete sich Schmied mit den andern?"

„Doktor Prantl pflegte sich stets als zweitletzter zu empfehlen", antwortete der Schriftsteller nicht ohne Spott.

„Und als letzter?"

„Ich."

Tschanz ließ nicht locker: „Waren beide Diener zugegen?"

„Ich weiß es nicht."

Tschanz wollte wissen, warum nicht eine klare Antwort gegeben werden könne. Er denke, die Antwort sei klar genug, schnauzte ihn der Schriftsteller an. Diener dieser Sorte pflegte er nie zu beachten.

Ob Gastmann ein guter Mensch oder ein schlechter sei, fragte Tschanz mit einer Art Verzweiflung und einer Hemmungslosigkeit, die den Kommissär wie auf glühenden Kohlen sitzen ließ. Wenn wir nicht in den nächsten Roman kommen, ist es das reinste Wunder, dachte er.

Der Schriftsteller blies Tschanz eine solche Rauchwolke ins Gesicht, daß der husten mußte, auch blieb es lange still im Zimmer, nicht einmal das Kind hörte man mehr schreien.

„Gastmann ist ein schlechter Mensch", sagte endlich der Schriftsteller.

„Und trotzdem besuchen Sie ihn öfters, und nur, weil er gut kocht?" fragte Tschanz nach einem neuen Hustenanfall empört.

„Nur."

„Das verstehe ich nicht."

Der Schriftsteller lachte. Er sei eben auch eine Art Polizist, sagte er, aber ohne Macht, ohne Staat, ohne Gesetz und ohne Gefängnis hinter sich. Es sei auch *sein* Beruf, den Menschen auf die Finger zu sehen.

Tschanz schwieg verwirrt, und Bärlach sagte: „Ich verstehe", und dann, nach einer Weile, als die Sonne im Fenster erlosch:

„Nun hat uns mein Untergebener Tschanz", sagte der Kommissär, „mit seinem übertriebenen Eifer in einen Engpaß hineingetrieben, aus dem ich mich wohl kaum mehr werde herausfinden können, ohne Haare zu lassen. Aber die Jugend hat auch etwas Gutes, genießen wir den Vorteil, daß uns ein Ochse in seinem Ungestüm den Weg bahnte (Tschanz wurde bei diesen Worten des Kommissärs rot vor Ärger). Bleiben wir bei den Fragen und bei den Antworten, die nun in Gottes Namen gefallen sind. Fassen wir die Gelegenheit beim Schopf. Wie denken Sie sich nun die Angelegenheit, mein Herr? Ist Gastmann fähig, als Mörder in Frage zu kommen?"

Im Zimmer war es nun rasch dunkler geworden, doch fiel es dem Schriftsteller nicht ein, Licht zu machen. Er setzte sich in die Fensternische, so daß die beiden Polizisten wie Gefangene in einer Höhle saßen. „Ich halte Gastmann zu jedem Verbrechen fähig", kam es brutal vom Fenster her, mit einer Stimme, die nicht ohne Heimtücke war. „Doch bin ich überzeugt, daß er den Mord an Schmied nicht begangen hat."

„Sie kennen Gastmann", sagte Bärlach.

„Ich mache mir ein Bild von ihm", sagte der Schriftsteller.

„Sie machen sich *Ihr* Bild von ihm", korrigierte der Alte kühl die dunkle Masse vor ihnen im Fensterrahmen.

„Was mich an ihm fasziniert, ist nicht so sehr seine Kochkunst, obgleich ich mich nicht so leicht für etwas anderes mehr begeisterte, sondern die Möglichkeit eines Menschen, der nun wirklich ein Nihilist ist", sagte der Schriftsteller. „Es ist immer atemraubend, einem Schlagwort in Wirklichkeit zu begegnen."

„Es ist vor allem immer atemraubend, einem Schriftsteller zuzuhören", sagte der Kommissär trocken.

„Vielleicht hat Gastmann mehr Gutes getan als wir drei zusammen, die wir hier in diesem schiefen Zimmer sitzen", fuhr der Schriftsteller fort. „Wenn ich ihn schlecht nenne, so darum, weil er das Gute ebenso aus einer Laune, aus einem Einfall tut wie das Schlechte, welches ich ihm zutraue. Er wird nie das Böse tun, um etwas zu erreichen, wie andere ihre Verbrechen begehen, um Geld zu besitzen, eine Frau zu erobern oder Macht zu gewinnen, er wird es tun, wenn es sinnlos ist, vielleicht, denn bei ihm sind immer zwei Dinge möglich, das Schlechte und das Gute, und der Zufall entscheidet."

„Sie folgern dies, als wäre es Mathematik", entgegnete der Alte.

„Es ist auch Mathematik", antwortete der Schriftsteller. „Man könnte sein Gegenteil im Bösen konstruieren, wie man eine geometrische Figur als Spiegelbild einer andern konstruiert, und ich bin sicher, daß es auch einen solchen Menschen gibt – irgendwo –, vielleicht werden Sie auch diesem begegnen. Begegnet man einem, begegnet man dem andern."

„Das klingt wie ein Programm", sagte der Alte.

„Nun, es ist auch ein Programm, warum nicht", sagte der Schriftsteller. „So denke ich mir als Gastmanns Spiegelbild einen Menschen, der ein Verbrecher wäre, weil das Böse seine Moral, seine Philosophie darstellt, das er ebenso fanatisch täte, wie ein anderer aus Einsicht das Gute."

Der Kommissär meinte, man solle nun doch lieber auf Gastmann zurückkommen, der liege ihm näher.

„Wie Sie wollen", sagte der Schriftsteller, „kommen wir auf Gastmann zurück, Kommissär, zu diesem einen Pol des Bösen. Bei ihm ist das Böse nicht der Ausdruck einer Philosophie oder eines Triebes, sondern seiner Freiheit: der Freiheit des Nichts."

„Für diese Freiheit gebe ich keinen Pfennig", antwortete der Alte.

„Sie sollen auch keinen Pfennig dafür geben", entgegnete der andere. „Aber man könnte sein Leben darangeben, diesen Mann und diese seine Freiheit zu studieren."

„Sein Leben", sagte der Alte.

Der Schriftsteller schwieg. Er schien nichts mehr sagen zu wollen.

„Ich habe es mit einem wirklichen Gastmann zu tun", sagte der Alte endlich. „Mit einem Menschen, der bei Lamlingen auf der Ebene des Tessenberges wohnt und Gesellschaften gibt, die einen Polizeileutnant das Leben gekostet haben. Ich sollte wissen, ob das Bild, das Sie mir gezeigt haben, das Bild Gastmanns ist oder jenes Ihrer Träume."

„Unserer Träume", sagte der Schriftsteller.

Der Kommissär schwieg.

„Ich weiß es nicht", schloß der Schriftsteller und kam auf die beiden zu, sich zu verabschieden, nur Bärlach die Hand reichend, nur ihm: „Ich habe mich um dergleichen nie gekümmert. Es ist schließlich Aufgabe der Polizei, diese Frage zu untersuchen."

DIE zwei Polizisten gingen wieder zu ihrem Wagen, vom weißen Hündchen verfolgt, das sie wütend anbellte, und Tschanz setzte sich ans Steuer. Er sagte: „Dieser Schriftsteller gefällt mir nicht." Bärlach ordnete den Mantel, bevor er einstieg. Das Hündchen war auf eine Rebmauer geklettert und bellte weiter.

„Nun zu Gastmann", sagte Tschanz und ließ den Motor anspringen. Der Alte schüttelte den Kopf.

„Nach Bern."

Sie fuhren gegen Ligerz hinunter, hinein in ein Land, das sich ihnen in einer ungeheuren Tiefe öffnete. Weit ausgebreitet lagen die Elemente da: Stein, Erde, Wasser. Sie selbst fuhren im Schatten, aber die Sonne, hinter den Tessenberg gesunken, beschien noch den See, die Insel, die Hügel, die Vorgebirge, die Gletscher am Horizont und die übereinandergetürmten Wolkenungetüme, dahinschwimmend in den blauen Meeren des Himmels. Unbeirrbar schaute der Alte in dieses sich unaufhörlich ändernde Wetter des Vorwinters. Immer dasselbe, dachte er, wie es sich auch ändert, immer dasselbe. Doch wie die Straße sich jäh wandte und der See, ein gewölbter Schild, senkrecht unter ihnen lag, hielt Tschanz an.

„Ich muß mit Ihnen reden, Kommissär", sagte er aufgeregt.

„Was willst du?" fragte Bärlach, die Felsen hinabschauend.

„Wir müssen Gastmann aufsuchen, es gibt keinen anderen Weg weiterzukommen, das ist doch logisch. Vor allem müssen wir die Diener verhören."

Bärlach lehnte sich zurück und saß da, ein ergrauter, soignierter Herr, den Jungen neben sich aus seinen kalten Augenschlitzen ruhig betrachtend:

„Mein Gott, wir können nicht immer tun, was logisch ist, Tschanz. Lutz will nicht, daß wir Gastmann besuchen. Das ist verständlich, denn er mußte den Fall dem Bundesanwalt übergeben. Warten wir dessen Verfügung ab. Wir haben es eben mit heiklen Ausländern zu tun." Bärlachs nachlässige Art machte Tschanz wild.

„Das ist doch Unsinn", schrie er, „Lutz sabotiert mit seiner politischen Rücksichtnahme die Untersuchung. Von Schwendi ist sein Freund und Gastmanns Anwalt, da kann man sich doch sein Teil denken."

Bärlach verzog nicht einmal sein Gesicht: „Es ist gut, daß wir allein sind, Tschanz. Lutz hat vielleicht etwas voreilig, aber mit guten Gründen gehandelt. Das Geheimnis liegt bei Schmied und nicht bei Gastmann."

Tschanz ließ sich nicht beirren: „Wir haben nichts anderes als die Wahrheit zu suchen", rief er verzweifelt in die heranziehenden Wolkenberge hinein, „die Wahrheit und nur die Wahrheit, wer Schmieds Mörder ist!"

„Du hast recht", wiederholte Bärlach, aber unpathetisch und kalt, „die Wahrheit, wer Schmieds Mörder ist."

Der junge Polizist legte dem Alten die Hand auf die linke Schulter, schaute ihm ins undurchdringliche Antlitz:

„Deshalb haben wir mit allen Mitteln vorzugehen, und zwar gegen Gastmann. Eine Untersuchung muß lückenlos sein. Man kann nicht immer alles tun, was logisch ist, sagen Sie. Aber hier *müssen* wir es tun. Wir können Gastmann nicht überspringen."

„Gastmann ist nicht der Mörder", sagte Bärlach trocken.

„Die Möglichkeit besteht, daß Gastmann den Mord angeordnet hat. Wir müssen seine Diener vernehmen!" entgegnete Tschanz.

„Ich sehe nicht den geringsten Grund, der Gastmann hätte veranlassen können, Schmied zu ermorden", sagte der Alte. „Wir müssen den Täter dort suchen, wo die Tat einen Sinn hätte haben können, und dies geht nur den Bundesanwalt etwas an", fuhr er fort.

„Auch der Schriftsteller hält Gastmann für den Mörder", rief Tschanz aus.

„Auch du hältst ihn dafür?" fragte Bärlach lauernd.

„Auch ich, Kommissär."

„Dann du allein", stellte Bärlach fest. „Der Schriftsteller hält ihn nur zu jedem Verbrechen fähig, das ist ein Unterschied. Der Schriftsteller hat nichts über Gastmanns Taten ausgesagt, sondern nur über seine Potenz."

Nun verlor der andere die Geduld. Er packte den Alten bei den Schultern. „Jahrelang bin ich im Schatten gestanden, Kommissär," keuchte er. „Immer hat man mich übergangen, mißachtet, als letzten Dreck benutzt, als besseren Briefträger!"

„Das gebe ich zu, Tschanz", sagte Bärlach, unbeweglich in das verzweifelte Gesicht des Jungen starrend, „jahrelang bist du im Schatten dessen gestanden, der nun ermordet worden ist."

„Nur weil er bessere Schulen hatte! Nur weil er Lateinisch konnte."

„Du tust ihm Unrecht", antwortete Bärlach, „Schmied war der beste Kriminalist, den ich je gekannt habe."

„Und jetzt", schrie Tschanz, „da ich einmal ein Chance habe, soll alles wieder für nichts sein, soll meine einmalige Gelegenheit hinaufzukommen in einem blödsinnigen diplomatischen Spiel zugrunde gehen! Nur Sie können das noch ändern, Kommissär, sprechen Sie mit Lutz, nur Sie können ihn bewegen, mich zu Gastmann gehen zu lassen."

„Nein, Tschanz", sagte Bärlach, „ich kann das nicht." Der andere rüttelte ihn wie einen Schulbuben, hielt ihn zwischen den Fäusten, schrie:

„Reden Sie mit Lutz, reden Sie!"

Doch der Alte ließ sich nicht erweichen: „Es geht nicht, Tschanz", sagte er. „Ich bin nicht mehr für diese Dinge zu haben. Ich bin alt und krank. Da braucht man seine Ruhe. Du mußt dir selber helfen."

„Gut", sagte Tschanz, ließ plötzlich von Bärlach ab und ergriff wieder das Steuer, wenn auch totenbleich und zitternd. „Dann nicht. Sie können mir nicht helfen."

Sie fuhren wieder gegen Ligerz hinunter.

„Du bist doch in Grindelwald in den Ferien gewesen? Pension Eiger?" fragte der Alte.

„Jawohl, Kommissär."

„Still und nicht zu teuer?"

„Wie Sie sagen."

„Gut, Tschanz, ich fahre morgen dorthin, um mich auszuruhen. Ich muß in die Höhe. Ich habe für eine Woche Krankenurlaub genommen."

Tschanz antwortete nicht sofort. Erst als sie in die Straße Biel–Neuenburg einbogen, meinte er, und seine Stimme klang wieder wie sonst:

„Die Höhe tut nicht immer gut, Kommissär."

NOCH am selben Abend ging Bärlach zu seinem Arzt am Bärenplatz, Doktor Samuel Hungertobel. Die Lichter brannten schon, von Minute zu Minute brach eine immer finsterere Nacht herein. Bärlach schaute von Hungertobels Fenster auf den Platz hinunter, auf die wogende Flut der Menschen. Der Arzt packte seine Instrumente zusammen. Bärlach und Hungertobel kannten sich schon lange, sie waren zusammen auf dem Gymnasium gewesen.

„DAS Herz ist gut", sagte Hungertobel, „Gott sei Dank!"

„Hast du Aufzeichnungen über meinen Fall?" fragte ihn Bärlach.

„Eine ganze Aktenmappe", antwortete der Arzt und wies auf einen Papierstoß auf dem Schreibtisch. „Alles deine Krankheit."

„Du hast zu niemandem über meine Krankheit geredet, Hungertobel?" fragte der Alte.

„Aber, Hans!" sagte der andere alte Mann, „das ist doch Arztgeheimnis."

Drunten auf dem Platz fuhr ein blauer Mercedes vor, hielt zwischen anderen Wagen, die dort parkten. Bärlach sah genauer hin. Tschanz stieg aus, und ein Mädchen in weißem Regenmantel, über den das Haar in blonden Strähnen floß.

„Ist bei dir einmal eingebrochen worden, Fritz?" fragte der Kommissär.

„Wie kommst du darauf?"

„Nur so."

„Einmal war mein Schreibtisch durcheinander", gestand Hungertobel, „und deine Krankheitsgeschichte lag oben auf dem Schreibtisch. Geld fehlte keins, obschon ziemlich viel im Schreibtisch war."

„Und warum hast du das nicht gemeldet?"

Der Arzt kratzte sich im Haar. „Geld fehlte, wie gesagt, keins, und ich wollte es eigentlich trotzdem melden. Aber dann habe ich es vergessen."

„So", sagte Bärlach, „du hast es vergessen. Bei dir wenigstens geht es den Einbrechern gut." Und er dachte: Daher weiß es also Gastmann. Er schaute wieder auf den Platz hinunter. Tschanz trat nun mit dem Mädchen in das italienische Restaurant. Am Tage seiner Beerdigung, dachte Bärlach und wandte sich nun endgültig vom Fenster ab. Er sah Hungertobel an, der am Schreibtisch saß und schrieb.

„Wie steht es nun mit mir?"

„Hast du Schmerzen?"

Der Alte erzählte ihm seinen Anfall.

„Das ist schlimm, Hans", sagte Hungertobel, „wir müssen dich innert drei Tagen operieren. Es geht nicht mehr anders."

„Ich fühle mich jetzt wohl wie nie."

„In vier Tagen wird ein neuer Anfall kommen, Hans", sagte der Arzt, „und den wirst du nicht mehr überleben."

„Zwei Tage habe ich also noch Zeit. Zwei Tage. Und am Morgen des dritten Tages wirst du mich operieren. Am Dienstagmorgen."

„Am Dienstagmorgen", sagte Hungertobel.

„Und dann habe ich noch ein Jahr zu leben, nicht wahr, Fritz?" sagte Bärlach und sah undurchdringlich wie immer auf seinen Schulfreund. Der sprang auf und ging durchs Zimmer.

„Wie kommst du auf solchen Unsinn!"

„Von dem, der meine Krankheitsgeschichte las."

„Bist du der Einbrecher?" rief der Arzt erregt.

Bärlach schüttelte den Kopf: „Nein, nicht ich. Aber demnach ist es so, Fritz, nur noch ein Jahr."

„Nur noch ein Jahr", antwortete Hungertobel, setzte sich an der Wand seines Ordinationszimmers auf einen Stuhl und sah hilflos zu Bärlach hinüber, der in der Mitte des Zimmers stand, in ferner, kalter Einsamkeit, unbeweglich und demütig, vor dessen verlorenem Blick der Arzt nun die Augen senkte.

GEGEN zwei Uhr nachts wachte Bärlach plötzlich auf. Er war früh zu Bett gegangen, hatte auch auf den Rat Hungertobels hin ein Mittel genommen, das erste Mal, so daß er zuerst sein heftiges Erwachen diesen ihm ungewohnten Vorkehrungen zuschrieb. Doch glaubte er wieder, durch irgendein Geräusch geweckt worden zu sein. Er war – wie oft, wenn wir mit einem Schlag wach werden – übernatürlich hellsichtig und klar; dennoch mußte er sich zuerst orientieren, und

erst nach einigen Augenblicken – die uns dann Ewigkeiten scheinen –
fand er sich zurecht. Er lag nicht im Schlafzimmer, wie es sonst seine
Gewohnheit war, sondern in der Bibliothek; denn, auf seine schlechte
Nacht vorbereitet, wollte er, wie er sich erinnerte, noch lesen, doch
mußte ihn mit einem Male ein tiefer Schlaf übermannt haben. Seine
Hände fuhren über den Leib, er war noch in den Kleidern; nur eine
Wolldecke hatte er über sich gebreitet. Er horchte. Etwas fiel auf den
Boden, es war das Buch, in dem er gelesen hatte. Die Finsternis des
fensterlosen Raums war tief, aber nicht vollkommen; durch die offene
Türe des Schlafzimmers drang schwaches Licht, von dort schimmerte
der Schein der stürmischen Nacht.

Er hörte von ferne den Wind aufheulen. Mit der Zeit erkannte er
im Dunkeln ein Büchergestell und einen Stuhl, auch die Kante des
Tisches, auf dem, wie er mühsam erkannte, noch immer der Revolver
lag. Da spürte er plötzlich einen Luftzug, im Schlafzimmer schlug ein
Fenster, dann schloß sich die Türe mit einem heftigen Schlag. Unmittelbar nachher hörte der Alte vom Korridor her ein leises Schnappen. Er begriff. Jemand hatte die Haustüre geöffnet und war in den
Korridor gedrungen, jedoch ohne mit der Möglichkeit eines Luftzuges
zu rechnen. Bärlach stand auf und machte an der Stehlampe Licht.

Er ergriff den Revolver und entsicherte ihn. Da machte auch der
andere im Korridor Licht. Bärlach, der durch die halboffene Türe die
brennende Lampe erblickte, war überrascht; denn er sah in dieser
Handlung des Unbekannten keinen Sinn. Er begriff erst, als es zu
spät war. Er sah die Silhouette eines Arms und einer Hand, die in
die Lampe griff, dann leuchtete eine blaue Flamme auf, es wurde
finster: der Unbekannte hatte die Lampe herausgerissen und einen
Kurzschluß herbeigeführt. Bärlach stand in vollkommener Dunkelheit,
der andere hatte den Kampf aufgenommen und die Bedingungen
gestellt: Bärlach mußte im Finstern kämpfen. Der Alte umklammerte
die Waffe und öffnete vorsichtig die Türe zum Schlafzimmer. Er betrat den Raum. Durch die Fenster fiel ungewisses Licht, zuerst kaum
wahrnehmbar, das sich jedoch, wie sich das Auge daran gewöhnt hatte,
verstärkte. Bärlach lehnte sich zwischen dem Bett und dem Fenster,
das gegen den Fluß ging, an die Wand; das andere Fenster war rechts
von ihm, es ging gegen das Nebenhaus. So stand er in undurchdring-
lichem Schatten, zwar benachteiligt, da er nicht ausweichen konnte,
doch hoffte er, daß seine Unsichtbarkeit dies aufwöge. Die Türe zur

Bibliothek lag im schwachen Licht der Fenster. Er mußte den Umriß des Unbekannten erblicken, wenn er sie durchschritt. Da flammte in der Bibliothek der feine Strahl einer Taschenlampe auf, glitt suchend über die Einbände, dann über den Fußboden, über den Sessel, schließlich über den Schreibtisch. Im Strahl lag das Schlangenmesser. Wieder sah Bärlach die Hand durch die offene Türe ihm gegenüber. Sie steckte in einem braunen Lederhandschuh, tastete über den Tisch, schloß sich um den Griff des Schlangenmessers. Bärlach hob die Waffe, zielte. Da erlosch die Taschenlampe. Unverrichteterdinge ließ der Alte den Revolver wieder sinken, wartete. Er sah von seinem Platz aus durch das Fenster, ahnte die schwarze Masse des unaufhörlich fließenden Flusses, die aufgetürmte Stadt jenseits, die Kathedrale, wie ein Pfeil in den Himmel stechend, und darüber die treibenden Wolken. Er stand unbeweglich und erwartete den Feind, der gekommen war, ihn zu töten. Sein Auge bohrte sich in den ungewissen Ausschnitt der Türe. Er wartete. Alles war still, leblos. Dann schlug die Uhr im Korridor: drei. Er horchte. Leise hörte er von ferne das Ticken der Uhr. Irgendwo hupte ein Automobil, dann fuhr es vorüber. Leute von einer Bar. Einmal glaubte er, atmen zu hören, doch mußte er sich getäuscht haben. So stand er da, und irgendwo in seiner Wohnung stand der andere, und die Nacht war zwischen ihnen, diese geduldige, grausame Nacht, die unter ihrem schwarzen Mantel die tödliche Schlange barg, das Messer, das sein Herz suchte. Der Alte atmete kaum. Er stand da und umklammerte die Waffe, kaum daß er fühlte, wie kalter Schweiß über seinen Nacken floß. Er dachte an nichts mehr, nicht mehr an Gastmann, nicht mehr an Lutz, auch nicht mehr an die Krankheit, die an seinem Leibe fraß, Stunde um Stunde, im Begriff, das Leben zu zerstören, das er nun verteidigte, voll Gier zu leben und nur zu leben. Er war nur noch ein Auge, das die Nacht durchforschte, nur noch ein Ohr, das den kleinsten Laut überprüfte, nur noch eine Hand, die sich um das kühle Metall der Waffe schloß. Doch nahm er endlich die Gegenwart des Mörders anders wahr, als er geglaubt hatte; er spürte an seiner Wange eine ungewisse Kälte, eine geringe Veränderung der Luft. Lange konnte er sich das nicht erklären, bis er erriet, daß sich die Türe, die vom Schlafzimmer ins Eßzimmer führte, geöffnet hatte. Der Fremde hatte seine Überlegung zum zweiten Male durchkreuzt, er war auf einem Umweg ins Schlafzimmer gedrungen, unsichtbar, unhörbar, unaufhaltsam, in der Hand das Schlangenmesser. Bärlach wußte nun, daß er den Kampf beginnen, daß er zuerst handeln mußte, er, der alte, todkranke Mann, den Kampf um ein Leben, das noch ein Jahr dauern konnte, wenn alles gutging, wenn Hungertobel gut und richtig schnitt. Bärlach richtete den Revolver gegen das Fenster, das nach der Aare sah. Dann schoß er, dann noch einmal, dreimal im ganzen, schnell und sicher durch die zersplitternde Scheibe hinaus in den Fluß, dann ließ er sich nieder. Über ihm zischte es, es war das Messer, das nun federnd in der Wand steckte. Aber schon hatte der Alte erreicht, was er wollte: im andern Fenster wurde es licht, es waren die Leute des Nebenhauses, die sich nun aus ihren geöffneten Fenstern bückten; zu Tode erschrocken und verwirrt starrten sie in die Nacht. Bärlach richtete sich auf. Das Licht des Nebenhauses erleuchtete das Schlafzimmer, undeutlich sah er noch in der Eßzimmertüre den Schatten einer Gestalt, dann schlug die Haustüre zu, hernach durch den Luftzug die Türe zur Bibliothek, dann die zum Eßzimmer, ein Schlag nach dem andern, das Fenster klappte, darauf war es still. Die Leute vom Nebenhaus starrten immer noch in die Nacht. Der Alte rührte sich nicht an seiner Wand, in der Hand immer noch die Waffe. Er stand da, unbeweglich, als spüre er die Zeit nicht mehr. Die Leute zogen sich zurück, das Licht erlosch. Bärlach stand an der Wand, wieder in der Dunkelheit, eins mit ihr, allein im Haus.

NACH einer halben Stunde ging er in den Korridor und suchte seine Taschenlampe. Er telefonierte Tschanz, er solle kommen. Dann vertauschte er die zerstörte Sicherung mit einer neuen, das Licht brannte wieder. Bärlach setzte sich in seinen Lehnstuhl, horchte in die Nacht. Ein Wagen fuhr draußen vor, bremste jäh. Wieder ging die Haustüre, wieder hörte er einen Schritt. Tschanz betrat den Raum.

„Man versuchte, mich zu töten", sagte der Kommissär. Tschanz war bleich. Er trug keinen Hut, die Haare hingen ihm wirr in die Stirne, und unter dem Wintermantel kam das Pyjama hervor. Sie gingen zusammen ins Schlafzimmer.

Tschanz zog das Messer aus der Wand, mühselig, denn es hatte sich tief in das Holz eingegraben.

„Mit dem?" fragte er.

„Mit dem, Tschanz."

Der junge Polizist besah sich die zersplitterte Scheibe. „Sie haben ins Fenster hineingeschossen, Kommissär?" fragte er verwundert.

Bärlach erzählte ihm alles. „Das Beste, was Sie tun konnten", brummte der andere.

Sie gingen in den Korridor, und Tschanz hob die Glühbirne vom Boden.

„Schlau", meinte er, nicht ohne Bewunderung, und legte sie wieder weg. Dann gingen sie in die Bibliothek zurück. Der Alte streckte sich auf den Diwan, zog die Decke über sich, lag da, hilflos, plötzlich uralt und wie zerfallen. Tschanz hielt immer noch das Schlangenmesser in der Hand. Er fragte:

„Konnten Sie denn den Einbrecher nicht erkennen?"

„Nein. Er war vorsichtig und zog sich schnell zurück. Ich konnte nur einmal sehen, daß er braune Lederhandschuhe trug."

„Das ist wenig."

„Das ist nichts. Aber wenn ich ihn auch nicht sah, kaum seinen Atem hörte, ich weiß, wer es gewesen ist. Ich weiß es; ich weiß es."

Das alles sagte der Alte fast unhörbar. Tschanz wog in seiner Hand das Messer, blickte auf die graue, liegende Gestalt, auf diesen alten, müden Mann, auf diese Hände, die neben dem zerbrechlichen Leib wie verwelkte Blumen neben einem Toten lagen. Dann sah er des Liegenden Blick. Ruhig, undurchdringlich und klar waren Bärlachs Augen auf ihn gerichtet.

Tschanz legte das Messer auf den Schreibtisch.

„Morgen müssen Sie nach Grindelwald, Sie sind krank. Oder wollen Sie lieber doch nicht gehen? Es ist vielleicht nicht das Richtige, die Höhe. Es ist nun dort Winter."

„Doch, ich gehe."

„Dann müssen Sie noch etwas schlafen. Soll ich bei Ihnen wachen?"

„Nein, geh nur, Tschanz", sagte der Kommissär.

„Gute Nacht", sagte Tschanz und ging langsam hinaus. Der Alte antwortete nicht mehr, er schien schon zu schlafen. Tschanz öffnete die Haustüre, trat hinaus, schloß sie wieder. Langsam ging er die wenigen Schritte bis zur Straße, schloß auch die Gartentüre, die offen war. Dann kehrte er sich gegen das Haus zurück. Es war immer noch finstere Nacht. Alle Dinge waren verloren in dieser Dunkelheit, auch die Häuser nebenan. Nur weit oben brannte eine Straßenlampe, ein verlorener Stern in einer düsteren Finsternis, voll von Traurigkeit, voll vom Rauschen des Flusses. Tschanz stand da, und plötzlich stieß er einen leisen Fluch aus. Sein Fuß stieß die Gartentüre wieder auf, entschlossen schritt er über den Gartenweg bis zur Haustüre, den Weg, den er gegangen, noch einmal zurückgehend.

Er ergriff die Falle und drückte sie nieder. Aber die Haustüre war jetzt verschlossen.

BÄRLACH erhob sich um sechs, ohne geschlafen zu haben. Es war Sonntag. Der Alte wusch sich, legte auch andere Kleider an. Dann telefonierte er einem Taxi, essen wollte er im Speisewagen. Er nahm den warmen Wintermantel und verließ die Wohnung, trat in den grauen Morgen hinaus, doch trug er keinen Koffer bei sich. Der Himmel war klar. Ein verbummelter Student wankte vorbei, nach Bier stinkend, grüßte. Der Blaser, dachte Bärlach, schon zum zweiten Male durchs Physikum gefallen, der arme Kerl. Da fängt man an zu saufen.

Das Taxi fuhr heran, hielt. Es war ein großer amerikanischer Wagen. Der Chauffeur hatte den Kragen hochgeschlagen, Bärlach sah kaum die Augen. Der Chauffeur öffnete.

„Bahnhof", sagte Bärlach und stieg ein. Der Wagen setzte sich in Bewegung.

„Nun", sagte eine Stimme neben ihm, „wie geht es dir? Hast du gut geschlafen?"

Bärlach wandte den Kopf. In der andern Ecke saß Gastmann. Er war in einem hellen Regenmantel und hielt die Arme verschränkt. Die Hände steckten in braunen Lederhandschuhen. So saß er da wie ein alter, spöttischer Bauer. Vorne wandte der Chauffeur sein Gesicht nach hinten, grinste. Der Kragen war jetzt nicht mehr hochgeschlagen, es war einer der Diener. Bärlach begriff, daß er in eine Falle gegangen war.

„Was willst du wieder von mir?" fragte der Alte.

„Du spürst mir immer noch nach. Du warst beim Schriftsteller", sagte der in der Ecke, und seine Stimme klang drohend.

„Das ist mein Beruf."

Der andere ließ kein Auge von ihm: „Es ist noch jeder umgekommen, der sich mit mir beschäftigt hat, Bärlach."

Der vorne fuhr wie der Teufel den Aargauerstalden hinauf.

„Ich lebe noch. Und ich habe mich immer mit dir beschäftigt", antwortete der Kommissär gelassen.

Die beiden schwiegen.

Der Chauffeur fuhr in rasender Geschwindigkeit gegen den Viktoriaplatz. Ein alter Mann humpelte über die Straße und konnte sich nur mit Mühe retten.

„Gebt doch acht", sagte Bärlach ärgerlich.

„Fahr schneller", rief Gastmann schneidend und musterte den Alten spöttisch. „Ich liebe die Schnelligkeit der Maschinen."

Der Kommissär fröstelte. Er liebte die luftleeren Räume nicht. Sie rasten über die Brücke, an einem Tram vorbei und näherten sich über das silberne Band des Flusses tief unter ihnen pfeilschnell der Stadt, die sich ihnen willig öffnete.

Die Gassen waren noch öde und verlassen, der Himmel über der Stadt gläsern.

„Ich rate dir, das Spiel aufzugeben. Es wäre Zeit, deine Niederlage einzusehen", sagte Gastmann und stopfte seine Pfeife.

Der Alte sah nach den dunklen Wölbungen der Lauben, an denen sie vorüberfuhren, nach den schattenhaften Gestalten zweier Polizisten, die vor der Buchhandlung Lang standen.

Geißbühler und Zumsteg, dachte er, und dann: Den Fontane sollte ich doch endlich einmal zahlen.

„Unser Spiel", antwortete er endlich, „können wir nicht aufgeben. Du bist in jener Nacht in der Türkei schuldig geworden, weil du die Wette geboten hast, Gastmann, und ich, weil ich sie angenommen habe."

Sie fuhren am Bundeshaus vorbei.

„Du glaubst immer noch, ich hätte den Schmied getötet?" fragte der andere.

„Ich habe keinen Augenblick daran geglaubt", antwortete der Alte und fuhr dann fort, gleichgültig zusehend, wie der andere seine Pfeife in Brand steckte: „Es ist mir nicht gelungen, dich der Verbrechen zu überführen, die du begangen hast, nun werde ich dich eben dessen überführen, das du nicht begangen hast."

Gastmann schaute den Kommissär prüfend an.

„Auf diese Möglichkeit bin ich noch gar nicht gekommen", sagte er. „Ich werde mich vorsehen müssen."

Der Kommissär schwieg.

„Vielleicht bist du ein gefährlicherer Bursche, als ich dachte, alter Mann", meinte Gastmann in seiner Ecke nachdenklich.

Der Wagen hielt. Sie waren am Bahnhof.

„Es ist das letzte Mal, daß ich mit dir rede, Bärlach", sagte Gastmann. „Das nächste Mal werde ich dich töten, gesetzt, daß du deine Operation überstehst."

„Du irrst dich", sagte Bärlach, der auf dem morgendlichen Platz stand, alt und leicht frierend. „Du wirst mich nicht töten. Ich bin der einzige, der dich kennt, und so bin ich auch der einzige, der dich richten kann. Ich habe dich gerichtet, Gastmann, ich habe dich zum Tode verurteilt. Du wirst den heutigen Tag nicht mehr überleben. Der Henker, den ich ausersehen habe, wird heute zu dir kommen. Er wird dich töten, denn das muß nun eben einmal in Gottes Namen getan werden."

Gastmann zuckte zusammen und starrte den Alten verwundert an, doch dieser ging in den Bahnhof hinein, die Hände im Mantel vergraben, ohne sich umzukehren, hinein in das dunkle Gebäude, das sich langsam mit Menschen füllte.

„Du Narr!" schrie Gastmann nun plötzlich dem Kommissär nach, so laut, daß sich einige Passanten umdrehten. „Du Narr!" Doch Bärlach war nicht mehr zu sehen.

DER Tag, der nun immer mehr heraufzog, war klar und mächtig, die Sonne, ein makelloser Ball, warf harte und lange Schatten, sie, höher rollend, nur wenig verkürzend. Die Stadt lag da, eine weiße Muschel, das Licht aufsaugend, in ihren Gassen verschluckend, um es nachts mit tausend Lichtern wieder auszuspeien, ein Ungeheuer, das immer neue Menschen gebar, zersetzte, begrub. Immer strahlender wurde der Morgen, ein leuchtender Schild über dem Verhallen der Glocken. Tschanz wartete, bleich im Licht, das von den Mauern prallte, eine Stunde lang. Er ging unruhig in den Lauben vor der Kathedrale auf und ab, sah auch zu den Wasserspeiern hinauf, wilden Fratzen, die auf das Pflaster starrten, das im Sonnenlicht lag. Endlich öffneten sich die Portale. Der Strom der Menschen war gewaltig, Lüthi hatte gepredigt, doch sah er sofort den weißen Regenmantel. Anna kam auf ihn zu. Sie sagte, daß sie sich freue, ihn zu sehen, und gab ihm die Hand. Sie gingen die Keßlergasse hinauf, mitten im Schwarm der

Kirchgänger, umgeben von alten und jungen Leuten, hier ein Professor, da eine sonntäglich herausgeputzte Bäckersfrau, dort zwei Studenten mit einem Mädchen, einige Dutzend Beamte, Lehrer, alle sauber, alle gewaschen, alle hungrig, alle sich auf ein besseres Essen freuend. Sie erreichten den Kasinoplatz, überquerten ihn und gingen ins Marzili hinunter. Auf der Brücke blieben sie stehen.

„Fräulein Anna", sagte Tschanz, „heute werde ich Ulrichs Mörder stellen."

„Wissen Sie denn, wer es ist?" fragte sie überrascht.

Er schaute sie an.

Sie stand vor ihm, bleich und schmal.

„Ich glaube zu wissen", sagte er. „Werden Sie mir, wenn ich ihn gestellt habe", er zögerte etwas in seiner Frage, „das gleiche wie Ihrem verstorbenen Bräutigam sein?"

Anna antwortete nicht sofort. Sie zog ihren Mantel enger zusammen, als fröre sie. Ein leichter Wind stieg auf, brachte ihre blonden Haare durcheinander, aber dann sagte sie: „So wollen wir es halten."

Sie gaben sich die Hand, und Anna ging ans andere Ufer. Er sah ihr nach. Ihr weißer Mantel leuchtete zwischen den Birkenstämmen, tauchte zwischen Spaziergängern unter, kam wieder hervor, verschwand endlich. Dann ging er zum Bahnhof, wo er den Wagen gelassen hatte. Er fuhr nach Ligerz. Es war gegen Mittag, als er ankam; denn er fuhr langsam, hielt manchmal auch an, ging rauchend in die Felder hinein, kehrte wieder zum Wagen zurück, fuhr weiter. Er hielt in Ligerz vor der Station, stieg dann die Treppe zur Kirche empor. Er war ruhig geworden. Der See war tiefblau, die Reben entlaubt und die Erde zwischen ihnen braun und locker. Doch Tschanz sah nichts und kümmerte sich um nichts. Er stieg unaufhaltsam und gleichmäßig hinauf, ohne sich umzukehren und ohne innezuhalten. Der Weg führte steil bergan, von weißen Mauern eingefaßt, ließ Rebberg um Rebberg zurück. Tschanz stieg immer höher, ruhig, langsam, unbeirrbar, die rechte Hand in der Manteltasche. Manchmal kreuzte eine Eidechse seinen Weg, Bussarde stiegen auf, das Land zitterte im Feuer der Sonne, als wäre es Sommer; er stieg unaufhaltsam. Später tauchte er in den Wald ein, die Reben verlassend. Es wurde kühler. Zwischen den Stämmen leuchteten die weißen Jurafelsen. Er stieg immer höher hinan, immer im gleichen Schritt gehend, immer im gleichen stetigen Gang vorrückend, und betrat die Felder. Es war Acker- und Weideland; der Weg stieg sanfter. Er schritt an einem Friedhof vorbei, ein Rechteck, von einer grauen Mauer eingefaßt, mit weit offenem Tor. Schwarzgekleidete Frauen schritten auf den Wegen, ein alter gebückter Mann stand da, schaute dem Vorbeiziehenden nach, der immer weiterschritt, die rechte Hand in der Manteltasche.

Er erreichte Prêles, schritt am Hotel Bären vorbei und wandte sich gegen Lamboing. Die Luft über der Hochebene stand unbewegt und ohne Dunst. Die Gegenstände, auch die entferntesten, traten überdeutlich hervor. Nur der Grat des Chasserals war mit Schnee bedeckt, sonst leuchtete alles in einem hellen Braun, durchbrochen vom Weiß der Mauern und dem Rot der Dächer, von den schwarzen Bändern der Äcker. Gleichmäßig schritt Tschanz weiter; die Sonne schien ihm in den Rücken und warf seinen Schatten vor ihm her. Die Straße senkte sich, er schritt gegen die Sägerei, nun schien die Sonne seitlich. Er schritt weiter, ohne zu denken, ohne zu sehen, nur von *einem* Willen getrieben, von *einer* Leidenschaft beherrscht. Ein Hund bellte irgendwo, dann kam er heran, beschnupperte den stetig Vordringenden, lief wieder weg. Tschanz ging weiter, immer auf der rechten Straßenseite, einen Schritt um den andern, nicht langsamer, nicht schneller, dem Haus entgegen, das nun im Braun der Felder auftauchte, von kahlen Pappeln umrahmt. Tschanz verließ den Weg und schritt über die Felder. Seine Schuhe versanken in der warmen Erde eines ungepflügten Ackers, er schritt weiter. Dann erreichte er das Tor. Es war offen, Tschanz schritt hindurch. Im Hof stand ein amerikanischer Wagen. Tschanz achtete nicht auf ihn. Er ging zur Haustüre. Auch sie war offen. Tschanz betrat einen Vorraum, öffnete eine zweite Türe und schritt dann in eine Halle hinein, die das Parterre einnahm. Tschanz blieb stehen. Durch die Fenster ihm gegenüber fiel grelles Licht. Vor ihm, nicht fünf Schritt entfernt, stand Gastmann und neben ihm riesenhaft die Diener, unbeweglich und drohend, zwei Schlächter. Alle drei waren in Mänteln, Koffer neben sich getürmt, alle drei waren reisefertig.

Tschanz blieb stehen.

„Sie sind es also", sagte Gastmann, und sah leicht verwundert das ruhige, bleiche Gesicht des Polizisten und hinter diesem die noch offene Türe. Dann fing er an zu lachen: „So meinte es der Alte! Nicht ungeschickt, ganz und gar nicht ungeschickt!"

Gastmanns Augen waren weit aufgerissen, und eine gespenstische Heiterkeit leuchtete in ihnen auf.

Ruhig, ohne ein Wort zu sprechen, und fast langsam nahm einer der zwei Schlächter einen Revolver aus der Tasche und schoß. Tschanz fühlte an der linken Achsel einen Schlag, riß die Rechte aus der Tasche und warf sich auf die Seite. Dann schoß er dreimal in das nun wie in einem leeren, unendlichen Raume verhallende Lachen Gastmanns hinein.

Von Tschanz durchs Telefon verständigt, eilte Charnel von Lamboing herbei, von Twann Clenin, und von Biel kam das Überfallkommando. Man fand Tschanz blutend bei den drei Leichen, ein weiterer Schuß hatte ihn am linken Unterarm getroffen. Das Gefecht mußte kurz gewesen sein, doch hatte jeder der drei nun Getöteten noch geschossen. Bei jedem fand man einen Revolver, der eine der Diener hielt den seinen mit der Hand umklammert. Was sich nach dem Eintreffen Charnels weiter ereignete, konnte Tschanz nicht mehr erkennen. Als ihn der Arzt von Neuveville verband, fiel er zweimal in Ohnmacht; doch erwiesen sich die Wunden nicht als gefährlich. Später kamen Dorfbewohner, Bauern, Arbeiter, Frauen. Der Hof war überfüllt, und die Polizei sperrte ab; einem Mädchen aber gelang es, bis in die Halle zu dringen, wo es sich, laut schreiend, über Gastmann warf. Es war die Kellnerin, Charnels Braut. Er stand dabei, rot vor Wut. Dann brachte man Tschanz mitten durch die zurückweichenden Bauern in den Wagen.

„Da liegen sie alle drei", sagte Lutz am andern Morgen und wies auf die Toten, aber seine Stimme klang nicht triumphierend, sie klang traurig und müde.

Von Schwendi nickte konsterniert. Der Oberst war mit Lutz im Auftrag seines Klienten nach Biel gefahren. Sie hatten den Raum betreten, in dem die Leichen lagen. Durch ein kleines, vergittertes Fenster fiel ein schräger Lichtstrahl. Die beiden standen da in ihren Mänteln und froren. Lutz hatte rote Augen. Die ganze Nacht hatte er sich mit Gastmanns Tagebüchern beschäftigt, mit schwer leserlichen, stenographierten Dokumenten.

Lutz vergrub seine Hände tiefer in die Taschen. „Da stellen wir Menschen aus Angst voreinander Staaten auf, von Schwendi", hob er

fast leise wieder an, „umgeben uns mit Wächtern jeder Art, mit
Polizisten, mit Soldaten, mit einer öffentlichen Meinung, aber was
nützt es uns?" Lutzens Gesicht verzerrte sich, seine Augen traten
hervor, und er lachte ein hohles, meckerndes Gelächter in den Raum
hinein, der sie kalt und arm umgab. „Ein Hohlkopf an der Spitze
einer Großmacht, Nationalrat, und schon werden wir wegge-
schwemmt, ein Gastmann, und schon sind unsere Ketten durchbrochen, die Vorposten umgangen."

Von Schwendi sah ein, daß es am besten war, den Untersuchungsrichter auf realen Boden zu bringen, wußte aber nicht recht, wie.
„Unsere Kreise werden eben von allen möglichen Leuten geradezu
schamlos ausgenützt", sagte er endlich.

„Es ist peinlich, überaus peinlich."

„Niemand hatte eine Ahnung", beruhigte ihn Lutz.

„Und Schmied?" fragte der Nationalrat, froh, auf ein Stichwort
gekommen zu sein.

„Wir haben bei Gastmann eine Mappe gefunden, die Schmied
gehörte. Sie enthielt Angaben über Gastmanns Leben und Vermutungen über dessen Verbrechen. Schmied versuchte, Gastmann zu
stellen. Er tat dies als Privatperson. Ein Fehler, den er büßen
mußte; denn es ist bewiesen, daß Gastmann auch Schmied ermorden
ließ: Schmied muß mit der Waffe getötet worden sein, die einer der
Diener in der Hand hielt, als ihn Tschanz erschoß. Die Untersuchung
der Waffe hat dies sofort bestätigt. Auch der Grund seiner Ermordung ist klar: Gastmann fürchtete, durch Schmied entlarvt zu werden. Schmied hätte sich uns anvertrauen sollen. Aber er war jung
und ehrgeizig."

Bärlach betrat die Totenkammer. Als Lutz den Alten sah, wurde er
melancholisch und verbarg die Hände wieder in seinen Taschen. „Nun,
Kommissär", sagte er und trat von einem Bein auf das andere, „es
ist schön, daß wir uns hier treffen. Sie sind rechtzeitig von Ihrem
Urlaub zurück, und ich kam auch nicht zu spät mit meinem Nationalrat hergebraust. Die Toten sind serviert. Wir haben uns viel gestritten, Bärlach, ich war für eine ausgeklügelte Polizei mit allen Schika-
nen, am liebsten hätte ich sie noch mit der Atombombe versehen,
und Sie, Kommissär, mehr für etwas Menschliches, für eine Art
Landjägertruppe aus biederen Großvätern. Begraben wir den Streit.
Wir hatten beide unrecht, Tschanz hat uns ganz unwissenschaftlich

mit seinem bloßen Revolver widerlegt. Ich will nicht wissen, wie. Nun gut, es war Notwehr, wir müssen es ihm glauben, und wir dürfen ihm glauben. Die Beute hat sich gelohnt, die Erschossenen verdienen tausendmal den Tod, wie die schöne Redensart heißt, und wenn es nach der Wissenschaft gegangen wäre, schnüffelten wir jetzt bei fremden Diplomaten herum. Ich werde Tschanz befördern müssen; aber wie Esel stehen wir da, wir beide. Der Fall Schmied ist abgeschlossen."

Lutz senkte den Kopf, verwirrt durch das rätselhafte Schweigen des Alten, sank in sich zusammen, wurde plötzlich wieder der korrekte, sorgfältige Beamte, räusperte sich und wurde, wie er den noch immer verlegenen von Schwendi bemerkte, rot; dann ging er, vom Oberst begleitet, langsam hinaus in das Dunkel irgendeines Korridors und ließ Bärlach allein zurück. Die Leichen lagen auf Tragbahren und waren mit schwarzen Tüchern zugedeckt. Von den kahlen grauen Wänden blätterte der Gips. Bärlach trat zu der mittleren Bahre und deckte den Toten auf. Es war Gastmann. Bärlach stand leicht über ihn gebeugt, das schwarze Tuch noch in der linken Hand. Schweigend schaute er auf das wächserne Antlitz des Toten nieder, auf den immer noch heiteren Zug der Lippen, doch waren die Augenhöhlen jetzt noch tiefer, und es lauerte nichts Schreckliches mehr in diesen Abgründen. So trafen sie sich zum letzten Male, der Jäger und das Wild, das nun erledigt zu seinen Füßen lag. Bärlach ahnte, daß sich nun das Leben *beider* zu Ende gespielt hatte, und noch einmal glitt sein Blick durch die Jahre hindurch, legte sein Geist den Weg durch die geheimnisvollen Gänge des Labyrinths zurück, das beider Leben war. Nun blieb zwischen ihnen nichts mehr als die Unermeßlichkeit des Todes, ein Richter, dessen Urteil das Schweigen ist. Bärlach stand immer noch gebückt, und das fahle Licht der Zelle lag auf seinem Gesicht und auf seinen Händen, umspielte auch die Leiche, für beide geltend, für beide erschaffen, beide versöhnend. Das Schweigen des Todes sank auf ihn, kroch in ihn hinein, aber es gab ihm keine Ruhe wie dem andern. Die Toten haben immer recht. Langsam deckte Bärlach das Gesicht Gastmanns wieder zu. Das letzte Mal, daß er ihn sah; von nun an gehörte sein Feind dem Grab. Nur ein Gedanke hatte ihn jahrelang beherrscht; den zu vernichten, der nun im kahlen grauen Raume zu seinen Füßen lag, vom niederfallenden Gips wie mit leichtem, spärlichem Schnee bedeckt; und nun war dem Alten nichts mehr geblieben als ein müdes Zudecken, als eine demütige Bitte um Vergessen, die einzige Gnade, die ein Herz besänftigen kann, das ein wütendes Feuer verzehrt.

DANN, noch am gleichen Tag, Punkt acht, betrat Tschanz das Haus des Alten im Altenberg, von ihm dringend für diese Stunde hergebeten. Ein junges Dienstmädchen mit weißer Schürze hatte ihm zu seiner Verwunderung geöffnet, und wie er in den Korridor kam, hörte er aus der Küche das Kochen und Brodeln von Wasser und Speisen, das Klirren von Geschirr. Das Dienstmädchen nahm ihm den Mantel von den Schultern. Er trug den linken Arm in der Schlinge; trotzdem war er im Wagen gekommen. Das Mädchen öffnete ihm die Türe zum Eßzimmer, und erstarrt blieb Tschanz stehen: der Tisch war feierlich für zwei Personen gedeckt. In einem Leuchter brannten Kerzen, und an einem Ende des Tisches saß Bärlach in einem Lehnstuhl, von den stillen Flammen rot beschienen, ein unerschütterliches Bild der Ruhe.

„Nimm Platz, Tschanz", rief der Alte seinem Gast entgegen und wies auf einen zweiten Lehnstuhl, der an den Tisch gerückt war. Tschanz setzte sich betäubt.

„Ich wußte nicht, daß ich zu einem Essen komme", sagte er endlich.

„Wir müssen deinen Sieg feiern", antwortete der Alte ruhig und schob den Leuchter etwas auf die Seite, so daß sie sich voll ins Gesicht sahen. Dann klatschte er in die Hände. Die Türe öffnete sich, und eine stattliche, rundliche Frau brachte eine Platte, die bis zum Rande überhäuft war mit Sardinen, Krebsen, Salaten von Gurken, Tomaten, Erbsen, besetzt mit Bergen von Mayonnaise und Eiern, dazwischen kalter Aufschnitt, Hühnerfleisch und Lachs. Der Alte nahm von allem. Tschanz, der sah, was für eine Riesenportion der Magenkranke aufschichtete, ließ sich in seiner Verwunderung nur etwas Kartoffelsalat geben.

„Was wollen wir trinken?" sagte Bärlach. „Ligerzer?"

„Gut, Ligerzer", antwortete Tschanz wie träumend. Das Dienstmädchen kam und schenkte ein. Bärlach fing an zu essen, nahm dazu Brot, verschlang den Lachs, die Sardinen, das Fleisch der roten Krebse, den Aufschnitt, die Salate, die Mayonnaise und den kalten

Braten, klatschte in die Hände, verlangte noch einmal. Tschanz, wie starr, war noch nicht mit seinem Kartoffelsalat fertig. Bärlach ließ sich das Glas zum dritten Male füllen.

„Nun die Pasteten und den roten Neuenburger", rief er. Die Teller wurden gewechselt, Bärlach ließ sich drei Pasteten auf den Teller legen, gefüllt mit Gänseleber, Schweinefleisch und Trüffeln.

„Sie sind doch krank, Kommissär", sagte Tschanz endlich zögernd.

„Heute nicht, Tschanz, heute nicht. Ich feiere, daß ich Schmieds Mörder endlich gestellt habe!"

Er trank das zweite Glas Roten aus und fing die dritte Pastete an, pausenlos essend, gierig die Speisen dieser Welt in sich hineinschlingend, zwischen den Kiefern zermalmend, ein Dämon, der einen unendlichen Hunger stillte. An der Wand zeichnete sich, zweimal vergrößert, in wilden Schatten seine Gestalt ab, die kräftigen Bewegungen der Arme, das Senken des Kopfes, gleich dem Tanz eines triumphierenden Negerhäuptlings. Tschanz sah voll Entsetzen nach diesem unheimlichen Schauspiel, das der Todkranke bot. Unbeweglich saß er da, ohne zu essen, ohne den geringsten Bissen zu sich zu nehmen, nicht einmal am Glas nippte er. Bärlach ließ sich Kalbskoteletts, Reis, Pommes frites und grünen Salat bringen, dazu Champagner. Tschanz zitterte.

„Sie verstellen sich", keuchte er, „Sie sind nicht krank!"

Der andere antwortete nicht sofort. Zuerst lachte er, und dann beschäftigte er sich mit dem Salat, jedes Blatt einzeln genießend. Tschanz wagte nicht, den grauenvollen Alten ein zweites Mal zu fragen.

„Ja, Tschanz", sagte Bärlach endlich, und seine Augen funkelten wild, „ich habe mich verstellt. Ich war nie krank", und er schob sich ein Stück Kalbfleisch in den Mund, aß weiter, unaufhörlich, unersättlich. Da begriff Tschanz, daß er in eine heimtückische Falle geraten war, deren Türe nun hinter ihm ins Schloß schnappte. Kalter Schweiß brach aus seinen Poren. Das Entsetzen umklammerte ihn mit immer stärkeren Armen. Die Erkenntnis seiner Lage kam zu spät, es gab keine Rettung mehr.

„Sie wissen es, Kommissär", sagte er leise.

„Ja, Tschanz, ich weiß es", sagte Bärlach fest und ruhig, aber ohne dabei die Stimme zu heben, als spräche er von etwas Gleichgültigem. „Du bist Schmieds Mörder." Dann griff er nach dem Glas Champagner und leerte es in einem Zug.

„Ich habe es immer geahnt, daß Sie es wissen", stöhnte der andere fast unhörbar.

Der Alte verzog keine Miene. Es war, als ob ihn nichts mehr interessiere als dieses Essen; unbarmherzig häufte er sich den Teller zum zweitenmal voll mit Reis, goß Sauce darüber, türmte ein Kalbskotelett obenauf. Noch einmal versuchte sich Tschanz zu retten, sich gegen den teuflischen Esser zur Wehr zu setzen. „Die Kugel stammt aus dem Revolver, den man beim Diener gefunden hat", stellte er trotzig fest. Aber seine Stimme klang verzagt.

In Bärlachs zusammengekniffenen Augen wetterleuchtete es verächtlich. „Unsinn, Tschanz. Du weißt genau, daß es *dein* Revolver ist, den der Diener in der Hand hielt, als man ihn fand. Du selbst hast ihn dem Toten in die Hand gedrückt. Nur die Entdeckung, daß Gastmann ein Verbrecher war, verhinderte, dein Spiel zu durchschauen."

„Das werden Sie mir *nie* beweisen können", lehnte sich Tschanz verzweifelt auf.

Der Alte reckte sich in seinem Stuhl, nun nicht mehr krank und zerfallen, sondern mächtig und gelassen, das Bild einer übermenschlichen Überlegenheit, ein Tiger, der mit seinem Opfer spielt, und trank den Rest des Champagners aus. Dann ließ er sich von der unaufhörlich kommenden und gehenden Bedienerin Käse servieren; dazu aß er Radieschen, Salzgurken und Perlzwiebeln. Immer neue Speisen nahm er zu sich, als koste er nur noch einmal, zum letzten Mal das, was die Erde dem Menschen bietet.

„Hast du es immer noch nicht begriffen, Tschanz", sagte er endlich, „daß du mir deine Tat schon lange bewiesen hast? Der Revolver stammt von dir; denn Gastmanns Hund, den du erschossen hast, mich zu retten, wies eine Kugel vor, die von der Waffe stammen mußte, die Schmied den Tod brachte: von *deiner* Waffe. Du selber brachtest die Indizien herbei, die ich brauchte. Du hast dich verraten, als du mir das Leben rettetest."

„Als ich Ihnen das Leben rettete! Darum fand ich die Bestie nicht mehr", antwortete Tschanz mechanisch. „Wußten Sie, daß Gastmann einen Bluthund besaß?"

„Ja. Ich hatte meinen linken Arm mit einer Decke umwickelt."

„Dann haben Sie mir auch hier eine Falle gestellt", sagte der Mörder fast tonlos.

„Auch damit. Aber den ersten Beweis hast du mir gegeben, als du mit mir am Freitag über Ins nach Ligerz fuhrst, um mir die Komödie mit dem ‚blauen Charon‘ vorzuspielen. Schmied fuhr am Mittwoch über Zollikofen, das wußte ich, denn er hielt in jener Nacht bei der Garage in Lyss."

„Wie konnten Sie das wissen?" fragte Tschanz.

„Ich habe ganz einfach telefoniert. Wer in jener Nacht über Ins und Erlach fuhr, war der Mörder: du, Tschanz. Du kamst von Grindelwald. Die Pension Eiger besitzt ebenfalls einen blauen Mercedes. Seit Wochen hattest du Schmied beobachtet, jeden seiner Schritte überwacht, eifersüchtig auf seine Fähigkeiten, auf seinen Erfolg, auf seine Bildung, auf sein Mädchen. Du wußtest, daß er sich mit Gastmann beschäftigte, du wußtest sogar, wann er ihn besuchte, aber du wußtest nicht, warum. Da fiel dir durch Zufall auf seinem Pult die Mappe mit den Dokumenten in die Hände. Du beschlossest, den Fall zu übernehmen und Schmied zu töten, um einmal selber Erfolg zu haben. Du dachtest richtig, es würde dir leichtfallen, Gastmann mit einem Mord zu belasten. Wie du nun in Grindelwald den blauen Mercedes sahst, wußtest du deinen Weg. Du hast den Wagen für die Nacht auf den Donnerstag gemietet. Ich ging nach Grindelwald, um das festzustellen. Das Weitere ist einfach: du fuhrst über Ligerz nach Schernelz und ließest den Wagen im Twannbachwald stehen, du durchquertest den Wald auf einer Abkürzung durch die Schlucht, wodurch du auf die Straße Twann–Lamboing gelangtest. Bei den Felsen wartetest du Schmied ab, er erkannte dich und stoppte verwundert. Er öffnete die Türe, und dann hast du ihn getötet. Du hast es mir ja selbst erzählt. Und nun hast du, was du wolltest: seinen Erfolg, seinen Posten, seinen Wagen und seine Freundin."

Tschanz hörte dem unerbittlichen Schachspieler zu, der ihn mattgesetzt hatte und nun sein grauenhaftes Mahl beendete. Die Kerzen brannten unruhiger, das Licht flackerte auf den Gesichtern der zwei Männer, die Schatten verdichteten sich. Totenstille herrschte in dieser nächtlichen Hölle, die Dienerinnen kamen nicht mehr. Der Alte saß jetzt unbeweglich, er schien nicht einmal mehr zu atmen, das flackernde Licht umfloß ihn mit immer neuen Wellen, rotes Feuer, das sich am Eis seiner Stirne und seiner Seele brach.

„Sie haben mit mir gespielt", sagte Tschanz langsam.

„Ich habe mit dir gespielt", antwortete Bärlach mit furchtbarem

Ernst. „Ich konnte nicht anders. Du hast mir Schmied getötet, und nun mußte ich dich nehmen."

„Um Gastmann zu töten", ergänzte Tschanz, der mit einem Male die ganze Wahrheit begriff.

„Du sagst es. Mein halbes Leben habe ich hingegeben, Gastmann zu stellen, und Schmied war meine letzte Hoffnung. Ich habe ihn auf den Teufel in Menschengestalt gehetzt, ein edles Tier auf eine wilde Bestie. Aber dann bist du gekommen, Tschanz, mit deinem lächerlichen, verbrecherischen Ehrgeiz, und hast mir meine einzige Chance vernichtet. Da habe ich *dich* genommen, dich, den Mörder, und habe dich in meine furchtbarste Waffe verwandelt, denn dich trieb die Verzweiflung, der Mörder mußte einen anderen Mörder finden. Ich machte mein Ziel zu deinem Ziel."

„Es war für mich die Hölle", sagte Tschanz.

„Es war für uns beide die Hölle", fuhr der Alte mit fürchterlicher Ruhe fort. „Von Schwendis Dazwischenkommen trieb dich zum Äußersten, du mußtest auf irgendeine Weise Gastmann als Mörder entlarven, jedes Abweichen von der Spur, die auf Gastmann deutete, konnte auf deine führen. Nur noch Schmieds Mappe konnte dir helfen. Du wußtest, daß sie in meinem Besitze war, aber du wußtest nicht, daß sie Gastmann bei mir geholt hatte. Darum hast du mich in der Nacht vom Samstag auf den Sonntag überfallen. Auch beunruhigte dich, daß ich nach Grindelwald ging."

„Sie wußten, daß ich es war, der Sie überfiel?" sagte Tschanz tonlos.

„Ich wußte das vom ersten Moment an. Alles, was ich tat, geschah mit der Absicht, dich in die äußerste Verzweiflung zu treiben. Und wie die Verzweiflung am größten war, gingst du hin nach Lamboing, um irgendwie die Entscheidung zu suchen."

„Einer von Gastmanns Dienern fing an zu schießen", sagte Tschanz.

„Ich habe Gastmann am Sonntagmorgen gesagt, daß ich einen schicken würde, ihn zu töten."

Tschanz taumelte. Es überlief ihn eiskalt.

„Da haben Sie mich und Gastmann aufeinandergehetzt wie Tiere!"

„Bestie gegen Bestie", kam es unerbittlich vom andern Lehnstuhl her.

„Dann waren Sie der Richter, und ich der Henker", keuchte der andere.

„Es ist so", antwortete der Alte.

„Und ich, der ich nur Ihren Willen ausführte, ob ich wollte oder nicht, ich bin nun ein Verbrecher, ein Mensch, den man jagen wird!"

Tschanz stand auf, stützte sich mit der rechten, unbehinderten Hand auf die Tischplatte. Nur noch eine Kerze brannte. Tschanz suchte mit brennenden Augen in der Finsternis des Alten Umrisse zu erkennen, sah aber nur einen unwirklichen schwarzen Schatten. Unsicher und tastend machte er eine Bewegung gegen die Rocktasche.

„Laß das", hörte er den Alten sagen. „Es hat keinen Sinn. Lutz weiß, daß du bei mir bist, und die Frauen sind noch im Haus."

„Ja, es hat keinen Sinn", antwortete Tschanz leise.

„Der Fall Schmied ist erledigt", sagte der Alte durch die Dunkelheit des Raumes hindurch. „Ich werde dich nicht verraten. Aber geh! Irgendwohin! Ich will dich nie mehr sehen. Es ist genug, daß ich *einen* richtete. Geh! Geh!"

Tschanz ließ den Kopf sinken und ging langsam hinaus, verwachsend mit der Nacht, und wie die Türe ins Schloß fiel und wenig später draußen ein Wagen davonfuhr, erlosch die Kerze, den Alten, der die Augen geschlossen hatte, noch einmal in das Licht einer grellen Flamme tauchend.

BÄRLACH saß die ganze Nacht im Lehnstuhl, ohne aufzustehen, ohne sich zu erheben. Die ungeheure, gierige Lebenskraft, die noch einmal mächtig in ihm aufgeflammt war, sank in sich zusammen, drohte zu erlöschen. Tollkühn hatte der Alte noch einmal ein Spiel gewagt, aber in einem Punkte hatte er Tschanz belogen, und als am frühen Morgen, bei Tagesanbruch, Lutz ins Zimmer stürmte, verwirrt berichtend, Tschanz sei zwischen Ligerz und Twann unter seinem vom Zug erfaßten Wagen tot aufgefunden worden, traf er den Kommissär todkrank. Mühsam befahl der Alte, Hungertobel zu benachrichtigen, jetzt sei Dienstag und man könne ihn operieren.

„Nur noch ein Jahr", hörte Lutz den zum Fenster hinaus in den gläsernen Morgen starrenden Alten sagen. „Nur noch ein Jahr."

Friedrich Dürrenmatt

Nach seiner Heirat mit der Schauspielerin Lotti Geißler (1946) und der Geburt von zwei Kindern schreibt Friedrich Dürrenmatt „zum Geldverdienen" den Kriminalroman *Der Richter und sein Henker,* dem sich später als eine Art Fortsetzung *Der Verdacht* anschließt. Dürrenmatt wohnt zu dieser Zeit am Bieler See in der Schweiz, daraus erklärt sich seine genaue Ortskenntnis. Auch die gesellschaftliche Umwelt hat Eingang in die Romane gefunden.

Friedrich Dürrenmatt wird am 5. Januar 1921 in Konolfingen bei Bern geboren; er ist Sohn eines protestantischen Pfarrers. 1935 zieht die Familie nach Bern, 1941 legt Dürrenmatt die Reifeprüfung ab und studiert anschließend Theologie und Philologie. Ursprünglich hatte er die Absicht, Maler zu werden, schreibt aber bereits während des Studiums Kurzgeschichten, Kabarettexte und erste Theaterstücke. Heute ist er einer der populärsten deutschsprachigen Theaterautoren, und seine Komödien, die alle in eigentümlicher Weise das Erhabene mit dem Lächerlichen verbinden und in viele Sprachen übersetzt wurden, werden immer wieder aufgeführt, so etwa: *Der Besuch der alten Dame, Die Physiker, Der Meteor;* Werke, für die er zahlreiche Auszeichnungen erhielt. Davon seien nur der Schiller-Preis der Stadt Mannheim, der Preis der Schweizer Schiller-Stiftung und der große Literaturpreis der Stadt Bern genannt.

Für kurze Zeit leitete Dürrenmatt das Theater der Stadt Basel und brachte eigene Bearbeitungen von Shakespeares *König Johann* und Strindbergs *Totentanz* (Play Strindberg) zur Aufführung. Auch Hörspiele und Drehbücher, zum Beispiel für den Film *Es geschah am hellichten Tage,* gehören zum Arbeitsgebiet des Schweizer Autors, der alle seine Werke in unverwechselbar nüchterner Sprache schreibt und so dem Leser Spielraum für die eigene Phantasie gibt. Von 1969 bis 1971 war er Miteigentümer des *Zürcher Sonntags-Journals,* in dem er u. a. zahlreiche literarische Essays veröffentlichte, die die problematische Verbindung von Literatur und Politik zum Thema haben.

Friedrich Dürrenmatt nennt neben dem Schreiben als weitere Leidenschaften Astronomie und Fußball. Seit 1952 lebt er in Neuchâtel.

BLINDE LIEBE

Eine Kurzfassung des Buches von
PATRICK CAUVIN
Nach der Übersetzung von
Hermann Stiehl

Illustrationen von Michel de Séréville
Deutsche Buchausgabe: „Blinde Liebe"
(L'Amour aveugle)
Rowohlt Verlag GmbH, Reinbek bei Hamburg
© 1974 by Editions Jean-Claude Lattès, Paris

Mit fünfundvierzig Jahren ist die Lebensmitte überschritten, man zieht die Bilanz. Jacques Bernier, Gymnasiallehrer in Paris, hält auf seiner Fahrt in den Urlaub Rückschau, und was er sieht, ist nicht sehr erfreulich. Seine Ehe ist vor mehreren Jahren geschieden worden. Seine Tochter ist erwachsen, er sieht sie selten. Zu seinen Schülern hat er nie den engen Kontakt gefunden, wie er ihn sich gewünscht hat. Ihm kommt zu Bewußtsein, daß er es nie gewagt hat, bis zu seinen Grenzen vorzustoßen.

Doch Jacques Bernier ist keineswegs ein trübsinniger Mensch, sondern gewinnt als Spaßmacher seinem oft eintönigen Leben die besten Seiten ab. Jetzt freut er sich auf den Besuch bei seiner Tochter an der Côte d'Azur. Sie begrüßt ihn inmitten einer Schar von Freunden, die ihn in ihrer ungezwungenen Art erschrecken, aber mit seiner gefaßten, herzlichen Ironie überbrückt er die Distanz, und sie leben einige Tage recht gut zusammen.

Als er bald, in dem Bedürfnis allein zu sein, dieser lärmenden Geselligkeit entflieht, schenkt ihm das Schicksal ein unerwartetes Glück, und diesmal versucht er es festzuhalten. Er verliebt sich in Laura, eine hübsche, nicht mehr ganz junge Frau, die blind ist. Trotzdem ist ihre Liebe von schöner Selbstverständlichkeit. Lauras Tapferkeit, ihre Liebe läßt Bernier die Welt mit neuen Augen sehen.

Dem Autor ist hier etwas Außergewöhnliches gelungen: die Geschichte einer ungewöhnlich belasteten Liebe wird heiter, sogar witzig erzählt.

Erstes Kapitel

„BERNIER!"

Ich drehe mich um: es ist Jacqueline Briette. Bri-Bri, wie die Schüler sie nennen. Sie kommt über den Hof auf mich zugelaufen. Der Widerschein des grellen Lichts in den Fenstern des Schulgebäudes blendet so sehr, daß ich sie kaum erkannt habe. Ich bin stehengeblieben, mitten auf dem Schulhof, von Sonne und Mädchen und Jungen umgeben.

Briette hat eine sportliche Haltung: die Ellbogen dicht am Körper, kommt sie wie eine Pfadfinderführerin angesprintet. Sie ist eine Kollegin von mir, in naturwissenschaftlichen Fächern. Ich kenne sie seit vierzehn Jahren. Am Wochenende kümmert sie sich meist um heranwachsende junge Mädchen, die sie, mit geschultertem Rucksack, durch die kümmerlichen Wälder rings um Paris schleppt. Ihr dynamisches Pfadfinderwesen jagt mir jedesmal Angst ein.

Als Anhängerin der Schocktherapie ist sie mit Schwung in die Sexualerziehung eingestiegen, soweit ich das beurteilen kann. Sie hat hinten in ihrem Schrank riesige aufgerollte Wandkarten stehen, auf denen Männer und Frauen mit transparentem Unterleib und erstauntem Blick zu sehen sind – alles gespickt mit Hinweispfeilen und komplizierten Namen. Letztes Jahr hat sie einmal mitten auf der Treppe und umringt von einer Gruppe Schülerinnen, denen die Spucke wegblieb, so ein Ding vor mir entrollt.

Sie schwenkte das farbenfrohe Schaubild wie ein Banner.

„Was halten Sie davon, pädagogisch gesehen?"

Noch ehe der Nachhall ihrer Stimme in den ehrwürdig-alten Korridoren verklungen war, hatte ich die Flucht ergriffen, beschämt, daß auch ich ein solches Röhrensystem und ein so buntes Geflecht von Adern und Fasern in mir hatte. Ich wäre nie auf den Gedanken gekommen, daß ich ein so verrückt-kompliziertes Inneres besaß. Und mir war, als musterten die Kleinen von der fünften Klasse mich mit strengen Blicken.

Doch wie dem auch sei, heute, am 28. Juni, dem letzten Tag des
Schuljahrs, dem Tag der Preisverleihung, der Ansprachen und der
unvermeidlichen Theateraufführung, bleibt Jacqueline Briette vor mir
stehen. Ihre runden Brillengläser blenden wie Scheinwerfer, und
beim Anblick ihrer großen, eckigen Zähne muß ich an den Kühler
eines Cadillacs denken. Ich mag Jacqueline Briette sehr gern.

Sie schleudert mir ihre Neuigkeit an den Kopf: „Ich habe meine
Versetzung fürs nächste Jahr!"

Ihre Versetzung! Seit Jahren träumt sie davon, sie stammt aus
Haute-Garonne, die Ärmste, und seit dem Ende des Krieges hat sie
sich bemüht, dorthin zurückzukommen, aber immer erhielten andere
Lehrer mit mehr Meriten die Stellen.

Komisch, aber es gefällt mir gar nicht, zu hören, daß sie fortgehen
wird ... Ich bin eben ein alter Schulmeister. Ich freue mich, wenn
ich nach den Ferien in der Schule alles wieder so vorfinde, wie ich es
verlassen habe. Ich liebe es gar nicht, wenn man die Wände neu
anstreicht oder die Tische oder die Gesichter auswechselt.

Nicht daß ich je mit Jacqueline Briette enger befreundet gewesen
wäre. Ihre Art – Volleyball und Lagerfeuer – fiel mir auf die Nerven.
Doch ist mir ihre Gegenwart seit so langer Zeit vertraut, daß ich das
Gefühl habe, mir wird irgend etwas fehlen.

„Das freut mich für Sie ..."

Wir gehen in die Aula zurück. Mir ist heiß. Ich müßte mir einen
dieser leichten Anzüge zulegen, vielleicht sogar einen aus Leinen, wie
Versin, ein Schüler der Abschlußklasse. Aber er ist achtzehn und hat
breite Schultern. Mir würde so etwas nicht stehen. Und im übrigen
könnte ich dann auch gleich mit Eimerchen und Schaufel losziehen.
Ich habe nicht die Absicht, mich jünger zu geben.

In der Aula sind die Vorhänge vor den Fenstern zugezogen. Trotzdem ist es heiß.

Einige Kollegen sitzen schon auf dem Podium. Über zwei Stunden
lang dem Direktor zuhören, wenn er seine Rede vom letzten Jahr
hält, die gleiche wie in dem Jahr zuvor ..., das ist grausam. Obwohl
ich mich daran gewöhnt haben sollte.

„Guten Tag, Monsieur Bernier."

Madame Rebolot, Naturwissenschaften, trägt ein Kleid aus be-
druckter Seide: ein prächtiger Schmetterling über der rechten Brust,
stilisierte Heckenrosen über der linken, violette Farne an den Ärmeln.

Und das Ganze umhüllt über achtzig Kilo Lebendgewicht! Auch sie wird bald nicht mehr bei uns sein, ihre Pensionierung steht bevor.

Ich setze mich neben Jacqueline Briette, wo die Kübel mit den Palmen stehen. Was für merkwürdige Pflanzen! Man sieht sie fast nur in den Oberschulen am Tage der Abschlußfeier.

„Na, mein lieber Bernier, haben Sie was Schönes vor in den Ferien?"

Das ist Meunier, Geschichte und Erdkunde, eine starke Persönlichkeit und ein Witzbold. Im Speisesaal hat er mir jahrelang mindestens zweimal in der Woche meinen Serviettenring versteckt. Wir beide sind Spaßmacher im Lehrberuf.

Einzug der Schüler. Hinten in der Aula hat sich eine Gruppe von Eltern angesammelt, lauter Paare in Sonntagsgewändern. Der Lärm nimmt zu. Es sind zweihundert Schüler, die da vor uns Platz nehmen. Mein Gott, diese Hitze! Wie gut, morgen um diese Zeit bin ich sicher schon in ... Schwer zu sagen, denn morgen ist der große Aufbruch, wenn mich bloß diese verflixte Batterie nicht im Stich läßt! Vielleicht hätte ich Annes Einladung lieber nicht annehmen sollen. Aber wir sehen uns jetzt so selten.

„Ruhe, bitte! Ruhe!"

Carnot dahinten schreit sich heiser. Es ist kein Spaß, die Oberaufsicht zu führen, nicht wahr, Carnot? Sein Traum sind Forellenbäche. Jedesmal, wenn ich bei ihm bin, breche ich in Begeisterung aus über die Angelruten, die Schnüre, die Blinker und die künstlichen Köderfliegen. Dabei verstehe ich so gut wie nichts vom Angeln. Ich mag Carnot sehr gern. Wir sind fast befreundet.

Jacqueline Briette beugt sich zu mir herüber.

„Wohin fahren Sie in diesem Sommer?"

Ich spüre, wie mir ein Schweißtropfen den Rücken hinunterläuft.

„An die Riviera, oberhalb von Menton."

„Zu Freunden?"

„Ja, zu Freunden."

Ich habe hier nie von Anne erzählt. Sie wissen nicht, daß ich eine Tochter habe. Die Schulverwaltung weiß es. Man muß es ja auf die Formulare schreiben. Familienstand: geschieden, ein Kind.

„Ein bißchen Ruhe!"

Duverrier, der Direktor, klettert auf das Podium, hebt beide Arme.

„Bitte! Wenn ich bitten darf ..."

Der Lärm verebbt, wie wenn das Wasser des Meeres zurück-
weicht, und Duverrier genießt lächelnd seine Macht. Er ist Herr über
den Ozean und beaufsichtigt von der Klippe des Podiums herab die
tosenden Wogen. Einmal im Jahr ist er Neptun.

Absolute Stille. Und plötzlich springe ich auf, als hätte eine Sprung-
feder mich hochgeschnellt. Die Marseillaise.

Jedesmal werde ich überrumpelt. Der Lautsprecher befindet sich
hinter den Palmen, nur anderthalb Meter von meinem linken Trom-
melfell entfernt. Ich lasse es stoisch über mich ergehen, obwohl ich
das Gefühl habe, daß es mir die Gehörmembrane zerreißt, und neige
mich zu Jacqueline Briette hinüber, die mit ihrem flachen Absatz
den Takt klopft.

Eine letzte Beckenorgie dröhnt noch unter meiner Schädeldecke,
während wir wieder Platz nehmen. Nächstes Jahr muß ich unbedingt
den Lautsprecher ausfindig machen und mir möglichst weit davon
entfernt einen Platz suchen.

Der Ozean vor uns, der sich erhoben hatte, hat sich wieder beruhigt. Es ist soweit. Neptun hat das Wort ergriffen.

„Wieder einmal sind wir, Eltern, Schüler, Lehrkräfte zu dieser kleinen Feier zusammengekommen, die manche vielleicht altmodisch
finden mögen, die ich für mein Teil jedoch ...."

Mir war noch nie aufgefallen, wie viele Haare dem Verwalter aus
den Ohren sprießen, ein wahres Seetangdickicht, das aus den Ohr-
muscheln hervorquillt. Wie nur können sich Geräusche einen Weg
da durchbahnen? Ich bin heilfroh, daß ich keine Schere bei mir
habe – ich könnte der Versuchung nicht widerstehen.

„Und die Leistungen, wem verdanken wir sie? Ihnen, liebe Eltern, die Sie uns mit Ihrer ständigen Unterstützung und Wachsam-
keit geholfen haben im Verlauf dieses Schuljahrs, das nun zur Neige
geht. Ihre Rolle ist deshalb ..."

Ich habe feuchte Hände. Siebenundzwanzig Minuten. Neptun ist
im Begriff, seinen Rekord zu überbieten. Nun ja, wenn alles gutgeht,
bin ich morgen um diese Zeit in Lyon.

Ich zucke zusammen unter dem jähen Beifallssturm. Ich klatsche
frenetisch in meine feuchten Hände. Ich habe Durst.

„Hätten Sie nachher noch Zeit zu einem kleinen Umtrunk,
Bernier?"

Jacqueline Briette lädt zum Abschiedstrunk bei Marcel ein, der Kneipe an der Ecke. Ich werde mir einen Ricard bestellen, mit viel Wasser, einer ganzen Karaffe voll – ich sehe sie schon vor mir, ganz beschlagen . . .

Die Preisverteilung hat begonnen. Neptun schüttelt die Hände. Der Klassenlehrer überreicht die Bücher.

„Chapoteau, Viviane!"

Ich sehe einen kleinen feuerroten Haarknoten, der vor Duverrier hin und her schwankt, vor dem Klassenlehrer innehält und entschwindet.

„Evrard, Philippe!"

Er ist größer, ich sehe sein Gesicht.

„Devinard, Nathalie!"

Es ist immer das gleiche. Man fängt mit den zahllosen Sextanern an, und meine Schüler kommen als letzte an die Reihe, Geduld! Ich überlege, wie das wohl werden wird bei Anne. Sie schreibt in ihrem Brief nichts von dem Haus, nur daß sie und Frédéric mich dort erwarten.

„Villeneuve, Françoise!"

Ich kenne Frédéric nur flüchtig. Ich habe ihn erst zwei- oder dreimal gesehen. Aber ich hatte nicht den Eindruck, daß er mich für einen alten, verknöcherten Kerl hält, was schon viel heißen will – man darf heutzutage nichts Unmögliches verlangen.

„Frémier, Jacques!"

Vielleicht haben sie recht, wenn sie nicht heiraten wollen. Ich weiß es nicht. Auf jeden Fall stört es mich nicht zu wissen, daß Anne mit ihm zusammen lebt. Aber ich bin ein wenig überrascht über mich selbst. Ich muß wohl doch ein Liberaler sein. Frédéric hat das Haus dort gekauft. Seine Eltern haben ihm das Geld gegeben. Vor fünfzig Jahren wäre Frédéric eine gute Partie gewesen. Heute ist er ein Typ in Jeans, der ewig an seinem philosophischen Staatsexamen herumlaboriert, sich in den Seealpen von der Sonne bräunen läßt und mit meiner Tochter schläft, und all das mit einer Gelassenheit, die vom Zen-Buddhismus beeinflußt ist.

So, jetzt bin ich an der Reihe, den Schülern meiner Klasse ihre Preise zu überreichen.

„Verzeihung . . . Verzeihung . . . Verzeihung."

Ich zwänge mich zwischen den Stuhlreihen hindurch und bemühe mich, auf so wenig Füße wie möglich zu treten. Ich räuspere mich, um den Lärm zu durchdringen, der immer mehr anschwillt.

„Trinardier, Albert!"

Er steht auf, kommt auf mich zu. Ein netter Kerl, dieser Trinardier. Er hat ein Referat über Hemingway gehalten. Ich drücke ihm die Hand – das erstemal. Das ist blödsinnig: da ist man ein ganzes Jahr lang gut miteinander ausgekommen, und wenn man sich nicht mehr wiedersehen wird, gibt man sich die Hand. Ich überreiche ihm sein Buch.

„Auf Wiedersehen, Monsieur."

Ehrlich, es geht mir nahe. Ich möchte ihn mit seinem Vornamen anreden, ein einziges Mal.

„Auf Wiedersehen, Trinardier, Albert." Wir lachen beide etwas verlegen. Das ist immer so bei mir: nie wage ich, wirklich das zu tun, was ich eigentlich tun möchte. Ich ziehe mich mit einem kleinen Scherz aus der Affäre. Ich hoffe, er hat verstanden.

„Caranel, Emilie!"

Sie nennen sie natürlich Miß Caramel. Sie sieht niedlich aus, hat leicht rötliches Haar. Sie bekommt den zweiten Preis. Sie verehrt Baudelaire.

„Auf Wiedersehen, Monsieur Bernier."

„Auf Wiedersehen, Miß Caramel."

Ihre Augen leuchten. Ich wußte nicht, daß sie so lange Wimpern hat.

Noch drei Schüler kommen und holen sich ihr Buch ab. Dann gehe ich wieder zu meinem Platz. Mission erfüllt.

Die Stühle, der Tisch, die Palmen wurden beiseite geräumt, und dann begann die Aufführung. Vier Szenen aus Andromache, die Mädchen in weiße Bettücher gehüllt, Pyrrhus in einem kurzen Umhang, unter dem seine Shorts hervorsehen. Sie haben ihre Sache recht gut gemacht, ein großer Erfolg: sie hatten ihre Claque im Saal.

Danach ging alles sehr schnell. Ich habe am Ende auf Kosten von Jacqueline Briette zwei Ricard getrunken. Und ich habe zweihundert Hände schütteln müssen. „Schöne Ferien", „Viel Spaß", „Na, dann bis September". Dann ging ich, ein bißchen benommen von meinen zwei Aperitifs, traurig und heiter zugleich nach Hause. Ich hatte zweieinhalb Monate vor mir, leer wie unbeschriebene Seiten. Nun galt es, sie zu füllen.

MEIN Badezimmer ist endiviengrün gestrichen. Ich habe versucht, mich kalt zu duschen, aber nach dem ersten Strahl gebe ich etwas warmes Wasser dazu: ich friere so leicht.

Das letzte saubere Handtuch. Es war höchste Zeit, daß das Schuljahr zu Ende ging. Im Oktober findet der Waschtag statt.

So, da stehe ich nun nackt vor dem Spiegel. Wollen wir doch mal sehen: 1,72 groß, 69 Kilo schwer, leicht schütteres Haar, nicht zuviel überflüssiges Fett. Das ist schon mal ein Pluspunkt. Gewiß, um die Hüften herum bin ich etwas füllig, aber nicht beunruhigend. Die Beine sind in Ordnung: keine Krampfadern. Brust normal. Das ärgerlichste ist nur, daß die Haare auf meinem Brustkasten allmählich grau werden. Aber ich bin nun einmal nicht mehr zwanzig – ich war es vor fünfundzwanzig Jahren. Das ist etwas, das man nicht vergessen darf.

Bauch rein, Brust raus, den Bizeps angespannt, in Turnerpositur, das Ergebnis ist nicht überzeugend. Ich kann nicht vor einem Spiegel stehen, ohne zu albern. Ich möchte wissen, wann das wohl einmal aufhören wird, daß man in seinem Badezimmer Tarzan spielt.

Eine orangefarbene Unterhose. Da habe ich mich eindeutig von der Reklame beeinflussen lassen. Beim Warten auf der Metrostation sah ich ein riesiges Plakat vor mir: drei sonnengebräunte Supermänner, die in bunten Unterhosen in der Kajüte einer Jacht sitzen. Schließlich habe ich mir auch so ein Ding gekauft. Und immerhin sind ja jetzt Ferien.

Hin und wieder braucht der Mensch etwas Neues. Ich fange mit der Unterhose an. Die Jacht kommt später.

Fünf nach eins, und ich habe noch allerhand zu erledigen. Ich muß die Concierge bitten, daß sie mir die Post nachschickt, muß die Miete bezahlen, meinen Koffer packen. Und dann muß ich noch einmal nach dieser dämlichen Batterie sehen.

Aber als erstes werde ich den Koffer packen.

Es stimmt mich immer etwas traurig, wenn ich meinen Kleiderschrank öffne; alle meine Anzüge sind grau, alle meine Hemden weiß, alle meine Pullover dunkel und alle meine Socken schwarz. Mein einziges farbiges Kleidungsstück ist im Grunde die Unterhose. Nun fahre ich wie ein Leichenträger hinunter in den Süden.

Ich hatte schon manchmal Lust, mir Sachen zu kaufen, wie man sie heute trägt, aber es gibt sie fast immer nur in kleinen Boutiquen, in denen man von schwedischen Verkäuferinnen bedrängt wird. Ich traue mich einfach nicht hinein.

Es klingelt.

„Die Post, Monsieur Bernier."

Madame Morfoine, die Concierge. Sie hat offenbar Lust auf ein Schwätzchen. Normalerweise steigt sie die Treppen nicht hinauf.

„Na, Monsieur Bernier, geht's in die Ferien?"

„Ja, Madame Morfoine, morgen früh."

„Sie haben's gut als Lehrer! Zweieinhalb Monate!"

„Ja, Madame Morfoine, das ist eben eine der angenehmen Seiten unseres Berufs ..."

„Ich will ja nicht neugierig sein, aber wohin geht's denn?"

Das ist eine ihrer ständigen Redensarten. Sie würde es fertigbringen, mich zu fragen: Ich will ja nicht neugierig sein, aber wie viele Frauen haben Sie denn in Ihrem Leben schon gehabt?

„Ich fahre in den Süden, in ein kleines Dorf ... Übrigens, wenn Sie so freundlich sein würden, mir meine Post nachzusenden ..."

Endlich geht sie, in der Hand einen Zettel mit der Adresse von Anne und einen Zehnfrancschein. Die Treppenstufen knarren unter ihrem Gewicht.

Ich freue mich auf das Wiedersehen mit Anne. Es ist mir immer sehr schwergefallen, wenn ich mich sonntags abends von ihr trennen und sie zu ihrer Mutter zurückbringen mußte ... Ich ging mit ihr in alle Walt-Disney-Filme. Zwischen ihrem siebten und ihrem zehnten Lebensjahr hat sie nicht einen einzigen versäumt. Ich hatte einen wahren Horror vor diesen Filmen, und meist sahen wir sie gleich zweimal! Einmal haben wir *Peter Pan* dreimal hintereinander gesehen und dabei Lakritze gekaut. Danach war mir die ganze Nacht lang übel. Ihr natürlich nicht!

Im Sommer war es der Bois de Boulogne, der Tiergarten.

Mit zehn Jahren fing sie damit an, daß sie Liebesfilme sehen wollte. Jedesmal, wenn in irgendeinem Kino wieder *Vom Winde verweht* gespielt wurde, kam sie, die Zeitung mit der aufgeschlagenen Kinoseite in der Hand, auf mich zugerannt, und schon saßen wir in der Metro. Sicher habe ich den Film mindestens einmal in jedem Pariser Arrondissement gesehen. Abends um halb neun brachte ich sie nach Hause.

„Gute Nacht, Anne. Bis nächste Woche."

„Bis nächsten Sonntag, Papa."

Zu meinem Namenstag schenkte sie mir jedesmal eine Zeichnung. Ich habe sie noch alle. Es sind elf insgesamt. Auf der ersten sieht man ein Haus und eine grüne Sonne und dazu ein bizarres Gebilde mit dünnen Beinen, das ein Schaf sein soll, wie sie mir erklärt hat. Die letzte, eine sehr sorgfältig gearbeitete Kohlezeichnung mit einer Tänzerin. Die Zeichnung ist schon sehr geschickt. Damals war sie sechzehn.

Und dann verkündete mir Catherine, meine geschiedene Frau, daß sie nach Kanada gehen und „ihr Leben umkrempeln" wolle, wie sie sich ausdrückte – ein Leben, das ich anderthalb Jahre lang geteilt hatte, eine kurze Zeit, die uns beiden jedoch sehr lang vorgekommen war. Sie wußte nicht recht, ob sie Anne mitnehmen sollte, das bedeute ein anderes Land, eine andere Sprache, eine andere Welt, ob sie mich bitten dürfe ...

Kurz, von da an lebte Anne bei mir, wir haben die Wohnung neu gestrichen, sie hat überall Fotos hingeklebt, sie hat sich ein Radio mit Plattenspieler gekauft. Die Jahre sind vergangen: Anne auf dem Gymnasium, Anne auf der Universität, Anne verliebt, Anne fort.

Eine Karte in den Ferien, von Zeit zu Zeit ein Anruf, das kleine Restaurant in der Rue de Bièvre, wo ich sie, wenn sie Zeit hat, zu Kuskus einlade – wir leben jetzt nebeneinander. Sie kommt gut zurecht. Ich achte bei Fernsehspielen immer auf den Vorspann, und da lese ich ziemlich oft ihren Namen. Innenausstattung: Anne Bernier. Dann freue ich mich immer. Aber sie lebt in einem Rhythmus, bei dem ich außer Atem geriete und nicht mithalten könnte.

Und dann, vor drei Wochen, als wir über unserem dampfenden Kuskus saßen, stützte sie plötzlich die Ellbogen auf die karierte Decke: „Hättest du Lust, deine Ferien mit mir zu verbringen?"

„Wenn du mir garantierst, daß du mich nicht in *Vom Winde verweht* schleppst ..."

Sie lachte. Sie ist sehr schön, wenn sie lacht, noch viel schöner, als ihre Mutter früher war. Und sie versteht sich auch geschickt zu kleiden – im Gegensatz zu mir. Dann hat sie mir das Haus beschrieben: ein wenig abseits von Sainte-Agnès in den Bergen gelegen, ein herrlicher Ausblick, Stille, Grillenzirpen. Ich könne mich ausruhen, könne lesen oder arbeiten, wenn ich Lust hätte, und natürlich sei Frédéric da, aber ...

„Du magst doch Frédéric?"

„Ja, ich mag ihn."

Das stimmt sogar. Das einzige, was ich ihm übelnehme, ist, daß er mit meiner Tochter schläft, aber das – das ist sicher meine „altmodische" Seite.

„Dann bist du also einverstanden? Komm, sag ja."

Ich erhob mein mit einem violetten Wein gefülltes Glas.

„Auf unsere Ferien."

Wir haben uns fröhlich und entzückt voneinander verabschiedet.

Du liebe Güte, es ist fast vier Uhr, und ich habe noch nicht einmal meinen Koffer fertig gepackt.

Ach ja, und was ist mit dem Wagen? Diese verfluchte Batterie macht mir Sorgen. Und dann die 87 000 Kilometer auf dem Tacho! Ich habe immer das Gefühl, daß mir die Kiste bei einer Steigung plötzlich verrecken wird.

Mir graust vor dem Wagen. Ich hätte mit dem Zug fahren sollen, im Liegewagen, dann würde ich mich morgen frisch und rosig unter den Palmen der Riviera wiederfinden. Statt dessen werde ich an meinem Sitz festkleben, unter dem Blechdach Schweiß vergießen, jeden Augenblick dem Tode nahe... Es ist keine Geldfrage. Ich könnte mir die Bahnfahrt durchaus leisten, nur denke ich nie rechtzeitig daran, mir eine Platzkarte zu bestellen. Und dann sagt Carnot, es sei doch lächerlich, mit dem Zug zu fahren, wenn man ein Auto hat, so daß ich mich ein paar Tage lang in der Überzeugung wiege, es sei doch angenehm, im eigenen Wagen zu fahren: das Gefühl, frei zu sein, daß man anhalten kann, wo man will, usw. Bis ich dann schließlich am Tag vor der Abreise feuchte Hände bekomme, wenn ich daran denke, daß ich in einem Häufchen Schrott mit erlahmenden Zylindern über 1000 Kilometer zurücklegen muß. Ich werde nie ans Ziel kommen. Es wäre schon ein wahres Wunder, wenn ich über Fontainebleau hinaus gelangen würde.

Ich werde mir Spaghetti machen. Vielleicht wird mich das ein bißchen in italienische Stimmung versetzen – Sainte-Agnès ist nur ein paar Kilometer von der italienischen Grenze entfernt.

Dabei fällt mir ein, daß ich für heute abend nur noch zwei Zigaretten habe. Und wenn ich versuchen würde, in den Ferien gar nicht zu rauchen? Ich werde viel an der frischen Luft sein. Das sollte ich ausnutzen, um mich mit Sauerstoff vollzupumpen. Anne hat schon oft gesagt, daß meine Raucherei mir noch einmal Ärger machen wird. Sie wirft dann mit schrecklichen Wörtern wie Infarkt, Krebs oder Gedächtnisverlust um sich. So daß ich mich frage, wieso ich überhaupt noch am Leben bin. Und außerdem werde ich etwas Gymnastik machen; ich nehme es mir seit mindestens zehn Jahren vor. Ich sehe mich ganz deutlich, wie ich inmitten von Thymian und Rosmarin im Zauber einer frühen Morgenstunde hopse. Ich werde von dort unten stämmig zurückkommen, mit vom Nikotin gereinigten Lungen. Ich höre die dicke Rebolot schon rufen: „Aber mein lieber Bernier, Sie sind ja zwanzig Jahre jünger geworden!"

Das Wasser kocht. Ich werfe die Spaghetti hinein, reibe Gruyèrekäse. Ich nehme mir vor, früh zu Bett zu gehen. Ich werde den Wecker auf halb fünf stellen. Ich werde mich kurz rasieren, den Koffer verstauen, und dann geht's los. Über die Autobahn rolle ich bis nach Avignon hinunter – nichts einfacher als das. Von dort fahre ich quer durch die Provence bis hin zu Anne, die mich, wie ich hoffe, auf der Schwelle ihres Hauses erwarten wird, genau wie in den Zeichentrickfilmen von Walt Disney.

Teller, Gabel, Messer. Ich setze mich zu Tisch.

Es ist fünf Uhr nachmittags, aber wenn ich nicht an die Speisesaalzeiten gebunden bin, esse ich gern, wann es mir gerade paßt. Außerdem habe ich nicht zu Mittag gegessen.

Die Sonne draußen ist richtig weiß und strahlt wie wild auf die Fensterscheiben. Alle, die in Paris bleiben, werden ganz schön schmoren in diesem Sommer. Die Stadt wird wie ein glühender Ofen sein. Die Leute werden zerfließen. Bei dem Gedanken muß ich lachen. Ich bin wohl wirklich ein schadenfrohes Scheusal. Morgen um diese Zeit werde ich schon weit weg sein.

HAU schon ab, Blödmann! Kretin!

Oh, das ist typisch für diejenigen, die einen Peugeot 404 fahren! Alle, die in einem 404 sitzen, sind Mistkerle und wiegen an die zweieinhalb Zentner.

Und das nur, weil ich ein Ungetüm von Sattelschlepper überholt habe, das sich mit fünfzehn Stundenkilometern dahinwälzte – die einzige Art von Fahrzeugen, die ich ohne Schwierigkeiten überholen kann, und diese Gelegenheit wollte ich mir nicht entgehen lassen. Ich gebe Blinkzeichen und schere aus auf die linke Fahrspur, als plötzlich dieser Kretin vom Horizont dahergeschossen kommt, mit lautem Gehupe, Scheinwerfersignalen und allem Drum und Dran. Er schien nichts sehnlicher zu wünschen, als mich in den Straßengraben zu katapultieren. Ich habe mich in aller Ruhe wieder eingeordnet, und als ich wieder auf der rechten Fahrspur war, mußte er schon in Marseille sein.

Ich bin also doch bis über Fontainebleau hinaus gelangt. Aber eines beunruhigt mich, nämlich daß diese alte Kiste so sagenhaft gut fährt. Ich kann noch so aufmerksam horchen – nicht das leiseste ungewöhnliche Klappern, keine Spur von Brandgeruch, das finde ich beängstigend. Wenn jetzt etwas passiert, dann kommt's schlimm.

Lyon 380.

Es wird warm werden. Schon jetzt spüre ich, wie die Sonne durch die doppelte Abschirmung, die Windschutzscheibe und mein Nylonhemd dringt – und dabei ist es erst kurz nach acht! Wie wär's, wenn ich mir jetzt die kleine Gauloise zum Ferienbeginn gönnte?

Ein göttliches Vergnügen. Der graublaue Rauch breitet sich im gelben Licht aus. Die Straße ist schnurgerade, ich halte das Lenkrad mit zwei Fingern und habe die Zigarette im Mundwinkel. Ein kurzer Blick in den Rückspiegel: ich stelle fest, daß ich zufrieden aussehe. Und wie wär's, wenn ich mich jetzt ein bißchen von Musik berieseln ließe? Mein Autoradio krächzt zwar wie ein verschnupfter Asthmatiker, aber es lassen sich doch ein paar Töne entlocken.

> *„Aime-moi, aime-moi*
> *Quand je suis dans tes bras*
> *Je dis: Oh! La la la la la la*
> *Aime-moi, aime-moi ..."*

Unerträglich. Ich habe diese Sängerin schon im Fernsehen gehört, ein paar von meinen Schülern haben ihr Bild auf ihren Schnellhefter geklebt. Wenn man so etwas sieht, fühlt man sich der jungen Generation weit entrückt.

„... ein drei Kilometer langer Stau bei Nogent-le-Rotrou. Wir empfehlen Ihnen die ausgeschilderte Umleitung. Gute Fahrt, Urlaubsreisende! In zehn Minuten die nächste Meldung. Sie hören – Jonny."

Schluß mit dem Radio.

Vor mir Wohnwagen. Drei hintereinander. Achtung, ich überhole. Ein Blick in den Rückspiegel: nein, kein heranstürmender 404. Also los! Nun mal schön an die Seite, ihr Lieben. Die Straße gehört Papa! Ha, drei auf einen Streich! Wie ein Rennfahrer.

Dieser verflixte Karren saust dahin wie ein geölter Blitz. Ein richtiger Kilometerfresser, und noch immer nicht das geringste Anzeichen irgendwelcher Mucken.

Achtung, die Tankstelle.

Nicht zuviel Betrieb, vor allem nicht an der Zapfsäule für „Normal". Ich will die Gelegenheit benutzen, um mir ein wenig die Beine zu vertreten. Ich zahle meine 30 Franc – es wird wirklich immer teurer – und stelle meinen Renner vor einem Warenhaus ab. Zum Lachen, diese Autobahnen, die Tankstellen gleichen immer mehr dem Boulevard Haussmann.

Ich steige aus, betrachte die Auslagen, und plötzlich ist es um mich geschehen. Ich hatte geglaubt, ich sei über das Alter, da man sich auf den ersten Blick verliebt, hinaus, aber das hier wirft mich einfach um. Es ist haargenau das, was mir fehlt: ein normal geschnittener Anzug, zwei Knöpfe, aber aus Jeansstoff, mit aufgesteppten Taschen, und die Hose unten ausgestellt. Genau das, wovon ich immer geträumt habe.

Ein rascher Blick auf das Preisschild – die alte, ererbte Angewohnheit des Kleinverdieners. 150 Franc. Also im Bereich meiner Möglichkeiten.

Ich ringe nach Luft. Denn das ist ein gewaltiges Unternehmen. Etwas kaufen, einfach so, ohne langes Überlegen, das ist für mich ein absolut neuartiges Abenteuer.

Ich werfe einen Blick in den Laden. Die Verkäuferin ist allein, sie sieht nicht aus wie eine emanzipierte Schwedin. Also los, versuchen wir's. Es muß doch ganz lustig sein, da unten ein bißchen modern aufzukreuzen. Anne wird entzückt sein. Und Frédéric wird es die Sprache verschlagen. Außerdem sind Ferien.

Ich gehe hinein. Sie kommt auf mich zu, kein bißchen einschüchternd – und die Verkäuferinnen, die mich nicht einschüchtern, die kann ich an den Fingern einer Hand abzählen.

„Ich wollte mir mal den Anzug ansehen, den Sie im Schaufenster haben."

„Aber gern, ich zeige ihn Ihnen."

Sie findet es ganz natürlich, daß mir so etwas gefällt. Sie wirft einen flüchtigen Blick auf meinen anthrazitgrauen Anzug.

„Es ist ein extrem leichter Anzug, der sich sehr angenehm trägt. Und es scheint ja ein heißer Sommer zu werden ... Dieses Modell wird sehr viel gekauft ... Möchten Sie ihn anprobieren?"

Sie hat ein Maßband genommen und es mir um den Gürtel gelegt. Schon stehe ich in der Umkleidekabine, das Objekt meiner Wünsche über dem Arm.

Solche Kabinen versetzen mich in Panik; die Vorhänge, die an einer Gardinenstange hängen, lassen sich nie ganz zuziehen, und ich habe immer das Gefühl, daß zweitausend ältere Damen durch den offenen Spalt starren, sich mit dem Ellbogen anstoßen angesichts meiner heruntergerutschten Socken und darüber kichern, wie mir mein Hemdzipfel über dem Hintern hin und her schaukelt.

Ich gehe rationell vor: zuerst die Schuhe aus, dann die Hose, die ich unordentlich auf den Boden herunterstrample. Dann ziehe ich mir die neue Hose an. Ich ziehe den Reißverschluß zu und mustere mich.

Makellos. Bin das noch ich? Ich komme mir ungeheuer flott vor, von einer lässigen Eleganz; der perfekte Kompromiß zwischen dem Botschaftsattaché und dem Cowboy aus Arizona. Ich trete aus der Kabine.

„Er sitzt tadellos. Es braucht nichts geändert zu werden."

„Ja, ich muß sagen, er gefällt mir sehr gut, aber finden Sie nicht, daß so etwas für mich ein bißchen ..., wie soll ich sagen ..., ein bißchen zu jugendlich ist?"

Ihre kastanienbraunen Augen sehen mich plötzlich verwundert an.

„Aber überhaupt nicht! Sie können so etwas ohne weiteres tragen. Gestern erst hat ein Herr, der mindestens sechzig Jahre alt war, den gleichen bei uns gekauft, Sie können ganz unbesorgt sein."

Sechzig Jahre! Damit ist die Sache für mich endgültig entschieden.

„Ich nehme ihn."

„Wollen Sie ihn anbehalten?"

Diese Frau steckt wirklich voller Ideen! Ich gehe wieder in die Kabine, lese meine alte Hose und das Jackett auf und gebe ihr beides, stecke Schlüssel, Brieftasche, Kugelschreiber in die neue Jacke und schreibe einen Scheck aus.

Sie packt ein Paket, und ich trete wieder in die Sonne hinaus. Ein Glückstag, wirklich! Ich kaufe mir einen tollen Anzug, das Wetter ist schön, ich fahre zu Anne, ich bin zwanzig Jahre jünger. Jippiii!

Ich fuhr weiter. Als ich den Anlasser betätigte, sprang der Motor sofort an. Es war etwas schwierig, durch Vienne hindurchzukommen. Auch in Lyon herrschte dichter Verkehr. Aber jetzt bin ich auf der richtigen Strecke.

Valence 85.

Es ist kurz vor zwei. Ich verspüre ein fast vergessenes Gefühl: ich habe Hunger. Ich esse meist ohne wirklichen Appetit, gewöhnlich lustlos. Und nun habe ich plötzlich Lust auf etwas Gutes: auf Salat mit Tomaten, auf ein Gläschen Rosé und auf Rostbraten. Eigentlich wollte ich nur schnell in einer Raststätte ein Sandwich essen, aber schließlich ist heute ein Festtag.

Ich fuhr noch etwa dreißig Kilometer weiter, und dann war da ein blaues Schild: Messer und Gabel über Kreuz. Schon als ich es erblickte, lief mir das Wasser im Mund zusammen. Und da sitze ich nun am Fenster und komme mir ganz groß vor in meinem legeren Anzug. Die Sonne läßt die Plexiglastische funkeln. Die Karaffe mit Rosé ist beschlagen, und mein Salat ist da, auf meinem Teller: Reis, Oliven, hartgekochte Eier, kleine Würfel, ich weiß nicht genau, wovon, aber es schmeckt jedenfalls sehr gut.

Ein dicker, sorgenvoll dreinblickender Herr nähert sich meinem Tisch.

„Sie gestatten?"

„Bitte sehr."

In barschem Ton bestellt er eine Portion Sauerkraut und verwickelt mich sodann in ein Gespräch: „Haben Sie keinen Ärger mit Ihrem Kühler?"

Ich habe noch nie gewußt, ob mein Wagen einen Kühler hat oder nicht. Immer wieder mußte ich in Gesprächen feststellen, daß mein Auto so gut wie nichts von den Sachen hat, die die Autos anderer Leute haben. Ich klappe nur selten die Haube auf. Ich antworte auf gut Glück.

„Nein, in der Beziehung habe ich keine Klagen."

Er sieht mich enttäuscht an und macht sich dann mit einer so traurigen Miene über seine Frankfurter Würstchen, daß ich mich verpflichtet fühle, ihn irgendwie aus seiner Trübsal herauszureißen.

„Mir macht eher meine Batterie Sorgen."

Er hält seine Gabel in der Schwebe.

„Wie alt ist denn Ihre Batterie?"

Ich forsche fieberhaft in meinem Gedächtnis.

„Fünf Jahre."

Er verkündet kategorisch: „Dann ist sie tot. Ich wechsle sie alle drei Jahre aus."

Auf einen solchen Schlag war ich nicht gefaßt. Zum Glück kommt in diesem Augenblick mein gegrilltes Steak. Das hebt mein Selbstvertrauen. Um mir den Anschein zu geben, als kennte ich mich aus, sage ich: „Sie ist noch sehr gut, ich muß nur demnächst mal die Platinkontaktschrauben auswechseln lassen."

Ich habe diese Bemerkung mehr als einmal gehört, und ich bin stolz darauf, sie anbringen zu können. Aber ich muß wohl doch danebengetippt haben, denn mein Gegenüber blickt argwöhnisch auf und konzentriert sich auf sein geräuchertes Schweinefleisch.

Ich esse schnell auf, zahle und gehe. Es gibt Leute, denen macht es ein diebisches Vergnügen, anderer Menschen Moral zu untergraben.

Ich stecke den Zündschlüssel ins Schloß und betätige den Anlasser. Der Motor springt an.

Was für ein Idiot, dieser Kerl! Zu behaupten, meine Batterie sei tot!

Ich schalte das Autoradio ein: eine Popgruppe. Aber ich lasse die Musik ruhig dröhnen. Wenn man in einem Anzug herumläuft, wie ich einen anhabe, muß man mit der Zeit gehen.

Ich pfeife vor mich hin. Ich fühle mich rundherum wohl.

ZWEITES KAPITEL

ICH kam im Licht einer gelben Sonne an, die nur noch die Ziegeldächer, den Kirchturm und die steilen Hänge erleuchtete. Ich hatte dreimal nach dem Weg fragen müssen. Bei meinem letzten Halt nahm ein alter Mann seinen Korb von der einen Hand in die andere und beugte sich durchs Fenster. Der Wagen duftete plötzlich nach Feigen und Muskateller.

„Fahren Sie ganz durchs Dorf, dann sehen Sie einen Pfad, kurz vor dem Waschbrunnen. Dem folgen Sie ungefähr fünfhundert Meter, und dann sehen Sie das Haus. Aber sehen Sie sich vor, um diese Zeit werden jetzt die Ziegen heimgetrieben, und die sind ein bißchen dumm."

Ich bedankte mich und fuhr weiter. Ich war zerschlagen. Zwölf Stunden am Steuer – das ist eine ganze Menge, vor allem für mich.

Der Pfad, den der alte Mann mir beschrieben hat, schlängelt sich in vielen Kehren hinauf. Hier haben sich anscheinend alle spitzen Steine versammelt, und ich denke daran, daß meine Reifen nicht mehr sehr robust sind. Ich lasse vor Angst den Wagen stehen und steige das letzte Stück zu Fuß hinauf. Ich komme an einem Pfefferstrauch vorbei, der Weg macht eine Kurve, und ich sehe die Tür. Und da erlebe ich meine Enttäuschung: Anne erwartet mich nicht auf der Schwelle des Hauses.

Statt ihrer erblickte ich einen jungen Mann, der auf den Stufen saß. Mit nacktem Oberkörper und barfuß hockte er da und bastelte an einem Gegenstand herum. Man sah ihm an, daß er sich hier zu Hause fühlte.

Ich überlegte einen Augenblick lang, ob ich mich vielleicht im Haus geirrt hatte.

„Bin ich hier richtig bei Anne Bernier?"

Er bog in aller Ruhe einen Draht zurecht, ehe er mir antwortete: „Ja."

So etwas kann ich nicht ausstehen: daß jemand, dem man eine Frage stellt, mit einer unwichtigen Arbeit weitermacht, ehe er sich zu einer Antwort bequemt.

„Ich bin ihr Vater."

Der lange Kerl schien nicht sehr beeindruckt. Wozu ja im übrigen auch kein Grund bestand. Er zog seine großen Stelzvogelfüße zur Seite, um mich vorbeizulassen, und streckte mir die Hand entgegen.

„Salut, ich bin Max."

Ich lächelte töricht. In diesem Augenblick erschien strahlend Anne. Sie gab mir zwei herzhafte, geräuschvolle Küsse und zog mich ins Haus.

„Ich freue mich ja so. Komm schnell rein, du mußt ja völlig erledigt sein."

Drinnen war es dunkel, und ich erkannte nur Bänke, Farbtöpfe und einen Haufen junger Burschen und Mädchen, die auf Matten am Boden saßen. Ich hatte den Eindruck, daß es mindestens dreihundert waren.

„Ich mache dir einen Kaffee. Komm, setz dich. Ich hab ein paar Freunde zu Besuch."

Aus dem unübersichtlichen Durcheinander am Boden lösten sich ein paar Arme, die lässige Gesten andeuteten. Ich reagierte ähnlich und ließ mich auf eine Bank fallen. Und eben in diesem Augenblick fiel mir ein, daß sie gegen Ende unserer Mahlzeit in der Rue de Bièvre ein paar rasch hingeworfene Worte gesagt hatte, denen ich keine Bedeutung beimaß, einen Satz wie: „Sicher werden auch einige Freunde kommen", und das wie üblich inmitten einer Flut von Wörtern.

Dieses Detail war mir völlig entfallen.

Und nach zwölfhundert Kilometern sah ich mich diesem Detail gegenüber: ich war in eine Kommune geraten.

Während ich meinen Kaffee trank und Annes Fragen beantwortete, ließ ich meinen Blick schweifen. Da war ein riesenhaftes Mädchen in einem langen Rock, das sich bäuchlings ausgestreckt hatte und im letzten Tageslicht in einem Buch las, den Krauskopf eines Jünglings auf dem Hintern.

„Hast du auch keinen Ärger gehabt unterwegs?"

„Nein, es hat alles großartig geklappt."

Sie neigt den Kopf zurück wie vor einem Gemälde und faltet die Hände.

„Aber du hast ja einen neuen Anzug an!!!"

Ich ersticke fast an meinem Kaffee. Ich fange an zu stottern.

„Ja, es war so heiß, und da dachte ich . . ."

Sie gibt mir noch einen Kuß.

„Du bist herrlich." Sie dreht sich um. „Bald fertig, Kim?"

Kim steckt ihren Kopf durchs Fenster. Dieses Mädchen hatte ich bisher noch nicht gesehen. Ein winziges Persönchen mit einem roten Lockenkopf. Sie hält eine Holzkelle in der Hand.

„Es kocht", sagt sie.

„Komm her, ich stelle dich meinem Papa vor. Kim Spander, du hast sie sicher schon im Fernsehen gesehen."

Ich drücke Kims Handgelenk, da sie in der Hand noch immer die Kelle hält.

Im gleichen Augenblick kommt Frédéric herein, in einem indischen Hemd.

Max, der ihm folgt, ist noch immer mit seiner Drahtkonstruktion beschäftigt.

„Ah, guten Tag, Monsieur Bernier. Gute Reise gehabt?"

Mir blieb keine Zeit, ihm zu antworten: Anne zieht mich im Galopp die Treppe hinauf.

„Komm, ich zeige dir deine Bude."

Sie ist klein, aber hübsch: rote Bodenfliesen, gekalkte Wände, ein großes, schönes, altes Messingbett, ein Bauernschrank.

Sie sieht mich an.

Ich gebe mir einen Ruck. „Toll!"

Sie lacht. „Und du hast keine Hefte zum Korrigieren mitgebracht?"

Jetzt ist es an mir zu lachen. „Nein. Totale Freiheit. Hast du ein paar Schmöker da?"

„Das eine Zimmer nebenan ist voller Bücher. Im Dorf gibt es keine. Aber Menton ist nur fünfundzwanzig Kilometer von hier entfernt. Dort kriegst du alles, was du willst. Komm, ich zeige dir jetzt das Badezimmer."

„Warte, ich habe meine Sachen im Kofferraum gelassen, ich hole sie schnell."

Sie geht ans Fenster und beugt sich hinaus.

„Frédéric! Kannst du Papas Koffer raufbringen?"

Ich protestiere: „Ich kann doch selber gehen. Schließlich bin ich ja noch keine siebzig."

Sie macht eine beschützende, mütterliche Geste.

„Du bist müde, willst du nicht ein Bad nehmen? Kim hat Rindfleisch gekocht. Ich habe ihr gesagt, das ißt du gern. Wenn du irgend etwas brauchst, schreist du einfach."

Sie ist schon auf der Türschwelle, als ich mich endlich getraue, schüchtern zu sagen: „Ihr seid ja ein Haufen Leute hier!"

„Zehn – mit dir. Bis gleich."

Ich starre etwas benommen auf die Badewanne. Von unten dringt Tellerklappern, Lachen herauf. Und das mir, der ich mich noch nie in eine auch noch so kleine Gruppe einfügen konnte! Ausgerechnet ich, der ich von Natur aus ungesellig bin, werde in eine Ferienkolonie verschlagen! Ein regelrechter Hinterhalt. Nun, wir werden sehen. Aber wenn es nicht Annes wegen wäre, hätte ich längst die Flucht ergriffen. Trotzdem, ich hätte wissen müssen, daß sie ohne fünfhundert Leute um sich herum nicht leben kann.

Das Duschen tut mir gut. Ich strecke mich in der Wanne aus und lasse das Wasser strömen, das mir über den ganzen Körper rieselt. Mir ist wohlig zumute, ich spüre, daß ich gleich einschlafen werde;

die Kacheln verschwimmen langsam, und es bleibt nichts als ein weißliches Licht, das dunkler und immer dunkler wird ... und nun gänzlich schwindet ...

> *„Aime-moi, aime-moi*
> *Quand je suis dans tes bras*
> *Je dis: Oh! La la la la la la la*
> *Aime-moi, aime-moi ..."*

Ich habe mir an dem Seifenbehälter fast den Schädel eingeschlagen. Das ist der lautstärkste Plattenspieler, den ich je in meinem Leben gehört habe. Man hört auch schon Protestschreie, und gleich darauf wird das Ding leiser gestellt. Ich seife mich ohne Begeisterung ein, leer im Kopf.

Es klopft.

Ich mache einen Satz, stoße wieder mit dem Schädel gegen die Seifenschale und umhülle meine Lenden mit einem gemusterten Handtuch.

„Ja? Herein."

Es ist das riesenhafte Mädchen mit dem langen Rock. Sie hat meinen Koffer in der Hand.

„Entschuldigung, ich bringe Ihnen nur Ihren Koffer."

„Ah! Ah, sehr nett, vielen Dank ..."

Ich halte meinen Lendenschurz umklammert. Sie wirkt völlig ungezwungen, ungezwungener jedenfalls als ich.

„Ich bin Françoise."

Ein wahres Glück, daß sie mir nicht die Hand hinstreckt. Ich muß wie ein Idiot aussehen. Wer hätte mir gestern abend gesagt, ich würde heute nackt in einem Badezimmer einer Riesin gegenüberstehen?

„Aha ... Ja, und ich bin Bernier. Jacques Bernier."

Sie macht einen mißglückten militärischen Gruß. Ich tue es ihr unwillkürlich gleich, kriege im letzten Augenblick mein Tuch wieder zu fassen und setze mich erschöpft. Nein, das ist zuviel des Neuen für einen einzelnen Mann.

Ich ziehe Hemd und Hose an und wage ein kühnes Unternehmen: ich werde ohne Strümpfe zum Abendessen hinuntergehen. Ich ging mit zugeschnürter Kehle die gewölbten Stufen der steinernen Treppe hinunter. Eine schöne Bescherung: ich war unter die Hippies gefallen.

DIE richtige Vorstellungszeremonie fand dann rings um den Rinderschmorbraten herum statt, unter dem Getöse vor- und zurückgeschobener Bänke.

Max, den jungen Mann mit den Drähten, kannte ich schon. Ich habe erfahren, daß die kleinen Objekte, die er fabriziert, Entwürfe für abstrakte Skulpturen sind, die er anscheinend in den USA sehr gut verkauft.

Das ist auch so eine Sache, die ich nie begreife. Ich wäre nie auf den Gedanken gekommen, mir meinen Lebensunterhalt damit zu verdienen, daß ich Messingdraht um kleine Holzstückchen winde.

Kim, die Tänzerin, macht von Zeit zu Zeit einen Spagat oder erhebt sich beineschwingend in die Luft – immer in dem Augenblick, in dem man es am wenigsten erwartet; Françoise, die Riesin, arbeitet in einer Genossenschaft. Dann sind da zwei bärtige Jesusgestalten, Antoine und Virgile. Der eine hat seine Freundin mitgebracht, die in einen schwarzen Wollschal gehüllt ist und wie eine Zigeunerin aussieht. Sie starrt mich an, als müßte ich mich jeden Augenblick in Staub auflösen.

Anne ruft vom anderen Ende des Tischs zu mir herüber: „Na, wie findest du die Bude?"

Ich suche verzweifelt nach einer halbwegs originellen Antwort. Man muß bei diesen jungen Leuten Eindruck schinden.

„Wunderbar. Ich könnte woanders schon nicht mehr leben."

Eine der beiden Jesusgestalten grinst und sagt: „Ich auch nicht. Deshalb bleibe ich auch bis Dezember hier."

Gelächter. Alle reden gleichzeitig.

„Los, leg eine Platte auf", sagt Frédéric.

Françoise schreitet wogend zum anderen Ende des Zimmers. Kim brüllt mir etwas zu, was ich nicht kapiere. Anne diskutiert angeregt. Hinter mir legt das Orchester los. Die Stimme der Zigeunerin übertönt das Getöse. „Und Sie sind Lehrer?"

Achtung, Rutschgefahr.

„Ja."

„Wie kann man heute noch Lehrer sein?"

Durch den Dampf der großen Schüssel sehe ich Anne schallend lachen. Ich schreie: „Nun ja, manchmal ist es nicht ganz leicht. Aber irgendwie wird es dann doch jedes Jahr wieder Juni . . ."

Max hebt den Kopf.

„Ich habe gedacht, die Schüler schießen auf Sie, wenn Sie ins Klassenzimmer kommen."

„Das ist mir bisher noch nicht passiert. Vielleicht im nächsten Schuljahr . . ."

Frédéric stochert sich mit dem Nagel seines kleinen Fingers in den Zähnen herum.

„Lesen Ihre Schüler denn nicht Mao? Mao sagt, wenn ein Lehrer langweilig ist, haben die Schüler das Recht zu schlafen."

Françoise ist damit nicht einverstanden.

„Schlafen hat nichts mit Recht zu tun. Es ist ein Bedürfnis. Ich habe auf der Uni oft geschlafen."

Und damit hat es sich auch schon. Sie haben bereits ein anderes Thema beim Wickel, und ich gerate in dem Krawall in Vergessenheit. Nein, in dieser Atmosphäre halte ich es keine drei Tage aus. Die Zigeunerin gibt mir den Camembert und leert ihr Glas in einem Zug wie ein Bergarbeiter.

„Du sagst ja gar nichts, Franz . . ."

Auch ich hatte ihn ganz vergessen. Franz ist Österreicher. Er trägt eine Nickelbrille und um den Hals drei Ketten und lebt streng vegetarisch. Seit einer halben Stunde kaut er wie eine Kuh an seinen Selleriestangen herum und bedenkt alles mit einem unendlich leidvollen Blick.

Frédéric lehnt sich zurück, die Sohlen seiner Tennisschuhe gegen die Tischkante gestemmt.

„Heute bist du mit Geschirrspülen an der Reihe, Antoine."

Antoine protestiert, und ich melde mich freiwillig, um sowohl meinen guten Willen wie auch meinen ausgeprägten Gemeinschaftssinn zu demonstrieren.

Allgemeiner Widerspruch. Françoise steht von ihrer Bank auf und läßt sich in einen Sessel am Kamin fallen. Alle anderen lagern sich überall im Zimmer auf dem Boden und unterhalten sich mit müder Stimme. Frédéric hat Anne auf seine Knie gesetzt. Der eine Jesus hat die Augen geschlossen und eine Jogaposition eingenommen. Kim räumt schließlich unter Andeutung von Luftsprüngen den Tisch ab, und Franz streichelt ihr, als sie an ihm vorbeikommt, die Waden, eine Geste, die sie nicht im geringsten beachtet. Es läßt sich nicht leugnen: die Mädchen sind heutzutage anders.

Ich langweile mich nicht nur, sondern ich habe auch Angst – ich weiß nicht genau, wovor. Davor, daß einer von ihnen mich attackiert, mir eine Frage stellt. Ich kann nicht so flink denken wie sie, ich verstehe ihre Sprache, ihre Scherze nicht recht ... Sie sind ganz bestimmt nett, aber warum zeigen sie es nicht ein bißchen mehr?

Ich betrachte meine neue Hose. Sie hat mich nicht lange in Illusionen gewiegt. Ich bin dank ihr ein paar Stunden lang jung gewesen. Aber heute abend komme ich mir uralt vor. Ich stehe auf.

„Entschuldigen Sie, aber ich bin erledigt. Noch einen schönen Abend miteinander!"

Anne kommt mir nach und umarmt mich. Dennoch ist in ihren Augen eine Spur Unruhe. „Wie findest du die anderen?"

Ich gebe mir Mühe, meine Stimme natürlich klingen zu lassen: „Sympathisch, sehr sympathisch."

Nun ist sie wieder ganz beruhigt ...

Jetzt bin ich in meinem Zimmer. Was sie jetzt wohl über mich sagen? „Gar nicht übel, dein Vater." – „Er hat ein bißchen verloren gewirkt." – „Sehr gesprächig scheint er ja nicht gerade zu sein." Oder aber – und das wäre das schlimmste – sie sprechen über irgend etwas anderes, als ob es mich gar nicht gäbe. Ich höre sie lachen. Sie scheinen sich besser zu amüsieren, seit ich mich verabschiedet habe. Ich bin sofort eingeschlafen. Sie sind, wie ich am nächsten Morgen erfahre, erst gegen vier Uhr schlafen gegangen. Offenbar war es ein „echt irrer" Abend.

AM MEISTEN fürchte ich mich vor den Mahlzeiten, denn da sitzen wir alle zusammen. In der übrigen Zeit geht es ganz gut. Ich bin ein bißchen zwischen den Hügeln herumspaziert, einen Krimi in der Tasche. Ich entdeckte einen Baum, in dessen Schatten ich mich niedergelassen habe. Ich habe vier Seiten gelesen und bin dann eingeschlafen. Die Sonne stieg, während ich schlief, und ich habe mir einen tüchtigen Sonnenbrand geholt. Kim beglückwünschte mich zu meinem guten Aussehen.

„Als du angekommen bist", hat sie gesagt, „sahst du grau im Gesicht aus wie eine Abendzeitung."

Den Nachmittag habe ich mit Catherine zusammen verbracht. Das ist die Zigeunerin. Sie hat sich unter den Feigenbäumen zu mir gesellt, eingehüllt in ihren Schal, obwohl es bestimmt fünfundzwanzig Grad im Schatten waren.

Sie ist nicht dumm. Sie hat viel gelesen. Sie arbeitet in einem Zeitschriftenverlag und verkauft Anzeigenraum. Ich hatte den Eindruck, wenn ich sie gebeten hätte, mit mir zu schlafen, dann hätte sie mit entwaffnender Selbstverständlichkeit eingewilligt – eine kleine Gefälligkeit, die man sich unter Gleichgesinnten erweist; aber es kam natürlich gar nicht in Frage, daß ich ein solches Ansinnen stellte. Väterchen hat eben noch zu viele Komplexe.

Der Abend schleppte sich endlos hin. Virgile brachte alle zum Lachen, aber es gelingt mir einfach nicht, ihn komisch zu finden. Ich setze ein krampfhaftes Lächeln auf, so daß mir die Gesichtsmuskeln schon ganz weh tun. Schließlich bin ich wieder als erster zu Bett gegangen.

Ich war gerade dabei einzuschlafen, als mir eine Idee gekommen ist: ich werde morgen unter irgendeinem Vorwand nach Menton fahren. Ich muß mal wieder allein sein. Schon bei dem Gedanken daran war mir wieder wohler zumute. Also abgemacht: ich fahre in die Stadt.

Iᴄʜ stieß die Fensterläden auf: ein eisengrauer Himmel, Scharen weicher, bleierner Wolken. Das Laub des wilden Weins bewegte sich leise. Die Blätter schienen sich auf den prasselnden Regen eines Sommergewitters vorzubereiten. Ich atmete die frische Luft ein. Dieses Wetter kam mir sehr gelegen – ein Vorwand mehr, um in die Stadt zu fahren und ein paar Bücher zu kaufen. Was konnte man bei solchem Wetter anderes tun als lesen?

Ich ging hinunter. Bald darauf erschien Anne. Sie gähnte ein dutzendmal und stellte das Radio an. Ich bestrich meine Scheibe Brot mit Butter und verkündete meinen Entschluß, in die Stadt zu fahren. Ich hatte schon befürchtet, irgend jemand von der Horde würde mich bitten, ihn mitzunehmen, aber niemand meldete sich, und ich fuhr los.

Regentropfen klatschten in heftigen Böen gegen die Windschutzscheibe. Die Scheibenwischer fegten sie zusammen, und der Staub bildete eine dünne Schliere. Dann ein Grollen draußen über dem Meer, und es hörte auf zu regnen. Ich kurbelte das Fenster herunter, und feuchte Luft drang herein. Sie schmeckte süß nach Einsamkeit, und mir war, als sei ich seit einer Ewigkeit nicht mehr allein gewesen.

Menton hat sich sehr verändert. Ich bin einst als Kind hier gewesen. Ich erinnere mich noch an einen großen Platz in der Nähe des Casinos; ich spielte im Sand, ohne mich von der Bank zu entfernen, auf der meine Mutter saß und strickte. Ringsumher erhoben sich riesige, von Kolonnaden gesäumte Paläste, und alles ragte hoch in den Himmel empor, die Kuppeln, die Türme – ja, das war Bagdad, Alexandria und Moskau in einem.

Hinter einer Kurve tauchte vor mir die Reede auf – und riesige Betonklötze schoben sich vor meine Erinnerungen. Die Gebäude verdeckten die ganze Aussicht. Riviera Beach, Sun Marina, Restaurants aus Glas und Plastik, Snackbars voller Flipper verschlingen die Bürgersteige. Ich habe meinen Wagen abgestellt und bin zu Fuß in die Altstadt gegangen.

Eine Gauloise im Mundwinkel, die Hände in den Taschen, schlendere ich die Straße entlang. Gleich werde ich die Stufen zur Mole hinuntergehen und mir als alter Seebär einen Blick aufs weite Meer hinaus gönnen, bis ans Ende des Hafendamms. Hier scheint sich nicht allzuviel verändert zu haben. Nur ist alles ein bißchen geschrumpft – oder ich bin größer geworden.

Und da ist der Leuchtturm. Das Meer hat die Farbe eines Fieberkranken angenommen, alles aus Pappmaché. Nicht ein einziges Schiff, nur ein Tretboot da drüben, ein Paar, das sich treiben läßt, melancholisch, die Füße regungslos auf den Pedalen. Auf den Felsblöcken vor der Mole beobachten Angler ihre Leinen. Ich sehe gern den Anglern zu, obwohl das Angeln weiß Gott alles andere als ein aufregendes Schauspiel ist, aber ich bleibe immer wieder stehen.

Vor mir verändert das Meer seine Farben, das Grau verliert sich und weicht einer Klarheit, die weder grün noch blau ist. Ich fühle mich rundherum wohl! Ich denke nicht mehr an meine Horde von Krakeelern. Dabei fällt mir ein, daß ich mir vielleicht die Bücher kaufen sollte. Es ist kurz vor Mittag, und die Buchhandlungen werden schließen.

Jetzt herrscht Betrieb auf der Mole; junge Leute gehen spazieren, Pärchen amüsieren sich flüchtig und fröhlich – sicher kennen sie sich erst seit ein, zwei Tagen, und schon liegen sie sich in den Armen! Wie schnell das heute alles geht. Ich habe den Mädchen gegenüber komplizierte Rollen gespielt, ich bin ihnen respektvoll und scheinheilig begegnet. Mit siebzehn habe ich Mann gespielt, und mit fünfundvierzig Jahren habe ich kaum mehr das Gefühl, noch einer zu sein. Und diese jungen Burschen kommen mir auf einmal so reif vor. Sie geben sich, wie sie sind, schnappen sich die Mädchen, die ihnen gefallen, werfen alle Taktik, alle Strategie über Bord ...

Vielleicht liegt es daran, daß sie besser aussehen, als ich damals ausgesehen habe. Sie kommen mir alle größer, schlanker, kräftiger gebräunt und fröhlicher vor ... Vielleicht liegt es ja auch an der Ernährung, am Sport. Wie dem auch sei, wenn ich ihnen begegne, merke ich, wie ich zum neidischen Alten werde, ich bin plötzlich zehntausend Jahre alt und ...

Denken wir an etwas anderes. Da ist die Buchhandlung.

Hier bin ich in meinem Element. Da ist zunächst der Geruch. Manchmal denke ich, ob meine erste „Berührung" mit der Literatur nicht eher eine „Beriechung" war. Als Kind habe ich an den Büchern gerochen, ehe ich sie las. Ich bin ein Bücherschnupperer.

Die Bestseller sind gleich neben der Kasse aufgestapelt. Ebenso die mit Literaturpreisen ausgezeichneten Bücher mit ihren Bauchbinden. Ein kurzer Blick auf die Neuerscheinungen, und dann stürze ich mich auf die Taschenbücher. Sie nehmen eine ganze Wand ein, und man muß sich so tief wie möglich bücken, wenn man sehen will, was zuletzt herausgekommen ist.

Ich habe schließlich zwei Balzac, einen Gide und einen Cocteau mitgenommen, um meiner Bildung etwas aufzuhelfen, und vier Krimis. Die Frau an der Kasse hat mir alles in eine große Tragetüte getan. Für eine Woche dürfte es reichen. Und wenn alles konsumiert ist, komme ich wieder.

Und wie wär's jetzt mit einem kleinen Restaurant?

Am Rand der Altstadt betrat ich ein nicht allzu volles Lokal. Ich setzte mich an einen winzigen Tisch, zwischen eine holländische Familie und spanischen Anstreichern, und entschied mich für Spaghetti bolognese zu sechzehn Franc, eine Karaffe Rosé und einen Kaffee eingeschlossen, und schließlich stand ich aufgekratzt wieder auf der Straße, meine Tragetüte in der Hand. Ich hatte noch einen langen Nachmittag vor mir, und ich spürte, wie eine altvertraute Unruhe in mir aufstieg: was sollte ich unternehmen?

Ich ging bis zum Casino, und da kam mir die Erleuchtung. Ich erblickte ein riesiges Plakat: ein Mastodon mit grünen Augen und bluttriefenden Fangzähnen, das mit seinen schwärzlichen Zehen auf einen Schlag ein gutes Dutzend Hochhäuser zertrat. Das Monstrum hielt in seiner einen Pfote eine junge Person von angenehmem Äußeren, die sich augenscheinlich nicht sehr wohl fühlte. Ich konnte ihr das ohne weiteres nachfühlen. Auf der einen Seite klebte ein roter Zettel: „Heute 14 Uhr."

Es war 14 Uhr 01. Ich stürzte zur Kasse und eilte in den Zuschauerraum, als wäre ein ganzes Regiment hinter mir her.

„UND hier, in diesen jahrhundertealten Kellergewölben, wird letzte Hand an den Käse gelegt, der morgen die Reise um die Welt antritt."

Ich finde mich im Dunkeln schlecht zurecht. Die Platzanweiserin hat mir mit ihrer Taschenlampe ins Gesicht geleuchtet, ich hätte mich nicht gewundert, wenn sie mich aufgefordert hätte, ein Verbrechen zu gestehen. Große Leere im Saal. Ein paar vereinzelte Liebespaare in den hinteren Reihen, ein paar Ältere und ich.

Die Bildfolgen laufen mit lähmender Langsamkeit ab. Jetzt laden ein Dutzend Männer in Krankenpflegerkitteln endlos ihre verfluchten Käse auf Lastwagen. Ich lehne mich in meinem Sessel zurück.

„In Kühlhäusern verbringt er noch einige Zeit, bis er auf den Weg gebracht wird . . ."

„Oh, dieser Stumpfsinn!"

Ich fahre auf. Wer hat das gesagt? Ich richte mich auf meinem Sitz auf, und da sehe ich sie. Sie sitzt in der Reihe vor mir, drei Plätze weiter links. Sie hat die Knie hochgezogen, und das wechselnde Licht der Leinwand streift den gestrafften Stoff ihrer Jeans. Ich weiß vorläufig nur dreierlei von ihr: Käsegeschichten langweilen sie, ihr Haar ist blond, und sie rekelt sich im Kino gern auf ihrem Sitz.

„Und so vollzieht sich im Laufe der Zeit in der Tiefe dieser kargen Erde das schöne Abenteuer des Weichkäses."

Triumphale Musik, die beim letzten Bild erschallt: ein rötlicher Sonnenuntergang hinter den Bergen der Auvergne.

Ich kann nicht anders: ich klatsche.

Immer wieder einmal wundere ich mich über mich selbst: ich bin schüchtern, ich falle nicht gern auf, und dann schlage ich plötzlich ohne jeden Grund über die Stränge.

Das Mädchen vor mir fängt an zu lachen und dreht den Kopf in meine Richtung, während es im Saal wieder hell wird.

Ich habe jetzt zum erstenmal ihr Gesicht gesehen. Sie ist kein junges Mädchen mehr. Eine Frau, fünfunddreißig Jahre, schön, glaube ich, weiche Lippen, eine Haarlocke wie eine runde Klammer auf der Wange. „Sie müssen ja sehr viel für Käse übrig haben!"

„Ich trage ständig in allen meinen Taschen welchen bei mir, lauter verschiedene Sorten."

Ich sehe ihre Zähne schimmern, als sie wieder lacht. Sie hat sich wieder der Leinwand zugekehrt, und ich kann im Augenblick nur die Konturen ihres Kopfes erkennen.

Sie ist nicht auf ein Abenteuer aus. Davon bin ich überzeugt. Sie ist nicht der Typ dafür. Sie trägt ein blaues, etwas militärisch wirkendes Hemd mit aufgesetzten Taschen. So läuft keine Frau herum, die auf Männersuche ist. Und im übrigen scheint sie mich längst völlig vergessen zu haben.

Die Platzanweiserin geht den Seitengang entlang, ihr Tablett mit Eiskonfekt vor dem Bauch. Unter der Leinwand bleibt sie stehen, läßt den Blick über den leeren Saal gleiten und geht, vom Schicksal geschlagen, auf der anderen Seite wieder nach hinten. Es wird dunkel. Sanfte Musik. Ein Werbespot: „Die Platten, die Sie hier hören, erhalten Sie bei Discodisc, 36, Avenue Gambetta."

Mir klingt noch immer das Lachen der jungen Frau schräg vor mir in den Ohren. Ein unbefangenes Lachen, das nichts Gehemmtes und nichts Gezwungenes hatte. Diese Frau muß ein Muster an Ausgeglichenheit sein.

Außerdem hat sie den Mut gehabt, mich anzusprechen. Ich hätte mich nicht getraut. Ein Punkt für sie. Als ich mich ein wenig vorbeuge, sehe ich, daß sie den Kopf in die Hand gestützt hat und herzhaft gähnt.

Ich lehne mich wieder zurück. Ich würde ein ganz schön dummes Gesicht machen, wenn sie mich dabei ertappte, wie ich sie beobachte! Sei vernünftig, mein lieber Jacques, fang nicht an zu träumen. Diese Frau ist jung und schön, sie kann haben, wen sie will, sie ist nicht auf einen kleinen Schulmeister angewiesen.

Die Lichter gehen aus. Ein dröhnender Gongschlag, und auf einer breiten Cinemascope-Leinwand erscheint der Titel:

DIE MONSTREN AUS DEM JENSEITS

Es geht los.

TERESA SIMPSON hat sich ihr hauchdünnes Nachtkleid übergestreift und schickt sich an, unter ihre türkisblaue, himbeerrot gestreifte Bettdecke zu schlüpfen, als das Telefon klingelt.

„Bist du es, Liebling?"

„Ja, ich komme etwas später, ich werde noch im Labor gebraucht."

„Mach dir keine Sorgen, Liebling. Es ist alles in Ordnung, und ich bin ganz ruhig."

(Aber man sieht, wie sie aufgeregt mit den Fingern trommelt, und in der vorangegangenen Sequenz hat sie einen Stapel Teller umgestoßen. Ein Film voller feiner Schattierungen!)

„Geh schnell zu Bett, mein Schatz. Tordo ist in die Wüste geflüchtet. Du kannst also in Ruhe schlafen."

(Tordo ist der Name des Monstrums.)

Sie legt seufzend den Hörer auf und kriecht in ihr Bett.

Teresa ist die Ehefrau eines Forschers, der eine Waffe zu konstruieren versucht, die Tordo vernichten soll. Was letzteren betrifft, so besitzt er keine besonderen Charaktereigenschaften, wenn man davon absieht, daß er ein paar Minuten zuvor mit einer Bewegung seiner Pfote das Empire State Building zu Staub zermalmt hat.

Teresa schließt die Augen. Ich ahne, daß gleich etwas passiert ... Da! Ein Schatten verdunkelt die Leinwand, und durch das Fenster sieht man, wie sich ein fünfundzwanzig Quadratmeter großes Auge an die Scheibe preßt. Dramatische Musik, und bums! da hat Tordo auch schon die Fensterscheibe zerschmettert und schnappt sich mit Daumen und Zeigefinger das hübsche kleine Geschöpf. Teresa kreischt. Die junge Frau schräg vor mir hat sich auf ihrem Sitz aufgerichtet, und trotz des Getöses höre ich, wie sie einen kleinen Schrei ausstößt. Während Tordo über Häuserblocks davonstapft, beuge ich mich vor.

„Sie brauchen keine Angst zu haben, ich bin ja bei Ihnen."

Sie dreht sich nach mir um, und das purpurrote Licht auf der Leinwand beleuchtet ihr Gesicht. Ich möchte mich mit ihr unterhalten, mit ihr zusammen sein, irgendwo anders, und ich würde diesen idiotischen Film, der uns jetzt nicht mehr interessiert, weder sie noch mich, gern dafür sausenlassen. Doch dazu brauchte ich Mut, den ich nie besessen habe. Mein Herz klopft laut, mein ganzes Leben lang habe ich solche Gelegenheiten verpaßt, diesmal muß ich es schaffen. Frédéric oder Max hätten an meiner Stelle längst den Platz ge-

wechselt, sie würden sie schon in den Armen halten, während ich ...
Ich beuge mich vor.

„Entschuldigen Sie, aber dieser Film fängt an, mich tödlich zu
langweilen, und ich habe den Eindruck, Sie auch. Wenn Sie mögen,
gehen wir, und ich lade Sie zu einem Drink ein. Im übrigen habe
ich nicht die Absicht, Ihnen nachzustellen."

Noch nie in meinem Leben bin ich so stolz auf mich gewesen.
Eine Sekunde lang glaubte ich, das sei gar nicht ich, der da gesprochen hatte. Sie blieb einen Augenblick stumm, und dann stand
sie plötzlich auf.

„Einverstanden."

Wir gingen langsam hinaus. Es war dunkel, und auf der Treppe
wäre sie beinahe gestolpert. Ich hielt sie am Arm fest, und wir
gingen hinunter.

Draußen stürmte der Sommer auf uns ein. Sie lehnte sich an die
Hauswand, stand einen Augenblick da, das Gesicht zum Himmel
gewandt, und dann sprach sie.

„Wie spät ist es?"

„Fünf nach vier."

„Ich muß um fünf wieder hier sein. Meine Schwester will mich
abholen, um mich nach Hause zu bringen, weil ..."

Sie lächelte und fügte fröhlich hinzu: „Ich bin blind."

„Zwei Bier."

Ihre Augen sind klar. Das Meer und ein Stück von dem Sonnenschirm spiegeln sich darin: das Meer und der Sonnenschirm, die sie
nicht sieht. Ich bin erstaunlich ruhig. Es ist seltsam, einen Menschen anstarren zu können, ohne zu befürchten, daß es ihn vielleicht
irritiert. Ich kann in aller Ruhe ihren Mund betrachten, ihre Stirn,
während sie trinkt und ihr ein wenig Schaum im Mundwinkel hängen-
bleibt. Sie hat das Glas wieder auf den kleinen, runden Tisch gestellt,
indem sie mit dem kleinen Finger leicht und fast unmerklich über
die Tischplatte strich.

„Wer sind Sie?"

Sie rollt sich eine Locke um ihren Zeigefinger und wartet.

„Nun ja, ich ... Also, das ist ganz einfach, ich bin Französischlehrer, und ... und zur Zeit mache ich Ferien."

Ich merke, daß sie noch immer wartet. Mag sein, daß man unwillkürlich dazu neigt, Blinden mehr zu sagen als anderen, um ihr Handikap ein wenig auszugleichen.

„Ich wohne in Paris, ich bin geschieden und . . ."

Sie hebt die Hand, und ich verstumme.

Sie hat schmale Finger und trägt keine Ringe, nur ein kleines silbernes Armband.

„Es macht viel mehr Spaß zu raten. Also – Sie sind dreißig Jahre alt."

Das ist eher eine Festellung als eine Frage.

„Nein. Zweiundvierzig."

Ich bin ein erbärmlicher Lügner! Ich hätte ihr die Wahrheit sagen oder aber glattweg fünfzehn Jahre streichen können. Statt dessen schinde ich elende drei Jahre heraus.

„Das hätte ich nicht gedacht. Ihre Stimme klingt jünger."

Ich fühle mich sehr geschmeichelt. Sie zieht eine Packung Gitanes und eine Streichholzschachtel aus ihrer Hosentasche. Unwillkürlich greift meine Hand nach dem Feuerzeug, das ich in meiner Hosentasche habe, aber ich halte noch rechtzeitig inne.

Sie zündet sich ihre Zigarette an, macht einen tiefen Zug und legt den Nacken auf die Kante der Rücklehne.

„Haben Sie einen Schnurrbart?"

„Klingt meine Stimme so, als ob ich einen Schnurrbart habe?"

„Ich weiß nicht, kann sein."

Ich stecke mir eine Gauloise an.

„Ja, stimmt, ich habe einen Schnurrbart. Ich bin groß, braun gebrannt, habe abstehende Ohren, habe in *Vom Winde verweht* mitgespielt, und mein Vorname ist Clark. Wer bin ich?"

Sie deutet plötzlich mit ihrer Zigarette auf mich.

„Sie rauchen, und als ich meine Zigaretten herausgeholt habe, haben Sie es unterlassen, mir Feuer zu geben. Warum?"

Ich habe seit dem Beginn das sonderbare Gefühl, daß ich immer das Richtige sage, das, was sie hören möchte. Ich bin mir meiner Sache sicher.

„Ich stecke mir meine Zigaretten gern selbst an, und ich wollte Sie dieses Vergnügens nicht berauben. Außerdem kommen Sie damit gut zurecht."

Mit einem Stoß mit dem Daumennagel läßt sie die Asche genau in den Aschenbecher fallen. Sie muß ihn vorher ausfindig gemacht und sich genau gemerkt haben, wo er steht, und zack, schon setzt sie einen in Erstaunen.

„Ich bin Laura Bérien. Ich komme aus Paris, bin vierunddreißig Jahre alt und lasse mich von Herren, die ich im Kino treffe, zu einem Glas Bier einladen."

Ihr Profil ist sehr klar gezeichnet. Und die Linie ihres Halses hat etwas, das mir Lust macht, sie zu ergreifen, sie auf die Kruppe meines Pferdes zu werfen und bis hin zur Ranch unserer Träume zu galoppieren, wo wir glückliche Tage erleben und zahllose Küsse austauschen würden, umgeben von Vogelgezwitscher und gezähmten Indianern. Paß auf, Bernier, du bist über das Alter der Schülerlieben hinaus.

Sie drückt ihren Zigarettenstummel aus.

„Was wohl aus Tordo geworden ist? Ich hoffe, sie haben ihn nicht umgebracht."

„O nein, Teresa verliebt sich in ihn, und sie heiraten und kriegen viele kleine Monsterchen."

Sie stützt die Ellbogen auf den Tisch und legt das Kinn in die Hände. Sie träumt einen Augenblick.

„Wie sah Teresa aus?"

„Zwei Augen, eine Nase, ein Mund ... Bestimmt gibt es Millionen und aber Millionen Mädchen, die das gleiche Gesicht haben."

Sie streicht sich mit den Fingerspitzen über die Wangen, und dann sagt sie wieder etwas, sehr langsam.

„Am Anfang hatte ich Angst davor, mich an meines nicht mehr erinnern zu können."

Ich sehe sie an. Sie ist jetzt noch schöner als vorher.

„Wie ist es geschehen?"

Sie zuckt mit den Schultern.

„Die medizinischen Namen sind sehr kompliziert. Eine anscheinend äußerst seltene Krankheit. Grob gesagt eine fortschreitende Schwächung des Sehnervs. Ein paar Monate lang wurde das Licht immer dunkler, und dann plötzlich hat jemand den Schalter ausgedreht. Ein sehr schlechter Scherz."

„Ist es schon lange her?"

„Vier Jahre."

Sie richtet sich mit einem Ruck wieder auf und legt die Hände auf die Knie. Ihr Lächeln ist plötzlich wiedergekehrt.

„Übrigens weiß ich immer noch nicht, ob Sie nun einen Schnurrbart haben oder nicht."

„Nein, ich habe keinen, aber ich habe bluttriefende Lefzen und
bin dicht behaart. Mein Name ist Tordo."

Sie lacht wieder. Ihre Augen sind genau auf mich gerichtet, und
eine Sekunde lang taucht der Verdacht in mir auf, daß sie mich belogen hat, daß sie mich sieht, daß das alles nur ein Spaß war.

„Können Sie mir sagen, wie spät es ist, Tordo?"

Mein Gott, das hatte ich vergessen. Es ist fünf Minuten vor fünf.
Ich schiebe zehn Franc unter den Korkuntersetzer. Auf, auf, Bernier,
die Ferien sind früh zu Ende für dich in diesem Jahr. Es waren keine
Ferien, ja, aber ich weiß jetzt schon, daß ich mich noch lange daran
erinnern werde.

„Es ist fast fünf Uhr, Laura. Ich bringe Sie zurück. Soll ich Ihnen
den Arm reichen, oder möchten Sie lieber . . ."

Sie ist aufgestanden.

„Reichen wir uns den Arm, schließlich ist das nicht den Blinden
vorbehalten."

Wir gehen den Boulevard entlang.

„Sie wartet vor dem Casino auf mich. Sie hat einen marineblauen
2 CV. Der Kotflügel vorn rechts ist eingedellt."

„Ist es Ihnen unangenehm, wenn sie Sie mit mir sieht? Ich kann
mich drüben von Ihnen verabschieden, wenn Sie wollen."

Die Locke tanzt über ihre Wange, als sie den Kopf schüttelt.

„Nein, das macht gar nichts. Aber Sie sind ein sehr feinfühlendes
Monstrum."

Wir sind da. Ihr Haar duftet nach Zitrone. Ich muß mich an dieses
Parfüm erinnern . . . Ich ließ ihren Arm los, und meine Handfläche
bewahrte die Erinnerung an seine sanfte Rundung. Sie hat die Hände
wieder in die Taschen geschoben, wie ein Junge. Im gleichen Augenblick sah ich den Wagen. Mir blieben noch zwanzig Sekunden.

„Hören Sie, Laura, ich möchte Sie gern wiedersehen."

„Wiedersehen", das ist ungeschickt – ein Wort, das für dich keinen
Sinn mehr hat.

Sie hat den Kopf gesenkt. Ich sehe nur noch blondes Haar. Hinter
uns wird eine Autotür geöffnet und wieder zugeschlagen. Jemand
kommt, um sie zu holen. Ich habe mir zu spät ein Herz gefaßt.
Adieu, Laura.

„Kommen Sie doch nachmittags mal vorbei – Villa Caprizzi, Route de Gorbio."

Ihre Schwester faßte sie an der Schulter und gab ihr einen Kuß, ohne mich dabei aus den Augen zu lassen. Sie sah ihr nicht ähnlich, sie sah mich mit einem mißbilligenden Blick an, wie eine Anstandsdame auf der Opernbühne. Wenn Laura sie fragt, wie ich aussehe, wird ihre Schilderung nicht sehr vorteilhaft sein.

Laura machte uns bekannt.

„Das ist meine Schwester Edith. Und das ist Tordo, das Monstrum aus dem Jenseits."

Mit gedämpfter Stimme murmelte sie: „Sehr erfreut." Aber es klang nicht sehr freundlich. Nur wir beide lachten, und dann sah ich, wie der Wagen entschwand. Ich habe geglaubt, ich würde bis ans Ende der Zeiten dort stehenbleiben, zumindest bis zum Ende der Ferien.

Im Haus fand ich nur Max und Kim. Ich deckte lauthals singend den Tisch. Als ich mich hinsetzte, fiel mir ein, daß ich meine Schmöker im Kino liegengelassen hatte.

ICH kann nicht einschlafen. Ich kann immer noch nicht fassen, was geschehen ist. Ich, Jacques Bernier, habe mich so verliebt, wie es nach gut zwanzig Jahren innerer Ruhe gar nicht mehr erlaubt ist.

Rings um mich her ist alles schwarz. Nur ein Mondstrahl schiebt sein bleiches Rapier durch den Spalt im Fensterladen.

Laura ...

Blind ist ein Wort, dessen wahre Bedeutung ich nicht ermessen kann. Was sieht man, wenn man nichts sieht? Andere Frage: Kann man einem Menschen gefallen und von ihm geliebt werden, ohne daß er einen sieht?

Ich lache in meinem Bett vor mich hin: ich, der ich immer einen Horror davor hatte aufzufallen, ich, der ich mich immer bemüht habe, möglichst unbemerkt zu bleiben, ich habe jetzt wirklich das Große Los gezogen – ich liebe eine Frau, die mich nie sehen wird.

Laura ...

Gleich morgen fahre ich zu ihr hin, ganz bestimmt. Ich habe nicht die Absicht, den vielbeschäftigten Mann zu spielen, der eine Verabredung nach der andern hat: Nein, das hätte ich vielleicht mit achtzehn getan, aber ich bin nicht mehr achtzehn. Und im übrigen hielte ich das gar nicht aus, den Nachmittag in den Bergen herumzuspazieren und gleichzeitig zu wissen, daß sie auf mich wartet, allein in ihrem ewigen Dunkel ... Wenn ich bewirken könnte, daß sie etwas weniger blind wäre, solange ich bei ihr bin ...

Aber wartet sie denn überhaupt auf mich? Vielleicht hat *sie* ständig etwas vor, vielleicht hat *sie* viele Freunde. Womöglich gerate ich in einen Salon voller Dandys, Intellektueller, in dem jemand Klavier spielt, und mitten in diesem Treiben empfängt mich Laura und sagt mit einem Lächeln: Kommen Sie, ich stelle Sie meinen Freunden vor ... Das ist Jacques Bernier, professioneller Verführer, der mich in einem Kino vergewaltigen wollte.

Und alle umringen mich und haben abscheuliche Gesichter, ja, sie sehen alle wie Tordo aus, und dann fallen sie plötzlich über mich her. Ich brülle und presse krampfhaft mein Kopfkissen an mich.

Drittes Kapitel

„Was hattest du denn heute nacht? Du hast ja geschrien, als stecktest du am Spieße."

Ich sehe zu Anne hinüber. Sie ordnet Blumen und saugt an ihrem Finger, auf dem ein scharlachroter Tropfen perlt: sie hat sich an den Rosen gestochen.

„Ich habe schlecht geträumt."

Sie wirft mir einen prüfenden Blick zu.

„Du siehst so elegant aus, so sorgfältig rasiert, so strahlend – fährst du wieder fort?"

„Ja, ich fahre wieder fort. Falls du die Absicht hast, einen Privatdetektiv zu engagieren und hinter mir herzujagen, such dir einen geschickten aus."

Françoise hat einen Badeanzug an, dessen zwei Teile nicht reichen würden, um meine hohle Hand zu bedecken. Sie hat sich mit einer gelblichen Creme eingerieben, die nach Apotheke riecht. Sie setzt sich auf die Terrasse.

„Bestimmt richtet dein Vater in Menton allerlei Schaden an."

Frédéric blickt hinter seiner Zeitung hervor.

„Wie sieht sie denn aus?"

Am meisten ärgert mich am Ende, daß sie es in Wirklichkeit gar nicht glauben. Sie ziehen mich freundlich auf und sind dabei im Grunde ihres Herzens überzeugt, daß ein seniler Greis wie ich mit den Frauen längst Schluß gemacht hat. Um meine Ruhe zu haben, spiele ich das Spiel mit.

„Sie ist achteinhalb und hat Zöpfe. Sie versorgt mich mit Karamelbonbons."

Anne lacht, und während ich mich entferne, ruft sie mir nach: „Und laß dich nicht entführen! Wir erwarten dich zum Abendessen!"

Ich antworte mit einer Handbewegung und fahre los. Jetzt habe ich nur noch die Adresse im Kopf. „Villa Caprizzi. Route de Gorbio."

„Zwei Bier."

Laura lacht, während sich der Kellner entfernt.

„Und was haben Sie zu ihnen gesagt?"

„Daß ich eine Verabredung mit einem kleinen Mädchen von acht Jahren hätte, das Zöpfe hat."

Ihre eine Schulter ist im Schatten, und sie lehnt sich ein wenig zur Seite, um ganz in der Sonne zu sein. Sie hat einen pflaumenfarbenen Pullover an und dieselben Jeans wie gestern. Alles ist so einfach gewesen wie ein Kinderspiel. Ich läutete am Gartentor, sie kam wie ein Ballettstar die Stufen der Freitreppe heruntergeschwebt und blieb auf der anderen Seite des Torgitters regungslos stehen. Ich sagte: „Ich möchte Sie wieder zu einem Bier einladen."

Sie antwortete mit ernster Stimme: „Nein, heute lade ich Sie ein."

Sie drehte sich um und rief: „Edith, ich gehe aus."

Ohne eine Antwort abzuwarten, öffnete sie, und gleich darauf saßen wir im Wagen. Mit den Fingerspitzen betastete sie erst die Windschutzscheibe, dann das Lenkrad, und dann sagte sie: „Ich mag den 3 CV sehr gern."

Ich pfiff bewundernd durch die Zähne. Wir haben beide gelacht, und jetzt sitzen wir auf der Terrasse des *Continental*. Um uns herum verspeisen Familien vielfarbige Eisportionen.

Mir ist aufgefallen, daß meine Hände zittern und daß es mir nicht gelingt, sie daran zu hindern.

Sie spielt mit ihrem Glas.

„Übrigens, letztes Jahr ist mir etwas Komisches passiert in diesem Café. Edith war beim Friseur, und ich saß hier, an einem Tisch, und habe auf sie gewartet. Auf einmal höre ich, wie sich jemand auf den Stuhl neben mir setzt, und eine Stimme sagt zu mir: „Na, Puppe, gehen wir?" Mir bleibt die Luft weg, und ich frage diesen Herrn, was ihn zu der Annahme berechtigt, daß ich Lust habe, mit ihm zu gehen. Da sagt er: „Wieso, du starrst mich doch schon seit zehn Minuten an."

Sie lacht, und ich muß mitlachen.

„Seitdem bemühe ich mich, wenn ich unterwegs bin, von Zeit zu Zeit den Kopf in eine andere Richtung zu drehen, damit mir so etwas nicht noch einmal passiert."

Wir schweigen beide eine Weile.

Ich rutsche leise auf meinem Stuhl etwa fünfzig Zentimeter um den Tisch herum: ihre Augen folgen mir und sind nach wie vor auf mich gerichtet.

„Großartig!" sage ich. „Ich muß gestehen, gestern habe ich geglaubt, Sie binden mir einen Bären auf."

„Tatsächlich? Das macht mir Spaß. Ich kann mich sehr gut an Geräuschen orientieren – ich habe mich zu einem richtigen Radarmenschen entwickelt."

Ich trinke einen großen Schluck Bier.

„Ich muß Ihnen sagen, ich habe schlecht geschlafen, und als ich aufwachte, mußte ich an diese idiotischen Filme denken, in denen man eine Frau mit verbundenem Kopf in einem Krankenhaus sieht. Dann kommt ein Edelchirurg, der ihr langsam den Verband abwickelt, und man sieht das Gesicht des Chirurgen, zuerst ganz verschwommen und dann immer deutlicher, und schließlich ruft die Frau aus: ‚Ich kann wieder sehen, ich kann wieder sehen!'"

Ihre Augen wenden sich von mir ab, und ihr Blick gleitet über mich hinweg. Es fällt mir immer noch schwer, zu begreifen, daß das für sie keinen Unterschied macht.

„Sehr lieb von Ihnen, von solchen Dingen zu träumen. Ich muß Sie leider enttäuschen, aber in der Wirklichkeit gibt es keine Wunderoperation für mich. Ich werde so bleiben, wie ich bin. Sind Sie nun enttäuscht?"

„Enttäuscht? Es kommt mir eher gelegen. Sie kennen doch sicher den Film von Chaplin, in dem die Blinde das Augenlicht wiedererlangt, und darauf findet sie den guten Charlie so uninteressant, daß sie ihn nicht einmal wiedererkennt. Wenn Sie sich einer solchen Operation unterzögen, würde ich den Himmel anflehen, daß sie mißlingt."

Sie sagt gelassen: „Sie sind mir ein feiner Halunke! Aber all das beweist nur, daß Sie sich falsch einschätzen. Edith hat mir ein eher schmeichelhaftes Porträt von Ihnen entworfen."

Da blieb mir nun doch die Spucke weg.

„Entschuldigen Sie mich bitte ein paar Minuten, ich möchte ihr dreißig Kilo rote Rosen schicken lassen."

Laura lacht.

„Moment, bitte keine Übertreibung. Sie hat nicht gesagt, daß Sie Clark Gable seien, aber sie hat Sie immerhin auch nicht gerade als Tordo beschrieben."

Ich kichere.

„Wirklich zu gütig. Dann wird sie sich mit den Blumen aus ihrem Garten zufriedengeben müssen."

Sie lehnt sich zurück.

„Aber im Ernst, ist Ihnen nie der Gedanke gekommen, daß für eine Frau, wenn sie erblindet ist, die äußere Erscheinung der Männer, denen sie begegnet, keine entscheidende Rolle mehr spielt?"

Ich komme mir auf einmal sehr dumm vor. Das geht mir zwar öfter so, aber diesmal ist das Gefühl besonders stark. Laura ist verstummt und läßt ihren linken Arm über die Rückenlehne ihres Stuhls hängen. Sie wirkt glücklich: immer hängt ihr diese eine gelockte Haarsträhne ins Gesicht.

Und da plötzlich sah ich die beiden auf dem Bürgersteig. Zuerst Françoise, weil ihr Kopf wie das Periskop eines U-Boots aus der Menge herausragte. Anne ging neben ihr und schleckte an einem Eis. Ich beugte mich zu Laura hinüber.

„Wir kriegen Besuch."

Anne entdeckte mich. Sie musterte Laura und machte ein erstauntes Gesicht. Ich sah ihr an, was sie dachte: Nicht schlecht, wie der alte Herr über die Runden kommt. Sie leckte noch einmal mechanisch an ihrem Vanilleeis und blieb stehen. Sie kann schnell reagieren und hat ein angeborenes Gespür für komplizierte Situationen.

„Soll ich weitergehen, ohne etwas bemerkt zu haben, oder darf ich als liebende Tochter meinen geliebten Vater begrüßen?"

Ich war stolz auf sie, was allerdings ziemlich oft vorkommt.

„Laura, ich möchte Ihnen meine Tochter Anne vorstellen. Sie brennt in diesem Augenblick vor Neugier. Und sie ist begleitet von ihrer Freundin Françoise."

Laura hat die Hand ausgestreckt, und die beiden Mädchen haben sie ergriffen. Sie konnten noch nichts gemerkt haben, so natürlich wirkte die Geste.

„Ich freue mich sehr. Wie Sie sehen, bin ich seit gestern ein Stück gewachsen."

Anne biß genießerisch in ihre Waffeltüte.

„Ja, stimmt", sagt sie. „Stellen Sie sich vor, er hat uns erzählt, er sei mit einer Göre von acht Jahren verabredet."

Laura macht eine einladende Handbewegung. „Setzen Sie sich doch zu uns . . ."

Anne und Françoise wechseln einen Blick.

„Vielen Dank", sagt Anne, „das würden wir gern tun, aber wir müssen noch furchtbar viel einkaufen. Wir veranstalten nämlich morgen abend ein Fest, und . . ." Sie runzelt die Stirn und tut so, als falle ihr gerade etwas ein, woran sie in Wirklichkeit schon die ganze Zeit gedacht hat. „Ja, und es würde uns ehrlich freuen, wenn Sie dabeisein würden. Wir haben keine große Sache vor, wir wollen die Hauseinweihung feiern, und außerdem . . ."

So, jetzt ist sie in Fahrt, jetzt wird sie nicht lockerlassen, bis Laura zusagt.

„. . . außerdem muß ich zugeben, daß sich mein teurer Vater bei uns entsetzlich langweilt. Ich bin froh, daß er Sie kennengelernt hat, denn in dem Haus da oben, das sehe ich ein, ist es nicht sehr komisch für ihn . . ."

Ehe ich noch widersprechen kann, hebt Laura den Finger wie in der Schule, um sich zu Wort zu melden.

„Hören Sie, ich nehme Ihre Einladung gern an. Ich finde das wirklich sehr nett von Ihnen. Aber ich möchte Sie auf etwas aufmerksam machen, was Sie vielleicht schon bemerkt haben: ich bin blind."

Anne läßt ihre Eistüte sinken. Françoise ist der Unterkiefer heruntergeklappt.

„Ach so, nein", sagt Anne, „das hatte ich nicht gemerkt."

Lauras Lachen klingt heller denn je.

„Dann ist es ja gut, daß ich es Ihnen gesagt habe."

Anne wirkt plötzlich ganz hilflos. Sie sieht mich an, und dann sagt sie hastig: „Aber ich sehe nicht ein . . ., ich finde, das ändert für uns doch nichts an der Sache . . . Na ja, schon, aber . . . Oh, entschuldigen Sie bitte, ich weiß nicht mehr, was ich sage."

Meine väterlichen Gefühle überwältigen mich, und ich eile ihr zu Hilfe.

„Mach dir keine Sorgen, Liebes. Laura hat versprochen, daß sie kommt. Und jetzt erledige schnell deine Einkäufe."

Anne ist immer noch ganz verwirrt, schließlich bringt sie ein „Bis morgen abend!" heraus.

Wir beide bleiben allein zurück. In ihrer Stimme liegt eine Spur von Besorgnis, als Laura fragt: „Ihre Tochter weiß jetzt, wie Sie es ausnutzen, daß eine Frau Sie nicht sieht, um mit ihr zu flirten. Ist Ihnen das unangenehm?"

„Ich flirte nicht mit Ihnen."

Ein leises Lachen.

„Sie tun doch die ganze Zeit nichts anderes."

„Ich? Das ist ja unerhört! Ich habe Sie gestern zu einem Bier eingeladen, weil ich selber Durst hatte, und heute habe ich Sie abgeholt in der Hoffnung, Sie würden sich revanchieren. Das ist alles!"

„Okay, reden wir nicht mehr davon. Aber im Ernst, es stört Sie doch nicht, wenn ich morgen abend komme? Ich habe Sie vorhin gar nicht gefragt."

Ihre Hand liegt auf dem Tisch, und ich ergreife sie. Sie überläßt sie mir. Ich habe einen Gong in der Brust – ich kannte den Rhythmus nicht mehr, den er in diesem Augenblick dröhnend schlägt, aber ich weiß, daß ich ihn nur ihr verdanke, Laura, dir, die du diese Musik hervorrufst.

SIE hatten das Lager ziemlich hoch am Berg eingerichtet, und wir stiegen im Gänsemarsch den Ziegenpfad hinauf. Françoise führte den Zug an, eine Flasche Wodka in jeder Hand. Max stolperte über die Steine, weil er einen riesigen Sack auf dem Rücken schleppte und dem trockenen Rosé schon im voraus kräftig zugesprochen hatte.

Laura kletterte plaudernd den Pfad hinauf. Ich hielt sie an der Hand, und der Wind schlug ihren langen Rock gegen meine Beine. Sie war sehr gut in Form, hatte Hände geschüttelt und Virgile beeindruckt, der sie in ein Gespräch über die Zwölftonmusik verwickelt hatte.

Als wir um eine Biegung herumkamen, sahen wir den Feuerschein, und Laura schnupperte.

„Gegrilltes Lamm. Nicht schlecht."

Es war ein sehr vergnügtes Fest gewesen. Ich hatte eine Flasche für uns zwei requiriert, die dann nicht gereicht hatte. Anne hatte ihre übliche Nummer abgezogen, die darin besteht, mich, wenn Leute da sind, zu bitten, eine Szene aus dem *Cid* vorzutragen und dabei sämtliche Rollen zu spielen. Ich sträubte mich verzweifelt, aber angesichts meines Widerstands schloß sich auch Laura dem Bitten der anderen an. Vielleicht lag es an dem Wein, jedenfalls hatte ich den Eindruck, daß Zärtlichkeit in ihrer Stimme mitschwang, und da ließ ich mich erweichen.

Ich war Chimène, Rodrigue, König und Infant in einer Person, und es wurde ein großer Erfolg. Laura hat stürmisch Beifall geklatscht. Etwas verwirrt trank ich aus ihrem Glas.

Ich sehe sie an: in ihren nach oben gerichteten Augen wandern die Sterne; ein Gitarrenakkord wird angeschlagen, und dann rieseln die Töne, langsam wie Tropfen eines sanften, warmen Regenschauers. Sie murmelt: „Wie still alles auf einmal ist ... Was tun sie?"

Es ist das erstemal, daß sie mich bittet, ihr zu sagen, was um sie herum vorgeht, und das ist schmerzlich und süß zugleich.

„Das Feuer wird schwächer. Max und Kim tanzen. Der Gitarrenspieler, das ist Virgile. Anne unterhält sich flüsternd mit Frédéric. Die anderen sehe ich nicht. Diese Nacht ist eine mustergültige Mittelmeernacht, wie sie einem in Reiseprospekten versprochen wird, mit all den Planeten, die vom einen Ende des Horizonts bis zum andern aufgezogen sind. Es wird bald Tag werden."

Sie fröstelt plötzlich, und meine Hand berührt ihre Wange, als ich ihr meine Jacke um die Schultern lege.

„Möchten Sie nach Hause?"

Ihre Wimpern werfen kleine Schatten auf ihre Wangen, ihr Gesicht ist hell und klar.

„Ja."

Wir stehen zusammen auf. Anne hat uns gesehen und kommt auf uns zu.

„Sie wollen gehen?"

„Ja", sagt Laura, „es war für mich eine wunderbare Nacht, und das ist keine Höflichkeitsfloskel."

„Das freut mich sehr ... Und Sie haben sich wirklich nicht gelangweilt?"

Es ist seltsam. Anne hat furchtbar gern Gäste, aber es ist das erstemal, daß ich spüre, wie ernst es ihr ist. Ich weiß, daß sie sich in diesem Augenblick mit aller Kraft wünscht, daß das, was Laura zu ihr sagt, die Wahrheit ist.

Laura hat ihr die Hände auf die Schultern gelegt.

„Ich habe viel gelacht, viel getrunken, und ich bin sehr vergnügt – dank Ihnen. Glauben Sie es mir bitte."

Wir sind den Pfad hinuntergeklettert, und ich habe mich nicht umgedreht, aber ich weiß, daß Anne uns nachsieht – ein kleiner, verwirrter Wachtposten, der aufrecht im dämmernden Morgenlicht steht, während hinter ihr die letzten Rauchwölkchen aufsteigen und die glühende Asche langsam zerfällt.

Seit langem schon ist der Klang der Gitarre verstummt. Ein wenig abseits ist eine Quelle. Ein dünner Wasserstrahl, der auf Gestein plätschert. Ich habe Lauras Hand geführt, und das Wasser ist ihr über die Finger gerieselt. Sie ist niedergekniet und trinkt, die Lippen auf den nassen Blättern.

Im Licht des anbrechenden Tages glänzt ein Tropfen, der ihr den Hals hinunterläuft. Ich habe keine Angst mehr, und das verwundert mich. Ich küsse sie – und das geschieht mir, mir, Jacques Bernier, dem Mann, der nie etwas erlebt. Meine Jacke ist ihr von der Schulter gerutscht, und ich fühle ihre Arme, die sich um meinen Hals gelegt haben.

Ihre Hände sind auf meinem Gesicht und tasten darüber hin. Jetzt ist es soweit, jetzt wird sie mich „sehen", und ich zittere vor Aufregung. Die Stirn, die Augen, die Nase, alles kommt an die Reihe. Ich wage nicht zu atmen.

So, jetzt ist es vorbei. Jetzt weiß sie Bescheid. Ich räuspere mich.

„Na – geht's?"

„Im großen und ganzen finde ich das Ergebnis befriedigend."

Sie lacht, und ihre Finger kehren zu meinem Gesicht zurück, diesmal jedoch, um es zu liebkosen. Mein Herz dehnt sich wie ein aufgeblasener Luftballon. Ich nehme all meinen Mut zusammen.

„Laura, ich bringe Sie jetzt nach Hause, Sie packen Ihren Koffer, und ich hole meinen, und dann fahren wir los."

Ihr Zeigefinger fährt noch immer über meine Lippen.

„Ich ... Hören Sie, ich muß ..."

Ich küsse sie wieder, ich bin entfesselt – fünfundvierzig Jahre grauer Alltag, und nun plötzlich das Leben; diesmal werde ich es mir nicht entgehen lassen.

„Sagen Sie ja, Laura, oder ich stoße Sie in den nächsten Abgrund."

„Okay, wir fahren. Was wird Anne sagen?"

„Das ist mir gleichgültig. Was wird Edith sagen?"

„Sie wird es verstehen. Und außerdem ist das nicht weiter wichtig."

Es war inzwischen Tag geworden, und wir stiegen in den Wagen. Die Fensterläden der Villa waren noch geschlossen. Als wir vor dem Gittertor ausstiegen, habe ich sie in die Arme genommen.

Ihr Mund war frisch, und ich glaubte, wir würden nie mehr aufhören, uns zu küssen. Laura lehnte sich keuchend an die Mauer, die Finger um meinen Arm gekrallt.

„Ich wollte dir etwas sagen . . ."

Ich fühle, daß sie plötzlich wehrlos ist, wie ein Krieger, der seine Rüstung abgelegt hat.

„Was denn?"

„Ich habe Angst."

Sie macht eine Bewegung wie eine Ertrinkende. Wieder umschlingen ihre Arme meinen Hals, und der Hauch der Worte streift mein Ohr.

„Ich habe seit vier Jahren nicht mehr geliebt . . ."

„Na und? Hast du etwa Angst, daß du alles vergessen hast?"

Ihr Lächeln kehrt wieder, ich habe gewonnen. Nur weiter, Bernier, alter Knabe, immer schön offen und ehrlich.

„Ich bin fast sechsundvierzig, Laura. Ich habe mich vorgestern etwas jünger gemacht, und in einem kannst du ganz sicher sein – wenn einer von uns beiden vor Angst umkommt, dann bin es ich."

Das Lächeln ist jetzt wieder ganz da, ich spüre, sie ist beruhigt. Das Tor quietschte, ich sah sie die Stufen hinaufgehen und ins Haus treten.

Ehe ich weiterfuhr, rauchte ich am Steuer eine Zigarette. Ich wollte über alles nachdenken und kein Krümchen von dem Glück verlieren, das mir da plötzlich mitten auf meinem trüben, eintönigen Weg begegnet war.

Morgen fahren wir.

Was zählt ist der Gefühlssinn und der Geruchssinn. Also muß ich mir superscharfe Rasierklingen kaufen. Im Fernsehen wird ja Reklame dafür gemacht. Da sieht man Frauen, die in Ekstase geraten bei Männern mit samtweichen Wangen. Darauf muß ich jetzt achten. Gewöhnlich bleibt es bei mir unter dem Kinn immer etwas rauh. Und dann werde ich mir auch gleich noch eine After-shave-Lotion kaufen.

Schüler von mir, denen nichts Besseres einfiel, haben mir vor drei Jahren einmal so ein Fläschchen geschenkt, aber das Ergebnis der Sammlung scheint nicht gerade zu einem Spitzenprodukt gereicht zu haben. So besprengte ich mich zwei, drei Tage hintereinander mit ein paar öligen, offenbar mit Anis versetzten Tropfen; morgens um acht Uhr in der Metro musterten mich die Leute mit einem scheelen Blick.

Ich werde mir diesmal ein dezentes Rasierwasser leisten, etwas wirklich Männliches mit einem herben und zugleich unaufdringlichen Duft. So etwas muß es ja geben.

Weiter in der Bestandsaufnahme. Ein kleines Polster in der Hüftgegend. Noch nicht schlimm. Vierzehn Tage Bauchmuskeltraining, und es ist verschwunden. Also keine Zeit verlieren. Wir wollen in zwei Stunden losfahren.

Ich setze mich auf die Fußbodenfliesen des Badezimmers und versuche mich an die Gymnastikübungen zu erinnern, die unser Turnlehrer auf der Grundschule mit uns machte. Den Oberkörper zum Bein vorneigen. Zwischen meiner Nase und meinem Knie klafft ein Zwischenraum von gut fünfzehn Zentimetern. Eigentlich sollte das Kinn das Knie berühren. Sogleich die nächste Übung. Abwechselnd die Beine schütteln. Singen wir ein Liedchen, um die müden Muskeln zu überlisten.

> *„Aime-moi, aime-moi*
> *Quand je suis dans tes bras*
> *Je dis: Oh! La la la la ..."*

Ich singe aus voller Kehle, als plötzlich die Tür unter einem heftigen Schlag erzittert. „Gedenken Sie das gastliche Lokal demnächst zu verlassen, oder soll ich heute nachmittag mal wieder vorbeikommen?" Ich ergreife hastig meinen Bademantel, hülle mich würdig ein und schreite hinaus. Es ist Max.

„Siebenundzwanzig Minuten warte ich jetzt hier", stellt er fest.
Ich bin ehrlich erstaunt.

„Wie die Zeit vergeht!"

Er lacht finster und schlurft ins Bad. Ehe er die Tür schließt, fragt er: „Stimmt es, daß Sie abreisen?"

„Ja, nachher."

„Na, dann alles Gute."

„Alles Gute, Max. Und vergessen Sie mich nicht, wenn Sie die Einladungen für Ihre Ausstellung verschicken – ich würde mir das gern mal ansehen."

Seine Augen leuchten auf, und er macht plötzlich ein fast trauriges Gesicht.

„Geht in Ordnung, aber wenn ich gewußt hätte, daß meine Sachen Sie interessieren, dann hätten wir ein bißchen darüber reden können."

„Das ist immer so, Max. Man lernt sich zu spät kennen."

Er hat die Tür geschlossen, und ich packe meinen Koffer. Es tut mir leid, daß ich sie verlasse. Anfangs haben sie mir Angst eingejagt, aber jetzt mag ich sie alle sehr gern. Ich mußte nur erst das Spektakuläre ihrer Sprache und ihres Gehabes durchdringen, dann entdeckte man dahinter völlig unkomplizierte Wesen, ohne Zweifel unkomplizierter und natürlicher, als ich es bin.

Anne ist lautlos hereingekommen und hat sich auf mein Bett gesetzt.

„Du fährst mit Laura fort?"

„Ja."

Sie streicht beflissen die Decke glatt. Und seufzt.

„Ist irgend etwas?"

Sie lächelt leicht gequält.

„Du bist ja inzwischen wohl erwachsen und mußt wissen, was du tust. Aber ..., ich frage mich nur, wie eure Geschichte wohl ausgehen wird."

„Das kann ich dir auch nicht sagen, zumal sie noch gar nicht richtig angefangen hat. (Sie senkt den Kopf und streicht weiter über die Decke, immer hin und her. Ich setze mich zu ihr.) Sieh mal, Anne, die Situation ist doch klar: dein geliebter Vater läßt schmählich seine Tochter im Stich und fährt mit einer Frau davon. Aber ist das denn so schlimm?"

Sie macht ihr tief nachdenkliches Gesicht.

„Das könnte es sein."

„Warum? Bist du eifersüchtig?"

„Das ist es nicht, aber da ist etwas, das dich nicht weiter zu beunruhigen scheint. Laura ist blind."

Ich lehne mich mit den Ellbogen auf die Fensterbank. Die Grillen zirpen so laut, daß ich fürchte, sie versteht mich nicht, wenn ich spreche.

„Ja, Laura ist blind – und?"

Auch sie steht auf.

„Nichts. Schon gut. Hör nicht auf das, was ich sage. Es ist nicht wichtig. Wohin fahrt ihr?"

„Ich habe nicht die geringste Ahnung – ich weiß nur, daß wir fahren."

Sie tritt einen Schritt zurück und sieht mich an. Sie hat jetzt den Gluckenblick – eine Mischung aus Stolz, Rührung und Besorgnis.

„Hinter deiner Maske des braven Papas bist du im Grunde ein ganz verflixter Kerl."

Ich gebe ihr einen Kuß. Es ist an der Zeit, daß ich aufbreche. Wir gehen zusammen die Treppe hinunter. Das Haus ist leer.

„Grüße sie alle von mir."

„Mache ich."

Die Sonne draußen ist brennend heiß. Ich steige in den Wagen. Annes Gesicht wird jetzt vom Seitenfenster eingerahmt.

„Ihr werdet ja doch nicht gleich heiraten, oder?"

„Ich werde es nicht tun, ohne vorher deine Genehmigung einzuholen."

Der Motor dröhnt. Anne schreit, um den Lärm zu übertönen.

„Das ist das erstemal, daß ich dich losfahren sehe, ohne daß du über deine Batterie schimpfst . . ."

Stimmt, an die Batterie habe ich gar nicht mehr gedacht.

„Mein liebes Kind, falls ich Ärger mit der Batterie kriege, halte ich an der nächsten Tankstelle und kaufe mir eine neue. Meine Schulmeistereinkünfte sind zwar bescheiden, aber diese Ausgabe gestatten sie mir. Ich möchte hinzufügen, daß ich Leute, die sich ständig über ihre schlecht funktionierende Batterie beklagen, ganz besonders unausstehlich finde und daß ich mich mit solchen Personen nie anfreunden könnte."

Ich lache, und sie lacht mit. Ich lege den ersten Gang ein.

„*Ciao!*"

„*Ciao!* Gute Reise."

Sie wird im Rückspiegel immer kleiner. Jetzt die Biegung, und sie ist verschwunden. Ich bin unterwegs. In einer Viertelstunde sitzt Laura neben mir.

Ich fühle mich wie ein Zwanzigjähriger.

„Schön, bringen Sie uns zwei Portionen Tomatensalat, und dann..."

Die Mundwinkel des Wirts sinken herab. Er wird uns gleich vom plötzlichen Dahinscheiden seiner Frau und seiner vier Kinder in Kenntnis setzen. „Ich habe keinen Tomatensalat mehr."

Laura spielt mit ihrer Gabel.

„Macht nichts", sagt sie, „dann nehme ich Melone."

Der Mann sinkt in sich zusammen. „Ich habe auch keine Melone mehr."

Ich werfe einen Blick auf die Speisekarte.

„Das ist natürlich ein harter Schlag, aber sei's drum, dann bringen Sie uns bitte gefüllte Eier."

Mit erstickter Stimme murmelt der Wirt verzweifelt: „Es sind auch keine gefüllten Eier mehr da."

Laura fängt an zu lachen, während der Wirt die Arme emporhebt. „Aber Sie kommen ja auch zu spät! Es ist gleich drei Uhr!"

„Was haben Sie denn noch da?"

Er scheint sich wieder etwas gefaßt zu haben.

„Nun ja, Sauerkraut."

Ich drücke Lauras Arm.

„Wie ist es? Nehmen wir Sauerkraut?"

„Ja, gut."

Wir haben drei Ricards getrunken, zu unserem Sauerkraut – eine eigenartige, aber gar nicht üble Geschmackskombination. Und zum Nachtisch aßen wir Käse und dann noch ein Stück Rumkuchen.

Laura schiebt ihren Teller von sich.

„Ich kann nicht mehr. Darf man bei Tisch die Hose aufknöpfen?"

„Das ist streng verboten! Aber ich erlaube es dir, denn ich bin ein großzügiger Mensch, und was mich betrifft, so habe ich es bereits getan."

Sie beugt sich über die Gläser.

„Du bist gemein! Scheinheilig nutzt du mein Gebrechen aus und machst es dir in absolut ungehöriger Art bequem."

Sie öffnet den Gürtel ihrer Jeans, und ihre Knie berühren unter dem Tisch die meinen, als sie die Beine ausstreckt.

„Sehr gemütlich hier – wo sind wir eigentlich?"

„Ich weiß nicht genau. Wir dürften etwa hundertundfünfzig Kilometer gefahren sein. Wollen wir bleiben?"

„Einverstanden."

Der Wirt kommt mit dem Kaffee.

„Monsieur, haben Sie noch ein Zimmer frei?"

„Nur noch im Anbau. Hier ist alles besetzt. Die Zimmer sind nicht sehr komfortabel. Aber sauber und ordentlich. Wenn Sie es sich einmal ansehen wollen ..."

„Nein, wir glauben Ihnen."

Der Kaffee ist siedend heiß. Ich stelle die Tasse wieder hin. Die Gaststube ist leer. Schließlich ist es gleich fünf Uhr nachmittags.

„Erzähl mir von deiner Arbeit. Davon hast du noch nie gesprochen ..."

„Also gut, stell dir vor, ich bin Psychologin und bei einer Firma angestellt, die ihre Leute, ganz gleich in welcher Verfassung sie sind, zum Arbeiten bringt. Man findet dort bestimmt irgendeine Möglichkeit, um ein Maximum an Leistung aus ihnen herauszuholen. Ich habe festgestellt, daß sie es mit einem Diktaphon und einem Tonband fertiggebracht haben, mich für das Unternehmen unentbehrlich zu machen. Außerdem scheint es, daß Leute auf Fragen, die ihnen von einer Blinden gestellt werden, ehrlicher antworten als in einem Testgespräch mit einem normalen Psychologen."

„Du meinst also, eine Blinde belügt man nicht?"

„Sagen wir, man belügt sie weniger."

„Was für Fragen stellst du ihnen?"

„Das ist unterschiedlich. Ich bin auf die Erforschung zwischenmenschlicher Beziehungen am Arbeitsplatz spezialisiert. Da staunst du, was?"

Sie schnallt den Gürtel ihrer Jeans wieder zu und steht auf.

„Gehen wir ein bißchen spazieren?"

Ein recht steiler Weg führt hinunter, und ich halte Laura fest an mich gepreßt, den Arm um ihre Schultern gelegt. Zwei Wegbiegungen, und dann liegt das Dorf vor uns. Wir gehen jetzt langsamer, und Laura plaudert unter den Arkaden. Es ist kühl hier. Die Frauen gießen Wasser vor ihre Haustüren, und davon bleibt ein feuchter

Geruch zurück, der durch die Gasse zieht. Schiefe Treppen klettern unter Gewölbegängen empor, die sich zu den Hängen hin öffnen.

Auf dem baumbestandenen Dorfplatz, vor dem *Café des Sports,* sind die Männer beim Boulespiel. Ihre Stimmen hallen seltsam wider, so als hindere sie das Laubgewölbe emporzusteigen. Ein kleiner Dicker im Trikothemd setzt gerade, auf den Pantoffelspitzen stehend, zum Wurf an. Die Kugel fliegt wie aus der Kanone geschossen davon und trifft das Eisen der gegnerischen Kugel. Großartig.

„Bravo, Mario. Du bist dran, Fernand."

Fernand, der um die Sechzig ist, hat Mehl im Haar – er hat seinen Backtrog zu einem Spielchen verlassen. Er prüft den Boden, wiegt die Kugel, blickt zum Himmel auf, kratzt sich unter dem Arm.

Ich flüstere Laura zu: „Der hält's mit der Wissenschaft. Er visiert das Ziel an."

Die anderen um ihn herum werden ungeduldig.

„Fernand, wirfst du nun, oder willst du uns ein Hörnchen kneten?"

Fernand läßt sich nicht irritieren. Die Kugel erhebt sich in die Luft, streift ein Blatt der tief herabhängenden Zweige und rollt schließlich dicht bei der Zielkugel aus. Ich drehe mich zu Laura um.

„Komm, ich lade dich zu einem Gläschen im *Café des Sports* ein."

Langsam läßt die Hitze ein wenig nach. Es ist die Stunde der intensivsten Farben. Über uns dehnt sich der Himmel in einem satten Waschblau, und das Gebirge ist im gelben Glanz des Sommers gefangen.

Du siehst das alles nicht, Laura, aber das bedrückt mich nicht. Ich weiß, daß in ebendiesem Augenblick, in dem ich dir das kühle Glas in die Hand gebe, deine Finsternis geschwunden und das Glück da ist.

Das Zimmer.

Laura raucht ihre Gauloise zu Ende, während ich die Koffer unterbringe. Ich bin aufgeregt, aber da ich darauf gefaßt war, kommt die Aufregung nicht überraschend.

Laura hat das Fenster gefunden. Sie atmet die kühle Nachtluft ein und dreht sich um.

„Wie ist es?"

„Es ist klein, es ist weiß, und es ist sauber. Es sieht aus wie ein Hotelzimmer."

Ich lasse mich aufs Bett fallen.

Dzzzzzzoiiiiiiing! Ich schwinge noch nach wie ein Glockenschwengel, als Laura verstört ruft: „Was hast du denn da kaputtgemacht?"

„Ich habe überhaupt nichts kaputtgemacht, ich habe mich nur aufs Bett gesetzt."

Ich hebe die Matratze hoch. Es ist nichts weiter drunter, nur ein dünnes Metallgeflecht, das wie eine Harfe vibriert.

Laura legt die Hand mitten auf die Bettdecke und übt einen leichten Druck aus. Dzzoiiing!

Als die letzte Schwingung verklungen ist, flüstert sie: „Versuchen wir es doch mal zusammen."

Dzzzzzzoiiiiiiing!!! Ich hätte die Zeit stoppen sollen: es hat bestimmt anderthalb Minuten gedauert, bis es wieder still wurde!

Ich betrachte Laura, und ich merke ihr an, daß sie gleich losplatzen wird vor Lachen.

„Dies ist das Brautgemach", sage ich. „Wenn die Leute im Dorf dieses Scheppern hören, kommen sie mit Fackeln heraufgestiegen, um dem neuvermählten Paar ihre Glückwünsche darzubringen."

Sie krümmt sich vor Lachen, und ich schicke mich gerade an, die Matratze auf den Boden zu ziehen, als sich in einem Schloß ein Schlüssel dreht. Die Stimmen sind so nahe, daß man meinen könnte, es seien unsichtbare, lärmende Gespenster in unser Zimmer eingedrungen.

Frauenstimme: „Alexandre, schlurf nicht so mit den Füßen! Komm, putz dir die Zähne."

Alexandre pfeift einen neuen Schlager vor sich hin. Dazu hört man das Geräusch eines Koffers, der aufgeklappt wird, und das Rascheln von Stoff.

Mädchenstimme: „Mama, wo hast du meinen Bademantel hingetan – wenn ich mal muß?"

Männerstimme: „Große Mädchen wie du *müssen* nicht, große Mädchen gehen auf die Toilette."

Mädchenstimme: „Aber wo ist mein Bademantel?"

Jungenstimme: „Wozu brauchst du einen Bademantel, es ist warm genug."

Frauenstimme: „Alexandre, kümmere dich um deine eigenen Angelegenheiten. Putz dir die Zähne!"

Lauras Mund nähert sich meinem Ohr.

„Bist du ganz sicher, daß sie nicht in unserem Zimmer sind?"

Mir kommt eine Idee. Ich flüstere: „Paß mal auf, was jetzt passiert."

Ich huste krächzend. Plötzlich verstummen alle Geräusche nebenan. Frauenstimme, der die Beunruhigung einen schrillen Ton verleiht: „Hast du da gehustet, Alexandre?"

Männerstimme: „Laß doch den Jungen in Ruhe. Das war nebenan."

Laura weicht einen Schritt zurück, setzt sich auf das Bett und löst so wieder das scheppernde Getöse der gequälten Sprungfedern aus. Ein entsetztes Aufstöhnen, dann die Männerstimme: „Hab keine Angst, Henrietta, da knarrt nur ein Bett."

Laura ruft mit lauter Stimme: „Hast du dir die Zähne geputzt, Alexandre?"

Ich reiße zwei Decken an mich, fasse Laura an der Hand und ziehe sie hinter mir her in den Flur hinaus.

Wir hören gerade noch, wie Alexandre antwortet: „Ja, Mama." Dann eilen wir die Treppe hinunter, ins Freie hinaus, in die Nacht.

KEINE Sterne, ich kann Laura unter der Decke kaum erkennen. Ihre Muskeln fühlen sich hart und angespannt an, und diese salzige Feuchte, der meine Lippen an ihren Schläfen begegnen, das sind Tränen, unablässig rinnende Tränen.

„Laura . . . Was hast du . . .?"

Ihre Stimme bebt: „Ich weiß nicht, ich glaube, ich werde es nie mehr können."

Ich strecke mich neben ihr aus, und meine Hände lösen sich von ihr.

„Hast du keine Lust?"

„Doch, sogar sehr. Aber . . . Ich weiß selbst nicht, was ist."

Ich habe sie in die Decke eingerollt, und so verharren wir lange Zeit, regungslos, ohne zu sprechen; als der erste Schimmer der aufgehenden Sonne am nächtlichen Horizont sichtbar wurde, wandte sie sich mir langsam zu und sah mich lächelnd an. Ich höre noch die Musik ihrer Stimme in diesem Augenblick. Es war die Stimme einer Frau, die einen schweren Kampf gewonnen hatte, den nur sie allein führen konnte.

„Jacques, ich glaube, jetzt wäre es schön."

VIERTES KAPITEL

CHARNY, 3 Kilometer.

Sie preßt die Lippen zusammen. Die Tachometernadel rückt auf fünfunddreißig, schwankt und berührt dann die Vierzig.

„Ich gehe in den dritten."

Ihr rechter Fuß hebt sich, und der linke drückt auf die Kupplung. Gleichzeitig betätigt sie den Schalthebel. Das Lenkrad hat sich keinen Millimeter bewegt. Sie muß früher eine ausgezeichnete Fahrerin gewesen sein.

„Kurve, in etwa fünfzig Meter Entfernung."

Sie geht wieder in den zweiten Gang, ist jetzt auf zehn Stundenkilometer. Ich spüre, wie mir ein paar Schweißtropfen den Rücken herabrinnen.

„Das geht ganz von selbst. Du wirst es an den Rädern merken. Achtung, jetzt gehst du in die Kurve."

Sie hat die Geschwindigkeit noch mehr heruntergenommen. Ich sehe, wie ihre Fingergelenke weiß werden; in dem Augenblick, als ich die Hand ausstrecke, um ihr zu Hilfe zu kommen, gleicht sie es selbst wieder aus. Die Straße liegt wieder gerade vor uns.

„So, du bist durch. Jetzt kannst du wieder etwas beschleunigen. Was denkst du?"

„Ich denke gar nichts. Ich sehe schwere Laster, die mir ständig entgegenrasen."

„Möchtest du anhalten?"

„Noch bis zum nächsten Kilometerstein."

Rings um uns Wiesen und Felder, so weit das Auge reicht. Vielleicht ist das die Beauce – ich habe mir nie genau merken können, wo diese Region anfängt oder wo sie aufhört. Jedenfalls ist die Landschaft flach.

„So, jetzt kannst du anhalten, du hast deinen Kilometer geschafft."

Dort steht der Kilometerstein, halb verborgen vom hohen Sommergras: Charny 2. Sie bremst, schaltet in den Leerlauf und küßt mich.

Wir tauschen die Plätze.

„Hat's dir Spaß gemacht?"

„Und wie! Weißt du, was mich am meisten gestört hat?"

„Der Schmutz an der Windschutzscheibe."

„Sei nicht albern. Nein, ich dachte, du würdest vielleicht heimlich am Steuer drehen, um meine Fehler zu korrigieren. Aber hast du nun gesehen, wie ich es geschafft habe?"

„Wie ein Rennfahrer."

Sie lacht vor Freude.

„Auf wieviel Stundenkilometer bin ich denn gekommen?"

„Vierzig."

Sie pfeift durch die Zähne. Ich würde sie gern fragen, ob sie früher gern schnell gefahren ist, aber auf Grund einer stillschweigenden Übereinkunft sprechen wir nicht von der Zeit, als die Welt sichtbar war.

Ich fühle mich wohl. Schon vier Tage sind wir jetzt unterwegs, und alles geht gut. Kein Augenblick der Langeweile, kein Augenblick der Verlegenheit. Wir haben aus der Welt eine große Kugel gemacht, die aus Lachen und Liebe besteht.

Vorgestern kam ihr eine großartige Idee. Alle Hotels waren besetzt. Wir hatten nach über zehn vergeblichen Versuchen ein Zimmer gefunden, mußten dann aber eine Mahlzeit in einem Speisesaal voll lärmender Pensionsgäste einnehmen, die einander von Tisch zu Tisch Rezepte zuriefen – wie man Krebse zubereitet, was man gegen Sonnenbrand tut und wie man kleine Kinder zur Ruhe bringt. Ich merkte, daß mich eine Migräne überfiel, als Lauras Hand sich wie eine kleine Schlange zwischen dem Salzfäßchen und der Karaffe mit Rosé hindurchwand und sich auf die meine legte. Ich beugte mich zu ihr hinüber. Sie machte ihr vernünftiges, verständiges Gesicht. „Hör zu, alle Welt fährt gen Süden – wie wär's, wenn wir es umgekehrt machten?"

„Du bist eine superintelligente Frau. Morgen nehmen wir Kurs auf Paris."

Gleich am nächsten Morgen traten wir den langen Rückweg an.

Sie gähnt plötzlich und reckt sich. „Wie weit ist es noch bis Paris?"

„Zwei Stunden. Möchtest du ein bißchen schlafen oder singen?"

„Gut, singen wir."

Freilich gibt es nur ein einziges Duett, das wir gut genug kennen, und das ist aus *Carmen*.

Als Mädchen von dreizehneinhalb Jahren, mit hohem Kragen und einem Prinzeßhütchen, hatte Laura es einst am Geburtstag der Mutter

Oberin gesungen, zwischen einem Nocturne von Fauré und kleinen, mit einer wäßrigen Creme gefüllten Kuchenstückchen.

Ich hatte einmal vier Jahre lang einen ebenso musikliebenden wie schwerhörigen Hauptmann a. D. zum Nachbarn, der Tag für Tag das Duett aus *Carmen* auflegte. Das Grammophon war stets auf volle Lautstärke gestellt, und so hatte ich Zeit genug gehabt, es mir unauslöschlich einzuprägen.

Paris 117.

Lauras Stimme schwingt sich empor. Sie will mit einem Torero durchgehen, die Metze. Kraftvoll und rasend packe ich das Lenkrad.

> *„Carmen, nur ein Wort noch höre!*
> *Carmen, nur ein Wort noch höre ..."*

Sie trotzt mir. Keinerlei Respekt vor dem Militär. Sie singt sehr gut, unsere Stimmen vermischen sich, das ist große Kunst. Wir brüllen, daß uns fast die Stimmbänder reißen.

> *„Doch all mein Hoffen und mein Lieben*
> *ist immer treu nur dir geblieben!"*

Sie hat mich abgewiesen, und ich werde sie erdolchen. Ich überhole schnell noch einen Fünfzehntonner-Sattelschlepper, und dann töte ich sie, mit einem Dolchstoß mitten ins Herz.

Sie ist gegen die Wagentür gesunken und gibt noch einen letzten, langgezogenen Ton von sich, während ich in ein schreckliches Schluchzen ausbreche.

> *„Ich, ich hab sie getötet!*
> *Ach, Carmen, die ich angebetet habe!"*

„Du solltest nicht soviel rauchen", sagt Laura. „Du krächzt bei den hohen Tönen."

Sie legt ihre linke Hand auf mein Knie. Das Geräusch des Motors ist nun wieder deutlich zu hören, aber nach unserem Gebrüll haben wir dennoch das Gefühl, als senke sich eine tiefe Stille auf uns herab.

„Ich fühle mich wohl bei dir", sagt sie.

Es gehört nicht zu meinen Stärken, etwas Nettes zu sagen. Meine Worte bleiben immer irgendwo hängen, wie Kleider in einem Garderobenschrank. Ich würde sie gern herausholen und ein wenig auslüften ... Sie sind wie alte Anzüge. Ich besitze sie schon seit langer

Zeit, und inzwischen riechen sie nach Mottenpulver. Ich nehme sie, bringe sie vom Herzen direkt zum Kehlkopf, und dort kommen sie nicht heraus. Und so habe ich Laura nicht gesagt, daß ich sie liebe.

„Wenn wir uns gut verstehen, können wir ja vielleicht noch ein bißchen weitermachen."

Ihre Lippen gleiten von meinem Ohr zum Kinn.

„Einverstanden, machen wir weiter."

Durch das halbgeöffnete Fenster dringt von der Julisonne erwärmter Wind herein. Der Dunst dort drüben, das ist schon Paris.

ALS wir in ihre Wohnung kamen – ich hatte die Koffer noch nicht abgesetzt –, da hat sie mir ihr Lieblingsspiel vorgeführt. Sie nennt es den Todeslauf.

Dazu muß man wissen, daß vier Zimmer in ihrer Wohnung miteinander verbunden sind. Sie hat die Türen geöffnet, ist zum Ausgangspunkt zurückgekehrt, und dann ist sie gestartet. Mit voller Geschwindigkeit stürmte sie durch die vier Zimmer, machte im letzten kehrt, kam zurückgerannt, die Ellbogen dicht am Körper, immer haarscharf an den Türrahmen vorbei, und ließ sich atemlos in meine Arme fallen.

„Na, was hältst du davon?"

Mir stand noch der kalte Schweiß auf der Stirn.

„Und was passiert, wenn es mal plötzlich zieht und eine Tür zugeht?"

„Rate mal?" sagte sie.

„Krach-bum", sagte ich.

„Genau, aber bisher hat es noch nie gezogen."

„Ein wahres Glück!"

Ich war so töricht, zu glauben, das Zusammenleben mit einer Blinden habe etwas vom Dasein eines Pflegers, eines Krankenwärters, das Ganze eingerahmt von Lektüre, sanfter Musik und großer innerer Ruhe, und nun mußte ich feststellen, daß ich es mit einer Besessenen zu tun hatte, die Spezialistin für Rennen in Wohnungen, für Horrorfilme und für Autofahren war. Was wieder einmal zeigt, daß man den üblichen Vorurteilen mißtrauen soll.

Sie faßte mich am Arm und zeigte mir ihre Wohnung. Sie war sehr weiß. Sie besaß einige alte Möbel, Familienerbstücke, die aber etwas untergingen in all dem Schneeweiß der Wände und Decken.

„Ich habe alles neu malen lassen, als ich blind wurde. Ich dachte, wenn alles um mich herum dunkel sei, dann werde es in meinem Kopf noch dunkler sein ... Ich habe lange Zeit nachts bei brennendem Licht geschlafen ..."

Laura, allein in der zweifachen Nacht, Laura, wie sie gleich einem Kind, das Angst hat, die Nachttischlampe anknipst ... Manchmal kann ich diese Vorstellung nicht ertragen. Ich nahm sie in die Arme und hob sie hoch.

„Was tust du?"

„Rate mal."

Als ihr Rücken die Bettdecke berührte, flüsterte sie mir ganz leise ins Ohr: „Na, junger Mann, alles in Ordnung mit der Sexualität?"

„Es geht so, es geht. Und du, Großmutter, keine Angst mehr?"

„Es IST Nummer 17, das Eckhaus."

Ein Stück weiter finde ich eine Parklücke und rangiere den Wagen hinein, steige aus und öffne ihr die Tür. Es ist halb zehn, wir haben uns verspätet, weil der Kellner im Restaurant uns eine Ewigkeit auf die Rechnung warten ließ. Zur Linken glänzt der Invalidendom im Mondlicht wie ein Helm.

„Meinst du wirklich, daß ich nichts zu trinken mitzubringen brauche?"

Sie schüttelte ihre Locken und drückte meinen Arm an sich.

„Ich sage dir doch, sie haben genug zu trinken da. Es sind gute Freunde, ich kenne sie fast alle."

Jetzt sind wir am Aufzug. Es ist im vierten.

Laura ist sehr schön heute abend. Sie hat ein weißes Leinenkleid mit einer Art Nieten an den Seiten an und trägt an der linken Hand einen breiten Ring aus Stahl. Sie hat sich allein und mit unwahrscheinlichem Geschick geschminkt.

„Sag mal, es wird doch Licht brennen?"

Sie lacht, während der Aufzug hält und wir aussteigen.

„Du brauchst keine Angst zu haben. Es wird auch dann Licht gemacht, wenn keiner unter uns ist, der sehen kann. Bist du nervös?"

„Ein bißchen. Soll ich klingeln?"

„Ja."

Man könnte meinen, der Kerl hat mit dem Ohr an der Tür gewartet – jedenfalls wird uns sogleich geöffnet. Seine Lider sind ge-

schlossen, aber nicht so wie die Lider eines Schlafenden, sondern
gleichsam hermetisch und, wie man spürt, endgültig. Laura schaltet
sich ein.

„Guten Tag, Simon."

„Ah, Sie sind es, Laura! Wir haben Sie schon erwartet. Sie bringen einen Freund mit, das ist schön."

Ich weiß nicht, wie er es gemerkt hat, daß ich da bin. Ich drücke
Simon die Hand, und er legt zwei Finger auf meine Schulter und
führt mich zu einer Gruppe von Personen hin, die in der Mitte eines
Zimmers sitzen. Eine junge Frau gibt mir ein Glas. Ich bemerke sogleich, daß sie genausoviel herumgehen wie andere Menschen und
dabei mit Ausnahme von Simon keiner den Raum diagonal durchquert: sie gehen an den Wänden entlang, ziemlich schnell in der
gleichen Richtung, in der Gewißheit, keinem Hindernis zu begegnen.
Deshalb befinden sich die Sessel und Sitzkissen in der Mitte des
Zimmers.

„Guten Tag, Laura. Ich bin Maxime."

Der Mann, der sich zu uns gesellt hat, ist jung und sieht sehr gut
aus. Er ist einer der wenigen hier mit langen Haaren. Er beeindruckte
mich stärker als die anderen. Seine Pupillen sind weiß, die Iris ist
verschleiert, fast farblos. Seine Bewegungen sind sehr langsam, sehr
geschmeidig.

Laura plaudert mit ihm. Sie lächeln beide. Er scheint sie mit seinen
toten Augen zu fixieren. Maxime ist anders als die anderen. Der
Bursche beunruhigt mich.

Ich halte mich im Hintergrund. Ich will nicht den Eindruck erwecken, als wollte ich Laura an mich ketten. Ich werde sie ja nachher für mich allein haben.

„Monsieur Bernier . . . Wir würden Sie gern um etwas bitten . . ."

Es ist Simon. Er kommt mit dem Mädchen, das mir das Glas
gereicht hat.

„Aber selbstverständlich . . ."

„Wir haben Sie in eine Falle gelockt", sagt Simon. „Um es kurz
zu machen: Wir alle hier lesen die Brailleschrift, aber da wir leiden-
schaftliche Leser sind, genügt uns das nicht, und eine der Absichten
bei unseren Zusammenkünften ist es, einen Sehenden zu Gast zu
haben und ihn zu bitten, uns ein Buch vorzulesen. Wir nehmen die
Lesung auf Band auf und schaffen uns auf diese Weise so etwas wie

eine Audio-Bibliothek. Wären Sie bereit, heute abend der Vorleser zu sein?"

„Selbstverständlich bin ich dazu bereit. Ich fürchte nur, daß ich ein schlechter Vorleser bin."

„Ich bin vom Gegenteil überzeugt. Wir werden gleich anfangen . . ."

Da haben Sie mich also in ein Wespennest geschleppt, Mademoiselle Bérien. Das schreit nach Rache.

„Laura, kannst du mal einen Augenblick kommen?"

Ich nehme sie am Arm, steuere sie zwischen den anderen hindurch und bleibe mitten im Zimmer stehen. Flüsternd frage ich sie: „Bist du sicher, daß sie alle blind sind?"

„Absolut sicher. Außer dir sind wir tatsächlich alle blind. Worauf willst du hinaus?" In ihrer Stimme schwingt eine Spur Unruhe mit.

„Das wirst du gleich erleben."

Ich nehme ihr das Glas aus der Hand, stelle es auf den Boden und presse sie an mich. Mit der rechten Hand ziehe ich den Reißverschluß ihres Kleides auf und liebkose ihren warmen Rücken. Ich küsse sie wie ein Wilder.

Sie bekommt den Mund frei und flüstert fassungslos: „Du bist verrückt!"

Ohne sie loszulassen, dränge ich sie zur Wand hin und murmle mit schändlicher Freude: „Keine Angst, sie können uns ja nicht sehen."

Sie stößt ein empörtes, halb unterdrücktes „Oh!" aus. Diesmal spielt sie mit und erwidert meine Küsse. Fünfundzwanzig Zentimeter neben meinem linken Ellbogen unterhält man sich angeregt über Börsenkurse. Siehe da, es gibt also auch reiche Blinde.

„Hör auf, Liebling, du erstickst mich."

Der Mann neben uns zuckt leicht zusammen. Das Zucken wiederholt sich, als ich den Reißverschluß des Kleides wieder zuziehe.

Simon ruft die Gäste zusammen. Es war soweit.

„Heute morgen leuchtet die Schöpfung wie eine beim Pflücken vergessene Frucht, wie eine Orange im dichten Laub des Orangenbaums . . ."

Seltsam, daß sie mich diesen Text lesen lassen. Es geht darin nur um Farben und Licht. Sie hören zu. Die meisten haben die Augen in irgendeine andere Richtung gewandt, was bei mir einen merkwürdigen Eindruck der Unaufmerksamkeit erweckt. Es ist schwer, sich vorzustellen, daß jemand, der einen nicht sieht, einem dennoch zuhört.

Laura spielt mit der Gardinenschnur herum. Maxime steht in Lauras Nähe, ein bleicher, prächtiger Dracula. Bestimmt hat dieser Bursche Blut an den Zähnen und hält sich tagsüber in einem Sarg in der Gruft des väterlichen Schlosses verborgen. Die Stille wird nur durch meine Stimme und das leise Surren der sich vor mir drehenden Tonbandspulen unterbrochen.

Verstohlen und ohne im Lesen innezuhalten, blättere ich die letzte Seite halb auf und werfe einen Blick darauf: 165 Seiten, und ich bin erst auf Seite 45! Das werde ich nie bis zum Ende durchstehen.

„Guten Tag, schöner wilder Rosenstrauch, Gefährte meiner Einsamkeit, der du heute nacht vor meiner Tür erblühtest."

Ich habe keine Zeit zu trinken. Ich bin an mein Buch gekettet wie ein Galeerensklave an seine Ruderbank. Und wenn ich einfach ein oder zwei Kapitel überspränge? Dann könnten wir uns eher aus dem Staube machen. Ich sehne mich danach, mit Laura allein zu sein ...

Ich schlage eine Seite um, da höre ich ein Klicken. Das Tonband ist zu Ende. Mit einem Seufzer, als erwachte er aus einem herrlichen Traum, erhebt sich Simon.

„Vielen Dank. Ich kann Ihnen gar nicht sagen, was diese Aufnahmen für uns alle hier bedeuten ..."

Wenn Scham töten könnte, wäre ich jetzt tot. Simon fährt fort: „Ich weiß, daß Sie müde sind. Es ist nicht nötig, daß Sie weiterlesen. Andere werden uns auch den letzten Teil noch vorlesen."

Was bin ich für ein Schuft! Da konnte ich ihnen ein großes, unermeßliches Geschenk machen, und ich habe nur überlegt, wie ich ein paar Seiten überschlagen könnte!

Jetzt brechen alle auf. Im Wagen schmiegt sich Laura mit einem wohligen Seufzer an mich.

„Chauffeur, fahren Sie mich nach Hause."

In der warmen, leeren Nacht sind wir ein Paar wie so viele andere, wir haben einen Abend bei Freunden verbracht und kehren ruhig heim.

Ein Paar, nichts weiter.

„He, Leute! Cancrelas hat Nägel geklaut!"

Cancrelas rennt mir gegen die Beine, ich stoße gegen Laura, die ihrerseits gegen den Zaun stößt und sich von der Schulter bis zum Ellbogen mit frischer Farbe beschmiert.

„Vorsicht, faß nicht an, du hast Farbe an der Bluse."

Zwei lockere Bretter drehen sich, und drei Kinder kommen heraus, ein etwas größeres Mädchen mit heruntergerutschten Strümpfen und Sommersprossen und zwei Jungen, die mit einer solchen Schmutzkruste bedeckt sind, daß man kaum noch unterscheiden kann, wo die Haut aufhört und das T-shirt anfängt.

„Haben Sie zufällig einen Jungen abhauen sehen?"

„Ja. Er hat mich angerempelt, und ihr seht ja, was er damit angerichtet hat."

Die Kinder schielen auf Lauras beschmierten Ärmel.

„Das war Cancrelas", sagt Dreckspatz Nummer eins. „Uns hat er Nägel geklaut!"

„Ehrlich", sagt die Große, „der ist echt irre, der Typ."

„Pamela", sagt Dreckspatz Nummer zwei, „wir brauchen Terpentin. Damit geht die Farbe weg."

„Aber wo soll ich das hernehmen?" sagt Laura.

„Wir haben was da", sagt Dreckspatz Nummer eins. „Darum reden wir ja davon."

Wir betraten den Abenteuerspielplatz.

Ich hatte ein paarmal in der Zeitung darüber gelesen: ein Stück unbebauten Geländes, auf dem man nur vorankam, wenn man über Balken hinwegturnte, sich unter Brettern entlangschob und wo man überall auf Kinder stieß, die mit aller Kraft hämmerten, bohrten, pinselten, Gegenstände schleppten und durcheinanderschrien.

Es war ein Experiment von Psychologen. Ich konnte nicht beurteilen, was dabei herauskam, aber die Kinder amüsierten sich herrlich. Sie zimmerten sich Hütten zusammen, nahmen sie wieder auseinander, strichen die Zäune an, die Mauern, die Backsteine, die Erde. Es wimmelte nur so von Kindern.

Plötzlich kamen zwei dicke Knirpse, die eine lange, schwere Bohle schleppten, direkt auf uns zu.

Ich schob Laura gegen eine Asbestzementplatte, um sie vorbeizulassen.

In diesem Augenblick hat sich Pamela, das Mädchen mit den her-

untergerutschten Strümpfen, nach uns umgedreht. Ihr Kinn ist so
spitz wie die Klinge eines Taschenmessers.

„Können Sie nicht sehn, Madame?"

„Nein", sagt Laura, „ich bin blind."

„Geben Sie mir die Hand, und der Herr faßt Sie an der anderen
Hand."

Auf diese Weise legten wir dreißig, vierzig Meter zurück. Die
beiden Dreckspatzen bahnten uns den Weg wie zwei weiße Mäuse,
die vor dem Wagen eines hohen Staatsmanns herfahren.

„Achtung, Vorsicht, Leute, die Dame hier ist blind."

Jetzt sind es bestimmt fünfundzwanzig, die uns umdrängen.

„Wunderbar", sagt Laura.

Wir sitzen auf einem Haufen von Pflastersteinen, der an eine ein-
gestürzte Barrikade erinnert. Pamela hat uns eine zur Hälfte mit
einer farblosen Flüssigkeit gefüllte Literflasche gebracht, und dann
schob sich ein bärtiger junger Mann durch das Gedränge.

„Im Prinzip", sagte er, „ist Erwachsenen der Zutritt verboten."

Ich erklärte ihm, daß Pamela uns aufgefordert hatte, das Gelände
zu betreten.

„Wenn die Kinder Sie eingeladen haben, ist es natürlich etwas
anderes."

Er ging davon, und ich versuchte, mit meinem terpentingetränkten
Taschentuch die Farbe zu entfernen.

Sie starrten vor allem Laura an. Wir hörten ein verschwörerisches
Getuschel, und dann faßte sich plötzlich hinter uns einer von ihnen
ein Herz. Seine Haare glänzten vor Kleister, er hatte große schwarze
Augen und an jedem Finger einen Verband.

„Ist es wahr, Madame, daß Sie nicht sehen können?"

Laura wischte einen Tropfen Terpentin fort, der ihr den Arm
herablief.

„Ja, es ist wahr, ich kann nicht sehen."

Ganz hinten piepste ein kleines Mädchen mit einer mit Blumen
gemusterten Schürze: „Und mich kannst du auch nicht sehen?"

Ich dachte schon, die anderen würden sie lynchen. Ein aufgeweckter
Lockenkopf in der ersten Reihe, den sie Mohammed nannten, drehte
sich wütend nach ihr um.

„Mensch, wenn sie nicht sehen kann, kann sie auch dich nicht
sehen."

Ich stellte die Terpentinflasche beiseite und steckte mir eine Zigarette an. Mohammed verfolgte jede meiner Bewegungen. Bestimmt hatte er seine erste Gauloise schon lange hinter sich. Ich gab Laura die Zigarette, und sie machte einen langen Zug.

„Sollen wir gehen?"

„Nein, warum? Man sitzt hier nicht gerade wie in einem Klubsessel, aber es läßt sich aushalten."

Ein paar Kinder lachten, und um sie auf andere Gedanken zu bringen, fragte ich: „Macht euch das Spaß hier?"

„Ja, im ganzen schon. Ist toll hier, aber es ist nicht wie am Meer."

Dreckspatz Nummer eins grinst: „Ein Glück, daß es hier nicht wie am Meer ist. Am Meer ist es beschissen."

Ein kleiner Kerl, der auf einem Balken schaukelt, beugt sich so weit vor, daß er sich gerade noch im Gleichgewicht halten kann: „Bist du denn schon mal am Meer gewesen, Mann? Na? Los, Mann, sag schon, bist du schon mal da gewesen?"

Dreckspatz Nummer zwei bekundet Solidaritätsgefühl. „Und du, bist du schon mal am Meer gewesen?"

„Na klar, Mann."

„Und?"

„Und was, beschissen ist es da nicht."

Laura muß herzlich lachen, eine Blinde, die jung und hübsch ist. Rings um uns herum wird heftig diskutiert, die Sonne brennt fröhlich auf uns herab. Ich lege meine Hand auf ihre Schulter.

„Du mußt zugeben, das ist doch interessanter als an der Côte d'Azur!"

Sie will mir gerade antworten, als Finger-in-der-Nase mit schriller Stimme fragt: „Aber wenn du nicht sehen kannst, siehst du dann alles schwarz?"

Alles ist verstummt. Merkwürdig, diese Kinder, wie feinfühlig und verlegen sie sein können. Sie hätten die Kleine grün und blau geschlagen, um zu verhindern, daß sie das sagt, aber da es nun einmal geschehen war, standen sie kreuzunglücklich da.

„Nein", sagte Laura, „ich sehe nicht alles schwarz. Schwarz ist eine Farbe, und ich sehe keine Farben mehr."

Sie brachte das so natürlich heraus, so ungezwungen, daß die Kinderschar wieder ein wenig freier zu atmen begann. Dann ergriff Pamela das Wort.

„Aber wenn es nicht schwarz ist, was sehen Sie dann?"

Ich spürte, daß Laura voller Verständnis für diese kindliche Neugier war.

„Das ist schwer zu erklären. Komm, Pamela, gib mir mal deine Hand."

Pamela streckte Laura ihre schmutzige Hand hin. Alle sahen gespannt zu.

„Seht euch Pamelas Hand an. Mit ihr kann sie fühlen, kann sie merken, ob etwas hart oder weich, kalt oder warm ist. Nur – sehen kann eine Hand nicht." Sie hören wie gebannt zu.

„Gut", fährt Laura fort, „man kann mit seinen Händen nicht sehen. Man kann nicht sagen, daß eine Hand schwarz sieht, nicht wahr? Nun, und wenn man blind ist, dann ist das ähnlich, dann gibt es kein Schwarz mehr, dann gibt es nichts mehr."

Ein zustimmendes Gemurmel geht durch den Kreis der Kinder.

„Wollen Sie mal die Hütte sehn?" fragt ein kleines Mädchen, das bis jetzt noch nichts gesagt hat. Nichts an ihrem Verhalten hat darauf hingedeutet, daß sie mehr Anteil genommen hätte als die anderen, und doch kommt von ihr nun dieses Geschenk in Gestalt einer Einladung.

Die Hütte stand in einem Winkel des Geländes, dicht neben einem Baum, zweifellos einem der letzten in diesem Viertel. Er war so verschmutzt gewesen, berichtete Mohammed uns, daß sie den Stamm abgewaschen hatten. Ist ja auch wahr, man putzt den Arc de Triomphe, warum soll man da nicht die Bäume waschen? Sie hatten die Hütte hinter dem Baum errichtet, aber sie war noch lange nicht fertig. Sie planten, noch eine Etage darüberzubauen, aber das war mächtig kompliziert.

Laura ging mitten unter ihnen: sie hatte an jedem Arm drei Kinder hängen ... Und ich, nun, ich habe schließlich Mohammed und den größeren Jungen, die zu seiner Clique gehörten, meine Gauloise zugesteckt. Gewiß, das war Demagogie und nicht gut für ihre Bronchien. Ich weiß. Aber ich wette, jeder Mann, der sich von Jungen umgeben sieht, die ihre Ferien in diesem alten, verfallenden Teil von Paris verbringen und sich zwangsläufig die Lungen mit den Ausdünstungen der Metro und den üblen Gerüchen der Seine vollpumpen, würde etwas Ähnliches tun.

Laura verteilte, ehe wir das Gelände verließen, ein gutes Dutzend

Küsse an die kleinen Mädchen, die sie bis zum Zaun geleiteten. Und dann standen wir wieder auf dem Bürgersteig. Laura schüttelte den Kopf. Ich spürte, daß sie glücklich und zugleich verstört war. Das Terpentin an ihrem Ärmel war getrocknet und hatte eine Aureole hinterlassen.

Arm in Arm durchstreiften wir dann das, was von den alten Pariser Markthallen geblieben war, die schmalen Gassen, in denen noch der Geruch alten Käses hing, bis wir schließlich erschöpft in einem der letzten *bistros* mit gekachelten Wänden landeten, wo man den Kaffee noch in Gläsern servierte. Laura war groß in Form an diesem Nachmittag, die Kinder und ihre Fragen schienen ihr neue Kraft verliehen zu haben.

„Wo möchtest du jetzt hin?" frage ich.

„Führe mich zum Essen aus. Aber es muß ein fürstliches Restaurant sein, irgend etwas ganz Schickes."

„Dazu mußt du dich aber anders anziehen. So, mit deinen Jeans und der Terpentinbluse, läßt man dich wahrscheinlich nicht einmal das Geschirr spülen."

„Kauf mir einen Bisonpelz."

„So etwas trägt man im Juli nicht."

„Das sagst du doch nur, weil du geizig bist."

Ich bezahle unsere zwei Kaffees.

„Ich will dir sagen, wie die nächste Schlagzeile von *France-Dimanche* lauten wird: ‚Verführerischer Lehrer in den Vierzigern kann die exzentrischen Wünsche seiner blonden Gefährtin nicht befriedigen. Von Sinnen vor Kummer erwürgt er sie.'"

Sie lacht laut auf.

„‚Verführerisch … in den Vierzigern …' Was die Journalisten so alles erfinden! Aber wie dem auch sei, da dein bescheidenes Gehalt es dir nicht erlaubt, eine Frau von meinem Schlage auszuhalten, lade ich dich ein."

Wir überquerten die Seine. Lastkähne fuhren vorüber. Laura liebte das Tuckern, den Geruch des Wassers. Auf dem Platz vor Notre-Dame sang ein Gitarrist Blues. Laura hörte verträumt zu.

„Paris ist eine komische Stadt", sagt sie. „Voller Stellen, wo man den Eindruck hat, irgendwo anders als in Paris zu sein."

„Das macht den Reiz von Paris aus."

Ich merkte, daß sie melancholisch wurde. Ein wenig waren daran diese langsamen Gitarrenakkorde schuld ... Ich trat so leise wie möglich ein paar Schritte zurück und baute mich auf der anderen Seite von ihr auf. Wenn ich mit Fistelstimme und dem Akzent eines Provinzlers sprach, mußte es eigentlich gelingen.

„Oh, Entschuldigung, die Herrschaften, aber die große Kirche da drüben, was ist denn das für eine Kirche, bitte schön?"

„Notre-Dame", sagte Laura.

„Ach ... Ich hab immer gedacht, Notre-Dame hätte zwei Türme, und nun ist da nur einer, wie kommt denn das wohl?"

Laura stutzte, und dann stürzte sie auf mich los. Das Lachen nahm ihr drei Viertel ihrer Kräfte. Trotzdem mußte ich ein paar ganz schön harte Uppercuts einstecken. Wir brauchten lange, bis wir uns wieder erholt hatten. Ich fühle ihre Lippen auf den meinen, und sie murmelt: „Du bist ein Verrückter. Deine Streiche werden immer geschmackloser. Demnächst stößt du mich noch in einen Gully, von dem du vorher den Deckel abgenommen hast."

„Daran habe ich schon gedacht. Aber ich wollte mir das fürs Wochenende aufsparen."

Wir gingen ein Stück am Seineufer entlang und dann in Richtung Odéon. Ich hielt Lauras Hand in der meinen. Acht Tage waren wir jetzt schon in Paris.

Das ist hier ja wie im Spiegelsaal von Versailles – nur etwas beklemmender. Wir haben noch keine drei Schritte auf die mit Damasttüchern gedeckten Tische zu getan, da flitzten schon ein Dutzend Kellner um uns herum. Ein furchterregender Schnauzbart, der so aussieht, als wäre er in Bronze in seinen Frack gegossen, zieht Lauras Lehnstuhl zurück.

„Wir dachten, Sie seien in den Ferien, Mademoiselle Bérien."

Einer der Kellner überreichte mir die Speisekarte. Sie ist in gepunztes Leder gebunden und hat den Umfang eines mittleren Telefonbuchs. Man weiß hier, daß Laura blind ist: sie hat keine Speisekarte bekommen.

„Zu Beginn einen Cocktail?"

Laura, die ganz ungezwungen dasitzt, lächelt zu den Deckenmalereien hinauf.

„Einen Manhattan bitte, aber nicht zu stark."

„Und für Monsieur?"

Ich klaube meine Erinnerungen an Kriminalromane zusammen, denn Detektive, Kommissare und Gangster nehmen solche Getränke ja praktisch auf jeder Seite zu sich. So, ich hab's. „Einen Cuba libre."

Wieder eine ehrerbietige Verbeugung. Die befrackten Gestalten entfernen sich. Ich bewundere die Lüster und die Spiegel und pfeife leise durch die Zähne. Laura scheint zufrieden.

„Nicht schlecht, wie? Ich war mit Edith schon ein paarmal hier. Sie schwärmt für solche Restaurants. Wie findest du's?"

„Ich habe Angst, daß ich die falsche Gabel nehme. Soll ich dir die Speisekarte vorlesen? Wenn ich jetzt gleich anfange, schaffe ich es vielleicht gerade, bis sie schließen."

Da kommt der Schnauzer in Bronze schon wieder an. Er bewegt sich wie auf Rollen. Seine Kugelgelenke müssen gut geölt sein.

„Mademoiselle und Monsieur haben gewählt?"

„Können Sie uns vielleicht einen Rat geben?"

Wir diskutieren ziemlich heftig, denn mir stand der Sinn ursprünglich nach einem guten Beefsteak mit Bratkartoffeln, doch nun soll ich mir Tournedos in Pfifferlingsauce mit Kartoffeln nach Herzoginnenart einverleiben. Laura amüsiert sich königlich darüber, wie ich nach und nach meinen Widerstand aufgebe.

„Aber ich wollte gar keine Kartoffeln nach Herzoginnenart! Ich weiß nicht einmal, was das ist. Ich hätte lieber Pommes frites gegessen. Ich werde diesem Schnauzbart die Knochen brechen."

„Pst, sei still, sonst bestelle ich dir Weinbergschnecken Montpensier. Edith hat sich die hier mal bestellt; da erscheinen sie zu zehnt an deinem Tisch und bereiten alles vor deinen Augen zu, in zahllosen kleinen Pfannen, in denen es siedet und brodelt. Und das ganze Lokal sieht gespannt zu."

Am Nachbartisch nehmen drei Holländerinnen Platz. Sie dürften es zusammen auf über sechs Zentner bringen. Laura hat ihren Manhattan getrunken und beugt sich zu mir vor.

„Ich höre jugendliche Stimmen", sagt sie. „Ich vermute, du beglückwünschst dich wieder einmal zu meinem traurigen Zustand, der es dir erlaubt, einer dieser Damen ungestraft schöne Augen zu machen."

Ich verschlucke mich. Ein Kellner mit einem Gesicht, das aussieht, als sei es aus einem Zementblock gehauen, wirft mir einen mißbilligenden Medusenblick zu. Dies ist nicht der Ort, wo man sich verschluckt.

„Warum lachst du?"

Ich setze mein Glas ab.

„Ich werde sie dir beschreiben. Die hübscheste erinnert an eine Riesenschüssel voll Schlagsahne, die neben ihr an ein Faß voll Schweineschmalz und die dritte . . ."

Laura lacht hell auf. Sie greift nach meiner Hand.

„Jacques, ich möchte, daß du weißt, daß ich, seit ich in Menton aus dem Kino ging, immer fröhlich gewesen bin."

Da wurde mir ganz warm ums Herz. Es bedeutete sehr viel für mich, was sie da gerade gesagt hatte. Doch es galt weiterzuplaudern, die innere Bewegung zu überspielen.

„Das liegt sicher nur daran, daß ich so ein Spaßmacher bin."

Sie hält den Kopf schief, wie Mütter es tun, wenn ihr Kind geschwindelt hat.

„Bist du wirklich ein Spaßmacher?"

„Nein, absolut nicht, ich nehme an, ich verdanke es dir, daß ich so bin . . ., und ich nehme es nicht nur an, ich weiß es."

Meine Rinderfilets wurden gebracht. Ich berührte den bis zur Weißglut erhitzten Teller, und als ich meinen Daumen schüttelte, an dem sich schon eine Blase bildete, sagte der Kellner mit dem Zementgesicht: „Ich empfehle Monsieur, sich vorzusehen, die Teller sind vorgewärmt."

Der Kerl hat es auf mich abgesehen.

Laura ißt mit Appetit komplizierte Dinge.

„Schmeckt es dir?"

„Probier doch mal."

Sie hält mir ihre Gabel hin, mit der sie ein paar kleine kautschukartige, mit einer rosaroten Sauce überzogene Würfel aufgespießt hat. Ich kaue und schlucke brav. Es schmeckt wie eine Mischung aus Artischocken und Kaugummi. Ich lasse sie von meinem Rinderfilet kosten.

Der Schnauzbart und das Zementgesicht beobachten uns mit tadelnden Blicken, die tonnenschwer auf mir lasten. Laura hat das Kinn in die Hände gestützt.

„Na, wie fühlst du dich, kleiner Schulmeister?"

„Großartig. Aber in einer Umgebung wie hier habe ich immer den

Drang, mir die Schuhe auszuziehen. Wie erklärst du dir dieses Phänomen?"

Sie setzt ihre Psychologinnenmiene auf.

„Es handelt sich da um eine typische Manifestation deines Klassenbewußtseins. Du bist ein Kleinbürger, der seine Abneigung gegen den protzigen Luxus der Großbourgeoisie durch einen grotesken Akt bekundet, dessen Bedeutung in hohem Maße politisch ist."

„Und du, empfindest du keinen solchen Drang?"

„Doch, aber bei mir wäre es eher ein Bauchtanz."

„Das würde ich gern sehen. Willst du's nicht einmal versuchen?"

„Bestell mir vorher noch ein Dessert. Ein Stück Heidelbeertorte. Dir empfehle ich die Kirschen in Maraschino."

„Und wenn ich mir nun einen Joghurt nature bestelle, rufen sie dann die Polizei?"

„Das wäre schon möglich. Komm, gieß mir noch einen Schluck ein."

„Findest du nicht, daß er reichlich herb ist, dieser Corton-Charlemagne?"

Laura lacht. Ihre Wangen sind gerötet. Wir sind bei der zweiten Flasche.

„Und danach", sagt sie, „trinken wir Champagner."

„Aber das ist ja eine regelrechte Fete heute abend!"

„Ja, wir feiern meinen Geburtstag."

Ich sehe sie an. Und ich bin traurig.

„Warum hast du mir nichts davon gesagt?"

„Was hättest du dann gemacht?"

„Ich hätte dir zumindest gratuliert . . ."

„Na, dazu ist es ja noch nicht zu spät."

Der Tisch ist zu breit, ich habe Angst, irgend etwas umzustoßen, wenn ich mich vorbeuge. Also stehe ich auf, gehe um den Tisch herum und küsse sie.

„Happy birthday, Laura."

„Danke, Chéri."

Die Kellnerstatuen hinter uns muß der Schlag getroffen haben. Ich kehre an meinen Platz zurück. Komisch, wie einem dieser Wein in die Beine geht.

„Garçon bitte . . ."

Ein dritter Kellner erscheint. Ich habe gerade noch Zeit, Laura zu-

zuflüstern: „Das ist ein neuer. Die anderen wurden soeben mit dem Unfallwagen ins Krankenhaus transportiert."

Dieser jetzt sieht aus wie eine Klapperschlange ohne Schuppen.

„Einmal Heidelbeertorte und einmal Kirschen in Maraschino. Und eine Flasche Champagner, bitte."

Er entschwebt, respektvoll gekrümmt.

„UND drei macht fünf und fünf macht zehn. Vielen Dank, Monsieur."

Der Glanz der Glastür blendet mich. Meine Lider flattern, und in meinem Kopf gongt es. Ein Glück, daß ich eine geöffnete Apotheke gefunden habe. Das ist nicht so leicht in dieser Jahreszeit. Ich hoffe, die Brausetabletten tun Laura gut.

Als ich sie zu Bett brachte, hat sie mir ihr Leben erzählt und alles dreimal wiederholt. Ich habe praktisch kein Auge zugetan. Am Morgen hörte sie nicht auf zu ächzen.

„Jacques, ich schäme mich ja so. Ich hätte nie so viel trinken dürfen. Als Blinde muß man besser auf sich achtgeben."

Schließlich kehrte ich heim, beladen mit einem Strauß Nelken, Aspirin, zwei Flaschen Perrier, einem Paket Hörnchennudeln, sechs Eiern und einer Dose Ölsardinen. Als sie den Blumenduft wahrnahm, kam sie auf mich zugestürzt, um mich zu küssen, blieb dann aber plötzlich mit schmerzverzerrtem Gesicht stehen. Auch ihr brummte der Schädel. Wir haben etliche Brausetabletten aufgelöst.

Es war vielleicht unser zärtlichster Morgen. Seit unserem Aufbruch war alles in einem solchen Wirbel abgerollt, daß wir uns beide unbewußt nach Stille gesehnt hatten. Ich braute Pfefferminztee, kochte die Nudeln, ich entwickle jetzt das Gemüt eines Krankenpflegers.

Wir sprechen nur wenig. Sie hat mich gerade um eine Zigarette gebeten, ein Zeichen, daß es ihr langsam bessergeht. Ich dagegen merke, daß mir meine Leber wieder zu schaffen macht. Eigentlich müßte ich Diät halten. Ich habe sogar Tabletten verschrieben bekommen, die ich vor den Mahlzeiten einnehmen soll.

Ihre Hände streifen über mein Gesicht.

„Geht es dir nicht gut?"

„Meine Leber ärgert mich ein bißchen."

„Hast du Medikamente?"

„Nein, die habe ich in Menton gelassen."

„Du hast es mir gar nicht gesagt, daß du krank bist. Warum nicht?"

„Ich sage es mir selber nur höchst selten, und im übrigen braucht man das Bild ja nicht zu verdüstern."

Zum erstenmal erlebte ich, daß ihr Gesicht sich verschloß.

„Was soll das heißen, ‚das Bild nicht verdüstern'?"

Die Leber, die Migräne, die Angst vor dem Streit – all das bewirkte, daß ich sagte: „Oh, laß doch bitte! Wir sind jetzt nicht imstande zu diskutieren."

Sie fuhr auf, bebend.

Ich mußte zugeben, daß sie sich erstaunlicherweise schneller erholt hatte als ich.

„Ich bin sehr wohl imstande zu diskutieren, und ich will dir sagen, was du tust: du fabrizierst dir ein Märchen wie ein kleines Kind, und du schiebst alles beiseite, was das Bild zu verdüstern scheint, wie du sagst. Nur vergißt du eines dabei: für mich gibt es kein Bild, und wir sind auch nicht mehr ganz in dem Alter, um auf dem Umschlag eines Liebesromans zu erscheinen."

Ich weiß, daß sie recht hat, und gerade das bringt mich auf.

„Was soll das heißen? Ich habe doch wohl das Recht, zu vergessen, daß ich fünfundvierzig bin, und du, daß du blind bist, oder? Das ist doch kein Verbrechen!"

„Aber warum hast du es denn nötig, das zu vergessen? Ich bin blind, und du bist fünfundvierzig, und wir werden damit schon irgendwie zurechtkommen."

Ich brummle: „Also wirklich, ich hatte sowohl das eine wie das andere vergessen."

Sie lacht auf, schroff und schneidend.

„Ich aber nicht. Tut mir leid, aber ich habe nie die Tatsache beiseite geschoben, daß ich eine Behinderte bin, und ich sehe keinen Grund, warum du, wenn du Tropfen nehmen sollst . . ."

„Es sind keine Tropfen, sondern Pillen."

„Warum du deine verflixten Pillen dann nicht auch nimmst. Hast du etwa Angst, ich könnte merken, daß du kein Achtzehnjähriger mehr bist? Das habe ich sowieso schon gemerkt. Du bist fünfundvierzig, und ich liebe dich. Da, jetzt hast du erreicht, daß ich es sage. Aber wenn du mich liebst, so bist du deshalb nicht jünger geworden. Das mußt du dir ganz deutlich vor Augen halten. Wenn ich mit dir schlafe, merke ich trotz allem, daß es kein Jüngling ist, der mich in den Armen hält."

Da bleibt mir die Luft weg.

„Also sag mal, das ist stark; ich hatte den Eindruck, es klappt ganz gut!"

Sie lacht.

„Ich habe nie gesagt, daß es nicht klappt. Ich habe nur gesagt, daß es trotz allem kein . . ."

Ich bekomme sie am Kragen ihres Bademantels zu fassen, und wir wälzen uns auf dem Teppich. Ich brülle den Schluß von *Carmen*, sie schlägt wie wild um sich, aber ich lasse nicht locker.

Sie windet sich noch zwei- oder dreimal in den Hüften und hält keuchend inne.

„Geht's deiner Leber besser?"

Ihr ist eine Catcherbrücke gelungen, und sie ist mir entwischt. Ich schnaufte wie ein Ochse, und so schlug ich einen Waffenstillstand vor.

Am Abend sind wir noch ein bißchen an der frischen Luft gewesen, und ich habe mich mit Citrocholin und Hepatrol eingedeckt. Dies war entschieden der große Tag der Apotheken. Dann gingen wir zurück. Mir war zumute wie einst in meiner Kindheit, wenn man mir eine Lüge verziehen hatte. Die Zukunft lag wieder hell vor mir.

Nur hätte ich mich nicht ganz so sicher fühlen sollen. Im Leben geht es bisweilen zu wie in einem Wildwestfilm. Im allerfriedlichsten Augenblick droht oft urplötzlich Gefahr.

Auf dem Treppenabsatz wartet ein Mann, Maxime. Mit beklommenem Herzen öffne ich die Tür.

Die Oberfläche des Whiskys in dem Glas ist gerade und spiegelglatt. Die Hand, die das Glas hält, zittert nicht. Ich bin froh, daß Laura ihn nicht sehen kann. Seine Züge sind von einer verwirrenden Gleichmäßigkeit und Klarheit, doch unter dieser ebenmäßigen Maske schwelt ein Feuer.

Sie hatte gerade ihren Rehabilitationskurs in der Anstalt beendet, als Maxime dort eintraf. Er hatte zwei Selbstmordversuche hinter sich, und er hatte sich lange geweigert, die Brailleschrift zu lernen. Seit seiner Erblindung hatte er jede Musik und auch das Radio aus seinem Leben verbannt. Über ein Jahr lang hatte er kein Wort gesprochen. Und dann war eine Veränderung eingetreten: Maxime hatte, so schien es, wieder leben wollen. Ich kannte die Gründe nicht. Ich wußte nur, daß einer dieser Gründe Laura war.

„Sie sind Lehrer, Monsieur?"

Die Worte haben keinerlei Bedeutung, nur der Ton zählt. Hinter der belanglosen Frage höre ich, was Maxime in Wirklichkeit denkt: Was hast du hier zu suchen, Bernier, unter den Nichtsehenden?

„Ja, Philologe."

Maxime bemüht sich gar nicht, seine Gefühle zu verbergen, oder aber der Verlust des Augenlichts hat ihn auch der Möglichkeit beraubt, seinen Gesichtsausdruck zu beherrschen. Jedenfalls verziehen sich seine Lippen zu einer Geringschätzung.

„Sie werden entschuldigen, Monsieur, aber die Lehrer haben mir immer den Eindruck vermittelt, daß es ihnen an Vorstellungskraft fehlt. Sie haben mit sechs Jahren ein Klassenzimmer betreten, und sie kommen erst mit sechzig wieder heraus."

Laura bewegt sich unruhig in ihrem Sessel. Sie hat vor irgend etwas Angst.

„Stimmt, man kann das ein monotones Leben nennen, aber ich will Ihnen etwas gestehen: das Abenteuer langweilt mich."

Er hat sein Glas abgesetzt, eine Wolke gleitet über sein Gesicht.

„Eine Frage, Monsieur Bernier. Ist das Zusammenleben mit einer Blinden in Ihren Augen ein Abenteuer oder nicht?"

Laura ist plötzlich kreidebleich.

„Maxime, ich glaube, diese Art der Unterhaltung ist nicht ganz angebracht, und vielleicht sind Sie so gut . . ."

Er reckt das Kinn vor, in meine Richtung.

„Eines werden Sie sehr bald feststellen. Daß nämlich bei den Blinden weder der Einäugige noch der Sehende König ist."

Eine fast brutale Kraft geht von ihm aus. Meine Stimme schwankt am Ende des Satzes, als ich sage: „Sie müssen sich da etwas deutlicher ausdrücken."

Laura versucht etwas zu sagen, aber Maxime ist in Fahrt, und mir ist klar, daß nichts ihn aufhalten wird.

„Ein Blinder, das ist nicht einfach jemand, dem das Sehvermögen fehlt, sondern ein Mensch, der anders ist als die anderen, der auf andere Art denkt, fühlt, liebt und haßt. Und eines kann ich Ihnen versichern: er hat nichts, verstehen Sie, aber auch gar nichts mehr mit der Welt der Sehenden gemein."

Laura hört schweigend zu. Die Knöchel ihrer Finger auf der Sessellehne werden weiß. Ich stehe auf und zünde mir eine Zigarette an.

„Einverstanden, wenn man einen Teil des Ganzen verändert, verändert sich das Ganze. Und dann?"

Er zieht die eine Augenbraue hoch, und ich sehe eine Zehntelsekunde lang seine Zähne blitzen.

„Und dann? Nun, das ist einfach: wirkliche Kommunikation ist uns dann nur noch untereinander möglich. Wir bilden eine besondere Gesellschaft. Und das wissen Sie. Und Laura weiß es auch."

Sie ist zusammengezuckt, als sie ihren Namen hört.

„Darüber haben wir doch oft gesprochen, Maxime, und Sie wissen, wie ich darüber denke. Sie haben einen ausgesprochenen Drang, jeden Kontakt mit der Welt der Sehenden abzubrechen. Sie wollen, daß wir uns zu einer geschlossenen Gesellschaft formieren. Sie sind ein Theoretiker und vergessen, daß es das Leben gibt, und das Leben bewirkt, daß Jacques sieht und ich nicht. Das ist alles. Und es ist müßig zu fragen, ob ... Oh, und nun Schluß damit!"

Maxime setzt langsam seine übereinandergeschlagenen Beine nebeneinander. Seine Züge drücken jetzt nichts mehr aus. Er spricht ohne Leidenschaft, und jedes seiner Worte fällt in den Raum, als hätte er es mit einem Skalpell abgeschnitten.

„Sie sind beide Opfer der Illusion. Sie haben zweifellos an das schöne Gerede vom gegenseitigen Verstehen geglaubt. Sie haben an die Annäherung von Weißen und Schwarzen geglaubt, von Juden und Nichtjuden, und doch wissen Sie, daß bei ihrer Begegnung die Realität nicht Harmonie heißt, sondern Sklaverei, Getto und Krieg. Nun gut, wenn es einen grundlegenden Unterschied zwischen einem Weißen und einem Schwarzen gibt, dann ist es nichts im Vergleich zu alldem, was einen Blinden und einen Sehenden trennt!"

Laura hat eine rasche, instinktive Handbewegung gemacht, als wollte sie einen auf sie zufliegenden Ball abwehren.

„Ich glaube, hier können wir das Gespräch beenden, Maxime."

Der Kerl ist eifersüchtig, er wollte Laura, und ich bin ihm zuvorgekommen – alles andere ist Geschwätz. Er ist verstummt, und wir trinken schweigend.

Und wenn er recht hätte? Schon ehe er zu reden begann, fühlte ich mich ausgeschlossen, weil ich der einzige bin, der sehen kann ... Vielleicht werde ich irgendwann feststellen, daß Laura zu anders ist, als daß ich sie verstehen könnte. Vielleicht wird sie eines Tages der Meinung sein, daß sie zu Maxime gehört, daß ihrer beider Welt die gleiche ist. Sie weiß, daß er jung, reich und schön ist ... Du lieber Gott, wie sollte ich dann um sie kämpfen können, ich, der ich alt, arm, leberkrank und was weiß ich noch bin?

„Essen Sie mit uns?"

Der Ton war nicht gerade einladend. Maxime hat sich aufgerichtet.

„Nein, ich werde erwartet."

Laura streift ihn, als sie ihn überholt, und öffnet die Tür. Mein Herz schlägt. Das Wichtigste sagt man sich immer beim Abschied. Er weiß, daß ich alles höre, aber er wird sich deshalb keinen Zwang antun.

„Bis bald, Laura. Sie sind auf dem falschen Weg – mit diesem Mann. Er stellt für Sie die letzte Verbindung zum Sehen dar. Sie haben mit dem Licht noch nicht ganz gebrochen, während das Licht doch mit Ihnen gebrochen hat. Aber wenn Sie es tun, werden Sie sich mir zuwenden."

Die Tür fiel ins Schloß. Sie kam auf mich zu, und ich sah, wie ihre Lippen bebten. Sie lehnte sich an mich, legte die Stirn an meine Brust.

Meine Stimme war noch nicht wieder ganz fest.

„Maxime Dracula ist fortgegangen. Er wird jetzt einsamen Straßenpassanten das Blut aussaugen. Vergiß diesen Besuch."

Sie schüttelte den Kopf. Ich weiß, Laura, man vergißt so etwas nicht so leicht, auch wenn man es vergessen will, und es sind Worte gesprochen worden, die sehr schwer wiegen, so schwer, daß mir ist, als hörte ich sie noch im Zimmer nachhallen. Sie murmelt: „Er ist wirklich krank, der arme Kerl ..."

Welche böse Saat hatte der Bursche da gesät? Aber ich werde stärker sein. Ich packte Laura an den Schultern.

„Ich, Jacques Bernier, biete Euch, edle Laura, kraft der Gnade unseres Heiligen Vaters, des Papstes, und auf Geheiß meines sehr huldvollen Lehnsherrn Hilfe und Beistand an. Ich werde für Euch den mächtigen und gar schrecklichen Fürsten der Finsternis überwinden. Und zuvörderst schlage ich Euch vor, daß wir beim ersten Morgengrauen die Pferde satteln und uns von dannen machen."

Laura drückte ihre Lippen an meine Wange.

„Wohin möchtest du?"

„Keine Ahnung."

Sie klatscht triumphierend in die Hände.

„Belgien", sagt sie, „Brügge, da wollte ich schon immer einmal hin!"

„Gibt es dort Bier?"

„Ein kühles helles!"

„Muscheln?"

„Mit Pommes frites!"

„Glockenspiele?"

„Jede Menge!"

„Gut, dann fahren wir hin."

FÜNFTES KAPITEL

„ICH schwöre dir, es ist flach wie ein Pfannkuchen. Keine Katze weit und breit, du kannst geradewegs draufloslaufen."

Wir sind in Ostende. Sie tänzelt von einem Bein aufs andere.

„Ist ja klar, daß du gewinnst. Ich bin seit vier Jahren nicht mehr gerannt."

„Bei mir dürften es dreißig Jahre sein. Übermäßig trainiert sind wir also beide nicht. Wer zuerst im Wasser ist, hat gewonnen."

„Sind auch keine Badegäste da?"

„Die essen alle um diese Zeit. Achtung! Auf die Plätze – fertig – los!"

Der Sand gibt nach unter meinen Füßen, meine Knie heben und senken sich wie Kolben. Laura stürmt vor mir her. Sie kommt etwas nach links ab, aber das macht nichts, der Strand ist leer.

Ich komme außer Atem. Sie hat drei Meter Vorsprung. Meine Zehen kleben immer mehr am Boden. Sie wird noch gewinnen! Ich reiße mich zusammen, ich hole auf, einen Meter, zwei Meter. Ich schnaube wie ein Seehund.

Sie knurrt und läuft noch schneller, als liefe sie um ihr Leben. Ich will nicht verlieren, ich halte sie mitten im Lauf an der Taille fest und werfe mich dicht vorm Rand des Wassers, da, wo die Wellen ausrollen, auf sie.

Der Sand ist feucht und bleibt an der Haut kleben. Laura hat einen schwarzen zweiteiligen Badeanzug an. Nach zwei vergeblichen Versu-

chen sage ich schließlich: „Du siehst hübsch aus in deinem Badeanzug."

„Wollen wir schwimmen?"

„Dazu sind wir ja hergekommen."

Laura zieht bei jedem Schritt den anderen Fuß aus dem Wasser.

„Ganz schön kalt."

„Du hast nur keinen Mumm. Ich habe schon getaucht."

„Das glaube ich dir nicht."

Man muß weit gehen, bis einem das Wasser bis zum Leib reicht.
Laura schreitet, die Arme weit ausgebreitet. Es ist, als könnte man
immer weiter gehen. Sie boxt ins Leere und vollführt zwei Hecht-
sprünge hintereinander.

„Na, du scheinst ja gut in Form zu sein!"

Sie wirft mir ein paar Schimpfwörter an den Kopf und sagt dann:
„Ich habe mir, ohne es selbst zu merken, angewöhnt, immer nur ganz
vorsichtige Bewegungen zu machen. Wenn ich jetzt endlich einmal
sicher sein kann, kein Teetablett umzustoßen und meiner Nachbarin
nicht den Finger ins Auge zu bohren, wirst du wohl nichts dagegen haben, mein Kleiner, wenn ich das ausnutze, oder?"

Platsch. Ich bin klatschnaß. Sie hat mit beiden Händen Wasser ge-
schöpft und mich mit erstaunlicher Treffsicherheit naßgespritzt.

Im Wasser zu laufen ist nicht leicht. Gebeugt, wie halb zusam-
mengeklappte Taschenmesser, arbeiten wir uns vorwärts. Laura
taucht plötzlich und verschwindet. Ich lasse mich vorsichtiger hinein-
gleiten und mache ein paar brave, solide Schwimmstöße, den Nacken
immer schön hochgereckt.

Da taucht sie plötzlich links von mir wieder auf. Sie krault wie
eine Weltmeisterin.

„Wo bist du?"

„Hier."

Sie greift mit dem Finger nach mir, und ich richte mich auf. Wir
haben zwar noch immer Grund unter den Füßen, aber das Wasser
reicht uns jetzt bis an die Brust. Salzige, feuchte und warme Lippen
– ein Kuß, der nach Meer und nach Sommer schmeckt.

Wir schwammen ziemlich weit hinaus. Wir machten den toten
Mann, um uns auszuruhen. Aus den Augenwinkeln sah ich sie sanft
schaukeln wie ein ankerndes Boot.

„Ich weiß nicht mehr, wo ich bin, ich kann mich nur noch vertikal orientieren, die Luft oben, das Wasser unten. Wohin ich mich aber horizontal auch wende, ich weiß, daß ich an kein Hindernis stoße, und dieses Erlebnis kann mir nur das Meer bieten."

Dann schwammen wir zum Strand zurück. Laura blieb immer weiter zurück, um das Vergnügen noch etwas hinauszuziehen. Als ich aus dem Wasser kam, wehte mir eine scharfe Brise jedes Härchen hoch. Ich hatte die Handtücher vergessen, und so legten wir uns in den trockenen heißen Sand, das Gesicht der Sonne zugewandt. Ich deckte Laura ganz mit dem warmen Staub zu, und allmählich hörte das Zittern auf.

Laura hat die Lider geschlossen. Ihre eine Hand formt unermüdlich und immer wieder aufs neue den gleichen kleinen Sandhaufen. Zu meiner Linken ist die Vorhut aufgetaucht: eine Familie mit Sonnenschirm, Klappstühlen, Garnelennetzen. Es ist Zeit, daß wir aufbrechen. Laura ist aufgestanden.

„Wo wollen wir essen?"

„Keine Ahnung, aber es sollen die besten Muscheln der Nordsee sein."

Sie schien einen Augenblick zu zögern, dann schritt sie auf das Meer zu.

„Warte hier auf mich, ich gehe nur noch mal kurz ins Wasser."

Allein jetzt, geht Laura immer weiter hinaus. Die Wellen umspülen schon ihre Knie. Ein eigenartiges Gefühl überkommt mich. Es ist das erstemal, seit ich sie kenne, daß ich sie aus der Ferne sehe. Alles verschwindet, was Laura ausmacht: ihr Lächeln, ihre Lebensgeschichte, ihre Art zu rauchen, zu trinken, zu lieben. Sie ist jetzt nur noch eine Frau, die ins Meer hinausschwimmt, und ich ahne, daß es gerade das ist, was sie in diesem Augenblick sucht, das Gefühl, nichts weiter als diese ursprüngliche Freude, ein lebendiger Körper zu sein, der sich im Raum bewegt.

Ich möchte zu ihr schwimmen, aber ich unterlasse es aus dem gleichen sicheren Gefühl heraus, das ich in dem Café hatte, als ich ihr mein Feuerzeug nicht hinhielt. Es gibt Dinge, die man nicht tun darf. Laura ist allein hinausgeschwommen und will in diesem Augenblick allein bleiben. Es wäre nicht recht, wenn ich diesen Wunsch nicht respektieren würde. Im übrigen kommt sie jetzt zurück. Ihr Oberkörper taucht auf, und schillernde Tropfen sprühen, als sie heftig den Kopf zurückwirft.

„War's schön?"

Als sie meine Stimme hört, ändert sie leicht die Richtung, um zu mir zu gelangen. Sie lächelt.

In der Kabine riecht es nach Holz und Farbe. Dort befindet sich ein gesprungener Spiegel: ich habe mir einen tüchtigen Sonnenbrand geholt. Ich werde es Laura sagen. Ich will nicht mogeln. Sie wird es ohnehin merken, wenn die Haut sich schält, und so wie es aussieht, fängt es in zwei Tagen an. Es hat also keinen Sinn, Versteck zu spielen.

Sie wartete vor der Imbißstube auf mich, in einem Rock, den ich noch nicht an ihr gesehen hatte.

„Diesen Rock kenne ich ja noch gar nicht!"

Sie machte eine Pirouette wie bei der Modenschau.

„Oh, du wirst noch staunen. Ich habe eine mexikanische Hose mitgenommen, und wenn ich die erst anziehe, gibt es einen Volksaufstand."

Wir kletterten die Düne hinauf, die Treppen, und dann standen wir auf der Uferstraße. Wir gingen in eine Schenke aus schwarzen Ziegelsteinen, in der es nach Salzlake und Bleichlauge roch. Zwei Minuten später futterten wir wie die Scheunendrescher. Mir fiel ein, daß ich wieder meine Pillen vergessen hatte.

Dann haben wir Kurs auf Brügge genommen.

„Rechts eine Windmühle. Holzkonstruktion in flämischem Stil."

„Drehen sich die Flügel?"

„Nein."

Zwanzig Sekunden Schweigen.

„Links wieder eine Windmühle."

Keine Antwort.

Ich lasse zehn Sekunden verstreichen.

„Schon wieder eine Mühle. Noch größer als die beiden anderen."

„Das ist das Land der Windmühlen", sagt sie.

Als ich ihr von der fünfzehnten Windmühle berichte, legt sie behutsam ihre Hand auf mein Knie.

„Jacques, magst du mir einen Gefallen tun?"

„Aber gewiß, Liebling. Was kann ich für dich tun?"

„Sag mir genau, wie viele Windmühlen du gesehen hast seit unserer Abfahrt."

Ich lache lange, ehe ich mit der Antwort herausrücke: „Keine

einzige. Die Windmühlen sind alle in Holland. Da hab ich dich
schön reingelegt, wie?"

Sie läßt sich in ihren Sitz zurücksinken. „Du bist ein elender Schurke."

Da sind schon die ersten Straßen, und plötzlich habe ich Angst.
Niemals wird Laura die Pracht der Statuen, das Funkeln der Sonne
im Gold der Säulen und Balkone, das Spiegelbild der Herrenhäuser
im Wasserglanz der Kanäle erblicken. Mit welchen Worten soll ich
ihr die prunkvolle, in einer theatralischen Geste erstarrte Altstadt
beschreiben ... Laura, warum ist es dir nicht vergönnt, diese Hymne
aus Stein wahrzunehmen ...

Wir stiegen aus, und in diesem Augenblick ertönten die Glockenspiele. Eine Schar Tauben flatterte dicht über unsere Köpfe hinweg.
Laura neigte den Kopf zurück und lächelte. Und da wußte ich, daß
ich nichts zu befürchten brauchte. Brügge würde auch für sie existieren, existierte schon für sie.

DREI Tage sind wir jetzt in Brügge, und die Stunden eilen dahin,
von Glockenschlägen und der Musik der Glockenspiele verkündet.
Wir trinken Bier auf Terrassen, wir schlendern durch die kleinen
Straßen mit ihrem alten Kopfsteinpflaster oder sitzen träumend in
den Parks, wo alte Frauen in Baumwollstrümpfen und mit dunklen
Schultertüchern an uns vorübergehen.

Wir haben auch schon unsere Gewohnheiten; wir essen meist in
einem italienischen Restaurant. Die Kellnerin weiß, daß Laura blind
ist, sie hat es gleich am ersten Tag gemerkt, als Laura ein Salzfäßchen umstieß. Seither bringt sie ihr immer riesige Portionen.

Ich habe an Anne geschrieben. Mir ist, als wären zehntausend
Jahre vergangen, seit ich von ihr fortgefahren bin, und ich habe das
dunkle Gefühl, daß ich das Fleisch von meinem Fleische etwas ver-
nachlässigt habe. Ich schließe mit der Bitte, die ganze Gesellschaft
herzlich von mir zu grüßen, und gebe der Hoffnung Ausdruck, daß
sie alle dort eine schöne Zeit verleben ... Kurz, ich weiß nicht so
recht, was ich ihr eigentlich schreiben soll. Man hat mir nie beigebracht, schriftlich von meinem Glück zu berichten.

„Jacques!"

„Ja?"

Sie tunkt einen Zwieback in ihre Tasse. Es ist zehn Uhr, und sie
frühstückt noch immer. Wir trödeln heute morgen.

„Würde es dir sehr lästig sein, mich zu einem Laden zu begleiten?"
„Nein, warum?"
„Ich möchte Edith etwas Hübsches schicken. Ich möchte sie um Verzeihung bitten. Ich habe sie ein bißchen plötzlich verlassen."
„Was würde Edith denn Freude machen?"
„Ein Ring. Sie trägt zwar nie einen, hat aber eine Leidenschaft für Ringe."

Wir machten uns auf den Weg. In den Straßen sind viele Menschen unterwegs. Ich habe mir angewöhnt, wenn Gedränge herrscht, den einen Arm fest um Lauras Schulter zu legen. Die Leute streifen uns, während sie uns ausweichen.

Unterwegs wurde mir etwas bewußt. Ohne daß je ein Wort darüber gefallen war, hatten wir eine Art Kode entwickelt. So verlangsamte ich zum Beispiel ein wenig meine Schritte, ehe wir einen Bürgersteig verließen oder betraten. Mein Bein schmiegte sich etwas fester an das ihre, und dann gingen wir zusammen den Bordstein hinauf oder hinunter, ohne unser Tempo wesentlich zu verlangsamen.

Ich habe eine Boutique ausfindig gemacht, in der man indische Schals, Afghanmäntel, nepalesische Halsketten kaufen kann – alles in einem Vorort von Lüttich hergestellt. Ich führe Laura zu einer Art Brunnenbecken, in dem lauter Ringe aufgehäuft sind. Sie wühlt in dem Berg und kommt zu dem Schluß: „Das ist Schund. Wir müssen in einem anderen Laden suchen."

Wir gingen wieder hinaus. Unter den Arkaden waren Blumenstände aufgebaut. An der Ecke entdeckte ich ein großes Kaufhaus. Drinnen wimmelte es von Menschen. Ich machte eine zögernde Bewegung, die ihr nicht entging. Sie drückte meinen Arm fester an sich.

„Hast du Angst? Komm, ich führe dich."
Wir bestiegen die Rolltreppe.
„Ich möchte auch dir etwas schenken", sagte sie. „Was wünschst du dir?"
Sie war glücklich an diesem Nachmittag und strahlte.
„Ich weiß nicht ... Du hast mich völlig überrumpelt."
Ich steuerte sie zwischen den Verkaufstischen hindurch. Wir sind bei den Ringen angelangt. Die Verkäuferin hat ein Gesicht wie ein Kaninchen.
„Was wünschen die Herrschaften?"

„Ich hätte gern einen Ring, einen ohne Stein, irgend etwas Großes und Geometrisches aus Stahl. Es wäre freundlich, wenn Sie mir erlaubten, daß ich sie anfasse, ich bin blind."

Die Verkäuferin wurde rot und stürzte sich mit vierzehnfachem Eifer auf Kästchen. Warum ist sie errötet, als Laura ihr gesagt hat, sie sei blind? Mysterium der menschlichen Seele. Sie beobachtet, wie Lauras Finger über die Ringe gleiten.

„Der da ist nicht schlecht. Was meinst du?"

Es ist ein Ring mit zwei Würfeln aus Stahl. Das Ganze verdeckt das untere Fingerglied. Laura hat sich den Ring angesteckt.

„Glitzert er?"

„Nein, der Glanz ist eher matt."

Sie seufzt. Ihre Hand kehrt zu einem verschlungenen Gebilde aus Kugel und Raute zurück, greift aber wieder nach dem ersten Ring.

„Ich nehme lieber den da."

„Welchen hättest du für dich selbst genommen?"

„Den gleichen. Ich schenke Edith immer die Ringe, die mir selbst am besten gefallen."

Ich wende mich an die Verkäuferin, deren Kaninchennase nicht aufgehört hat zu zittern.

„Packen Sie mir bitte zwei ein."

„Ich bin so aufgeregt", sagt Laura, „soll der zweite vielleicht für mich sein?"

„Enorm", sage ich, „wie du das sofort erraten hast. Der Druck deiner Hüfte verwirrt mich zutiefst."

Die Verkäuferin ist sichtlich erschüttert. Sie hat vor Staunen den Mund aufgesperrt und kriegt ihn nur mit Mühe wieder zu. Sie eilt davon, um zwei Geschenkpäckchen zu machen.

„Ich hätte das nicht zulassen dürfen", sagt Laura. „Mit deinem kleinen Schulmeistergehalt kommst du bei einer Diamantennascherin wie mir nie zurecht."

„Keine Sorge! Ich habe mir ein kleines Scherflein unter der Matratze zurückgelegt. Eigentlich wollte ich mir damit eine Strohdachkate für meine alten Tage kaufen. Aber nun werde ich mein Leben im Altenheim beschließen."

Die Verkäuferin kam mit zwei Päckchen zurück: goldgrünes Papier. Wir bezahlten, und Laura faßte mich am Arm.

„Und nun führ mich zur Herrenabteilung."

Ihr autoritärer Ton ließ keinen Widerspruch zu. Und dann vollführte sie ein wahres Tastballett, befühlte Hemden, betastete Pullover, wirbelte um Verkaufsstände herum.

„Was du brauchst, ist zunächst ein Rollkragenpullover."

„Aber wir haben Juli, und ..."

„Und hier sind die Abende ziemlich kühl. Sobald eine kleine Brise aufkommt, klapperst du mit den Zähnen. Denkst du, ich merke das nicht?"

„Gut, zugegeben, aber ich habe meine Jacke."

„Genau, und ich habe deine Jacke gründlich satt! In einem Pullover wirst du ein bißchen sportlicher aussehen."

„Ich bin kein sportlicher Typ!"

Sie hörte mir nicht einmal zu. Ihre Finger betasteten einen Pullover, und sie hielt mir das Ding dann an die Brust.

„Der könnte gehen. Probier ihn mal an."

Ich erlebe in Gedanken schon die Schrecken der Umkleidekabinen und greife zu einer List.

„Nein, wirklich, der ist abscheulich. Grün-gelbe und blaue Karos! Gräßlich!"

Sie murmelt etwas vor sich hin, und da erscheint eine Verkäuferin.

„Kann ich Ihnen behilflich sein?"

Laura verzieht die Lippen zu einem machiavellistischen Lächeln, und dann sagt sie mit honigsüßer Stimme: „Mademoiselle, welche Farbe hat der Pullover, den ich hier in der Hand halte?"

Die Verkäuferin gerät keineswegs aus der Fassung. Sie muß einiges gewohnt sein. Und sie sagt in völlig natürlichem Ton: „Es steht auf dem Anhänger, Madame. Er ist grau."

Schweigen. Ich huste diskret.

„Vielen Dank", sagt Laura. „Und entschuldigen Sie bitte, wenn ich insistiere. Aber sind Sie sicher, daß er nicht grün-gelb-blau kariert ist?"

„Nein, Madame, dieses Modell haben wir immer nur uni geführt."

Laura dreht sich zu mir um.

„Du hältst dich wohl für sehr schlau, wie?"

Ich wühle in dem Stapel und ziehe einen kastanienbraunen Pullover heraus.

„Der hier ist kastanienbraun, der gefällt mir besser."

Und schon stehe ich in der Umkleidekabine. Wie immer schließt
der Vorhang nicht ganz. Immer dieser Spalt! Ich schlüpfe in den
Pullover und betrachte mich.

Gar nicht schlecht. Ich gehe mit geschwellter Brust und eingezo-
genem Bauch hinaus. Laura betastet mich, zupft an der Wolle und
fragt mütterlich besorgt: „Ist er auch unter den Armen nicht zu eng?
Zwickt er auch nicht?"

„Nein, nein, er sitzt tadellos."

„Wir nehmen ihn. Und jetzt zu den Hemden."

Ich bin sprachlos.

„Aber ich habe doch Hemden."

„Und wenn schon", sagt Laura, „ich bin es leid, daß du ständig
in weißen Hemden herumläufst. Ich werde dir irgend etwas Farben-
frohes aussuchen. Führe mich zur Herrenabteilung."

Dort mußte ich den Hals hinhalten, und eine dritte athletische
Verkäuferin mit feuchten Händen schnürte ihn mir fast mit ihrem
Meßband ab. Sie maß auch die Armlänge, denn die Belgier machen
alles sehr gründlich.

Zu meinen Armen meinte die Verkäuferin, sie fände sie aber
sehr lang. Ich war etwas pikiert.

„Haben Sie nicht bemerkt, daß mir beim Gehen die Hände über
den Boden schleifen?"

Sie brach in wieherndes Gelächter aus, so daß die Fensterscheiben
vibrierten und bestimmt dreißig Leute sich nach uns umdrehten.

Laura entschied sich für drei leichte Sommerhemden, ein braunes
(ich bestand darauf, daß wenigstens eines schlicht sein sollte) und
zwei kunterbunte. Ich sehe mich damit schon ins Gymnasium kommen! Die Schüler werden sich um die vorderen Plätze schlagen, um
das Schauspiel besser betrachten zu können. Als wir bei den T-shirts
vorbeikommen, sage ich: „Weißt du, was mir Spaß machen würde?
Ein T-shirt mit *I love Mickey Mouse* darauf."

Ihre Hand schloß sich fest um die meine.

„Sind wir bei den T-shirts?"

Ich bekam es ernstlich mit der Angst zu tun. Ich glaubte, sie
würde mir tatsächlich eines kaufen. Sie kaufte auch wirklich eines,
aber für sich. Sie behielt es gleich an. Es war schwarz und grün,
und es brachte ihre Formen sehr schön zur Geltung. Sie wirkte jünger
darin, und sie kam mit dem Lächeln einer Achtzehnjährigen auf

mich zu, und es war, als ob ich plötzlich wieder zwanzig wäre und als ob wir uns zu einem Stelldichein am Ufer eines flämischen Kanals getroffen hätten. So war Laura – vielleicht war sie, eben weil sie nicht sehen konnte, imstande, sich aus der Menge herauszulösen. Jedenfalls weiß ich, daß in dem Augenblick, als sie mir zulächelte, das Kaufhaus verschwunden war, und sie stand plötzlich da, wartete am Kanal auf mich.

Ich kehrte auf die Erde zurück, sie nahm mich wieder am Arm.

„Komm, ich muß noch ein paar Kleinigkeiten besorgen."

Eine wahre Verschwendungssucht schien sie gepackt zu haben. Es ging treppauf, treppab, von einer Etage in die andere, rastlos und unermüdlich. Schließlich flehte ich um Gnade.

„Ich komme um vor Durst. Wenn ich nicht in drei Minuten etwas zu trinken kriege, falle ich tot um."

Schwer beladen wankten wir hinaus und gingen in ein vornehmes Lokal in der Nähe der Flandernbrücke, wo wir uns inmitten unserer Pakete niederließen. Durch das Buntglas der Fenster sah man die Giebelreihe der Herrenhäuser auf der anderen Seite des Flusses. Ich trank mein Bier in einem Zug und betrachtete den Berg unserer Einkäufe. Da waren Schallplatten, ein Tabaktopf aus Porzellan für Simon, ein großer Schal für eine Freundin, die ich nicht kannte, eine sportliche Wildlederjacke für sie selbst – offenbar etwas ganz Außergewöhnliches –, Strumpfhosen, mein Pullover, meine Hemden und Socken, *zehn* Paar Socken. Ich war wie vom Donner gerührt, als Laura der Verkäuferin diese Zahl nannte.

„Aber warum zehn?"

„Weil es praktischer ist, als wenn du jeden Abend im Hotel dein einziges Paar im Waschbecken waschen mußt."

Ich hatte ihr zu erklären versucht, daß ich so seit gut zwanzig Jahren verfuhr, aber es war alles vergebens. Ich habe jetzt meine zwanzig neuen Socken. Diese Frau stellt mein Leben auf den Kopf.

Sie trinkt. Ihre Augen glänzen, und sie wischt sich mit dem Handrücken über die Lippen wie ein schlecht erzogenes Kind.

„Hat doch Spaß gemacht, nicht wahr?"

„Ja, Laura, ja."

Es hatte wirklich Spaß gemacht.

MÖGLICHERWEISE ist das Wetter morgen nicht mehr so schön. Der Abendhimmel bedeckt sich zum Meer hin mit dunkelvioletten Wolken. Es ist kein Mensch mehr auf der Straße. Immer weniger spiegelt der Kanal den sich verfinsternden Himmel wider.

Das Café wirkt düster. Laura gähnt, und ich gähne. Es ist einer jener Augenblicke, wie sie sich gelegentlich einstellen. Es ist, als sei das Leben plötzlich stehengeblieben und als ruhte es sich, ehe es weitergeht, ein wenig aus. Alles ist still und traurig. Es wäre sinnlos, ein Gespräch anzufangen, es würde in sich zusammenfallen.

„Wollen wir gehen?"

„Wie du willst."

Sie bemüht sich nicht mehr, auch sie weiß wahrscheinlich, daß es zu nichts führen würde. Mit gedämpfter Stimme fügt sie hinzu: „Das muß hier ja eine ziemlich finstere Kneipe sein. Anscheinend sitzen da nur lauter Leichen herum."

Wir gehen hinaus. Laura streicht mit der Hand über meinen Pullover.

„Damit ist man schön warm, nicht wahr, junger Mann?"

Es stimmt, ich werde kaum noch etwas anderes tragen. Über die Uferstraße weht ein kalter Wind, der nach November riecht.

„Mein Gott, was für ein Land", sagt Laura zähneklappernd. „Ich hätte meine Jacke anziehen sollen."

An der Wand klebt ein Kinoplakat, aber die Beleuchtung ist nicht hell genug. Ich lasse Lauras Hand einen Augenblick los, um mir das Plakat näher anzusehen, und sie geht langsam weiter.

Es läuft ein amerikanischer Kriminalfilm. Den könnte man sich ansehen.

In diesem Augenblick ertönt ein Schrei.

Sie befanden sich alle drei im Lichtkegel einer Straßenlaterne: der Mann, Laura, die wie versteinert dastand, und der Junge, der am Boden lag. Der Mann beugte sich zu dem Kind hinunter. Ohne sich davon überzeugt zu haben, ob der Junge sich weh getan hatte, hob er den Kopf: „Kannst wohl nicht richtig sehen, was?"

Während ich auf die drei zuging, hörte ich Laura sagen: „Nein, ich kann nicht richtig sehen."

Ich wußte im voraus, daß sie nicht sagen würde, sie sei blind. Es war an dem Mann, das zu erfassen, ohne daß sie es ihm sagte. Er zog den Jungen mit einem Ruck am Arm wieder auf die Beine. Es war ein stämmiger Mann, ein Schlägertyp mit einem Kopf wie ein Holländerkäse. Er begriff nicht, daß wir zusammengehörten. Er sah mich augenzwinkernd an und wandte sich dann Laura zu.

„Von mir aus kannst du hier am Kanal gern auf den Strich gehen, aber paß das nächste Mal auf, wo du deine Füße hinsetzt."

Es war nicht richtig, aber es rutschte mir so heraus, ehe ich's mir so recht überlegt hatte: „Sie ist blind, Sie Idiot!"

Entweder hatte ich zu laut gebrüllt, oder aber meine Stimme hatte gezittert, oder er wollte einfach nicht verstehen, jedenfalls drang nur das Schimpfwort in sein Hirn ein.

„Wie hast du mich genannt? Sag das doch noch mal!"

Er hielt die Hand hinters Ohr mit dummdreister Miene. Überzeugt, daß er im Recht und mir körperlich überlegen war, hatte er längst taxiert, daß er zwanzig Kilo mehr wog als ich.

Das brachte mich endgültig in Rage. Unterdessen fragte er noch einmal: „Wie hast du mich genannt? Was hast du zu mir gesagt?"

Ich spürte, wie die Angst mich überflutete, ich wäre am liebsten davongelaufen, und ich hörte mich sagen: „Sie Idiot, habe ich gesagt."

Ich fing den Schlag mit der Schulter ab. Laura stürzte auf mich zu. Ich entdeckte eine Lücke und stieß auf gut Glück dem Kerl meine Faust ins Gesicht; ich glaubte, die Fingerknochen würden mir brechen. Er wich einen guten Meter zurück, und ich sah, wie ihm das Blut aus der Nase strömte. Er sagte: „Ich blute. Hol die Polizei, Marcel."

Laura wandte sich ihm zu. Ihre Finger umschlossen schmerzhaft mein Handgelenk. Ich zitterte wie Espenlaub.

„Ich sage doch, ich bin blind, Sie Schwachkopf, blind. Glauben Sie, ich hätte Ihren Jungen absichtlich umgestoßen?"

Er schnaufte heftig und überlegte schwerfällig. Mir war, als hörte ich die Gedanken in seinem Schädel knirschen, während sie sich mühselig einen Weg bahnten. Schließlich sagte er: „Er hat mich blutig geschlagen, und das muß er büßen."

Er trat auf mich zu. In diesem Augenblick sah ich auf der anderen Straßenseite Leute aus einem Lokal kommen. Ich mußte ein paar Sekunden Zeit gewinnen.

Ich wich mit Laura, die sich an mich klammerte, zurück. Ich berührte die Mauer mit dem Rücken, und da hatte ich plötzlich genug. Ich mußte mich von vierzig Jahren Niederlagen befreien. Ich konnte den Gedanken nicht ertragen, daß Laura merkte, daß ich beinahe umkam vor Angst. Ich mußte mich der sturen, anmaßenden Dummheit stellen.

Ich schüttelte Laura ab und stürmte los, und ich muß ihn wohl noch einmal getroffen haben, denn er stöhnte auf, und dann kam der Boden auf mich zu, und ich schlug mit dem Gesicht in den Kies. Ein wildes Durcheinander, und dann sah ich Hosenbeine und hörte Leute flämisch sprechen. Ich erhob mich. Laura redete auf zwei Männer ein. Ich spürte Emailstückchen zwischen meinen Zähnen. Sie knirschten wie Austernschalen beim Weihnachtsessen. Ich ging zu Laura hin, und wir machten uns auf den Weg. Mir war bewußt, daß alle uns beobachteten.

Das Licht im Zimmer blendet mich. Ich setze mich mit weichen Knien, meine Hände zittern noch immer etwas. Vor allem aber tut mir die linke Seite des Kiefers weh. Laura drückt mir sanft einen Waschlappen an die Wange. Sie sagt leise: „Warum mußtest du ihn auch einen Idioten nennen?"

„Ich fand, es entsprach den Tatsachen."

Sie schiebt mir die Lippe hoch und drückt auf meine Zähne.

„Wackelt auch keiner?"

Sie wirkt so besorgt, daß ich lachen muß.

„Eine Krone ist abgeplatzt, aber das ist nicht schlimm. Du hättest mir sagen sollen, daß er einen Hammer im Ärmel stecken hatte."

„Du hast ja mächtig Glück gehabt. Leg dich hin, ich will dir einen Umschlag machen."

Ich strecke mich auf dem Bett aus, während sie ins Badezimmer geht. Ich habe das schon oft in Kriminalfilmen gesehen: der gutaussehende Held, ein Draufgänger, der seine blauen Flecken von einer verstörten Schönheit pflegen läßt. Nun, diesmal bin ich der Held.

Ja, aber im allgemeinen ist der Held auch der Sieger. Und heute abend ... Immerhin habe ich ihm eine rechte Gerade verpaßt, die nicht von Pappe war. Das darf man schließlich nicht vergessen.

„Laura ... Schade, daß du nicht sehen konntest, wie ich's ihm gegeben habe. Ich habe einen enorm wirksamen Konterschlag gelandet, wie ihn selbst Carlos Monzon nur selten hinkriegt, und der ist ganz groß im Kontern."

„Wer ist Carlos Monzon?"

„Ein Boxer. Ein Weltmeister."

Sie kommt mit einem zweiten Waschlappen zurück. Der warme Waschlappen auf meiner Wange scheint den ganzen Schmerz herauszuziehen, ein angenehmes Gefühl. Ich kommentiere den Kampf: „Er kam auf mich zu, ein einziger Muskelberg, und ich habe mit eisiger Ruhe auf die Blöße gelauert, und als er seine Deckung runterließ, *zack!* eine vernichtende Gerade."

Laura lacht. Zwar schwingt noch eine Spur Nervosität in ihrer Stimme mit, aber die Erregung läßt nach.

„Ich dachte immer, du bist ein friedlicher Mensch. Was ist denn plötzlich in dich gefahren?"

Ich lache boshaft.

„Von wegen! Ich bin der geborene Schläger! Der Kerl hat gut daran getan, sich zu verkrümeln. Ich hätte Hackfleisch aus ihm gemacht."

Sie reibt sich die Hüfte und verzieht das Gesicht.

„Ich habe dem kleinen Jungen bestimmt weh getan. Er muß gerannt sein, und ich wäre um ein Haar zusammen mit ihm gefallen. Daß der Mann sich aufgeregt hat, war also nicht so ganz unberechtigt. Wenn man blind ist, sollte man ja auch wirklich nicht allein auf der Straße herumspazieren."

„Du warst nicht allein. Ich stand keine drei Meter von dir entfernt. Du hast durchaus das Recht herumzuspazieren. Du bist doch keine öffentliche Gefahr ..."

„Offenbar doch ... Außerdem habe ich Angst gehabt. Alles um mich herum war plötzlich voller Gefahren ... Anfangs, nach meiner Erblindung, hatte ich oft einen Alptraum. Ich stand auf einer Straße, wo ein Auto nach dem andern mit voller Geschwindigkeit vorübersauste. Ich hörte das Quietschen der Reifen und das Dröhnen der Hupen ..."

Sie zitterte plötzlich, aber sie verkrampfte sich sogleich, um es sich nicht anmerken zu lassen, und löste meine Hand von ihrem Arm. „Du siehst, eine Blinde ist leicht zu erschüttern. Ein Zwischenfall, und sie bricht zusammen."

Ich wußte nicht, was ich tun sollte. Zum erstenmal erlebte ich sie als gebrechliches, unendlich zerbrechliches Wesen, das unzähligen Gefahren ausgeliefert war. Ein Bordstein, eine Treppe, eine Katze – alles konnte für Laura tödlich sein. Ich hatte ihr meinen Schutz entzogen, nur ein paar Sekunden lang, und das hatte genügt, um sie in die Realität ihrer Situation hineinzuschleudern.

„Ich hätte dich nicht auf dem Bürgersteig allein lassen dürfen ..."
Erregt erwiderte sie: „Du hast ja schließlich das Recht, ein Plakat zu lesen."

Ich sagte mit erhobener Stimme: „Ich weiß nicht, warum wir uns so aufregen. Wir sind einem blöden Schweinehund über den Weg gelaufen, der Streit suchte. So etwas kann jedem passieren."

Sie mußte lachen, und gleichzeitig rollten ihr die Tränen über die Wangen, und sie schluchzte lange an meiner Schulter. Wir hielten uns wie wild umschlungen, und dann ging ich und holte einen Waschlappen, um ihr das Gesicht abzutupfen.

„Wir müssen langsam etwas sparsamer damit umgehen. Wir haben einen ziemlichen Verbrauch."

Ich spürte, daß die Krise vorüber war. Ich alberte im Zimmer herum und mimte einen kompletten Boxkampf mitsamt dem Zuschauergebrüll, dem Klatschen der Treffer, den Gongschlägen und den Ratschlägen der Trainer. Und dann wurde plötzlich – vom Zimmer nebenan – gegen die Wand gehämmert. Unsere Nachbarn schienen nicht sehr entzückt, nachts um halb zwei die Übertragung eines Boxkampfs zu hören. Laura war beruhigt und murmelte: „Die haben eben nichts für Sport übrig. Wir müssen schlafen gehen!"

Wir legten uns zu Bett.

Ich fühlte, daß Laura wieder völlig ruhig und gelöst war. Der Zwischenfall war abgeschlossen.

Und da sagte sie plötzlich: „Wie wär's, wenn wir uns in andere Breiten begeben würden?"

„Von mir aus."

Sie schien zu zögern.

„Fahren wir nach Paris zurück."

„Einverstanden! Nehmen wir Kurs auf die Hauptstadt!"

Sie küßte mich auf die Stirn.

„Gute Nacht, Laura."

„Gute Nacht, Carlos Monzon."

SECHSTES KAPITEL

DIE Trompeten schmetterten, und der Fürst erschien. Er ging auf den Thron zu und ergriff eine der beringten Hände der Königin. Seine Stimme erhob sich scharf und schneidend.

„Ich wußte nicht, daß Ihr hier seid."

Sie richtete sich auf, und ihre scharlachroten Fingernägel schienen das schimmernde Mieder zerreißen zu wollen.

„Welch ein Irrtum, Gregor, oder vielmehr, welch eine Lüge! Zwingt mich doch ein von Eurer Hand unterzeichneter Befehl, an diesem unseligen Orte zu verweilen und vor Euren Augen zu erscheinen."

Laura seufzt. Ich beuge mich zu ihr hinüber und flüstere: „Wollen wir gehen?"

„Pssssst!"

Wir verstummen. Der Mann hinter uns scheint keinen Spaß zu verstehen. Er will sich keine Silbe des Schauspiels entgehen lassen. Sicher hat er ein Abonnement. Auf der Bühne nimmt die Auseinandersetzung ihren Lauf. Die Stimme der Königin bebt vor Zorn.

„... Nehmt Euch in acht! Wenn das Volk Eure Absichten durchschaut, dann seid gewiß, daß es Eure Schurkerei vergelten wird!"

Gregor zeigt seine Entschlossenheit, er fingert an seinem Dolch herum.

„Du hast recht, Königin", brüllt er. „Es ist jetzt keine Zeit mehr, sich zu verstellen. Wachen, ergreift sie!"

Die geduzte Königin reckt theatralisch den Arm und deutet auf ihren Peiniger.

„Gott wird dich richten, Gregor, und wenn die Stunde deines Todes schlägt, dann mache dich gefaßt auf eine Ewigkeit der Qualen."

Vorhang. Leise plätschernder Beifall. Es sitzen etwa fünfzehn Zuschauer im Saal. Noch zwei Akte, ich glaube, das stehen wir nicht bis zum Ende durch. Die wenigen Theaterbesucher beäugen einander argwöhnisch. Jeder fragt sich, wie der andere auf die verrückte Idee kommen konnte, sich dieses Stück anzusehen.

Wir durchqueren das Foyer. Hinter dem Getränkestand starrt ein einziger Gast resigniert in sein Glas.

„Gehen wir wieder hinein?"

Laura wirkt nicht sonderlich begeistert. „Wenn du unbedingt willst ... Ich für meine Person würde eigentlich lieber gehen."

Draußen war es schön. Das Neonlicht beleuchtete das Laub der Kastanienbäume. Wir schlenderten den Boulevard hinunter wie ein altvertrautes Pariser Paar. Ein Blumenkiosk war geöffnet. Mitten zwischen Nelken und Rosen prangte eine Schiefertafel: „Morgen 25. Juli – Saint-Jacques!"

Was ich nicht fassen konnte, war, daß wir schon drei Wochen zusammen lebten, Laura und ich. Ich hätte geschworen, es sei höchstens acht Tage her, daß wir in Menton abgefahren waren.

„Weißt du, was wir heute für einen Tag haben?"

„Ja, Freitag, den vierundzwanzigsten."

Zweite Überraschung: dann hatte sie also im Gegensatz zu mir nicht jeden Kontakt mit der Wirklichkeit verloren. Ich konnte mich nicht enthalten, sie darauf hinzuweisen.

„Ich war überzeugt, du seist von so rasender Leidenschaft für mich erfüllt, daß du das Verstreichen der Tage nicht bemerkt hättest."

Sie antwortete nicht sogleich. Wir gingen weiter an den beleuchteten Schaufenstern entlang. Plötzlich sagte sie: „Wenn ich weiß, daß wir den vierundzwanzigsten haben, dann deshalb, weil ich auch weiß, daß ich am einunddreißigsten in New York sein muß."

Wenn in Romanen jemand einen Schock bekommt, heißt es dort etwa: „Alles um ihn her begann zu schwanken." Oder: „Plötzlich gingen die Lichter aus." Nun, ich erlebte nichts dergleichen. Die Statue auf der Place Clichy rührte sich nicht um einen Zentimeter, und die Glühbirnen wurden nicht schwächer. Nur eines hatte sich verändert: die Zukunft. In einer Woche würde Laura nicht mehr dasein. Das war alles.

Gewiß, sie hatte ihr eigenes Leben, ihre Freunde, ihren Beruf. Sie war blind, aber sie war trotzdem jung, hübsch, intelligent, und es gab Millionen von Männern auf der Welt. Und was hatten wir in den drei Wochen schließlich gemacht? Wir hatten uns gegenseitig geholfen, die Ferien zu verbringen, die anfangs nicht sonderlich aufregend gewesen waren, und wir hatten etwas Schönes gemacht; aber das reichte sicherlich nicht aus – das Leben hatte für sie nicht erst in dem Augenblick angefangen, als sie mir begegnet war.

„Du sagst gar nichts mehr."

Sie hat einmal gesagt, daß es schwierig sei, einen Blinden zu belügen. Im übrigen habe ich auch keine Lust dazu.

„Ich habe gerade an deine Reise gedacht. Warum hast du mir nichts davon erzählt?"

„Weil ich es für sinnlos hielt. Wenn man erst anfängt, die Tage zu zählen, ist alles nur noch halb so schön, und ich wollte nicht, daß du morgens nachrechnest: ‚Jetzt sind es nur noch vierzehn, jetzt nur noch acht Tage' . . ."

Ich räuspere mich. „Und wie kommst du nach Amerika?"

„Edith begleitet mich. Man hat mir eine leitende Stellung an einem psychologischen Institut angeboten."

„Und . . . ist das interessant?"

„Ich habe keine Ahnung. Um mir darüber klarzuwerden, will ich ja hin. Ich habe mich natürlich zu nichts verpflichtet, verstehst du?"

„Ich verstehe."

Sie blieb plötzlich stehen und deutete mit dem Finger vor sich hin, in die Richtung der Place Blanche. „Hör mal . . ."

Dumpfer Lärm, Hupentöne, ein Durcheinander von Geschrei und Musik. Dann erklang, etwas näher, ein Chanson:

> „*Aime-moi, aime-moi*
> *Quand je suis dans tes bras*
> *Je dis: Oh! La la la la la la . . .*"

Laura lächelte, und zum erstenmal vielleicht, seit ich sie kannte, war es kein richtiges Lächeln.

„Ein Rummelplatz", sagte sie.

Auch ich nahm mich zusammen.

„Wollen wir hingehen? Ich habe Geld mit."

„Einverstanden."

Wir stürzten uns in das Gewimmel. Es roch nach Waffeln, gebrannten Mandeln und Karamelbonbons. Vor den „Orientalischen Nächten" drängten sich die Schaulustigen. Daneben befand sich die Bude der Ringkämpfer. Laura wollte stehenbleiben, um sich die Reden des Anpreisers anzuhören. Auf dem Podium produzierten sich drei gefährlich aussehende Gestalten — ein nervöser, hagerer Geselle, der wie wild schattenboxte, ein apathischer Dicker in einem Pantherfell, der sich „der Würger aus den Rocky Mountains" nannte, und ein Bursche ganz in Rot, in Kutte und Strumpfhose.

Laura beugte sich zu mir herüber. „Na, willst du's nicht mal versuchen – du mit deiner fürchterlichen Geraden?"

Sie fügte noch etwas hinzu, aber ich konnte es nicht verstehen in dem Lärm der Berg- und Talbahn und der dröhnenden Lautsprecher, die das Gekreisch der Frauen und Kinder, die in rasender Fahrt auf imitierte Schneehügel hinaufgeschleudert wurden, noch übertönten.

Wir kauften Erdnüsse und eine Rolle Lakritze. Im Mittelpunkt der schwarzen Spiralen klebte eine kleine rosa Zuckerperle. Ich kaute genüßlich an meiner Lakritzenrolle, und da wir gerade vor den wilden Tieren des Professors O'Brien angelangt waren (Löwen aus Tanganjika, Gorillas aus dem tropischen Urwald, Tiger aus Bengalen), packte ich entschlossen zu: „Sag mal, was hältst du vom Heiraten?"

Die geschälte Erdnuß rollte leicht auf ihrer Handfläche hin und her. Sie hob den Arm, hielt mir den hellbraunen Kern vor den Mund, und ich schnappte ihn mit den Zähnen. Dann legte Laura den Kopf an meine Schulter. Und so gingen wir weiter, mitten durch das Gedudel, das Knallen, das Geschrei, das Gelächter und die Schlagermusik.

Noch eine Woche.

Wɪʀ hatten nicht mehr vom Heiraten gesprochen. Diese letzten Tage waren viel zu schnell vergangen. In zwei Tagen fliegt sie nach Nizza. Ich werde sie nach Orly bringen. Edith wird sie in Empfang nehmen. Alles ist schon genau festgelegt.

Gestern abend hatten wir Besuch. Simon war da. Ich verstehe mich gut mit ihm. Er ist ein sanfter, gütiger Mensch, wie alle, die keine Schwachköpfe sind. Wir haben uns lange über Literatur unterhalten. Ich stellte zu meiner Überraschung fest, daß ich mich völlig ungezwungen fühlte. Ich empfand weder Mitleid noch Überlegenheit – das sind Gefühle, die ich vergessen habe.

Als Simon und ich einen Augenblick allein im Zimmer waren, hätte er, glaube ich, gern über Laura mit mir gesprochen. Ich wußte, daß er unserer Verbindung wegen auf freundschaftliche Weise beunruhigt war. Laura kam aber gleich wieder herein, und so wechselten wir das Thema. Ich habe es bedauert. Wenn wir eines Tages heiraten, werde ich mir bei Simon Ratschläge holen. Sicher weiß er über die Welt der Blinden vieles, was ich nicht weiß. So wird er zum

Beispiel wissen, ob es für sie und für mich möglich ist zusammen-
zubleiben. Es ist uns gelungen, dreiundzwanzig Tage glücklich zu
sein. Vielleicht darf man nicht mehr erhoffen?

„DREH dich um, und bewundere mich."
Ich drehe mich auf meinem Stuhl um. Sie steht mitten im Zim-
mer. In ihren dunklen Brillengläsern und einem weißen Stock in der
Hand. Ich schweige bestürzt, etwas erschüttert. Ich habe sie noch nie
so gesehen. Trotzdem muß ich irgend etwas sagen.
„Ich wußte gar nicht, daß du über die komplette Ausrüstung
verfügst..."
Sie lacht. „Edith wollte, daß ich mir einen Blindenhund anschaffe.
Aber ich wußte nicht recht, wo ich den hätte unterbringen sollen."
„Benutzt du den Stock manchmal?"
„Wenn ich allein unterwegs bin, aber nur sehr selten. Vor drei
Jahren habe ich ihn benutzt. Damals kamen gerade die Miniröcke
in Mode. Ich trug auch einen, und eines Tages hörte ich eine Frau
sagen: ‚Wenn man blind ist, sollte man sich dezent kleiden!' Ich
habe den Eindruck, wenn ich den Stock in der Hand habe, zwingt
er mir ein gewisses Verhalten auf ... Das ist schwer zu erklären ...
Die Leute erwarten von uns, daß wir seriös und unglücklich wirken.
Sonst sind sie schockiert. Ein Blinder, der lacht, ist für sie kein
richtiger Blinder."
Ich überlegte, warum sie sich mir wohl mit den sichtbaren Zeichen
ihrer Blindheit zeigte. Vielleicht wollte sie mir vor Augen führen,
daß sie nämlich in erster Linie blind war und dann erst eine Frau.
Sie ließ ihre Hand mit einer einzigen tastenden Bewegung über
meinen Arm und meine Wange gleiten.
„Halb elf, und immer noch im Pyjama und nicht rasiert! Sie sind
ein Faulpelz, Bernier, ein Mensch ohne Energie."
Ich fühlte ihre Finger auf meiner Stirn, dann auf meinen Augen-
lidern. Wieder und immer wieder strich sie mir über die Augen,
und dann brach sie plötzlich zusammen. Sie schluchzte auf. Es war,
wie wenn man eine straff gespannte Leinwand mit einem Säbelhieb
zerreißt. Laura ist jetzt nur noch eine Frau, die weint und wie ein
Häufchen Unglück auf dem Teppich kauert. Und ich weiß nicht, was
ich tun soll, um sie zu trösten, um all das Unglück anzuhalten, das
da hervorbricht ...

„Laura, beruhige dich . . ., was ist denn?"

Nach und nach faßte sie sich wieder. Aber noch mehrmals wurde sie von einem Zittern geschüttelt, das wie die letzten Stöße eines abklingenden Erdbebens war. Ihr Kopf ruht in meiner Armbeuge.

„Achte nicht darauf", sagt sie. „Das passiert mir manchmal."

„Woher diese Verzweiflung?"

Dann erklingt ihre Stimme, und ich weiß, daß die Worte, die sie nun sagt, für mich wie für sie von Bedeutung sein werden: „Ich bin bis jetzt immer fröhlich gewesen, aber ich möchte nicht, daß du glaubst, das sei mir immer ganz leichtgefallen, und daß ich immer so sei. Ich habe dir, so gut ich konnte, den Eindruck vermittelt, daß ich mein Gebrechen wie etwas aufnehme, das nicht weiter zählt und das man überwinden kann. Aber ich kann dir eines versichern, Jacques: So etwas überwindet man nie, verstehst du, nie!"

Sie schreit das letzte Wort hinaus, und ich stehe vor ihr, erschüttert und unnütz. Ihre Stimme klingt jetzt gebrochen.

„Ich arbeite, ich spiele mit dir, ich schlafe mit dir, ich lache, aber es gibt etwas, das ich nie vergesse, in keiner Sekunde – daß ich vor vier Jahren . . . noch sehen konnte."

Ich sah mein Gesicht im Spiegel: es war weißer als mein Hemd. Einen Augenblick lang fragte ich mich, ob nicht alles von Anfang an eine ungeheure Lüge gewesen war. Hatte sie nur so getan, als lachte sie, als liebte sie mich, als sei sie glücklich?

„Du hast mich an dem Abend neulich gefragt, ob ich dich heiraten will", fährt sie fort. „Ich muß dir zumindest eines ganz ehrlich sagen: Laura, das ist keine lustige, leichtlebige Person, die zwar blind ist, sich aber nichts daraus macht. Ein Blinder, der sich nichts daraus macht, daß er blind ist – das gibt es nicht."

„Aber . . ."

„Laß mich weitersprechen. Laura, das ist eine Frau, die drei Viertel ihrer Zeit umkommt vor Schmerz und Zorn und das restliche Viertel den Eindruck erweckt, als hätte sie ihr Gleichgewicht gefunden. Ich will dir etwas gestehen, Jacques. In Ostende, als ich das zweitemal im Wasser war, an dem Morgen, als ich so vollkommen glücklich war, da habe ich einen Augenblick lang daran gedacht, immer weiter hinauszuschwimmen und mich untergehen zu lassen. Und dabei liebe ich dich . . ."

Sie schüttelte den Kopf, vielleicht weil sie keine Worte fand für jenen schrecklichen Vorhang, der sich zwischen sie und die Welt geschoben hatte.

„Maxime hat mehr als irgendein anderer über sein Problem nachgedacht, und er hat seine Lösung gefunden: er hat die Brücken zu den Menschen, denen das Augenlicht geschenkt ist, abgebrochen. Er hat mit ihnen nichts mehr zu schaffen. Ich habe seine Einstellung lange für übertrieben gehalten; aber ich frage mich manchmal, ob er nicht der einzige ist, der es richtig gemacht hat."

Ich holte mir eine Zigarette. Mein Zeigefinger zitterte, gelb vor Nikotin. Ich sollte ernsthaft versuchen, weniger zu rauchen.

Sie setzte sich auf, legte das Kinn auf die Knie und schlang die Arme um die Beine. In ihrem Gesicht waren noch die Spuren der Tränen zu sehen.

„Du sagst gar nichts . . ."

„Es ist ja auch sehr schwer, ein Wort zu sagen, wenn du erst einmal losgelegt hast."

Ihre Mundwinkel zuckten ganz leicht. Es sah aus wie der Anflug eines Lächelns. Ein gutes Zeichen. Ich bekam plötzlich Angst. Wir hatten uns angewöhnt, immer alles auf die lustige Art zu nehmen, und nun war es auf einmal nötig, ernste Erklärungen abzugeben.

„Stell dir vor", sagte ich schließlich, „immerhin habe ich mir auch schon gedacht, daß Blindsein nicht sehr lustig ist. Wir haben einen Monat zusammen verbracht, und ich fand, wir könnten es ruhig noch etwas länger versuchen. Ich habe dir vorgeschlagen, daß wir heiraten, weil ich es immer noch ein bißchen mit der Tradition halte, aber wenn du keinen Wert darauf legst, macht das gar nichts, im Gegenteil, dann brauche ich mir keinen neuen Anzug zu kaufen, brauche den Direktor nicht einzuladen . . . Ich wollte dir nur dieses sagen: ich weiß nicht, ob es möglich ist, daß eine Blinde und ein Sehender wirklich glücklich miteinander sind. Aber ich halte es für möglich, daß Laura Bérien und Jacques Bernier es sein können."

Laura zieht die eine Schulter in die Höhe.

„Du scheinst dich wirklich zum Krankenpfleger berufen zu fühlen . . ."

Jetzt brülle ich. „Du hast mir gesagt, was dir im Kopf herumgeht. Nun zerpflück nicht, was mir in meinem herumgeht!"

„Schrei nicht so, die Dame aus der ersten Etage kommt gleich rauf."

„Du kannst mich nicht mehr stoppen, Laura. Diesmal bin ich in Fahrt, und ich werde dir sagen, was ich zu sagen habe."

Ich kniete mich vor ihr hin, ich nahm ihr Gesicht in meine Hände, und ich habe gesprochen, lange Zeit. Ich hielt also eine regelrechte Rede wie bei der Preisverleihung.

„Und außerdem werde ich alt. Ich bin es leid, das Alleinsein, die ewigen Spiegeleier und das Geschirr von acht Tagen. Wenn ich dich gebeten habe, mich zu heiraten, so deshalb, weil ich es gern möchte, und das ist alles. Ich möchte dich gern heiraten. Such nicht nach anderen Erklärungen, wenn du ja sagst, werde ich glücklich sein. Und wenn du nein sagst, dann . . ., ja, dann . . ."

Sie lachte leise, zärtlich.

„Du würdest dich nicht in die Seine stürzen?"

Auch ich lachte, und ich hob die rechte Hand.

„Ich schwöre es."

Sie blickte eine Weile träumerisch vor sich hin und legte dann ihre Hand auf meinen Arm.

„Wir haben nur noch wenig Zeit vor meiner Abreise . . ."

Auf meiner Uhr war es halb eins. Morgen um diese Zeit würden wir zum Flughafen fahren.

„Wir haben noch vierundzwanzig Stunden, Laura. Eine Ewigkeit."

Ich kann nicht recht sehen, weil dieser große Kerl mit der Schirmmütze genau vor mir steht. Er verdeckt die Kurve.

Ah, da sind sie! Man sieht die Jacken hinter der Hecke in der Sonne aufleuchten. Laura gräbt ihre Finger in meinen Ärmel. Immer näher kommt das Donnern der Hufe. Laura tritt zappelig vom einen Bein aufs andere.

„Siehst du es?"

Genau in diesem Augenblick sehe ich es. Der Jockey steht, das Gesäß höher als der Kopf, und drischt drauflos.

„Es ist an dritter Stelle, aber es holt auf, es wird überholen! Es überholt, ja, es hat die anderen überholt!"

Die Rasenfetzen fliegen, und der Boden erzittert, als sie bei uns vorüberkommen.

„Ist es Erster?" ruft Laura.

Ich beuge mich so weit vor, daß ich fast das Gleichgewicht verliere.

„Ja, tatsächlich, tatsächlich, unser Pferd hat es geschafft!"

Ich drücke sie an mich. Sie strahlt vor Freude. Unten rennen die Pferde weiter. Es wird nicht viel sein, was wir gewonnen haben, aber Spaß macht so etwas immer.

Der Mann mit der Schirmmütze hat sich umgedreht.

„Keine Aufregung, es kommt noch eine Runde."

Eine kalte Dusche! Laura fragt: „Glauben Sie, daß Nummer 6 Chancen hat?"

Der Mann sieht sie an, sieht mich an, und hat ein amüsiertes Erstaunen auf dem Gesicht: „Die Nummer 6 ist der reinste Außenseiter. Warum haben Sie auf dieses Pferd gesetzt?"

Zwecklos, diesem Kerl etwas vormachen zu wollen. Er sieht aus, als wäre er auf einer Pferdekoppel geboren. Mit dem Respekt des Amateurs vor dem Professionellen gestehe ich: „Wir setzen seit dem ersten Rennen auf 6."

Er schüttelt mit unsäglich mitleidiger Miene den Kopf.

„Kommen Sie oft zum Pferderennen?"

Laura bekennt zerknirscht: „Wir sind heute das erstemal hier."

Ich stelle mich auf die Zehenspitzen.

„Achtung, da sind sie wieder."

Wortlos reicht mir der Mann mit der Schirmmütze sein Fernglas.

„Na", sagt Laura, „was macht unser Außenseiter?"

Wo ist nur dieses verflixte Pferd Nummer 6? Ich suche das weit auseinandergezogene Feld ab. Vergeblich. Ich kann es nicht entdecken. Du lieber Gott, das ist doch nicht möglich! Ganz dahinten, ein lahmer Klepper, und der Jockey rudert mit den Armen herum wie ein Schiffbrüchiger auf einem sinkenden Floß. Ja, ich erkenne die apfelgrüne Jacke wieder, er ist es. Ich gebe das Fernglas zurück.

„Es liegt eine halbe Runde zurück", sage ich zu Laura. „Man könnte meinen, es läuft rückwärts."

Sie zerreißt melancholisch die Tickets und murmelt: „Es ist zu schnell gestartet, es hatte keine Reserven mehr."

Der Pferdekenner lacht spöttisch.

„Selbst wenn es im Schneckentempo gestartet wäre, hätte es vor dem Ziel nachgelassen. Es kann nichts dafür, es hat Asthma. Jeder Jockey kann Ihnen das bestätigen. Wenn es auf der Rennbahn in Auteuil hustet, hört man es auf der Rennbahn in Chantilly."

Laura lacht.

„Da wetten wir ausnahmsweise einmal und setzen prompt auf

einen Asthmatiker. Haben Sie nicht einen Tip für das nächste Rennen?"

„Sie können ja tun, was Sie für richtig halten", sagt der Pferde-experte, „ich bin überzeugt, daß Nummer 7 ganz groß rauskommt."

„Vielen Dank", sagt Laura.

Sie wendet sich mir mit flehendem Gesicht zu.

„Laß uns nur noch ein einziges Mal setzen."

Ich halte ihr eine strenge Predigt.

„Ich wußte, daß du mich ruinieren würdest. Du bist vom Spiel-dämon besessen und wirst keine Ruhe geben, bis du mich dazu ge-trieben hast, daß ich einen Diebstahl oder einen Mord begehe, um deine kostspieligen Bedürfnisse befriedigen zu können. Wie viele Bankiers haben sich schon umgebracht, nachdem sie deinetwegen Bankrott gemacht haben?"

„Können wir nicht trotzdem mal die Nummer 7 versuchen? Du hast doch gehört, was er gesagt hat . . ."

„Bemühe dich nicht, mich zu beschwatzen. Komm, ich lade dich zu einem kleinen Hellen ein."

Am Getränkebüfett herrschte nur wenig Betrieb. Ich half Laura, sich zu setzen, stellte ihr Glas vor sie hin, und dann ging ich und setzte auf die Nummer 7 im vierten Rennen, auf Nummer 8 im fünften und auf Nummer 9 im sechsten Rennen. Auf diese Weise waren wir gut gerüstet.

Das Bier war kühl und schäumte, und man saß sehr gemütlich in dem Winkel dort. Das Wetter ist schön, und es ist erst vier Uhr – aber ich darf nicht auf die Uhr sehen. Ein fast ländlicher Grasduft hängt in der Luft dieses Sommernachmittags.

Wir sind ganz zufällig auf die Idee gekommen, zum Pferderennen zu gehen. Laura wollte gern irgendwo ins Grüne, aber in Paris ist das gar nicht so einfach. Ich schlug vor, in den Bois de Vincennes zu fahren, und als wir auf dem Weg dorthin an der Rennbahn vor-beikamen, sind wir ausgestiegen.

Da läutet die Glocke. Es geht wieder los. Ich bin ganz aufgeregt.

Die Lautsprecher verkündeten, daß Nummer 12 gewonnen hatte. Laura wirkte ehrlich enttäuscht.

„Na schön, gehen wir. Das Glück ist nicht auf unserer Seite."

Nun mußte ich Farbe bekennen. Etwas zerknirscht sagte ich: „Laß uns noch bleiben. Ich habe in den nächsten beiden Rennen gesetzt."

„Und du wagst zu behaupten, ich sei eine Spielerin? Auf welche hast du gesetzt?"

„Belle Fontaine und Tanagra."

Ihr Gesicht hellte sich auf. „Dann ist es ja etwas anderes. Eines von beiden wird gewinnen. Ich fühle es."

GEDÄMPFTES Licht, plätschernde Klaviermusik, der Schlagzeuger staubt seine Becken mit zwei Metallbesen ab. Wir haben nur wenig getanzt, nur Slowfox, weil ich nichts anderes tanzen kann. Wir sind noch ganz beeindruckt von unserem großen Glück am Nachmittag: Tanagra hat gewonnen, und wir beschlossen, unser gesamtes Vermögen am Abend auszugeben. Daher dieses elegante Lokal, daher der Champagner, daher der Slowfox.

Der Slowfox verklingt, und ich geleite Laura zu unserem Tisch zurück. Ich muß sie ansehen, muß mir ihr Aussehen ins Gedächtnis einprägen. Da ist ein Gedanke, der nicht kommen darf: morgen werde ich sie nicht mehr sehen.

„Möchtest du Champagner?"

„Ja, bitte."

Wir wechseln nur wenige Worte. Geben wir's nur zu, du bist schon nicht mehr wirklich da. Uns bleibt nur noch eine kleine Gnadenfrist. Der Pianist spielt jetzt ohne Begleitung. Laura hört zu, das Kinn in die Hand gestützt. Sie ist sehr schön heute abend – ich werde sie nie beschreiben können. Wozu auch? Sie ist Laura, und sie geht fort.

Zwei Gitarren haben sich jetzt dem Klavier zugesellt. Das ist zwar kein Slowfox, scheint mir aber im Bereich meiner Möglichkeiten zu liegen. Ich muß das doch hinkriegen.

„Darf ich bitten, Madame?"

Sie steht lächelnd auf, und schon gleiten wir über die Tanzfläche.

„Tanz nicht so weit weg von mir."

Das stimmt, ich habe die Angewohnheit, meine Partnerin so zu halten, als befände sich eine imaginäre Mauer zwischen uns. Ich spüre ihre Wärme, rieche ihr Parfüm. Nein, das kann einfach nicht das Ende sein.

Sie hob den Kopf, als hätte sie gefühlt, daß ich etwas sagen wollte. Sie sagte nur: „Ich glaube nicht, daß ich in New York bleiben werde."

Es waren nur wenige Paare auf der Tanzfläche, wir hatten also viel Platz, und etwas Unfaßliches geschah: ich, der ich noch nie Walzer getanzt hatte, begann mich im Dreivierteltakt zu drehen. Wir haben mindestens fünfzehn Runden gedreht, in vollem Schwung, und schließlich hielten wir schwankend inne. Die Müdigkeit, der Champagner ... Ich sank auf meinen Stuhl, und das Herz schlug mir bis zum Hals.

Es war unser letzter Tag, aber vielleicht war es mein Glückstag: Tanagra hatte gewonnen, und Laura würde zurückkommen.

„Die Passagiere – die Passagiere – nach Teheran – werden gebeten – sich zu den Ausgängen zu begeben ..."

Die Stimme durchdringt die Halle und wird wie ein Echo in den Bergen von den Wänden zurückgeworfen. Ich halte Laura fest, damit ein Gepäckwagen vorbeisurren kann.

„Willst du hier auf mich warten? Ich gehe schnell mit deinem Flugticket rüber ..."

Ich, der ich immer so hilflos bin, wenn es um Formalitäten geht, finde den Schalter sofort. Die Hosteß fährt mit einem überlangen Fingernagel die Liste der Passagiere nach Nizza entlang.

Sie trennt einen Abschnitt des Coupons ab, gibt mir zwei nacheinander vorzuzeigende Karten ... Ehe sie ihre Erläuterungen beendet, gelingt es mir, meine Bitte vorzutragen: „Laura Bérien ist blind, und vielleicht wäre es möglich ..."

Ohne eine Miene zu verziehen, erklärt sie in sachlichem Ton:

„Seien Sie ganz unbesorgt, die Stewardeß wird sie in ihre Obhut nehmen und sich während des Fluges um sie kümmern."

Wenn man sie so hört, könnte man meinen, Air-Inter befördere ausschließlich Blinde. Sie hält schon einen Telefonhörer ans Ohr.

„Hallo! Ich habe eine Blinde auf der 214 nach Nizza ... Danke."

Ich gehe zu Laura zurück. Sie lächelt, als ich meine Hand auf ihr Knie lege. Sie trägt den Ring, den ich ihr geschenkt habe, und spielt mit den Bügeln ihrer dunklen Brille. Ich weiß nicht, was ich sagen soll. Das Schweigen ist kaum zu ertragen.

„Jacques, was machst du mit dem Rest deiner Ferien?"

Richtig, daran habe ich noch gar nicht gedacht. Noch ein endloser Monat ... Nein, ich könnte nicht nach Menton zurückfahren und dort am Casino vorbeischlendern, auf die geschlossenen Läden der

Villa Caprizzi starren oder mich täglich wie ein frommer Pilger zur heiligen Stätte schleppen. Außerdem habe ich keine Lust, die ganze Strecke wieder hinunterzufahren, ganz abgesehen von meiner Batterie, die mich sicher bald endgültig im Stich läßt.

„Ich weiß nicht ... Ich werde fürs erste in Paris bleiben. Ich werde viel spazierengehen. Ich werde die Museen abklappern. Und ich werde Simon besuchen."

Ich spüre, daß sie bedrückt und traurig ist. Sie hat den Kopf gesenkt. Ihre Finger klappen unablässig die Brillenbügel auseinander und wieder zusammen.

„Ich möchte nicht fort", sagt sie.

„Ich habe eine Menge Filme gesehen, in denen die Frau eine Flugreise antritt, so wie du, während der Mann langsam und tief gebeugt zu seinem Wagen hinausgeht. Und dann sieht man sie, wie sie den Fuß schon auf die Gangway der Maschine setzt, und plötzlich macht sie kehrt, rennt zurück, rempelt alle Leute an und erreicht den Wagen gerade in dem Augenblick, als der Mann auf den Anlasser drückt. Sie reißt die Tür auf und stürzt sich auf ihn. Das letzte Bild zeigt dann, wie sie im Wagen davonfahren: sie hat den Kopf an seine Schulter gelegt, und Tränen des Glücks strömen ihr unaufhaltsam über die Wangen."

Sie lacht.

„Ist das in demselben Film, in dem das Mädchen, das am Anfang blind ist, nachher wieder sehen kann?"

„Ja, in demselben Film. Ich glaube allmählich, daß ich mich nur an idiotische Filme erinnern kann."

Warum habe ich sie nicht gebeten zu bleiben? Es wäre doch nicht schwer gewesen, ihr zu sagen, daß mir diese Geschichte mit New York gar nicht gefiel, daß ich sie liebte und daß ich nicht gern leiden wollte. Andererseits habe ich es nie fertiggebracht, anderen meinen Willen aufzuzwingen, da konnte ich nicht mit ihr den Anfang machen. Aber vielleicht hätte ich es doch versuchen müssen. Ich hätte ehrlicher sein sollen und nicht diesen großmütigen Helden spielen dürfen, der Verständnis dafür hat, daß sie ihrer Arbeit wegen fortgeht ... Mein Gott! Wenn ich nicht so feige gewesen wäre, dann säßen wir jetzt nicht in Orly, dann lastete jetzt nicht dieses Schweigen auf uns. Ich schlucke.

„Trägst du dich mit dem Gedanken, mir zu schreiben?"

„Ich trage mich in der Tat mit diesem Gedanken."

„Fein, denn ich trage mich mit dem Gedanken, dir zu antworten. Aber da erhebt sich ein Problem, ich brauche dir nicht zu sagen, welches."

Sie streicht mit den Fingern über mein Gesicht.

„Edith wird mir deine Briefe vorlesen. Ich habe keine Geheimnisse vor ihr. Selbst wenn dich die Lust ankommt, mir stark erotische Seiten zu schicken, brauchst du dir keinen Zwang anzutun."

„Gut. Ich werde am Schluß ein paar freundliche Worte an sie richten."

Noch zwanzig Minuten.

Eine indische Familie hat sich auf der Sitzreihe uns gegenüber niedergelassen. Eines der Kinder baumelt so gleichmäßig mit den Beinen, als zählte es die Sekunden.

„Wenn . . ., wenn du wiederkommst, wann würde das sein?"

„Die Probezeit wird drei Monate dauern."

August – September – Oktober. Anfang November könnte sie zurück sein. Also im Spätherbst. Der Herbst ist schön in Paris. Wir werden an den Wochenenden im Wald spazierengehen und in Gasthöfen mit dunklen Deckenbalken sitzen . . . Es gibt so vieles, was wir nicht gemacht haben!

Der Junge regt mich auf. Er läßt seine Absätze gegen die Metallbeine seines Sessels knallen, als wäre er ein lebendes Metronom, das die Sekunden anzeigt. Uns bleibt nur noch wenig Zeit . . . Laura fährt zusammen.

„Oh, ich habe keine Zigaretten."

„Ich hole dir welche. Bleib sitzen."

„Nein, warte, ich komme mit."

Und wenn sie ihrerseits am liebsten bliebe? Wenn sie den Gedanken, mich zu verlassen, nicht ertragen kann? Warum will sie mich unbedingt zum Tabakladen begleiten?

„Zwei Päckchen Gauloises."

Ich stecke ihr ein Päckchen in die Tasche ihrer Jacke. Sie öffnet es sofort und reißt das Papier am verkehrten Ende auf, was ihr sonst nie passiert. Das Glockenzeichen, das jeder Durchsage vorausgeht, ertönte über unseren Köpfen, und mir blieb das Herz stehen.

„Die Passagiere des Fluges 214 der Air-Inter nach Nizza werden gebeten, sich zum Ausgang sieben zu begeben."

Nun ja. So also gehen die Dinge zu Ende. Wir gehen in den Warteraum zurück. Der Kleine baumelt noch immer mit den Beinen. Ich nehme die Reisetasche.

„Wir können uns Zeit lassen", sagt Laura. „Die rufen immer zu früh auf."

Meine Finger verkrampfen sich auf ihrer Schulter . . .

„Übrigens, Laura, ich . . ., na ja, ich glaube, ich habe dir nicht sehr oft gesagt, daß ich dich liebe, aber ich möchte nicht, daß du daraus schließt, daß ich dich nicht liebe oder nicht sehr."

Sie hat mit einer heftigen Bewegung ihre Brille aufgesetzt, als würde sie plötzlich von grellem Lichte geblendet.

„Ich frage mich, ob die Frau in deinem Film nicht vielleicht doch recht hatte . . ."

„Laura Bérien?"

Das ist die Stewardeß. Sie muß Laura an der Brille erkannt haben.

„Ja, das bin ich."

„Ich bin beauftragt, für Ihre Sicherheit und Bequemlichkeit zu sorgen. Falls Sie irgend etwas brauchen, zögern Sie bitte nicht, es mir zu sagen. Ich werde während des Fluges in Ihrer Nähe sein."

„Vielen Dank."

Die Stewardeß wirft mir einen raschen, forschenden Blick zu.

„Ich hole Sie in wenigen Minuten hier ab. Wenn Sie mir bitte Ihren Flugschein geben wollen."

Wir bleiben allein zurück.

„Nun ja, so ist das!"

„So ist das, so ist das."

„So ist das, so ist das, so ist das."

Wir lachen beide. Ich habe noch nie so deutlich wie in diesem Augenblick bemerkt, wie weiß ihre Zähne sind und daß sie ganz feine Fältchen in den Augenwinkeln hat.

„Fährst du gleich nach Hause?"

„Nein, ich vergewissere mich noch, ob du auch richtig einsteigst, und dann winke ich mit dem Taschentuch."

Ich sah die Stewardeß mit schnellen, energischen Schritten zurückkommen.

„Da ist deine Leibwache."

„Wir könnten uns einen Kuß geben", sagte Laura.

„Das war auch meine Absicht."

Ihre Lippen waren frisch und hatten einen leicht zuckrigen Himbeergeschmack. Die Stewardeß legte ihre Hand auf den Ärmel von Lauras Wildlederjacke.

Die Masse der Fluggäste wälzte sich auf einen Autobus zu, der draußen stand.

„Mach's gut, Laura."

Sie machte eine Bewegung mit der freien Hand, und ihre Begleiterin nahm sie mit. Die Stewardeß redete in plauderndem Ton und sehr zuvorkommend auf sie ein. Laura antwortete nicht. Dann entschwanden sie.

Ich sagte mir, daß es keinen Sinn hatte, noch länger zu warten. Ich wußte nicht, welches ihr Flugzeug war, und ich wollte mir die lächerliche Situation ersparen, daß ich mit schmachtenden Blicken einer aufsteigenden Maschine nachstarrte, während sie in einer ganz anderen saß.

Der Himmel war einzigartig blau – das Wetter würde ihren Flug nicht beeinträchtigen.

Bleibt also nur ein technischer Fehler oder eine Entführung nach Kuba zu fürchten.

Trotz allem gelang es mir, mich abzuwenden, und ich durchquerte den Warteraum.

Gegenüber von den Sesseln, auf denen wir gesessen hatten, hockte noch immer der kleine Inder, aber seine Beine hingen jetzt regungslos wie die Zeiger einer stehengebliebenen Uhr.

Ich griff in meine Tasche, und meine Finger berührten den Brief, den ich seit dem frühen Morgen vergessen hatte. Es ist ein Brief von Anne. Seltsam, daß er gerade heute gekommen ist. Als wollte nach Lauras Abreise meine Tochter wieder in Erscheinung treten.

Ich muß ein schlechter Vater sein. Ich habe den Brief noch nicht gelesen. Aber jetzt habe ich Zeit genug. Ich habe keine Lust, nach Hause zu fahren. Ich komme doch nicht von diesem Flughafen los, denn mir ist, als wäre auch die letzte Brücke zu Laura abgebrochen, wenn ich erst draußen bin.

Ich habe mich in einen der Sessel gesetzt und die Briefbogen entfaltet. Es ist ein langer Brief, und dabei schreibt Anne, so gern sie auch plaudert, gar nicht gern. Es geht ihr gut, sie hat im Herbst zwei Fernsehsendungen in Aussicht, und Frédéric ist nett, wirklich nett. Sie lieben sich.

Wir beide sind jetzt allein im Haus. Max ist als letzter von der Bande abgereist. Ich nehme an, sie haben Dir alle Angst eingejagt bei Deiner Ankunft, und ich fühle mich etwas schuldig, was Dich betrifft.

Ich habe mich gefragt, ob Du nicht auch deshalb mit Laura abgereist bist, weil Du dieser reichlich turbulenten Gesellschaft entfliehen wolltest.

Na, na, Anne ... Dummes Zeug. Nichts hätte mich davon abhalten können, mit Laura loszufahren. Ich kann es ruhig gestehen – selbst wenn du mich gebeten hättest zu bleiben, ich hätte den Kopf geschüttelt ... Selbst wenn das kleine Mädchen von einst mit seinen wehenden Locken auf mich zugerannt gekommen wäre, selbst wenn es mich angefleht hätte, nicht wegzufahren, hätte ich es dennoch getan.

Es hat in meinem Leben nie Stoff für einen Roman gegeben, kleine Anne, und vielleicht gab es nicht einmal genug, um ein Leben daraus zu machen, ich mußte es einfach versuchen ... Sei mir also nicht böse, daß ich dich etwas im Stich gelassen habe.

Ich weiß, daß Du ein ehrwürdiger Lehrer bist, ein Mann von gesundem Menschenverstand, und mir ist durchaus klar, daß Du mich für eifersüchtig halten könntest, aber es ist ernster, und ich schwanke seit der ersten Zeile, ob ich es Dir sagen soll. Ich habe mich etwas mit einem Freund darüber unterhalten, der ein wenig von diesen Dingen versteht, und er hat mir bestätigt, daß das Zusammenleben mit einem behinderten Menschen schwierig ist, psychologisch, nervlich, und ich habe Angst, daß Du dem nicht gewachsen bist, daß Du unglücklich werden könntest, und ich möchte doch nicht, daß Du traurig bist, wenn wir wieder über unserem Kuskus beisammensitzen.

Ich habe all das bedacht, Anne, und ich habe zwei Antworten für dich. Die erste allein genügt schon: ich liebe Laura. Aber es gibt noch eine zweite, die egoistischer ist: dies ist meine letzte Chance in der Liebe ... Ich werde alt, und ich werde nicht noch einmal eine solche Chance haben ... Nach Laura, falls sie zurückkommt, wird es nichts mehr geben, nur noch das Korrigieren, die Freunde, die Verabschiedung. Ich werde alt und allein sein, und dazu habe ich keine Lust. Und so bitte ich dich, Anne, laß mich meine letzte Liebe leben.

Frédéric sagt, das alles gehe mich nichts an, und natürlich hat er recht, aber er hat auch unrecht, denn ich möchte, daß Du keine Katastrophe erlebst, ich möchte gern, daß Du glücklich bist. Ich kann Dir nur sagen: Vater, halt die Augen offen, und paß gut auf Dich auf. Grüße, Küsse, Anne.

Leise gleitet ein Flugzeug wie eine diamantene Fliege am Fenster entlang.

Ich werde ihr heute abend antworten. Es wird ein langer Brief werden.

Lauras Maschine ist inzwischen abgeflogen, und ich habe plötzlich Angst, daß ich mir ihr Gesicht nicht mehr vorstellen kann. Und ich Dummkopf besitze nicht ein einziges Foto von ihr. Im übrigen ist es vielleicht besser so. Fotos sind ein Privileg der Sehenden. Wir sind jetzt beide in der gleichen Situation: wir werden uns nur noch mit den Augen der Erinnerung sehen. Bis zu ihrer Rückkehr.

Ich ging hinaus. Eine sengende Sonne stand über dem Parkplatz. Das Wagenblech war glühend heiß. Ich kurbelte die Fenster herunter, damit Luft in das Wageninnere drang.

Sie kommt zurück, hat sie gesagt. Ich muß daran glauben.

Aber vielleicht wird ihr Leben dort vieles auslöschen. Drei Wochen Amerika, und Jacques Bernier, der kleine Lehrer aus den Sommerferien, verblaßt. Und es kann auch sein, daß sie sich für ihre Arbeit begeistert. All das sind Dinge, die eine Rückkehr verzögern können, ja, sie vielleicht sogar endgültig verhindern können . . .

Als ich losfuhr, leuchtete plötzlich ein 404 vor mir auf und bremste scharf. Der Fahrer entschuldigte sich mit einer Handbewegung und ließ mir lächelnd die Vorfahrt. Ein wahres Wunder – es war das erstemal, daß sich einer dieser mörderischen Peugeot-Fahrer menschlich verhielt . . . Bei der Ausfahrt aus dem Tunnel überholte ich fröhlich hupend drei Lastwagen und stellte das Radio auf volle Lautstärke. Ich hatte freie Bahn vor mir.

Das alles bedeutete nichts, aber in diesem Augenblick habe ich gedacht, daß du wiederkommst, meine Liebe.

Meine blinde Liebe.

Patrick Cauvin

Patrick Cauvin wurde am 6. Oktober 1932 in Marseille geboren und heißt eigentlich Claude Klotz. Als er sechs Jahre alt war, zogen seine Eltern mit ihm nach Paris. In der französischen Hauptstadt studierte er und machte dort auch sein Philosophieexamen. Nach der Prüfung wurde er eingezogen: es war die Zeit des Algerienkrieges. In Algerien begann er zu schreiben, in der Hoffnung, seine Abneigung gegen den Militärdienst dabei zu vergessen; zunächst waren es Lieder und Novellen, dann Geschichten für Kinder. Er versuchte auch zu malen – ohne großen Erfolg.

Aber die Zeit des Experimentierens war eines Tages vorbei. Patrick Cauvin fand sich im Zivilleben wieder und wurde Lehrer. Hier findet er auch eine Mission. Doch als Französischlehrer (wie der Held seines Buches) hört er nicht auf zu schreiben.

Seine Arbeiten wurden umfangreicher. Einige Kriminalromane, die unter seinem richtigen Namen, Klotz, veröffentlicht worden sind, dann die *Blinde Liebe,* die er Anfang 1974 abgeschlossen hat und die drei Monate später in den Buchhandlungen unter dem Pseudonym Patrick Cauvin lag. Das Buch ist in mehrere Sprachen übersetzt worden und entzückt eine internationale Leserschaft. Es wird jetzt sogar verfilmt.

Patrick Cauvin ist verheiratet und hat zwei Kinder. Er unterrichtet an einem Gymnasium unweit von Paris. Seine Leidenschaft gilt dem amerikanischen Film, dem Meer und dem Fußball.

Die ungekürzten Ausgaben von
„Die Bankiers",
„Der Richter und sein Henker"
und „Blinde Liebe"
sind im Buchhandel erhältlich.